新潮日本古典集成

連　歌　集

島津忠夫　校注

新潮社版

目次

凡　例（連歌の手引を兼ねて）

本書は、中世の人々に広く親しまれ、今はほとんど作られることのなくなってしまった連歌《れんが》を、現代の読者にも、読みやすく親しみやすい形で伝えようという意図により、その作品形態として基本の形である百韻《ひゃくいん》を十巻とりあげて、注釈を施したものである。

〔収録作品について〕

『文和《ぶんな》千句第一百韻』『至徳《しとく》二年石山百韻』は、文芸としての連歌を確立した二条良基《にじょうよしもと》の初期と晩年を代表する作品。『応永《おうえい》三十年熱田《あつた》法楽《ほうらく》百韻』は、良基・救済《きゅうぜい》以後の連歌史の谷間といわれる応永期（一三九四〜一四二八）の熱田における祠官《しかん》・寺僧《じそう》らによる作品。『享徳《きょうとく》二年宗砌《そうぜい》等何路《なにみち》百韻』『寛正《かんしょう》七年心敬《しんけい》等何人《なにひと》百韻』は、いわゆる連歌中興期のうちから、前期の宗砌中心のものと、後期の心敬・専《せん》順《じゅん》・行助《ぎょうじょ》らが中心のもの。『宗伊《そうい》宗祇《そうぎ》湯山《ゆのやま》両吟』は、先輩宗伊を向うにまわして宗祇が縦横に力量を発揮した作品。『水無瀬《みなせ》三吟』『湯山《ゆのやま》三吟』は、宗祇・肖柏《しょうはく》・宗長《そうちょう》の三吟で、古来もっとも著名の作品。『新撰菟玖波《つくば》祈念百韻』は、宗祇・兼載《けんざい》らによる『新撰菟玖波集』（連歌の準勅撰集）の撰進を祈念しての重要な意義をになった作品。『天正《てんしょう》十年愛宕《あたご》百韻』は紹巴《じょうは》時代のものとして、明智《あけち》光秀の伝説をともなって有名な作品である。それぞれに特色のあるものを揃《そろ》えて、約二百三十年にわたる連歌史の展開がうかがえるよう配慮したが、時代の流れとともに、連歌がひろく都鄙《とひ》に行われたことをも示すために、文芸としてひときわすぐれた『水無瀬三吟』『湯山三吟』に対して、あえて『熱田法楽百韻』のような素人による作品をも加えた。

〔連歌の基本法則について〕

連歌は、詳しくは後の解説に説くが、原則として十数人の連衆《れんじゅう》が一座に会し、句を詠みついでゆくいわゆる「座の文学」であり、式目《しきもく》と称する一定の規則に従って作られている。従って、作品を読んでゆく場合にも、その規則を一通り心得ておく必要があり、また、今日ほとんど行われていない文芸形態でもあるために、はじめに大略の基本法則について説明しておく。

百韻は、五七五の上句《かみのく》と七七の下句《しものく》とを交互に詠んで、百句より成るものであるが、それを記載するには、四枚の懐紙《かいし》を用いる。その書式は、

初折《しょおり》　表《おもて》　八句
　　　裏《うら》　十四句
二折《にのおり》　表　十四句
　　　裏　十四句
三折《さんのおり》　表　十四句
　　　裏　十四句
名残折《なごりのおり》　表　十四句

裏　八句

より成る。初折のはじめには、端作《はしづく》りといってその連歌が催された年月日が記され、賦物《ふしもの》が記される。名残の裏には、あとに句上《くあげ》といってその一座に加わった連衆の名と、各人の詠んだ句数が記される。**賦物**《ふしもの》というのは、本来は重要な意義を持っていたが、ここに取りあげた作品の時代には、もはや全く形式的なものとなっており、具体的には各百韻の頭注に記したような内容で、まずはその作品の標題と考えておいてもこと足りよう。それよりも、この書式が単に形式的なものではなくて、一巻の進行が、雅楽《ががく》の序破《じょは》急《きゅう》の原理にたとえられるように、初折はしとやかに品よく、二折からは変化があり、三折・名残折では特に興趣のあるようにして、最後はめでたくおさめるといった流れが重要である。

　初折の表の最初の句は**発句**《ほっく》と称し、かならずその百韻が催された季節の季語《きご》を詠みこむべきだとされ、また、一句の中に切字《きれじ》があって、一句として独立した形と内容を揃えていなければならない。今日の俳句は、この発句が独立したものである。次に、第二の句は**脇句**《わきく》と称し、発句に対して付ける。従って、脇句以下は**付句**《つけく》とよばれ、それぞれ前句《まえく》とあいまって、一つの世界を形成する。脇句は発句と同じ季で詠み、発句と相応じて大きく離れないことが必要とされる。三句目は**第三**《だいさん》と称し、特に変化・展開が要求される。四句目から九十九句目までを**平句**《ひらく》と称するのに対して、発句・脇句・第三および最後の句である**挙句**《あげく》は、特別の重い句とされているのである。第三からは、前句を契機として句が作られ、その場の事象とは関係がない。前句のさらに前句を**打越**《うちこし》というが、打越から離れて付けることを常に要件とされ、前句を挟《はさ》んで、打越の句と付句が同趣同想の句となることは、「観音開《かんのんびらき》」と称されて、特に嫌《きら》われた。

連歌の式目《しきもく》は、二条良基と救済《きゆうぜい》の協力によって制定された『応安新式《おうあんしんしき》』を基本とし、「追加」が加わり、一条兼良《いちじようかねら》が宗砌の意見を聞いて改訂した「新式今案《しんしききんあん》」ができ、さらに肖柏が増訂してまとめた『連歌新式追加並新式今案等』が完成した形となっている。これら式目における根本原理は、一巻のうちに、同意・同想の詞《ことば》や内容がくりかえされるのを輪廻《りんね》といって嫌うことである。その原理にもとづいて、一座何句物・可《ベキ》レ隔《ツ》ニ何句《ヲ》一物・句数の事などの規則が定められている。

ただし、その規則の説明をする前に、連歌を構成するそれぞれの句の句材が、いくつかの類型に分類されていることについて触れておく必要があろう。

(一)季

春・夏・秋・冬に分れる。たとえば、「雪」といえば冬、「虫」といえば秋といった具合である。それぞれの句は、こういった季語が含まれた季の句と、含まれていない雑《ぞう》の句とにまず分けられる。

(二)事物

(イ)比較的に句意全体にかかわりのあるもの。

旅　「草枕」「泊《とま》り船」など。
恋　「面影《おもかげ》」「新枕《にいまくら》」など。
述懐《しゆつかい》　「老」「昔《むかし》」など。
無常　「死」「葬《ほうぶ》り」など。
神祇《じんぎ》　「神」「社《やしろ》」など。
釈教《しやつきよう》　「仏」「寺」など。

以上のような語、またはそれに類する内容を含んだ句をそれぞれ旅の句、恋の句などといい、季の句、雑の句と重なって、春の旅、冬の述懐、雑の恋といった組合せを生じる。

(ロ)比較的に句意全体にはかかわりを持たないもの。

光物《ひかりもの》 「日」「月」「星」など。
夜分《やぶん》 「暁《あかつき》」「月」「漁火《いさりび》」など。
降物《ふりもの》 「雨」「雪」「霜」「露」など。
聳物《そびきもの》 「雲」「霞《かすみ》」「霧」など。
山類《さんるい》 「山」「尾上《おのえ》」「麓《ふもと》」「滝」など。
水辺《すいへん》 「海」「河」「水」「魚」など。
居所《きよしよ》 「軒《のき》」「里」「庭」など。
衣裳《いしよう》 「衣」「袖《そで》」「袂《たもと》」など。
植物《うえもの》 草の類と木の類に分れる。
動物《うごきもの》 虫・魚・鳥・獣の類に分れる。
人倫《じんりん》 「人」「友」「我」など。

などに分類される。ただし「月」は、季では秋に属し、光物・夜分に属するなど、たがいに重なりあうものも多い。

ところで、式目の主要な部分を構成する原則のうち、先ず**一座何句物**というのは、百韻の中で何回以上用いてはならないという規則で、

㈠**一座《いちざ》一句《いっく》物《もの》**　「若菜」「鶯《うぐいす》」「鈴虫」「昔」「村雨《むらさめ》」など。
㈡**一座二句物**　「暁」「春風」「今日」「故郷《ふるさと》」「老」など。
㈢**一座三句物**　「神」「落葉」「薄《すすき》」「鹿」「独《ひとり》」など。
㈣**一座四句物**　「雪」「有明《ありあけ》」「関」「氷」「鐘」など。
㈤**一座五句物**　「世」「梅」「橋」など。

があり、「一座二句物」以上は、たとえば、「暁」の場合、ただ「暁」と用いて一回、「其《そ》の暁」（弥《み》勒《ろく》出世の暁の意）と用いて一回の、計二回用いてよいといった細則が決められていることが多い。

　次に**可隔何句物**は、一度用いると、ある句数を隔てねば用いてはならないという規則で、

㈠**可嫌打越物**（うちこしをきらうべきもの）　一句おいて同じ類のものがあらわれるのを嫌《きら》うこと。「竹」に「草木」、人倫と人倫など。
㈡**可隔三句物**（さんくをへだつべきもの）　光物・降物・聳物《そびきもの》どうし、植物《うえもの》のうち木に草、動物《うごきもの》のうち虫に鳥など。
㈢**可隔五句物**（ごくをへだつべきもの）　同字と同字、草と草、旅と旅、恋と恋など。
㈣**可隔七句物**（ななくをへだつべきもの）　同季と同季、月と月、松と松など。

の場合がある。なお、「嫌う」ということは、一句以上を隔てる場合のことであって、前句に直接付けること、たとえば、前句に日（光物）があっても、付句に月（光物）を詠むことはさしつかえない。

　次に**句《く》数《かず》の事**は、何句以上続けてはならないという規則で、春・秋・恋は五句まで、夏・冬・旅・神祇・述懐・山類・水辺・居所は三句までとする。そのうち、春・秋は三句以上、恋は二句以上続けることが要請されるが、この句数は原則として限度を示したもので、必ずしもその限度いっぱいに続

ける必要はない。

重要な式目としては、このほかに、可分別物（ふんべつすべきもの）と体用《たいゆう》の事がある。可分別物は、必ずしも原則的に処理できない事項をとり集めたもので、「蘆《あし》」「氷室《ひむろ》」は水辺で、「垂氷《たるひ》」「苗代《なわしろ》」は水辺でないといった句材に関すること、「雉子（きじ きぎす）」は春であるが、「狩場《かりば》の雉《きじ》」は冬だといった季に関することなどをそれぞれ規定している。その中で、たとえば「花の雪」は、植物には嫌うべきであり、降物には嫌うべきでないといった規定がある。これは、「花の雪」という語が、桜の花が雪のように散ることを形容したもので、雪とはあるが、比喩《ひゆ》として用いただけ、つまり「似物《にせもの》」の雪であるので、降物に属さず、植物に属し、従って植物としての規則にのみ該当するというのである。

体用《たいゆう》の事というのは、山類・水辺・居所の語には、それぞれ体・用の別が定められていて、この三種に含まれる語が三句にわたって用いられる時の、その並び方についての規定である。しかし、のちには、「体用の事」の原理が実際には守りきれなくなって、『連歌新式追加並新式今案等』では「体用之外《ほか》」といった抜け道を案出するようになる。本書では、繁雑になることを避けて頭注にいちいち指摘しなかった。

前句《まえく》と付句《つけく》との関連をひろく付合《つけあい》というが、そのうち、前句の詞《ことば》とか物とかに関係のあるもので、誰が見てもすぐにそれとうなずけるものを寄合《よりあい》といい、著名な和歌にもとづくものが多い。その寄合を集めた書に『連珠合璧集《れんじゅがっぺきしゅう》』『連歌付合の事』『連歌寄合』『闇夜一灯《あんやのいっとう》』などがあり、本書の頭注では、これらの書に見えるものは、特に典拠を示さず、たとえば、「松虫」と「秋風」が寄合、という形で掲げた。これら寄合集には見えないが、付合と考えられるものについては、「……」に「……」と付く、という形で示した。また、付合や一句の仕立てに本歌《ほんか》（拠り所になる古歌）、本説《ほんぜつ》（拠り所になる物語・漢詩・故事・俗諺《ぞくげん》など）を用いることがある。これらの句は原則として三句にわたってはならないと定められている。

〔校訂および注釈について〕

一、各百韻のはじめに、底本・校合本《きようごう》・注釈書・連衆《れんじゆう》の句数ならびに略伝を掲げた。

一、本文の作成においては、各百韻のはじめに記した底本を用い、かつ読解を容易にするために、次のような措置をとった。

1 百韻の懐紙の表・裏のはじめに当る句の右肩に、（初表）（名残裏）などと記し、各懐紙の表裏ごとに句頭に一連番号を付した。

2 漢字・仮名の字体は、いずれも現行のものに統一した。

3 仮名づかいは、歴史的仮名づかいに統一した。

4 送り仮名は、原則として、現行の方針に準じて補った。

5 仮名には適宜濁点を付した。

6 漢字・仮名の使用は底本通りとし、適宜振り仮名を施した。

7 くりかえし符号は、漢字の場合の「々」のほかは使用しなかった。

8 底本の明らかな誤字・脱字は他本により補訂した。その場合は頭注にその旨を記した。

9 底本により、巻尾に句《く》上《あげ》のあるものと、ないものがあるので、すべて省略した。

一、注釈には次の二種を併用した。

1　句と句との間に、色刷りで、句意および付《つ》け味《あじ》を示した。句意には、前句によって補った部分が含まれることもあるが、特にその部分を明示することはしなかった。付け味について説明した部分は、〔　〕で区別した。句の表面にあらわれていない部分を憶測して、かなりつっこんだ、言いかえれば、あえて恣意《しい》的な見解をまじえたところもある。

2　頭注は、最初に太字で季または雑の別を示し、季の句の場合は（　）の中に季語を記した。次に、旅・恋・述懐（無常・懐旧を含む）・神祇・釈教の句はその旨を記し、その次に、夜分・光物・山類・人倫等の句材を示した。さらに寄合および付合《つけあい》を示し、本歌のあるものはそれを記し、句全体にかかわる補足的な説明をそのあとに記した。

　改行して、◇を付して語釈を施した。語釈では、単なる辞書的な説明は多く省略し、連歌を読む上に必要と思われる事柄に重点を置いた。『流木集《ながれぎしゅう》』『匠材集《しょうざいしゅう》』『産衣《うぶぎぬ》』などの連歌辞書や古注釈を多く引用したのは、できるだけ当時の人々のとらえ方を伝えようとしたためである。

　和歌の表現との微妙な相違にも留意し、和歌に用例の見られる場合は、なるべくその用例を掲げた。勅撰和歌集の引用は（　）内に、歌集名、巻名、作者名を記したが、作者表記は、その集中の表記に従っていない。『万葉集』は（　）内に『国歌大観』の歌番号を平体漢数字で記し、当時の訓《よ》み方に近いという意味で、西本願寺本（仙覚の訓み方を伝え、二十巻揃ったものとしては最古の写本）の訓に従った。頭注に引用した文献の本文は、いずれも校訂を加えて読みやすくした。

一、本文篇のあとに解説を施した。連歌論書の多くが問答体で語られていることにちなんで、新たに編集部で問を設定してもらい、それに答える形で、連歌の本質を明らかにしようとした。

本書の執筆に際しては、福井久蔵・山田孝雄・伊地知鐵男・金子金治郎・木藤才蔵・小西甚一・浜千代清・岡本彦一の諸氏をはじめ多くの方々の著書・論文の恩恵を蒙っている。紙幅の関係もあって、いちいち明示できなかったので、ここに記して感謝する。

本書の執筆に先立っての各百韻の講義を通して、レポートその他で新見を示された諸氏、またいろいろと協力を得た瓜生安代氏や新潮社の関係各位に謝意を表する。

連歌集

文和千句第一百韻

◇底本　静嘉堂《せいかどう》文庫蔵、「連歌集書一六」所収本。江戸末期写。

◇校合本《きょうごうほん》　太宰府《だざいふ》天満宮小鳥居寛二郎氏蔵、文和《ぶんな》千句第一何人百韻（室町末期写。前半五百韻のみ現存。小鳥居本と略称）。

静嘉堂本は江戸末期の写本であるが、小鳥居本と系統を異にする本文で、かつ第一百韻だけが独立して残っているので、百韻を集めた本書には、静嘉堂本を底本とした。ただし、小鳥居本との異同はなるべく頭注に指摘した。

◇注釈　金子金治郎氏　日本古典文学全集『連歌俳諧集』所収。

◇成立　底本の端作《はしづく》りによれば、文和四年（一三五五）四月二十五日、二条良基《にじょうよしもと》邸における張行《ちょうぎょう》、『菟玖波集《つくばしゅう》』の入集句には「文和四年五月関白家千句連歌に」と詞書《ことばがき》があり、その日時に問題があるが、第一百韻だけが先ず行われ、改めて千句として張行されたとも考えられる。

◇連衆《れんじゅう》　良基およびその側近と救済《きゅうぜい》門下の連歌師の一座で、いずれも『菟玖波集』作者。

侍　二一句。救済。善阿《ぜんあ》門の連歌師。永和二年（一三七六）没。九十五歳。

御　二一句。二条良基。従一位。関白。嘉慶《かけい》二年（一三八八）没。六十九歳。

文　一一句。権少僧都永運《ごんのしょうそうずようん》。救済門。

坂　九句。周阿《しゅうあ》。救済門の連歌師。永和二、三年頃没。

素　一三句。素阿《そあ》（素眼《そげん》）。連歌師。

暁　八句。暁阿《ぎょうあ》。伝未詳。

木　五句。木鎮《もくちん》。伝未詳。

成　六句。大江成種《しげかず》。二条家の諸大夫《しょだいぶ》。

親　二句。藤原親長《ちかなが》。貞治四年出家。

家　三句。藤原家尹《いえただ》。良基側近。

長　一句。菅原長綱《ながつな》。良基側近。

賦《ふす》何《なに》人《ひと》連《れん》歌《が》

文和四年四月廿五日　於二条殿

（初表）

1 名は高く声はうへなし郭公《ほととぎす》　侍

折しも初夏、さすが名園としてその名も高いこのお邸でのこととあって、これ以上まさるものとてもない郭公の声を聞いたことだ。〔関白二条良基《にじょうよしもと》邸での連歌であるから、郭公に託して良基の名声をたたえた挨拶の句〕

2 しげる木ながら皆松の風　御

庭の木々は茂っていても、その木々を吹く風は、皆快い松風のように聞えてくる。〔主催者良基の句。良基の邸の目に見えたままのさま、すなわち嘱目《しょくもく》の景。「しげる木ながら」は手入れもとどかず茂ったままになっていていてという謙遜《けんそん》の辞、「皆松の風」は客への挨拶で、松風が郭公の声をいっそうひき立てるとする〕

◇賦何人　底本は「何人」とある。発句《ほっく》に「うへ」があり、「上人《うへひと》」の熟語を作る。「常の賦物《ふしもの》の次第」（『和歌集心躰抄抽肝要《しんたいしょうちゅうかんよう》』）に「上人」が見える。

1　**夏季**（郭公）　鳥。切字《きれじ》「し」。体言止めであるが「うへなし」と切れる。「名は高く声は上なし」と対句《ついく》仕立てに構成している。発句は、必ず詠まれたその折の季を詠みこまなければならない。さらに、その場所、事情をなるべく明らかにする必要がある。また、百韻《ひゃくいん》の巻頭にあって、全体の風格を定め、一句として完成した意義と形を必要とし、切字をもつ。

◇うへなし　「ふじのねの煙《けぶり》も猶《なほ》立ちのぼるうへなき物は思ひなりけり」（『新古今集』恋二、藤原家隆《いえたか》）などと見える歌語であるが、見事な郭公の声の実感をこめて用いている。◇郭公　一座一句物。夏の景物として、和歌以来よく詠まれた重要な鳥。

2　**夏季**（しげる）　木。「郭公」に「しげる木」、「声」に「松の風」と付く。脇句《わきく》に多い体言止め。脇句は発句に相応じて、発句に似合いの趣をもつ句とする。季も必ず発句と同じ。

◇松の風　一座二句物（百韻の中で、松風、松の風と言いかえて二句）。

3
山陰は涼しき水の流れきて　文

山かげには、涼しさを誘う清らかな水が流れて来て。〔発句・脇が、庭園を詠んでいたのを、第三で山辺の景に転じた〕

4
月は峰こそはじめなりけれ　坂

この山かげでは、月はその美しい姿をまずはじめに峰の上にあらわすことだ。〔前句の景を夜に転じた。月を間においての夏から秋への季移り〕

5
秋の日の出でし雲まとみえつるに　素

秋の移りやすい陽《ひ》が、ようやく姿を見せた雲間だと見ていたのに。〔秋の日は短い。もう峰には月が出はじめたことだという驚き〕

6
しぐれの空も残る朝霧　暁

せっかく朝陽が雲間から姿をあらわしたのに、空はなお時雨《しぐれ》模様が残っており、霧が立ちはじめている。〔前句の「日の出でし」

3　**夏季**（涼しき）　山類《さんるい》。水辺《すいへん》。「松風」と「山」が寄合《よりあい》。「松の風」に「涼しき」とも付く。「池冷《ひや》やかにして水に三伏《さんぷく》の夏なし。松高うして風に一声《いっせい》の秋あり」（『和漢朗詠集』納涼、源英明《ふさあきら》）のおもかげによる。第三に多いて止め。第三は変化のはじめで、ここより当座（眼前）の状況・事情から離れて、前句の世界に付けてゆく。◇きて　小鳥居本は「にて」。

4　**秋季**（月）　光物《ひかりもの》。夜分《やぶん》。山類。◇月　ただ「月」とあれば秋の月をいう。花とともに風雅の的といわれ、もっとも重要な景物として、後には懐紙《かいし》の表裏《おもてうら》ごとに配することとなった（ただし名残《なごり》の折《おり》の裏は省略するのが普通）。

5　**秋季**（秋の日）　光物。聳物《そびきもの》。「月」に「日」、「峰」に「雲」と付く。◇秋の日　陽ざしの弱く移りやすい秋の日は、『玉葉集』『風雅集』で、好んでとらえられた素材。「見るままに壁に消えゆく秋の日の時雨《しぐれ》に向ふ浮雲の空」（『風雅集』秋下、進子内親王）など。

6　**秋季**（霧）　降物《ふりもの》。聳物。「雲間の日影」と「しぐれ」が寄合。◇しぐれ　一般には冬。ここは秋の時雨。後の『新式《しんしき》今案《きんあん》』では、一座二句物（秋・冬各一）とする。

を日の出ととりなした〕

7 暮ごとの露は袖《そで》にもさだまらで　木

袖に置くはずの露も、定まらぬ時雨のこととて、いつも日が暮れると結ぶとは限らなくて。〔空には朝霧が立ちこめ、時雨も残っている。その時雨のもたらす露だから定まらないと、前句を理由として付けた〕

8 里こそかはれ衣《ころも》うつ音　成

秋の夜寒に里は変っても、いずこも衣をうつ砧《きぬた》のわびしい音が聞えて来る。〔以上表八句、叙景を主として句を運んでいる〕

（初裏）

1 旅人のまたれし比《ころ》や過ぎぬらん　侍

旅人として心待ちにされた頃は、もう過ぎてしまったのだろうか。故郷はすっかり変りはて、ただ秋の頃とて衣をうつ砧の音だけが昔のままに聞えてくる。〔故郷を離れ旅人として、時折その里を訪れていた人の、昔と変る姿に感懐を催しての句〕

7　**秋季（露）**　降物。衣裳《いしよう》。「朝」に「暮」、「しぐれ」に「露」「さだまらで」と付く。「神無月《かみなづき》降りみ降らずみ定めなき時雨ぞ冬のはじめなりける」（『後撰集』冬、読人しらず）など、時雨は定まらぬものとされた。◇露　「露は袖に物思ふ比《ころ》はさぞなおくかならず秋のならひならねど」（『新古今集』秋下、後鳥羽《ごとば》院）など、「露」は涙をあらわし、袖に置くものとされていた。ただし、ここは初折《しよおり》の表《おもて》であるから、述懐《しゆつかい》（嘆きの気持を述べる内容）を詠むべきでなく、涙とはとらない。◇袖　可隔五句物。

8　**秋季（衣うつ）**　居所《きよしよ》。衣裳。「袖」に「衣」と付く。秋は五句まで続けてよい。これで五句目。初折の表八句は軽く安らかに付けるように心がける。◇衣うつ　秋の夜のさびしさを象徴する風情《ふぜい》として和歌に多く詠まれた。「ふけにけり山のは近く月さえて十市《とをち》の里に衣うつ声」（『新古今集』秋下、式子《しよくし》内親王）など。

1　**雑《ぞう》**　旅。人倫《じんりん》。◇旅人　「旅」は一座二句物（ただ旅として一、旅衣など熟語に用いて一）。「旅」は可隔五句物。◇またれし比　「夕暮は人のうへさへ嘆かれぬ待たれし頃に思ひあはせて」（『玉葉集』恋五、和泉式部《いずみしきぶ》）などは、男の訪れを女が待っている意。ここは、旅人として時折故郷に帰ってくる男を待ってくれる人がいた期間。「し」は過去で、従って今はいないのである。

2　**春季（花）** 木。初折裏の二句目までは神祇《じんぎ》・釈《しやつ》教《きよう》・恋・無常などの句は避けることとされた。◇花　一座三句物（懐紙を替えて用いる。その他に浪《なみ》の花など似物《にせもの》の花を一）。ただ「花」といえば桜の花をさす。月とともに重要な景物とされ、後には百韻中四度詠みこむべきものと定まり、それぞれの懐紙の裏に詠まれる。

3　**春季（霞む）** 木。「花」に「梢」と付く。◇風　可隔五句物。脇の「松の風」から八句隔たる。「風」は、「吹く風や春立ちきぬとつげつらむ枝にこもれる花咲きにけり」（『後撰集』春上、読人しらず）のように、花に春を告げて咲かせるものと考えられていたが、また、「吹く風のさそふ物とは知りながら散りぬる花のしひて恋しき」（『後撰集』春下、読人しらず）など、盛りの花を散らせると歌われることが多かった。

4　**春季（残雪）** 降物。山類。◇雪　一座四句物。ただし、このうち春の雪は一。ここは残雪で、春の雪。

5　**冬季（氷る）** 光物。夜分。水辺。「陰」と「月」が寄合。◇月　可隔七句物、〈初表4〉より八句隔たる。◇氷

2
けふより後《のち》の花はたのまず　御

まさに今を盛りと咲き誇る桜、今日より後の花は、もうあてにはしない。〔花に誘われてこそ、旅人も訪ねてくる。だから、旅人が来はしないかと待たれたのも今日が最後だろう、と付く〕

3
霞《かす》めども梢《こずゑ》に風は猶《なほ》吹きて　親

春霞がたなびいているけれども、花の梢には、風がなおも吹いていて。〔今日より後の花はいつ吹き散らされるとも知れず、たのみにならないと前句にかえってゆく〕

4
陰にはのこる山のしら雪　暁

春まだ浅く、霞が立ちこめるとはいっても風に吹き払われ、山陰では、まだ白雪があちこちに残っている。〔早春の景とする〕

5
川上の月にや水の氷るらん　侍

月が寒々と水に影を落としているが、川上の方では、山陰に降り積

る　ここは月の氷。月の氷とは寒々とした風情を詠む歌語。用例に「松島やをじまの磯に寄る浪の月のこほりに千鳥鳴くなり」(『新後撰集』冬、俊成女)など。

6　冬季(寒し)　水辺。

◇よる　「寄る」に「夜」を掛けたと見れば、この句は海辺の景となる。その場合は、「波の」は「夜」をいうための序。技巧派の周阿《しゅうあ》の句としては、その解もおもしろいが、次句への変化の妙はなくなる。

7　冬季(千鳥)　水辺。鳥。「浦」に「千鳥」と付く。

◇ことかた　他の方角。前句に「浦」があるので、「こと浦」とせず、「ことかた」とした。「我が方や浪高からし友千鳥こと浦になく声ぞ聞ゆる」(『新拾遺集』冬、藤原隆教《たかのり》)と同想。

8　雑　旅。人倫。「旅」は可隔五句物、〈初裏1〉から六句隔たる。「千鳥」と「友なし」が寄合。

◇友なし　「あらし吹くとしまが崎の入しほに友なし千鳥月になくなり」(『夫木抄《ふぼくしょう》』一七、守覚法親王《しゅかくほっしんのう》)など、「友なし千鳥」は歌語。「跡つけむ方ぞ知られぬ浜千鳥和歌の浦わの友なしにして」(『風雅集』雑上、紀《きの》行春《ゆきはる》)とも詠まれ、いずれも群れから離れた千鳥をいうが、ここは孤独な旅人の境涯をあらわす。

った白雪が残り、月を宿した水も氷っていることであろうか。〔この月は冬の月、春三句で捨てて春より冬への季移り〕

6
波のよるこそ浦は寒けれ　坂

氷らずに、むしろ波が水際に寄せている景の方が寒さをひときわ感じさせる。〔川の水源となっている山中の湖の浦辺の景〕

7
ことかたに通ふ千鳥の声遠し　家

よその浦へと渡ってゆくのであろう。千鳥の声が遠くなってゆく。〔波の音に千鳥の声と聴覚で冬をとらえた句が続く。前句の浦は、海浜にとりなす。以上冬三句〕

8
友なしとても旅の夕ぐれ　侍

われも友なし千鳥のように、友なしなどといってみてもどうしようもない。そんな言葉ではとうてい表現しきれない、旅の夕暮のこのさびしさ。〔海辺旅泊の体《てい》。長く続いた叙景の句を受けとめ、深い感懐を沈めて、人事への移りの兆《きざ》しを見せる〕

9 身をだにも思ひ捨てたる世の中に　　御

わが身をさえ捨てて修行の旅に出たのだ。すっかり思い切ったはずのこの世であったのに。〔それなのに、友もいないことがさびしくて……と前句に続く。世《よ》捨人《すてびと》の感懐〕

10 秋のうきをばのこす故郷《ふるさと》　　文

秋のもの悲しさがひとしおつきまとってくることだ、この故郷では。〔世俗の思いを捨てたはずの身にとっても、なお未練の情が残るとする〕

11 露ならば涙の袖《そで》に心せよ　　素

秋の露よ、おまえが袖に置くのと同じ露ならば、ただでさえ故郷を思う涙でぬれている袖に気をつけて置かないようにしてくれ。〔露によびかける形。一句としては恋の句〕

12 まつもたのみの夜こそ長けれ　　暁

9 **雑** 述懐《しゅつかい》。人倫。◇世の中 「世」は一座五句物（ただ一、浮世・世の中として一、恋の世一、前世一、後世《ごせ》一）。ここは「世の中」で、俗世間の意。

10 **秋季** 述懐。「世の中」に「うき」と付く。『菟《つ》玖波集《くばしゅう》』巻四に「残す山里」の形で入集。◇秋のうき 秋は憂き物思いに沈む季節とされた。「月見れば千《ち》々《ぢ》に物こそ悲しけれ我が身一つの秋にはあらねど」（『古今集』秋上、大江千里《おおえのちさと》）など。◇故郷 小鳥居本は「山里」。「故郷」は一座二句物（ただ一、名所一）。

11 **秋季（露）** 恋。降物。衣裳。降物は可隔三句物。◇露ならば 露は涙の縁語。草などに降りる露も、袖に置く露も同じであることは自明のことながら、あえて同じものであるならばと問いかける連歌的発想。◇涙の袖 涙にぬれた袖。用例に「あらじかし此の世の外を尋ぬとも涙の袖にかかるたぐひは」（『新勅撰集』恋四、二条太皇太后宮大弐《だいに》）。「袖」は可隔五句物。

12 **秋季（夜長）** 恋。夜分。◇まつもたのみの 「たのみ」は「まつも」を受け、助詞「の」を介して「夜」に続ける。連歌独特の屈折表現。

13　秋季（いなば）　木。草。
◇吹きそよぐ　「吹き」は「松」に、「そよぐ」は「いなば」についていう。「稲葉そよぐ」の用例は、「昨日《きのふ》こそ早苗《さなへ》とりしかいつのまに稲葉そよぎて秋風の吹く」（『古今集』秋上、読人しらず）など。◇風はいなばの　「いなばの」も「声」に掛る。ただし、「いなばの松」に「立ち別れいなばの山の峰に生《お》ふるまつとし聞かばいま帰りこむ」（『古今集』離別、在原行《ありわらのゆき》平《ひら》）をひびかせていると見ることもできよう。「風」は可隔五句物、〈初裏3〉から九句隔たる。◇松の声　松風の音。用例に「陰にとて立ち隠るれば唐衣《からころも》ぬれぬ雨降る松の声かな」（『新古今集』雑中、紀貫之《きのつらゆき》）など。

14　秋季（浜荻）　水辺。草。「そよぐ」と「荻」で寄合。「いなば」に「波」と付く。
◇浜荻　「難波《なには》の蘆《あし》は伊勢の浜荻」の諺《ことわざ》があるように難波でいう蘆のことを、伊勢では浜荻という。「波の浜荻」という助詞「の」の用法は連歌独特の表現。穂を波うたせている浜荻の意。

1　雑　旅。水辺。「波」に「浦」と付く。
◇いく浦をかけて　「かけて」は浦から浦へと目ざして漕《こ》いでゆくさまで、帆の縁語。用例に「わたの原やそしまかけてこぎいでぬと人には告げよあまのつり舟」（『古今集』羇旅《きりよ》、小野篁《おののたかむら》）。

遠のいている恋人の訪れを待つということ、ただそれだけがたのみである夜、それにしても秋の夜は長くて明かしかねることだ。〔前句の涙は男の夜離《よが》れを嘆いての恋の句ととりなしての付け〕

13　吹きそよぐ風はいなばの松の声　侍

秋の夜長を待ちあかしていると、松に吹きわたる風の音、そしてその風にそよぐ稲葉の音が聞える。〔再び叙景へ展開をはかる〕

14　穂に出でぬるか波の浜荻《はまをぎ》　素

もう穂が出たことだ、風に吹かれて波のようにそよいでいる浜荻は。〔水辺の景に転じたのみ。以上秋五句〕

（二表）

1　いく浦をかけては船のいそぐらん　坂

浦から浦へ、どこをめざして、そんなに船は急いでいるのだろうか。〔前句を「もう帆《ほ》に出でぬるか」の意にとりなし、急ぐ舟人の心と見ての付け〕

2　雲も霞《かすみ》も末の遠山《とほやま》　文

雲のかなた、霞のかなたに、旅立ってゆくその行く先の遠い山々が見える。〔急ぐ船中から見た景を付ける〕

3　年々《としどし》の春こそやがて暮るるなれ　御

毎年めぐり来る春は、年齢を積むにつれ、ますます早く暮れてゆく。〔前句を暮春の景と見ての付け〕

4　夜《よ》半《なか》夜半の夢のきさらぎ　素

春きさらぎ、寒くて衣を着重ねるように、毎夜毎夜夢を見ているうちに、すぐにいつもの年々と同じようにこの春も暮れてゆく。〔「きさらぎ」を「衣更着」とする俗説によっての付け〕

5　神垣の月と梅とに袖ふれて　侍

袖には神垣を照らす春の月の光を宿し、梅の香りが染みて。〔前句の夢を夢想として、連歌の神、北野天神の神威の畏《かしこ》さを付けた〕

2　**春季(霞)**　旅。聳物《そびきもの》。山類。「浦」と「霞」が寄合。◇雲も　小鳥居本「雲と」。

3　**春季**　「霞」に「春」、「末」に「暮るる」と付く。◇年々の春　「年々歳々《ねんねんさいさい》花相似たり。歳々年々人同じからず」(『和漢朗詠集』無常、宋之問《そうしもん》)の句をふまえる。◇暮るる　小鳥居本「昔」とある。

4　**春季**(きさらぎ)　「年々」に「夜半夜半」と畳語《じょうご》を並べて付けた。◇夢　可隔七句物。◇きさらぎ　二月の異名。『奥儀《おうぎ》抄《しょう》』に「きさらぎ　寒くて更に衣を着ればきぬさらぎといふをあやまれり」とある。

5　**春季**(梅)　神祇《じんぎ》。光物。夜分。居所。衣裳。木。木は可隔五句物、〈初裏13〉の「松」から五句隔たる。「きさらぎ」と「梅」が寄合。『菟玖波集』巻七に入集。◇神垣　二月二十五日は菅原道真《すがわらのみちざね》の忌日《きにち》なので、前句の「きさらぎ」から、ここは道真を祭る北野神社の神垣をさす。◇月　ここは春の月。「春月」は一座二句物(ただ一、有明一)。◇梅とに　小鳥居本「梅との」。「梅」は一座五句物(ただ一、紅葉一、紅梅一、冬梅一、青梅一)でここはただの梅。

6 花こそ人をわすれざりけれ　　坂

梅の花こそは、あるじを忘れず春が訪れるたびに美しく咲き匂っている。〔本歌による付け。前句の景を本歌の道真の歌にいかにも答えているとする〕

7 故《ふる》郷《さと》はみしにもあらずなりぬるに　　木

故郷はかつて見たおもかげもなくすっかり変り果ててしまったのに、花だけは昔のままに咲いている。〔これも本歌による付け〕

8 別れのこりて猶《なほ》秋のくれ　　御

旧知の人々は世を去り、すっかり変り果てた故郷に、自分だけが生き残って、この秋の暮をすごしている。〔晩秋の季とする〕

9 露よりもげには命のきえぬ程　　素

今にも消えそうなはかない露よりも、実は命の方が絶え入りそうだ。〔季は露だけに持たせて、無常を感じている人の心を付ける〕

6　**春季**(花)　木。人倫。本歌「東風《こち》吹かばにほひおこせよ梅の花あるじなしとて春を忘るな」(『拾遺集』雑春、菅原道真)。前句の北野の神垣からその祭神道真の歌をもち出す。◇花　ここは梅の花。

7　**雑**　本歌「ひとはいさ心もしらずふるさとは花ぞ昔の香ににほひける」(『古今集』春上、紀貫之)。前句から今度は貫之の歌をひき出す。◇故郷　一座二句物。「ただ一、名所一」と『連歌新式』にあるが、〈初裏10〉にもただの故郷を詠んでいる。ただし、小鳥居本は「山里」である。式目《しきもく》による訂正か。

8　**秋季**(秋のくれ)　◇別れのこりて　人々に死に別れて自分だけが生き残って、の意。◇秋のくれ　秋の終り。晩秋。「さりともと思ふ心も虫の音《ね》もよわりはてぬる秋の暮かな」(『千載集』秋下、藤原俊成)など、ひときわ寂《せき》寥《りょう》を感ずる季節とされた。

9　**秋季**(露)　述懐(ここでは無常)。降物。◇げには　ほんとうのことをいえば。実は。◇命　一座二句物(ただ一、虫の命などに一)。

10　契《ちぎ》りたのむはおなじ世のうち　家

あなたとの約束をたのみとするのも、同じこの世に生のあるうちのこと。〔前句を恋の思いに死なんばかりの気持にとりなした〕

11　旅なれば帰るも待つもいそがれて　侍

旅のことだから、帰るわが身にとっても、待つ女《ひと》の身にとっても心がいそがれて。〔恋する女に別れての旅立ち。旅から帰る約束が、どちらにとってもたのみ。そのはかなさを思うとせつに心がいそがれるのである〕

12　都のうちを夢や行くらん　成

身ははるかな旅路にありながらも、夢は恋しい女《ひと》のいる都の中へ帰って行くことだろう。〔前句の「帰る」は現実ではなく「夢」とした。都に恋しい女をおいて遠く旅に出ている男の気持とする〕

13　明けぬるか夜の界《さかひ》の鐘の音《おと》　素

10　**雑**　恋。「命」に「おなじ世」と付く。後の肖柏の『追加』では、「春秋の句三句に至らざるは之《これ》を用ひず」とあり、秋の句は通例三句まで続けるが、ここは二句で捨てている。『新式』では、秋は五句まで続けられるとあるが、句数はもともと限度を定めたものであって、それ以下というほうに式目の重点はあった。◇世　一座五句物。〈初裏9〉に「世の中」とあった。ここは、ただの世であるが、恋の世の含みもある。

11　**雑**　恋。旅。◇旅　一座二句物（ただ一、旅衣などと用いて一）。〈初裏1〉には「旅人」とあった。◇帰るも待つも　対句《ついく》的手法は連歌に好んで用いられた表現。

12　**雑**　恋。旅。「帰る」に「夢」が寄合。「草枕仮寝の夢に幾度《いくたび》か馴《な》れし都に行き帰りこむ」（『千載集』羇旅、藤原隆房）などによる。「待つ」に「都」と付く。「帰る」「待つ」に「夢」「都」と前句の寄合をのがさず付けた四手《よつで》付け。◇都のうち　小鳥居本は「都のみち」。「都」は一座三句物（ただ一、名所一、旅一）。ここは旅の都。◇夢　可隔七句物、〈二表4〉より七句隔たる。

13　**雑**　夜分。「夢」に「夜」と付く。◇夜の界の鐘　夜明けを告げる鐘。明け六つ

もう夜が明けたようだ。明け方を告げる鐘の音が聞える。〔都の中を行き通っている夢、その夢うつつの間に聞く暁鐘《ぎょうしょう》の音〕

14 門《かど》は柳の奥の古寺　侍

門には古木の柳、その奥にひっそりと古びた寺がある。〔鐘の音から古寺の景を点出《てんしゅつ》。鐘が夜の境なら、門は寺の境界〕

（二裏）

1 これをこそ開くとおもへ法《のり》の花　御

この教えこそ、まことの仏法を開き示すものと思われる。法華経を聴聞していると。〔前句にはこのような寺でこそ、仏道の真髄も得られようというものだ、と付く〕

2 年行く人のしろき眉《まゆ》の毛　坂

年をとった人のまっ白い眉の毛を見ていると、いかにも法の花が開いたかとも思う。〔今度は年高き高僧のおもかげに、仏法の悟りが開かれるようだと付く〕

（午前六時ごろ）の時鐘。「鐘」は一座四句物（ただ一、入相《いりあい》一、釈教《しゃっきょう》一、異名一）。

14　雑　釈教。居所。木。「鐘」と「寺」が寄合。◇門は柳の　「柳」は一座三句物（ただ一、青柳一、秋・冬の間に一）。「の」を重ねてゆく手法は連歌的表現。

1　雑　釈教。「門」に「開く」と付く。◇法の花　法華《ほっけ》の訓よみ。仏道の精華。真髄。用例に「山深みまことの道に入る人は法の花をやしをりにはする」（『新勅撰集』釈教、藤原盛方《もりかた》）、「春の来るかたを照らして法の花開くる時を世にぞ知らする」（『続千載集』釈教、入道親王尊円《そんえん》）など。いずれも法華経を詠んだ歌。

2　雑　人倫。「開く」に「眉」と付く。◇年行く人　老人。小鳥居本は「行人《おこなひびと》」。

3　**雑**　衣裳。虫。「まゆ」（繭）に「糸」と付く。◇桑の子　くわこ。蚕。◇おらず　小鳥居本「おらぬ」。◇麻衣　麻製の衣服。あさぎぬ。身分の低いものの粗服。次の句へは喪服の意で付く。

4　**秋季**（**露**）　述懐（哀傷）。降物。衣裳。「衣」に「袖」と付く。

◇こきまぜて　いっしょにかきまぜて。用例に「白露と秋の花とをこきまぜてわくことかたきわが心かな」（『新勅撰集』秋上、柿本人麿《かきのもとのひとまろ》）など。◇袖の雨　袖が涙でぬれること。袖の露も同じ。用例に「世の中を思ひはいれじ袖の雨にたぐはば月の曇りもぞする」（『玄《げん》玉集《ぎょくしゅう》』巻三、藤原公衡《きんひら》）など。「雨」は一座一句物。

5　**秋季**（**秋の田・長き夜**）　恋。夜分。恋は可隔五句物、〈二表12〉より六句隔たる。「露」に「秋の田」と付く。本歌「秋の田のかりほの庵《いほ》の苫《とま》をあらみわが衣手は露にぬれつつ」（『後撰集』秋中、天智天皇）。本歌は言葉だけで受けて一句は恋の意。

◇田　可隔七句物。◇いねがて　「稲」に「寝《い》ね」を掛ける。「秋の田の」も「いねがて」の序のような働き。

6　**秋季**（**月**）　恋。光物。夜分。「長き夜」に「夢」と付く。凡夫の迷いに喩《たと》えていう無明長夜《むみょうじょうや》の夢の連想。

◇夢　可隔七句物、〈二表12〉から七句隔たる。◇月

3　桑の子の糸にはおらず麻衣《あさごろも》　侍

蚕《かいこ》の糸で織った衣でなく粗末な麻の衣服を着て。〔前句の老人を高僧ではなく、普通の老人であったとする〕

4　露こきまぜて又袖の雨　文

露も涙もいっしょになってまたしても袖がびっしょりぬれ。〔前句の麻衣を喪服の意に転じた哀傷の句〕

5　秋の田のいねがてにして長き夜に　木

恋の涙にぬれて、秋の夜長を眠ることもできずに明かして。〔本歌により、また「稲」と「寝《い》ね」の掛詞《かけことば》の技巧による句作り〕

6　夢にかへたる月をこそみれ　御

恋の思いに寝ることもできない秋の夜長、思う人を夢に見ることもできない私は、その代りに秋の月をながめ明かしたことだ。〔以上恋二句だが、恋離れを用意している〕

可隔七句物、〈二表5〉より十四句隔たる。

7　**雑**　旅。水辺。「夢にかへたる月」を『源氏物語』明石の巻の場面と見て、「須磨」「明石」と付く。◇須磨　神戸市須磨区。◇明石　兵庫県明石市。「須磨」とともに『源氏物語』で有名な名所。◇泊舟　停泊している舟。「泊り舟入りぬる磯の波の音にこよひも夢はみらく少なし」（『風雅集』旅、藤原頼氏）など、中世に好んで詠まれた歌材。

8　**雑**　旅。山類。水辺。柿本人麿の詠と伝える「ほのぼのと明石の浦の朝霧に島がくれゆく船をしぞ思ふ」（『古今集』羇旅）を本歌として「明石」に「島がくれ」と付く。◇山中　光源氏の須磨の住居は「海づらはやや入りてあはれにすごげなる山中なり」（『源氏物語』須磨）とある。

9　**春季**（霞）　聳物《そびきもの》。「をちこちのたづきも知らぬ山中におぼつかなくも呼子《よぶこ》鳥《どり》かな」（『古今集』春上、読人しらず）を本歌として「山中」に「遠近」と付く。◇別れ　小鳥居本は「はなれ」。

10　**春季**　居所。人倫。「霞」に「春」と付く。◇我が　小鳥居本「たが」。

7
須《す》磨《ま》近き浦は明石《あかし》の泊舟《とまりぶね》　暁

須磨に近い、明石の浦に停泊している舟。その舟の中からじっと月を眺めることだ。〔源氏物語「明石」のおもかげ。桐壺《きりつぼ》帝の夢の告げにより、所を変えて明石の浦で月を見ているのである〕

8
山《やま》中《なか》過ぎて島がくれあり　侍

須磨の山中を過ぎると、明石の浦、その島かげに舟が停泊している。〔本歌による付け。これも光源氏《ひかるげんじ》の須磨の住居のおもかげ〕

9
遠《をち》近《こち》に立ち別れたる朝霞《あさがすみ》　素

あちらこちらに朝霞が立ちこめては消えてゆく。〔これも本歌による付け。前句の本歌の「朝霧」を「朝霞」に転じた〕

10
我が家々も春やきぬらん　文

自分たちそれぞれの家々にも春がやってくるだろう。〔源氏物語や古今集による重い句が続いたので、軽く流しての付け〕

11 老《お》らくの身にあらたまる年はなし　侍

春が来ても、年老いたわが身にとってはものみな改まる新年とてもない。〔本歌を軽くふまえての老いの述懐の句〕

12 きえぬばかりの雪はいつまで　御

今にも消えてしまいそうな春の雪のように、この白髪をいただく老いの身はいつまでこの世にあることか。〔老いの感懐にことよせての、これも述懐の句〕

13 ともし火の影を残して深きよに　坂

わずかに燈火のほのぐらい影がゆれているこの深夜に。〔前句を実景に転じて、春の残雪をながめている体《てい》とする〕

14 わかるる人ぞわれをそむくる　成

別れゆく人は、ふいと私から視線をそむけることだ。〔離別のさりげない一瞬をとらえたものだが、実は和漢朗詠集の詩句による

11 **春季**（あらたまる年）　述懐。人倫。述懐は可隔五句物、〈二裏4〉より六句隔たる。「春」に「あらたまる」と付く。本歌「ももちどりさへづる春は物ごとにあらたまれども我ぞふりゆく」（『古今集』春上、読人しらず）。◇老らく　老い。用例に「さくら花ちりかひくもれ老いらくの来むといふなる道まがふがに」（『古今集』賀、在原業平《ありわらのなりひら》）。「老」は一座二句物（ただ一、鳥・木などに一）。ここはただの老。

12 **春季**（雪消）　述懐。降物。◇きえぬばかりの雪　残雪。言葉は「降る雪に物おもふわが身おとらめやつもりつもりてきえぬばかりぞ」（『後撰集』冬、読人しらず）をふまえるが、ここは白髪の比喩《ひゆ》。「雪」は一座四句物（うち春の雪一。似物《にせもの》の雪は別）。春の雪はすでに〈初裏4〉にあり、ここは似物の雪。◇雪は　小鳥居本「雪も」。

13 **雑**　夜分。「きえ」（消ゆ）に「ともし火」と付く。◇ともし火の影　「秋の雨の窓うつ音に聞きわびて寝ざむる壁に燈火の影」（『風雅集』秋下、藤原公《きん》宗女《むねのむすめ》）など、『玉葉集』『風雅集』に好んで詠まれた歌材。

14 **雑**　人倫。「ともし火」に「そむくる」と付く。「燭《ともしび》を背《そむ》けては共に憐《あは》れむ深夜《しんや》の月」（『和漢朗

詠集』春夜《しゅんや》、白居易《はくきょい》）による。

1　**雑**　旅。山類。山類は可隔五句物、〈二裏8〉の「山中」から六句隔たる。
◇行くままに　底本「行末に」。小鳥居本により訂。
◇後の山　背後にそびえる山。和歌にはあまり用いられていない。『源氏物語』須磨の文章の中に「うしろの山」の語が見える。

2　**秋季**（月）　光物。夜分。
◇月にむかへば　行く手に上ってくる月。用例に「さやけさはたが住む宿も変らじと月に向ひて思ひこそやれ」（『玉葉集』雑一、平重村《しげむら》）など。◇のこる日　後ろの山に日が落ち、山ぎわに残っているその残照をいう。「夕山や麓《ふもと》の檜原《ひばら》いろさめて残る日かげぞ峰に少なき」（『風雅集』雑中、後伏見院）など『風雅集』ごのみの表現。◇もなし　連歌に好んで用いられた表現。後には一座二句物と規定されるに至る。

3　**秋季**（二つの星）　光物。「月」「日」に「星」と付く。
◇二つの星　牽牛・織女の二星。七月七日の夜、天の川を渡って相会うという。◇ちぎる　男女が夫婦のまじわりをする。

付け〕

（三表）

1　行くままに後《うしろ》の山のへだたりて　侍

旅路を重ねてゆくにつれて、後ろにそびえる山が隔てとなって。〔その山のために別れてきた人ももう見えなくなるのである。同じく離別の情を遠ざかってゆく景によってあらわす〕

2　月にむかへばのこる日もなし　御

行く手に昇ってきた耿々《こうこう》と照る満月に向ってながめていると、夕陽はもはや背後の山に沈んでしまって、残照すら今はない。〔前句の行く手と後ろの山を、月は東・日は西の対照で、鮮やかにとらえた句〕

3　夕《ゆふべ》より二つの星やちぎるらん　木

日も沈んで夕方からは牽牛《けんぎゅう》・織女《しょくじょ》の二つの星が、逢《あ》っているのであろう。月が耿々と照る晴れた夜空で。〔前句の景を七夕《たなばた》の夜のこととした〕

4 たまたま吹くも風ぞ秋なる　暁

たまたま吹いて来る風も、七月のこととてさすがに涼しく、秋が訪れたのだと感じられる。〔寄合と本歌による付け〕

5 それとみて手にもとられぬ草の露　侍

秋風が吹き結んだ草の上の露を、それと見てとらえようとするが、手に取ることもできない。〔古歌の表現をふまえての句作り〕

6 只《ただ》一《ひと》時《とき》の花の朝がほ　御

ほんの一時が盛りの、手にとることすらできぬ露よりもはかないというべき朝顔の花。〔本歌の女郎花《おみなえし》を朝顔に変えての付け〕

7 これとても終《つひ》に朽ちぬる松の垣　素

これだって結局は朽ちてしまうのだ。齢《よわい》千年といわれる松で作った垣でも。〔和漢朗詠集の句をふまえての付け。朝顔と松を対比して所詮《しよせん》は何もかもはかないのだという〕

4 **秋季**　「天の川たま橋いそぎ渡さなむ浅瀬たどるも夜のふけゆくに」（『詞花集』秋、藤原顕《あき》季《すゑ》）などにより、「たなばた」と「たま橋」が寄合。「たま橋」という言葉を間に介して「たまたま」と付く。一句は本歌「秋来ぬと目にはさやかに見えねども風の音にぞおどろかれぬる」（『古今集』秋上、藤原敏《とし》行《ゆき》）による。

5 **秋季（露）**　降物。草。
◇手にもとられぬ　「目には見て手にはとられぬ月のうちの桂《かつら》のごとき君にぞありける」（『伊勢物語』七十三段、原歌『万葉集』六三二）をふまえた表現。

6 **秋季（朝がほ）**　草。「露」に「朝がほ」と付く。「おきてみむと思ひし程に枯れにけり露よりけなる槿《あさがほ》の花」（『新古今集』秋上、曾《そ》根好忠《ねのよしただ》）など、朝顔の花は露よりはかないとされた。一句としては「秋の野になまめき立てる女郎花《をみなへし》あなかしがまし花も一《ひと》時《とき》」（『古今集』雑体、遍昭《へんじよう》）を本歌とする。
◇花の朝がほ　この「の」の用法は連歌的表現。

7 **雑**　居所。木。「朝がほ」に「松」と付く。「松樹《しようじゆ》千年《せんねん》終《つひ》に是れ朽ちぬ槿花《きんくわ》一日《いちじつ》自《おの》ら《づか》栄を為す」（『和漢朗詠集』槿《あさがお》、白居易）による。

8　**雑**　述懐（ここは無常）。衣裳。「垣」と「袖」が寄合。
◇こめて　籠めて。袖の中へ包み籠めて。◇袖　可隔五句物。

9　**雑**　恋。夜分。人倫。
◇別れ　後朝《きぬぎぬ》の別れ。男女が共寝した翌朝の別れ。

10　**雑**　恋。鳥。「別れ」と「鳥」が寄合。
◇鳥は八声ぞ　明け方に幾度も鳴く鶏を、「八声の鳥」という。用例に「思ひ兼ね越ゆる関路に夜を深み八声の鳥に音《ね》をぞ添へつる」（『千載集』恋五、源雅頼）、「宿になくやこゑの鳥は知らじかし起きてかひなき暁の露」（『拾遺愚草《しゅういぐそう》』上）など。

11　**雑**　旅。山類。「鳥」と「関」「東」が寄合。関は鳥の音とともに開いた。「夜をこめて鳥のそらねははかるとも世にあふ坂の関はゆるさじ」（『後拾遺集』雑二、清少納言《せいしょうなごん》）など。また「鳥が鳴く」は「東」の枕詞《まくらことば》。
◇関　一座四句物（ただ一、名所一、恋一、春秋等一）。ここはただの関。

8　涙をこめて袖はたのまじ　　御

涙を内にこらえて流さないようにしていよう。松の垣でさえ朽ちるのだ。袖でせきとめようとしても、袖はすぐに朽ちてたのみにならないから。〔隠者が世の無常を嘆く涙〕

9　人ぞうき別《わか》れの夜をや残すらん　　侍

なんというつれない人だ。どうしてこんな悲しい別れの夜を残して行ってしまったのだろう。〔前句の涙を後朝《きぬぎぬ》の別れにとる〕

10　鳥は八《や》声《こゑ》ぞかぎりなりける　　文

明け方を知らせる八声の鳥が鳴くと、もう限りの時刻だ。〔それをも待たず帰ってゆく男をうらんでの付け〕

11　東路《あづまぢ》は越えつる関も数多《あまた》にて　　坂

東国までの遥《はる》かな道のりの旅、ふりかえると越えて来た関も数々あって。〔「鳥」に「関」、「八声」に「数多」と四手《よつで》に付ける〕

12 山のそなたのしら川の空　侍

東路の果て、山のかなたの白河の関あたりの空をながめて。〔能因の歌などで知られた名所白河の関を点出〕

13 花も今落ちてぞ滝《たぎ》つ流れこし　素

花も今は散り落ち、その花びらが白川のさかまく波に巻かれて流れて来た。〔白川を京のそれにとりなし、本歌によって付ける〕

14 檜《ひ》原《ばら》かすめる月の夕暮　御

檜《ひのき》の生い茂った野原に霞がかかって、春のおぼろ月が美しい夕暮。折しも花が散り乱れ、早瀬に流されて。〔これも一句は万葉歌を背景にもつ〕

（三裏）

1 かなしみは秋ばかりかと思ひしに　暁

悲しみを誘う季節は秋ばかりかと思っていたのに。〔春も……と前句に帰る。春から秋への強引な季移り〕

12　**雑**　山類。「東路の関」に「しら川」と付く。◇山の　小鳥居本「山は」。◇しら川　福島県白河市旗宿《はたじゅく》。歌枕。「都をば霞とともに立ちしかど秋風ぞ吹く白河の関」（『後拾遺集』羇旅《きりょ》、能因《のういん》）、「都にはまだ青葉にて見しかども紅葉《もみぢ》散りしく白河の関」（『千載集』秋下、源頼政）など。白河は名所。◇空　『連歌新式』の追加で一座四句物。小鳥居本「春」。

13　**春季**（花）　水辺。木。「血の涙落ちてぞたぎつ白川は君が世までの名にこそありけれ」（『古今集』哀傷、素性《そせい》）を本歌として「しら川」に「落ちてぞ滝つ」と付く。この白川は比叡《ひえい》山の南斜面の谷間から出て賀茂川に合流する洛東《らくとう》の川。

14　**春季**（かすむ）　光物。木。「花」に「かすめる」と付く。◇檜原　一座一句物。檜原の霞は「巻向《まきもく》の檜原《ひはら》に立てる春霞」（『万葉集』一八一三）をふまえる。◇月　ここは春の月。「春月」は一座二句物（ただ一、有明一）。ただし〈二表5〉も、有明でなく、ただの月。◇夕暮　一座一句物であるが、〈初裏8〉に既出。「月」とともに式目《しきもく》に触れる。式目は原則に過ぎなかったことを示す。

1　**秋季**　ただし、前句との関係では春。◇かなしみ　秋の物憂い気持。秋思《しゅうし》。

2
夜《よ》寒《さむ》は風のきたるなりけり　文
秋の夜寒の悲しみは風がもたらすのであったよ、秋のせいだと思っていたが。〔秋が悲しい季節であるのは、実は風が夜寒をもたらすためだと、その実態を提示した形〕

3
露ぬらす夢の枕に人をみて　御
涙にぬれた枕もとにふっと立つ人の姿、なつかしいあの人の訪れかと思ったのは夢であって。〔実は風の訪れであったとする〕

4
面影あれば今もいにしへ　坂
夢にあの人の面影を見ると、今も、昔逢《あ》っていた折のことをまざまざと思いおこすことだ。〔二つの本歌をふまえての付け〕

5
手に結ぶ野中の清《し》水《みづ》朝夕に　侍
昔の面影をなつかしんで、朝な夕なに野中の清水をすくっている。〔これも本歌による付け〕

2　**秋季**（夜寒）　夜分。「秋」に「風」と付く。◇夜寒　秋になって夜の寒さを強く感ずること。「わがせこが我にかれにし夕《ゆふべ》より夜寒なる身の秋ぞかなしき」（『続後拾遺集』恋四、曾根好忠）など。◇風　可隔五句物。

3　**秋季**（露）　恋。降物。人倫。恋は可隔五句物、〈三表10〉より六句隔たる。『菟玖波集』巻十に入集。◇夢の枕　夢を見ている枕もと。「面影の残るにつけてかなしきは夢の枕の別れなりけり」（『続後拾遺集』恋二、賀茂経久）など恋情表現に多い。

4　**雑**　恋。「夢」と「面影」が寄合。また、「夢の枕」に「今もいにしへ」と付く。本歌「露はらふねざめは秋の昔にて見果てぬ夢に残る面影」（『新古今集』恋四、俊成女）、「帰り来ぬ昔を今と思ひ寝の夢の枕ににほふ橘《たちばな》」（『新古今集』夏、式子《しよくし》内親王）。◇いにしへ　一座一句物。

5　**夏季**（清水を結ぶ）　水辺。「いにしへ」に「野中の清水」と付く。本歌「いにしへの野中の清水ぬるけれどもとの心を知る人ぞ汲《く》む」（『古今集』雑上、読人しらず）。◇野中の清水　もとは野中にある清水の意であるが、この頃には、名所として印南野《いなみの》（兵庫県）にある名水をさすと考えられていた。

6
心まかせの世をすませばや　　御

勝手気ままに動いているこの乱れた世を、清水のように、澄ませたいものだ。〔この百韻《ひゃくいん》が詠まれたのは戦乱のさ中、その現実が何気なくあらわれている〕

7
くもりなき鏡も神もひとつにて　　暁

一点のくもりのない鏡も神の御心も全く一つで。〔その神に乱れた世が治まるよう祈る心と前句をとる〕

8
これも伊勢なる月よみの宮　　素

伊勢には鏡宮《かがみのみや》も鎮座するが、月よみの宮もまた伊勢にまします神。〔同じく伊勢に鎮座する神を並べただけの句〕

9
天《あま》照《てら》す君が御《み》影《かげ》のその儘《まま》に　　御

天照大神の御神威のあらたかさのままに。〔外《げ》宮《くう》に内《ない》宮《くう》をつらねて、神祇三句と続く〕

6　**雑**　「清水」に「すむ」と付く。◇心まかせの　思いのままの。気ままの。『為忠集』に「ふる里にきてもかへらば時はいま紅葉の錦《にしき》心まかせに」とあるが、和歌にはあまり詠まれていない表現。◇世　一座五句物。すでに「世の中」〈初裏9〉、「同じ世」〈二表10〉とあった。ここもただの世であるが、〈二表10〉は恋の句なので、恋の世に数えて許容したか。◇すませばや　小鳥居本「すまさばや」。

7　**雑**　神祇。「すむ」に「鏡」と付く。◇くもりなき鏡　神鏡。用例に「曇りなき鏡の光ますますもてらさむ影にかくれざらめや」(『後拾遺集』賀、藤原能信《よしのぶ》)。◇神　底本「袖」。字形の類似による誤写と見て、小鳥居本により訂。「神」は一座三句物(神代《かみよ》一、ただ一、名所一)。

8　**雑**　神祇。「鏡」と「月」が寄合。また、「鏡」に「伊勢」と付く。伊勢の朝熊《あさま》神社の中に鏡宮があり、鏡を神体とする。◇月よみの宮　伊勢の外宮の別宮で、月読尊《つきよみのみこと》を祭る。「月よみの宮と申すは伊勢の外宮の御事也。秋にあらず」(『梵灯庵袖下集《ぼんとうあんそでしたしゅう》』)とされ、「月」とあっても秋ではない。

9　**雑**　神祇。「伊勢」に「天照す君」と付く。◇天照す君　天照大神。中世は「天照《あまて》る御神《おんかみ》」

10 このもかのもに山ぞ道ある　坂

あちらにもこちらにも山には道が通じている。〔本歌による付け。前句との関係では、この道は正道となり、祝言《しゅうげん》の意をもつ〕

11 住みがたき庵《いほり》と何かおもふらん　御

住みにくい山の庵とどうして思おうか。どこへも道は通じているのだ。〔前句の山を隠者の庵のあるところと見ての付け〕

12 我がこころだに隠家《かくれが》ぞかし　素

自分の心でさえ世の憂き時の隠れ家になろうというものだ。〔前句についた時は本歌を逆にとっての付け〕

13 狩人《かりびと》の入野《いるの》の雉子《きぎす》音《ね》をなかで　侍

狩人が分け入る入野では、雉子《きじ》が声を立てないようにしていて。〔その雉子と同じようにじっと堪える自らの心がまえが何よりの隠れ家だ、と前句をとる〕

というのが普通の言い方。内宮の祭神。次の句の前句としては「天下を治める君」の意となる。

10 **雑**　山類。「御影」に「このもかのも」と付く。本歌「筑波《つくは》嶺《ね》のこのもかのもにかげはあれど君がみかげにますかげはなし」（『古今集』東《あずま》歌、常陸《ひたち》歌）。

11 **雑**　述懐。居所。

◇庵　一座二句物（「いほ」として一、「いほり」として一）。◇何か　小鳥居本「何と」。

12 **雑**　述懐。居所。人倫。本歌「み吉野の山のあなたに宿もがな世の憂き時の隠家にせむ」（『古今集』雑下、読人しらず）。

◇隠家　人目を避けて隠れ住む場所。一座一句物。

13 **春季**（雉子）　人倫。鳥。鷹《たか》狩は冬で、雉子も後には狩場の雉子に限って冬とするが、ここは春。

◇入野　「狩人の入る」と掛ける。名所。京都府乙訓《おとくに》郡。鹿・薄《すすき》が詠まれる。「さを鹿の入野《いるの》のすすき初尾花いつしか妹《いも》が手枕《たまくら》にせむ」（『新古今集』秋上、柿本人麿）など。◇音をなかで　「音をなく」は声を出してなくの意。小鳥居本「鳴て」。

14　**春季**(草やく)　聳物《そびきもの》。草。「雉子」に「草やくけぶり」と付く。「焼野の雉子、夜の鶴」(親が子を思うことの切なることにいう)の諺《ことわざ》による。
◇風　可隔五句物。

1　**冬季**(雪をれの松)　木。春二句で冬へ季移り。ただし前句よりの続きでは春。
◇雪をれ　雪の積った重みで枝が折れること。用例に「杣山《そまやま》や梢《こずゑ》におもる雪折れにたえぬ嘆きの身をくだくらむ」(『新古今集』雑上、藤原俊成)など。

2　**冬季**(霜)　降物。「枝」に「末」と付く。
◇通ひ路　行き来する道。「夢の通ひ路」は和歌に多く詠まれているが、「霜の通ひ路」と連ねたところが連歌的表現。

3　**冬季**(冬の日)　「みじかき」と「冬の日」が寄合。「程もなく暮るると思ひし冬の日の心もとなき折もありけり」(『詞花集』恋上、道命《どうみよう》)など、冬の日は短いものとされた。

14　草やくけぶり風にこそふせ　御

春の野の草を焼く煙が風にたなびき伏している。〔前句の雉子を、焼野《やけの》の雉子《きぎす》ととり、狩人の来る野で、わが子を救うために鳴かないで耐えしのんでいるとする〕

(名残表)

1　雪をれの松とや枝にみえつらん　文

雪折れの松であるということが、その枝ぶりを見るとわかるだろう。〔煙が風に吹き伏せられ、隠されていた松が現れたとする〕

2　末もみじかき霜の通ひ路　成

もうこれから先は霜の降りることも少ないだろう。降り続いた雪も終りを告げて雪折れの松の枝ぶりが見えてきた。〔「霜の通ひ路」と霜を擬人化しての付け〕

3　冬の日は薪《たきぎ》とるまにくれはてて　木

短い冬の日は薪を取っているうちにたちまち暮れてしまって。

〔前句の通い路を薪を取りに行く道とし、通う主体は人と変る〕

4 雲つきぬとや月は出づらん　素

雲がなくなったからというのか、月が姿を見せているようだ。〔法華経の寄合にもとづく付け。釈教を底意に月を間においての季移り〕

5 うき中は心にたえぬ秋なるに　御

憂き間柄の悲しい思いが絶えず心にかかっているさびしい秋だというのに。〔仲の悪いはずの雲と月であっても、雲が晴れて月が出たようだとうらやむ心〕

6 植ゑずはきかじ荻《をぎ》の上風《うはかぜ》　長

植えておかなかったら荻の上を吹くわびしい風を聞くこともなかったのに。いくら物思いの絶えることない秋であっても。〔秋のかなしさをいやますものとして、荻の上風を詠み、「植ゑずはきかじ」と逆の方向から強調する〕

4 **秋季**(月)　光物。夜分。聳物。聳物は可隔三句物、〈三裏14〉の「煙」より三句隔たる。「薪」に「つきぬ」と付く。『法華経』序品《じょほん》に、釈迦《しゃか》入滅《にゅうめつ》の時のことを、「薪尽きて火の滅するが如《ごと》くなりき」とあるによる。◇雲つきぬ　「月清み千里《ちさと》の外に雲つきて都の方《かた》に衣うつなり」(『玉葉集』秋下、藤原俊成)などの例がある。迷いの雲が晴れる意を掛ける。◇月　真如の月(迷いから一切解放された悟りの境地)を掛ける。

5 **秋季**　述懐。◇うき中　ともに憂愁に閉ざされている間柄。小鳥居本「うきこと」。◇心にたえぬ　心に絶えることがない。用例に「偽《いつは》りと思ひも知らず待たるるやこころに絶えぬ契りなるらむ」(『新拾遺集』恋三、源信《のぶ》武《たけ》)。

6 **秋季**(荻)　草。草は可隔五句物、〈三裏14〉から五句隔たる。「秋」に「荻の上風」と付く。前句を変えて『菟玖波集』巻十二に入集。◇荻の上風　荻の上を吹く風。「今はただ心の外《ほか》に聞く物を知らず顔なる荻の上風」(『新古今集』恋四、式子内親王)など、わびしい風情を添えるものとして詠まれた。「荻」は一座三句物(ただ一、夏・冬に一、焼原一)。ここはただの荻。

7　秋季（草の花）　草。
◇花　この「花」は草花。

8　雑　恋。「根」に「は」（葉）と付く。前句の「枯る」を「離《か》る」にとりなす。
◇もなし　〈三表2〉に見える。いずれも下句。まだ、上句、下句に各一つという規定はなかった。

9　雑　恋。「ことのは」と「偽り」が寄合。
◇かこちし　ぐちを言っていた。「かこつ」は不平を口に出していう場合で、「うらむ」が、心に不満を持ち続けているのと、本来は異なるが、「かこつうらみ也」（『匠材集《しょうざいしゅう》』）のように、交錯《こうさく》して、同じ意に用いられることも多い。

10　雑　恋。
◇うらみ　一座二句物（恨み、恨むと替えて二

7　花みえぬ草は根さへや枯れぬらん　侍

咲く花も見えないけれど、秋の草は、根までも枯れてしまったのだろうか。〔慰めになる花とてなく、荻の上を吹く風ばかりが秋のもの思いをつのらせていると付く〕

8　今は契りのことのはもなし　御

今はもう約束の言葉すらもかけてくれない。あの人の心はもはやすっかり離《か》れ果ててしまったのだろうか。〔前句を冷えてしまった恋の比喩《ひゆ》と見ての付け〕

9　偽りをかこちし程は猶《なほ》待ちて　暁

来ようと約束しながら訪れては来ない偽りをこぼしていたあの頃はまだ待っていたのだが。〔今ではもう……と、恋の破局を嘆く〕

10　うらみながらぞ又夕《ゆふべ》なる　親

たび重なる偽りの言葉をうらみながらも又夕方ともなれば、もし

句)。◇夕　一座二句物。〈三表3〉に既出。懐紙《かいし》を替えてとする規定にかなう。

11　**雑**　恋。「夕」に「入相」と付く。
◇入相　夕暮につく鐘。◇かね　一座四句物。〈二表13〉に既出。ここは入相の鐘。

12　**春季**　「別れ」に「なごり」と付く。
◇なごり　一座二句物（ただ一、花などに一）。「そのままの夢の名残のさめぬまに又同じくは逢ひ見てしがな」(『風雅集』恋二、永福門院)、「春の名残ながむる浦の夕なぎに漕ぎ別れゆく船も恨めし」(『風雅集』春下、京極為兼《きようごくためかね》)など。春との別れは入相の鐘の鳴る夕方、夢との別れは朝の鐘なので「二度」と言った。

13　**春季**(花)　聳物《そびきもの》。山類。木。「なごり」に「花残る」、「夢」に「あしたの雲」と付く。
◇あしたの雲　夢のかたみ。楚《そ》の襄王《じようおう》が高唐に遊んでの昼寝の夢に、巫山の女と名のる仙女があらわれ、「旦《あした》には朝雲《てううん》となり、暮《ゆふべ》には行雨《かうう》となる」と言ったことによる(『文選《もんぜん》』高唐賦《こうとうのふ》、宋玉《そうぎよく》)。「はかなしや夢の面影消えはつる朝《あした》の雲はかたみなれども」(『続後拾遺集』恋四、後嵯峨《ごさが》院)と詠まれる。◇雲と　小鳥居本「雲に」。

や今宵《こよい》あたりはと男の訪れを待っている。〔まだ男の偽りをこぼしていた頃のほのかな恋のときめき〕

11
入《いり》相《あひ》も別れのかねの声なるに　　御

暁の鐘ばかりでなく、入相の鐘の音も私には別れの音色なのだから。〔来ぬ人をうらみながらも待っている夕べにはと付く。恋の四句目。鐘を点出して展開をはかる〕

12
夢と春とはなごり二度《ふたたび》　　文

朝は夢と別れた名残、夕暮は行く春との別れの名残と、名残が二度も重なって。〔暁の鐘で夢、入相の鐘で春との名残とする理屈の句〕

13
花残る山をあしたの雲とみて　　侍

花がまだ散らずに残っている山は、朝の雲に見紛《みまが》うようであり、その朝雲がまたかの巫山《ふざん》の女と契った夢の名残のようで。〔花の名残と巫山の夢の名残で、二度《ふたたび》に応じる〕

14　**春季**（かすむ）　光物。「山」と「有明」が寄合。◇有明　有明の月。一座四句物（四季各一）。ここは春の有明月。ただし「春の月」は一座二句物（ただ一、有明一）。既に〈二表5〉〈三表14〉にあり三句目になる。

1　**春季**（帰る雁）　鳥。「有明」に「今こん」と付く。「今来むといひしばかりに長月《ながつき》の有明の月を待ち出でつるかな」（『古今集』恋四、素性《そせい》）による。◇今こんと　小鳥居本「今こむの」。◇帰る雁　春、北へもどってゆく雁。「帰る雁いまはの心有明に月と花との名こそをしけれ」（『新古今集』春上、藤原良経《よしつね》）など春の景物として多く詠まれる。「雁」は一座二句物（春一、秋一）。

2　**秋季**（露）　述懐。人倫。◇つらつら　熟々《つらつら》。念を入れて。『万葉集』に「巨勢《こせ》山のつらつら椿《つばき》つらつらに」（五四）と見えるが、後の和歌にはあまり用いられない語。◇露の身　露のようにはかない身。「よもぎふにいつか置くべき露の身は今日の夕暮あすのあけぼの」（『新古今集』哀傷、慈円《じえん》）など。

3　**秋季**（正木）　草。「露」に「散る」と付く。◇正木のゆふかづら　「正木のかづら」はまさきの蔓《つる》。定家《ていか》かずらの別名か。「日くるればあふ人も

14　有《あり》明《あけ》なれば猶《なほ》ぞかすめる　成

月も春の明けゆく空にかかっている有明の月だから、いっそう霞んで見える。〔花残る山を朝の雲と見たのは、霞がかかっていたためとする〕

（名残裏）
1　今こんと秋を忘るな帰る雁《かり》　素

今にまた来ようということで春霞の中を北へ帰ってゆく雁よ。秋に再びやってくることを忘れるな。〔本歌による付け。帰る雁を点出して動きを与え、春四句目、秋への季移りを用意する〕

2　つらつらおもへ露の身ぞかし　文

よくよく思いやってくれ、露のように消えやすいわが身であることを。〔だから秋にくることを忘れるなと帰る雁に呼びかける形〕

3　くれごとに散るや正木《まさき》のゆふかづら　成

夕暮ともなるとまたしても正木のかずらが散ってゆくことだ。

〔その正木のかずらのように、はかない露の身であることを思いみるべきであると付く〕

4 冬かけてこそ風は寒けれ　文

秋から冬にかけて吹く風はことさら身にしみて寒く感じられる。〔前句のまさきの散るものわびしい景に応じて、端的に初冬の風の寒さを付ける〕

5 小《を》車《ぐるま》のわがあと見ゆる朝氷　侍

私が乗っている車のわだちの跡が、うっすら張った朝氷の割れにそれとはっきり見える。〔具象的に冬の朝の寒さを点出する〕

6 ふたつの川ぞめぐりあひぬる　家

氷の上についた二筋の車輪の跡は、まさしく二河白道《にがびやくどう》の水の河と火の河に見えて、いまこそようやく浄土に至る白道にめぐりあったように思われることだ。〔前句の小車の輪の跡を、二河白道に見ての付け〕

なしまさき散る嶺《みね》の嵐《あらし》の音ばかりして」（『新古今集』冬、源俊頼《としより》）のように散りやすいものとされた。「ゆふかづら」は神官などが冠にする木綿《ゆう》で作った鬘《かずら》をいうがここは「正木のかづら」に同じ。用例に「契りありて今日宮河の木綿鬘《ゆふかづら》永きよまでもかけて頼まむ」（『新古今集』神祇、藤原定家）。「かづら」はつる草で作ったかざり。蔓《つる》そのものをもいう。小鳥居本は「たまかづら」。

4　冬季　鬘をかけるということから「ゆふかづら」に「かけて」と付く。一句としての「かけて」は「……にかけて」の意。◇風　可隔五句物。

5　冬季（氷）　水辺。◇小車　「を」は接頭語。「車」は一座三句物（ただ一、水車一、法《のり》の車一）。◇わが　「我」に「輪」を掛ける。この掛詞も連歌的表現。◇朝氷　「氷」は一座四句物（ただ一、つらら・涙の氷など一、月の氷一、霜・雪に一）。

6　雑　釈教。水辺。「車」と「めぐる」が寄合。◇ふたつの川　二河白道の二河、水の河と火の河の称。貪欲《とんよく》と瞋恚《しんに》のたとえ。二河の間にはさまれた一条の白道《びやくどう》が彼岸《ひがん》に通じているとし、仏の言葉を信じて疑いを持たなければ西方浄土《さいほうじようど》に至りつくと、浄土門で説く。

7
佐《さ》保《ほ》山《やま》の陰より深し石清水《いはしみづ》　御

二つの川がめぐりあって涌《わ》きでているこの清らかな石清水は、佐保山よりもいっそう深い陰をおとしている。〔景とともに石清水八幡宮の神徳をたたえる〕

8
ときはなる木は榊《さかき》橘《たちばな》　侍

一年中変らない緑を誇る常磐木《ときわぎ》、それは榊と橘で。〔その木々が石清水八幡宮の神域にはこんもりと茂っていてと神祇でめでたくおさめた挙句《あげく》〕

7　**雑**　神祇。山類。水辺。◇佐保山　奈良市佐保町付近の山。『万葉集』以来の歌枕。◇石清水　京都府八幡市。八幡宮の東南、山の中腹にある名泉。用例に「松も生ひまたも苔《こけ》むす石清水ゆく末遠く仕へまつらむ」(『続古今集』神祇、紀貫之)。

8　**雑**　神祇。木。「草」と「木」は可隔三句物、〈名裏3〉の「正木」(草)より四句隔たる。挙句は一巻の終りで、おだやかに格調正しく、祝言《しゅうげん》の意をこめておさめる。

至徳二年石山百韻

◇底本　宮内庁書陵部蔵（連歌、御、一五〇・六一二）。江戸中期写。一冊。
◇校合本　静嘉《せいか》堂《どう》文庫蔵、「連歌集書一六」所収本（静嘉堂本と略称）。
◇注釈　福井久蔵氏『連歌文学の研究』所収。
◇成立　底本の端作りによれば、至徳《しとく》二年（一三八五）十月十八日、近江《おうみ》の石山寺倉坊《くらぼう》における張行《ちょうぎょう》。
◇連衆

良基《よしもと》公　一九句。二条良基。既出。時に六十六歳。

石山座《ざ》主坊《すのぼう》　一一句。静嘉堂本は岩坊。石山寺の大僧正で、洞院公賢《とういんきんかた》の息。杲守《こうしゅ》。『新千載集』以下の勅撰作者。

周阿　九句。『文和千句第一百韻』の周阿とは別人。

通郷《みちさと》　四句。波多野《はたの》肥後守《ひごのかみ》。元喜《げんき》。評定衆。

師綱《もろつな》　八句。朝山小次郎。梵灯庵《ぼんとうあん》。

季尹《すえただ》朝臣《あそん》　六句。従四位参議。藤原家尹の息。

千若丸　五句。伝未詳。

右大弁三位《うだいべんさんみ》　四句。伝未詳。

任阿《にんあ》　六句。伝未詳。

忠頼《ただより》朝臣　七句。鷹司《たかつかさ》。左中将。参議《さんぎ》宗平の男。『菟玖波《つくば》集』作者。

恵覚《えかく》　三句。伝未詳。

頼冬《よりふゆ》　三句。忠頼の次男。

長遠《ながとお》　三句。従二位参議。菅原秀長の長男。応永二十九年没。五十八歳。

隆景《たかかげ》　二句。伝未詳。

成阿《じょうあ》　七句。連歌師。北野奉行。

景賢《かげかた》　三句。伝未詳。

賦《ふす》何《なに》船《ふね》連《れん》歌《が》

至徳二年十月十八日　於石山寺倉坊

(初表)

1　月は山風ぞしぐれににほの海　　良基公

月は山にのぼり、風は時雨《しぐれ》の雲を吹き払って、鳰《にお》の海《うみ》が美しく見えることだ。〔初冬の石山寺の倉坊で、湖上を照らす居《い》待ちの月を眺めての句。「月は山」「風ぞしぐれに」と対句《ついく》仕立てに構成〕

2　さざ波さむき夜《よ》こそふけぬれ　　石山座主坊

湖上にはさざ波が立ち、月の光も、風もそぞろ冷たく夜は更けてゆく。〔眺望の景を詠んだ発句《ほっく》に対し時刻の推移をもって応じた〕

3　松一《ひと》木《き》あらぬ落葉に色かへで　　周阿

松は他の木々が落葉する冬にこそその存在を示し、変らぬ緑の色を見せていて。〔湖辺の名木、たとえば唐崎《からさき》の一つ松などを点出《てんしゅつ》〕

◇賦何船　発句《ほっく》に「海」があり、「海船」の熟語をつくる。『野坂本賦物集《ふしもの》』に「海船」が見える。石山寺は滋賀県大津市石山にある真言宗の寺。平安時代以来貴紳の参詣が盛んで、『石山寺縁起《えんぎ》』や、紫式部がここで『源氏物語』を書いたという伝説がある「源氏の間」などで著名。倉坊《くらぼう》は宿坊の一つで月見の勝地であった。

1　冬季(しぐれ)　光物《ひかりもの》。夜分《やぶん》。降物《ふりもの》。山類《さんるい》。水辺《すいへん》。切字《きれじ》「ぞ」。この発句について心敬は比類なき金玉の句と評する(『所々返答《ところどころへんとう》』)。また謡曲「三井寺」にも引かれている「月は山風ぞ時雨に三保のうみ浪もあはづのもりて見えけり」(『元用集《げんよう》』。「三保」は「にほ」の誤)は、この句が喧伝《けんでん》されて生じた伝承歌か。あるいは良基がこの伝承歌を利用したとも考えられる。◇月　ここは冬の月。「冬月」は一座二句物。十八日の張行であるから居待ちの月である。◇しぐれ　一座二句物。◇にほの海　琵琶湖。

2　冬季(さむき)　夜分。水辺。「にほの海」に「さざ波」と付く。◇さざ波　志賀の枕詞《まくらことば》。「さざ波やにほてるうらの秋風に浮雲晴れて月ぞさやけき」(『風雅集』雑上、藤原為親《ためちか》)とも詠まれている。◇石山座主坊　底本「同」とあるのは誤。静嘉堂本は「岩坊」。

3　冬季(落葉)　木。第三に多いて止め。◇松一木　松という木。「松」は可隔七句物。◇あらぬ落葉に　他の木の落葉のように。「落葉」は一座三句物。

4　秋季(秋草)　草。
◇花　この花は秋草の花。◇秋草　秋の七草など、秋に花の咲く草の総称。この語は『万葉集』に見え、中世以後また多く和歌に詠まれるようになる。「枯れはてむ後までつらき秋草に深くや鹿の妻を恋ふらむ」(『続後撰集』秋上、藻璧門院《そうへきもんいん》少将)など。

5　秋季(露)　降物。「草」と「露」が寄合《よりあい》。
◇初霜　寒くなってはじめて降りる霜。用例に「心あてに折らばや折らむ初霜の置きまどはせる白菊の花」(『古今集』秋下、凡河内躬恒《おおしこうちのみつね》)など。

6　秋季(きぬた)　居所《きよしよ》。
◇きぬた　布地をやわらげたり、つやを出したりするために布を打つのに用いる木、または石の台。その音はものさびしく、異郷にある夫の帰りを待ちわびる妻などがその心情を託して打つものとされ、あわれ深い秋の風物として詩歌に多く詠まれる。一座一句物。◇遠里　遠く隔たった里。和歌では「遠里小野」という地名としては詠まれるが、遠里とはあまり詠まれない。言葉をつめた連歌的表現。

7　秋季(鹿)　居所。獣。
◇柴の庵　柴でふいた粗末な小家。「庵」は一

4
花のすぎてものこる秋草　　通郷

花は散ってしまっても、松の根もとなど、まだ枯れずに残っている秋草がある。〔初冬の景を晩秋に転じ、前句もこの付合《つけあい》では晩秋のこととなる〕

5
露ながら野や初霜になりぬらん　　師綱

野に秋草は残っていても、その草に置く露は、そのまま初霜になってゆくことであろう。〔前句は草により、この句では露・霜という降物《ふりもの》によって、秋のふけゆく推移を付ける〕

6
きぬたのおとは遠里《とほざと》もなし　　季尹朝臣

衣を打つ砧《きぬた》の音は、近くの里ではもとよりのこと、遠くの里でも聞えなくなった。〔秋のいよいよふけてゆくさびしさ。視覚でとらえた前句に対し、この句では聴覚でとらえる〕

7
柴《しば》の庵《いほ》あれたる庭に鹿鳴きて　　千若丸

座二句物（「いほ」として一、「いほり」として二）。◇あれたる　底本「あらぬも」。静嘉堂本により改める。◇庭　一座二句物（ただ一、庭の訓《おしえ》など二）。◇鹿　一座三句物（ただ一、鹿《か》の子一、すがる〈鹿の異称〉一）。

8　秋季（刈田）　山類。「鹿」に「刈田」と付く。◇刈田　稲を刈った後の田。用例に「我が門《かど》の苅田のねやにふす鴫《しぎ》の床あらはなる冬の夜の月」（『新古今集』冬、殷富門院大輔《いんぷもんいんのたいふ》）など。

1　雑《ぞう》　述懐《しゅつかい》。人倫《じんりん》。◇わがこころとや　「主《ぬし》なくてさらせる布をたなばたに我が心とや今日はかさまし」（『古今集』雑上、橘長盛《ながもり》）の場合は私のはからいとしての意。ここは、遁世者《とんせいしゃ》である私の心としては、の意。◇わするらん　係助詞「や」を受けて、忘れることが出来るだろうと期待しながらも、危ぶんでいる心境を示す表現。

2　雑　述懐。「捨つる身」と「よの中」が寄合。◇さめがたき夢　「さめる」は「夢」の縁語。「かなしさの猶《なほ》さめがたき心にはいひあはせても夢かとぞ思ふ」（『続拾遺集』雑下、藤原俊成）の歌もある。◇よの中　「世」は一座五句物（ただ一、浮世・世の中として一、恋の世一、前世一、後世《ごせ》一）。ここは「世の中」といった例。

山里の粗末な柴の庵の荒れた庭に鹿がものがなしげに鳴いて。〔遠里をうけて、聞いている主体を山家《やまが》住みの隠者のこととする〕

8　刈《かり》田《た》の後《のち》の山ぞさびしき　　右大弁三位

山田の稲も刈り取られ、田守《たも》りのための仮庵もとりはらわれて、害獣を見はる人も居なくなってからの山は、もとより覚悟の上とはいえ、寂寥《せきりょう》そのものである。〔いよいよ山家の庵《いおり》にひとり住まねばならない隠者の気持〕

（初裏）

1　すててわがこころとや身をわするらん　　任阿

自ら世を捨てた私の心としては、そのさびしさも、身のわびしさも忘れることであろうか。〔前句のわびしい山の景に、それに耐えて住もうとする人の述懐の心を配した〕

2　猶《なほ》さめがたき夢のよの中　　忠頼朝臣

それでもやはり夢のような憂き世のことが思い出される。〔形の上では俗世を捨ててもなお完全には捨てきれない気持を付ける〕

3　いづれさき花と老《おい》との化《あだ》くらべ　　良基公

花のはかなさと老の身のはかなさ——どちらが先に散るかのあだくらべのようだ。〔述懐の心に老を付け、花を出すことによって、次句で述懐を去りやすくした。対句意識による連歌独特の句法〕

4　松に桜のまじる木《こ》がくれ　　恵覚

散りやすい桜が、常緑の松にまじってその木陰に見え隠れに姿をあらわしている。〔花のはかなさをとり出し、叙景の句に転じた〕

5　かすみては月の残るもすくなきに　　頼冬

夜明け近く霞《かすみ》が立ちこめてきて、もう月もまもなく隠れようとするころに。〔前句の叙景に、時分をきめる。夜桜を眺めての場ととる〕

6　枕《まくら》のかねのちかきあけぼの　　長遠

枕べに暁の鐘が聞え、はや夜明けが近くなって来たことだなと思

3　**春季**(花)　述懐。木。良基が一順より先に二句日を詠んでいる。花を出すためか。◇花　一座三句物。懐紙を替えて用いる。ただし似物《にせもの》の花や秋草の花は別。◇老　一座二句物（ただ一、鳥・木などに一、懐紙を替える）。◇化くらべ　もろさをくらべあうこと。『伊勢物語』の「あだくらべかたみにしける」（五十段）は互いにまごころがないと思うことの意であるが、ここでは別の意にかえて用いた。口語的な表現ともいえる。

4　**春季**(桜)　木。「花」と「桜」、「老」と「松」が寄合。いわゆる四手《よつで》付《づ》け。◇松　可隔七句物、〈初表3〉より八句隔たる。◇桜　一座三句物。◇木がくれ　木のかげに隠れているところ。木かげ。用例に「夕月夜《ゆふづくよ》いるさの山のこがくれにほのかに名乗る郭公《ほととぎす》かな」（『千載集』夏、藤原宗家《むねいえ》）。

5　**春季**(霞)　光物。夜分。◇月　ここは春の月。「春月」は一座二句物。「月の残る」は残月。あけがたの空に残っている月。

6　**雑《ぞう》**　夜分。「枕」「かね」「あけぼの」いずれも前句の「月残る」の夜分に付く。◇枕のかね　枕べに聞えてくる暁の鐘の音。連歌的表現。「鐘」は一座四句物（ただ一、入相《いりあい》一、釈教《しやつきよう》一、

異名一）。◇あけぼの　夜がほのぼのと明け始めるころ。「朝ぼらけ」よりはやや暗い時分。

7　**雑**　恋。鳥。「あけぼの」に「わかれ」「鳥」が付く。
◇鳥　暁を告げる鶏。「鶏」は一座三句物（夜鳥一、庭鳥一、異名一）。ここは夜鳥の場合。

8　**雑**　恋。前句の後朝《きぬぎぬ》の別れの意に、「契る」「かねごと」が付く。
◇いさや　底本「いまや」。静嘉堂本により改める。感動詞「いさ」に助詞「や」の付いた語。さあ、どうだか。◇かねごと　あらかじめ言っておく言葉。約束の言葉。用例に「思ひいでよたがかねごとの末ならむ昨日の雲のあとの山風」（『新古今集』恋四、藤原家《いえ》隆《たか》）。

9　**雑**　恋。人倫。「契る」「かねごと」に「恋」と付く。
◇命　一座二句物（ただ一、虫の命など一）。◇恋の身　恋をしている身。助詞「の」でつないで微妙なニュアンスをもたせた連歌的表現。

う。〔同じく時分の句。前句は目に、この句は耳に入る感覚。暁の鐘で恋を呼び出す〕

7　わかれかねたがひにいとふ鳥鳴きて　　周阿

別れを惜しんでいる二人。折しも二人がともにきらっている恨めしい暁を告げる鶏が鳴いて。〔あけぼのに、後朝《きぬぎぬ》の別れの恋を付ける〕

8　又と契るもいさやかねごと　　隆景

また来ようとあの人は約束して帰ったが、そんな言葉なんてさあどうかしら。〔「わかれかねたがひに」を相思の心のあらわれとして、それでも不安な女心を付ける〕

9　それまでの命もしらぬ恋の身に　　石山座主坊

苦しい恋に死なんばかりの身、また来ようとあの人が約束したその日まで命がもつだろうか。〔前句の「いさや」と危ぶんだ理由をつける〕

10　**雑**　恋。聳物《そびきもの》。「恋」に「玉づさ」と付く。◇はては　果てには。その結果は。◇玉づさ　手紙。ここは恋文。

11　**雑**　恋。「玉づさ」に「うらみ」と付く。◇なほざりに　ここでは、等閑《なおざり》の言葉に対して、の意。いい加減な男の言葉に対して。◇うらみ　一座二句物（恨み一、恨むと言いかえて一）。◇しのばれて　「れ」は自発の助動詞「る」の連用形。

12　**冬季**（雪）　降物。「うらみ」に「くもる」と付く。◇山田　山あいの田。◇おそきはつ雪　山田は初雪も早く降るもの、それが今年は遅いというのである。「雪」は一座四句物（うち春雪一）。

13　**冬季**（霜）　降物。木。「雪」に「霜」と付く。◇風残る　吹き荒れていた風がまだ残っている。感覚的にとらえた連歌特有の表現。◇檜原　檜の原。一座一句物。「鳴る神の音にのみ聞く巻向《まきもく》の檜原《ひはら》

10
はてはけぶりもをしき玉《たま》づさ　　良基公

恋人の訪れてこない夜が続いて、その腹立たしさに手紙を焼いてしまった。けれどもその結果は煙さえも惜しい気がする。〔これも待つ女心のせつなさ〕

11
なほざりにうらみし比《ころ》のしのばれて　　通郷

その場限りの男の言葉をまだ恨めしく思っていたころが、今ではかえってなつかしく偲《しの》ばれて。〔もうすっかり冷《さ》め果ててしまった恋。遂に恋の句を五句まで続ける〕

12
くもる山田におそきはつ雪　　成阿

かげっている山田に、例年よりは遅い初雪が降っている。〔五句続いた恋を転じて、恨みに曇ると受け流して冬の叙景の句とした。初雪が前句の恋に忘れられない思い出でもあったと見る〕

13
風残る檜《ひ》原《ばら》は霜のよもおかじ　　景賢

吹き荒れた風がまだ残っているらしいかなたの檜《ひのき》の原では、霜もその風に払われてしまってまさか置いてはいないだろう。〔前句を近景として遠景をつける〕

14 松あるかたはいそぐ夕暮　周阿

檜の原にくらべて、松の林の方は、日脚が早くずんずん夕暮れてゆく。〔方位によって夕暮の景の変化するところをとらえた感覚に新しさがある〕

（二表）

1 降る雨のこよひを月にほしもせで　石山座主坊

しとしとと降る宵の雨、一方では月も出ているが、空はからりとしないで月の光も濡れたように感じられる。〔前句の方位の違いを一方では月が出ているが、こちらは雨が降っているとする〕

2 いなばの雲のちかき田《たな》上《かみ》　良基公

田上にちかいあたりは、一面に雲のような稲田の穂がひろがって。〔それも今宵の雨に濡れて光っていると前句に付く〕

の山をけふ見つるかも」（『万葉集』一〇九二）など『万葉集』以来多く詠まれている歌語。

14 **雑**　木。「風」に「松」と付く。◇松　可隔七句物、〈初裏4〉より九句隔たる。◇いそぐ　陽や月の影が、ずんずん動いてゆくのを「いそぐ」と表現するのは、『風雅集』などに見られる感覚的なとらえ方。「村雲の絶間《たえま》の影はいそげども更《ふ》くるは遅き秋の夜の月」（『風雅集』釈教、覚実《かくじつ》）など。◇夕暮　一座一句物。

1 **秋季（月）**　光物。夜分。降物。降物は可隔三句物。打越《うちこし》〈初裏13〉に「霜」があり、式目《しきもく》に反する。当時は式目はなお大綱《たいこう》を示すもので、その処理は当座の宗匠《そうしょう》のさばきにゆだねられていた。作者が座《ざ》主坊《すのぼう》であったことも関係があろう。

2 **秋季（いなば）**　聳物。「雨」に「雲」と付く。◇いなばの雲　一面にひろがる稲田の穂を雲に見たてていう。用例に「民やすき田面《たのも》のいほの秋風にいなばの雲は月もさはらず」（『続拾遺集』賀、日野資《すけ》宣《のぶ》）。◇田上　滋賀県大津市。「石走《いはばし》る淡海《あふみ》の国の衣手の田上山《たなかみやま》の」（『万葉集』五〇）と詠まれた名所で、石山寺から眺望できる範囲。源俊頼《としより》もここに住んでいたことがある。

3
河音の波冷《すさま》じき網代守《あじろもり》　通郷

河波も冷えびえと音を立てて流れ、網代守が寒そうに網代を見守っている。〔「河音の波冷じき」という表現は、石山寺の眼下を流れる瀬田川が連想の基底にあるか〕

4
水の車や瀬をめぐるらん　右大弁

この河にしかけられた水車が、瀬の水を汲みあげて廻っていることであろう。〔瀬田川や宇治川に多い水辺の風景を付けた〕

5
ながれ木はかけもさだめぬ橋かとよ　師綱

川上から流れてくる木が瀬にたまって、架けたわけでもないのに、まるで橋のようだ。〔流木を橋に見たてた。以上水辺三句〕

6
まづくれわたる浮雲《うきぐも》の山　千若丸

浮雲のかかっている山のあたりが先ず一面に暮れてゆく。〔水辺の景を山類の景に転じ、時分を夕暮とした〕

3　**秋季**(冷じ)　水辺。人倫。「田上」に「河音」「波」「網代守」と付く。「網代もりさぞ寒からし衣手《ころもて》の田上河もこほる霜夜に」(『続古今集』冬、藤原為家《ためいえ》)とも詠まれ、田上河は網代(魚をとるために竹などで編んだ網)の名所。◇冷じき　「河音の波」を受け、また「網代守」を修飾する。「すさまじ」にはいろいろの語義があるが、ここは冷やかの意。宗祇《そうぎ》の『分葉《ぶんよう》』に「大かた秋のさむきをいへる也」とあるに当る。「連歌のすさまじ」(金子金治郎氏『新撰菟玖波《つくば》集の研究』)参照。◇網代守　夜かがり火をたいて網代を見守る人。『万葉集』以来の歌語。

4　**雑**　水辺。「河」と「瀬」、「網代」と「水車」が寄合。四手付け。◇水の車　水車《すいしゃ》。「早き瀬にたえぬばかりぞ水車《みづぐるま》われもうき世に廻るとを知れ」(『金葉集』雑上、行尊《ぎょうそん》)とも詠まれている。「車」は一座三句物(ただ一、法《のり》車《くるま》一、水車一)。

5　**雑**　水辺。「瀬」に「橋」と付く。◇橋かとよ　「橋」は一座五句物(ただ一、御《み》階《はし》一、梯《かけはし》一、名所一、浮橋一)。「か」は疑問、「と」は「ながれ木は……橋か」を受け、「よ」は詠嘆の意を添える助詞。

6　**雑**　聳物《そびきもの》。山類。「橋」と「わたる」が寄合。◇浮雲の山　浮雲は『古今集』以来の歌語であるが、「浮雲の山」と続けたところが連歌的表現。

7　春季(花)　光物。木。「くれわたる」に「残る日」、「山」に「入相」と付く。
◇入相　日の入り方。夕暮。ここは入相の鐘ではない。◇花　一座三句物、〈初裏3〉についで二句目。

8　春季(梅)　降物。木。「花」に「にほひ」「梅」と付く。
◇にほひすくなき梅　梅は香りの高い木、それが二月ともなれば、その香も薄くなり、三月には桜の盛りとなる。「にほひすくなき梅」という語は、雅語ばかりであるが、盛りを過ぎた梅をとらえた新しい表現。「梅」は一座五句物（ただ一、紅葉一、紅梅一、冬梅一、青梅一）。◇うす雪　うっすら降りつもった雪。『玉葉集』『風雅集』で好まれた歌語。ただし、ここは梅の花弁がわずかに残っているさまを薄雪にたとえた似物《にせもの》。

9　春季　「梅」に「東風」と付く。「東風《こち》ふかばにほひおこせよ梅の花あるじなしとて春を忘るな」（『拾遺集』雑春、菅原道真《みちざね》）による。
◇朝東風　朝の東風。東風は、春になって東方より吹いてくる風。「春日野《かすがの》のはぎし散りなば朝東《あさこち》の風にたぐひてここにちりこね」（『万葉集』二一二五）とある万葉語。

10　春季(うぐひす)　居所。鳥。
◇うぐひす　一座一句物。

7
残る日の入相《いりあひ》をしき花をみて　　良基公

わずかに春の陽《ひ》ざしが残っている夕暮、暮れゆくのを惜しんでなおも花を眺めている。〔心を残しながら帰路につこうとする体《てい》。前句の景に、情を添える〕

8
にほひすくなき梅のうす雪　　頼冬

二月になって匂いもかすかになった梅、白い花びらが薄雪のように梢《こずゑ》に残っている。〔前句の花を梅とする〕

9
春やまた朝東風《こち》吹きてさえぬらん　　忠頼

春とはなったが、また朝東風が吹き荒れて寒く感じられることであろう。〔前句の薄雪を、現実に降っている春雪として付けた〕

10
けふをはつねの里のうぐひす　　任阿

ようやく今日、山から出て里を訪れ、その初音を聞かせてくれた鶯。〔春なお浅く声もまだおさない、と前句に付く〕

11　**雑**　述懐。衣裳。人倫。「里のうぐひす」に「物うかる」と付く。本歌「春たてど花もにほはぬ山ざとは物うかるねにうぐひすぞなく」(『古今集』春上、在原棟梁《むねやな》)による。◇我は　底本「袖は」。静嘉堂本により改める。◇の「我はかく物うかる身」を受け「袖」に続ける。連歌独特の表現。

12　**秋季(月)**　恋。光物。夜分。「袖」に「手枕」と付く。◇ふたりみばやの　「ひとり」は人倫に扱うが「ふたり」は人倫としない(『産衣《うぶぎぬ》』)。この「の」も「ふたりみばや」という文を受ける。◇手枕　腕を枕とすること。『万葉集』以来の歌語。「手枕の月」と続けたところが連歌的表現。

13　**秋季(よさむ)**　恋。夜分。◇よさむ　秋、夜になって寒さを身にしみて感ずること。歌語。後の肖柏の『追加』では一座一句物となる。

14　**秋季(荻)**　恋。草。「よさむ」に「夢」と付く。◇風　可隔五句物。ただし、「朝東風」〈二表9〉から四句しか隔たっていない。◇荻　一座三句物(ただ一、夏冬に一、焼原《やけはら》一)。「荻原」は歌語であるが「風の荻原」は連歌的表現。

11　我はかく物うかる身の袖《そで》ぬれて　　石山座主坊

「山里は物うかるねにうぐひすぞなく」というが、こんなにも住みづらい世を送っている自分の袖は涙に濡れて。〔本歌による付け〕

12　ふたりみばやの手《た》枕《まくら》の月　　師綱

この美しい月を二人で手枕をかわしつつ見たいものだ。〔前句を恋のもの思いに袖が濡れると解した〕

13　こぬをなどさのみよさむのまたすらん　　景賢

来ぬ人を待って月を眺めているのだが、どうして夜寒《よさむ》はこんなにいつまでも待たせるのであろう。〔夜寒の風に吹かれながら、いつ来てくれるかと待っているのを、夜寒が待たせると擬人化しての付け〕

14　夢にふきけり風の荻《をぎ》原《はら》　　成阿

荻を吹く風、その音を待つ人の訪れかと思って喜んだのだが、その風さえも夢のなかでのことだった。〔これも待つ恋のこころ〕

（二裏）

1 道ほそき小野《をの》の下草うはがれて　任阿

細い道が通じている小野の木陰の下草はもうすっかりうら枯れていて。〔前句の恋から、現実の秋景にしぼって付けた〕

2 しばし都のちかき近江路《あふみぢ》　良基公

上洛の途次、しばらく立ち寄ったここはもう都にも近い近江路で。〔前句の小野を近江の小野にとりなし、旅の帰途とした。『小島《おじま》のくちずさみ』の折の思い出がこの句を作らせたか〕

3 とはれては身にあまるまでうれしきに　石山座主坊

旅路で知人にあい、私のことをあれこれと尋ねられることは身に余るほどにうれしくて。〔或いはこの句も暗に『小島のくちずさみ』をふまえているか〕

1 **秋季**（うはがれ）草。「夢」に「道」「小野」と付く。「小野の山」と「夢かとぞ思ふ」が寄合（『和歌集心躰抄抽肝要《しんたいしょうちゅうかんよう》』に指摘）。在原業平が小野に隠棲《いんせい》した惟喬《これたか》親王を訪れた際に詠んだ「忘れては夢かとぞ思ふ思ひきや雪ふみわけて君を見むとは」（『伊勢物語』八十三段）の歌による。◇小野　京都市左京区八瀬《やせ》。◇うはがれ　「うら枯れ」に同じ。枝や葉の先が枯れてゆくこと。或いは誤写か。類従本は「うらかれ」。

2 **雑**　旅。「小野」に「近江路」と付く。◇都　一座三句物（ただ一、名所一、旅一）。ここは旅での使用。◇近江路　近江街道。小野を滋賀県彦根市鳥居本の小野とする。良基の紀行文『小島のくちずさみ』に「小野とかやいふ所にて三宝院僧正に行あふ。近江のかたへ急ぐこと有りていで侍るよし申ししかば、森の陰なる堂の傍に輿《こし》かき据ゑて対面す。……やがて都の方へ過ぎぬ。この所の同じ名は古き歌などにも多く侍れど、惟喬の親王の住みかならねば思ひやるものの浅き心地せし」とある。ただしこれは往路、それを帰路とする。

3 **雑**　旅。人倫。◇身にあまる　過分である。用例に「身にあまる思ひや空にみちのくの忍ぶかひなくたつ烟《けぶり》かな」（『玉葉集』恋一、藤原行能《ゆきよし》）など。『源氏物語』桐壺《きりつぼ》にも「身にあまるまでの御心ざしの、よろづにかたじけなきに」と見える語。

4 千《ち》世《よ》万代《よろづよ》とちぎる行くするゑ　忠頼

いついつまでも変らないと、お互いの友情を行く末まで約束しあう、そのうれしさ。〔前句の「とふ」を「訪《と》ふ」ととり、訪ねられるだけでも身にあまるほどうれしいのに、と付く〕

5 松ばらに道のありける寺にきて　良基公

松の生えている野原にある道、その道をたどって寺を訪れ、仏道に入って来世のよき宿縁を祈ることだ。〔釈教に変化させる。一句としても印象のはっきりした句〕

6 おくの山なほふかきかくれ家《が》　千若丸

山の中の寺、その寺よりさらに奥深いところに結んだ隠れ家こそわが遁世《とんせい》の庵《いおり》であって。〔本寺を離れて草庵を結び、念仏三昧《ざんまい》にふけっている修行者の境涯を付ける〕

7 捨てしより人のすむ世をいとふ身に　季尹朝臣

4　**雑**　「とふ」に「ちぎる」と付く。恋と見るのが普通の解であるが、恋は〈二表14〉にあり可隔五句物に触れるので、ここは友情ととって雑。

5　**雑**　釈教《しやつきよう》。木。「千世」に「道」と付く。「さがの山ちよのふるみち跡とめて又露分くるもち月の駒」(『新古今集』雑中、藤原定家)などによる。「木」と「草」とは可隔三句物、〈二裏1〉の「下草」から三句隔たる。◇道　可隔五句物、〈二裏1〉から三句しか隔たっていない。良基の句でもあり、式目《しきもく》は原則を示したものに過ぎないことが知られる。

6　**雑**　釈教。山類。「道」に「おく」と付く。◇かくれ家　人目を避けて住むところ。隠者の栖《すみか》。一座一句物。

7　**雑**　釈教。人倫。「かくれ家」に「捨つる身」と付く。◇世　一座五句物（ただ一、浮世・世の中として一、

世を遁《のが》れてからというもの、人の住む俗世間をいとうようになった僧の身にとって。〔山奥こそわがすみかでと前句の隠れ家に住む人を付けた。結局釈教が三句まで続いて変化はとぼしい〕

8
かぎりはいつにすぐるあらまし　恵覚

この世に別れを告げるその限りの時はいつだろうかと死を予期しながらその日その日を送っている。〔これも隠者の生活。辛うじて釈教を去って述懐《しゅつかい》に転じたが、展開の妙に欠ける〕

9
村雲に村々月に晴れやらで　通郷

むら雲のために、どの村でも月は出ても澄みわたらないで。〔前句の「あらまし」を月の晴れるのを待つ期待とする〕

10
しぐれてのこる秋ぞすくなき　長遠

とかく時雨《しぐれ》がちの日が続き晩秋も残り少なくなってゆく。〔月にむら雲、更に時雨、明月も光をおおわれること多く、と付く〕

恋の世一、前世一、後世一）。〈初裏2〉に「よの中」があり、ここも「浮世」。細則は守られていない。◇身　〈二裏3〉にあり、三句しか隔たっておらず、同字は可隔五句物に触れる。

8　雑　述懐。
◇かぎり　静嘉堂本は「うらみ」。◇あらまし　予期。予想。「おのづからうき身忘るるあらましにありなぐさめて世をや過さむ」（『玉葉集』雑五、二条為世《ためよ》）など中世の和歌に多い。

9　秋季（月）光物。夜分。聳物《そびきもの》。
◇村雲　むらがりたつ雲。「いまよりは木《こ》の葉がくれもなけれども時雨《しぐれ》に残る村雲の月」（『新古今集』冬、源具親《ともちか》）など、中世の和歌に多く詠まれた。静嘉堂本は「むら雲の時々月に晴なして」。◇村々「村雲」と頭韻を響かせる。

10　秋季　時雨は冬であるが、秋の言葉を入れると秋となる。「村雲」に「しぐれ」と付く。
◇のこる秋　「残秋」の訓読。秋の終りごろ。

11 露よりも霜こそそむれ遅《おそ》紅葉《もみぢ》　良基公

木々の葉は時雨《しぐれ》の露によって紅葉し、散り落ちた紅葉は更に霜が染めて。〔「のこる秋」を実景でうけとめ、一句で一つの世界を構成している南北朝連歌の典型的付合《つけあい》。発想も用語も和歌を脱している〕

12 風を色との萩《はぎ》やちるらん　石山座主坊

秋風に色を添えようとばかりに萩は散り乱れるのであろうか。〔遅紅葉は、霜に染められた萩と取り、風に乱れ散る萩が色なき風に色を添えるとする。晩秋の景が続く一つの山場〕

13 うす霧の夕《ゆふべ》の山を絵になして　千若丸

薄くかかった霧、その霧が夕べの山を美しい絵のような光景にして。〔風が萩の花を散らしているという近景に遠景を配した〕

14 舟路《ふなぢ》いづくぞあとの遠《とほ》しま　周阿

11 **秋季**（露・紅葉）　降物。植物《うえもの》。「しぐれ」に「紅葉」、「のこる秋」に「遅紅葉」と付く。「時雨のあめまなくし降れば槇《まき》の葉もあらそひかねて色付きにけり」（『新古今集』冬、柿本人麿）など時雨が草木を染めると考えられていた。◇霜　霜は冬であるが、ここは晩秋の霜と見る。◇遅紅葉　「遅桜」より類推してできた語。「みぞれ降る端《は》山《やま》が下のおそ紅葉ひとむらみゆる冬の夕ぐれ」（『夫《ふ》木《ぼく》抄《しょう》』冬二、藤原家隆）とも詠まれているが和歌の例は少ない。

12 **秋季**（萩）　草。「紅葉」に「萩」と付く。◇風を色との　静嘉堂本「風を色どる」、類従本「風も色どる」。

13 **秋季**（うす霧）　山類。聳物《そびきもの》。聳物は可隔三句物、〈二裏9〉の「村雲」より三句隔たる。◇うす霧　『新古今集』から『玉葉集』『風雅集』にかけて歌に詠まれることが多い。「入りかかる遠《をち》の夕日は影消えて裾《すそ》より暮るる薄ぎりの山」（『風雅集』秋下、西園寺《さいおんじ》実兼《さねかぬ》）など。

14 **雑**　水辺。「山」に「しま」と付く。◇遠しま　遠くの島。用例に「明けしらむ波路の霧は吹きはれて遠島みゆる秋のうら風」(『玉葉集』雑一、藤原景綱《かけつな》)。

1　**冬季(雪)**　降物。水辺。降物は可隔三句物。〈二裏11〉の「露」「霜」より三句隔たる。「舟路」「遠しま」に「波」と付く。◇いそぎは　磯際。波うちぎわ。和歌にあまり用いられない語。「いそぎはこえて」というのは、海から眺めて、磯を越えて陸地の側の意。

2　**冬季(ちどり)**　水辺。鳥。以上水辺三句。「いそ」と「ちどり」が寄合。◇友やよぶらん　千鳥の鳴くのを「友よぶ」と表現するのは、「さ夜中《よなか》に友よぶ千鳥物おもふとわび居《を》る時に鳴きつつもとな」(『万葉集』六一八、大神女郎《おおみわのいらつめ》)などの例がある。

3　**雑**　旅。「友よぶ」に「名残をしむ」と付く。◇やど　一座二句物(ただ一、旅一)。ここは旅宿。◇名残　一座二句物(ただ一、花などに一)。

どこへ向ってゆくのだろうか、夕霧が薄くかかった島山をあとにして遠ざかってゆく舟は。〔前句の山を舟路に見える島山とする〕

(三表)

1　波よするいそぎはこえて降《ふ》る雪に　　石山座主坊

白波がうち寄せている磯《いそ》、その向うにさかんに降っている雪のために磯のあたりが白く見えて。〔前句とは逆に、舟の中から遠ざかってゆく島の磯辺をふりかえり、舟路の行く末を思う〕

2　鳴きたつちどり友やよぶらん　　頼冬

雪が降る波うちぎわで飛び立ってゆく千鳥の鳴く声がする。友を呼びかわしているのであろうか。〔古歌に詠まれた「友よぶ千鳥」などのおもかげ〕

3　やどごとの同じ名残《なごり》もをしまれて　　良基公

旅宿の常のこととて、朝立ち別れてゆく時にはいつも同じように別れるのが名残惜しくて。〔前句を旅宿でのこととし、千鳥も別れを惜しんで呼びあっているのだろうと付ける〕

4 夢のと絶《だ》えのはるをとめばや　周阿

とぎれてしまった春の夜の美しい夢、その夢に見た春を訪ねたいものだ。〔本歌を旅宿の夢として前句に付ける〕

5 花はなど我をおもはで散りぬらん　石山座主坊

春の花はなぜ私の心を察してもくれずに散っていくのだろう。〔だから花が散っていない夢の中の春を訪ねたい、と付く〕

6 むかしはかすむ有明の月　忠頼

昔の思い出は、ぼうっと霞んだようにおぼろげである。折しも有明の月も霞んだように見えて。〔眼前に散る花を眺めながら思い出にひたっている体《てい》。花に月を配した〕

7 はやとけよ石井《いはゐ》の氷志賀の山　良基公

早く解けてくれ。この志賀の山にある石井の氷よ。〔この岩間の真《ま》清《し》水《みず》には昔は有明の月もうつっていたとする〕

4　春季　「名残」に「夢」と付く。一句は「春の夜の夢の浮橋とだえして嶺《みね》にわかるる横雲の空」（『新古今集』春上、藤原定家）をふまえての句作り。◇夢のと絶えの　底本「夢のたとへのはるをとはめや」。類従本により訂。「夢」は可隔七句物。◇とめばや　「とむ」は訪ねるの意。「ばや」は願望の助詞。

5　春季（花）　木。人倫。「夢」に「花」と付く。◇花　一座三句物（懐紙を替える）。〈初裏3〉〈二表7〉にあり、これで三句目。他に〈初表4〉に秋草の花があった。

6　春季（かすむ）　光物。夜分。「花」に「かすむ」と付く。◇むかし　一座一句物。◇有明の月　二十日すぎの月。「有明」は一座四句物（四季各一）。ここは春の有明。

7　春季（氷解く）　山類。水辺。「月」に「石井」と付く。◇石井の氷　「石井」は岩の間からふき出ている泉。「岩井の清水」は和歌に多く見えるが、氷を詠んだ歌には「年暮れて岩井の水も氷閉ぢ見し人かげのあせも行くかな」（『源氏物語』賢木《さかき》）がある。「氷」は一座四句物（ただ一、つらら・涙の氷など一、月の氷一、霜・雪に一）。◇志賀の山　滋賀県大津市の西にある山。名所。

8 ふかきちかひは七《なな》の御社《みやしろ》　任阿

衆生《しゅじょう》を救おうとかたく誓われた日吉《ひえ》山王権現《さんのうごんげん》を祭る上七社は、尊く鎮座ましまして。〔志賀の山から日吉七社を付けた〕

9 星うたふ神楽《かぐら》乙女《をとめ》の声々に　師綱

夜《よ》神楽《かぐら》も朝になって、星歌をうたっている巫子《みこ》の声が聞えてくることだ。〔日吉七社での神楽の光景〕

10 庭《には》火《び》のあたり霜や消ゆらん　右大弁

夜神楽の庭火をたいているところだけが霜も消えていることであろう。〔しらじらと明けてゆく暁の神々しさを付ける〕

11 榊葉《さかきば》のかれせぬ枝も風さえて　成阿

常緑の榊の枝にも冬の冷たい風が吹きつけて。〔神祇の句は三句まで。「庭火」に「榊」の付合《つけあい》は神楽によるのだが、それを付合だけにとどめて一句としては冬の叙景に転じた〕

8　**雑**　神祇《じんぎ》。「石井」に「ふかき」、「志賀」に「七の御社」と付く。

◇七の御社　日吉七社。日吉山王権現を祭神とする日吉神社の、本社、末社、摂社を合わせた二十一社のうちの上七社。大宮・二宮・聖真子《しょうしんじ》・八王子・客人《まろうと》・十禅寺・三宮。用例に「わがたのむななの社のゆふだすきかけても六《むつ》の道にかへすな」（『新古今集』神祇、慈《じ》円《えん》）。

9　**雑**　神祇。人倫。「七」に「星」（七つの星は北斗七星）、「社」に「神楽」と付く。

◇星　神楽の星歌。朝になってからうたう神あがりのテンポの早い歌。用例に「星うたふ声や雲居にすみぬらむ空にもやがて影のさやけき」（『新拾遺集』雑上、伏見《ふしみ》院）。

10　冬季（霜・庭火）　神祇。降物。「神楽」と「庭火」が寄合。

◇庭火　神楽を奏する時にたくかがり火。『源氏物語』若菜下などに見える。

11　冬季（さえて）　「庭火」に「榊」と付く。

◇榊　神楽の採物《とりもの》の歌にあり、その本歌《もとうた》は「榊《さかき》葉《ば》の香《か》をかぐはしみ求《と》め来《く》れば八《や》十《そ》氏人《うぢびと》ぞ内居《うちゐ》せりける内居せりける」、末歌《すゑうた》は「神籬《かみがき》の御《み》室《むろ》の山の榊葉は神の御前に茂りあひにけり茂りあひにけり」。「榊とばかりは神祇に非ず。さす、とるなどは神祇也」（『産衣』）とあるが、この百韻の頃にはそこまで規定されてはいない。

12
しるしの杉を三輪《みわ》の山本　季尹朝臣

かの有名な三輪のしるしの杉を見たことだ。風の鳴る、三輪山のふもとで。〔これも叙景の句〕

13
旅は今日《けふ》はつせまうでといそぐ日に　長遠

今日はじめて旅立って、初瀬詣《はつせもう》での道をいそいでいるこの日に、三輪のしるしの杉を見たことだ。〔前句を旅中でのこととする〕

14
涙のこもる袖ぞしほるる　任阿

うれし涙がこぼれて袖もしぼるばかりである。〔源氏物語「玉鬘《たまかずら》」の、筑紫《つくし》から上京した玉鬘が、初瀬詣での途中で、亡き母夕顔の侍女右近《うこん》にめぐりあったことによっている〕

（三　裏）

1
とてもたつうき名をあふにかへもせで　良基公

浮き名が立っても逢《あ》うことさえできればよいのだが、それもできずに。〔涙に袖がしおれることだと前句に付く〕

12　**雑**　木。「三輪」を三輪明神ととれば神祇となるが前句の「榊」とあわせて神祇五句となってしまうので、三輪明神とはとらないで名所とする。「榊」に「三輪」と付く。◇しるしの杉　「わが庵《いほ》は三輪の山本恋しくはとぶらひ来ませ杉立てる門《かど》」（『古今集』雑下、読人しらず）、「三輪の山しるしの杉はありながらをしへし人はなくていくよぞ」（『拾遺集』雑上、清原元輔《もとすけ》）などと詠まれた、三輪にある神のしるしの二本の杉。◇三輪　奈良県桜井市三輪。三輪神社がある。「見る」を掛ける。

13　**雑**　旅。「三輪」に「はつせ」と付く。三輪は初瀬詣での道筋。◇今日　一座二句物。◇はつせ　奈良県桜井市初瀬。長谷寺《はせでら》がある。十一面観音で名高く、平安時代女性の参詣が多かった。「初め」の意を掛ける。

14　**雑**　衣裳《いしょう》。「はつせまうで」に『源氏物語』玉鬘の巻の情景を付ける。◇涙　可隔七句物。◇袖　可隔五句物。◇しほるる　萎《しお》れる。濡れてびっしょりとなる。

1　**雑**　恋。前句を恋の心にとりなして「うき名」と付く。一句は「恋ひ死なむ同じ浮名をいかにしてあふにかへつと人にいはれむ」（『新古今集』恋二、藤原長方《ながかた》）を本歌としての句作り。◇とてもたつ　秘していても、どこからか知られてうわさとなる。◇あふにかへもせで　「とてもたつうき名」の悲しみを「あふ」という喜びに「かへ」(替え)ることもしないで。「を」「に」「も」「で」という「てにをは」を巧みに使って一句を構成し、連歌的表現の特色を発揮している。

2　**雑**　恋。前句の恋の心に「たのみ」と付く。◇たのみ　頼みとすること。その人の言葉をあてにすること。

3　**雑**　恋。夜分。人倫。前句の恋の心に「夢に人のかよふ」と付く。◇おもへばや夢　「思ひつつぬればや人の見えつらむ夢と知りせばさめざらましを」(『古今集』恋二、小野《おの》小町《こまち》)の歌があるように、相手のことを心に思えば夢に見えると考えられていた。「夢」は可隔七句物。

4　**秋季**(月)　恋。光物。夜分。衣裳。恋の心を「ひとりね」で受ける。◇袂　静嘉堂本は「枕」。◇ひとりね　ひとりで寝ること。男女いずれの場合にもいう。ここは女のがわ。

5　**秋季**　夜分。「月」に「秋」と付く。◇松風　一座二句物(ただ一、松の風一)。ここは秋の松風。「たのめおく人もながらの山にだにさ夜ふけぬれば松風のこゑ」(『新古今集』恋三、鴨長明《かものちようめい》)など、夜にはいっそう耳にひびいて感じられる。

2
いつはりまではたのみある中《なか》　成阿

偽りを恨んでいる頃までは頼みにしている仲であって。〔それも絶えてしまった今となってはたとえ浮き名が立っても、と付く〕

3
おもへばや夢にも人のかよふらん　良基公

あの人を思っているからであろうか。通ってくる姿が夢に見えるのは。〔相手は偽りの恋、そうとわかりつつ逢いたいと思いつめている恋心のせつなさ〕

4
袂《たもと》ぬれそふひとりねの月　千若丸

夢からさめると、ひとりねの床には月が皎々《こうこう》とさし、涙で濡れた袂にその光が宿っている。〔また恋を五句続けたことになる〕

5
松風の秋しづかにてふくる夜に　季尹朝臣

松風の音だけが聞えて、秋の夜は静かに更けてゆく。〔ひとりねの夜更けのさびしさ。恋を去って秋の景とする〕

6
花までとせん草のかりいほ　周阿

この草庵での閑居は、来春の花の咲くまでとしよう。この静けさは、花が咲くころともなれば、多くの人が訪れて破られることだから。〔言葉としては「かりいほ」に秋の田を守る仮庵の意をもたせて秋の句にする〕

7
露の身はぬらさぬ袖によもならじ　良基公

露のようにはかないわが身、涙で袖を濡らさないということは、よもやあるまい。〔さびしい草庵の生活。これも露という言葉で秋とするが、一句は述懐の句〕

8
わすれはてねばうきも思ひ出　恵覚

在俗の折の憂きことがすっかり忘れられないのはつらい。しかし、今はその憂きこともなつかしい思い出ではある。〔だから涙も流さないまでに悟りきることはあるまいと前句に付く。これも隠者の懐旧の情〕

6　**秋季**(かりいほ)　居所。木。秋の夜に「かりいほ」(刈庵)と付く。
◇花　ここは「花の咲く時期」の意で、この「花」は一座三句物の中に入らないと見るべきか。◇草のかりいほ　底本「夢」の右に「草」とする。「夢」は可隔七句物で〈三裏3〉にあるのでここは「草」がよい。「草の庵」「かりいほ」は和歌に多く見られるが、「草のかりいほ」と続けたところが連歌表現。草庵の意と仮庵とを「草を刈る」の縁で結んでいる。結局は草庵と同意であるが、「秋の田のかりほの庵」(『後撰集』秋中、天智天皇)、「秋田もるかり庵作り」(『新古今集』秋下、読人しらず)と同じく、秋の田を守るための仮小屋の意で秋季とする。

7　**秋季**(露)　述懐。衣裳。人倫。「草」に「露」と付く。
◇露の身　露のように消えやすい身。用例に「誰も皆露の身ぞかしと思ふにも心留《とま》りし草の庵《いほ》かな」(『千載集』雑中、藤原実国《さねくに》)。◇袖　可隔五句物。

8　**雑**　述懐。述懐の心に「思ひ出」と付く。
◇わすれはてねば　「ね」は打消の助動詞「ず」の已然形。「ねば」で確定条件を示す。ここはいったん「うし」と受け、さらに「うきも思ひ出」と続ける。◇恵覚　底本「恵阿」、「阿」の右に「覚歎《か》」とする。

9
山かげはいかになるるもさびしくて　成阿

山陰での住居は、どんなに慣れてはきてもさびしくて、昔のことが忘れられない。〔述懐三句目、山陰で展開を用意する〕

10
行《ゆ》くかたしらぬ谷の水音　周阿

どこへ流れて行くのか知らないが、谷の水音だけが聞えてくる。〔さびしさをつのらせる山陰の景。述懐から叙景の句へ展開〕

11
苔《こけ》をふみ松をつたへば道もなし　良基公

苔を踏みしめ、松の根を伝ってゆくと、道もなくなってしまって。〔山路を行く修験者の体《てい》。対句仕立てに構成し、「道もなし」ときっぱりとおさめて明確に具象性をもった句としている〕

12
たれとすめとのおくの岩屋戸《いはやど》　忠頼

誰と住めというのだろうか、こんなさびしい山奥に岩屋の戸がある。〔道なき道をたどっていった果てにある岩屋戸を点出〕

9　**雑**　述懐。山類。
◇山かげ　山の陰になるところ。陽があたらない。ここは、その山かげにある栖《すみか》。

10　**雑**　山類。「山かげ」に「谷の水音」と付く。「吹く風と谷の水としなかりせばみ山がくれの花を見ましや」（『古今集』春下、紀貫之）による。◇行くかたしらぬ　歌語。「ゆくへもしらぬ」と同じ。「いづちとか夜は螢《ほたる》ののぼるらむ行く方しらぬ草の枕に」（『新古今集』夏、壬生忠見《みぶのただみ》）など。

11　**雑**　旅。草。木。「苔の下水」という歌語もあり、「水音」に「苔」と付く。◇苔をふみ　岩にむす苔を踏みならす。用例に「岩にむす苔ふみならすみ熊野の山のかひある行末《ゆくすゑ》もがな」（『新古今集』神祇、後鳥羽《ごとば》院）。◇松　可隔七句物。◇道　可隔五句物。

12　**雑**　居所。人倫。「松」に「岩屋戸」と付く。◇たれとすめとの　「誰とすめ」という命令文を「の」で受ける連歌的表現。◇岩屋戸　岩屋の戸口。用例に「石室戸《いはやど》に立てる松の木汝《な》を見れば昔の人をあひ見る如し」（『万葉集』三〇九、『夫木抄』では三句以下「なれを見ば昔の人をあひ見しがごと」）。

13
みじか夜はやがて明石《あかし》の月をみて　石山座主坊

夏の短か夜は早くも明けて、明石の浦にかかる有明の月を眺め。〔前句の「岩屋」を地名にとりなして、「明石」を付け、一句も「明く」と「明石」を掛詞《かけことば》でつなぐ秀句《しゅうく》仕立て、つまり、言葉の技巧によりかかっての句〕

14
時しらでなく水の鶏《にはとり》　良基公

鶏のように朝を告げるということも知らないで、夏の短か夜を、いつとはなしに水鶏《くいな》が鳴いている。〔源氏物語「明石」による付け。鶏ではなくて水鶏だから「時しらで」と言ったもの〕

(名残表)

1
軒をゆくかけ樋《ひ》や窓をたたくらん　成阿

山から軒にひいて来た筧《かけい》の水の音なのだろうか、窓をたたくように聞えるのは。〔実は水鶏が鳴いているのだったと前句に付く〕

2
山をたえだえみする夕雲　季尹朝臣

13　**夏季**（みじか夜）　光物。夜分。「岩屋」に「明石」と付く。岩屋は淡路《あわじ》島の北端の地名。明石の対岸。

◇やがて明石　「やがて明く」と「明石」を掛ける。

◇月　ここは夏の月。「夏の月」は一座二句物。

14　**夏季**（水の鶏）　夜分。鳥。「みじか夜」および「明石」から、「水の鶏」と付く。『源氏物語』明石に「ただそこはかとなう繋れる陰どもなまめかしきに水鶏のうちたたきたるは」とあるによる。

◇水の鶏　くいな。水鶏と書くのを、そのまま訓読して七音の語をつくる。連歌の造語。

1　**雑**　水辺。居所。「水の鶏」に「たたく」と付く。「水鶏のうちたたきたるは、誰が門さしてとあはれにおぼゆ」（『源氏物語』明石）など、水鶏の鳴き声は「たたく」ように聞える。

◇軒をゆくかけ樋　「かけ樋」は地上にかけわたして水を導く樋《とい》。ここは山から引いて来て軒を伝わせて庭に導いているのである。「折れ残る軒の懸樋《かけひ》をつたひきて庭にしたたる苔の下水」（『風雅集』雑中、承覚法親王）など。

2　**雑**　山類。聳物《そびきもの》。「かけ樋」に「たえだえ」が寄合。「思ひやれかけひの水のたえだえになりゆくほどの心ぼそさを」（『詞花集』恋下、高階章行《たかしなあきゆきの》女《むすめ》）などによる。

◇たえだえ　筧《かけい》からの続きでは、途切れ途切れに。時々。一句としてはところどころの意。◇夕雲　夕方に立つ雲。和歌では「ゆふべの雲」と詠まれることが多い。

3　**春季**(消ゆる雪)　降物。山類。「山」に「富士」と付く。◇富士の雪　底本「雲」に誤り、右に「雪歟《か》」とする。富士は山の名所。名所は可隔三句物、〈三裏13〉の「明石」より三句隔たる。

4　**春季**(草もゆる)　草。「富士」と「もゆる」が寄合。「もゆる」は、一句の意は「萌ゆる」であるが、付合《つけあい》の語としては「燃ゆる」。「富士の煙」と和歌に多く詠まれたことによる。◇むさし野　名所。関東平野の一部。

5　**春季**(桜)　木。「むさし野」に相模《さがみ》の「鎌倉」が付く。「むさし野」に「知らで」も寄合。「知らねども武蔵野といへばかこたれぬよしやさこそは紫のゆゑ」(『古今六帖』五)による。◇鎌倉桜　鎌倉の桜。特に古歌に桜の名所とされていたわけでもない。「鎌倉の花の下にて一日一万句の連歌」(『菟玖波集《つくばしゅう》』)などを想像したか。◇はてしらで　静嘉堂本等「時しらで」とするは誤。「時しらで」とすると『伊勢物語』九段の「時しらぬ山は富士の嶺《ね》いつとてか鹿《か》の子まだらに雪の降るらむ」により「富士」を詠んだ打越《うちこし》にもどってまずい。

筧の水がたえだえに聞えるように、夕べの雲が切れて、その切れ間切れ間に山の景を見せている。〔時分を夕べとする〕

3　なかばより下には消ゆる富士の雪　師綱

夕雲の切れ間から見える富士の山、春になって、中腹から裾野にかけてはもうすっかり雪も消えている。〔前句の山は名所の富士とし、その実景をはっきりととらえる〕

4　草もはるかにもゆるむさし野　忠頼

富士の裾野は雪も消えて、はるかに続く武蔵野《むさしの》では若草が見渡すかぎり萌え出している。〔富士の春景に広大な武蔵野の春景を配する〕

5　ちりもせぬ鎌倉桜はてしらで　良基公

鎌倉の桜は散りもしないで、今を盛りに咲いていて、終りを知らないようだ。はてしなく広がる武蔵野と同じように。〔鎌倉桜をもち出したところが新しい〕

6 春はすぐるにのこる東路《あづまぢ》　任阿

春は過ぎようとしているのに、まだ東路には春景色が残っている。鎌倉の桜は散りもしないで。〔東国の気候のずれをとらえて旅の句とする〕

7 行きくらす関より末やかすむらん　隆景

一日中歩いて行って、たどりついた東路の関、その関の向うはまだ霞んでいるのだろうか。〔これも旅の句〕

8 舟こぎよするすまの柴の戸　良基公

舟を漕ぎよせて、これから訪ねようとするのは、粗末な須磨の侘《わび》住居《ずまい》。〔春を去って旅を舟路とし、関を須磨の関とする。源氏物語のおもかげもあるか〕

9 浦人や又くみかぬる塩引きて　周阿

引き潮となって、浦人はまたしても汐《しお》を汲みかねている。〔須磨

6 **春季**　旅。「鎌倉」に「東路」と付く。◇春　底本「松」。草体の類似による誤写。静嘉堂本等により訂。次の句も春で、春五句続くところであり、「松」では春の句にならないし、「松はすぐる」では意味をなさない。

7 **春季**（かすむ）　旅。「東路」に「関」と付く。「やすらはで思ひ立ちにしあづまぢにありける物かはばかりの関」（『後拾遺集』雑五、藤原実方《さねかた》）などによる。◇行きくらす　一日中歩いて行く。静嘉堂本は「行きくれて」。◇関　一座四句物。

8 **雑**　旅。水辺。居所。「関」に「すま」と付く。◇すま　神戸市須磨区。古く関があり、須磨の関を詠んだ古歌も多い。「関は逢坂《あふさか》、須磨の関」（『枕草子』）。『源氏物語』須磨の巻で、光源氏が一時失脚して、この地で侘住居を送ったことで著名。名所は可隔三句物、〈名表5〉に「鎌倉」があるが、「鎌倉桜」と熟語として用いられているので名所とは見ない。◇柴の戸　柴で編んで作った粗末な戸。

9 **雑**　水辺。人倫。「すま」に「浦人」「汐汲む」が付く。◇浦人　浦に住む人。海人《あま》。「浦人の汐汲む袖にくらべ見よ波路隔つる夜の衣を」（『源氏物語』須磨）は、

紫の上が須磨の生活を思いやっての歌であるが、この句の表現ははるかに現実的である。汐汲みは製塩などのための海水を桶《おけ》に汲んで運ぶ仕事で、浦人にとってのきびしい労働であった。謡曲「松風」は、在原行平《ありわらのゆきひら》を慕う松風・村雨《むらさめ》二人の海女《あま》の霊の登場する幽艶《ゆうえん》な作品であるが、もとは汐汲みの海女を素材にした古い能であった。◇や　感動の気持を添える。

10　秋季(月)　光物。夜分。水辺。「塩」に「沖」と付く。「わたつうみのおきつしほあひにうかぶあわの消えぬ物からよる方もなし」(『古今集』雑上、読人しらず)などによる。◇山なき沖　連歌的表現。京都人は月は東山からのぼってくるものと考えていた。

11　秋季　降物。衣裳。「月」と「霜」が寄合。◇霜　ここは月の光をたとえた似物《にせもの》。◇袖にふかめて　袖の色をいっそう深くして。月光の白さを強調した表現。「袖」は可隔五句物。◇うき秋　秋はもの憂き季節と感ずるのが、和歌以来の本意。「月見ればちぢに物こそかなしけれわが身ひとつの秋にはあらねど」(『古今集』秋上、大江千里《おおえのちさと》)など。

12　秋季(をばな)　草。「袖」と「をばな」が寄合。「秋の野の草のたもとか花すすき穂にいでてまねく袖と見ゆらむ」(『古今集』秋上、在原棟梁)などによる。◇をばな　すすき。一座二句物。◇野嵐　野を吹き荒す風。野分《のわき》の連想からの造語か。「嵐」は一座一句物。

の浦人の汐汲みのさまとする。具象的な光景だが、謡曲「松風」の世界と共通する」

10　山なき沖を月や出づらん　　師　綱

月は山の端《は》から出るものと思っていたが、この浦里では、山もない海のかなたから月がのぼってくるのであろうか。「月を出して秋の句とし、近景を遠景に転ずる。かつて眺めた体験を思い出しての句か」

11　おく霜を袖にふかめてうき秋に　　石山座主坊

さえぎるものとてない月光は、霜が置いたかのように白く袖に宿って、いっそう秋の悲しさが身にしみてくる。「月光の白さを霜にたとえて付ける」

12　をばなをふけばよわる野嵐《のあらし》　　景　賢

尾花を一しきり強く吹き荒して、次第に弱ってゆく野嵐。「「うき秋」をいっそう深める景物を添える」

13 立つ声の跡にのこるやもろ鶉《うづら》　師綱

声だけを跡に残して飛び立ったのだろうか、もうつがいの鶉の姿は見えない。〔尾花が風になびいている野に、鶉が飛び立ったあとの光景を付ける〕

14 かたへばかりは初《はつ》鷹《たか》の程《ほど》　良基公

声だけを残して飛び立ってしまった鶉、一方だけを追って行くのはまだ慣れない初鷹なのだろう。〔秋の初鳥《はつと》狩《がり》のさまとする〕

（名残裏）

1 しらでなど心のこひにかかるらん　季尹朝臣

相手の浅い心も知らないで、どうして自分だけは、こんなふうに恋心の深みにはまっているのであろうか。〔鷹狩の用語の木居《こい》であしらって、恋の句に大きく展開をはかる〕

2 なみだみだるるけさの黒髪　忠頼

恋の思いに、今朝《けさ》は黒髪も乱れ、涙も乱れこぼれている。〔前句

13 秋季（鶉）　鳥。「をばな」に「鶉」と付く。「鶉なく真野の入江の浜風に尾花浪よる秋のゆふぐれ」（『金葉集』秋、源俊頼《としより》）の歌による。

◇もろ鶉　雌雄ともにいる鶉。片鶉の対。和歌にはあまり見えない語。

14 秋季（初鷹）　鳥。「鶉」と「鷹」が寄合。「もろ」に「かたへ」と付く。

◇初鷹　まだ十分調教していない鳥屋《とや》から出したばかりの鷹。普通鷹狩は冬であるが『連歌新式』の「可分別物」に「初鳥狩……秋也」とあり、初鷹による初鳥狩は秋。

1 雑　恋。「鷹」に「木居《こゐ》」の意で「こひ」と付く。木居は鷹が木の枝にとまっていること。またその止り木。鷹詞《たかことば》といって鷹狩に用いる特有の語。鷹詞だけを用いて詠む和歌や連歌もあった。ここは詞《ことば》付《づけ》で、一句としては「木居」ではなく「恋《こひ》」の意。当時はもうどちらも「コイ」と発音した。

2 雑　恋。本歌「長からむ心も知らず黒髪の乱れてけさは物をこそ思へ」（『千載集』恋三、待賢《たいけん》門院堀河《もんいんのほりかわ》）。

◇なみだ　可隔七句物。

の「しらでなど心の」から「長からむ心も知らず」という待賢門院堀河の歌をふまえ、それを本歌として涙とともに乱れる黒髪をえがく〕

3 うき人にあかぬ名残《なごり》のいそがれて　石山座主坊

今別れては次はいつ訪ねてくれるかわからないつれない人、すっかり夜が明けてゆこうとする今は、名残の尽きない別れもその人のためにはいそがれて。〔後朝《きぬぎぬ》の別れ。逆説的に恋情を表現〕

4 あふ時ばかり夜こそをしけれ　周阿

憂き人、それは離《か》れがれにしか訪れてくれない男。それでもたまに逢った時だけは明けてゆく夜が惜しまれて。〔これも恋の句〕

5 むつごとにいかでうらみのまじるらん　師綱

せっかく逢えた夜の睦言《むつごと》にも、恨みの言葉がつい口に出てくる。どうして恨みが交じるのだろう。〔相手は離《か》れがれの男。女みずから心に自問している形で付ける〕

3　**雑**　恋。人倫。「髪」と「あかぬ」が寄合。◇名残　一座二句物（ただ一、花などに一）。〈三表3〉は旅の名残。ここは恋の名残。「あかぬ名残」は「あかぬ別れの名残」、別れたくないのに別れるものとされた夜明けの後朝《きぬぎぬ》の別れの名残惜しさ。◇いそがれて　まだ暗いうちに帰らないと男の恥となる。別れを急ぎたくない気持と、男のためには急がねばならない気持の交錯する微妙な女心の表現。「れ」は自発の意をあらわす。

4　**雑**　恋。夜分。◇ばかり　だけ。「あふ時ばかり」は、口語的なニュアンスをもった連歌的表現。◇夜　可隔五句物。

5　**雑**　恋。夜分。「あふ」に「むつごと」と付く。◇むつごと　睦言。男女間のむつまじい恋の語らい。「むつごと　むつまじき也。夜分也」（『匠材《しょうざい》集《しゅう》』）。◇うらみ　一座二句物（うらみ、うらむと言いかえて二句）。〈初裏11〉は「うらみし」と動詞、ここは名詞。

6　**雑**　「むつごと」「うらみ」に「夢」と付く。
◇見てさますべき　夢に見て、その夢を現実にはっきりと思いうかべねばならない、大事な前兆とも見られる夢。「うきながらあればあるよにふるさとの夢を現《うつつ》にさましかねても」（『新古今集』雑下、読人しらず）よりももっと積極的な表現。静嘉堂本は「見てさめやすき」。これによれば、せっかく夢に見ても夢はさめやすくと平易な表現になる。◇夢　可隔七句物。

7　**春季**（花）　聳物《そびきもの》。木。「夢」に「横雲」「花」と付く。本歌「春の夜の夢の浮橋とだえして嶺にわかるる横雲の空」（『新古今集』春上、藤原定家）の言葉をおさえ、その風情《ふぜい》をとらえて一句を仕立てる。◇花　一座三句物。のちの『新式今案』では四句物となるが、この百韻でも〈初裏3〉〈二表7〉〈三表5〉に続いて四句目。ほかに秋草の花〈初表4〉、花の頃の意の花〈三裏6〉もあり、『新式今案』の余花も含めて四句物とも異なる。

8　**春季**　山類。「雲」に「ちぎる」と付く。
◇ちぎれば　静嘉堂本「ちぎれる」。その本文の方が意味はとりやすい。◇此の山　ここではこの連歌の催された石山を暗にふまえる。

6
見てさますべき夢はおぼえず　　成阿

見て目を覚まさねばならないと思う大事な夢は、かえっておぼえていないものだ。〔五句続いた恋を辛うじて去ったが、恋の気分はまだ残っている〕

7
横雲をそのまま花に明けなして　　良基公

夢うつつに、横雲かと思って見ていたが、すっかり夜が明けた空に浮んでいるのは雲のような桜の花であって。〔定家の歌をふまえての句〕

8
又とちぎれば此の山のはる　　右大弁

又来年も逢おうと花と約束をすると、この山の花咲く春が目に浮んでくる。〔石山の春景色で、めでたく挙句《あげく》とする〕

応永三十年熱田法楽百韻

◇底本　熱田《あつた》神宮蔵、原懐紙。

◇成立　端作りにより、応永《おうえい》三十年（一四二三）十一月十三日の張行《ちょうぎょう》。熱田神宮への法楽《ほうらく》。

◇連衆　熱田神宮の社官、寺僧を中心とする。注記はもっぱら句上《くあげ》による。

満範《みつのり》　一句。社務上州。

仲稲　四句。祝師。

季泰　三句。

宮寿丸《みやずまる》　三句。

其阿《ごあ》　一二句。亀井山円福寺（時衆）聖。宗匠格。

直仲　三句。惣検校《けんぎょう》。

仲昌　八句。加賀守。

宗重　五句。開闔《かいこう》大夫。

建照　一〇句。社務代美作《みまさか》入道。

海一　五句。

宥任　五句。伝灯大阿《あ》闍梨《じゃり》。

仲範　二句。

守幸　三句。厨家大夫。

政保　四句。

重明　一句。

祐阿　二句。

範平　三句。土肥《とい》弥次郎。

久宗　一句。

公覚　二句。講田所。

有儀　二句。

覚阿　五句。

直義　二句。

仲峯　一句。

季清　一句。

満守　一句。

清久　一句。

理阿　一句。

貞長　一句。

範長　一句。

安経　一句。

重信　一句。

幸重　一句。

満久　一句。

兼義　一句。

俊海　一句。

常広　一句。

賦《ふす》山《やま》何《なに》連《れん》歌《が》　応永三十年十一月十三日　法楽歌仙

（初表）

1　雪はけふ歌は神《かみ》代《よ》を始め哉《かな》　満範

雪は今日を、歌は神代を始めとすることだ。〔恐らく初雪が降ったのであろう。法楽《ほうらく》の連歌であるから、「歌は神代を」といった。初雪も吉兆であった〕

2　はや冬木にも梅の八《や》重《へ》垣《がき》　仲稲

冬枯れの木ながらも梅は早くも花をほころばせていることだ。八重垣のあたりで。〔前句とは言葉の寄合《よりあい》で付いている〕

3　待《ま》つ春《はる》の花を御《み》山《やま》の月出でて　季泰

春の来るのを待って、梅の花を見ようとしているこの御山には今は月が出て。〔当時の型通り、月を詠んでいる〕

◇賦山何　発句《ほっく》に「神」があり、「山神」の熟語をつくる。『野坂本賦物《ふしもの》集』に「山神」が見える。なお、「歌《か》仙《せん》」はここでは連歌の形式ではなく、連衆《れんじゅう》が三十六人であることを意味する。

1　冬季（雪）　降物《ふりもの》。切字《きれじ》「哉《かな》」。◇雪　一座四句物。◇けふ　一座二句物。◇歌は神代　素戔嗚尊《すさのおのみこと》の作と伝える「八雲立つ出雲《いづも》八《や》重《へ》垣《がき》妻ごめに八重垣つくるその八重垣を」を和歌の起源とする。「神」は一座三句物（ただ一、神代一、名所神一）。「代」は一座二句物（神代一、君が代一）。

2　冬季（冬木）　居所《きよしよ》。木。「雪」と「梅」は寄合。「神代の歌」に「八重垣」と付く。◇梅　一座五句物（『新式今案』にはただ一、紅梅一、冬木一、青梅一、紅葉一とする）。ここは冬木の梅。◇八重垣　「八雲立つ……」の歌による語。幾重にもめぐらした垣。「八重」は「梅」の縁語。

3　冬季（待つ春）　光物《ひかりもの》。夜分《やぶん》。山類《さんるい》。木。「冬木の梅」と「待つ春」（春待つ）が寄合。「第三は幾度も月成るべし。いかにも、てと留め侍るべし」（『連通抄』）とあり、応永時代の連歌は、第三に月を詠むのが通例であった。第三のて止めは後の俳諧《はいかい》まで続く型。◇花　ここは梅の花。◇御山　「花を見《み》」と「御《み》山」を掛ける。お山。◇月　ここは冬の月。「冬月」は一座二句物。

4　**雑**《ぞう》　聳物《そびきもの》。山類。「花」と「雲」、「山」と「峰」が寄合。◇ゆふべ　一座二句物。◇みね　一座二句物。

5　**雑**　山類。水辺《すいへん》。「雲」と「浪」「かかる」が寄合。「みね」に「滝」と付く。◇滝浪　「滝」は一座三句物。「滝浪」は圧縮した連歌的表現。『為尹《ためまさ》千首』に「岩にかけ河せに音やあるるらむ雨さへそひてふるの滝なみ」の用例があるが、和歌にはあまり詠まれない。◇風　可隔五句物。

6　**雑**　水辺。「滝」に「ながれ」、「かかる」に「うき橋」と付く。◇ながれの水　水の流れ。『産衣《うぶぎぬ》』に「水の流れとはよし。流れの水とはせず」とあるが、応永連歌では、こういった無理に語順を逆にした表現が多く、今川了俊《いまがわりょうしゅん》は『落書露顕《らくしょろけん》』で、近山、村霞《むらがすみ》などを「自由の言」（典拠のない自由勝手な表現）として戒めている。◇うき橋　水上に筏《いかだ》を組んだり、船を並べたりして、橋にしたもの。「橋」は一座五句物（ただ一、御階《みはし》一、梯《かけはし》一、名所一、浮橋一）。

7　**雑**　人倫《じんりん》。◇里人　居所ではなく人倫。◇行来　行ったり来たりすること。往来。◇道　可隔五句物。

8　**秋季**（かりじほ）◇かりじほ　刈りどき。ちょうど刈るのによい

4　ゆふべのみねか雲しづかなる　　宮寿丸

あれが夕暮には月の出るのを見た峰であろうか、今は雲が静かにたゆとうている。〔前句の月を夕月とし、軽く付けなす〕

5　滝《たき》浪《なみ》やきこえぬ風にかかるらん　　其阿

落下する滝から生じる波の音であろうか。風の音もしない峰からどうどうと音を立てて落ちかかっている。〔「雲しづかなる」を「きこえぬ風」とうけ、峰から滝を配した〕

6　とほきながれの水のうき橋　　直仲

滝から落ちて遠く流れくる水に、浮橋がかかっている。〔聴覚に視覚で応じた〕

7　里人の行《ゆき》来《き》のやすき道ありて　　仲昌

村里の人が行き通うのに便利な道があって。〔そこには水の流れがあり、浮橋があると前句に続く〕

しおどき。『連珠合璧集《れんじゅがっぺきしゅう》』に「秋の田とあらば…かりじほ」とある。用例に「かりじほのそともの麦も朽ちぬべしほすべきひまも見えぬ五月雨《さみだれ》」（『清輔集』）、「晩《おく》稲《て》の小田も刈りじほに」（謡曲「鳥追舟《とりおいぶね》」、「カリジオ」と謡う）。◇千町田　広い田。「田」は可隔七句物。

1　**秋季**　「かりじほ」「千町田」に「をさむる」と付く。

◇君　人倫とすると、打越《うちこし》〈前々句、ここでは初表7〉に里人があって、人倫は可隔打越物に抵触する。『産衣』に「恋の君は人倫也。君・大君は非人倫」とある。ここは大君。「君富みて」とは仁徳天皇が三年の間、百姓の課役《かえき》をとめ、ようやく民のかまどの煙が盛んに立つのを眺めて「朕《ちん》既に富めり」といわれたという話（『日本書紀』）をさす。◇をさむる　収穫する。◇万民　民は人倫（『産衣』）であるが、観念的な表現だから、万民は人倫とはしなかったか。「よろづたみ」は万民の訓読。無理に訓読して詠んだ表現。

2　**秋季**（露）　降物。前句の秋の心に「露」、「をさむる」に「御つぎ」と付く。

◇御つぎ　貢物。◇露の　ごくわずかの意。◇玉金なる　金玉《きんぎよく》（金や玉。財宝の意）を「露の玉」と続けるために倒置して訓読したもの。

3　**秋季**（月）　光物。夜分。前句の「御つぎ」を「御継の皇子《みこ》」ととって、「三の宝」を付ける。

◇月　可隔七句物、〈初表3〉より七句隔たる。◇三の宝　三種の神器。

8　いまかりじほになるや千《ち》町《まち》田《だ》　宗重

今ちょうど刈り入れどきになったのだろうか、この広い田は。〔里人が往来するのに便利な道があってと付く〕

（初裏）

1　君富みてをさむる秋の万民《よろづたみ》　建照

広い田を刈り取り、秋の収穫を万民が行っている。それを眺めて君主も今や心が富裕となって。〔仁徳《にんとく》天皇の故事をにおわせる〕

2　御《み》つぎぞ露の玉金《こがね》なる　海一

民のおさめる貢物《みつぎもの》は、ごくわずかであっても、金銀珠玉の財宝のように思われることだ。〔それにより、君も富み、万民も栄えるとする〕

3　月までも三《みつ》の宝の光にて　宥任

月までも三種の神器の光で、輝いて見える。〔前句の「御つぎ」を「御《み》継《つぎ》」にとりなしての付け〕

4 ほしや雲居のまぼりともなる　仲範

星は空に輝いて宮中の守りともなることだ。〔月も三種の神器のように光り輝いてと前句に付く〕

5 冬さきてひさしき菊の花盛《ざかり》　守幸

冬になっても菊の花は、ずっと長く花盛りが続いている。〔「星とぞあやまたれける」と詠まれた菊だと、本歌による付け〕

6 まがきにのこる草のあさ霜　政保

枯れずに残っている籬《まがき》の草に朝の霜が置いている。〔長い間咲いていた菊の花盛りも過ぎてと、一段と冬が深まったことを示す〕

7 寒《さ》えくれし野《の》里《ざと》の風のまた吹きて　重明

寒々と暮れて来た野の里には、冬の冷たい風がまた吹いて来て。〔前句の冬の景にまた冬の景を付けた。前句が近景であるのに対して、付句《つけく》は風を点出《てんしゆつ》して、里全体をとらえる〕

4 **雑**　光物。夜分。「月」に「ほし」、「三の宝」に「雲居」と付く。
◇雲居　雲がじっと動かずにいる空。宮中のことをたとえていう。

5 **冬季**　草。「ほし」と「菊」が寄合。本歌「ひさかたの雲の上にてみる菊はあまつ星とぞあやまたれける」(『古今集』秋下、藤原敏行《としゆき》)。
◇菊　秋の景物であるが、ここは冬まで咲いている菊。『八《や》雲御抄《くもみしよう》』には、「似ル㆑星ニとよむは黄菊也」とある。

6 **冬季**(霜)　降物。居所。草。降物は可隔三句物、〈初裏2〉の「露」から三句隔たる。「菊」と、「霜」「まがき」が寄合。「霜をまつ籬《まがき》の菊の宵の間におきまよふ色は山の端の月」(『新古今集』秋下、宮《く》内《ない》卿《きよう》)による。
◇まがき　柴《しば》・竹などで作った目の粗《あら》い垣。

7 **冬季**(寒え)　居所。「霜」と「寒え」が寄合。
◇寒えくれし　「寒ゆ」と「暮る」を複合し一語化した少し無理な表現。◇野里　山里に対して野にある里をいう。圧縮した連歌的表現。◇風　可隔五句物、〈初表5〉より九句隔たる。

8　**雑**　山類。「風」と「声」が寄合。「里」に「入りあひ」と付く。
◇山より　山から。「より」は起点をあらわす。◇入りあひ　入相の鐘。夕暮につく鐘。「鐘」は一座四句物（ただ一、入相一、釈教一、異名一）。

9　**雑**　旅。「山」に「都」と付く。
◇都　一座三句物（ただ一、名所に一、旅に一）。ここは旅の場合。

10　**雑**　旅。夜分。「都」と「旅」が寄合。
◇たびごろも　旅で着る衣服。「旅」の字は一座二句物（ただ一、旅衣などとして一）。

11　**春季**（帰る雁）　光物。夜分。聳物《そびきもの》。鳥。「たび」に「雁」と付く。
◇在明　有明に同じ。夜明けになっても空に残っている月。一座四句物（四季各一）。◇雲路　鳥の飛び渡る空の道。◇雁　一座二句物（春一、秋一）。

8
山よりちかき入りあひの声　祐阿

山からほど近い寺の入相《いりあひ》の鐘の音が聞えてくる。〔それは風が運んでくると前句に付く。野の里は、山に近いところとする〕

9
はるばるときても都は程とほし　範平

はるばると旅を重ねて来たが、まだまだ都までは遠い距離だ。〔都への旅の途次、山道の体《てい》〕

10
たびごろもにや夜《よ》をかさぬらん　久宗

旅の衣のままで臥《ふ》す、そういう夜を幾夜も重ねてゆくことであろう。〔まだまだ都までは遠い旅路とする〕

11
在《あり》明《あけ》の雲《くも》路《ぢ》にみえて帰る雁《かり》　公覚

有明の月が残っている空に、雲の中を北へ帰ってゆく雁が見える。〔これから故郷まで幾夜旅の空を重ねてゆくことであろうと、前句の旅を、雁のこととする〕

12 かすまぬ空にすぐるむら雨《さめ》　　有儀

春とはいえ、霞《かすみ》もかかっていない空に、さっと一村雨が過ぎていった。〔帰雁《きがん》の見えたその空にと前句に続く。春の村雨を点出しただけの句〕

13 花の比《ころ》四方《よも》の木《こ》ずゑの雪晴れて　　覚阿

花の盛りの頃は、どの梢《こずえ》にも雪が積ったように見えるが、それはまことの雪とは違い空は晴れわたっていて。〔村雨もさっと過ぎて晴れわたりと前句に続く〕

14 うみをとなりの須磨の山風　　直義

海に面した須磨では、山からもまた風が吹きおろしている。〔「四方」から源氏物語をふまえて付ける〕

（二表）

1 塩屋こそしばしはあまの家居《いへゐ》なれ　　仲峯

塩を焼く粗末な小屋、それでも海人《あま》にとってはしばらくの間の住

12 **春季**（霞）　降物。「雲路」に「空」と付く。「雲」と「雨」が寄合。◇空　一座四句物。◇むら雨　一座一句物。

13 **春季**（花）　降物。木。「むら雨」から「晴れて」と付く。◇木ずゑ　一座二句物。◇雪　一座四句物。この外に、春雪が一句あってもよく、似物《にせもの》の雪もまた別とする。ここは似物。花を雪と見立てた。

14 **雑**　水辺。「四方」から「須磨の山風」と付く。「ひとり目をさまして枕《まくら》をそばだてて、四方の嵐《あらし》を聞き給ふに」（『源氏物語』須磨）による。◇うみをとなりの　この「を」「の」の助詞の用い方は連歌特有の表現。「海」は一座二句物。◇須磨　水辺の名所。神戸市須磨区。◇風　可隔五句物、〈初裏7〉より六句隔たる。

1 **雑**　水辺。居所。人倫。「須磨」と「あま」が寄合。

◇塩屋　海浜にあって塩を焼く小屋。◇家居　すまい。住居。

2　**雑**　述懐《しゅっかい》。前句から「白浪の寄する渚《なぎさ》に世をつくすあまの子なれば宿も定めず」（『新古今集』雑下、読人しらず）の歌を思いうかべ、その逆の境地を付ける。

◇世　一座五句物（ただ一、浮世・世の中として一、恋の世一、前世一、後世《ごせ》一）。ここはただの世。◇こころあり　情趣がある。情趣を解する。歌合《うたあわせ》の判詞《はんし》などに多く見られる語。

3　**雑**　述懐。前句の述懐の心から「思ひ出」と付く。

◇わすられて　「わする」は四段活用の動詞。「れ」は自発の助動詞。

4　**雑**　述懐。前句の述懐の心から「命」と付く。述懐は三句まで。これで三句目。

◇命　一座二句物。◇しらぬたのみ　「あふことをしらぬ頼みはかひなくて契《ちぎり》ばかりに身をやかへてむ」（『新後撰集』恋三、伏見《ふしみ》院）は、恋のたのみであるが、ここは述懐。

居だ。〔はげしく吹きつける「須磨の山風」を受けながらも、と須磨から海人の侘《わび》しい生活を付けた〕

2　すまるる世にはこころありけり　季清

住めば住めるものだという程度のこの生活にも風情《ふぜい》はあることだ。〔たとえ、塩屋のような侘しいところであっても、家居として定まった宿さえあればと、本歌の境地を逆にとって付ける〕

3　思ひ出にすぎにしかたのわすられて　其阿

今では思い出となってしまった遠い過去のこと、そんな昔のことはすっかり忘れてしまって。〔現在こうした形ででも住むことができるのはありがたいという意になる〕

4　しらぬたのみや命なるらん　満守

知らず知らずのうちにたのみとしているのが、自分の命というものであろうか。〔過ぎてしまった昔のことは忘れてしまって、と前句に付く〕

5
ながかれとをしめばあくる月の夜に　海一

長くあってほしいと惜しんでいると、かえってはやくも明けてゆく美しい月の夜で。〔前句には言葉だけで付く〕

6
鳥こそさそへ秋のたまくら　建照

鳥の音《ね》までも夜明けをさそうことだ。秋の夜、腕を枕として共寝をたのしんでいるのに。〔長くあってほしいと夜の明けるのを惜しんでいるのは、月のためでなく、恋ゆえとする〕

7
ひとりねの物かと袖《そで》の露おきて　清久

ひとり寝につきものだといわんばかりに袖に露が置いて。〔暁の鳥の音がいっそう涙をさそう秋の夜のひとり寝。むなしく男を待ち明かした女の気持〕

8
いつのかたみぞのこる面かげ　理阿

いつの折のかたみであろうか。あの人の面影が残っているのは。

5　**秋季**(**月**)　光物。夜分。「命」と「ながき」が寄合。
◇ながかれ　長くあってほしい。前句からの続きでは「命」、一句の意では美しい月の夜のこと。◇月　「思ひ出」と寄合で、打越《うちこし》に「思ひ出」があり、打越にもどることは避けなければならないから、ここに「月」を出すことは好ましくない。

6　**秋季**　恋。夜分。鳥。「あくる夜」に「鳥」が付く。
◇鳥　一座四句物。「鳥」は「命」と寄合。打越に「命」があり、これも好ましくない。◇たまくら　腕を枕とすること。『万葉集』以来の歌語。多く共寝の場合にいう。「春の夜の夢ばかりなる手枕《たまくら》にかひなく立たむ名こそ惜しけれ」(『千載集』雑上、周防内侍《すおうのないし》)など。

7　**秋季**(**露**)　恋。夜分。降物。衣裳《いしょう》。「まくら」と「袖」が寄合。
◇ひとりね　ひとりで寝ること。男女どちらの側からもいうが、ここはもちろん女の場合。◇袖　可隔五句物。◇露　袖に置く露は涙を暗示する。

8　**雑**　恋。前句の恋の心から「かたみ」と付く。
◇かたみ　別れた人を思い出す縁となるもの。
◇面かげ　一座二句物。

9　**雑**　恋。前句の恋の心から、「中」「わするる」と付く。

◇こぬ中　来ぬ仲。◇此のままならば　俗語的な表現。◇わすればや　「ばや」は願望の助詞。

10　**雑**　恋。人倫。前句の恋の心から「うとき」「こひしき」と付く。恋は五句まで。これで五句目。

◇こひしき　一座二句物（「こひしく」、「こひしき」と替えて）。

11　**雑**　述懐。人倫。述懐は可隔五句物、〈二表4〉より六句隔たる。「こひしき」に「友」と付く。◇つれなく　よそよそしくなっているさま。◇むかしの友　その昔親しくしていた友。ここは異性とは見ない。「昔」は一座一句物。

〔すっかり離れてしまって、ひとり寝を重ねているこの身にとってと前句に付く〕

9　こぬ中《なか》の此のままならばわすればや　宥任

あの人が訪れて来ないというふたりの関係が、このまま続くのならば、いっそのことすっかり忘れてしまいたいものだ。〔それなのにいつのかたみなのか面影が残ってと前句に付く〕

10　人はうときにさのみこひしき　仲昌

あの人はすっかり冷たくなっているのに、どうしてそれほど恋しく思うのだろうか。〔こんな仲が続くものなら、忘れてしまいたいのに、と付く。同じような恋句が続いて変化にとぼしい〕

11　つれなくもなれしむかしの友待ちて　宗重

今は疎遠になっている人だけれど、なれ親しんでいた昔を思い出して、また訪ねて来てくれないかと心待ちにしていて。〔恋を述懐へ辛うじて転じたといった形〕

12 松をもううる庭のたちばな　貞長

庭には古歌に歌われたあの橘《たちばな》だけでなく、昔の友をしのんで、松をも植えている。〔もっぱら本歌にもとづく寄合《よりあい》によって付けただけの句であるが、ようやく景の句に転ずる〕

13 卯《う》の花の雪やかきほの山桜　建照

雪かと見紛《まが》うように咲いている白い卯の花は、あたかも垣根の山桜のようだ。〔折しも庭には橘の花が匂っていて、と付く。庭から垣へ目を移し、夏の景を続けた〕

14 ぬのかとしろし宇《う》治《ぢ》の川浪《かはなみ》　仲稲

布をさらしたようにまっ白に見えることだ。宇治の川波が。〔白いものの連想で、卯の花から、「ぬのかとしろし」が先ず出て、それを「宇治の川浪」へ続けた〕

（二裏）

1 あかつきの雲又月におりはへて　其阿

12 **夏季**（たちばな）　居所。木。「昔」と「橘」が寄合。「さつき待つ花橘の香をかげば昔の人の袖の香ぞする」（『古今集』夏、読人しらず）による。また、「むかしの友」から「松」が付く。「たれをかも知る人にせむ高砂《たかさご》の松も昔の友ならなくに」（『古今集』雑上、藤原興風《おきかぜ》）による。◇庭　一座二句物（ただ一、庭の訓《おしえ》など一）。◇たちばな　一座一句物。

13 **夏季**（卯の花）　居所。木（卯の花は木、可分別物）。「松」と「雪」が寄合。◇雪　一座四句物。ただし、似物《にせもの》の雪は別（『応安新式』）。ここは卯の花の白を雪にたとえた似物。◇かきほ　垣に同じ。「ほ」は接尾語。「カキオ」と発音した。用例に「あなこひし今も見てしが山がつのかきほに咲ける大和撫子《やまとなでしこ》」（『古今集』恋四、読人しらず）など。「垣」は一座二句物。◇山桜　桜は一座三句物（ただ一、遅桜・山桜など一、紅葉一）。

14 **雑**　水辺。衣裳。「卯の花」と「布」、「雪」と「白」が寄合。◇宇治の川浪　宇治川の波。宇治は水辺の名所。用例に「朝戸あけて伏見の里に眺むれば霞にむせぶ宇治の河波」（『新勅撰集』春上、藤原俊成）。「浪」は可隔五句物。

1 **秋季**（月）　光物。夜分。聳物《そびきもの》。「白」と「雲」、「浪」と「雲」が寄合。「ぬの」に「おる」と付く。

暁の雲は空にたなびき、又有明の月も長くその影を曳《ひ》いていて。〔宇治の川波が白く見えると前句にもどって付く。月を出して秋とする〕

2
ゆふつげ鳥のややさむき声　　範長

秋も深まって、鶏の音《ね》も何となく寒そうに聞えてくることだ。〔暁から鳥を出し、秋を続けるために、「ややさむき声」とする〕

3
みし夢はとまる関戸の秋の風　　直仲

見ていた夢からはっと覚め、気がつくと関の戸には秋の風が音を立てて吹きつけている。〔折しも鶏がやや寒く感じられる声で鳴きと前句に付く〕

4
たびの袖とや露けかるらん　　仲範

さびしい旅寝のために、袖はこのようにびっしょりと濡れるのだろうか。〔関戸に吹きつける秋の風に夢を覚まされながら、濡れた袖に感懐をこめている体《てい》〕

◇おりはへ　織り延《は》え。織って長く延ばす。長く続ける。「しげくと云ふ心也」（『宗養言塵集《そうようごんじんしゅう》』）。用例に「立田姫今やこずゑの唐錦《からにしき》おりはへ秋の色ぞしぐるる」（『続拾遺集』秋下、藤原家良《いえよし》）など。

2　秋季（ややさむき）　夜分。鳥。「あかつき」と「鳥」が寄合。また、「あかつき」に「ゆふ」（夕）と付く。

◇ゆふつげ鳥　鶏の異名。「木綿《ゆふ》に付け、相坂《あふさか》に祓《はら》ふ故也」（『八雲御抄』三）とする解が本来正しいが、「夕告鳥」の字があてられ、夕べを告げる鳥という俗解が生じていた。◇ややさむき　『新式今案《しんしききんあん》』には「秋寒、ややさむき、夜寒などいづれにても只一也」とする。

3　秋季　清少納言の歌の「夜をこめて鳥の空音ははかるともよに逢坂の関はゆるさじ」（『後拾遺集』雑二）などにより「鶏」と「関」が寄合。従って「ゆふつげ鳥」から「関戸」へ付く。

◇夢　可隔七句物。◇関戸　関所の門。関の戸。「関」も「戸」も一座四句物。◇秋の風　一座二句物（秋風、秋の風とそれぞれ一）。

4　秋季（露けし）　旅。衣裳。「関路」と「旅」が寄合で、従って「関戸」に「たび」と付く。また、前句の秋の心に「露けき」と付く。

◇たび　一座二句物（ただ一、旅衣などとして一）。〈初裏10〉に「旅衣」が既出。ここはただの旅の場合。

◇袖　可隔五句物。

5 末とほき野を分けごろも日も入りて　宮寿丸

どこまでも続く遙《はる》かな野、そこを踏み分けてゆく時に着る衣の袖が露に濡れるであろう。日も暮れてしまって。〔これも旅路の体《てい》〕

6 里かあらぬか松のひとむら　安経

向うに松のひとむらが見える。あれは里なのだろうか、どうだろうか。〔日が暮れた野を分けゆく旅人の心を付ける〕

7 雲いかでくれぬ山をもへだつらん　覚阿

雲よ、どうしてまだ暮れていない山を隠すのか。〔松がひとむら見えるのは、里なのかどうか、雲が隔ててわからない、とする〕

8 やまどりの尾にかかるかがみ羽《ば》　範平

山鳥の尾にかかっている鏡ともいうべき羽。そこには山を隔てて伏している雌の影がうつっている。〔歌学書の知識に寄りかかっての句作り〕

5 **雑** 旅。光物。衣裳。光物は可隔三句物、〈二裏1〉の「月」より三句隔たる。「旅」と「野を分けごろも」が寄合。
◇野を分けごろも　野を分けてゆくときに着る衣。「野を分け」を「衣」に続けて一語化した連歌的表現。「野」は可隔五句物。

6 **雑** 居所。木。居所は可隔五句物、〈二表13〉の「かきほ」から六句隔たる。「野」に「里」が付く。
◇松　可隔七句物、〈二表12〉より七句隔たる。

7 **雑** 聳物《そびきもの》。山類。「松」から「山」と付く。
◇雲　可隔五句物、〈二裏1〉より五句隔たる。

8 **雑** 鳥。鳥は可隔五句物、〈二裏2〉の「ゆふつげ鳥」より五句隔たる。「山をへだつ」から「やまどり」と付く。山鳥は「峰をへだてて夜は雌雄ひとりふす鳥」(『袖中抄《しゅうちゅうしょう》』など)であることによる。
◇かがみ羽　山鳥の雄の光沢《こうたく》のある尾に谷を隔てた雌の影がうつるということから、尾が光って影がうつるのを鏡にみなしていったもの。尾《お》ろの鏡。「山どりのをろのはつをにかがみかけとなふべみこそなによそりけめ」(『袖中抄』など。『万葉集』三四六八の歌)。

9
在《あり》明《あけ》の影より雪の降りそめて　季泰

有明の月の光の残っている時分から、雪が降りはじめて。〔山鳥の尾に雪が降りかかり、尾羽《おば》が光って見えるとする〕

10
よひの時雨《しぐれ》はくもりとをえず　其阿

宵の時雨に空も曇り、途方にくれて。〔その上雪まで降り始めてと付く〕

11
うたたねは夢のさだめも無き物を　建照

短いうたたねは夢を結ぶこともできないものなのに。〔宵の時雨が降りみ降らずみ定めないように、と付く。古歌による寄合を用いて恋の句とする〕

12
いつはりならぬかねごともがな　宗重

偽りではない約束があればよいのに。〔うたたねの夢は頼りにならぬもの、現実にはましてあり得ないことなのだから、とする〕

9　**冬季**(雪)　光物。夜分。降物。光物は可隔三句物、〈二裏5〉の「日」より三句隔たる。「鏡」と「月」「白雪」が寄合。従って「かがみ」に「在明」「雪」と付く。◇在明　一座四句物（四季各一）。ここは冬の有明。◇雪　一座四句物。

10　**冬季**(時雨)　降物。前句の夜分から「よひ」と付く。◇時雨　一座二句物。◇とをえず　「途を得ず」か。あるいは「え」は「せ」の誤写で、「とほせず」(通せず）の意かとも考えられるが、底本は原本ともいえるものであるから、一応このままで解したが、不審。

11　**雑**　恋。「よひ」と「うたたね」が寄合。「うたたねのまだよひながらあけななむ禊《みそぎ》に過ぐる六《みな》月《づき》の空」(『千五百番歌合』俊成女）による。また「時雨」と「さだめなき」も寄合。「神無《かみな》月《づき》ふりみふらずみさだめなき時雨ぞ冬のはじめなりける」(『後撰集』冬、読人しらず）による。◇夢　可隔七句物、〈二裏3〉から七句隔たる。

12　**雑**　恋。◇かねごと　前もって約束した言葉。「偽り」とともに、恋の句に用いることが多い。「忘れねよ夢ぞと言ひしかねごとをなどそのままに頼まざりけむ」(『新後撰集』恋四、藤原為家《ためいえ》）など。

13 外《よそ》をもしみるかとおそき花の友　其阿

もしやよその花でも見ているのか、待てども待てどもやってくるのが遅い花見の友よ。〔せっかくいっしょに花見をしようと約束しておいたのにと、前句の兼言《かねごと》を花見の約束として付ける〕

14 春だにさびし山かげのいほ　政保

春でさえさびしいことだ。この山陰の庵《いおり》では。〔花の友がやってくるのを今や遅しと心待ちにしている隠者の庵を点出〕

（三表）

1 かすむ日も降るかと雪やくもるらん　建照

霞のたなびく春の日でも、雪が降るのかと思われるように曇って見えることであろう。〔春でもさびしいあの山陰の庵では、と思いやっての句〕

2 こほりやきゆる水おとの雨　仲昌

もう氷もとけたのであろうか、音をたてて雨が降っている。〔春

13 春季（花）　木。人倫。◇外　他のところ。◇花の友　花見の友。和歌にはあまり用例を見出だせない連歌的表現。「花」は一座三句物、〈初表3〉についで二句目。

14 春季　山類。居所。「友」と「山かげ」が寄合。◇さびし　一座二句物。◇山かげのいほ　山の片陰にある庵。隠者のすまい。「とはれぬは岩根の苔に顕《あら》はれて道絶えはつる山かげの庵」（『続拾遺集』雑上、藤原基氏《もとうじ》）など。「庵」は一座二句物（「いほ」一、「いほり」として一）。

1 春季（かすむ）　降物。「春」から「かすむ」と付く。◇降るかと雪や　「雪や降るかと」の倒置。「雪」は一座四句物。

2 春季（こほりきゆる）　降物。水辺。前句の春の心から「こほりやきゆる」と付く。◇こほり　一座四句物。◇雨　一座一句物。

3 春季(うぐひす) 鳥。「雨」と「笠」が寄合。また、「こほり」から「うぐひす」と付く。「雪のうちに春は来にけり鶯の氷れる涙いまやとくらむ」(『古今集』春上、二条后)による。一句は「青柳を片糸によりて鶯の縫ふてふ笠は梅の花笠」(『古今集』神遊びの歌)を本歌とする。◇うぐひす 一座一句物。◇ぬふてふ 「てふ」は「といふ」の約。

4 雑 衣裳。「笠」と「袖」が寄合。「笠」に「みの」と付く。◇みのしろごろも 蓑の代りに雨具としてきる着物。『流木集《ながれぎしゅう》』に、「雪雨など降る時、上にきるころもなり。みののかはりなるべし」とある。用例に「降る雪のみのしろ衣うち着つつ春来にけりとおどろかれぬる」(『後撰集』春上、藤原敏行)など。◇袖 可隔五句物。

5 雑 「やつるる」から「ひなのすまひ」と付く。◇ひなのすまひ 鄙《ひな》の住居。田舎の生活。鄙は都に対していう。用例に「年をふるひなのすまひの秋はあれど月は都と思ひやらなむ」(『新葉集』秋上、後村上院)。

になったのに雪かと思ったのは、実は雨であったとする〕

3 うぐひすのぬふてふ笠もあるなるに　重信

鶯の縫うという笠もあることだのに。〔氷がとけて、雨音が聞え、鶯の氷っていた涙もとけて、と本歌による寄合で前句に続ける。一句も本歌仕立ての句〕

4 みのしろごろも袖ぞやつるる　政保

蓑代衣《みのしろごろも》の袖がみすぼらしく見えるなあ。鶯が縫うという笠もあるのに。〔前句の美しいものに対比して、それにひきかえ我が身は……と付く。五句続けた春の句から雑へ〕

5 この比《ころ》はひなのすまひに明けくれて　祐阿

このごろは田舎の生活にあけくれて。〔かつては都で風雅な生活を送っていた人。今は都を遠く離れて蓑代衣に身をやつしているとする〕

6　**雑**　述懐。人倫。「ひな」から「いやしさ」と付く。
◇ところがら　場所がら。その場の様子や性質上。

7　**雑**　述懐。人倫。前句の述懐の心から「浮世」、「身」から「捨つ」と付く。
◇浮世　憂きつらき世。「世」は一座五句物（ただ一、浮世・世の中として一、恋の世一、前世一、後世一）。ここは浮世と用いた。

8　**雑**　述懐。前句の述懐の心に「あらまし」と付く。
◇あらまし　予期。予定。計画。ここは死の到来のあらまし。

9　**秋季**　光物。夜分。降物。「あらまし」から月を待つ心を付ける。

6
ところがらなる身のいやしさよ　宥任

いかにもところがらというべきわが身のいやしさよ。〔このごろは田舎住居にあけくれてと述懐の句。打越《うちこし》にかえる嫌いがある〕

7
捨てもせですむこそ人の浮世なれ　幸重

この憂くつらい世を捨てて出家することもできないで、いたずらに住んでいるということ、それがまさしく人間にとっての憂き世というものだ。〔こんなところに侘《わび》しく日を送っているわが身のいやしさを思うにつけても、とこれも述懐の句〕

8
いつかとおもふあらましの末　守幸

いつこの身の果てが来るのかと、あらかじめ考えることの結果も恐ろしい。〔出家することもできないで浮世にかかずらっている身にとってと、述懐を三句まで続けてしまう〕

9
むら時雨《しぐれ》月の秋にも定まらで　建照

むら時雨は冬だけでなく、月の美しい秋でもいつと定まらずに降り出して。〔いつかいつかと月を待っているのにと、三句続いた述懐を、月を点出して秋に展開をはかる。比較的巧みな付け。建照は十句を詠んでいる作者である〕

10 木の葉におくや露もちるらん　　仲昌

木の葉に置いた露が散るのであろうか。〔秋の月夜に定まらず降る時雨を、木の葉の露かと言ったところに展開がある。仲昌も八句作者〕

11 吹くおとの荻《をぎ》にもそよぐ松の風　　海一

松に吹く風は荻をもそよがせて音を立てさせることだ。〔松の葉に置いた露を吹き散らした風が荻にもそよぐとする〕

12 軒《のき》端《ば》の雲にくるる山ざと　　宗重

軒端に近く雲がかかり、やがて山里は暮れてゆく。〔「荻」は寄合だけで受け、秋は三句で捨てて、一句はただ山里の景〕

◇むら時雨　ときどきさっと強く降って通り過ぎる雨。「時雨」は一座二句物（秋・冬各一）。〈二裏10〉は冬の時雨、ここは秋の時雨。「神無月ふりみふらずみさだめなき時雨ぞ冬のはじめなりける」（『後撰集』冬、読人しらず）と詠まれ、時雨は定めなきものとされた。ここは冬の時雨ばかりでなく、秋の時雨もとして、この歌を逆にふまえる。

10　**秋季**（露）　降物。木。「時雨」と「木の葉」が寄合。「時雨かときけば木《こ》の葉のふる物をそれにもぬるるわがたもとかな」（『新古今集』冬、藤原資《すけ》隆《たか》）など、時雨と木の葉を詠みあわせた歌は多い。

11　**秋季**（荻）　木。草。「露」と「荻」が寄合。「ほのかにも軒ばの荻をむすばずは露のかごとを何にかけまし」（『源氏物語』夕顔）による。◇荻　一座三句物。◇松の風　一座二句物（松風、松の風各一）。「松」は可隔七句物。「風」は可隔五句物。

12　**雑**　聳物《そびきもの》。居所。「荻」と「軒端」が寄合。これも『源氏物語』による。◇軒端の雲　軒端にかかる雲。山家《やまが》の景。「をちかたの山は夕日のかげ晴れて軒端のくもは雨おとすなり」（『風雅集』雑中、伏見院）などと詠まれる。「軒」は一座二句物。「雲」は可隔五句物。

13 いくたびかちかき真《ま》柴《しば》をはこぶらん　其阿

何回ともなく近くの山に出かけては真柴を運ぶことであろう。〔山里の生活を具体的にとりあげている〕

14 たちつづくこそ浦の浪なれ　仲稲

浦には波が立ち、いくえにも続いている。〔いくたびも柴を運んでくるのは海人《あま》とし、山辺の景から、海辺の景へ〕

(三裏)

1 むら千鳥空に声ある塩みちて　覚阿

むら千鳥の鳴き声が空に聞える。潮が満ちて来て、干潟がなくなったのであろう。〔浦辺は波が立ち続いていると前句を受ける〕

2 日のおちかかる方ぞ寒けき　満久

夕暮になって日がかげっている方では寒く感じられることだ。〔「空に声ある」を、日が落ちてよく見えないが鳴く声だけが聞えると、夕闇のこととする〕

13 **雑**　「山ざと」から「真柴はこぶ」と付く。◇真柴　「ま」は接頭語。雑木。用例に「真柴刈る小野の細道跡絶えて深くも雪のなりにけるかな」(『千載集』冬、藤原為季《ためすえ》)など。

14 **雑**　水辺。「いくたび」から「たちつづく」と付く。◇浦　可隔五句物。◇浪　可隔五句物。

1 **冬季**(千鳥)　水辺。鳥。「浦」に「千鳥」と付く。◇むら千鳥　むらがっている千鳥。用例に「風さゆるとじまが磯のむら千鳥立居《たちゐ》は浪の心なりけり」(『新古今集』冬、藤原季経《すえつね》)などとあるように、ここでも、磯におりていた千鳥が、潮が満ちてきたためにとび立った状況。◇空　一座四句物。◇塩　一座三句物(ただ一、焼く一、潮一)。ここは潮。

2 **冬季**(寒けき)　光物。「塩」(うしお)と「落つ」、「千鳥」と「寒し」が寄合。後者は「思ひかねいもがり行けば冬の夜の河風さむみ千鳥鳴くなり」(『拾遺集』冬、紀貫之《きのつらゆき》)による。

3　**冬季**（雪）　降物。前句の冬の心に「雪」が付く。
◇ふきさそふ　嵐が雪をさそう。和歌にはあまり用例を見ない連歌的表現。◇嵐　一座一句物。◇雪　一座四句物。

4　**雑**　山類。人倫。「嵐」に「山」と付く。
◇捨人　世を捨てた人。世捨人。「水音・田守・花守・返し文・解け霜・捨人・野里・浦里などの言葉、以《もつ》ての外宜《ほかよろ》しからず候」（『吾妻問答《あずまもんどう》』）と宗祇はいましめているが、無理な造語が地方連歌には多かった。この語は、「捨人も花には何と隠れ家の」（西行桜）など、謡曲に例がある。

5　**春季**（花）　木。「山」と「松」が寄合。
◇花ひとり　「花」は一座三句物。「ひとり」は一座三句物（ただ一、恋一、月・松などに一）。ここは花を擬人化。◇松　可隔七句物、〈三表11〉から七句隔たる。

6　**春季**　木。「花」と「紅」が寄合。
◇春のいろ　春を示す風情《ふぜい》。春らしさ。用例に「天の原富士の煙の春の色の霞になびく明けぼのの空」（『新古今集』春上、慈円《じえん》）など。◇梅　一座五句物（ただ一、紅梅一、冬木一、青梅一、紅葉一）。ここは紅梅。

3
ふきさそふ嵐《あらし》や雪になりぬらん　　仲昌

吹きつける強い風に誘われて雪が降りはじめたのだろう。〔日の落ちかかった方は寒いことだと続く〕

4
いざとひてみむ捨《すて》人《びと》の山　　其阿

さあ訪ねてみよう。世捨人の住んでいる山を。〔このごろでは、嵐が雪をよんで、きびしいさまになっていることだろうとする〕

5
花ひとりさくかと松はあを葉にて　　建照

春ともなれば、桜の花だけがひとり美しく咲きほこってよいものかとばかり、松も青葉で競って。〔さあ、その世捨人の住む山を訪ねてみようと、今度はその春景を求めての意にとりなす〕

6
春のいろにも梅はくれなゐ　　兼義

同じ春の色をあらわすにも梅は紅色だ。〔松は緑、桜は白だが、梅は紅。「木の花は、こきもうすきも紅梅」（枕草子）といわれる〕

7　難波潟《なにはがた》おぼろの月のあさぼらけ　宥任

難波潟には春のおぼろ月が朝ぼらけの空に残っている。〔折しも、名木の梅が美しく咲き匂っていると前句に付く〕

8　みやこのけしきなににたとへん　宮寿丸

この都の景色は何にたとえることができようか。〔古都難波の、おぼろ月がかかっている春の朝ぼらけの美しさへの感嘆〕

9　おもひやれただ九重《ここのへ》の雲の上　其阿

ただ想像するがよい、都の、そして宮中のありさまを。〔それは、何ものにもたとえようがなく、すばらしいとする〕

10　のるはくらゐのたかき手《て》車《ぐるま》　公覚

乗っているのは、位の高い輦《れん》車《しゃ》であって。〔この宮中の生活を想像してみるがよいと、輦車の宣旨を許されたものが自負している体《てい》〕

7　**春季**（おぼろの月）　光物。水辺。水辺は可隔五句物、〈三裏1〉の「千鳥」より五句隔たる。「梅」に「難波潟」と付く。「難波津に咲くやこの花冬ごもり今は春べと咲くやこの花」（『古今集』序）における「この花」は「梅」と解され、以来「難波の梅」は名木とされた。◇難波潟　底本は「潟」が異体字。普通の字体に直す。大阪湾。水辺の名所。古くは「蘆《あし》が散る難波」と歌に詠まれた。◇おぼろの月　「春月」は一座二句物。

8　**雑**　「難波」と「みやこ」が寄合。難波はかつて都のあったところであることによる。◇みやこ　一座三句物（ただ一、名所一、旅一）。ここは名所の都。

9　**雑**　聳物《そびきもの》。「都」と「九重」が寄合。◇おもひやれ　想像せよ。命令形は「下知《げじ》」の詞《ことば》として、連歌に好んで用いられる。◇九重　「ここのへ」は漢語「九重《きゆうちよう》」の訓読。宮中。また、その皇居のある都。◇雲　可隔五句物。「雲居」をひびかせる。「雲の上」も宮中のこと。

10　**雑**　「九重」に「手車」が付く。◇手車　輦車。特に宣旨によって乗ることを許される高貴な人の乗り物。「手にて引く車也」（『連珠合璧集』）。「車」は一座三句物。

11　**雑**　人倫。「手車」に「人の数にもえらばれ」と付く。◇かしこきは　恐れ多いことには。次句では、賢明な

11
かしこきは人の数にもえらばれて　有儀

恐れ多くも輦車の宣旨を許されるような人の数にえらばれて。〔あまり展開のある付けようとはいえない〕

12
こころと名をもあぐる弓とり　覚阿

自分の意志と能力で名をあげる武士。〔その賢明さのために数少ない人数の中にもえらばれてと、武士の世界のこととする〕

13
子《この》神《かみ》となりし熱田《あつた》のやつかひげ　建照

子の神と祀《まつ》られた熱田の八《や》束髭《つかひげ》明神は。〔勇み立って武名をあげようとする弓取でと、弓取から武の神である、わが熱田の社へ思いを馳せ、摂社にまつわる伝承を付ける〕

14
ほだれなかたや伊勢のいにしへ　其阿

穂垂《ほだれ》のさし示している方向は古《いにしえ》の伊勢の神の方で。〔「八束髭」から「穂垂な方」と続く連想には、身近な神事をふまえているか〕

人は、ととりなす。

12　雑　人倫。「人の数にもえらばれ」から「名をあぐる」と付く。◇こころと　自分の心から。「つくづくと思へばやすきよの中を心と嘆く我が身なりけり」（『新古今集』雑下、荒木田《あらきだ》長延《ながのぶ》）など。◇弓とり　弓矢をとり用いることを務めとする人。和歌にはあまり用いられない。

13　雑　神祇《じんぎ》。「弓とり」から「熱田」と付く。◇子神　高座結御子神社《たかくらむすびみこのかみしゃ》のこと。新旗屋町東にある、熱田摂社七所の一。この摂社は、本社祭神仲哀《ちゅうあい》天皇、新宮祠《しんぐうのほこら》の祭神素戔嗚尊《すさのおのみこと》。◇やつかひげ　八束《やつか》（幾握りもある）の髭の意で、ここは神名。「速須佐之《はやすさの》男命《をのみこと》、命《よ》させし国を治《し》らずて、八《や》挙須《つかひげ》心《むね》の前《さき》に至るまで啼《な》きいさちき」（『古事記』上）とある語。「神」は一座三句物（ただ一、神代一、名所神一）。ここは熱田で名所の神。

14　雑　神祇。「熱田」から「伊勢」と付く。◇ほだれ　穂垂。「本来は稲粟稗《いねあわひえ》などの穂が豊熟した有様を、一度初春に演じ出してその呪法《じゅほう》の効果を収めようとするのが、昔の正月行事の根幹であった為で、接骨木《にわとこ》・勝軍木《ぬるで》のような柔かな白木が是に用いられたのは、搔いて美しい穂垂れとすることが、比較的容易であったからだろう」（柳田国男『信州随筆』）などともあるが、ここは原義に近いか。この連衆には身近な神事があって、それによっていると思われるが、今では具体的には不明。◇いにしへ　一座一句物。

(名残表)

1 にひなめの米を宮居《みやゐ》に打ちまきて　海一

伊勢の大神宮では、新嘗《にいなめ》祭にお供えする米を宮居にまいて。〔神祇を三句まで続ける〕

2 秋おく霜かしろき月の夜　宗重

あの白く見えるのは秋に置く霜ともいえようか、白々と月の光が照っている夜に。〔前句の宮居にまかれた米を霜と見立てた〕

3 尾花ちる野や風ばかり残るらん　範平

尾花の散っている野には、ただ秋風ばかりが残っていることであろう。〔前句の霜を本物とし、晩秋の景を付ける〕

4 うづらごろもをなほかさねばや　政保

粗末ではあっても鶉衣《うずらごろも》という名の衣をやはり重ねたいものだ。〔この尾花散る野ではと、「尾花」と「うづら」の付合《つけあい》によっただけの句〕

1　**冬季**(にひなめ)　神祇。居所。「伊勢」に「宮居」「にひなめ」と付く。◇にひなめ　新嘗《にいなめ》祭。『産衣』に「冬也。神祇也。今年の初穂を大神宮へ供し給ふ也。十一月辰日と云。又は中の卯日共云。今九月十一日に行はる」とある。◇宮居　神が鎮座するところ。神社。「宮」は一座四句物。

2　**秋季**　光物。夜分。降物。「米」から「しろき」と付く。◇霜　ここは似物《にせもの》。◇しろき「霜」と「月」の両方に掛る。◇月　可隔七句物、〈三裏7〉より八句隔たる。

3　**秋季**(尾花)　草。「秋」から「尾花」「風」が付く。◇尾花　薄《すすき》のこと。一座三句物。「尾花散る」は『万葉集』(長歌一七五七)に見えるが、その後の和歌にはあまり見られない新鮮な表現。◇野　可隔五句物。◇風　可隔五句物。

4　**秋季**(うづらごろも)　衣裳。「尾花」と「鶉」が寄合。「鶉《うづら》なくまのの入江の浜風に尾花浪よる秋の夕暮」(『金葉集』秋、源俊頼)による。◇うづらごろも　今川了俊の『言塵集《ごんじんしゅう》』に「鶉衣と云ふも衣のすその破れたるに、うづらの毛の似たるなり」とある。『荀子《じゅんし》』の「子夏《しか》家貧にして衣懸鶉《けんう》の若《ごと》し」にもとづく語。弊衣《へいい》の形容。『連歌新式』に「可分別物」として、「動物《うごきもの》に非《あら》ず」、「秋也」とする。

5　**雑**　恋。人倫。「衣重ぬる」と「恋」が寄合。◇こひ　一座二句物。

6　**雑**　恋。「こひ」から「たのみ」「いたづら」と付く。◇とはぬたのみ　あの人が「訪はぬ」ということの私の確信。「たのみ」という願望の気持を託して、実は否定的な意に用いた含みのある連歌的表現。◇いたづら　役にも立たぬこと。

7　**雑**　恋。前句の恋の心から「なさけ」と付く。◇世　一座五句物（ただ一、浮世・世の中として一、恋の世一、前世一、後世一）。ここは恋の世。◇なさけ　男女の情愛。恋情。

8　**雑**　「なさけ」から「おとづれ」と付く。◇おとづれ　消息。「其方《そなた》より吹き来る風のつてにだに情《なさけ》をかくる音づれぞなき」（『風雅集』恋五、藤原顕氏《あきうじ》）の歌をふまえているわけではないが、同じような内容である。

5
わかるれば我が引くこひに又なりて　其阿

いざ別れるとなると、自分の方から心引かれる恋にまたなってしまって。〔なおも衣を重ねて共寝をしたいものだと付く〕

6
とはぬたのみはあるもいたづら　守幸

あの人は訪れて来はしないと思いながらも、無駄なことにあるいはと心が動いて。〔前句を後朝《きぬぎぬ》の別れととり、待つ恋を付ける〕

7
おなじ世にすむやなさけと思ふらん　仲昌

この同じ世に住んでいるということ、それをせめてもの情《なさけ》と思っているのであろう。〔逢えないが、ともに生きているということを慰めとしなければならない、かなしい恋〕

8
そのおとづれの聞かまほしさよ　直仲

その人がどうしているのか消息が聞きたいことだ。〔逢えなくても、同じ世に生きているのなら、せめて……と付けた〕

9 山風の里にはふらぬ雪待ちて　俊海

山風が、まだ里では降らない雪を待っていて。〔雪が降ったという消息を聞きたいものだと山風の気持を擬人化した〕

10 まだこのやどは富士のとほ道　其阿

この宿は富士へはまだまだ遠い道にある。〔その富士の山では、山風が雪を待ちかねて吹いているとする〕

11 むさし野はいく夜か夢のかり枕《まくら》　仲昌

武蔵野《むさしの》では幾夜ともなく夢のような仮寝の枕を重ねて来て。〔それでもこの宿はまだ富士へは遠いと、奥州または関東の果てから都への旅にとる〕

12 名にもはてなき月のなが月　建照

折から果てしなく長いという名まで持つ長月で。〔その長月を、果てしない武蔵野の旅に明け暮れてとする〕

9　**冬季**(雪)　降物。居所。同季は可隔七句物、〈名表1〉から冬は七句隔たる。
◇山風　ここは冬の山風。山では冬の来るのが早く、里ではまだ降らぬ雪が降っている。その山から吹きおろしてくる風。「風」は可隔五句物、〈名表3〉から五句隔たる。◇雪　一座四句物、〈初表1〉〈初裏13(似《にせ》物《もの》)〉〈二裏9〉〈三表1（春雪)〉〈三裏3〉とあり、六句になるが、『連歌新式』では、春雪・似物の雪は別とする。

10　**雑**　旅。「山」「雪」から「富士」と付く。
◇やど　一座二句物（ただ一、旅に一）。ここは旅の宿。◇富士　山の名所。◇道　可隔五句物。

11　**雑**　旅。夜分。旅の心から「かり枕」、「富士」から「むさし野」と付く。
◇夢　可隔七句物。◇かり枕　旅の仮寝。用例に「ふし侘《わ》びぬしののをざさのかり枕はかなの露や一夜《ひとよ》ばかりに」(『新古今集』羇《き》旅《りょ》、藤原有家)。

12　**秋季**(なが月)　「むさし野」「いく夜」から「はてなき」と付く。
◇月　ここは月次《つきなみ》の月。◇なが月　九月の異名。

13　**秋季**　木。「なが月」に「末の秋」と付く。一句は「このたびはぬさもとりあへず手向山《たむけやま》もみぢの錦神のまにまに」（『古今集』羇旅、菅原道真）を本歌とする。
◇末の秋　秋三カ月の末の月。長月。◇紅葉　一座三句物。◇にしき　紅葉を錦に見立てた。

14　**秋季**（萩）　降物。草。「末の秋」と「うらがれ」、「紅葉」と「霜」、「錦」と「萩」が寄合。降物は可隔三句物、〈名表9〉の「雪」から四句隔たる。
◇霜のふる枝　「霜の降る」と、「古枝」を掛ける。ここは秋の霜。◇うらがれ　『連歌新式』の「可分別物」に秋とする。「うらがれ　草葉の上葉の枯るる事也。下葉にあらず」（『産衣』）。

1　**雑**　述懐。人倫。「秋萩のふるえにさける花みればもとの心は忘れざりけり」（『古今集』秋上、凡河内躬恒《おおしこうちのみつね》）を本歌とし「萩のふる枝」から「もとのこころ」と付く。

2　**雑**　述懐。山類。「捨つる身」から「山」「かくれ家」と付く。
◇かくれ家　一座一句物。隠れ住むところ。

13　末の秋紅葉《もみぢ》をみればにしきにて　海一

長月はまさに末の秋、いかにも紅葉の錦《にしき》と詠まれた通りの光景で。〔一句は菅原道真《みちざね》の歌をふまえる〕

14　霜のふる枝《え》の萩《はぎ》のうらがれ　直義

霜が降りている萩の古枝の上葉はもう枯れてしまって。〔晩秋の景色を詠んだ前句を受け、掛詞《かけことば》を用い、景物を重ねた〕

（名残裏）

1　捨てしよりもとのこころをもたぬ身に　其阿

世を捨てて出家となった時から、もとの俗世間での心は持たないこの身にとっても。〔萩の古枝のうらがれの景はさびしい、と付く。本歌による付けだが、実感もこもっている〕

2　すめば山こそやがてかくれ家《が》　常広

住んでみると山こそそのまま隠れ家であって。〔出家して俗世間の心も持たない身にはと、山住みをよしとする遁世者《とんせいしゃ》の境涯《きょうがい》〕

3
みよし野の里は都のほかならで　季泰

み吉野の里とはいっても、かつては離宮のあったところ、都の外ではなくて。〔その山のあなたに隠れ家を求めようという古歌の意を逆にふまえて、住めばどの山でもそのまま隠れ家になるのだと、前句と応答した形〕

4
げにへだてなし日本《やまと》もろこし　覚阿

日本と唐土《もろこし》といっても、まことに隔てはないのだ。〔み吉野の里は、大和でもあり、唐土でもあってと言葉の縁に頼った付け〕

5
敷嶋《しきしま》の道なほ花に近かりき　仲稲

和歌の道もやはり、言葉の花というにふさわしいものであった。〔唐土の漢詩がそうであったように、お互いに隔てなくと付く。花を出して春とする〕

6
春いくかへりたえぬ祝言《ほぎごと》　建照

3　**雑**　居所。「かくれ家」に「みよし野」が付く。「みよし野の山のあなたにやどもがな世のうき時のかくれがにせむ」（『古今集』雑下、読人しらず）による。◇都　一座三句物（ただ一、名所に一、旅に一）。〈三裏8〉はただの都。ここは名所の都。吉野はかつて離宮のあったところ。

4　**雑**　「吉野」と「もろこし」が寄合。「もろこしの吉野の山にこもるともおくれむと思ふわれならなくに」（『古今集』雑体、誹諧歌、藤原時平《ときひら》）による。歌の意は、遠く離れた吉野の誇張表現であったかと思われるが、この歌により、吉野は「もろこしの吉野」と称せられた。◇日本　大和（奈良県）を掛ける。吉野は大和国にある。

5　**春季**(花)　木。「日本」から「敷嶋の道」、「へだてなし」から「近かりき」と付く。◇敷嶋の道　敷嶋の大和歌の道の意で和歌の道をいう。「道」は可隔五句物。◇なほ　やはり。◇花　一座三句物、〈初表3〉〈二裏13〉〈三裏5〉とすでに三句あり、これは詞《ことば》の花で似物《にせもの》。『連歌新式』では似物の花は三句のほかとする。

6　**春季**。「花」に「春」、「敷嶋の道」に「祝言」と付く。

春はたびたびめぐって来ても、絶えることのない祝言《しゅうげん》の歌で迎えられ。〔花を讃《たた》える歌は尽きないとする〕

7 あら玉の年又としのゆたかにて　宥任

あら玉の年立ちかえると言われる新しい年は、いつもいつも豊穣《ほうじょう》であって。〔祝言の言葉を付ける〕

8 大《おほ》宮司《みやづかさ》するゑぞひさしき　仲昌

熱田の宮は、いついつまでも末長く栄えて。〔熱田大宮司家への祝いの意もこめ、めでたく一巻をあげて法楽《ほうらく》とする〕

◇祝言　ほぎごと。ほき歌。讃え祝う歌。

7　**春季**（あら玉の年）「祝言」から「あら玉の年」と付く。

◇あら玉　「年」の枕詞。改まる年の意を含めて用いている。「あらたまの年立ちかへる朝《あした》よりまたるるものはうぐひすの声」（『拾遺集』春、素性《そせい》）など。

8　**雑**　神祇。「年」と「するゑ」、「ゆたか」と「ひさしき」が付く。

◇大宮司　神官の一つ。伊勢神宮をはじめ熱田・宇佐・阿蘇《あそ》・香椎《かしい》・宗像《なかた》・気比《けひ》・香取《かとり》・鹿島《かしま》などの神宮・神社にあった神職の長。ここは熱田大宮司をさす。

享徳二年宗砌等何路百韻

◇底本　京都大学潁原《えばら》文庫蔵「賦何路連歌」（潁GK２）。「応仁二季正月吉日」の奥書《おくがき》がある。江戸初期写。

◇校合本　福岡県太宰府町大町松屋蔵懐紙、室町中期写（松屋本と略称）。厳島《いつくしま》神社野坂家蔵、本歌連歌（野坂本と略称）。京都大学国文学研究室蔵、本歌連歌（京大本と略称）。国会図書館蔵、古代連歌集二所収本（国会本と略称）。静嘉堂《せいかどう》文庫蔵、「連歌集書一六」所収本（静嘉堂本と略称）。大阪天満宮蔵、南曲《なんきょく》書写本（『心敬作品集』に翻刻。天満宮本と略称）。

◇注釈　岡本彦一氏『心敬の世界』に「私抄」として抄出、評釈。

◇成立　底本の端作りによれば、享徳二年（一四五三）三月十五日の張行《ちょうぎょう》。野坂本・京大本には本歌連歌として、各句に本歌をあげるが、出典未詳のものが多く、この百韻の成立とのかかわりについては不審も多いが、一概には後人の偽作として退けられないので、頭注の末尾に本歌として掲げた。

◇連衆　宗砌《そうぜい》を中心とする主要連歌師による五吟。

砌　宗砌。二五句。もと山名家臣。高山民部入道。『竹林抄《ちくりんしょう》』七人の作者（七賢）の先達《せんだつ》。享徳四年没。

忍　忍誓《にんせい》。二〇句。二条西洞院《にしのとういん》の顕証院に住坊。康正《こうしょう》元年東国下向後の消息不明。

行　行助《ぎょうじょ》。一六句。山名家臣。惣持坊（延暦寺東塔）。法印権大僧都。七賢の一人。文明元年没、六十五歳。

順　専順《せんじゅん》。一九句。六角堂柳本坊。法眼。七賢の一人。文明八年没、六十六歳。

心　心恵（心敬《しんけい》の前名）。一九句。連皆（海）坊十住心院権大僧都。正徹《しょうてつ》門の歌人。七賢の一人。文明七年没、七十歳。

光長　一句。伝未詳。句上に「め川」と傍書。執筆《しゅひつ》。松屋本「□（堯カ）長」、野坂本、京大本「長阿」。静嘉堂本「元長」。

賦《ふす》何《なに》路《みち》連《れん》歌《が》　享徳二年三月十五日

（初表）

1　咲く藤の裏葉は浪《なみ》の玉藻《たまも》哉《かな》　砌

美しく咲いている藤の末葉は、あたかも波にゆらいでいる藻《も》のようだ。〔行く春の形見とでも言うかのように咲き誇っている藤の花を初句「咲く藤の」でとらえ、源氏物語の巻名をひびかせ、縁語、比喩《ひゆ》などを用いた、宗砌《そうぜい》らしい技巧的な句作り〕

2　春に色かる松の一しほ　忍

常緑の松は、からまりつく藤の花によって春の色どりを添え、ひときわ美しく見える。〔「一しほの色まさりけり」とある本歌の言葉を取り、ここでは、藤の花によるためと変化をつけている〕

◇賦何路　発句《ほっく》に「浪」があり、「浪路」の熟語をつくる。『連歌初学抄』賦物《ふしもの》篇に「浪路」が見える。この百韻《ひやくいん》、野坂本等に「本歌連歌」として一々に本歌をあげる。他の巻々でいう本歌の用法とは異なり、この歌が、それぞれの句の詠まれる契機となったものか、あるいは逆に後から付されたものかも不明だが、参考までに各句の頭注の末尾に掲げる。出典がわかっているものも、字句は特に直さず、野坂本に従った。

1　春季（藤）　水辺《すいへん》。草。切字《きれじ》「哉《かな》」。◇藤の裏葉　藤の末の葉の意。「裏」は宛字《あてじ》で「うら」は「うれ」と同じく「末」が正しい。用例に「春日さす藤のうら葉のうちとけて君し思はばわれも頼まむ」（『後撰集』春下、読人しらず）。『源氏物語』の巻名にも見える。「藤」は一座三句物。晩春の景物で、三月十五日の興行にふさわしい。◇浪の玉藻　玉は美称。波にゆれる藻。「藤」と「浪」は縁語。◇本歌「行く春のかたみに咲ける藤の花うら葉の色は浪の玉藻か」。

2　春季　木。「藤」に「松」が寄合《よりあい》。「緑なる松にかかれる藤なれどおのが比《ころ》とぞ花は咲きける」（『新古今集』春下、紀貫之《きのつらゆき》）などによる。◇一しほ　一入《ひとしお》。ひときわ。いちだんと。◇本歌「常葉《ときは》なる松の緑ぞ春くれば今一しほの色まさりけり」（『古今集』春上、源宗于《むねゆき》）。

3 嶺《みね》の雪今朝《けさ》ふる雨に消え初《そ》めて　行

嶺に積っていた雪も、今朝しとしとと降る春雨にとけはじめて。〔前句の松の緑がいっそう美しく見えるのは、雪をとかす春の雨に洗われたためだとする〕

4 霞《かすみ》にうすく残る月影　順

朝霞の中にうっすらと有明の月が残っている。〔墨絵を思わせる連歌好みの景。今朝の雨、それが今は霞となって残月が白く、消えはじめた嶺の雪の上に見えると、春景に春景を配した〕

5 鶯《うぐひす》もまだぬる野べの旅枕　心

鶯もまだ寝ているとみえて鳴く音《ね》も聞えてこない夜半《よわ》の野辺での旅寝の床。〔見れば霞の中にうすく残月がかかっていると、前句を旅路での光景と見た〕

6 誰か家路《いへぢ》も見えぬ明闇《あけぐれ》　砌

3　**春季**(雪消《ゆきげ》)　降物《ふりもの》。山類《さんるい》。第三の型通りて止め。「松」に「嶺」と付く。
◇今朝　「朝」は一座二句物（ただ一、「けさ」として一）。◇本歌　「松たてる嶺の白雪消え初めてのどけき春に色やかるらん」。

4　**春季**(霞)　光物《ひかりもの》。夜分《やぶん》。聳物《そびきもの》。「朝」と「霞」、「雪」と「月」が寄合。
◇月　「春の月」は一座二句物。◇本歌　「静かなる有明の月の春の夜は霞にこめて影ぞ残れる」。

5　**春季**(鶯)　旅。夜分。鳥。前句の春の心に「鶯」と付く。
◇鶯　一座一句物。◇野　可隔五句物。◇旅枕　旅路にあって寝ること。旅寝。『新古今集』前後より好んで用いられた歌語。「郭公《ほととぎす》そのかみ山のたび枕ほのかたらひし空ぞ忘れぬ」（『新古今集』雑上、式子内親王《しょくしないしんのう》）など。「旅」の字は一座二句物。◇本歌　「春にきて幾夜も過ぎぬ朝戸出《あさとで》に鶯きぬる窓の村竹」。

6　**雑**《ぞう》　旅。夜分。人倫《じんりん》。「まだぬる」に「明闇」と付ける。
◇明闇　夜明け方の、まだ少し暗いころ。未明。「明《あけ》晩《ぐれ》の朝霧隠《かく》れ」（『万葉集』五〇九）と詠まれた万葉語。『源氏物語』野分《のわき》にも「さやかなるあけぐれの程」と見える。「明ぐれ　いまだ明け離れぬ時分必ずくらくなる也。明闇と書く」（『流木集《ながれぎしゅう》』）。「あけぐれ　明ぼのの事也」（『匠材集《しょうざいしゅう》』）。◇本歌　「おもひでの日影のかすむ春なれば家ぢの見えず成《(ママ)》けり」。

7　**秋季**　旅。草。「明闇」に「たどる」と付く。◇真葛原　葛の生えている原。「をみなへし生《お》ふる沢辺の真田葛原《まくずはら》」（『万葉集』一三四六）などと見える万葉語で、院政期以降の和歌に多く詠まれた。◇帰る秋　帰ってゆく秋。擬人化。「真葛」と「帰る」は、翻《ひるがえ》るの意を掛けて縁語。◇本歌　「うつろはでしばし篠田《しのだ》の森を見よかへりもぞする葛のうら風」（『新古今集』雑下、赤染衛門《あかぞめえもん》。この歌は『和泉《いずみ》式部集』『玄々《げんげん》集』『続詞花集』や御伽草子《おとぎぞうし》『小式部』にも見えて、当時伝承歌として知られていたと思われる）。

8　**秋季**（小萩）　草。「なほ匂ふ」で「帰る秋」の心を受ける。◇古枝の小萩　去年の古い枝に咲く小萩。「秋はぎのふるえにさける花見れば本《もと》の心は忘れざりけり」（『古今集』秋上、凡河内躬恒《おおしこうちのみつね》）をふまえる。◇本歌　「秋絶えぬいかなる色と吹く風のやがてうつろふ本《もと》あらの萩」。

1　**秋季**（霧）　光物。聳物。水辺。前句の秋の心に「霧」と付く。底本は作者を「忍」とし、「イ心」と補筆。松屋本等により訂。心恵とすれば底本の句上《くあげ》の数にも合致する。◇夕日がくれ　夕陽の当らないところ。「夕日隠れ夕日のささぬ所也」（『産衣《うぶぎぬ》』）。用例に「暮れぬとや片山陰のきりぎりす夕日隠れの露に鳴くらむ」（『玉葉集』秋上、西園寺実兼《さねかぬ》）。◇本歌　「秋の日の夕《ゆふべ》の河や晴れぬらん嵐《あらし》に消ゆる雲霧の空」。

誰の家路も見えないまだほの暗い未明のころ。〔前句の旅寝の野辺に応じ、前句がその未明を聴覚でとらえたのに対して、この句では視覚でとらえた〕

7
真《ま》葛《くず》原帰る秋もやたどるらん　忍

誰の家路も見えない明闇《あけぐれ》の中、真葛原を秋は迷いながらも帰ってゆくのだろう。〔秋を擬人化した連歌的表現の句〕

8
古枝《ふるえ》の小《こ》萩《はぎ》なほ匂ふ比《ころ》　行

古枝に咲く小萩の花が、まだ咲き匂っている頃に。〔秋が真葛原をたどりたどり帰ってゆくと前句に付けた〕

（初　裏）

1
霧のぼる夕日がくれの水晴れて　心

霧が立ちのぼってゆく。夕陽のささないこの水面も雨があがっていることが知られて。〔そのほとりでは古枝の小萩がなお咲き匂っている頃にとして前句に応じる。秋の景に秋の景を付けたが、時刻を夕べとし、場所を水辺とした〕

2 川そひ舟をさすや釣人《つりびと》　砌

川岸に沿って下ってゆく舟、その舟を棹《さお》さしているのは釣人であろうか。〔霧が立ちのぼり、夕日のささない水の面《おも》も晴れていて、その舟、その人が見えるとする〕

3 笠《かさ》にぬふ岩《いは》本《もと》菅《すげ》のかりの世に　順

笠を編むための岩本菅を刈る、その仮の世に。〔川の流れのままに棹さしている釣人から、はかないこの世に流されるように生きているわが身を思いうかべて述懐の句に転じた〕

4 のこる桜をかざす夏山　忍

夏になっても、まだ残っている桜を插頭《かざし》にしている夏山。〔その山の岩の根もとには菅が生えていてと、前句の序詞を実景としてうけとめ述懐は一句で捨てて夏の句とする〕

5 手《た》向《むけ》して春や行きけん神まつり　行

2　**雑**　水辺。人倫。「夕日」に「さす」と付け、前句の水辺に「舟」と付く。◇川そひ舟　川岸に沿って下ってゆく舟。「川沿《そひ》」は、「川沿柳」「川沿道」など『万葉集』以来用いられるが、「川沿舟」は造語か。「カワソイ」(『日葡《にっぽ》辞書《じしょ》』)と清音でよむ。◇本歌「河つらにさをさし急ぐ釣人も岸の干がたに舟やよすらん」。

3　**雑**　述懐《しゅつかい》。「さす」と「笠」が寄合。◇岩本菅「奥山の磐本菅《いはもとすげ》(『万葉集』三九七)による万葉語であるが、「皆人の笠に縫ふてふ有間《ありま》菅《すげ》」(『万葉集』三〇六四)のように笠に縫うために刈りとった菅。従って草としない。「刈り」と「仮」の音通《おんつう》によ る、「かりの世」を導く序詞。◇世　一座五句物。◇本歌「よをすげをいやしき賤《しづ》がかりのよは笠のは伝ふ露ぞ袖ぬる」。

4　**夏季**(夏山)　山類。木。「笠」に「かざす」と付く。◇桜　一座三句物。◇かざす　桜の花がところどころに残っているさまを夏山が桜を插頭《かざし》にしていると見立てた。◇本歌「桜ちる山路の雨に立ちぬれて尋ねもやせん春の行く方」。

5　**夏季**(神まつり)　神祇《じんぎ》。「のこる桜」に「春や行きけん」、「夏山」に「神まつり」と付く。

◇神まつり　『産衣』に「夏也。ただ祭とばかりも夏也。かもの祭を本とする故也」とある。賀茂の祭は卯月中《なか》の酉《とり》の日に行われる賀茂神社の祭。葵《あおい》祭。◇本歌「さを姫の神こそ春の手《た》向《むけ》なれちれる桜をぬさとはやせば」。

6　春季（苗代）「行く」に「道」と付く。◇苗代垣　苗代田のほとりに結い廻して鳥が苗代を荒すのを防ぐ垣。用例に「しづのをの苗代垣をあぜをきて今ぞたなゐに種をかすなる」（『堀河百首』源国信《くにざね》）。◇道　可隔五句物。◇本歌「かよふ人野《の》守《もり》の道はさまざまに苗代垣の末のとほさよ」。

7　春季（霞）聳物《そびきもの》。居所。人倫。「苗代垣」に「賤が屋」、「一すぢ」に「煙」と付く。◇賤が屋　賤の住む粗末で小さな家。「賤」は身分の低い者。◇靡く　底本は異体字。静嘉堂本の表記に改める。松屋本は「なひく」。◇煙　可隔五句物。◇本歌「雲まよふ春されさむし山陰に煙ほのかに見ゆる賤が屋」。

8　春季（こゆる年）「霞」に「こゆる年」、「煙」に「にぎはふ」と付く。◇本歌「高きやにのぼりて見れば煙立つ民のかまどはにぎはひにけり」（『新古今集』賀、仁徳天皇。実は「日本紀竟宴和歌《にほんぎきようえんわか》」中の藤原時平《ときひら》の歌。『和漢朗詠集』『俊頼髄脳《としよりずいのう》』等にも見える）。

手向をして春が去っていったのであろう。賀茂祭の季節となったことだ。〔夏山に插頭のように残っている桜を、去ってゆく春の、神への手向であろうと見立てた〕

6
苗《なは》代《しろ》垣《がき》の道の一すぢ　心

苗代のまわりを囲んでいる垣の中に道が一筋通じている。〔手向しつつ、春がこの道を通っていったのであろうとするその苗代は神田《かみだ》。夏から春への季移り〕

7
賤《しづ》が屋に靡《なび》く霞は煙にて　砌

賤の粗末な家にたなびいている霞のように見えるもの、それは煙であって。〔苗代垣の道のかなたに、小さな家があるとした〕

8
今はたこゆる年ぞにぎはふ　順

今はまた、年があらたまって、この新しい年がにぎわっている。賤が家には、かまどの煙が立ちのぼっていて。〔まさしく本歌によっての付け〕

9　秋季　草。「今はたこゆる」に「ほのめく」と付く。◇花薄　穂の出た薄。「薄」は一座三句物。◇ほのめく　かすかに揺れる。「穂」を掛ける。◇秋の風　秋風、秋の風と替えて一座二句物。◇本歌　「山賤《やまがつ》の梢《こずゑ》嵐《あらし》のゑのこ草いまはた越えてほに出づるらし」(出典未詳歌であるが、「今はた越ゆる」に「ほのめく」と付いたのは、あるいはこの歌によるか)。

10　秋季(稲妻)　衣裳《いしよう》。「薄」と「草の袂」が寄合。「秋の野の草の袂か花すすきほに出でてまねく袖と見ゆらむ」(『古今集』秋上、在原棟梁《ありわらのむねやな》)による。薄の穂が出てゆれているのを人を招く袖に見立てる。◇涼し　一座二句物。◇本歌　「夕されの春間《はるま》になびく稲妻は袂涼しくうつる秋風」。

11　秋季(月)　恋。光物。夜分。衣裳。「有明の月待つ宿の袖の上に人だのめなる宵の稲妻」(『新古今集』秋上、藤原家隆)により「稲妻」と「宵」、「さらぬだに重きが上のさよ衣わが妻ならぬつまな重ねそ」(『新古今集』釈教、寂然《じやくぜん》)により「妻」と「小夜衣」が寄合。◇小夜衣　夜着る衣。夜着。◇本歌　「出《い》で塩《しほ》の月の庭にや打ちぬらんうらは砧《きぬた》のおとの秋風」。

12　雑　恋。夜分。人倫。前句の夜分に「暁」と付く。松屋本以下作者を「心」(心恵)とする。◇暁　一座二句物。◇本歌　「暁のうき別れをばしらずして逢ふはうれしき宵の手枕《たまくら》」(『和歌集心躰抄抽《しんたいしようちゆう》

9　花薄《すすき》末葉ほのめく秋の風　忍

末葉の先に穂が出はじめた花薄が、秋の風にかすかにゆれている。〔春を「花」で受け、「薄」で秋へ導いて、春から秋への季移りとし、「ほのめく」で恋を誘う〕

10　袂《たもと》涼しくうつる稲妻《いなづま》　行

花薄が秋風にゆれて人を招く袂のように見える。その草の袂に涼しそうに稲妻が光っている。〔恋の誘いを「袂」でにおわしながら、依然として稲妻を主にした秋の叙景の句〕

11　月にしけ宵《よひ》のまどほの小夜衣《さよごろも》　砌

月を待つと思って敷くがよい。この宵に、間遠にしか訪れない男の小夜衣を。そのひとりねの袂に宵の稲妻が映えている。〔ようやく恋の句となる。しかも月を出し、まさに宗匠の句さばき〕

12　君がおき行く暁はうし　忍

たまさかの逢瀬《おうせ》、あなたが起き別れてゆく暁はつらい。〔月を有明の月ととりなして宵から暁へ時刻を移し、後朝《きぬぎぬ》の別れとする〕

13 霜《しも》枯《がれ》の野《の》上《がみ》の宿《やど》を名残《なごり》にて　心

霜が降りて草も枯れてしまったさびしい野上の宿を、一夜かわした遊女の名残を惜しみながらあとにして。〔前句を遊女の気持ととり、王朝的な恋の世界を、中世的な恋に転じた〕

14 時《し》雨《ぐれ》関守《も》る不《ふ》破《は》の山道　順

山道を越えてゆく不破《ふわ》の関。関守も今はおらず、ただ時雨が漏れて、関を守っている。〔野上から不破へと旅行く体《てい》に付けた。三句続いた恋を去って、ただ旅の句とする〕

（二表）

1 世のかため破れずしてや古《ふ》りぬらん　砌

世の中の守りを固めるための不破の関はその名のように破られることもなく日が経って古びてゆくのだろうか。〔実は破られて関屋には時雨が漏れているばかりの光景であると付ける〕

肝要《かんよう》』下、恋分に見える。連歌師相伝の俗歌）。

13 冬季（霜枯）　恋。旅。前句全体のもつ「別るる心」の意に「名残」、遊君《ゆうくん》の意の「君」に「野上の宿」と付く。松屋本以下作者名「忍」（忍誓）とする。

◇霜枯の……　松屋本「霜枯を野上のやどり」とある。◇野上の宿　岐阜県不破《ふわ》郡関が原町、中仙道《なかせんどう》の垂井《たるい》と関が原の間にある。用例に「一夜かす野上の里の草枕むすび捨てける人の契りを」（『六百番歌合』藤原定家）。『藻塩草《もしおぐさ》』には「一よかす野上のさと。野上とは手傀儡《てくぐつ》の在所也」と見える。「野上」は名所。名所は可隔三句物。◇本歌「冬がれの草の枕の別路《わかれぢ》に野上の宿の跡も忘れず」。

14 冬季（時雨）　旅。降物。山類。「野上の宿」に「不破」と付く。

◇関　一座四句物。◇守る　「漏る」と掛詞。◇不破　岐阜県不破郡関が原町。「人住まぬ不破の関屋の板庇《いたびさし》荒れにし後はただ秋の風」（『新古今集』雑中、藤原良《よし》経《つね》）で著名。その関所は早く廃止されて荒れていた。名所。◇道　可隔五句物。◇本歌「さゆる夜の軒のいたやにふる時雨《しぐれ》明けても寒き不破の山みち」。

1 雑　「関」に「世のかため」、「不破」に「破れず」「古りぬ」と付く。

◇世　一座五句物。◇古りぬ　「古る」に「経る」を掛ける。松屋本は「恋ぬ」。◇本歌「植ゑ置きし二木《ふたき》の杉は世のかためやぶれて見ゆる不破の関宿」。

2 苔《こけ》むす鼓《つづみ》打つ声もなし　　心

打つ人もなく苔の生えている鼓、為政者をいさめる必要もなく、その鼓を打つ音も聞えてこない。〔諫鼓《かんこ》を打つこともなく、その鼓は古くなったのであろうと故事によっての付け〕

3 絵にかける巌《いはほ》も浪《なみ》も滝に似て　　順

絵にかかれた巌も、そしてその巌をかむ波も滝のように見えてはいるのだが。〔絵だから音もしないと前句に続くが、もっぱら寄《より》合《あい》によってぴったりと付いている〕

4 終《つひ》にやおちん水茎《みづぐき》の跡　　忍

終にははげ落ちてしまうであろう、この筆の跡は。〔絵にかいた巌も波も滝に似ているが、筆跡はすみがれていてと前句に付く〕

5 人心《ひとごころ》見えみ見えずみたどたどし　　砌

その人の心はよく見えたり見えなかったり、おぼつかないことだ。

2 **雑**　草。「破る」に「鼓」と付く。◇苔むす鼓　「鼓」は諫鼓で、訴えのある者にうたせて、自ら裁定しようと言った古代中国の堯《ぎょう》帝の故事（『鄧析子《とうせきし》』）により、苔むしているのは太平の証《しるし》。「刑鞭蒲朽《けいべんがまく》ちて螢空《ほたるむな》しく去り、諫鼓苔深うして鳥驚かず」（『和漢朗詠集』帝王、小野国風《くにかぜ》）、「うちならす人しなければ君がよはかけし鼓《つづみ》も苔むしにけり」（『堀河百首』紀伊）など。◇もなし　一座二句物。◇本歌「よる浪の音は鼓《つづみ》の滝に似て岩屋の苔を風の吹く比《ころ》」。

3 **雑**　水辺。「苔むす」と「巌」が「我が君は千代に八千代にさざれ石の巌となりて苔のむすまで」（『古今集』賀、読人しらず）により寄合。また「打つ」と「浪」、「鼓」と「滝」（「鼓の滝」は、肥後《ひご》の歌枕とも、摂津《せっつ》の歌枕ともいう）が寄合。◇浪　可隔五句物。◇滝　ここは水辺ととる。肖柏《しょうはく》の『追加』によれば一座三句物。◇本歌　「うつす絵の滝はそれとも見えわかでそれかあらぬか筆のすみがれ」。

4 **雑**　「滝」と「おつ」が寄合。「絵」に「水茎」と付く。◇水茎　筆の意の歌語。◇本歌　「水くきの跡を見てこそ知ら（「れ」脱か）けれ恋路にまよふ人の心は」。

5 **雑**　恋。人倫。「水茎の跡」に「たどたどし」と付く。この句、『宗砌《そうぜい》法師付句』（書陵部蔵三

〔終には思いが叶うのであろうが、この恋文の様子ではと、前句の水茎の跡を恋文とする〕

6　かよふやいづこ夜《よ》な夜《よ》なの夢　　行

どこへ通って行くのだろうか、毎夜毎夜の夢にあの人が見えるのだが。〔私によせる心が見えたり見えなかったりで、不安定な恋ながら、その人をあきらめきれない女心〕

7　手《た》枕《まくら》に花の香《か》とめよ春の風　　忍

手枕をして臥《ふ》せっている私のもとに花の香を運んで来て、その香をとどめてくれ、春の風よ。〔夜々あの人の夢を追っている私にと前句に付く。手枕に恋の心を残し、一句は春の句へ〕

8　梅咲く小《を》野《の》の曙《あけぼの》の空　　順

梅が咲き匂っている野のうららかなあけぼのの空。〔その花の香を枕べに吹き伝えてくれと春の風にことよせる体《てい》。前句の花を梅と定めて美しい春景色を描く〕

吟百韻所収）に見える。◇見えみ見えずみ　「み」は接尾語。「……み……み」の形で、「……したり……したり」の意を表す。◇たどたどし　はっきりしないさま。「なかなかに折りやまどはむ藤の花たそがれ時のたどたどしくは」（『源氏物語』藤裏葉）。◇本歌　「折節もうつればよわる世の中に人の心や花染《はなぞめ》の袖」（字句多少異なるが『新古今集』夏、俊成女）。

6　**雑**　恋。夜分。「見る」と「夢」が寄合。◇夢　可隔七句物。◇本歌　「枕香《まくらが》の人の面影立ちそひてあふ夜の夢のはてなんもうし」。

7　**春季**（花・春の風）　夜分。木。「春のよの夢ばかりなる手枕《たまくら》にかひなく立たむ名こそ惜しけれ」（『千載集』雑上、周防内侍《すおうのないし》）により「夢」と「手枕」が寄合。また「夢」と「花」も寄合。◇花　『新式今案』では一座四句物となる。◇春の風　春風、春の風と替えて一座二句物。◇本歌　「梅がかや今朝の嵐に匂ふらん春まだ遅きをのの山里」。

8　**春季**（梅）　夜分。木。「香」と「梅」が寄合。◇梅　一座五句物。◇小野　肖柏の『追加』では、一座二句物、「一は名所たるべし」とある。前句の本歌の連想で、名所の小野がうかんだとも思われるがここは普通名詞。「小《を》」は接頭語。◇本歌　「櫻《きくら》咲くひばりの床に宿かれて□なつかしみ暮す春哉《かな》」（□は虫損。梅の異体字[illegible]か）。

9　春季（長閑）　居所。人倫。「小野」と「柴焼く」が寄合。前句の「小野」を洛北の名所ととる。◇山賤　木樵《きこり》など山で生活する人。底本「山奴《かつ》」。野坂本等により普通の表記に改める。松屋本は「山かつ」。◇庵　「いほ」「いほり」と替えて一座二句物。◇本歌　「柴の屋の煙にまがふ春霞帰るを急ぐをのの山人」。

10　冬季（年の暮）　◇世間さわぐ……　年の暮は何かと行事も多く人の心もおちつかない。「世」は一座五句物（浮世・世の中として一）。◇本歌　「天の原ふりさけ見れば霞立つ雲にまぎれていはじしらずも」（下句小異あるが『丹後風土記逸文』、『太神宮参詣記』、謡曲「羽衣」に見える歌。ただし、本歌としてはこの句の語句と関係なく不審）。

11　冬季（雪）　降物。草（竹は草に入れる）。鳥。「世」と「竹」が寄合。「世」を竹の「節《よ》」ととりなすことによる。◇村鳥　群がっている鳥。「無《む》良《ら》等《と》理《り》の朝立ちいなば」（『万葉集』四〇〇八）などと見える万葉語。「鳥」は一座四句物。◇本歌　「村竹の梢《こずゑ》のなびく雪の日はねぐらにまよふ村鳥の声」。

9　山賤《やまがつ》の柴焼《しばた》く庵《いほり》長閑《のどか》にて　心

山人が柴を焼いている庵は、いかにものどかな趣で。〔前句の小野を、洛北《らくほく》小野の山里とし、その春のあけぼのの風景に、山人の柴焚《た》く庵を点出《てんしゅつ》〕

10　世間《よのなか》さわぐ年の暮れがた　砌

世の中が何かと騒がしい。年の暮れていこうとするころは。〔そうした都とはうって変って、山里では柴焚く庵がいかにものんびりと見えると、対比しての付け。春から冬への季移り〕

11　雪《ゆき》折《を》れの竹の村鳥《むらどり》宿《やど》り侘《わ》び　行

雪折れの竹に鳥がとまりにくそうに群がって見える。〔世の中がざわめいている年の暮れがたで、鳥もおちついて宿ることができないとする〕

12　麓《ふもと》の雲の林にぞ入る　忍

山の麓にたなびいている雲の中に村鳥が入ってゆく。〔また雪となり、雪折れの竹に宿りにくくて、と前句をとる〕

13　秋の日の夕《ゆふべ》の寺に鐘なりて　　心

秋の陽ざしが残る夕暮、山寺では夕べを知らせる入相《いりあい》の鐘が鳴って。〔前句を京都紫野の雲林院《うんりんいん》のこととし、その鐘が聞えてくる光景を付ける〕

14　人帰る野に月は出でけり　　砌

野良《のら》仕事を終えた人が帰ってゆく、その夕暮の野の向うに月が出たことだ。〔折しも夕日のさす西の山の寺では入相の鐘が鳴ってと、夕日と月の出とを印象的に対置しての付け〕

(二裏)

1　袖《そで》かけて匂へ千《ち》種《ぐさ》の花の露　　順

袖いっぱいにうつして匂え、秋の野のさまざまに咲き乱れる草花に置く露よ。〔前句の「人」を風雅な旅人と見て、露に呼びかけた体《てい》〕

12　**雑**　山類。聳物《そびきもの》。「雪」と「雲」、「竹」と「林」が寄合。

◇雲の林　雲がたなびいているさま。「木の本におらぬ錦のつもれるは雲の林の紅葉《もみぢ》なりけり」（『後撰集』秋下、読人しらず）など。◇本歌　「かり人の山路にふかくせき入れば林に落つるむささびの声」。

13　**秋季**　釈教《しやつきよう》。光物。「麓」と「寺」が寄合。「小《を》倉山《ぐらやま》ふもとの寺の入相《いりあひ》にあらぬ音《ね》ながらまがふ雁《かり》がね」（『風雅集』秋中、藤原俊成）などによる。また、「雲の林」を雲林院（天台宗の寺）ととり、「寺」「鐘」と付く。

◇寺　一座二句物。◇鐘　一座四句物。◇本歌　「風さそふ遠方《をちかた》とほく鐘鳴りて野寺にはやく暮るる日の影」。

14　**秋季**（月）　光物。夜分。人倫。「寺」と「帰る」「野」が寄合。

◇野　可隔五句物。◇本歌　「秋の日は木こりの道にはや暮れて心なげにも月やみるらん」。

1　**秋季**（露）　降物。衣裳。草。「野」と「露」が寄合。前句の秋の心に「千《ち》種《ぐさ》の花」が付く。

◇袖かけて　「雨ふれば藤のうら葉に袖かけて花にしをるる我が身と思はむ」（『新勅撰集』春下、源俊頼）など、和歌に多く見られる表現。「袖」は可隔五句物。

◇千種の花　「千種」は「千草」。さまざまの草花。

◇本歌　「露ぞうき野辺に一夜のかり枕かたしく袖は草の花のか」。

2 今日摘《つ》む菊に契る行末《ゆくすゑ》　心

重陽《ちょうよう》の今日摘むこの菊に、いついつまでもという約束の心をこめて。〔千種《ちぐさ》の花から特に菊を取り出し、末長い恋の契りを付ける〕

3 別れつる庭は籬《まがき》も形見《かたみ》にて　忍

恋人を見送って別れた庭、その庭の菊の籬までも形見と思われて。〔菊を摘んで行く末を約束しあった後朝《きぬぎぬ》の別れ、その場面をかみしめている女の気持〕

4 飛びかふ蝶《てふ》も春やしたはん　行

庭の籬のあたりを飛びまわっている蝶《ちょう》も行く春を慕っているのであろう。〔形見を春の形見ととって、晩春の景とする〕

5 舞の名の鳥の入方《いりがた》霞む日に　砌

美しい鳥の名の舞、迦陵頻《かりょうびん》もすでに入綾《いりあや》となり、折しも入り方の陽が霞の中に沈んでゆく。〔前句の蝶を舞楽《ぶがく》の「胡蝶《こちょう》」ととり、

2　**秋季**(菊)　恋。草。「匂ふ」「露」に「菊」と付く。◇今日　一座二句物。ここは九月九日の重陽の節日をさす。◇契る行末　行く末の栄を契るともとれるが、恋の場合にいうことが多い。「今日はまた行末遠く契るかなつらきにかへし命なれども」(『続古今集』恋三、後徳大寺実定《さねさだ》)など。◇本歌「我が宿の菊の白《しら》露《つゆ》けふ毎《ごと》に幾代積りて淵《ふち》と成るらん」(『拾遺集』秋、清原元輔《もとすけ》。『和漢朗詠集』『三十六人撰』『奥儀抄《おうぎしょう》』にもとられ、『和歌集心躰抄抽肝要』中、秋分にも見える)。

3　**雑**　恋。居所。「菊」と「籬」が寄合。「霜をまつ籬の菊の宵の間におきまよふ色は山の端《は》の月」(『新古今集』秋下、宮内卿《くないきょう》)による。◇庭　一座二句物。◇籬　一座二句物。◇形見　思い出のよすがとなるもの。◇本歌「神無月《かみなづき》霜夜の菊のにほはずは秋の形見に何をおかまし」(『拾遺愚草』中)。

4　**春季**　虫。「籬」に「蝶」と付く。◇本歌　野坂本、この句欠、従って本歌も欠。

5　**春季**(霞)　光物。「蝶」と「舞」が寄合。◇舞の名の鳥　舞楽の「迦陵頻」。『源氏物語』胡蝶に「鳥の楽」として見える場面をふまえる。◇入方「迦陵頻」の「入綾」(舞いながら退場すること)と、「陽の入り方」を掛ける。◇本歌　野坂本、この句も欠。

同じく舞楽の「迦陵頻」をつけ、源氏物語「胡蝶」をふまえた、宗砌得意のこみいった付け方〕

6 うたふや木《こ》陰《かげ》梅が枝《え》のこゑ　忍

木陰でうたっているよ、催《さい》馬《ば》楽《ら》の「梅が枝」の声が聞える。〔前句を鳥が飛んでゆく春の暮れがたと取り、舞の名の「鳥」から「春鶯囀《しゅんおうでん》」の鶯《うぐいす》を介して「梅が枝」を詠み、この句も源氏物語のおもかげをにおわせるなど、凝った付合《つけあい》が続く〕

7 友誘《さそふ》引難波《なには》の舟子《ふなこ》棹《さを》取りて　心

友を誘っての難波江の舟遊び。その舟は難波の船頭が棹を取って。〔所も難波のこととて、木陰から「梅が枝」が聞えてくると付く〕

8 干さぬ田《た》蓑《みの》の島《しま》人《びと》の衣《きぬ》　砌

雨に濡れて干す間とてない農民の田蓑、その田蓑という名を持つ島の人々は、その衣を干すこともなく、いつも舟遊《ふなゆ》山《さん》の棹を取って。〔田蓑の島と、同じく難波の名所を続けて軽く流している〕

6　**春季**(梅)　「人方の日」に「木陰」と付ける。◇梅が枝　催《さい》馬《ば》楽《ら》の曲。歌詞は「梅が枝に来居る鶯、や、春かけて、はれ、春かけて鳴けどもいまだ、や、雪は降りつつ、あはれ、そこよしや、雪は降りつつ」。『源氏物語』梅枝《うめがえ》に、「弁の少将、拍子とりて梅が枝いだしたるほどいとをかし」とある。前句の「舞の名の鳥」を「春鶯囀」として、鶯から「梅が枝」が出たと考えることができる。◇本歌「とりどりに大宮人のうたふなる□(虫損。「に」か)ほひは雲の梅が枝の声」。

7　**雑**　水辺。人倫。「梅」と「難波」が寄合。『古今集』序の「難波津にさくやこの花冬ごもり今は春べと咲くやこの花」の「この花」を梅と解したことによる。
◇難波　大阪の古名。難波だけでは水辺ではないが、ここは舟子と取り合せて水辺の名所。名所は可隔三句物。◇舟子　舟乗り。船頭。◇本歌「出舟《いでぶね》のかたへに月のにほふらし霞む難波の宮の面影」。

8　**雑**　水辺。衣裳。人倫。「棹」と「衣干す」が寄合。「難波」に「田蓑の島」と付く。
◇田蓑の島　難波の入江にあった島。「なには潟汐《がたしほ》みちくらしあま衣たみのの島にたづ鳴き渡る」(『古今集』雑上、読人しらず)、「雨によりたみのの島をけふゆけば名にはかくれぬものにぞありける」(『古今集』雑上、紀貫之)などと詠まれた名所。◇本歌「ふる雨に袖そのどけき島人のほさぬ田蓑を衣とおもへば」。

9　雨ぞふる袖や五月《さつき》に成りぬらん　　行

涙でびっしょり濡れた袖、まるで五月雨《さみだれ》の降る季節となったかのように。〔田蓑《たみの》の島人の衣の袖が濡れているところから、海人《あま》の恋を考えているか〕

10　いつを晴間《はれま》の思ひならまし　　順

五月雨が降りしきり、いつ晴間が見えるかわからないように、私の思いもいつ晴れることであろうか。〔かなわぬ恋の思い〕

11　閉ぢこむる葎《むぐら》の奥の宿の秋　　砌

葎の生《お》い茂った庭の奥にある荒れはてた宿に閉じこもって、この秋、私の心はいつ晴れることだろうか。〔本歌をふまえた句作り〕

12　蓬《よもぎ》が露に更《ふ》くる有明　　心

人の訪れもないままに生い茂った蓬の宿に置く露、だんだん夜が更けてゆき、有明の月の光がその露に映ってかがやいている。

9　**夏季**(五月)　恋。降物。衣裳。「蓑」と「雨」が寄合。「衣」に「袖」と付く。◇雨　一座一句物。肖柏の『追加』に「近年二句の物とする」とあり、ここも〈初表3〉に雨があり、すでに二句物の扱いになっている。◇袖　可隔五句物。袖が濡れるのは涙のためで、恋の思いをにおわす。◇本歌「旅人の露はらふべきかり衣まだきに袖のぬれにける哉《かな》」(『拾遺集』別、三条太皇太后宮。『忠見集《ただみしゅう》』にも見える。本文は小異)。

10　**雑**　恋。「雨」に「晴間」と付く。◇本歌「いく度《たび》か時雨《しぐれ》の空のかはるらむ心に曇る有明の月」(全く語句は関係なく、本歌としては不審)。

11　**秋季**　居所。草。◇葎の奥の宿「むぐらの宿　あれたるを云ふ。むぐらの門《かど》、同前」(『匠材集』)。「宿」は一座二句物(ただ一、旅に一)。〈初裏13〉は旅の宿。ここはただの宿。「たへてやは思ひありともいかがせむ葎の宿の秋の夕暮」(『新古今集』秋上、藤原雅経)など和歌に多いが、「葎の奥の宿」と続けたところが連歌的表現。◇本歌「おもひあらば葎の宿にねもしなんひしき物には袖をしつつも」(『伊勢物語』三段。『大和《やまと》物語』『袖中抄《しゅうちゅうしょう》』『歌林良材《かりんりょうざい》』にも見える)。

12　**秋季**(露)　光物。夜分。降物。草。降物は可隔三句物、〈二裏9〉の「雨」より二句しか隔たっていない。「宿」と「蓬」が寄合。前句の秋の心に

「有明」が付く。◇蓬　蓬が生い茂るということは、荒れはてていることを意味する。◇有明　一座四句物。◇本歌　「風ぞうき在明《ありあけ》の月の影ながら露おきそふる蓬茅生《よもぎふ》のやど」。

13　秋季(夜長)　夜分。降物。「有明」と「霜」、「蓬」と「髪」が寄合（「蓬髪」は、よもぎのように髪の毛のみだれた頭）。◇本歌　「老が身の昔の跡やしたふらし霜に跡なきくろかみの山」。

14　雑　述懐。「髪」と「すぢ」が寄合。「ながき夜」に「かたる」、「髪白く」を老人ととって、「古へ」と付く。◇古へ　松屋本以下「いにしへ」。底本は「古人」とする。読めないこともないが、本歌との関係もあり、「古へ」とする。◇本歌　「いにしへはおどろかされて鐘の音《ね》を待ちてこそきけ老の暁」（本文を「古人」→「古へ」→「いにしへ」の誤写とするならば、この百韻を本歌連歌ということは全く後人のさかしらとなるが、松屋本に「いにしへ」とあることを重視したい）。

1　雑　述懐。人倫。前句の述懐の心に「憂き身」と付く。◇本歌　「かならずと契りし虫ぞ別れきてともなふ事ぞ稀《まれ》の世の中」。

〔前句と同じく秋の荒れた宿のありさま。源氏物語「蓬生《よもぎう》」の、光源氏の訪れを待ち続けていた末摘花《すえつむはな》の邸などをおもかげとする〕

13　髪白く置きそふ霜の夜はながし　順

蓬髪《ほうはつ》に白く置き添う霜ともいうべき白髪のまじる身となった。露ばかりでなく、霜までも置く晩秋のさびしさは格別で、秋の夜長が身にしみて感じられる。〔外には蓬の露に有明の月が白々と輝いているとする〕

14　忘れぬすぢをかたれ古《いにし》へ　忍

忘れることのできない思い出を語ってほしい、まだ若かった昔のことを。〔秋の夜は長いのだからと、髪白き老人に向って言った言葉を付ける〕

（三表）

1　したしきも別れて残る身は憂きに　行

親しかった友とも死に別れて、後に残された老の身はまことにつらく。〔忘れていない昔のことを語ってなぐさめてくれとの願望〕

2　**雑**　旅。水辺。衣裳。「憂き」に「旅」が付く。◇旅の袖　「旅」の字は一座二句物（ただ一、旅衣などとして一）。〈初表5〉には「旅枕」とあった。ここはただの旅。「袖」は可隔五句物。◇うどの浜風　「うどの浜」は駿河国《するがのくに》安倍郡。天人のあま下った説話で著名。「うど浜の疎《うと》くのみやは世をばへむ波のよるよる逢ひ見てしがな」（『新古今集』恋一、読人しらず）の歌がある。この句の場合も「疎く」を掛ける。野坂本・国会本は「ことの浜風」。「風」は可隔五句物。◇本歌　「風さむし恨《うらみ》も浪も袖なればとひし之《こ》の身もことの浜風」（この本歌に誤写がなく、これによったとすれば、本文「ことの浜」となる。島根県邇摩《にま》郡に琴が浜があるが歌枕ではない。松屋本も「うとの浜」とあり、字体の類似による誤写と見るべきか）。

3　**夏季**（郭公）　旅。水辺。鳥。「旅」と「船路」、「風」と「聞く」が寄合。◇船　可隔七句物。◇郭公　一座一句物。◇本歌「みじか夜もいかが明かさむとまり舟聞くも身にしむ山時鳥《やまほととぎす》」。

4　**雑**　降物。山類。「郭公」と「村雨」が寄合。「いかにせむ来ぬ夜あまたの郭公またじと思へば村雨の空」（『新古今集』夏、藤原家隆）による。◇村雨　断続して急にはげしく降る雨。一座一句物。◇をちの遠山　「をち」は一座二句物、遠くの意で、「遠山」と重ねて強調した言い方。◇本歌　「遠近《をちこち》に雲立ち過ぐる山見えて日影さだかに見えぬ村雨」。

2
旅の袖とふうどの浜風　　砌

旅衣の袖を吹いて訪ねてくれることだ、疎《うと》しといわれる有度《うど》の浜風だが。親しい人に別れて愁いに沈んでいるこの身を。〔述懐から旅へ〕

3
船路《ふなぢ》にも聞く日はあれな郭公《ほととぎす》　　心

船路の旅であっても、聞く日はあってほしいものだ。ほととぎすの声を。〔有度の浜を過ぎる旅を船路のこととし、一句物の夏の景物ほととぎすを配した〕

4
村雨《むらさめ》わたるをちの遠山《とほやま》　　順

村雨がさっと降って来てくもって見える。はるかかなたの山は。〔村雨が降るとほととぎすが鳴く。船の上から村雨にけむる遠山を見て、船旅でも、まれにはほととぎすの声を聞きたいとする〕

5
広野《ひろの》には夕陰誘《さそふ》引杜《もり》見えて　　忍

5　雑「遠山」に「広野」と付けたか。◇夕陰誘引　「夕陰」は夕方のほの暗さ。「夕かげさそふ」と続けるのは連歌的表現。◇本歌　「あま雲は野守が袖に立ちまよひ風吹きさそふ夕されの空」。

6　雑　草。「夕陰《け》」に「草」と付く。「わが宿の暮《ゆふ》陰草《かげぐさ》の白露の消ぬがにもとな思ほゆるかも」（『万葉集』五九四）による。◇隙行く駒　『流木集』に「光陰のはやきを云ふ也。たとへば垣の隙《ひま》より黒馬と白馬と行き過ぐるを見るに、はやきは日月の早く過ぐるにたとへて云へる也。駒は唯見るだにはやきに物のすきより見んはいか斗《ばかり》はやからん。黒白は夜昼也」とある。『史記』に「人生一世の間、白駒《はっく》隙を過ぐるが如し」とあるによる。「駒」は一座一句物。◇草　可隔五句物。◇本歌　「小《を》幡《ばた》より都にひける手なれ駒心急がばかひ草もなし」。

7　雑　釈教。「駒」と「法」（「法」を「乗り」と掛ける）が寄合。◇法の水　法水《ほうすい》。仏法が煩悩《ぼんのう》を洗い除くのを水にたとえていう。「法《のり》」は一座二句物。「水」は可隔五句物。水辺も可隔五句物であるが、ここは法の水だから水辺とは見ない。◇本歌　「室《むろ》の戸《と》のかけひの水の絶々《たえだえ》に影こそやどれ在明《ありあけ》の月」。

8　雑　釈教。「法」と「彼国」が寄合。「水」と「澄む」の寄合から「すむ」（住む）と付く。◇彼国　彼岸《ひがん》。仏土。◇本歌　「あらましをおもひ立つ夜のかり衣おもふぞとほき彼国《かのくに》の道」。

広い野の中に夕べの影を誘いこむようにこんもりと茂った森が見えて、遠くの山には村雨が降っている。〔遠景に近景を付ける〕

6
隙《ひま》行《ゆ》く駒《こま》ぞはむ草もなき　砌

またたくまに通り過ぎて行く馬——隙行く駒は草を食《は》むこともなく。〔ほんとうの馬ではないのだからと、広野に馬を想定しながら「隙行く駒」として、ひとひねりした作〕

7
浅からず願《ねが》ふは法《のり》の水なれや　行

心の底から深く願うものは、煩悩《ぼんのう》をとりのぞいてくれる法の水ではないか。〔月日はどんどんと過ぎ去ってゆく、光陰矢の如し、無常、すなわち死のおとずれは早いと、仏法に託する心を付けて釈教とする〕

8
すむてふ事はやすき彼《かの》国《くに》　順

この世とは違って住むということもまことに容易な彼の国、西方安楽浄土である。〔従って法の水を浅からず願うのだと付く〕

9　**雑**　釈教。「すむ」(住む)と「世」が寄合。◇爰をさる……　「去此不遠《こしふおん》」の心。『観経』の「阿弥陀仏《ノ》去《ルコト》レ此《ヲ》不《ル》レ遠《カラ》、汝《ヨ》当《まさニ》三繋《かケテ》レ念《ヲ》観《ズ》二彼《ノ》国《ヲ》一、浄業《ヲ》成《ゼン》者《ナリ》」(阿弥陀仏の住む西方浄土は十万億土もかなたというが決して遠く隔たっているわけではないから、ひとえに浄土を観念するがよいの意)にもとづく。「極楽ははるけきほどと聞きしかどつとめて到る所なりけり」(『拾遺集』哀傷、仙慶《せんけい》)もこの理《ことわり》を詠む。◇後の世　「世」は一座五句物。ここは後世。◇本歌　「世中は何事なくてとにかくに別路《わかれぢ》とほくいたる彼岸《かのきし》」。

10　**雑**　旅。夜分。山類。「さかひ」(堺)に「いづみ」(和泉)と付く。◇いづみの杣　「宮材《みやき》ひく泉之《いづみの》追馬《そ》喚犬《ま》(泉の杣)に立つ民のやむ時も無く恋ひ渡るかも」(『万葉集』二六四五)では山城の泉河近くの和束杣山《わつかそまやま》をさすが、『八雲《やくも》御抄《みしよう》』では和泉とし、ここも和泉の堺で付合《つけあい》とする。「杣」は材木を採る山。「出づ」を掛ける。◇本歌　「涼しさは積る泉の宿ながらあつき日影の杣《そま》のかりふし」。

11　**雑**　山類。居所。「杣」と「山」が寄合。「あく」に「門」と付く。◇松の門　『産衣』に「植物《うゑもの》に非ず。……松杉の門、窓とすれば植物也」とある。「松」は可隔七句物。◇本歌　「松の戸は此の山本に見えながら庵りの煙立ちぞかねぬる」。

12　**雑**　水辺。「山」と「磯」が寄合。「松」に「風」が付く。

9
爰《ここ》をさる程をさかひの後《のち》の世に　砌

彼の国は、今生《こんじよう》といい、後世《ごせ》というも、「ここを去ること遠からず」の所にある。後世を願う心にとって。〔「彼国《かのくに》」から観経《かんぎよう》の文句をふまえて、「去此不遠《こしふおん》」の理《ことわり》を付け、釈教を三句まで続けた〕

10
あけていづみの杣《そま》の仮伏《かりぶし》　心

仮寝の一夜が明けて、いざ出立しようとしてあたりを見ると、ここは和泉《いずみ》国の杣山で。〔後の世を後の夜ととりなして、前夜はここを去ること程遠くない堺《さかい》で泊ったが次の夜は、と続けた〕

11
山陰にかた許《ばかり》なる松の門《かど》　忍

山陰にひっそりと松で作ったほんの形ばかりの門のある庵《いおり》で。〔その門を開けて、一夜仮寝をしたと付く〕

12
塩干《しほひ》の磯屋《いそや》あらす浪風《なみかぜ》　砌

塩を焼く磯辺の小さな家を容赦なく波風が吹き荒すことだ。その

家には山陰の方にほんの形ばかりの松の門があって。〔山が海岸線に迫った磯屋のさま〕

13 行く秋の湊《みなと》の田づら守《も》り捨てて　心

晩秋の湊近くの田を見守っていたが、今は刈入れも終って、その仮小屋も捨て去って。〔前句の波風の吹き荒す塩干の磯屋を、湊田を見守る仮庵《かりいお》と見ての付け〕

14 枯るる蘆辺《あしべ》に落つる雁金《かりがね》　行

穂のすがれた蘆の生えているあたりに水を求めて降りてくる雁。湊田にはもう見はりの人もいなくなって。〔水辺の景に雁を点出〕

（三　裏）

1 田鶴《たづ》の鳴く夜寒《よさむ》の月の朝まだき　順

秋も末になって夜にはそぞろ寒さを感じる頃、蘆辺をさして鶴が鳴いてわたる。明けやらぬ朝まだきの空には月が残っている。〔晩秋の水辺の景に応じて、また晩秋の景をつけ、時刻を定めて、有明の月を出す〕

◇塩干の磯屋　「塩屋」を延ばした言い方。◇浪風　「浪」も「風」も可隔五句物。◇本歌　「風むかふ雲のうき浪立つと見て釣りせぬさきに帰る舟人」（謡曲「羽衣」に引用。『謡曲拾葉抄《しゅうようしょう》』によれば、冷泉為相《れいぜいためすけ》の詠《えい》で、「瀟湘八景《しょうしょうはっけい》」の内、「遠浦帰帆《えんぽのきはん》」を詠んだ歌という）。

13　秋季（行く秋）　水辺。前句の水辺に「湊」と付く。

◇湊　一座二句物。◇田づら　田面。田のも。「田」は可隔七句物。◇本歌　「露ふかくあれたる草の色ながらかよ（「ひ」脱か）ぢ絶ゆる小田《をだ》のかり庵」。

14　秋季（雁金）　水辺。鳥。「秋の田」と「雁」が寄合。前句の水辺に「蘆」と付く。

◇雁金　雁が音《ね》。ここは雁のこと。「雁」は一座二句物。◇本歌　「秋風に蘆の葉がれのありながら雲かる声の落つる雁音《かりがね》」。

1　秋季（月）　光物。夜分。鳥。「蘆辺」と「田鶴」が寄合。「若の浦に潮満ち来れば潟《かた》をなみ蘆辺をさして多頭《たづ》〈鶴〉鳴き渡る」（『万葉集』九一九）による。前句の秋の末の心に「夜寒」と付く。

◇田鶴　鶴の歌語。「鶴」は一座二句物。◇夜寒　一座一句物。◇朝まだき　底本「朝速」。松屋本の表記によった。夜の明けきらない頃。◇本歌　「在明《ありあけ》の月をばいよよ侘《わ》びつらん田鶴鳴きあかす長き夜の内」。

2 雲ゐは霧のたえまをも見ず　砌

空は霧のとぎれた晴れ間を見ることもない。鶴の声が聞え、その朝霧の中に有明の月がかかっている。〔朝霧の立ちこめた、一種縹渺《ひょうびょう》とした情景とする〕

3 わけのぼる嶺《みね》の梯《かけはし》人はこで　忍

踏みわけてのぼってゆくけわしい嶺のかけはし、人は誰ひとり来ないで、霧が空一面に絶え間もなくかかっている。〔霧の深く立ちこめた山路を分け入るさま。秋四句で去って、山路の景とする〕

4 ささふく軒のつづく奥山　心

笹葺《ささぶ》きの粗末な軒の続く奥山には、嶺のかけはしをわけのぼって訪ねて来る人もなく。〔奥山の人里離れた村を点出する〕

5 玉霰《あられ》音する日こそ寂《さび》しけれ　行

2 **秋季**（霧）　聳物《そびきもの》。「たづ」と「雲ゐ」が寄合。「沢水におりゐるたづは年ふともなれし雲ゐぞ恋しかるべき」（『後拾遺集』雑三、橘為仲《ためなか》）による。前句の秋の心に「霧」が付く。◇霧のたえま　霧のとぎれとぎれになっているさま。「かつ晴るる霧のたえまの秋風をたよりになして出づる月かな」（『続千載集』雑上、藤原親範《ちかのり》）など平安末期から好んで詠まれた歌語。◇本歌　「遠近《をちこち》の峰より嶺《みね》の雲霧は風ならずして絶間《たえま》をも見ず」。

3 **雑**　山類。人倫。「雲」と「梯」が寄合。◇嶺の梯　けわしい峰の断崖《だんがい》などに板などを渡した橋。「橋」は一座五句物。◇本歌　「峰よりは嶺のかよひぢ跡もなし日影に渡る雲の梯」。

4 **雑**　山類。居所。「わけのぼる」に「ささ」、「嶺の梯」に「奥山」と付く。◇ささふく軒　笹葺きの粗末な軒。用例に「あふことはかたのの里のささの庵《いほ》しのに露散る夜《よ》はの床かな」（『新古今集』恋二、藤原俊成）。「軒」は肖柏の『追加』では一座二句物。◇本歌　「庵しむる軒端《のきば》の山の風さむしいささをざさの時雨《しぐれ》なるいろ」。

5 **冬季**（霰）　降物。「笹」と「霰」が寄合。◇玉霰　玉は美称。用例に「み山べを夕越え来れば椎柴《しひしば》の枯葉につたふ玉あられかな」(『新続古今集』雑上、藤原家房)。◇寂し　一座二句物。◇本歌「木葉《このは》ちる峰の庵《いほり》の冬籠《ごも》り思ひかずそふあられ雪の日」。

6　冬季(雪)　降物。前句の冬の心に「雪」が付く。◇雪　一座四句物。◇野辺「野」は可隔五句物。◇目かれず　目離《めか》れず。目が離れずにいる。用例に「くるとあくとめかれぬ物を梅の花いつの人まにうつろひぬらむ」(『古今集』春上、紀貫之)。◇本歌「鷹《たか》がりの野原にいそぐ朝戸出《あさとで》に雲間の雪に帰るますらを」。

7　冬季(狩)　鳥。「野辺」に「狩場」と付く。◇鳥　一座四句物。◇狩　一座三句物。◇せこ　狩猟の時、鳥獣を狩り出したり他へ逃げるのを防ぎとめる人夫。「せこ　男をいふ」(『匠材集』)。人倫とすれば、〈三裏9〉に「老人」があり、「可嫌打越物」の式目《しきもく》に触れる。◇本歌「鷹がりの鳥の落方《おちかた》木を見よ心を岡の野べのせこかひ」。

8　雑　獣。「鷹狩」と「犬」、「打つ」と「杖」が寄合。◇本歌「いやしみのきたるかひなしかり衣《ころも》うつにもさらぬ家々の犬」。

霰の音のする日はとりわけさびしいものだ。〔季を冬とし、奥山の笹葺きの庵に住む人の気持を付けた。視覚的に外側からとらえた山村の情景が聴覚的に主体的にとらえ直されている〕

6
雪降《ふ》る比《ころ》は野辺《のべ》も目《め》かれず　砌

雪の降る頃は野辺の景色から目を離すこともできなくて。〔霰の音をひとり聞いているのはさびしいものだがと前句に続く。冬の寂寥感《せきりようかん》から一転して冬の美の興趣を愛する隠者の体《てい》とする〕

7
伏す鳥を狩場《かりば》のせこの打ちむれて　順

草に隠れている鳥をとらえようと、狩場の勢子《せこ》たちがむれだってゆき。〔前句の雪降る野辺から鷹狩《たかがり》とし、「目かれず」は勢子たちが獲物《えもの》から目を離さないさまとみた〕

8
馴《な》れにし犬ぞ杖《つゑ》におどろく　忍

人に馴れていた犬が杖の勢いにおどろいている。〔これも鷹狩のさまで、犬を点出。三句続いた冬を去っただけの軽い句〕

9　老人《おいびと》や思ひの家を守るらん　砌

その老人は物思いの種である俗世の家を守っているのであろう。〔煩悩《ぼんのう》の犬のように杖で打たれてはっとおどろく時もあってと付く。「煩悩の犬」という語をふまえて、火《か》宅《たく》への連想に作者の苦心の見えるところ〕

10　昔の歌の道はのこれり　行

昔栄えた歌の道は今に残っている。老人がその和歌の家を守っているのであろう。〔釈教は一句で去り、和歌の道の述懐とする〕

11　石見《いはみ》がた名のみ高津《たかつ》の浦さびて　忍

かの有名な人麿の歌に詠まれた石見《いわみ》潟《がた》、高津の浦は、今は名のみ高く、全くさびれはててしまっていて。〔しかし、万葉以来の歌の道は、連綿として今も立派にうけつがれていると前句に付く〕

12　風吹きしほる松ぞかたぶく　順

9　**雑**　釈教。人倫。「杖」と「老人」、「犬」と「家」が寄合。犬は煩悩を意味し、その縁で同じく仏語の「火宅」（思ひの家）をみちびく。用例に「さらば煩悩の犬となつて」（謡曲「通小町《かよいこまち》」）。◇思ひの家　底本「火宅」。松屋本により普通の表記に改める。物思い、嘆きの種である家。「思ひ」の「ひ」を「火」に掛けて、『法華経』譬喩品《ひゆぼん》にある「三界無安猶如火宅（燃えさかっている家）」をいう。用例に「世の中に牛の車のなかりせば思ひの家をいかでいでまし」（『拾遺集』哀傷、読人しらず）。◇本歌　「いにしへの道はただしく残りけり家を守りの雲の老人《おいびと》」。

10　**雑**　述懐。「老人」に「昔」と付く。◇昔　一座一句物。◇道　可隔五句物。◇本歌　「かしこきは昔の跡の大和歌《やまとうた》代々をのこせる水くきの跡」。

11　**雑**　水辺。「昔の歌の道」から柿本人麿《かきのもとのひとまろ》を間において「高津の浦」と付く。◇石見がた　石見の海岸。島根県西部。◇高津の浦　島根県益田市。『万葉集』一三の「柿本朝臣人麿、石見国より妻に別れて上り来ませる時の歌」および反歌の「石見のや高角山《たかつのやま》の木の間よりわが振る袖を妹《いも》見つらむか」で著名。石見潟、高津浦ともに名所。名所は可隔三句物。浦の名所は可隔五句物。「名のみ高し」と、「高津の浦」を掛ける。◇本歌　「岩見《いはみ》がた高津の松の木の間よりうき世の月を見はてぬる哉《かな》」（『六花集《ろっかしゅう》』に「人丸（人麿）辞世歌」として見える）。

12　**雑**　木。「高津の浦」に「松」が付く。◇風吹きしほる　底本「山風イ」と書き入れ、松屋本・野坂本は「山風しほる」。「風」は可隔五句物。「しほる」の表記は底本に従った。二三五頁注参照。◇松　可隔七句物。◇本歌　「露ながら松やかたぶく山風に浜辺の千草《ちぐさ》うら枯《がれ》にして」(この本歌によったとすれば、本文は「山風しほる」がよい)。

13　**春季**(花)　山類。居所。木。「松」に「枝」と付く。◇花の木の　松屋本・国会本等は「さく花の」。「花」は一座四句物。◇垣　一座二句物。◇庵　一座二句物。◇本歌　「谷の戸の籬《まがき》に咲ける梅の花心なげにも折りやすつらん」。

14　**春季**　鳥。「花」と「鳥」が寄合。◇鳥　一座四句物、〈二表11〉〈二裏5〉〈三裏7〉に続き四句目。◇古畑　古びた荒畑。用例に「ふる畑のそはのたつ木にゐる鳩の友よぶ声のすごき夕暮」(『新古今集』雑中、西行)。◇本歌　「草ふかくなるふるはたに鳥鳴きてねぐらをしめて巣にも帰らず」。

1　**春季**(打ち返す小田)　人倫。◇打ち返す小田　春に耕している田。用例に「しぎのゐる野沢の小田を打返し種まきてけりしめはへて見ゆ」(『金葉集』春、津守国基《つもりのくにもと》)。「田」は可隔七句物。◇本歌　「打ちかへす山田に人のあつまりて木《こ》陰《かげ》の花を誰見はやさん」。

吹く風にしおれ、浦辺の松が傾いている。石見の高津の浦はさびれていて。〔前句の「浦さびて」を具体的に、風に吹きしおれた松の姿に見る〕

13　花の木の枝を垣なる谷の庵《いほ》　砌

花の咲く木の枝を垣根にしている谷の庵、そこには風に吹かれて傾いた松があって。〔重い句作りながら暗い句が続いていたのを、花を出すことによって明るく変化させる〕

14　鳥の声する春の古畑《ふるはた》　心

鳥の声が聞えてくる。春が来ても耕そうともしない古畑のあたりで。〔桜の枝を垣にした谷の庵がある春の山里ののどかな景〕

(名残表)

1　打ち返す小田《をだ》には人の群《むらが》りて　忍

耕している春の田には人が大ぜい集まっていて。一方、古畑では、ただ鳥の声のみが聞える。〔古畑と、耕田《こうでん》とを対照的にとらえている〕

2 阿《あ》辺《べ》野《の》の原ぞ市《いち》をなしたる　順

阿《あ》倍《べ》野《の》の原では市が立っている。春の小田には人が大ぜい集まっていて。〔春を三句で捨てて、名所を持ち出してくる〕

3 見わたせば浪《なみ》に虹《にじ》立《た》つあさかがた　砌

見渡すと波の上には虹が立っている。ここ浅《あさ》香《か》潟《がた》からは、阿倍野の原の市のにぎわいも見えて。〔阿倍野から浅香潟へと摂《せっ》津《つ》の地名を連ねたもので、阿倍野の市を駿《する》河《が》ではなく、摂津としてとらえている〕

4 朝かげ寒く向ふ雪の日　行

朝日を受けた自分の影が雪の上に寒々と尾を引いて映っている。海の方を見渡すと波の上には虹が立っている。〔浅香潟の地形から、まさしく前句の光景を朝のこととして受け、冬の季とする〕

5 帰るさの袖の氷に月落ちて　心

2　**雑**　「人の群りて」に「市」と付く。◇阿辺野　「焼《やき》津《つ》辺《へ》に吾が行きしかば駿河なる阿倍の市《いち》道《ぢ》にあひし児らはも」（『万葉集』二八四）は駿河であり、『八雲御抄』にも駿河とするが、謡曲「松虫」では摂津の阿倍野の市が見え、ここは後者。名所は可隔三句物。◇本歌　「帰るさの雨こそ人は知られけれ安部野の原の草のにぎはひ」。

3　**雑**　水辺。「市」と「虹」が、ともに「立つ」ということから寄合。「阿辺野」に「あさかがた」と付ける（いずれも摂津の地名として連ねる）。◇浪　可隔五句物。◇虹　和歌の用例は少ないが「時雨つつ虹たつ空や岩橋をわたしはてたるかづらきの山」（『夫《ふ》木《ぼく》抄《しょう》』十九、寂《じゃく》蓮《れん》）などがある。◇あさかがた　堺市東部の古名。かつては西はすぐ大阪湾に臨む地であった。「夕されば塩みちきなむ住の江の浅《あさ》鹿《か》の浦に玉藻刈りてな」（『万葉集』一二一）と詠まれ、昔は摂津国住吉郡に属した。◇本歌　「打ちむかふ浪のうねうね茂るらしあべのの原の草はうら枯」（「うねうね」の語、謡曲「草《そう》子《し》洗《あらい》小《こ》町《まち》」にも見え、この歌と関係あるか）。

4　**冬季**（雪）　降物。「浪」と「雪」とが寄合。◇朝かげ　朝、鏡や水などに映った姿。「朝影見つつ」（『万葉集』四一九二）などと見える。「朝」の字は一座四句物。◇雪　一座四句物。◇本歌　「うす雲の時雨ぞ雪の初めなり朝《あさ》明《あけ》寒き嶺の松風」。

わびしく帰ってゆく道すがら、暁の涙に濡れた袖が凍っている。その袖に月の光が白々と映って。〔冬の暁の寒い雪の日のこと。後朝《きぬぎぬ》の別れの場面とする〕

6　つらき心はとけん夜ぞなき　順

かたくなにこばむ女のつれない心は、ときほぐれる夜とてない。〔思いを果さずに帰る夜道、月が涙で凍った袖に落ちかかると、なびかぬ女を付けた〕

7　覚《さ》めやすき夢の思ひね結《むす》ぼほれ　砌

あの人のことを思い寝の夢に見ようとするが、その夢も覚めやすい。私の心はうっとうしく、すっかりふさがって。〔私の苦しい心はいっこうにとける夜とてないことだと前句に付く〕

8　吹くもたゆむも同じ松風　忍

強く吹きつけるのも、また少しおだやかに吹くのも同じ松風であって。〔覚めやすい夢、その寝覚めの枕に聞える松風とする〕

5　冬季(氷)　恋。光物。夜分。「影」「雪」と「月」が寄合。◇帰るさ　帰りがけ。帰りみち。◇袖の氷　底本「袖白妙《しろたへ》」。松屋本以下により訂。底本では月で秋季となり、次句が雑のため秋一句となり不可。「袖」は可隔五句物。「氷」は一座四句物。◇月　ここは冬の月。「冬月」は一座二句物。◇本歌「跡つけぬ雪にはいかに朝かへり入る方までもさゆる月影」。

6　雑　恋。夜分。「氷」と「とく」が寄合。前句の恋の心に「つらき」と付く。◇夜ぞなき　松屋本・国会本等は「夜もなし」。◇本歌「契りつる其の時ばかり打ちとけて別れになれば結ぶ思ひね」。

7　雑　恋。前句の夜分に「夢」と付く。◇夢　可隔七句物。◇思ひね　人を思いながら寝ること。用例に「君をのみ思ひねにねし夢なればわが心から見つるなりけり」(『古今集』恋二、凡河内躬恒《おおしこうちのみつね》)。◇結ぼほれ　心がふさがれ。うっとうしくなり。◇本歌「ぬるもうし覚むるもつらし我が心あふ夜の夢をあだになすよは」。

8　雑　◇松風　一座二句物。「松」は可隔七句物。◇本歌「ふりはるる時雨《しぐれ》の雲はさだめなきさゆる嵐《あらし》ぞ同じ松風」。

9　雑　降物。居所。「松風」に「なるみ」と付く。『梵灯庵袖下集《ぼんとうあんそでした》』に「夜寒の里、松風の里……いづれも尾張鳴海の郡にあり。名所也」とある。◇なるみの里　尾張の歌枕。鳴海潟のほとりの里。名古屋市緑区鳴海町。「出でがてになる」と「なるみ」を掛ける。◇本歌　「雨雲になるみの里はむらがりて聞くぞ物うき松風の音」。

10　雑　水辺。「なるみ」に「舟」と付く。◇舟　可隔七句物。◇本歌　「雨の音ちかく鳴海のとまり舟うきおくれてはかたぞさだめず」。

11　雑　水辺。「舟」に「ほ」（帆）、前句の水辺に「藻塩」「浦」と付く。◇浦　可隔五句物。◇ほかげ　底本「帆陰」。松屋本により訂。火影。「帆陰」を響かせている。◇本歌「雲かけてさだかにもなき奥の舟それかあらぬか夕ざれの空」（前句とは関係があるが、この句の本歌としては不審）。

12　雑　旅。水辺。人倫。「塩焼」「浦」と「海士」とが寄合。◇本歌　「浦里の藻塩の煙絶えてけりかよひぢ稀《まれ》の海士の家々」。

9　出でがてになるみの里の雨《あま》宿《やど》り　順

なかなか出立することが出来にくくなる、鳴海《なるみ》の里での雨宿り。松風が強く吹いたり、弱く吹いたりして。〔地名の松風の縁で鳴海を持ち出す〕

10　おくるる舟はかたもさだめず　心

出帆《しゅっぱん》のおくれた舟は、方向も定めず浮んでいる。〔鳴海の里で雨宿りしていてなかなか出帆が出来なかったのでとする〕

11　藻《も》塩《しほ》焼《た》く浦はほかげをしるべにて　砌

藻塩草を焼いている浦では、その火影が道しるべであって。行く方角もわからずおくれている舟にとっては。〔靄《もや》などでおくれている舟とみた〕

12　海《あ》士《ま》の栖《すみか》を誰かとふらん　順

海士の住む家をいったい誰が訪ねてゆくのだろうか。〔藻塩焼く

浦の火影をたよりとするのは海士の家を訪ねゆく人とする〕

13 秋はただ山路《やまぢ》を分けぬ人もなし　行

秋ともなれば山路を分け入らぬ人とてない。さりとて、このような尼の住家を誰が訪ねてくれようか。〔海士を同音で尼にとりなし、三句続いた水辺《すいへん》から山類《さんるい》へ転ずる〕

14 四《よ》方《も》の木どもの紅葉《もみぢ》する比《ころ》　心

四方の山の木々が一面に紅葉する頃。〔その美しい秋には、山路を訪ねて来ない人とてないとする。軽く付けているが、満山紅葉の秋景を配してよく前句を生かしている〕

（名残裏）

1 冷《すさま》じや嵐《あらし》の風も心あれ　忍

ひえびえと感じられる頃ともなったことだ。秋の嵐も心して吹いてくれ。〔せっかく四方の木々が美しく紅葉しているところだからと前句を受ける〕

13 秋季　旅。山類。人倫。前句の旅の心に「山路を分け」と付く。

◇秋はただ　「ただ」はひたすらにの意。用例に「秋はただ物をこそおもへ露かかる荻《をぎ》の上吹く風につけても」（『新古今集』秋上、源重之女《しげゆきのむすめ》）。◇もなし　一座二句物。上句・下句各一。〈二表2〉は下句。ここは上句。◇本歌　「村雲は高根の峰の時雨《しぐれ》にて分けて山ぢの爪木《つまき》取る人」。

14 秋季（紅葉）　木。「山」と「四方」とが寄合。前句の秋の心に「紅葉」と付く。

◇本歌　「色付くる野原の草の露ながら山に心をうつすもみぢ葉」。

1 秋季（冷じ）　「四方」と「嵐」とが寄合。「ひとり目をさまして枕をそばだてて四方の嵐を聞き給ふに」（『源氏物語』須磨）による。前句の秋の心に「冷じ」と付く。

◇冷じや　松屋本・国会本等は「すさまじき」とある。「すさまじ」は『分葉《ぶんよう》』に「大かた秋のさむきをいへる也」とある解に従う。◇嵐の風　「あらし」の「し」は「風」の意。従って重複表現であるが、『古今集』以下の歌語。◇本歌　「ちりはつる四方の紅葉の色ながら梢《こずゑ》にさそふ風ぞ難面《つれな》き」。

2　**秋季**(月)　恋。光物。夜分。「冷じ」に「侘ぶ」と付く。「逢坂《あふさか》のあらしのかぜは寒けれど行方《ゆくへ》知らねばわびつつぞ寝《ぬ》る」(『古今集』雑下、読人しらず)により「嵐の風」に「侘びつつぞぬる」と付く。◇本歌　「出でがての月より人を待ち侘びていかが明かさん長き夜のそら」。

3　**秋季**(蛬)　恋。夜分。虫。「夜」と「床」とが寄合。前句の秋の心に「蛬」と付く。◇**蛬**　今のこおろぎ。一座一句物。◇床　一座一句物。◇本歌　「月に待つ人のおもひをきりぎりす難面《つれなく》残る老が身の露」。

4　**雑**　恋。「蛬」と「壁」とが寄合。前句の夜分に「夢」と付く。◇夢壁にさへ　野坂本は「夢さへにだに」。壁は夢の意。「まどろまぬかべにも人を見つるかなまさしからなむ春の夜の夢」(『後撰集』恋一、駿河《するが》)は壁を掛ける。『草庵集』には「ぬる時に見る物とてやぬば玉のゆめをもかべといひはじめけむ」とある。「壁はぬる物なる故に、寝る事を壁と云へり。又夢を壁と云ふと也。夢もぬる時見る故にと也」(『産衣』)。ここは夢壁と並べて夢の意としたか。◇本歌　「我が恋はくらき夜の夢月の入る嵐の音をねぬになせこそ」。

5　**雑**　恋。人倫。前句の恋の心に「契り」と付く。

2
来《こ》ぬ夜の月に侘《わ》びつつぞぬる　　順

待つ人の訪ねて来ない夜、ひとり月を眺めながら、わびしく寝ることだ。〔前句の「冷《すさま》じ」をものさびしい意にとり、嵐の風も心して吹けとよびかけた女の気持。恋の句とする〕

3
蛬《きりぎりす》むなしき床《とこ》に音《ね》をそへて　　心

きりぎりすの鳴く声が、むなしいひとりねの床にいっそうあわれをしみじみと思いおこさせる音《ね》を添えて。〔きりぎりすを点出して、恋の情趣を深めている〕

4
夢《ゆめ》壁《かべ》にさへ見えずなりけり　　砌

夢にさえあの人は見えなくなってしまった。ひとりねのわびしい床で。〔きりぎりすから夢の異名の壁を持ち出しての付合《つけあい》〕

5
契りしもくやしと人の思ふらん　　行

契りを交わしたこともくやしいと、あの人は思っているのだろう

◇人の　松屋本・野坂本等「人や」。◇本歌　「偽《いつはり》を何なかなかに空《そら》だのめ契りし中のたゆる夢の世」。

6　**雑**　恋。前句の恋の心に「忍ぶ」と付く。◇世　一座五句物。ここは恋の句に用いた世。〈初裏3〉は仮の世、〈二表1〉はただの世、〈二表10〉は世間、〈三表9〉は後の世。◇本歌　「かよひぢをいかなる人やはつるらん忍ぶ思ひははれぬ中空」。

7　**春季**　木。「忍び」に「御幸」と付く。◇桜が本　花《はな》の下《もと》連歌（春ごとに鷲尾や清水の地主《じしゅ》権現の花のもとで行われた地下《じげ》の人々の会）のしだれ桜のもと。宗砌の『古今連談集《こきんれんだんしゅう》』に「其比《そのころ》、鷲尾《わしのを》の花の下《もと》にて、詩歌管絃の後、我も我もと遊び給ひて、仙洞《せんとう》の御車を立てられしは、面白き見物《みもの》、花のもとに興を尽くす程にささめきあへりき」とあり、そのことをふまえているか。「桜」は一座三句物。◇今日　一座二句物、〈二裏2〉に見える。◇本歌　「百敷《ももしき》や大宮人《おほみやびと》はいとまあれや桜かざしてけふも暮らさん」（『新古今集』春下、山部赤人。『古今六帖』『和漢朗詠集』『赤人集』等に見える）。

8　**春季（花）**　木。「桜」に「花」と付く。◇花　一座四句物、〈二表7〉〈三裏13〉〈名裏8〉と三句。〈初裏9〉は花薄《すすき》、〈二裏1〉は草花。◇本歌　野坂本に本歌欠。

か。〔夢にさえ見えないというのは男が夢の通い路までせきとめているのかと考えての付け〕

6
忍びつる名も世にはもれてき　　忍

人目を忍んでいたのに、浮き名が世間へもれてしまった。今では契ったことをもあの人は後悔しているのだろうか。〔浮き名の立ったことを口実に来ない男へのやるせない恋心〕

7
御《み》幸《ゆき》する桜が本《もと》の今日の春　　砌

御幸の成った、しだれ桜の下で開かれる春たけなわの今日の連歌会では。〔花の下連歌に御輦《ぎよれん》を立てられたことも世間に知られてしまったと、五句まで続いた恋を、忍びの御幸とすることによって鮮やかに展開し、「今日の春」と祝言《しゆうげん》へつなぐ〕

8
花に相《あひ》あふ日こそ稀《まれ》なれ　　光長

このような花ざかりにうまく出あう日は稀なことだ。桜のもとへ御幸があって。〔めでたく一巻を詠みおさめる〕

寛正七年心敬等何人百韻

◇底本　国会図書館蔵「古代連歌集二」所収本。江戸末期写。

◇校合本　大阪天満宮蔵、文化十一年滋岡長松書写本（れ518。『心敬作品集』に翻刻。天満宮本と略称）。

◇成立　天満宮本によれば、寛正《かんしょう》七年（一四六六）二月四日の張行《ちょうぎょう》。

◇連衆　心敬・行助・専順を中心とする一座。

心敬《しんけい》　一一句。既出。

行助《ぎょうじょ》　一〇句。既出。

専順《せんじゅん》　一〇句。既出。

英仲　四句。伝未詳。実仲の誤写とも考えられる。

元用《げんよう》　六句。浄土僧。寛正～文明頃の中堅作者。

弘仲　三句。伝未詳。天満宮本は弘叶。

宗祇《そうぎ》　六句。宗砌《そうぜい》・専順・心敬らをうけて連歌を大成。文亀二年（一五〇二）没、八十二歳。この当時は四十六歳。

量阿《りょうあ》　七句。五条堀川踊道場、時衆。

清林　四句。伝未詳。

宗怡《そうい》　七句。伝未詳。寛正～文明頃の中堅作者。

紹永《じょうえい》　六句。美濃の人。法眼。

士沅《しげん》　六句。寛正頃、多く心敬と一座した連歌師。

能通　三句。底本「張通」。伝未詳。北野の連歌師か。

慶俊　六句。底本「慶純」は誤。文正頃心敬らと一座。

政泰　二句。伝未詳。

与阿《よあ》　五句。伝未詳。長禄頃専順らと一座。

弘其　弘玄とも。三句。伝未詳。

常広　一句。伝未詳。

賦《ふす》何《なに》人《ひと》連《れん》歌《が》　寛正七年二月四日

(初表)

1 比《ころ》やとき花にあづまの種《たね》も哉《がな》　心敬

時節が早いからであろうか、桜の花はまだ咲いてはいない。花にも東《あずま》の種といったものがあって、早く咲いてくれればいいのだが。〔花を待ちこがれる気持を詠んだもの。花を待つのは花の句の本意である。ひとひねり趣向をこらした、心敬らしい理《ことわり》のかった発《ほっ》句《く》〕

2 春にまかする風の長閑《のどけ》さ　行助

春がゆっくり花の時節へと進んでゆくにまかせている風ののんびりしていることとよ。人の心はこんなに花の咲くのを待ちこがれているというのに。〔春風がいっこうに花を促進してくれないとして、発句に応じ、掛詞《かけことば》を使って巧みに付けている〕

◇賦何人　発句《ほっく》に「花」があり、「花人《はなひと》」の熟語をつくる。『連歌初学抄』賦物篇《ふしものへん》に「花人」が見える。底本は「何人」とのみ記す。張行《ちょうぎょう》年次は天満宮本により補う。

1　**春季**(花)　木。切字《きれじ》「哉」。この句、心敬の句集『心玉集《しんぎょくしゅう》』『芝草句《しばくさく》内発句《ないほっく》』にも見える。金子金治郎氏は句意から行助の関東下向を送るための会と見る(『宗祇の生活と作品』)。この発句と脇のこと、『蔭涼軒日録』寛正七年二月六日の条に見え、「世皆美之」とある。◇比やとき「とき」は「疾《と》き」の意。底本「時」の字をあてる。天満宮本により訂。用例に「春やとき花や遅きと聞きわかむ鶯だにも鳴かずもあるかな」(『古今集』春上、藤原言直《ことなお》)。「や」は疑問。◇あづまの種　特に東《あずま》では花が早く咲くわけではないが、木火土金水の五行《ごぎょう》に方角や季節などを配当した場合、東も春も同じく木に当るので、春は東からやってくると考えた。◇も哉　願望をあらわす。

2　**春季**　「種」に「まかす」(一句としては「任す」の意であるが、「蒔《ま》かす」の掛詞による)と付く。◇まかする　任せる。そのものの心にゆだねること。◇風　可隔五句物。◇長閑さ　ここでは春風がのんびりしていることとの形容。

3 雲遅く行く月の夜《よ》は朧《おぼろ》にて　専順

雲がゆっくりと動いてゆく空には朧にかすんだ月がかかっていて。〔前句の「長閑《のどけ》さ」を風がのどかに吹く意にとり、従って雲もゆっくり動く春の景。いかにも専順好みの華麗な句〕

4 帰るや雁《かり》の友したふらん　英仲

北の空へ帰ってゆく雁が友を慕って呼びかわしているのであろう。雲がゆっくりと流れる春霞《がすみ》のたちこめた夜に。〔春霞に隠れて雁の姿は見えず、声だけが聞えてくるというありきたりの光景ながら、視覚的な前句に雁の声を添える〕

5 消えがての雪や船路《ふなぢ》の沖《おき》津《つ》波《なみ》　元用

春になっても消えずに残っている雪というべきであろうか。船路のゆくてに沖の波が白く立っているのは。〔前句の雁は海上はるかに帰ってゆくと見て、水辺の句とする。春が五句続いたので、比喩《ひゆ》に残雪を用いて、冬への橋渡しを用意する〕

3　**春季**(朧《おぼろ》)　光物《ひかりもの》。夜分《やぶん》。聳物《そびきもの》。「風」に「雲」と付く。

◇雲遅く行く　雲がゆっくりと動いてゆくさまを写実的にとらえた表現。和歌にはあまり見られない。◇月の夜　天満宮本は「夜の月」。〈初裏4〉にも「夜の月」とあり、底本の方がよい。この「月」は「朧にて」とあることから春月。「春月」は一座二句物。

4　**春季**(帰る雁)　鳥。「雲」に「雁」が付く。「雁」は「雲居」と寄合《よりあい》。

◇雁　一座二句物（春・秋各一）。ここは北の国へ帰ってゆく春の雁。◇友　普通は人倫《じんりん》であるが、ここは「さ夜なかに友呼びわたる雁がねにうたて吹きそふ荻のうは風」(『源氏物語』乙女《おとめ》)などと詠まれる「雁の友」で、人倫とは見ない。

5　**春季**(消えがての雪)　降物《ふりもの》。水辺《すいへん》。「雪」は月・花とともに三友、「船」は「友船」という語もあることから、「友」と「雪」「船」が寄合。

◇消えがての雪　春の残雪。「桜ちる花のところは春ながら雪ぞ降りつつ消えがてにする」(『古今集』春下、承均《そうく》)は落花の比喩《ひゆ》。ここは波の比喩で、似物《にせもの》の雪。「雪」は一座四句物。底本「雪」を「雲」に誤る。天満宮本により訂。「雲」は〈初表3〉にあり、ここは「雲」ではありえないところ。◇船路　「船」は可隔七句物。◇沖津波　沖に立つ波。「波」は可隔五句物。

6　**冬季**（寒み）　山類《さんるい》。水辺。前句海辺の景に「あらいそ」と付ける。◇あらいそ　荒波が打ち寄せる磯。海辺の岩の多いところ。用例に「あらいそのほか行く波のほか心われは思はじ恋はしぬとも」（『拾遺集』恋五、柿本人麿《かきのもとのひとまろ》）。◇寒み「み」は接尾語。寒々として。◇山陰　山の陰になる場所。ここは海岸に接した山の陰。

7　**雑**《ぞう》　木。木は可隔五句物、〈初表1〉より五句隔たる。「いそ」と「松」が寄合。◇主　持ちぬし。所有者。用例に「ぬししらぬ香こそ匂へれ秋の野にたがぬぎかけし藤袴《ふぢばかま》ぞも」（『古今集』秋上、素性《そせい》）。◇蘆火　干した蘆の殻《から》をたく火。用例に「難波人蘆火《なにはびとあしひ》たく屋《や》のすすたれど己《おの》が妻《つま》こそ常《とこ》めづらしき」（『万葉集』二六五一）。◇松　可隔七句物。

8　**雑**　人倫《じんりん》。「松」と「声」が寄合。◇人の声する　「過ぎゆけど人の声する宿もなし入江の浪《なみ》に月のみぞすむ」（『玉葉集』旅、藤原定家）の例もあるが和歌には珍しく、写実味を帯びた連歌的表現。◇はるけさ　はるかに遠く離れているさま。この句では海岸からの距離が隔たっていること。

6
あらいそ寒《さむ》み暮るる山陰《やまかげ》　　弘仲

荒波の打ち寄せる磯辺《いそべ》は寒々として、山陰は次第に暮れてゆく。〔船路から荒磯を見ての体《てい》。山陰には雪も残る荒磯の荒涼とした夕暮の景とする。前句の雪を冬のこととして、春から冬へ〕

7
主《ぬし》しらぬ蘆火《あしび》は松に木《こ》陰《がく》れて　　宗祇

誰が焚《た》いているとも知れぬ蘆殻を焚く火が、松の木の間に見え隠れしている。〔冬の水辺の景にふさわしく蘆火を点出《てんしゅつ》し、「主しらぬ」で叙景の句の背後に人をしのばせる。初期の宗祇の作ながら、巧みな付け方〕

8
人の声する村のはるけさ　　量阿

人の声はするものの、村は遠く離れている。誰が焚いたのかもわからない蘆火が松の木陰に見えて。〔「主しらぬ」を受けて「人の声する」とし、その村は海岸から遠くにあることを示す。軽く素直に前句に付いているが、無理のない運び〕

（初　裏）

1 朝ぎりや市場《いちば》の方《かた》を隔《へだ》つらん　清林

朝霧がたちこめて市の立っているあたりを隠しているのであろうか。〔季を秋に、時刻を朝に定め、霧のために朝市の立つ村は見えずに、人の声だけが聞えてくるとする〕

2 色こそ見えね秋は立ちけり　宗怡

その様子は目にはっきりとは見えないけれど、秋はたしかにやって来たと感じられることだ。〔まだその気配はしないが、秋のものである霧が立って秋が訪れたことがわかるとする。本歌の口調を生かして軽く流した句〕

3 竹の葉の音も身に入《し》む風吹きて　紹永

竹の葉のさやさやと鳴る音も身にしみて感じられる。秋の風が吹きはじめてくると。〔目には見えないが、いかにも風の音に秋となったことが知られると、これも有名な古今集の歌を本歌としての付け〕

1　秋季（きり）　聳物《そびきもの》。「人の声する」に「市場」と付く。

◇朝ぎり　「朝」の字は一座四句物。◇市場　市の立つところ。「双六《すごろく》の市ばに立てる人妻の逢《あ》はでやみなむ物にやはあらぬ」（『拾遺集』雑恋、読人しらず）の歌が見られるが、「市場」は和歌には例が少なく卑近《ひきん》な感じをおこさせる語。ここは朝市。

2　秋季　「市」に「立つ」、「隔つ」に「見えね」と付く。本歌「やへ葎《むぐら》しげれる宿のさびしきに人こそ見えね秋は来にけり」（『拾遺集』秋、恵慶《えぎょう》）。「……こそ見えね秋は……けり」の口調をそのままに一句を仕立てる。

◇色　秋の色。秋らしさ。秋を示す色あい。「秋の色は籬《まがき》にうとくなりゆけど手枕《たまくら》なるるねやの月かげ」（『新古今集』秋上、式子《しょくし》内親王）など、『新古今集』に多い表現。

3　秋季（身に入む）　植物《うえもの》。人倫。「秋」に「身に入む」と付く。前句の「色こそ見えね」を目には見えぬとし、「秋来《き》ぬと目にはさやかに見えねども風の音にぞおどろかれぬる」（『古今集』秋上、藤原敏《とし》行《ゆき》）の歌により、「風」を付ける。

◇竹の葉　「竹」は可隔七句物。『連珠合璧集《れんじゅがっぺきしゅう》』は草の部にあげるが「木にもあらず草にもあらぬ竹のよのはしに我が身はなりぬべらなり」（『古今集』雑下、読人しらず）のように、「木にもあらず草にもあらず」とされた。「葉」は一座四句物。◇身に入む　秋冷が身にしみる感じがする。「冷《すさまじ》・夜《よ》寒《さむ》・身にしむ、以上秋也」(『連歌新式』可分別物)。◇風　可隔五句物、〈初表2〉から八句隔たる。

4　**秋季**(月)　光物。夜分。居所《きよしよ》。「竹」と「夜」「扉」が寄合。「夜」は節《よ》と同音で「竹」に付く。◇あくる扉　「あくる」は戸を開けるの意であるが、夜が明けると同音で「夜」の縁語。「扉」は、ここは「奥山の松のとぼそをまれに開けてまだ見ぬ花の顔を見るかな」(『源氏物語』若紫)の場合と同じく、戸の意。「扉」は一座一句物。

5　**雑**　恋。「月」と「俤《おもかげ》」が寄合。「おもかげのかすめる月ぞやどりける春や昔の袖の涙に」(『新古今集』恋二、俊成女)による。◇俤　面影。一座二句物。◇頼ままし　「まし」は反実仮想の助動詞。実際には頼りにならないが、それを頼りにすることであろうの意。◇能通　底本「張通」。天満宮本により訂。

6　**雑**　恋。人倫。「別れ」に「うき」と付く。◇待てともいはぬ　底本は「待とも」。天満宮本は「まてとも」とあり、「待」を「まて」と読む。ここは、後朝の別れに際して、今宵も訪れるから待っているようにとも言わない、の意。◇我が中　われわれ二人の関係。

4
あくる扉《とぼそ》に残る夜《よ》の月　士沅

戸を開けてふと見あげると、西の空にはしらじらと夜明けの月が残っている。〔竹の葉を吹く秋風の音が身にしみて感じられるのは夜明けのこととして、有明の月を点出。草庵の戸を開けて、わびしくその月を眺めている人の気配をしのばせる〕

5
別れては俤《おもかげ》のみや頼《たの》ままし　能通

いまお別れしてしまえば、これからは、有明の月の下、戸を開けて帰って行ったあなたのお姿だけを私は頼みとすることだろう。〔前句の戸を開ける人は、後朝《きぬぎぬ》の別れで帰ってゆく男。それを見送る女の気持を詠んで恋の句とする〕

6
待てともいはぬ我が中《なか》ぞうき　慶俊

今宵を待てとも言わず帰って行ったあの人、二人の間柄のなんとつらいことか。〔相手はめったに通って来ることのできない高貴な人。それだけに、今別れては面影だけが頼りという切ない恋〕

7 旅に人暫《しば》しの程《ほど》は語《かた》らひて　政泰

その人は帰りを待てとも言わないで旅に出かけて行った。ほんのしばらくの間、語らっただけで。〔前句の「待て」は、恋人の訪れを待つ意であったが、ここでは、旅に出た人の帰りを待つ意に転じた。恋から旅の句へ〕

8 こゆるも末《すゑ》の遠き山道　与阿

この山を越えて行けば、また行く先はるばると果てしもなく遠い山道が続いて。〔その遠い旅路に、しばし語り合っただけで、また出立してゆく修行者の気持を思いやっての句〕

9 鐘ひびく峰の松《まつ》陰《かげ》暮れ渡《わた》り　弘其

山寺の入相《いりあひ》の鐘の音が響いてくる。峰の松の陰はもうとっぷり日が暮れてしまって。〔山道に峰の寺の鐘を響かせ、時刻を夕暮とする〕

7　雑　旅。人倫。「我が中」に「語らひ」、「うき」に「旅」と付く。
◇旅に人　「立ちぬ」があとに省略されている連歌の句法。「旅」の字は一座二句物（旅、旅衣などと言いかえて二句）。◇語らひて　「語らふ」は多く恋の詞であるが、ここは一句としてはただ親しく語りあっての意。

8　雑　旅。山類。「旅」に「道」と付く。
◇こゆるも末の……　「あけば又こゆべき山の嶺《みね》なれや空ゆく月の末の白雲」（『新古今集』旅、藤原家隆《いえたか》）を思わせる光景。◇山道　「道」は可隔五句物。

9　雑　山類。木。「山道」に「峰の松」と付く。
◇鐘　一座四句物（ただ一、入相一、釈教一、異名一）。ここは夕暮に打ち鳴らす入相の鐘。◇松陰　「松」は可隔七句物、〈初表7〉から九句隔たる。◇暮れ渡り　底本「幾渡り」とあるが、天満宮本により訂。「くれ」と「いく」の仮名の草体の類似にもとづく誤写か。◇弘其　天満宮本は次の句と作者入れかわり、「常広」とある。

10　雑　釈教《しやつきよう》。「鐘」と「寺」が寄合。
◇御法　仏法。「法」は一座二句物（仏法と法令の法と各一）。◇跡を残す　天満宮本「跡の残る」。

10 御《み》法《のり》の跡《あと》を残す古《ふる》寺《てら》　常広

かつて仏法の栄えていた昔の名残《なごり》を今にとどめている峰の古寺がある。〔はっきりと寺を詠みこんで、釈教の句となる〕

11 聞くのみを鹿のその世の行衛《ゆくへ》にて　心

釈迦《しゃか》がはじめて説法をした鹿野苑《ろくやおん》とは、話に聞くばかり、今は時代も遠く隔たった、はるか末の世となったが、それでもその御法の跡をこの古寺はとどめている。〔「鹿の苑《その》」すなわち鹿野苑で仏法を受け、「鹿の苑」と「その世」を掛詞にして一句を作りあげている。いかにも心敬らしい理知的な句作り〕

12 月かたぶきて夢ぞ驚く　行

ふと空を眺めると、月は西の山の端《は》に沈みかけている。その月と同じように大方終ろうとしている自分の人生を思うと、この世は夢のようだと驚いてしまう。〔重い前句を、後拾遺集の本歌で受け、釈教から秋へと転じた手だれの句〕

◇常広　天満宮本は「弘玄」（底本の「弘其」に相当）。ここまでで作者一巡。

11　**雑**　釈教。「御法」に「鹿のその」と付く（「法をとく初め」と「鹿の苑」が寄合）。◇聞く　「鹿」と縁語。◇鹿のその　鹿野苑の訓読。釈迦が成道《じょうどう》の後にはじめて説法をした所。古くは神仙《しんせん》（神通力をもった仙人）の住所とされ、鹿が群れ棲《す》んだという。『続千載集』雑体に「顕密《けんみつ》の教法《けうぼふ》の心をよませ給ひける長歌」として、「……然はあれどもこれはみなしかの園生《そのふ》のかぜの音……」とある。『産衣《うぶぎぬ》』に「しかの園　雑也。秋にも生類《しやうるい》にも非《あら》ず。鹿野園の事也」とし、鹿とはあるが、秋とも獣ともしない。◇その世　「鹿の苑」と「その世」の掛詞。「世」は一座五句物。◇行衛　ゆく方。「世の行衛」で時の経過をいう。

12　**秋季（月）**　光物。夜分。秋季は可隔七句物、〈初裏4〉より七句隔たる。「世」と「夢」が寄合。本歌「眺むれば月傾《かた》ぶきぬあはれ我が此の世の程もかばかりぞかし」（『後拾遺集』雑一、深覚《しんかく》）。◇月かたぶきて　月が西の空に沈みかけて。「月」は可隔七句物、〈初裏4〉より七句隔たる。天満宮本は「月かたぶけば」。◇夢ぞ驚く　和歌にはあまり見られない表現。「夢かとぞ驚く」といった意で、夢が主語ではない。

13　秋季（露）　夜分。降物。居所。草。「夢」に「枕」と付く。

◇仮庵　仮に作った粗末な庵。秋の田を害獣から守るためなどに設けた。「かりほの庵《いほ》」ともいう。「秋の田のかりほの庵《いほ》の苫《とま》をあらみわが衣手は露にぬれつつ」（『後撰集』秋中、天智天皇）、「秋田もるかり庵《いほ》つくりわがをれば衣手寒し露ぞおきける」（『新古今集』秋下、読人しらず）など、「露」とともに詠まれた古歌がある。◇枕の草　枕べの草。「草の枕」を逆にした連歌的造語。

14　秋季（稲葉）　草。人倫。「仮庵」に「稲葉もる（守る）」と付く。

◇稲葉　一座二句物。◇もる　見守るの意。

1　秋季（風寒えて）　聳物《そびきもの》。山類。山類は可隔五句物、〈初裏9〉の峰より五句隔たる。「稲葉」に「雲」が付く。「民やすき田面《たのも》のいほの秋風にいなばの雲は月もさはらず」（『続拾遺集』賀、藤原資宣《すけのぶ》）など、一面に広がる稲田の穂を雲に見立てて「稲葉の雲」ということによる。

◇遠の山本　遠くの山の麓。用例に「秋風に夜寒《よさむ》の衣うちわびぬ更《ふ》けゆく月のをちの山もと」（『拾遺愚草』下）など。◇風寒えて　冬ともとれるが、前句の「稲葉」からの続きで晩秋のことと見る。「風」は可隔五句物。

13　仮《かり》庵《いほ》や枕《まくら》の草の露おもみ　順

夢からさめてみると、この仮の庵《いおり》の枕辺の草には露が重く降りていて、西の空にははや月が傾いている。〔前句の「夢ぞ驚く」を実際に夢から覚めたの意にとり、古歌の風情《ふぜい》を下において、仮庵での夜明け方の光景を配した。軽く付けたようで味わいの深い句。心敬・行助・専順と続く初裏の山場〕

14　さもうかるらん稲葉《いなば》もる人　林

いかにもつらいことであろう。枕辺の草には露がしっとりと降りている仮庵の中で、実った稲葉を夜通し見守っている人は。〔前句の仮庵を秋の田を守る庵とし、そこにつめている人の気持を思いやっただけの句〕

（二表）

1　雲なびく遠《をち》の山《やま》本《もと》風寒《さ》えて　永

雲のなびいている遠山の麓《ふもと》では、風がつめたく吹きわたって、さぞつらいことだろう。〔稲葉を守る人を思いやった前句に晩秋の

景を付け、冬へとみちびく〕

2　夕《ゆふ》べにかはる冬の日の影　　祇

日中はさほどわからないけれど、夕暮になるとその陽《ひ》ざしが秋とはうってかわって弱く、しみじみ冬の訪れを感じさせられる。〔前句の雲を夕雲とし、その光景を今日の夕べの冬の陽ざしと対応させている。遠景に対して近景を配した〕

3　猶《なほ》急げ又や時雨《しぐ》れん野《の》辺《べ》の道　　用

なおも急ぐがよい。この野辺を踏み分けて行く旅では、またもや時雨《しぐれ》が降ってこようから。〔「かはる冬の日」を時雨の晴れ間ととっての付け。動きがあって、明快な句〕

4　旅は袖《そで》ほすひまぞ稀《まれ》なる　　量

野を分けてゆく旅では、その衣の袖は時雨に濡れて、干すひまとてないことよ。〔時雨の晴れ間を急ぐ冬の旅。旅の実感がよく出ている〕

2　**冬季**　光物。「雲」に「夕べ」と付く。◇冬の日の影　冬の弱い日ざし。「村時雨《しぐれ》すぎゆく峰の雲間より日影うつろふをちの山もと」（『玉葉集』冬、藤原公相《きんすけ》）、「時雨行く雲間に弱き冬の日のかげろひあへず暮るる空かな」（『風雅集』冬、冷泉為相《れいぜいためすけ》）など、『玉葉集』『風雅集』の美意識で見出だされた素材。特に公相の歌などは宗祇の意識にあったかと思われる。

3　**冬季**（時雨）　旅。「かはる日の影」に「時雨」と付く（「雲間の日影」と「時雨」が寄合）。◇猶急げ　初句命令形で切れる形。下知《げじ》と称して連歌で好まれた句法。◇時雨れん　時雨が降ることであろう。ここは「しぐる」と動詞で用いたので降物《ふりもの》とはしない。◇野辺の道　「野」も「道」も可隔五句物。「道」は〈初裏8〉にあり、八句隔たっている。

4　**雑**　旅。衣裳《いしよう》。「野辺の道」に「旅」と付く（「野を分衣《わけごろも》」と「旅」が寄合）。◇旅　「旅」の字は一座二句物。『新式』に「只一、旅衣など云て一」と限定されていたが、『新式今案《しんしききんあん》』には「近代此の沙汰《さた》に及ばず」とあり、この百韻でもすでに〈初裏7〉に「旅に人……」の形で用いられている。◇袖　可隔五句物。

5
待つたれもあらじ古《ふる》郷《さと》恋しくて　沅

私を待っていてくれる人など今では誰もいるまいが、昔なじみの故郷がただなつかしくて。〔以上旅三句。一句は旅であるが、「待つ」「恋しく」で恋への展開を準備する〕

6
忘るるかたや夢は見ざらん　心

私のことなど忘れてしまっているあの人は夢も見ないのだろうか。私がこんなに恋しく思っているのだから、あの人の夢に見えてもよいはずなのに……。待つ人もあるまい、故郷だけが恋しいなどと悲しいことをおっしゃっているとか。〔故郷に待つ女の心を付けた。平凡な言葉を用いて、しかも工夫をこらした佳句〕

7
よわりつつ来《こ》ぬ夜《よ》積《つも》れる物思ひ　怡

あの人の訪ねて来ない夜が続き、物思いが積って私は日々弱ってゆく。〔夢さえ見てくだされば、私の思いはおわかりになるはずなのにと前句に付く〕

5　**雑**　旅。人倫。「旅」と「古郷」が寄合。◇待つたれもあらじ　「我を待つ人は誰もあらじ」を圧縮した連歌特有の表現。◇古郷　一座二句物（『新式』では、ただ一、名所一。肖柏の『追加』では、名所、ただの故郷を合わせて一、旅に一）。ここは旅の「故郷」。

6　**雑**　恋。夜分。「恋しく」に「夢」と付く。◇忘るるかたや　「かた」は、方角の意から転じて人をいう。「や」は係助詞。「らん」と呼応して疑問の意をあらわす。◇夢　可隔七句物、〈初裏12〉より七句隔たる。人を深く恋しく思っていると、それが相手の夢に見えると信じられていた。「夢にだにあふことかたくなり行くはわれやいを寝ぬ人や忘るる」（『古今集』恋五、読人しらず）など。

7　**雑**　恋。夜分。「夢」に「夜」と付く。◇よわりつつ　身体が日ごとに衰弱して。「つつ」は反復をあらわす。◇積れる　「来ぬ夜」が度重なるの意で受け、さらに「積れる物思ひ」と続いて二重のはたらきをする連歌の句法。◇物思ひ　物事を思いわずらうこと。ここは恋の物思い。

8 くだけし心末《すゑ》ぞみじかき　順

物思いが積って、すっかり私の心は砕かれてしまった。身体《からだ》も弱り、私の命はこれから先いくばくもないことだろう。〔本歌をふまえて付けた情趣深い恋の句〕

9 かる跡にむらむら残る草の露　与

刈った跡にもなおあちこちに群がり残っている草。その上に置く露は、物思いに心砕けて、行く先短いわが身を象徴しているようだ。〔三句続いた恋の句を鮮やかに秋の句に転換している〕

10 袂《たもと》をはらふ秋の追《おひ》風《かぜ》　英

生い茂った草を刈り、袂に振りかかった露を払っている私の後ろを追いかけるかのように秋の風が吹いてくる。〔まだ旅は出せないところなので、そのおもむきはあるが、一句は旅の句と見ず、草刈のさまととる〕

8 **雑**　恋。「物思ひ」に「くだけし心」と付く。「風をいたみ岩うつ波のおのれのみくだけてものを思ふころかな」(『詞花集』恋上、源重之《しげゆき》)による。◇末　行くすえ。これから先。◇みじかき　「たまのをのみじかきこころおもひあへず……」(『古今集』雑体、紀貫之《きのつらゆき》)などの歌があり、『闇夜一灯《あんやのいっとう》』では、「心」と「短き」が寄合になっているが、ここは「命短き」の意。

9 **秋季(露)**　降物。草。秋季は可隔七句物、〈二表1〉から七句隔たる。「みじかき」と「草」が寄合。◇むらむら　あちこちに群がっているさま。用例に「春もまだあさる雉子《きぎす》の跡見えてむらむら残る野辺の白雪」(『風雅集』春上、土御門《つちみかど》院)など。◇草の露　この「の」は「かる跡にむらむら残る草」を受けて「露」につなぐ連歌の句法。

10 **秋季**　衣裳。「草」「露」と「はらふ」が寄合。◇袂をはらふ　「はらふ」は前句に付けば露を払うことであり、一句としては風が袂を吹き払うとなる。◇追風　ここでは後ろから吹いてくる風。用例に「いまはとて行き帰りぬる声ならばおひ風にても聞えましやは」(『後撰集』恋二、兼覧王《かねみのおおきみ》)。衣などにたきしめた香を吹き伝える風をも「追風」といい、その意味で「袂」の縁語となる。「風」は可隔五句物。

11
船人《ふなびと》の波なき月に今朝《けさ》出《い》でて　俊

船人の姿が、波も静かな海上に、有明の月の光に照らし出されている。今朝早く港を出航したものと見えて。〔前句の追風を、船を吹き送る風ととり、その風に船人の袂《たもと》もひるがえっているとする。ここで水辺の旅の句となり、月を出す〕

12
塩干《しほひ》を見れば山ぞ流るる　心

潮の引いてゆくのを眺めていると、その波に映って山も流れているように見える。〔満潮に船出し、いまは引き潮。船中からの眺めを「山ぞ流るる」ととらえたところ、いかにも気のきいた表現の句〕

13
木々の葉や入江《いりえ》の水に浮ぶらん　仲

山の木々の葉が散って、入江の水に浮んで流れているのだろう。引き潮に山が流れているように見えるというのは。〔実はこうだと、前句の特異な表現を解説して見せた付け方〕

11　**秋季(月)**　旅。光物。夜分。水辺。人倫。旅は可隔五句物。前句を旅と見なければ〈二表5〉より五句隔たる。「追風」に「船」と付く。◇波なき月に　波の立たない静かな月明に。省略の多い連歌的表現。「波」は可隔五句物。◇今朝　「朝」「今朝」と替えて一座二句物。

12　**雑**　山類。水辺。前句の海辺の景に「塩干」と付く。◇塩干　潮が引いて海水面が最も低下した時の状況。◇山ぞ流るる　干潮のために、海面にうつっている山が流れるように見える。和歌では見られないとらえどころ。

13　**冬季**(「木々の葉浮ぶ」で落葉)　水辺。木。「草」と「木」は可隔三句物、〈二表9〉の「草」より三句隔たる。◇木々の葉　「神無月《かみなづき》木々の木の葉は散りはてて庭にぞ風の音は聞ゆる」(『新古今集』冬、覚忠《かくちゆう》)の用例も見られる。「葉」は一座四句物。◇入江の水　用例に「大井川秋のなごりをたづぬれば入江の水に沈むもみぢ葉」(『玉葉集』冬、西園寺《さいおんじ》実氏《さねうじ》)。天満宮本は「入江の川」。

14　**冬季**　「木々」に「陰」と付く。◇色の冬浅き　「冬の色」を倒置した表現。冬らしい様子がまだ顕著ではない。「冬浅き」は冬がまだ浅いの意で、「春浅き」とはいうが、「冬浅き」とは、和歌ではあまり見られない。◇陰　日の当らないところ。前句に付くと「木陰」となる。

1　**春季**　降物。「浅き」と「春」が寄合。◇頭に雪の　天満宮本は「頭の雪の」。「頭の雪」とすれば白髪のことで、「頭雪《かしらのゆき》、眉《まゆ》の雪〈非ズ二降物ニ一、非ズレ冬ニ〉」(『新式』可分別物)により、述懐《しゅっかい》の句となるが、ここは底本のほうがよく、この雪は降物。ここを述懐とすれば、すぐあとの〈二裏4〉に述懐が出ており、述懐は可隔五句物という式目に抵触する。「頭」と「雪」は縁語。

2　**春季**(霞める)　光物。光物は可隔三句物、〈二表11〉の「月」より四句隔たる。「頭に雪の」から「日はてりながら」と付く。「二条の后の春宮《とうぐう》のみやすん所と聞えける時、正月三日おまへに召して、仰せごとある間に、日はてりながら雪の頭にふりかかりけるをよませ給ひける　春の日の光にあたる我なれどかしらの雪となるぞわびしき」(『古今集』春上、文《ふん》屋康秀《やのやすひで》)による。◇日　可隔五句物。◇霞める　動詞の形なので降物とはしない。

14
なにも色の冬浅き陰《かげ》　　通

冬に入ってまだ日も浅いこととて、何につけても冬らしい様子も見られない日陰で。〔いや、色濃く紅葉した木々の落葉が入江の水に浮んでいるではないかと、前句を、「冬浅き」という表現に反問した形にとる逆《ぎゃく》付け〕

(二裏)

1
春は猶頭《なほかしら》に雪の積《つも》り来《き》て　　行

春まだ浅く、冬のように雪が降りしきり、頭にはその雪が白く積ってきて。〔冬から春への季移り。前句には冬浅きころも春浅きころも同じくその季節らしい様子は見えないの意で付く。「頭に雪」で人事の句への誘い〕

2
日はてりながら光り霞《かす》める　　永

日は照ってはいるが、春のこととてその光もかすんでいる。〔「日はてりながら雪の頭にふりかかりける」とある古今集の詞書《ことばがき》通りの光景とする〕

3　**春季**(下萌え)　「光り霞める」に「けぶる野」と付く。

◇深草　京都市伏見区。東山連峰の南端、稲荷《いなり》山の麓《ふもと》にある歌枕。草深い野の意を掛ける。「夕されば野べの秋風身にしみて鶉《うづら》なくなり深草の里」(『千載集』秋上、藤原俊成)などと詠まれ、鶉の鳴くさびしい里とされていた。名所は可隔三句物。◇下萌え　地中から芽が出ること。「もえ」は「燃え」の連想から「煙」の縁語。◇野　可隔五句物。

4　**雑**　述懐《しゆつかい》。前句の「深草」から、その里に隠れ住む人を付ける。

◇うつせみの世　『流木集《ながれぎしゆう》』に「うつせみの世とは此の世のはかなさをいへり。是は蟬《せみ》のからに似たる空《むな》しき世をいふ心なり」とあり、「うつせみの世にも似たるか花桜咲くと見しまにかつ散りにけり」(『古今集』春下、読人しらず)、「うつせみの世に物な思ひそ／言《ことの》葉《は》にかかるばかりを命にて」(『萱草《わすれぐさ》』宗祇)を引く。この句では、「うつせみの」は枕詞《まくらことば》的用法。「世」は一座五句物。

5　**雑**　恋。人倫。「忍ぶ」と「名」が寄合。◇かくのみに　「のみ」は強調の意。◇恋しなば　恋死《こいじに》をするならば。用例に「恋ひしなむ同じ浮き名をいかにしてあふにかへつと人にいはれむ」(『新古今集』恋二、藤原長方《ながかた》)。◇名や立たむ　「や」は軽い疑問の意。

3

深《ふか》草《くさ》や下《した》萌《も》え初《そ》めてけぶる野に　　祇

ここは草深いという名の深草、草は芽ぶきはじめ、煙のように薄霞がたなびいていて。〔前句が典拠とした和歌によって句作りをすれば打越《うちこし》にもどるので切り捨て、のどかな春の景で応じた〕

4

うつせみの世を忍《しの》ぶはかなさ　　順

この世を忍んで隠れ住んでいる身のわびしさ、ここ深草では草も芽ぶき霞もたちこめているというのに。〔春三句で捨て、一転して述懐へ。深草に隠れ住む人を点出。深草は鶉《うずら》鳴くさびしい里で、隠者のよく住むところ、特に誰のおもかげというのでもない〕

5

かくのみに恋しなば身の名や立たむ　　心

このようにして恋の苦しさに死んでしまったならば、あとにわが身の浮き名が立つことであろう。〔前句の世を忍んでいるのは、実は浮き名の立つのを恐れてであったととりなして、述懐から恋へ展開をはかる〕

6 みよや涙の袖のくれなゐ　量

見てみるがよい、血の涙で濡れた袖が紅《くれない》に染まっているのを。〔このようにして恋死をするならば、さぞや浮き名も立つであろうと、その身の破滅をも厭《いと》わぬはげしい恋とする〕

7 等閑《なほざり》に思ひし色ははじめにて　沅

軽い気持であの人に魅《ひ》かれていた頃の恋心など、まだほんのはじめのうちであって。〔今度は女の立場にとって、今ではすっかり深みにはまり、訪ねて来ぬ人を恨んで紅の涙を流しているほどだと前句に付く〕

8 住みあかれめや秋の山里　怡

住み飽きるなどということがあろうか、この秋の山里では。〔前句をかりそめに山里に来て、その景色をめでていたのは、はじめのうちで、今ではもうすっかりとりことなってしまってととり、述懐、恋と続いていたのを秋の句とし、秋の山里への執心に展開〕

6　**雑**　恋。衣裳。「恋」に「涙」と付く。◇みよや　「見よ」に感動の助詞「や」の添った形。連歌で好んで用いられた下知《げじ》の表現。◇涙の袖　涙で濡れた袖。「涙」は可隔七句物。「袖」は可隔五句物。◇くれなゐ　紅の涙のこと。「紅の涙」は漢語の「紅涙《こうるい》」を訓読してできた語。血の涙。用例に「くれなゐの涙にふかき袖の色を浅みどりにや言ひしをるべき」(『源氏物語』乙女)など。

7　**雑**　恋。「くれなゐ」に「色」と付く。◇等閑　本気でないさま。かりそめ。用例に「等閑に思ひをかけし神南備《かみなび》の杜《もり》の注縄《しめなは》朽ちやしぬらむ」(藤原家隆『壬《み》二《に》集《しゅう》』)。◇思ひし　底本「思ひに」。天満宮本により訂。◇色　恋の思い。同字は可隔五句物、〈二表14〉から六句隔たる。

8　**秋季**　居所。「色」に「秋」と付く。◇住みあかれめや　「住みあく」は住むことがいやになる。「れ」は自発の助動詞「る」の已然形。「や」は反語。散り散りばらばらに住むの意の「住みあかる」にはとらない。◇秋の山里　「何しかは人も来て見むいとどしく物思ひまさる秋の山里」(『後拾遺集』秋上、和泉《いずみ》式部)、「小《こ》萩《はぎ》が露のかかる夕暮」(『源氏物語』椎本《しいがもと》)など物思いにふけるところであり、ものさびしい風情《ふぜい》のあるところでもあった。

9
宇《う》治《ぢ》川《がは》や暁月《あかつきづき》の白き夜《よ》に　用

ここ宇治川のあたりには、明け方の月が白々と輝いている。まことに美しい夜であって。〔この光景を見ては、この秋の山里に住み飽きることなどあろうかとし、前句の山里を宇治と定める。源氏物語の宇治の八の宮の山荘などを思い浮べているか〕

10
こゑすさまじき水の水上《みなかみ》　与

川の流れは絶えることなくすさまじい音を立てている。その上流はどんな様子だろうか。〔本歌は「幾代になりぬ」と橋守に尋ねているのを、この句では、有明の月が輝いている宇治川の水量豊富な流れに、その上流の有様を思いやったのである〕

11
霧《き》り渡る田面《たのも》の末《すゑ》に鴫《しぎ》立ちて　順

霧が一面にかかっている田の面《も》の彼方《かなた》で、鴫が飛び立ち、川の上流の方でその声がすさまじく聞えてくる。〔前句の声を、ここでは鴫のとび立つ時の鳴き声とする〕

9　秋季(月)　光物。夜分。水辺。「山里」に「宇治」と付く。
◇宇治川　琵琶湖から流れる瀬田川の下流。宇治のあたりでの称。「かかる瀬もありける物を宇治川の絶えぬばかりも嘆きけるかな」(『新古今集』雑中、藤原兼《かね》家《いえ》)などと詠まれる歌枕。名所は可隔三句物、〈二裏3〉の「深草」から五句隔たる。◇暁月　暁の月。有明の月。「さ夜ふけて暁月に影見えて鳴くほととぎす聞けばなつかし」(『万葉集』四一八一)の「暁月」は、今は「あかときづき」とよまれているが、古訓は「あかつきづき」で、『綺語抄《きごしょう》』にもこの歌を例として、この語をあげる。

10　秋季(すさまじ)　水辺。「宇治川」に「水の水上」と付く。本歌「年へたる宇治の橋もりこととはむ幾夜になりぬ水のみなかみ」(『新古今集』賀、藤原清輔《きよすけ》)。
◇すさまじ　季語としては冷やかだの意であるが、ここは川の流れる音の高く恐ろしいまでに聞える意にいう。「すさまじ　おそろしき心にしても秋也」(『産衣』)。◇水の水上　上流。

11　秋季(霧り渡る)　鳥。「こゑすさまじき」に「鴫立ちて」と付く。
◇霧り渡る　霧が立ちこめる。『源氏物語』『枕草子』などに見え、「おもひ立つ空こそなけれ道もなくきりわたるなる天《あま》の橋立《はしだて》」(『和泉式部集』)の例もあるが、和歌には比較的少ない。◇鴫　沢や刈田などに住む鳥。用例に「我が門《かど》の奥手《おくて》のひたに驚きてむろの刈り田に鴫ぞ立つなる」（『千載集』秋下、源兼昌《かねまさ》）など。

12　雑　「鴫」に「哀をぞ知る」と付く。「心なき身にもあはれは知られけり鴫立つ沢の秋の夕暮」（『新古今集』秋上、西行）を本歌として付ける。
◇哀　ここは、もののあわれ。風情。

13　冬季　述懐。衣裳。衣裳は可隔五句物、〈二裏6〉の「袖」より六句隔たる。「哀」に「侘びぬれば」と付く。
◇侘びぬれば　ここは「古《いにしへ》はおごれりしかど侘びぬれば舎人《とねり》が衣《きぬ》も今は着つべし」（『拾遺集』物名、藤原輔《すけ》相《み》）の場合と同じく、困窮しているのでの意で、恋に思い悩んでいるのではない。

14　冬季（かたびら雪）降物。衣裳。「衣」に「かたびら」（帷子《かたびら》。一重《ひとえ》の衣）と付く。
◇かたびら雪　薄く降り積った雪。『八《や》雲御抄《くもみしよう》』に「雪」の歌語としてあげる。『竹林抄《ちくりんしよう》』に「几帳《きちやう》の奥に見ゆる人影／白妙《しろたへ》のかたびら雪に戸を明けて」の宗砌《そうぜい》の句があり、『竹聞《ちくぶん》』では「かたびら雪とは、うすうすと降りたるを云ふ」と注している。後には大片《おおひら》の雪を言うようになる。衣の縁語。「雪」は一座四句物。
◇色　同字は可隔五句物、〈二裏7〉から六句隔たる。

12
今折《をり》からの哀《あはれ》をぞ知る　林

今こそその折にふさわしいもののあわれが身にしみて感じられる。〔西行の歌に拠《よ》っただけの句。霧が立ちこめる田の面に鴫の立つ前句の秋の景を、抽象的に受けて一句は雑《ぞう》とする〕

13
侘《わ》びぬれば冬も衣はかへがたし　行

貧しい生活のこととて、冬が訪れても衣を更《か》えることもできないでいる。今は折から身の悲哀をしみじみと感じさせられることだ。〔打越との間では、もののあわれであった前句の「哀」を、貧窮《ひんきゆう》による哀れに変化させる〕

14
かたびら雪は我《わ》が袖の色　心

袖に降りかかるかたびら雪の白さ、それは粗末な家に住む貧しい私にとっては変りばえのしない薄い単衣《ひとえ》に色あいを添えるといった風情だ。〔「かたびら雪」の歌語も新鮮で、衣の縁による付合《つけあい》も気がきいている〕

（三表）

1 ならす手の扇《あふぎ》に風を猶《なほ》待ちて　祇

手もだるくなるほど使い慣れた扇を手に、早く涼しい風が吹いてくれればよいがと心待ちにされて。〔前句の「かたびら雪」をまったくの袖の模様にとり、冬から夏への季移りを鮮やかにやりのけた句。本歌では秋風が吹いて扇を置くのを、この句では、秋風を待つ意に変えているのも巧みである〕

2 みどりに近く向ふ松《まつ》陰《かげ》　量

かなたに見える緑色濃き松の木陰に向って近づき休もうとしている。扇を使う手もだるく、涼しい松風の吹くことを期待して。〔軽く付けなした遣句《やりく》〕

3 散る花の水に片《かた》よる岩《いは》隠《がく》れ　順

散りゆく桜の花びらが水に浮び、ひときわ緑の色を増した松が生えている岩陰の方に寄り集まっている。〔松の緑と、その岩陰に散る花との色鮮やかな取り合せ〕

1 **夏季**（扇）「かたびら」に「扇」と付く。本歌「手もたゆくならす扇のおき所忘るばかりに秋風ぞ吹く」（『新古今集』秋上、相模《さがみ》）。◇ならす　使い慣らす。◇風　可隔五句物。

2 **雑**　木。「風」と「松」が寄合。◇みどり　松の緑。「松緑　雑也」（『新式』可分別物）、「松の初緑、初春也。松の新葉、春也。松のみどりは雑也」（『梵灯庵袖下集《ぼんとうあんそでしたしゅう》』）とある。◇松陰　松の木の下陰。「松陰の岩井の水を結びあげて夏なき年と思ひけるかな」（『拾遺集』夏、恵慶《えぎょう》）など和歌に詠まれることが多い。「松」は可隔七句物。

3 **春季**（花）　水辺。木。「緑」と「水」が寄合。「松」「陰」に「岩」と付く。◇片よる　片方に寄る。用例に「招くとて立ちもとまらぬ秋ゆゑにあはれ片よる花薄《はなすすき》かな」（『拾遺集』秋、曾根好忠《そねのよしただ》）など。◇岩隠れ　岩に隠れたところ。岩かげ。用例に「人もまだ踏みみぬ山の岩隠れ流るる水を袖にせくかな」（『新古今集』恋二、信濃《しなの》）など。

4 さざ波立ちて蛙《かはづ》なくなり　　　行

池にはさざ波が立って、蛙が鳴き立てている。〔桜は散り、その花が岩陰の水に寄り添うように浮んでいる晩春の景。蛙を点出して、その声をとりあげ、静から動への展開をはかる〕

5 小《を》田《だ》返す人は稀《まれ》なる比《ころ》なれや　　　玄

田をすき返している人の姿はめったに見かけられない頃になったよ。池にはさざ波が立ち、もう蛙が鳴いている。〔今度は、「小田返す人」を出しながら、それを「稀なる」と受けて前句の静かな晩春の景に応じる。「水」「さざ波」と二句続いた水辺を去るために定石通り「小田返す」を用いて次句への展開を容易にする〕

6 暮《く》るる夜《よ》さびし岡《を》《か》野《の》辺《べ》の里　　　俊

日が暮れて夜が更けてゆく頃はさびしいものだ、この岡のほとりの里では。〔前句の「比なれや」を、季節でなく時刻にとって受け、一句は春を去り、次に秋へとみちびくための遣句〕

4　**春季**（蛙）　水辺。虫。「水」と「蛙」が寄合。◇さざ波　小さく細かに立つ波。用例に「嵐吹く志賀の山べの桜花散れば雲居はさざ波ぞ立つ」（『千載集』春下、藤原公行《きんゆき》）など。◇蛙　『連珠合璧集』には「虫類」にあげる。

5　**春季**（小田返す）　人倫。「蛙」に「小田」と付く。◇小田返す　春になって、荒れた田をすき返す。小田の「小」は接頭語。用例に「荒小田《あらをだ》をあらすきかへしかへしても人の心を見てこそやまめ」（『古今集』恋五、読人しらず）。『連理秘抄《れんりひしょう》』に「小田返す」を「春也」とする。『連歌新式』の「可分別物」に「小田返す　非ヌ二水辺ニ一」とし、『連珠合璧集』には「水辺ののき（退）所」に「小田返す」をあげる。小田は水田で、「小田の蛙」など、水辺の景物と付きやすく、「小田返す」とすれば水辺ではなくなるので、水辺が続いて、離れねばならないところで多く用いられた。

6　**雑**　夜分。居所。「田」と「岡」が寄合。◇さびし　天満宮本「寒し」。その本文によれば、春から冬への季移りとなるが、不自然さが残る。底本のように「さびし」で雑を一つ間においたほうがよい。◇岡野辺の里　岡のほとりの里。

7
月遅き片山おろし音《おと》はして　怡

月の出も遅いこの片山陰の里では、山おろしの風の音ばかりが聞えて。〔その片山はあまり高くない岡である。本歌による寄合によって、さびしい山陰の里の風情《ふぜい》を点出〕

8
まつにつけても秋ぞ物うき　永

月が山の端《は》に出るのを、今か今かと待つにつけても、秋は何となくものがなしい季節だとしみじみ感じられることだ。〔前句の秋の景を、著名な大江千里《おおえのちさと》の歌を本歌として抽象的に受け、「待つ」の語で恋への橋渡しをする〕

9
玉章《たまづさ》の露の言《こと》の葉《は》いたづらに　沅

いずれお訪ねしようとあったお手紙のほんのうわべだけの言葉。今はそれさえむなしいものとなってしまった。〔そのお言葉ばかりを信じて待っているにつけても、いかにも秋はものがなしい季節だと、「待つ」を当然恋として受けている〕

7　**秋季(月)**　光物。夜分。山類。「岡野辺の里」と「山おろし」が寄合。「岡のべの里のあるじを尋ぬれば人は答へず山おろしの風」(『新古今集』雑中、慈円《じえん》)による。◇片山おろし　山から吹きおろしてくる風。「月遅き片山」と「山おろし」の掛詞《かけことば》。和歌にはあまり見られない連歌的表現。「片山」は一方がけわしく一方がなだらかな傾斜の山。

8　**秋季**　「月」に「秋ぞ物うき」と付く。本歌「月見ればちぢに物こそ悲しけれ我が身ひとつの秋にはあらねど」(『古今集』秋上、大江千里)。◇つけても　底本「出ても」。天満宮本により訂。「つけ」と「いて」の仮名の草体の類似による誤写か。◇秋ぞ物うき　ものがなしい季節であるというのが秋の本意。

9　**秋季(露)**　恋。降物。「風を待つ」と「露」が寄合であることから「まつ」に「露」と付く。◇玉章　手紙。たより。用例に「七夕《たなばた》のと渡る舟の梶《かぢ》の葉にいく秋書きつ露の玉章」(『新古今集』秋上、藤原俊成)など。◇露の言の葉　ほんのわずかの言葉。用例に「今更によその涙の色ぞ添ふ御法《みのり》の花の露の言の葉」(『続拾遺集』雑下、源通方《みちかた》)。「玉」「露」「葉」が縁語。「露」は季語を入れるためで、降物としての意味はない。秋は三句は続ける必要があり、この句で三句となる。

10 おくる日《ひ》数《かず》をいつか語《かた》らん　仲

つらくさびしい日々を送っていることを、いつ語ることができようか。あの人の言葉などまったく誠意のないものとなった今は。〔軽く付け流した恋の句で、あまり進展は見られない〕

11 有《あら》増《まし》の忘れ安きを驚きて　行

いつか思い立ってお訪ねしたいという心づもりも、つい忘れやすくなってしまったのに今更ながら驚いている。〔こんなことではさびしく送ってきた長の年月を親しく語りあうこともできそうにないと、老の述懐へ展開〕

12 心のみちにいづる世の中　泰

かねての心づもりなどどんなに忘れやすいかということにはっと驚いて、心に守るべき正しい道、仏の道に入ろうとして、この俗世間からのがれようとしている。〔前句の「有増」を出家の願いとし、今度は述懐から釈教へ〕

10　**雑**　恋。「言の葉」に「語らん」と付く。◇日数　過ぎ去ってゆく日の数。用例に「木のもとに送る日数の積りなば故郷人《ふるさとびと》や花を恨みむ」（『続拾遺集』春下、藤原光俊《みつとし》）。◇語らん　天満宮本「かこたん」。仮名の草体の類似による異同。天満宮本のほうがわかりやすいが、底本のままでもよい。

11　**雑**　述懐。「日数」に「忘れ安き」と付く。◇有増　予期。心づもり。『連珠合璧集』には「述懐付懐旧」の中にあげる。「おもひつつ経《へ》にける年のかひやなきただあらましの夕暮の空」（『新古今集』恋一、後鳥羽《ごとば》院）など、恋歌に用いられることも多いが、ここは述懐。◇驚きて　天満宮本「おとろへて」。「き」と「へ」の草体の類似による異同。底本のほうがよい。

12　**雑**　釈教（「いづる世の中」で出家）。「有増」に「心」と付く。◇心のみち　心の拠り所とするべき正しい道。仏道。『古事談《こじだん》』に「十万億の国々は海山隔て遠けれど、心の道だになほければ、つとめて至るとこそ聞け」という歌占《うたうら》の言葉が見え、「つらきをもうきをもしのぶ思ひこそ心のみちの誠なりけれ」（『新続古今集』釈教、賀茂季保）、「心の道やをしへならまし／妹《いも》がりに行けば涙の先だちて」（『竹林抄』恋上、賢盛《かたもり》）の例もある。◇世の中　「世」は一座五句物。〈二裏4〉はただの世。ここは「世の中」として用いる。俗世の意。

13　**雑**　山類。人倫。「みち」に「山」「奥」と付く。◇賢き　賢き人。賢人《けんじん》。「古《いにしへ》の七《なな》の賢人どもも欲《ほ》りするものは酒《さけ》にしあるらし」（『万葉集』三四〇）の「賢人」を、今は「さかしき人」とよんでいるが、旧訓は「かしこき人」とよむ。ここは『史記』周本紀に見える中国の太公望《たいこうぼう》の故事。心敬の『ささめごと』にも「太公望は渭浜《いひん》に釣りしかども、文王の車の右に乗れり」と引いている。渭水《いすい》のほとりで釣《つり》をしていたのを文王に見出だされて重く用いられた。◇君　君子《くんし》。聖天子。

14　**春季**（子日）　木。「ひかるる」に「子日の松」と付く。◇子日の松　正月初子《はつね》の日に、野に出て小松を引いて来て庭に植え千代を祝う、その小松。用例に「行末も子日の松のためしには君が千年《ちとせ》を引かむとぞ思ふ」（『拾遺集』賀、藤原頼忠）など。「松」は可隔七句物。◇幾とせか　底本「幾春を」。天満宮本により訂。底本のままでは次句と「春」の字が続いてよくない。

1　**春季**　居所。「子日」に「春の野」と付く。「春の野に出でぬ子日は諸人《もろびと》の心ばかりをやるにぞありける」（『後拾遺集』春上、読人しらず）による。◇春の野をうづむ笆　立ちこめた霞をまがきに見立てたもの。「谷のとの霞のまがきあれまくに心して吹け山の夕風」（『夫木抄《ふぼくしょう》』春二）の例がある。「野」は可隔五句物。「笆」は一座二句物（ただ一、霞のまがき一）、ここは「霞のまがき」。天満宮本は「うづむ」を

13
賢《かしこ》きも君にひかるる山の奥　　心

世をのがれて山の奥に隠れ住んでいた賢人も、この聖天子《せいてんし》には心ひかれている。〔その天子に見出だされて正しい政道を行うために世に出て来たのだと、太公望をふまえる。「心のみち」を仏道から政道へ、「いづる世の中」を出家の意から、逆に俗世間に出仕《しゅっし》するの意に大きく変化させての付け〕

14
子日《ねのび》の松の幾とせか経《へ》ん　　用

千年も栄えることにあやかって引いてきた子の日の松は、いついつまでも栄えることであろうか。〔山の奥に隠れ住んでいた賢人までも君に心ひかれているようだと、「子日の松」で重い前句を受け、春の句へと展開する〕

（三裏）
1
春の野をうづむ笆《まがき》の陰遠く　　順

春の野を埋めるように一面に立ちこめている霞の中、子の日の松を引く人々の影が長く尾を曳《ひ》いているように見えて。〔人事の句

「移す」とするが底本のほうがよい。

2　春季（かすめる）　水辺。居所。「霞のまがき」という語から「笆」に「かすめる」と付く。◇庭　一座二句物。◇やり水　寝殿造《しんでんづくり》の庭で、外から水を引き入れて流すようにしたもの。◇与　底本は「士」。天満宮本により訂。「士」なら士沅と考えられるが、底本は士沅は「沅」と略しており、与阿とすれば句上《くあげ》の数とも合致する。

3　秋季（月）　光物。夜分。「やり水」に「流れきて」と付く。◇月細く　二日月《ふつかづき》・三日月《みかづき》などを鋭く感覚的にとらえた連歌表現。ここは晦日《みそか》前の下弦の月。「月」は可隔七句物、〈三表7〉から九句隔たる。◇有明　一座四句物（四季各一）。◇流れきて　遣水に映った影が流れるように見えて。用例に「こほり閉ぢ石間《いはま》の水は行きなやみ空すむ月の影ぞ流るる」（『源氏物語』朝顔）。

4　秋季（夜寒）　夜分。◇夜寒　秋が更けて、夜には寒さを強く感ずること。一座一句物。肖柏の『追加』に「秋寒《あきさむ》、ややさむき、夜寒など、いづれにても只一也」とある。『至《し》宝抄《ほうしょう》』には「末の秋」の語とする。◇初風　季節はじめに吹く風。特に秋の初風にいうことが多い。用例に「秋になりぬ、はつかぜ涼しく吹き出でて」（『源氏物語』篝火《かがりび》）など。「風」は可隔五句物。

ばかり続いていたところを、鮮やかに春の景気の句とした、いかにも専順らしい手際の冴《さ》えといえる〕

2
末はかすめる庭のやり水《みづ》　与

流れの末の方は春霞にかすんで見える、この広い庭の遣水《やりみず》。〔庭と野との間にある籬《まがき》の影が遠く水に映っているとする〕

3
月細く有明《ありあけ》がたに流れきて　心

細い下弦《かげん》の月、夜明けの頃には、その影が遣水に落ちて流れてくるかのように見え。〔源氏物語の「月の影ぞ流るる」の表現を用いて、時刻の推移とともにだんだん月が動いて行く光景が巧みにとらえられている。月を間においての春から秋への季移り〕

4
夜《よ》寒《さむ》になりぬ秋の初風《はつかぜ》　沅

夜になるともう肌寒く感じられるようになった。秋の初風が吹き始めたのはつい最近のことと思っていたのに。〔前句では一夜のうちであった月の移動を、初秋から晩秋への推移として付く〕

5 衣《ころも》うつ音を聞くさへ目もあはで　林

いつしか秋もふけ、夜寒を感じる頃となって、衣をうつ砧《きぬた》の音を聞くだけでも、秋のものがなしさに眠ることもできない。〔一句は秋の寂寥《せきりよう》であるが、「聞く」「目もあはで」に人の動きを点出し、恋への誘いとする〕

6 人を待乳《まつち》の山の名もうし　行

人を待つという、あの「まつち山」の名を聞くのもつらいことだ。〔砧の音を聞きながら、男の訪れを待っているやるせない女の気持。掛詞を用いた技巧的な句作りで恋とする〕

7 時鳥《ほととぎす》かたらひ捨てし後《のち》の暮《くれ》　量

折しもほととぎすが一声鳴いて去ってしまった。ちょうどそのようにあの人はつかのまの語らいだけで帰って行った。今宵は待つあてもなく、まつち山の名を聞くことさえつらい。〔本歌を軸に、まつち山をほととぎすで受け、そのほととぎすを喩《たと》えに用いて夏

5 **秋季**(衣うつ)　衣裳。「夜寒」と「衣うつ」が寄合。◇衣うつ　衣服の光沢を出すために砧の上で衣を打つ。その音は晩秋のものがなしさを象徴する。「衣」は可隔七句物。◇目もあはで　両まぶたが合わないで。眠れないさま。用例に「冬の夜は恋しきことに目も合はで衣片しき明けぞしにける」(『和泉式部日記』)があるが、和歌には比較的少ない俗に近い表現。

6 **雑**　恋。山類。人倫。「衣うつ」に「待乳の山」の「つち」(槌)が付くか。「待乳」は後世の宛字。天満宮本は「まつちの山」と仮名書き。◇待乳の山　「人を待つ」と「まつちの山」の掛詞。『万葉集』以下に見えるが、『八雲御抄』には「大和」としながら、「駿河」「紀伊」説もあげ、所在がはっきりしないままに歌枕とされていた。用例に「誰をかもまつちの山の女郎花《をみなへし》秋を契れる人ぞあるらし」(『新古今集』秋上、小野小町)がある。名所は可隔三句物。「山」と山の名所は可隔五句物。

7 **夏季**(時鳥)　恋。鳥。「待乳の山」に「時鳥」と付く。「来ぬ人をまつちの山の時鳥同じ心に音こそ泣かるれ」(『拾遺集』恋三、読人しらず)による。◇かたらひ捨てし　時鳥が一声鳴いて去ってしまうこ

の恋とする〕

8　きのふもけふも神《かみ》祭《まつ》る頃《ころ》　用

時鳥が一声鳴いただけでどこかへ去ってしまったのは、昨日も今日も賀茂《かも》祭で斎館《さいかん》につめている頃で。〔祭の頃とて、鳴き過ぎていったその時鳥を訪ねに出ることのできないもどかしさ〕

9　かたぶける日はさるとりの時過ぎて　怡

陽《ひ》が傾きかけたと思っているうちに、申《さる》から酉《とり》へとどんどん時刻が過ぎてゆき。〔昨日も今日も神祭る頃とていそがしくと前句に付く。言葉だけによりかかっての付け〕

10　うつるひかりの影をしめ只《ただ》　英

移りゆく夕陽の光をただ惜しんで心を澄まし、ひたすら西方浄土《さいほうじょうど》を願うがよい。傾いた陽は、やがて申から酉の刻へと過ぎてゆくだろう。〔日想観《にっそうかん》のありさまとする〕

とをいう。用例に「思ひあまりながめつるかな時鳥かたらひすてて消ゆる雲路を」（『千五百番歌合』夏二、藤原良平）など。◇後の暮　男女が一夜をともにした翌夕。「帰るさの物とや袖をぬらすらむ／後の暮まで人はおもはじ」（『竹林抄』恋上、専順）の例もあり、和歌にはあまり見られない連歌的表現。

8　**夏季**（神祭る）　神祇《じんぎ》。「時鳥」に「神祭る頃」と付く。「神だち（賀茂の斎館）にて時鳥を聞きて　卯《う》の花の垣根ならねど郭公《ほととぎす》月のかつらのかげに鳴くなり」（『新古今集』夏、大江匡房《まさふさ》）など、賀茂祭のころ時鳥を聞く歌は多い。◇きのふもけふも　「昨日」は一座一句物、「今日」は一座二句物。◇神祭る　賀茂祭をさす。卯月《うづき》（四月）中の酉《とり》の日に行われるが、午《うま》の日の御《み》あれの祭より行事が続く。「神」は一座三句物。

9　**雑**　光物。「神祭る」に「とり」が付く。◇さるとり　申（午後四時）酉（午後六時）の時刻。◇時過ぎて　底本は「明過て」。天満宮本により訂。「時」と「明」の字体の類似による誤写か。

10　**雑**　光物。「日」と「ひかり」が寄合。◇うつるひかり　夕陽の光。西に向い、太陽の没するさまを観想《かんそう》し、西方浄土を思いえがく日想観が平安末期から盛んであった。

11　**雑**　述懐。人倫。「をしむ」に「身」と付く。◇老い果てば　「老い果つ」はすっかり年をとる。用例に「老《お》いはてぬわが身《み》一《ひと》つに」（『万葉集』三八八五）。「ば」は未然形に接続し仮定条件を示す。

12　**雑**　述懐。「老」と「命」が寄合。◇有りて命の　「命の有りて」を倒置し、「命」を「待つ」の主格にする屈折した連歌的表現。「命」は一座二句物。

13　**雑**　恋。衣裳。恋は可隔五句物、〈三裏7〉から五句隔たる。「まつ」に「ひまもなき心」と付く。「秋の夜の月に心のひまぞなき出づるを待つと入るを惜しむと」（『詞花集』秋、源頼綱）による。◇心の程　心のありさま。用例に「色見えぬ心のほどを知らするは袂《たもと》を染むる涙なりけり」（『千載集』恋一、祐盛《ゆうじよう》）。天満宮本はこの語だけ共通して「つれなきに心の程はしる物を」とある。天満宮本の場合は、相手の男のよそよそしさに、その心の程も知られるというこというもの、今さら生きて何としようの意となり、「心の程」は相手のこととなる。底本のほうが「袖」を擬人化したひねった言い方であり、天満宮本のほうは初案か。◇袖　可隔五句物。

11
老い果《は》てば無きが如くと思ふ身に　祇

これから先いよいよ老いこんでしまうならば、もうこの世には無い人のようにひっそりと送ろうと思っている私に。〔「をしめ」を「愛《を》しめ」ととり、老後をいとおしみ送るようにと忠告してくれる老いの友のうれしさに浸る心情。表現にも無理のない好句〕

12
有りて命《いのち》の何をまつらん　順

命生き永らえたところで、いまさら何を待とうというのか。このように老い衰えてしまった身にとって。〔前句を軽く受け流しているだけのように見えて、その実、表現にもなかなか工夫をこらした句作り〕

13
ひまもなき心の程《ほど》はしる袖に　永

悲しみの思いにかきくれている私の心を知っているとばかりに、絶えず袖は涙でしとどに濡れて。こんなことでは生き永らえたとしても何になろう。〔恋に破れた深い自棄的な悲しみ。袖を擬人

14　**雑**　恋。夜分。人倫。「袖」と「枕」が寄合。◇ひとり　一座三句物。「ひとり」は「あかす」を修飾するか。あるいは「ひとり枕」という一語とも考えられるが、その場合は、独寝《ひとりね》の意の造語。

1　**秋季**(虫)　恋。虫。◇虫　一座一句物。「秋の夜は露こそことに寒からし草むらごとに虫のわぶれば」(『古今集』秋上、読人しらず)など、虫の音はわびしさをかこつように聞きなした。◇恨むる　下二段の動詞。「恨み」「恨む」と言いかえて一座二句物。

2　**秋季**　「虫の音」に「故郷」と付く。「虫の音も長き夜あかぬ古郷に猶思ひそふ松風の声」(『新古今集』秋下、藤原家隆)による。◇常より　底本「常の」。天満宮本により訂。◇故郷　一座二句物（名所、ただ故郷引き合せて一、旅に一）。『連珠合璧集』に「故郷にしなじなあり、古き都を故郷といふ。又今住む里のふりたるをも云ふ。又旅に出て我が方を故郷ともいふ」とあり、ここは「今住む里のふりたる」で、「ただ故郷」に当る。〈二表5〉に旅の故郷が既出。

化した技巧的な表現を駆使して、鮮やかに述懐から恋へと展開〕

14　ひとり枕《まくら》にあかす夜《よ》な夜《よ》な　　俊

あの人はいっこうに訪ねてはくれなくて、袖はとめどなく流れる涙に濡れ、私は毎夜毎夜をひとり寝の枕に泣き明かしている。〔やはり来ぬ男を待つ女の恋〕

（名残裏）

1　虫の音《ね》や恨《うら》むる色をさそふらん　　通

わびしげに鳴く虫の音は、ひとり寝を重ねる私の恨めしい気持をいっそうかきたてることであろう。〔恋の恨みに虫の音を配して秋の句とする〕

2　常より秋のつらき故郷《ふるさと》　　与

秋は常にものがなしい季節であるが、いま住んでいるこのさびしい里では、虫の音がしきりに恨みがましく聞えてことのほかつらく思われることだ。〔本歌をふまえての付合《つけあい》であるが、ここは純粋に叙景の句がほしいところ〕

3　秋季（暴風）　木。「つらき」に「暴風」と付く。◇暴風の風　野分。秋、二百十日・二百二十日頃に吹く強い風。「風」は可隔五句物。◇そなれ松　磯風のために枝や幹が地面を這《は》っている松。須磨浦《すまのうら》・高師浜《たかしのはま》・伊良湖崎《いらこざき》などの名所とともに和歌に詠まれることが多い。ここは『源氏物語』須磨の場面を暗にふまえて、前句の「故郷」を須磨浦に想定するか。「松」は可隔七句物。

4　秋季（月）　光物。山類。「そなれ松」に「きさ山」と付く。「みよし野のきさ山かげに立てる松いく秋風にそなれ来ぬらむ」（『詞花集』秋、曾根好忠）による。◇きさ山　象山。吉野喜佐谷。『万葉集』以来の歌枕。名所は可隔三句物。「月に来《き》」と「きさ山」の掛詞。

5　秋季（袖寒く）　降物。水辺。衣裳。「きさ山」に「小川」と付く。「昔見《み》し象《きさ》の小河《をがは》を今見《いまみ》ればいよいよ清《きよ》くなりにけるかも」（『万葉集』三一六）による。象の小川は喜佐谷を流れて吉野川に注ぐ川。◇袖寒く　袖のあたりまで何となく寒く感じられる。用例に「ねざめする袖さへ寒く秋の夜の嵐吹くなり松虫の声」（『新古今集』秋下、大江嘉言《よしとき》）。「袖」は可隔五句物、〈三裏13〉より五句隔たる。◇雨　一座一句物。「時雨」〈二表3〉は別にあってかまわない。

3　陰寂《さび》し暴風《のわき》の風のそなれ松　　行

吹き荒れた野分《のわき》の風に痛められたそなれ松の引く影もさびしく、いつもの年よりこの秋はいっそうつらくわびしい里の光景である。〔前句の故郷を須磨《すま》あたりの海浜の里とし、源氏物語「須磨」のおもかげ。印象鮮明な秋の句となる〕

4　思はず月にきさ山《やま》の暮　　量

美しい月に誘われて思いがけずやってきたこの象山《きさやま》の夕暮。野分の風に痛められた松の影もさびしい。〔本歌による付け。そなれ松を海辺の里から吉野象山に転じ、月を出す。掛詞を駆使した技巧的な句作り〕

5　袖寒く渡る小川《をがは》に雨晴れて　　心

袖のあたりもうすら寒くおぼえながら小川を渡ってゆくと、降っていた雨もあがって。〔「きさ山」を「小川」と受け、訪れた象山の夕暮の情景を彷彿《ほうふつ》とさせる。「雨晴れて」がいかにも印象的〕

6 遠方人《をちかたびと》に千鳥《ちどり》立つ声　俊

雨も晴れたこととて小川を渡ってゆく旅人、その気配に驚いて千鳥がぱっと飛び立ち、鳴き声が聞える。〔前句の小川を渡る人を旅人として、それに驚き飛び立つ千鳥の鳴き声を配し、これも展開の鮮やかさを見せた句〕

7 誰かまつ妹《いも》があたりを尋ぬらん　順

誰であるかわからないが、恋しさをおさえられなくて尋ねてゆくのだろう、その男を待ちかねている女のもとへ。その物音に驚いた千鳥が飛び立つ声がする。〔前句の千鳥を受けるだけでなく、本歌の「思ひかね」の意も巧みに用いて風情《ふぜい》のある恋句とする〕

8 契りし頃よ更《ふ》けはつる空　怡

ようやく契りをかわした頃には、もう空はすっかり更けてしまって。〔せっかく逢えたのに、もう暁近く、すぐに別れの時がくると、いかにも物語的な世界を思わせる句〕

6 **冬季(千鳥)**　旅。水辺。人倫。鳥。「川」に「千鳥」と付く。
◇遠方人　ここは旅人の意。「をちかた人　旅人也」(『流木集』)とある。用例に「むさし野の荻《をぎ》の焼原《やけはら》かき分けてをちかた人のかすみ行くらむ」(『夫木抄』春二、藤原家隆)。◇千鳥　水辺の鳥。冬のものとする。

7 **雑**　恋。人倫。恋は可隔五句物、〈名表1〉より五句隔たる。「千鳥」に「妹があたり」と付く。「思ひかねいもがりゆけば冬の夜の河風寒み千鳥鳴くなり」(『拾遺集』冬、紀貫之)による。
◇誰か　「尋ぬらん」に掛る。

8 **雑**　恋。夜分。前句の恋の心に「契り」と付く。
◇契りし頃　この「契る」は男女の交わりを固めることで、恋の詞《ことば》。◇空　一座四句物。

9 うたたねの夢を頼《たの》めば鐘鳴りて　沅

せめてうたたねに見る夢にでも逢《あ》えるかと頼みにしていると、後《ご》夜《や》の鐘が鳴って、その夢もさめ。〔男が通って来た頃は、後朝《きぬぎぬ》の別れを惜しんで聞いた後夜の鐘、今はうたたねの夢さえ破られる悲しさ。前句の「契りし頃よ」は、ここでは回想となる〕

10 落つる涙にうかぶ手枕《たまくら》　其

こぼれ落ちる涙に、枕にしている腕も浮かんばかりに感じられる。〔「夢」を「手枕」と本歌で受け、一句は源氏物語の言葉によった句作り。ついに恋が四句続く〕

11 昔思ふ袖にかほれる梅の花　心

昔のことがしのばれる袖に梅の花の香が匂ってくる。こぼれ落ちる涙で手枕も浮ぶばかりで。〔新古今的な風情《ふぜい》の上に立つ句で、いかにも心敬らしい。恋が四句まで続いたのを鮮やかに転じて美しい述懐の句とした、まさに会心の作〕

9　**雑**　恋。夜分。「更けはつる」に「鐘」と付く。◇うたたねの夢　思わず知らずうとうととして見る夢。多く、来ぬ男を待ちつつ寝ることもできずにいる女の姿に用いられる。用例に「いかに寝て見えしなるらむうたたねの夢よりのちは物をこそ思へ」（『新古今集』恋五、赤染衛門《あかぞめえもん》）など。「夢」は可隔七句物。◇頼めば　底本「頼みの」。天満宮本により訂。◇鐘　ここは明け方に打つ後夜の鐘。「鐘」は一座四句物。

10　**雑**　恋。「夢」に「手枕」と付く。「春の夜の夢ばかりなる手枕にかひなく立たむ名こそ惜しけれ」（『千載集』雑上、周防内侍《すおうのないし》）による。◇涙に　底本「涙よ」。天満宮本により訂。「よ」は打越《うちこし》に「契りし頃よ」とあり不可。草体の類似による誤写と見る。◇うかぶ手枕　「手枕」は腕を枕にすること。涙に枕が浮くという誇張表現。「涙落つともおぼえぬに、枕うくばかりになりにけり」（『源氏物語』須磨）とも見える。

11　**春季**（梅）　述懐。衣裳。木。「涙」に「昔思ふ」「袖」と付く。「昔思ふさ夜のねざめの床さえて涙も氷る袖の上かな」（『新古今集』冬、守覚法親王《しゅかくほっしんのう》）による。◇昔　一座一句物。◇袖　可隔五句物、〈名表5〉より五句隔たる。◇梅の花　「梅が香に昔をとへば春の月こたへぬ影ぞ袖にうつれる」（『新古今集』春上、藤原家隆）、「梅の花誰《た》が袖ふれし匂ひぞと春や昔の月にとはばや」（同、源通具《みちとも》）、「梅の花あかぬ色香も昔にて同じ形見の春の夜の月」(同、俊成女)など、昔・袖・梅を詠みこみ、「月やあらぬ春や昔の春ならぬ我が身一つはもとの身にして」(『古今集』恋五、在原業平《ありわらのなりひら》)を本歌とする、これらの歌をどれということなくふまえている。

12 **春季** 居所。「昔思ふ」に「草の庵」、「梅の花」に「春はわすれず」と付く。それぞれ「昔思ふ草の庵の夜の雨に涙なそへそ山郭公《ほととぎす》」(『新古今集』夏、藤原俊成)、「東風《こち》吹かば匂ひおこせよ梅の花あるじなしとて春を忘るな」(『拾遺集』雑春、菅原道真)による。

◇草の庵 草庵《そうあん》を訓読した歌語。隠者などの住む草葺《ぶ》きの粗末な住処《すみか》をいう。

13 **春季**(霞む) 山類。「草の庵」に「大原」と付く。

◇大原 京都市左京区、比叡山の西麓にあり、念仏修行の隠者が多く草庵を結んだところ。名所は可隔三句物。◇山陰ふかし 「山陰」は山の陰になるところ。「深し」と続けて、谷あいのひっそりと奥まった里のさまを端的に示す。

14 **雑** 山類。水辺。「山」と「谷」、「霞」と「夕」が寄合。

12

草の庵《いほり》も春はわすれず　　用

こんな草葺《ぶ》きの庵《いおり》に住んでいても、春だけは忘れずにめぐってくる。〔懐旧の涙をこぼしている袖にも、かぐわしい梅の香が運ばれてくると前句に付く。本歌は言葉だけとって、心は軽く付けなしている〕

13

大原《おほはら》や山陰ふかし霞《かす》む日に　　行

ここ大原の里は、山陰にひっそり静まっている。霞がうららかにたなびいている春の日であっても。〔前句を、その山陰の草庵にも春だけは忘れず訪れて来ることだという感懐にとり、大原という地名を有効にきかせて、実感のこもった句とする〕

14

川《かは》音《おと》近し谷の夕暮　　祇

谷川の音がすぐ近くから聞えてくる夕暮。山陰の大原の里では夕霞がたちこめて。〔大原の自然にふさわしい光景。霞を夕霞として時刻を定め、平易な表現の中にも、風情のある句に仕立てた〕

1　**雑**　山類。水辺。「川音」に「滝浪」と付く。
◇滝浪に　天満宮本は「滝つ浪」。「滝浪」は激しく落ちる滝の水。和歌にはあまり見られないが、「滝浪にくれなゐ落ちて秋もなし」（『竹林抄』発句、智蘊《ちうん》）など連歌にはしばしば用いられる語。◇つる　連るる。連れとなる。応ずる。用例に「神無月《かみなづき》嵐につるる木の葉さへちりかひ曇り空ぞしぐるる」（『新葉集』冬、葉室光有）。◇吹き落ちて　高い所から吹きおろして。用例に「ひびきくる松のうれより吹き落ちて草に声やむ山の下風」（『玉葉集』雑二、伏見院）。「滝」と「落つ」が縁語。

2　冬季（鴛）　水辺。鳥。「あらし」に「さわぐ」と付く。
◇鴛　冬の水鳥。雌雄常に離れることなく、仲むつまじいさまが多く歌に詠まれる。◇つがひ　雌雄一対《つい》。

3　秋季（月）　光物。夜分。人倫。「鴛」に「床」と付く。
◇月なれや　「我が恋は天《あま》の原なる月なれや暮るれば出づる影をのみ見る」（『後拾遺集』恋二、一宮紀伊）などの「……は……なれや」の形を、いきなり初句に「……なれや」と置くのは連歌的表現の特色。◇岩ほ　巌。大きい岩。ここは岩でできた床で岩屋。◇床　一座一句物。

（名残裏）

1　滝浪につるるあらしの吹き落ちて　量

はげしく落ちてくる滝の水につれて、風も強く峰から吹きおろして来て。〔その滝川の音が近く聞えてくる谷の夕暮。静寂な前句の景に動きを添える〕

2　さわげど鴛《をし》ぞつがひはなれぬ　順

いくら騒ぎ立ててみても、仲むつまじい鴛鴦《おしどり》はつがいを離れようとはしない。〔前に付くと、嵐の音、滝の音にもいっこうかかわりのない鴛鴦のなごやかなさまとなる。名残《なごり》の裏に来ている配慮もあったか〕

3　月なれや岩ほの床《とこ》の夜《よる》の友　俊

このさびしい岩屋の床における夜の友、それは空に冴《さ》えわたる月というべきであろうか。〔鴛鴦のつがいのむつまじさを見て、孤独をかこっている隠者の感懐。前句の配慮とは逆にさらに一波瀾《はらん》ありそうな句となる〕

4　露もはらはじ苔《こけ》の小《さ》筵《むしろ》　行

降りかかる露も払わずにいる、このわびしい岩屋の寝所《しんじょ》。ここでは友とするものは、ただ月ばかりというべきであって。〔大峰《おおみね》修行の修験者《しゅげんじゃ》のきびしい山中の行場《ぎょうば》などを思いやっての句〕

5　松高き陰の砌《みぎ》りは秋を経て　心

高くそびえている松が影をおとす庭のあたりは、幾星霜《いくせいそう》を経たのだろう。さびさびとした趣をたたえ。〔前句を、露の降りることも多いが、その露を払おうともしないとし、高潔な仙人《せんにん》の住居《すまい》を思わせる格調のある句を付け、やがて祝言《しゅうげん》へみちびく配慮をも見せる〕

6　ふりぬ言葉《ことば》の玉の数々《かずかず》　恰

言いふるされることもなく、玉のように美しい言葉の数々が尽されて。〔前句の庭の崇高な景に対してのほめ言葉ととる。祝言への配慮をそのまま押し進めた形〕

4　秋季（露）　降物。植物《うえもの》。「岩ほの床」に「苔の小筵」と付く。「宿りする岩屋の床の苔筵《こけむしろ》幾夜になりぬ寝《い》こそねられぬ」（『千載集』雑中、覚忠《かくちゅう》）による。
◇はらはじ　底本「はるけし」。天満宮本により訂。
◇苔の小筵　「小《さ》」は接頭語。苔筵ともいう。山住みの修行者や隠者などのわびしい寝所。

5　秋季　木。「苔」と「松」が寄合。　◇松高き陰　高い松の木の陰。言葉を圧縮した連歌的表現。「松」は可隔七句物。◇砌り　一座一句物。庭や殿舎の境界。庭とほとんど同じ意にも用いるが居所とはしない。用例に「百敷《ももしき》の古き跡をば紫の庭、玉の台《うてな》、千年久しかるべきみぎりとみがき置き給ひ」（『千載集』序）。

6　雑　「砌り」に「玉」と付く。「むかし見ぬ花橘《たちばな》の匂ふまで玉のみぎりの荒れまくも惜し」（『壬二集』）など、美しい庭を「玉のみぎり」ということによる。
◇ふりぬ　底本「ふまぬ」。天満宮本により訂。◇玉の　美称。「玉」の字は一座四句物。

7　神垣《かみがき》や絶えず手向《たむけ》の茂《しげ》き世に　　永

この御社《みやしろ》にはいつまでも絶えることなく多くの手向の言葉がかけられる、ありがたい御代で。〔前句の「ふりぬ言葉」を神への手向の言葉ととり、神祇《じんぎ》の句となる〕

8　いのりし事のたれか諸人《もろびと》　　英

神に祈りをささげた多くの人々の願い。誰であれ所願《しょがん》の成就《じょうじゅ》しないものがあろうか。〔これも神祇の句。めでたく祝言の言葉でおさめる〕

7　雑　神祇。神社の垣を「玉垣」ということから「玉」に「垣」と付く。◇神垣　神域を限る垣。用例に「神垣に昔わが見し梅の花ともに老木《おいき》となりにけるかな」(『金葉集』雑上、源経信)など。ここは神社の意。◇手向　神仏に物を供えること。ここは神への手向の言葉。◇世　ここは「世」でなく「代」が正しい。「代」は一座二句物。

8　雑　神祇。人倫。「神」と「祈り」が寄合。◇諸人　多くの人。用例に「もろ人のねがひをみつの浜風に心すずしき幣《しで》の音かな」(『新古今集』神祇、慈円)。

宗伊宗祇湯山両吟

◇底本　京都大学付属図書館蔵、「伊宗両吟百韻」（4-24イ1、付注本）の本文。室町末期写。二枚目と五枚目に錯簡《さっかん》があるが復原して用いる。

◇校合本　静嘉堂《せいかどう》文庫蔵「連歌集書二五」所収本（静嘉堂本と略称）。および注釈の項の付注文の本文。

◇注釈

宗祇自注　底本の注（注と略称）。大東急記念文庫蔵「賦何路連歌」（室町末期、徳大寺公維写。大東急本と略称）。京都大学平松家旧蔵本「宗祇独吟名所」所収（江戸初期写。平松本と略称）。

西順《さいじゅん》補注　『連歌破邪顕正《はじゃけんしょう》』追加所収本（中世文芸叢書『宗祇連歌古注』に翻刻。宗祇自注に西順が補注。補注の部分のみ西順注と略称して引用）。

◇成立　静嘉堂本の端作りによれば、文明十四年（一四八二）二月五日、摂津《せっつ》湯山《ゆのやま》（神戸市北区有馬温泉）にて張行《ちょうぎょう》。ただし二月張行には不審が残る。

◇連衆

宗伊《そうい》　五〇句。杉原伊賀守賢盛《かたもり》。『竹林《ちくりん》抄《しょう》』の七賢の中ではもっとも若く、文明十七年、六十八歳で没。時に六十五歳。

宗祇《そうぎ》　五〇句。既出。時に六十二歳。

賦《ふす》何《なに》路《みち》連《れん》歌《が》　文明十四年二月五日　於湯泉山《ゆのやま》

（初表）

1　鶯《うぐひす》は霧《きり》にむせびて山もなし　宗伊

立ちこめる霧にむせんで鶯がしのび音に鳴いている。あたりはすっかり霧にとざされ、山の姿も見えない。〔初春、摂津湯山に遊んだ、その場の実景。和漢朗詠集の詩句をひびかせて、鶯を擬人化している〕

2　梅かをるのの霜寒き比《ころ》　宗祇

梅のかおりがどこからともなく匂ってくるこの野も、まだ霜が寒そうに降りている早春の候であって。〔山に対して野を、鶯の声に対して梅の香を配し、初春の心にあわせて、その場の景を詠んだ〕

◇賦何路　発句《ほつく》に「山」があり、「山路《やまみち》」の熟語をつくる。『連歌初学抄』賦物篇《ふしものへん》に「山路」が見える。底本は「何路」とのみ記す。張行《ちようぎよう》年次および場所は静嘉堂本により補う。「湯泉山」は湯山に同じ。

1　春季(鶯)　聳物《そびきもの》。山類《さんるい》。鳥。切字《きれじ》「なし」。◇鶯　一座一句物。◇霧にむせびて　「むせぶ」は声をのどにつまらせて鳴く。「霧に咽《むせ》びて山鶯啼《な》くこと尚少し」（『和漢朗詠集』）の詩句をふまえるか（西順《さいじゆん》注）。霧は普通は秋だが、鶯と結んだので、ここは秋としない。注は「発句の心、山さへみえぬ朝霧に鶯のむすぼほれたるさま、初春の心にて」と朝霧と見ている。◇山もなし　「もなし」は一座二句物。

2　春季(梅)　降物《ふりもの》。木。「鶯」と「梅」が寄合《よりあい》。注には「発句の心……初春（の）心にて候間、其折節のなり計《ばかり》に候」とある。「なり」は叙景のこと。従って宗祇は発句に『和漢朗詠集』の詩句がふまえられているとは考えていなかったらしい。◇梅　一座五句物。◇の　「野」は可隔五句物。◇霜寒き　「霜」も「寒き」もともに冬であるが、ここは梅と結んで早春のこととする。

3　**春季(もえ)**　居所《きよしよ》。草。「梅」と「かき」、「霜」と「色付く」、「の」と「草」が寄合。注に「これは野中の里などの春のかきほなどの様に候しか」とある。◇かきほ　垣と同じ。「ほ」は接尾語。「垣」、「垣ほ」と言いかえて一座二句物。◇色付きて　「色付く」は普通秋に葉の紅葉することをいう。「霜」との付合《つけあい》も「霜」が木々の紅葉を促すと考えられていたことによる。ただし、ここでは萌え出る春の草の色に用いた。

4　**雑**　光物《ひかりもの》。居所。「草のかきほ」から「庭」、「色付き」から「いり日」と付く。◇いり日　西の空に落ちてゆく夕陽。

5　**秋季(月)**　光物。夜分《やぶん》。聳物《そびきもの》。聳物は可隔三句物、発句《ほつく》の「霧」から三句隔たる。「風」と「空」が寄合。注には「月まつ空の（雲の）帰るをみて雲の心ある様にしたてられ候哉《かな》」とある。◇中空　空の中ほど。中天。用例に「中空に立ちゐる雲のあともなく身のはかなくもなりぬべき哉」（『新古今集』恋五、読人しらず）。「中空」は「空」と懐紙の面《おもて》をかえて用いる（肖柏《しようはく》の『追加』）。◇月待つ雲　六音節の中に名詞・動詞・名詞を入れこんだ小きざみな連歌的表現。

6　**秋季**　夜分。降物。降物は可隔三句物、脇の「霜」から三句隔たる。「月待つ」と「時雨」が寄合。「月を待つ高ねの雲ははれにけり心あるべき初

3

もえそむる草のかきほは色付きて　伊

春まだ浅い霜の降りる頃、梅かおる野中の里の垣根は、草が芽を出しはじめて緑色となって。〔ようやく自然が動きはじめてくる気配。梅から垣、野から草と、ごく普通の寄合で進めている〕

4

いり日の庭の風のしづけさ　祇

入り日の光に赤く染まっている庭には、静かに風が吹いている。〔前句の垣は庭の垣として、静かな庭の光景をえがき、特に時刻を夕陽《ひ》の沈む頃に定め、軽く付けてはいるが、よく気を配った句。春は三句で捨てて、雑《ぞう》となる〕

5

中《なか》空《ぞら》に月待つ雲や帰るらん　伊

中空のあたり雲が流れて帰ってゆく。雲も月の出を待っているのだろうか。〔月を隠す雲が流れて月の出の準備をするのは、雲にも月を待つ心があるからだと雲を擬人化した技巧的な句作り。時刻を日没の頃とした前句《まえく》に続き、月の出までの動きをとらえる〕

時雨かな」（『新古今集』冬、西行）などによる。◇時雨るる　「時雨」は普通は冬のもの。ここは秋の時雨。「時雨」は一座二句物。◇さ夜　「さ」は接頭語。

7　**秋季**（いなば）　夜分。居所。草。「夜」と「床」が寄合。

◇いなばもる　実った稲を害獣などから守るために番をすること。用例に「我れかくて稲葉もる身となりぬるを仮の宿とや人の見るらむ」（『新千載集』雑下、藤原元任《もととう》）。「稲葉」は一座二句物。◇かりほの床　西順本・静嘉堂本に「かりほのいほ」とするのは「秋の田のかりほのいほの苫《とま》をあらみわが衣手《ころもで》は露に濡れつつ」（百人一首、天智天皇）があまりに有名となったための誤りか。仮の庵《いおり》の床の意。用例に「草むすぶかりほの床の秋の袖露やはぬらす夕ぐれの空」（『新拾遺集』羇旅《きりよ》、藤原忠良《ただよし》）。「床」は一座一句物。◇めもあはで　眠れないで。「冬の夜は恋しき事に目もあはで衣片しき明けぞしにける」（『和泉式部日記』）の例もあるが、和歌では稀《まれ》。

8　**雑**　旅。人倫《じんりん》。付け様は注に「いなばもる声にめもあはぬ旅人宿出る心にて候哉」とある。

◇やどりや　底本「やどもや」。大東急本等により訂。「宿」は一座二句物であるが、肖柏の『追加』には、「やどり」は、この外にありとする。この百韻でも「宿」は後に二句用いられている。「や」は感嘆の係助詞。「出づる」と結んで、ここで切れる二段構成の句。

6

時《し》雨《ぐ》るる秋のさ夜ぞふけ行く　　祇

雲も晴れて、ようやく月が姿を見せ、時雨《しぐれ》もようの秋の夜は次第に深まってゆく。〔打越《うちこし》との間では夕暮のことであった雲の動きを、夜更《よふ》けのこととする。従って、その月は遅く出る二十日過ぎの月、秋もまた晩秋のこととなる〕

7

いなばもるかりほの床《とこ》にめもあはで　　伊

稲葉を見守るわびしい仮小屋の床では、まどろむこともできないで。〔秋の夜の更けゆくにつれ、秋のものがなしさがとりわけ身にせまって感じられるという、山田でひとり番をする人の心〕

8

やどりや出づる人さわぐなり　　祇

眠れぬままに宿を立つことだ。昨夜からずっと稲田を守っている人が害獣を追って騒ぎ立てている。〔前句の仮庵《かりいお》に夜を明かしたのは、行きずりに宿を借りた旅人ととる。自注がないと、わかりにくい少々難解な付け〕

（初　裏）

1 ふす鳥をかり声ちかき山のかげ　同

ねぐらにひそんでいる鳥を狩り立てる勢子《せこ》たちの勢いのよい声が近く聞えてくる山かげで。〔前句の「やどりや出づる」を追われて飛び立つ鳥、「人さわぐ」を朝狩のさまと見てのとりなし付け。長・短句の流れをかえるために、宗祇が連続して付けている〕

2 わけくる雪ぞ跡をあらはす　伊

降り積った雪を踏みわけて進むと、その足跡がくっきりとあらわれて見える。〔一句としては自分の足跡、前句に付くと雪の山に狩人たちの足跡がつけられている冬狩のさまとなる〕

3 くろかみの中半《なかば》うつろふ年々《としどし》に　祇

黒髪がもうなかば白くなってしまった。一年一年と経つにつれて。〔前句の雪を白髪ととり、黒髪の中に分け入って白く見えるものが年の跡をあらわしているとする。「暮る」から年へという発想があったようだ。初裏の三句目から早々に述懐《しゅつかい》となる〕

1　**冬季**（かり）　山類。鳥。付け様は注に「やどりを出づる鳥に取なし候。成し難く候」とある。「成し難く候」は宗祇の自句への謙辞。◇ふす鳥　ひそんでいる鳥。用例に「いかがせむうだの焼野《やけの》にふす鳥のよそに隠れぬ恋のつかれを」（『新後拾遺集』恋一、元可《げんか》）。狩場の「鳥」は一座四句物。◇かり声　狩り立てる声。狩猟の時の勢子の発するかけ声。用例に「踏み分けているやのくちのかり声に山本さわぐ秋のむら鳥」（『草根集《そうこんしゅう》』五）。「狩」は一座三句物。

2　**冬季**（雪）　降物。降物は可隔三句物、〈初表6〉の「時雨」より三句隔たる。「鳥」と「跡」が寄合。◇わけくる　かき分けて来る。◇跡　雪道を人の踏んだ跡。用例に「跡たえてとふべき人も思ほえず誰かは今朝の雪をわくらむ」（『千載集』雑下、藤原定頼）。

3　**雑《ぞう》**　述懐《しゅつかい》。注に「分くると侍るを黒髪の変る心に候也。くると云ふ字大事に候間、年を取出し候」（平松本）とあり、「わけくる」に「黒髪のうつろふ」、「くる」（暮る）に「年」と付く。◇くろかみの中半うつろふ　黒髪に白髪がまじってくる。半白《はんぱく》の髪となる。ここで切れる。平松本は「黒髪も」。◇年々に　一年一年と。静嘉堂本は「年のはに」。この本文によると「うつろふ年のは」と続く。

4 恋しさまさるたらちねのかげ　伊

自分も黒髪のなかば白くなる年となって、しきりに親の面《おも》ざしが恋しく思い出されてくる。〔本歌をふまえ、人情の機微に触れた実感あふれる句〕

5 身のいかにならむもしらず世に住みて　祇

わが身がどうなりゆくのかもわからずに、この世に住んでいて。〔俗世に身をまかせながら、しきりに父母のことが偲《しの》ばれる体《てい》。前句の「たらちね」は亡き父母と考える必要はなく、遠く離れて住む親と見る。懐旧を含め、述懐を三句まで続けた〕

6 とすれば涙袖《そで》にかかれる　伊

ともすれば涙が袖にこぼれかかってくる。〔前句を恋の思いに身をくだいている男のさまにとる。述懐が三句まで続いたので恋の句へ転じたが、述懐から完全には離れておらず、宗祇がほめているほどすぐれた句とは思えない〕

4 **雑**　述懐（懐旧）。人倫。付け様は注に「我が黒髪のかはるを見て老いたるたらちねを思ひ出す心にて候か」とある。注には指摘していないが、宗伊は「昔だに昔と思ひしたらちねのなほ恋しきぞはかなかりける」（『新古今集』雑下、藤原俊成）を本歌としたか。
◇恋しさ　一座二句物。ここは父母を恋しく思うことで、恋ではない。◇たらちね　親。◇かげ　おもかげの意。「おもかげ」と「陰」は「可嫌打越物《うちこし》」で〈初裏1〉に「山のかげ」があるが、二句隔たっていて式目《しきもく》にふれない。

5 **雑**　述懐。人倫。注に「ことなる事なく候」とあるのは宗祇の謙辞。
◇身のいかにならむもしらず　静嘉堂本は「身はいかでならんとしらず」。◇世　一座五句物（ただ一、浮世・世の中として一、恋の世一、前世一、後世《ごせ》一）。ここは俗世の意で、ただの世。

6 **雑**　恋。衣裳《いしよう》。注に「前に感ふかく候」とこの句への宗祇の褒辞《ほうじ》がある。
◇とすれば　何かというと。ともすれば。用例に「つらからぬ身の習はしとなりにけりとすれば積る中の年月」（『新千載集』恋四、藤原為明《ためあき》）。◇涙　恋の涙。「涙」は可隔七句物。◇袖　可隔五句物。

7 たのめただ待たぬもつらき夜半《よは》の空　祇

あの人が訪れるというあてもないが、ただひたすら頼みにしていよう、待たないとあきらめてしまうのも、私にとってはつらいことだから。更けてゆく夜半の空を眺めながら。〔来ぬ男を待つ女の恋。この句の方が、複雑な心情といい、展開といい、はるかによく練られていて、決して「させる事なし」どころではない〕

8 おきゐる戸ぐちあけやしなまし　伊

夜通し起きて戸も閉ざさずに待っている。その戸口をあの人が開けて入って来はしないかと思って。〔写実的な表現ではあるが、変化に欠ける。恋も三句まで続く〕

9 月みればいづくともなき鐘なりて　祇

戸口を開けて月を眺めていると、どこからともなく鐘の音が聞えて来た。もう夜も明けるらしい。〔前句の戸を開ける人を山里に閑居している風流人ととりなし、恋を去って、秋の句とする。宗

7 **雑**　恋。夜分。注に「させる事なし」とあるのは宗祇の自句への謙辞。◇たのめただ 「ただたのめたとへば人の偽りをかさねてこそは又もうらみめ」(『新古今集』恋三、慈円)などと詠まれる「ただたのめ」を倒置して、意を強め、きれぎれの感じを出す。「たのめ」といった命令形は、下知《げじ》といって、連歌に多く用いられる表現。◇空　一座四句物。

8 **雑**　恋。夜分。居所。「夜半の空」に「あく」(明く。句意としては開く)と付く。◇戸ぐち　戸の立ててある出入り口。「戸」は一座四句物。◇あけやしなまし　開けはしないかしら。「な」は完了、「まし」は反実仮想の助動詞。

9 **秋季(月)**　光物。夜分。「あけやしなまし」に「鐘なりて」と付く。◇鐘　一座四句物。ここは夜明けを知らせる鐘。

祇の方がかえって展開に気を配っている〕

10

秋のとまりにおくる舟人《ふなびと》　伊

秋色の美しい、とある港に碇泊《ていはく》して、月を眺めている舟人。〔どこからともなく聞えてくる鐘を聞いている体《てい》。前句を旅での光景と見て、船路の折のこととした〕

11

行く雁《かり》の旅の誰をか友ならむ　祇

遠く南の空へ飛んでゆく雁は、誰を旅の友としているのであろうか。〔前句には、港に碇泊している船から、雁が鳴きながらわたってゆく秋の空を眺めての感懐として付ける。旅人のわびしい心境を雁に投影しての作〕

12

ひとりのみねをこゆる夕暮　伊

連れ立つ友もいないひとり旅で、また一つ峰を越えた、この夕暮。〔前句をその旅人が雁を見ての感懐ととる。旅も三句まで続けた〕

10　**秋季**　旅。水辺《すいへん》。人倫。付け様は注に「いづくともなき鐘に水辺を取り出され候」とある。◇秋のとまり　「とまり」は泊りの意。舟着き場。港。「落ちつもる紅葉を見れば一年《ひととせ》の秋のとまりは網代《あじろ》なりけり」(『新拾遺集』冬、紀貫之《きのつらゆき》)など秋のゆきつく先の意の歌語である「秋のとまり」を用いて、別の意に解した。◇おくる　その日を過す。用例に「いり日さす方を詠《なが》めてわたの原波路の秋を送る今日かな」(『新拾遺集』秋下、平経正《つねまさ》)。

11　**秋季**(行く雁)　旅。鳥。「舟」と「友」が寄合。付け様は注に「舟の上に、旅のかりの鳴きたるばかりに候」とある。◇行く雁　秋、南に飛んでゆく雁。「雁」は一座二句物(春・秋各一)。◇旅　「旅」の字は一座二句物。ここは雁の旅。旅雁《りよがん》。◇友ならむ　「さ夜中に友呼びわたる雁がねにうたて吹きそふ荻《をぎ》の上風《うはかぜ》」(『源氏物語』乙女)などと同じく、雁の鳴くのを、友を呼んでいると見る。従って、「友」を人倫とはしない。

12　**雑**　旅。山類。人倫。注には「前にも一句も事《こと》可然《しかるべく》候」(平松本)とある。前句との付け方も一句そのものとしても、事然《しか》るべき句、いかにもそうあるべき体の句だという褒辞。◇ひとり　ここはただひとりで旅をゆく人。「ひとり」は一座三句物。◇夕暮　一座一句物。

13 古寺は花のかげだにかすかにて　祇

年を経てもの古《ふ》りた寺は花の木陰でさえ、何となくさびしい風情《ふぜい》がして。〔その古寺はひとり峰を越えて夕暮にようやくたどりついたところ。いかにも旅をゆく連歌師宗祇の実感に根ざした句といえよう。一句としては旅を去って、春の景〕

14 春のはつせは奥もしられず　伊

長谷寺《はせでら》の花の木陰でさえ、こんなにも静かなのだから、その奥にある初瀬山は、どれほど幽寂《ゆうじゃく》であるかはかり知れない。〔前句の古寺を長谷寺のこととしての付け〕

（二表）

1 天つ袖ふるの中道《なかみち》うちかすみ　同

天つ袖振るという、その「ふる」の名をもつ布留の中道のあたりは春霞《がすみ》がたちこめていて。〔長谷の方から、道の通じている石上《いそのかみ》の方を見やった形で、序を用いた宗伊の技巧的な句作り。ここで、また句順をかえて、宗伊が続けて詠んでいる〕

13 **春季**（花）　釈教《しやつきよう》。木。付け様は注に「峰越ゆる夕に、古寺の花を見る心に候はんや」（平松本）とある。◇古寺　古くなって荒れている寺。◇花のかげ　桜の咲いている木陰。はなやかな風情のある景。用例に「春をへて行幸《みゆき》になるる花のかげふりゆく身をもあはれとや思ふ」（『新古今集』雑上、藤原定家）。◇かすかにて　何となくさびしい風情。

14 **春季**　「寺」と「初瀬」が寄合。注に「前の寺、はつせ其《そ》の体《てい》かなふべく候哉」とあり、前句の古寺はいかにも長谷寺がふさわしいと見て、「はつせ」を出す。◇はつせ　奈良県桜井市初瀬。長谷寺がある。「はつせ山うつろふ花に春暮れてまがひし雲ぞ嶺《みね》に残れる」（『新古今集』春下、藤原良経）などと詠まれる花の名所。名所は可隔三句物。

1 **春季**（かすみ）　聳物《そびきもの》。衣裳。「はつせ」に「ふるの中道」と付く。◇天つ袖　五節《ごせち》の舞姫の衣の袖。注に「天つ袖前の用にあらず候。ふると云はんためばかり也」とあるように「袖振る」から同音の「布留《ふる》」を言い出すための序。「当時かやうに心がくる人見えず候。少したけあるべく候」（注）と、宗祇はこういった句法を一世代古い作風だという。「袖」は可隔五句物。◇ふるの中道「布留」は「石上」（奈良県天理市一帯の古称）の中にある地名で、石上神宮が鎮座するところ。その布留を通って長谷に出る古道があり、「いそのかみふるの中道なかなかに見ずはこひしと思はましやは」（『古今集』恋四、紀貫之）とも詠まれている。「道」は可隔五句物。

2　**春季**（雪も消え）　降物。注に「天つ袖捨てがたきにより縁の詞にて仕るばかり候」とあるように「袖」に「しろたへ」と付く。◇野をしろたへの雪も　「を」「も」の助詞の使い方は、名詞の中に動詞の働きを含ませる連歌的表現。「野」は可隔五句物。「しろたへ」は元来かじのきなどの木の皮の繊維で織った布。色が白いので、「花見つつ人待つ時は白妙の袖かとのみぞあやまたれける」（『古今集』秋下、紀友則）など白色の意に用いられる。

3　**冬季**（さむみ）　降物。水辺。鳥。鳥は可隔五句物、〈初裏11〉の「雁」から五句隔たる。注に「鷺は白き縁に、雨はれて雪も消ゆると眼前に思ふ心に候か。景色面白く候」とあるように「しろたへ」に「鷺」、「雪も消えけり」に「雨はれて」と付く。西順注には「か様の景気の句、よくよく心をつけて見るべし。及びがたき句体也」と評する。◇さむみ　ここで切れて二段構成の句となる。◇雨一座一句物。肖柏の『追加』には近年二句物とする。

4　**雑**　山類。水辺。注に「さしたる事なく候」（大東急本。京大本は略）とあるが、西順注は「かろき句ながら、前句によく付き、感情ある句なるべし」と評する。

2
野をしろたへの雪も消えけり　祇

野をまっ白に埋めていた雪も消えてしまったことだ。〔布留の中道のあたりは霞が立ちこめていてと、前句を早春の景とする。「天つ袖」と「しろたへ」の言葉の縁によった付け。以上春四句〕

3
鷺《さぎ》のとぶ入江をさむみ雨はれて　伊

鷺の飛んでいる入江はいかにも寒そうに冴《さ》えわたり、降っていた雨もあがって空はすっかり晴れ。〔野をまっ白に埋めた雪も雨のために、またその後の晴天のためにすっかり消えたとして前句に付く。白の縁で鷺を点出《てんしゅつ》し、冬の入江の景として春から冬へ〕

4
水にむかへば山ぞ暮れ行く　祇

鷺の飛びから入江の景を眺めていると、今まで降っていた雨も晴れ、水に映っている山影もだんだん暮色につつまれてゆく。〔水辺の美しい夕景色。西順のいうように、軽く付け流しているが、付け味も一句の感情も凡ではない〕

5　底にすむ月なりけりなます鏡　伊

水に向うと、その底には、真澄の鏡をかけたように澄みきった月が見えることだ。〔古歌に詠まれた「みなそこに山の端ならで出づる月かげ」というのは、こうした光景なのだと驚く体《てい》。本歌を用いて一工夫した句作り〕

6　心のちりをはらふ秋かぜ　祇

あたかも心のけがれを吹き払ってくれるかのように秋風が吹いて来る。〔水底にはこれまた少しの曇りもない月を宿していてと、清らかなものを対置した。観想《かんそう》にふけっている体〕

7　身をしれば木の葉にふれる露もうし　伊

わが身のつたなさをよく知っているから、木の葉に降りた露を見るにつけても、わびしい思いにかきたてられることだ。〔その露を散らすように心の憂さをも払ってくれる秋風が吹けばよいと前句に付く〕

5　**秋季**(月)　光物。夜分。「水にむかへば」に「底にすむ月」と付く。注に「底には鏡の仕立てに候。辛労ありたる句と見え候か。山の端ならでを取り出され候」とあるように「二つなき物と思ひしをみなそこに山の端ならで出づる月かげ」(『古今集』雑上、紀貫之)を本歌とする。◇底にすむ月　水底に澄んで見える月。「澄む」と「住む」を掛ける。◇ます鏡　真澄の鏡。よく澄んで明らかな鏡。

6　**秋季**(秋かぜ)　付け様は注に「前にことなる事なく候。秋風に心を観ずる心に候」とある。◇心のちり　心のけがれ。雑念。余念。「心の塵　むさむさとしたる心なり」(『匠材集《しょうざいしゅう》』)、「心の塵　みだりなる心也」(『産衣《うぶぎぬ》』)などの注があり、「にごりなき亀井の水を結びあげて心のちりをすすぎつる哉」(『新古今集』釈教、上東門院)などと詠まれる歌語。◇秋かぜ　一座二句物。

7　**秋季**(露)　述懐。降物。木。人倫。降物は可隔三句物、〈二表3〉の「雨」から三句隔たる。「ちり」と「木の葉」が寄合。注に「付け様も、一句もあらはに、しかも感ふかく候」とある。◇身をしれば　わが身のつたなさをよく知っていることだから。用例に「身をしれば人のとがとは思はぬに恨みがほにもぬるる袖かな」(『新古今集』恋三、西行)。

8 門《かど》さしこもる蓬生《よもぎふ》の道　祇

門戸を閉ざして籠居《ろうきょ》しているこの庵《いおり》へ通じる道には、蓬《よもぎ》が生い茂り荒れ果てたままになっている。〔前句の人を閑居の隠者と見て、その住居のさまを具体的に付けた句。蓬生の道とだけ言って誰も通って来ないことを言外に含めている〕

9 いかにせむあやめも分かぬ物おもひ　伊

どうしたらいいのだろうか、その分別もつかないほどの物思いにふけっていて。〔門戸を閉ざして住んでいる人の気持。前句の蓬生の道から、源氏物語「蓬生」の、末摘花《すえつむはな》のおもかげを付けたか。そう解することによって述懐から恋となる〕

10 うかれて出づるたそがれの空　祇

そぞろに心落着かず、どこというあてもなくさまよい出ることだ。夕暮時の空の下に。〔分別のつかない物思いにふけっている男が、夕暮ともなれば、うかれ出るとした。女の恋から男の恋へ〕

8 **雑**　述懐。居所。草。「露」に「蓬生」と付く。注に「前にも、一句も、荒れたる宿の様にて候哉」とある。◇門さしこもる　門戸を閉ざし、籠居する。◇蓬生の道　蓬が生い茂っている道。荒れ果てたさま。用例に「いかでかは尋ね来つらむ蓬生の人も通はぬわが宿の道」(『拾遺集』雑賀、読人しらず)。「道」は可隔五句物、〈二表1〉の「布留の中道」から六句隔たる。

9 **雑**　恋。「蓬」と「あやめ」が寄合。注に「あやめもわかぬは蓬生をあひしらへる計《ばかり》。かどさしこもりて物思ふ様、げにものの分別ありがたく候」とあるように「蓬生」に「あやめも分かぬ」と付く。この注にいう蓬生は必ずしも『源氏物語』蓬生の巻をさしているようではないが、この宗伊の句は、蓬生の巻の末摘花のおもかげ。打越《うちこし》への輪廻《りんね》を避けて恋の句とする。◇あやめも分かぬ　ものの分別もつかないさま。用例に「顕《あら》はれていとど浅くも見ゆるかなあやめも分かずなかれける根の」(『源氏物語』螢《ほたる》)。

10 **雑**　恋。「あやめも分かぬ」に「たそがれ」と付く。注に「前句付きがたく候」とあるのは前句によく付いていないという謙辞。◇うかれて出づる　心が落ちつかないでどこというあてもなく出かける。◇たそがれ　うす暗くなって人の顔もよく見えない時分。夕暮時。◇空　一座四句物、〈初裏7〉に次いで二句目。

11
魂《たましひ》とみよやそなたに行くほたる　伊

わが魂だと思って見て下さい。あなたがいらっしゃる方角へうかれ出てゆく螢《ほたる》を。〔和泉《いずみ》式部の歌を本歌とし、螢にわが恋の心を託したとする。前句の宗祇の句が誘発した結果でもあったが、いかにも本歌取りの趣向を得意とした宗伊の本領を発揮した句〕

12
あしやのなだはすむ人もなし　祇

蘆屋の海辺にはだれひとり住む人とてもない。〔そちらへ飛んでゆく螢を、わが魂と見てほしいのだがと、もっぱら伊勢物語八十七段の内容を深くふまえた物語的な付句《つけく》。このあたり一つの高まりを見せるところ〕

13
世中《よのなか》のたちゐを波のさわぎにて　伊

人々が正しく立ちふるまうこともなく、世の中はとかく波風が立って騒がしくて。〔従って蘆屋の灘には住む人もないのだと付く。縁語、掛詞《かけことば》を駆使した宗伊らしい句。水辺の名所を波だけで受け

11　**夏季**(ほたる)　恋。夜分。虫。「うかれて出づる」に「魂」「ほたる」と付く。「物思へば沢の螢も我が身よりあくがれ出づる玉かとぞみる」(『後拾遺集』神祇、和泉式部)を本歌とする。注に「寄合も心もともに面白く候」とある。◇魂　「たま」に同じ。霊魂。◇ほたる　一座一句物。

12　**雑**　水辺。人倫。「ほたる」に「あしや」と付く。「螢」と「蘆屋の里」が『伊勢物語』八十七段に「やどりの方を見やれば、海人《あま》の漁火《いさりび》多く見ゆるに、かのあるじの男よむ。晴るる夜の星か河辺の螢かもわが住む方の海人のたく火か　とよみて家に帰り来ぬ」とあるのにもとづく寄合。注に「玉しひ捨てがたく候間、此の里のいにしへ人を取出し候。居所《きょしょ》わるく候間、なだと仕り候。本意にあらず」とあり、「蘆屋の里」としたかったところを、「里」は居所で、居所は可隔五句物であるため、〈二表8〉に門があって出せないので、やむなく「蘆屋の灘」としたという。◇あしやのなだ　蘆屋の灘。兵庫県芦屋市付近の海。この語も『伊勢物語』の同じ段に見える。灘は岸近くの海。◇もなし　一座二句物(上句・下句各一)。発句に既出。ここは下句(七七の句)。

13　**雑**　水辺。「蘆」と「世」(蘆の節《よ》と世が同音)、「灘」と「波」が寄合。注に「世も騒がしくて、自《おのづ》から人も絶えたる様、感有るべく候」とある。◇世中　「世」は一座五句物。ここは「世中」として用いた。◇たちゐ　人の起居、動作。「たち」は「波」

て、世の騒ぎとし、当時の世の乱れをそれとなく窺《うかが》わせる〕

14 雲風なれやかはる朝夕　祇

この世の動静はまるで立ち騒ぐ波のようなもの、雲や風のせいであるかのように朝夕にかわって見える。〔世の常ならぬさまで前句とひと続きの意となる付け様ながら、表現に屈折をもたせ、一句としては純粋に自然現象の変化をとらえた句作り〕

(二裏)

1 山里はいつか心のすまざらん　同

山里では雲や風のおもむきが朝夕かわるだけ、住む人の心が澄んでいない時などあろうか。〔心の中はいつも澄んでいると、さりげなく本歌をふまえての付け。句順をかえ宗祇が続ける〕

2 秋ぞ涙に驚かれぬる　伊

山里で心を澄まして修行している身にも、こぼれ落ちる涙によって秋の到来に気づかされることだ。〔秋はものがなしい季節、自然と涙が出てくるのに驚いている体《てい》〕

の縁語。◇波のさわぎ　波が立ちさわぐこと。天下の泰平でないしるし。「立居を無み」と「波」を掛ける。「波」は可隔五句物。

14 **雑**　聳物《そびきもの》。付け様は注に「かはる朝夕といふまで、世中より云ひくだしたる句候か」とあるように上・下句一続きの意となる。◇雲風なれや　「雲風」は雲と風。どちらも波を立たせるもの。用例に「草の末に花こそ見えね雲風も野分に似たる夕暮の雨」(『風雅集』夏、永福門院)。「風」は可隔五句物。「や」は感嘆の助詞。表現に屈折を持たせる。◇朝夕　「朝」「夕」の字はそれぞれ一座四句物。

1 **雑**　山類。居所。注には「山里は常住心すみて雲風のみ朝夕かはるよし也。聞ゆべく候哉」(平松本)とあり、「春秋もしらぬときはの山里にすむ人さへやおもがはりせぬ」(『新古今集』雑中、在原元方)を本歌として、山里では雲風だけがかわり、住む人の心は常に澄んでいるとする。西順注は「やり方新しく思ひよりがたき付け様なるべし」と評している。

2 **秋季**　同季は可隔七句物、〈二表7〉より八句隔たる。付け様は注に「しづかなる心の、秋におどろかるる心候か」とある。◇涙　可隔七句物。◇驚かれぬる　「れ」は自発の助動詞。「秋来ぬと目にはさやかに見えねども風の音にぞおどろかれぬる」(『古今集』秋上、藤原敏行)と同じ用法。

3 しのぶべき思ひを月に我《われ》みえて　祇

心ひそかに忍んでおかねばならない恋。その思いが月の光に照らし出されてあらわれはしまいかと、秋になってふとこぼれた涙に驚かされて。〔秋のもの悲しさゆえにこぼした涙、月の光が宿ったその涙は、忍ぶべき思いの涙かとはっとする気持〕

4 行けどもあはぬ夜《よ》こそ長けれ　伊

ついに心に忍んでいることにも堪えられなくなって、思い切って通っていったけれど、逢《あ》うこともできずに明かす、その秋の夜の何と長く感じられることか。〔忍んでは行ったが、月にその通い路を見られてしまってと前句に付く〕

5 おぼつかな夢路《ゆめぢ》いづくにまよふらん　祇

心もとないことだ。思う人に逢うこともできないこの夢の通い路、私はどこでどう迷っているのだろうか。〔秋の夜がいっそう長く感じられると、本歌の意に従って前句を夢のこととする〕

3 **秋季(月)**　恋。光物。夜分。人倫。注に「おどろくに付くべく候や」(平松本。京大本は評語欠文)とあり、西順注には「秋ぞ涙にと云ふに、我忍ぶべきおもひのあらはれやせんと、おどろく心なるべし」と詳しくその付き方を説明している。◇しのぶべき思ひ　心の中に秘めて外にあらわしてはならない思い。◇月に我みえて　月の光に我が思いが照らし出されて。

4 **秋季(夜長)**　恋。夜分。付け様は注に「夜のかよひに、月にみえたる様也」とある。◇行けども　底本「行共」。

5 **雑**　恋。夜分。注に「思ひやるさかひはるかになりやするの心をとれり」(平松本)とあるように、「思ひやるさかひはるかになりやするまどふ夢路に逢ふ人のなき」(『古今集』恋一、読人しらず)を本歌とする。◇おぼつかな　「おぼつかなし」の語幹。おぼつかなきことよの意。ここで切れる二段構成の句法。◇夢路　夢での通い路。

6 もろこしばかり遠ざかる中　伊

日本と唐土《もろこし》ほども遠く遠く隔たってしまったふたりの仲。気がかりなことだ、夢路にも迷っていっこう逢えないで。〔恋が四句続き、本歌取りにまた本歌取りをもってする。宗伊は場面の展開に必ずしも気を配っているとはいえないようだ〕

7 ふかく入る人やは出でんよしの山　祇

深く分け入った人が、どうして簡単に出てくることがあろうか。この吉野山から。〔前句とは寄合のみで付く。宗祇としては珍しく理《ことわり》のかった句で、自注に自戒しているように風情に欠ける。ただし、恋を去り、本歌取りもできないという苦心があった〕

8 花にかさなるおくのみねみね　伊

見渡す限り花また花。吉野山の奥の峰々は。〔美しい句だが、宗祇が苦心した前句の素地の上に、らくらくと付け、花の句としている〕

6 **雑**　恋。「夢」に「もろこし」「遠ざかる中」が付く。注に「是《これ》も又、夢に見しかばをとれり」とあるように、「もろこしも夢に見しかば近かりき思はぬ仲ぞはるけかりける」（『古今集』恋五、兼芸《けんげい》）を本歌とする。

7 **雑**　山類。人倫。「もろこし」と「よしの山」が寄合。「もろこしの吉野の山にこもるともおくれむと思ふわれならなくに」（『古今集』誹諧歌、藤原時平）による。ただし「本歌の事、三句にわたるべからず」（『新式』）であるから、ここは言葉の寄合だけで本歌取りとは見ない。従って、「吉野山やがて出でじと思ふ身を花散りなばと人や待つらむ」（『新古今集』雑中、西行）の歌もふまえてはいない。注に「一句ことはり強くて其の様いやし。いかにも連歌は様のゆう（優）なる事を思ふべし」とあるのは宗祇の自戒。

8 **春季**（花）　山類。木。「山」と「みね」が寄合。「よしの山」に「花」と付く。もとより吉野山は花の名所で、注には「よしの山のやう、眼前か」（平松本）とある。西順注は、そのあとに「花の満山咲きたるを見て、人やは出でんとなるべし」と前句とのかかわりを詳しく説明しているが、この付合《つけあい》の眼目は、吉野山から、その眼前の景を付けたところにある。

9
桜ちるあとのしら雲日は暮れて　祇

桜が散ったあとに、花と見紛《まが》うばかりの白雲がいくえにもたなびき、春の長い日もとっぷりと暮れて。〔これこそ優艶《ゆうえん》この上もない会心の作であったのだが、あとから宗伊が前句を訂正してしまったので、「日は暮れて」とした苦心が意味を持たなくなったと宗祇が残念がっている〕

10
宿とひゆけば春雨ぞふる　伊

日もすっかり暮れたので、宿をたずねながら歩いて行くと、春雨までも降ってきた。〔桜の散ったあとの白雲を眺めているうちに、と前句に付く。旅の句としただけの働きで、たいした句ではない〕

11
誰《た》が里にふしてかほさむ旅の袖　祇

誰の住む里に宿を求めて、この濡れた旅衣の袖を干そうというのか。〔旅宿をたずねあぐねて、春雨にまで降られて濡れてしまった、その旅衣をと前句に付く〕

9　**春季**(桜)　聳物《そびきもの》。木。「花」と「桜」が寄合。注には「峰もおぼえずと侍るに、かく付け侍り、奥のみねみねにては付きがたく候。されども前句直され侍れば力なし。同事《どうじ》歟《か》」とある。前句ははじめ「花に重なる峰もおぼえず」であった。それに付けた句であるのに、後から宗伊が「花にかさなるおくのみねみね」と直したので、うまく付かなくなってしまって、前句と同じような眼前の景となり変化がないというのである。「峰もおぼえず」に「日は暮れて」と付けるところに宗祇の苦心があった。
◇桜　一座三句物。◇あとのしら雲　「白雲」は花と見紛うもの。桜の散ったあとに、その花と見紛うばかりの白雲が漂っているさま。

10　**春季**(春雨)　旅。降物。居所。「日は暮れて」に「宿とふ」と付く。「ゆふべ」と「宿とふ」が寄合。注には「ことなる事なし」(平松本。京大本は次句の評が誤入)とあり、宗伊の句の評としては異例。宗祇苦心の作が、前句を宗伊が直して徒労となった直後だけに、無念さがこもっているかも知れない。◇宿　一座二句物。ここは旅の宿。◇春雨　一座一句物(雨のほかに一)。

11　**雑**　旅。居所。衣裳。人倫。「宿」と「旅」が寄合。
◇ふしてかほさむ　注に「この一句、伏すと云ふ字強くてゆう(優)ならず」というように、和歌では多く鳥獣の臥《ふ》すの意で用いられ、旅にふすとはあまり用いない。◇旅の袖　「旅」の字は一座二句物。一つは旅衣とかえて用いる。〈初裏11〉に旅は既出。従ってここは旅衣とすべきところ。平松本「旅衣」とするのは、それに気づいての訂正か。或いは「近代此の沙汰《さた》に及ばず」（肖柏の『追加』）に類するか。「袖」は可隔五句物。

12　**雑**　夜分。「ほす」と「柴」が寄合。◇柴　山野に生える小さい雑木。薪《たきぎ》に用いる。

13　**冬季**（千鳥）　水辺。鳥。付け様は注に「是は荒磯の旅ねとやなるべからむ。おぼつかなし」とある。◇あら磯かげ　荒磯の岩の陰。「あらいそかげに心ぐるしう思ひきこえさせ侍りしふたばの松も」（『源氏物語』松風）の用例もあるが、和歌にはあまり用いられていない連歌好みの表現。

14　**雑**　山類。「千鳥」に「しほの山」と付く。注に「かのさし出の歌をとれり」とあるように、「しほの山さしでの磯にすむ千鳥君が御代をば八千代とぞ鳴く」（『古今集』賀、読人しらず）を本歌とする。◇みちくる　潮をいうための序。◇しほの山　甲斐国《かいのくに》（山梨県）の歌枕《うたまくら》。「さし出の磯」とともに所在不明。『名所方角抄』に「甲斐国……塩の山付指出の磯。海辺には遠し」とある。名所は可隔三句物。◇くもれる「潮」と「曇る」が縁語。潮気で海上が曇るのを「潮曇り」という。

12　柴《しば》たきわぶる夜はふけにけり　伊

柴を折りたき、心さびしい思いのままに夜は更けてゆくことだ。〔山野に野宿して旅衣を干している旅人のわびしさ。一句としては、山家《やまが》のわびしい夜の風情〕

13　千《ち》鳥《どり》たつあら磯《いそ》かげに風吹きて　祇

千鳥が飛び立つ、その荒磯の岩かげに風が吹いて。〔「柴たきわぶる」を荒磯かげでの冬の夜のこととして、水辺の景を付けた。前句は一句としては旅を離れているのに、旅寝ととって付けたことに気づいて自注に「おぼつかなし」と言っている〕

14　みちくるしほの山ぞくもれる　伊

さし出の磯に潮が満ちて来て、千鳥が飛び立ち、塩の山も曇って見える。〔千鳥から本歌取りで塩の山を出し、前句の磯はさし出の磯となる。海辺からは遠いといわれる塩の山、さし出の磯を海辺の景と見立て、序、縁語を駆使した技巧的句作り〕

1　秋季（秋の霜）　降物。木。降物は可隔三句物、〈二裏10〉の「春雨」より四句隔たる。木は可隔五句物、〈二裏9〉の「桜」より五句隔たる。「霜曇り」（霜が降りようとする夜、空が曇ること）という万葉による歌語があり「くもれる」に「霜」と付く。注に「前の取成《とりな》しよく叶ひ侍り。一句見所ある句なるべし」とある。「塩の山」は、潮から作った塩をつみあげた山の意ととったか。◇朝　一座二句物（一つは今朝）。◇秋の霜　晩秋に降りる霜。その霜によって、木々の紅葉が促される。

2　秋季（露）　降物。◇いく夕露　「幾夕」と「夕露」より生じた連歌的表現。◇野　可隔五句物。

3　秋季（きりぎりす）　居所。虫。注に「前によく付きたり」とある。◇床に鳴きよるきりぎりす　秋深くなってきりぎりすが草むらから床近くに鳴き寄ってくる。用例に「秋深くなりにけらしなきりぎりすゆかのあたりに声聞ゆな

（三表）

1　朝ごとの梢《こずゑ》をそむる秋の霜　同

朝が訪れるたびに、日一日と秋の霜が木々の梢を色濃く染めてゆく。〔前句を満ちて来る潮、その潮から作って積みあげた塩の山も曇って見えるととりなし、それは霜曇りのためだとする。付け様はともかく、一句としては、よくととのった句。ここで句順をかえて、宗伊が連続して付ける〕

2　いく夕露の野をからすらむ　祇

幾日も幾日も夕べにおく露が、秋の野をやがては枯らしてゆくことだろう。毎朝毎朝の梢を染める秋の霜とともに。〔朝の霜に対して夕べの露をもってきた。露が霜となって野を枯らすのであるが、ここは対比の妙による〕

3　哀《あはれ》なり床《ゆか》に鳴きよるきりぎりす　伊

かなしげに聞えることだ、鳴きながら床近くまで人なつかしく身を寄せてくるきりぎりすのその声が。〔秋の野も枯れがれになっ

て、人家近くで鳴くきりぎりすに秋もいよいよ深まってゆく哀感がよく出ている〕

4 夜《よ》寒《さむ》の宿《やど》のいねがての空　　祇

ひとしお夜の寒さが身にしみて感じられるこの宿で、なかなか眠ることもできずにふと軒に出て眺めた、秋のさびしい夜空。〔折しもきりぎりすが床近くあわれげな声で鳴いていると、晩秋の夜のわびしさの体《てい》〕

5 とひくべき夢は月をやうらむらん　　伊

私は秋の月を眺めて、その美しさに寝ることもしなかった。そのために、あの人が訪ねてくるはずの夢さえ見なかったけれど、その夢は月を恨むことであろうか。〔「とひくべき夢」を主体とし、擬人化して、「月をうらむ」といったところ、いかにも巧みといえよう。注にいう「やさしく」は月をめでる風情《ふぜい》をいったものであろう〕

り」（『千載集』秋下、花山院）。「床」は、家の畳などを敷く下の板張り。その下が地面より高く空間になっている。「きりぎりす」は今のこおろぎ。一座一句物。

4　**秋季（夜寒）**　夜分。居所。注に「例式のうちひらめなり」とあり、例式はありきたりの、うちひらめは、ごくつまらない句をいう。宗祇の謙辞。◇夜寒　秋になって、夜が特に寒く感じられること。一座一句物。◇宿　一座二句物、〈二裏10〉は旅の宿で、ここはただの宿。◇空　一座四句物。三句目。

5　**秋季（月）**　恋。光物。夜分。「空」と「月」が寄合。注に「一句たくみにて、しかもやさしくや」と評する。◇とひくべき　底本「問くへき」。ここは「訪ふ」の意なので、仮名書きにした。◇夢　可隔七句物。◇うらむ　「うらみ」「うらむ」と言いかえて一座二句物。底本「忍」。大東急本・平松本等諸本により訂。

6　雑　恋。「夢」と「面影」、「夢」と「帰る」（夢路と道にたとえることより）が寄合。
◇面かげ　一座二句物。月と面影を詠み合せた恋歌は『新古今集』に多い。「面影のかすめる月ぞやどりける春や昔の袖の涙に」（『新古今集』恋二、俊成女）など。月に恋人の面影がやどっていると見るのである。

7　雑　聳物《そびきもの》。「面かげ」に「立つ」「か」（香）と付く。注には「あらはなり」と記されているだけであるが、西順注には更に「反魂香の心なるべし」とある。「反魂香」は、漢の武帝の夫人李氏の故事。李夫人亡き後、甘泉殿《かんせんでん》にて、方士に霊薬を調合した香を作らせ、金の香爐《こうろ》でたくと夫人の姿がほのかに現れたという。『源氏物語』の総角《あげまき》にも「人の国にありけむ香の煙ぞ、いと得まほしく思《おぼ》さるる」とあり、宗伊のことだから、この本説によった句と思われるが、宗祇は問題にしていないらしい。
◇煙　可隔五句物。

8　雑　述懐（無常）。釈教。注に「色・声・香の詞をとれり。仏やたのむとは跡なき人の心、思ひやり候也」とあり、色・声・香は五根の眼・耳・鼻にそれぞれあらわれる感覚で、「か」に「声」と付く。

9　雑　述懐。注に「付け様あらはなり」とある。
◇老いて　「老」は一座二句物。◇玉のを　命

6
みゆるとすれば面かげ　祇

あの人の姿がちらっと夢に見えたかと思うと、もうその面影は遠ざかってゆく。〔その夢は、面影をやどすという月をうらんででもいるのであろうかと、夢と面影と月によって、微妙に恋の風情を作りあげている〕

7
なき跡にたくかのけぶり又立《た》てて　伊

亡くなった人を偲《しの》んでたく香の煙をまたかきたてて。〔その香の立つ間だけ、ほんのわずかに面影があらわれ、また消えてゆくとする。李《り》夫人の反魂香《はんごんこう》の故事による付け〕

8
仏やたのむ声をしるらむ　祇

仏はこうして弔《とむら》っている亡き人の声を知っているであろう。その声だけでももう一度聞かせてほしいと仏にたのもう。〔亡き人を偲《しの》んで香の煙を又しても立ててと前句に続く。宗祇は前句をごく普通の無常の句として、弔う人の気持を付ける〕

の意。「命」とは懐紙をかえ、一座二句物。「くる」(繰)「玉のを」「数」が縁語。

10　**雑**　水辺。注に「滝には玉のをとも云ふ。又老ともよめり。いくせといへるは老をよく付けんの心ばかり也」(平松本)とあるように、「昔より人のいひくる老人《おひびと》のわかゆてふ水ぞ名におふ滝のせ」(『万葉集』一〇三四、訓は『夫木抄《ふぼくしよう》』所出による)および、「逢ふ事は玉の緒ばかり名の立つは吉野の川のたきつせのごと」(『古今集』恋三、読人しらず)の歌により「老」「玉のを」に「滝」と付く。◇いく瀬　底本「いく代」。平松本等により訂。◇滝のみなかみ　滝の水源。この語は「おちたぎつ滝のみなかみ年つもり老いにけらしな黒き筋なし」(『古今集』雑上、壬生忠岑《みふのただみね》)にもとづく。

11　**春季**(桃の花)　水辺。木。動物《うごきもの》。「滝」と「龍」が寄合。注に「鯉魚《りぎよ》の龍門《りゆうもん》にのぼる事、三月三日桃の花を喰《くひ》て上ると云々《うんぬん》。一句ことがら作者の物と見えたり」とある。◇龍のぼるながれ　魚が登りきれば龍になるという龍門の流れ。「海中に龍門と云ふ処あり。浪頻《しきり》に作《う》つ也。諸の魚、波の処《ところ》を過ぐれば必ず龍と成る也。故に龍門と云ふ也」(『正法眼蔵随聞記《しようぼうげんぞうずいもんき》』巻一)など中国だねの故事として知られていた。「龍」は一座一句物。◇桃の花浮きて　注にいう俗説によるが、出典未詳。

9　老いてなほくる玉のをのかずかずに　伊

年老いてもやはり、繰る玉の緒の数々——命の永からんことを願っている。〔仏は人間のそんな恃《たの》みの声をよく知っているであろうと前句に付く。これも縁語仕立ての句作り〕

10　落つるもいく瀬滝のみなかみ　祇

この滝はいったいいくつの滝つ瀬を落ちてきたことであろうか、遠い水上《みなかみ》の源から。その滝の白い糸筋のように、すっかり白髪となった老人も、玉の緒を繰るように命永らえている。〔古歌によりそって、老から滝を付け、一句は景の句とする〕

11　龍《たつ》のぼるながれに桃の花浮きて　伊

何度も何度も滝つ瀬におし流されながら、ついには龍となるべく魚が登ってゆく流れの上には、のどかに桃の花びらが浮いていて。〔龍というめったに出ない一座一句物を出し、本説《ほんぜつ》仕立てに作りあげた、宗伊得意の技巧的な作〕

12　**春季**（みの日のはらへ）「桃」に「みの日のはらへ」、「龍」に「うつるみ」と付く。注に「上巳《じやうし》の祓《はらへ》、当日なれば、取り出づるばかり也。龍上る大事にて、うつるみの日といへり。されども誠は付き侍らず」とある。
◇うつるみの日のはらへ　魚が龍となる「うつる身の」と「巳の日の祓」の掛詞。「巳の日の祓」は三月三日上巳の祓。「巳の日のはらへ　三月上の巳の日に水上に盃《さかづき》をうかべて逍遥《せうえう》する也」（『流木集《ながれぎしゆう》』）。

13　**春季**（かすむ）　降物。「巳の日の祓」と「ひぢかさ雨」が寄合。注に「彼《か》の須磨の浦のはらへのかへるさに思ひよれり」とあるように、『源氏物語』須磨の「三月のついたちに出で来たる巳の日……ひぢ笠雨とか降りきていとあわただしければ」による。
◇ひぢかさの雨　笠が間に合わず、肱《ひじ》を笠代りにするというにわか雨。「雨」は一座一句物であるが、〈二表3〉に既出。肖柏の『追加』に近年二句物とするが、すでにこの頃からその傾向があったものと思われる。
◇かへるさ　帰り道。

14　**雑**　恋。人倫。「ひぢかさの雨」に「行き過ぎかねついも」と付く。注に「ひぢ笠の雨もふらなんいもが門《かど》と云ふ歌あり」とあるように、催馬楽《さいばら》の

12
うつるみの日のはらへをぞする　祇

桃の花の浮んでいる流れに盃《さかずき》を浮べて、巳《み》の日の祓《はらえ》をする。魚が桃の花を食べて龍門《りゆうもん》を登って龍となったという三月三日の日に。〔「龍のぼる」といったおおげさな句は当時の宗祇には好ましいものではなかった。仕方なく掛詞仕立てでかわして、一句は巳の日の祓の句とする〕

13
ひぢかさの雨うちかすむかへるさに　伊

にわか雨もあがって、あたりが煙っている中を帰ってゆく。それは、この須磨《すま》の地に移って、巳の日の祓をした折のこと。〔巳の日の祓という言葉が出ると、すかさず源氏物語「須磨」にとびつき、その巻の同じ箇所に見える「ひぢかさ雨」で付けるところが、宗伊らしいが、言葉だけにたよった句に終っている〕

14
行き過ぎかねついもが住むかた　祇

どうにも通り過ぎることができなかったよ。あの女《ひと》の住んでいる

「妹が門せながら門行き過ぎかねてや我が行かばひぢ笠のひぢ笠の雨もや降らなむ……」による寄合。

1　秋季（月）　恋。光物。夜分。草。木に草は可隔三句物、〈三表11〉の「桃」より三句隔たる。注に「いもが門《かど》行き過ぎかねて草むすぶと云ふ歌にてあひしらへるばかり也」（平松本）とあるように、「妹が門行き過ぎかてに草結ぶ風吹き解くなまたかへり見む」（『万葉集』三〇五六）により、「行き過ぎかねつ」に「草むすぶ」と付く。◇草むすぶ枕の月　「草むすぶ枕」と「枕の月」を掛けた連歌的表現。「枕の月」は枕べに冴えている月。用例に「床《とこ》の霜枕の月の寒き夜にたえずや人の衣打つらむ」（『新拾遺集』雑上、仲顕《ちゅうけん》）。

2　秋季（萩）　旅。夜分。草。「草むすぶ」に「野」と付く。◇やどれば　注に「宿りは我が旅ねの事　又野遊にもなるべし」とある。◇萩もねたる　「まだ宵にねたる萩かな同じえにやがておきぬる露もこそあれ」（『後拾遺集』秋上、新左衛門）の歌が意識にあったかと思われるが、注にも指摘していないことでもあり本歌とまでは見ないでおく。◇野　可隔五句物。

あたりは。あれはにわか雨もやんで、周囲がぼうっと霞んでいた帰り道のことだったなあ。〔まったく催馬楽《さいばら》によっただけの句だが、春を三句で捨てて恋の句にしている〕

（三裏）

1　草むすぶ枕《まくら》の月を又やみん　同

あの女《ひと》の門の前を素通りすることはできなくて、近くに草を結んで野宿したその枕べに、美しく月が冴《さ》えている。こんな感慨深い気持で再び月を見ることがあろうか。〔今度は、万葉集の歌によっての付け。この「草むすぶ枕」は、思う女《ひと》の家を訪れることもできずに野宿したのであって、旅ではなく恋の句である。ここでまた句順がかわる〕

2　やどれば萩《はぎ》もねたる秋の野　伊

秋の野に来て、月を仰いで旅寝をしていると、萩もいっぱいに花の枝を垂れて、うち伏している。〔萩の枝がうち伏すように垂れているのを自分と同じように寝ているとしゃれていったのである。恋は二句で去って旅の句に転ずる〕

3 露かかる山本がしは散りやらで　祇

露がふりかかる山の麓《ふもと》の柏《かしわ》の葉も散ってしまわないで、秋の野では、露が繁《しげ》く宿り、萩の枝が重そうにうち伏している。〔前句の「やどれば」の主体を露とし、露の重みで垂れている萩に、同じく柏も……ともち出した。付合《つけあい》を細かくとりながら、一句はさりげない景の句にしているところがさすがに宗祇である〕

4 ふりそふ霰音《あられおと》くだくなり　伊

柏の葉に置く露、その上霰までもが降ってきて、霰の音が玉も砕けるばかりに聞える。〔露と霰が降り添うといったところがこの句のねらい。これも言葉の技巧に走った句作り〕

5 寄る浪《なみ》もさぞなかしまが磯がくれ　祇

さぞやかましいことであろう、この鹿島が磯の磯がくれのあたりでは。寄せくる波が砕け散る音が高くて。〔霰から枕詞《まくらことば》で鹿島を出し、掛詞を縦横に使って、なかなか凝った句作り。ただ、前句

3 **秋季**（露）　降物。木。降物は可隔三句物、〈三表13〉の「雨」より三句隔たる。「野」と「露」が寄合。注に「かしはもぬるものと云ひ侍れば、萩もと云へるに付侍り。宿れば、露の事になるべし」とあるように、「萩もねたる」に「山本がしは」と付く。「朝柏《あさかしは》閏八河《うるやかは》辺《へ》之《の》篠《しの》の目の偲ひて寝《ぬ》れば夢に見えけり」（『万葉集』二七五四）の初・二句を旧訓では、「朝がしはぬるや川辺の」と訓《よ》んでいたことによる。◇山本がしは　山のふもとに生えている柏。『万葉集』の柏とは違って、落葉樹のもちがしわ。冬もなかなか散らないで枯葉が残っている。「うづもるる遠山もとのむらがしはたが垣根より雪はらふらむ」（『夫木抄』二九、藤原家隆）の「遠山本のむらがしは」を縮めて作った連歌的表現。

4 **冬季**（霰）　降物。「露」と「ふる」が寄合。「ねやの上にかたえさしおほひそともなる葉ひろ柏に霰ふるなり」（『新古今集』冬、能因）により「かしは」に「霰」と付く。◇ふりそふ　注に「ふりそふは露・霰の二なり」とあるように、「露」と「霰」が降り添うの意。◇音くだくなり　「なり」は詠嘆の助動詞。

5 **雑**　水辺。「霰《あられ》ふり鹿島《かしま》の崎《さき》を波高み過ぎてや行かむ恋しきものを」（『万葉集』一一七四）とあるように、「霰ふる」が「鹿島」の枕詞で、「霰」に「かしま」と付く。又、「風をいたみ岩うつ波の己《おのれ》のみくだけてものを思ふ頃かな」（『詞花集』恋上、源重之《しげゆき》）

により、「くだく」に「浪」が付く。注に「霰ふるかしまと枕詞に侍る也。前のくだく露に付かざる由侍れば、輪廻すべからずや」(平松本)とある。
◇寄る浪も 「浪」は可隔五句物。◇さぞなかしまが磯がくれ 「さぞなかしまし」と「鹿島が磯」、「かしまが磯」と「磯がくれ」と二重に掛詞《かけことば》でつないだ連歌的表現。「鹿島が磯」は茨城県鹿島町の海岸。名所は可隔三句物。「磯がくれ」は、万葉語「磯がくり」より生じた歌語。用例に「うき草の一葉なりとも磯がくれおもひなかけそ沖つ白浪」(『新古今集』釈教、寂然《じゃくぜん》)。

6 **雑** 水辺。「かしま」に「さほ」と付く。注に「かしま・春日《かすが》一体の御社なり。神とはなけれど、其の心あらはなり。一句の体《てい》まことに上手の物とみえたり」(大東急本)とあり、鹿島の神と佐保路の春日明神が祭神はどちらも武甕槌命《たけみかづちのみこと》ほかで、一体の神であることによる。
◇さほぢ 「佐保」は奈良市法蓮《ほうれん》町あたり。名所は可隔三句物であるが、続けて付けることは差し支えない。◇川風 ここは佐保川の風。「風」は可隔五句物。

7 **雑** 衣裳。「川」と「衣」が寄合。付け様は注に「是は水辺捨てがたくて少しときあらふなどと心をやるばかり候。しほるらんは川風を云はんため也」とある。
◇ときあらふ衣 解きほどいて洗い張りする衣。「ときあらひぎぬ」(『万葉集』一三一四)、「ときあらひごろも」(『万葉集』三六六六) と詠まれた万葉語。

の「くだく」が打越《うちこし》の「露」と露が砕け散るということで付いているならば、さらに「くだく」に「浪」と付くことにより、輪廻《りんね》となるきらいがある」

6
さほぢをゆけば川風ぞ吹く　伊

佐保へと通じる道を歩いてゆくと、佐保の川風が吹いてくる。

〔鹿島明神と、佐保路の春日明神が一体の神だということで、鹿島から佐保と、言葉だけで付いている句。一句は宗祇の注に上手の人の作だというように、さわやかな叙景の句にしてはいるが、寄合だけの付け様は、これも一時代前のものと言えよう〕

7
ときあらふ衣《ころも》やほすもしほるらん　祇

解きほどいて洗った衣は、せっかく干してもまたしっとりと湿ってしまうことであろう。水気を含んだ佐保の川風が吹くので。

〔前句の佐保という名所を捨てるに忍びなかったので、その水辺ということだけを生かして、解き洗うと付け、川風なので干しても水気がぬけないとして付く〕

8　**雑**　述懐。衣裳。「しほる」と「涙」が寄合。付け様は注に「ほすもしほるらんと云ふに、かくの如く付け侍るにや」とある。◇涙の袖　涙で濡れた袖。「涙」は可隔七句物。「袖」は可隔五句物。◇ぬぎもかへばや　複合動詞「脱《ぬ》ぎ換《か》ふ」の間に係助詞「も」の入った形。「ばや」は願望の助詞。

9　**春季**（春の暮）　述懐。人倫。注に「更衣《ころもがへ》の心を思ひよせ侍る事也」とあるように、「ぬぎかへ」に「春の暮」と付く。◇をしまじよ　一句切れの連歌的表現。◇春の暮　春の終り。三月末。卯月《うづき》（四月）一日になれば更衣をする。「暮」は可隔五句物。

10　**春季**（かすむ）　述懐。光物。夜分。注に「此《こ》の一句有心《うしん》にして、句様《くざま》面白く候哉」とある。◇よはひかたぶき　年をとり。「かたぶく」は「月」の縁語。◇月ぞかすめる　春の月。「春月」は一座二句物。「月」は可隔七句物、〈三裏1〉より八句隔たる。この三の裏は月が二句となるが、この当時は、まだ月の数や位置は必ずしも固定していなかった。

8
涙の袖をぬぎもかへばや　伊

流れる涙に袖はまたしても濡れてしまった。脱いでかえたいものだ、せっかくよく干した着物だったけれど。〔「ほすもしほる」を述懐の涙のためとしただけの句〕

9
をしまじよ物おもふ身の春の暮　祇

もの思うわが身はこの春の暮れてゆくのを惜しいとも思わない。さあ涙に濡れた衣をさっぱりぬぎかえてしまおう。〔春が終って夏ともなれば衣更え。普通は春を惜しむところであるが、もの思いにふけって涙にくれている身にとっては、春の去りゆくのも惜しくはないとする。春を惜しまないのではなく、それをも振り切って嘆いている強い述懐の気持〕

10
よはひかたぶき月ぞかすめる　伊

折しも霞がかかった春の月が西の空に傾いているように、この私の齢《よわい》も傾いて、すっかり年老いてしまったことだ。〔そういう身

を思うと、春が去って行くのも特に惜しくは思わないと、前句の「物おもふ身」を老人の述懐とする〕

11　おどろけば花さへ夢のみじか夜に　　祇

わが身もすっかり老いたものだと思ってはっと気がつくと、花までも夢のように短い春の一夜にすでに散りかけていて。〔月に花の景物を付けているが、前句によりかかりすぎるといえようか〕

12　鳴きて過ぐなり山ほととぎす　　伊

鳴いたかと思うと、はやどこかへ飛び去ってしまったことだ。郭公《ほととぎす》の初音を待っていた短い夏の夜に。〔短か夜から当然夏へ季移りして、郭公という夏の景物を出す〕

13　恋ひわぶる故《ふる》郷《さと》人《びと》は音《おと》もせで　　祇

恋しく思っている故郷の人は、いっこう便りもしてくれないで。〔故郷を慕うという郭公がそれを嘆かしく思って鳴いて通り過ぎてゆくと、前句に付き、郭公に自分の気持を託している〕

11　**春季**（花）　夜分。木。注に「この前にかくの如く付け侍る事、無念極りなき也」とあり、佳句である前句を生かしきれなかったことを宗祇は残念がっている。
◇おどろけば　「おどろく」には目が覚めるの意もあり、「夢」と縁語。◇夢のみじか夜　夢のようにはかない短か夜。「みじか夜とあらば、夏の夜也。春をもみじか夜といふ也」（『連珠合璧集《れんじゅがっぺきしゅう》』）とあるように、「みじか夜」は普通夏だが、ここは春。「夢」は可隔七句物。

12　**夏季**（ほととぎす）　鳥。「みじか夜」と「ほととぎす」が寄合。注に「驚くの詞、又花さへ夢と云ふによく付き侍るか」とある。
◇山ほととぎす　これで一語。郭公に同じで『万葉集』『古今集』以下に見える歌語。山から出て鳴くのでいう。「ほととぎす」は一座一句物。

13　**雑**　人倫。付け様は注に「故郷をしたふ鳥なれば故郷人をうらむる心にや」（平松本）とあるように、「ほととぎす」に「故郷人」と付く。郭公が故郷をしたう鳥というのは、「むかしべや今もこひしきほととぎす故郷にしも鳴きて来つらむ」（『古今集』夏、壬生忠岑）による。
◇恋ひわぶる　恋しく思いなやんでいる。用例に「恋ひわびてうちぬるなかに行きかよふ夢のただぢはうつつならなむ」（『古今集』恋二、藤原敏行）。◇故郷人　故郷に住む人。

14　**雑**　水辺。「故郷」と「須磨」が寄合。注に指摘するように「山がつの庵にたけるしばしばもこととひ来なむ恋ふる里人」（『源氏物語』須磨）を本歌とする。同巻の「恋ひわびてなく音にまがふ浦浪は思ふ方より風や吹くらむ」も、「恋ひわぶる」から「浦浪」が出てくる因となっていると思われるが、この歌にあまり深く立ち入ると、次句に風が出てくることと差し障りがあるので、注にはあえて触れなかったか。◇すまの浦浪　須磨の浦に寄せる波。「須磨」は神戸市須磨区。名所は可隔三句物。「波」は可隔五句物。

1　**秋季**　注には「源氏の心あしくて大事に侍るを、吹く風にとどめてくさりよく付け侍り。又関吹き越ゆるの歌をとれり。一句初心の努々《ゆめゆめ》叶ふべからず」とある。「関吹き越ゆる」の歌は、須磨の巻の「行平の中納言の関ふき越ゆると言ひけむ浦浪」の引歌として、『伊行釈《いこうしやく》』『奥入《おくいり》』などの引く「旅人は袂《たもと》涼しくなりにけり関ふきこゆる須磨の浦風」（『続古今集』羇旅、在原行平）。もとよりこの歌が本歌。◇関　一座四句物。ここは名所の「関」。須磨は水辺だが「須磨の関」は水辺とはしない。◇風　可隔五句物。

2　**秋季**（霧）　聳物《そびきもの》。獣。「関」に「引く駒」と付く。注には「取合《とりあはせ》ばかり歟《か》」とある。「逢坂の関の清《し》水《みづ》に影見えて今や引くらむ望月《もちづき》の駒」（『拾遺集』秋、紀貫之）による。「望月の駒」は毎年八月信

14
かへるやいづこすまの浦《うら》浪《なみ》　　伊

寄せては返す須磨の浦波よ、おまえはいったいどこへ帰ってゆくのだろうか。恋しくてたまらない故郷の都からは、何の便りもないけれど。〔波は都へ返すのではないのかと、須磨にあって都恋しく思っている光源氏のおもかげ。もとより「須磨」の巻をしっかりと本説にとっている〕

（名残表）
1
秋ははや関越えきぬと吹く風に　　同

秋がはややって来たといわんばかりに関を越えて吹く風に。〔夏はどこに帰っていったのだろうかと前句に付く。これももとより源氏物語「須磨」による付合《つけあい》で、その引歌を本歌としている。須磨における光源氏の気持は述懐がかってくるおそれがあるのを、秋風だけにとどめたところが手腕だと宗祇はほめている。句順がまたここでかわる〕

2
引く駒《こま》しるし霧の夕かげ　　祇

濃国望月の牧場《まきば》から献上した駒。◇引く駒　貢進《こうしん》のために諸国の牧場から引いて来た馬。「駒」は一座一句物。◇しるし　きわだって見える。◇霧の夕かげ　霧と夕かげを助詞「の」で結ぶ連歌的表現。「夕かげ」は夕方のほの暗いかげの意で、『万葉集』にすでに見える歌語。「夕」の字は一座四句物（肖柏の『追加』）。

3　秋季（とやだしのたか）

◇とやだしのたかば　「とやだしのたか」は「竹《たか》葉《ば》」を掛け、「竹葉」の序。「鳥屋出の鷹」は鷹詞《たかことば》で、「鳥屋出の鷹　秋也。大鷹也」（『産衣』）とあり、鷹は夏になると鳥屋にこもって、毛がかわり、勇猛になる。秋になってその鳥屋から出てきた鷹をいう。「鳥」は可隔五句物、〈三裏12〉の「ほととぎす」と四句しか隔たらない。一句としては、「たかば」と掛詞として続いてゆく形なので、特に「鳥」とはしなかったか。「たかば」は竹の葉の意で、注に「竹のはかりしき、万葉によめり」とあるように、「大和《やまと》には聞こえも行くか大我野《おほがの》の竹葉《たかば》刈り敷きいほりせりとは」（『万葉集』一六七七）をふまえる。

4　秋季（月）　光物。夜分。山類。付け様は注に「ただ鷹ばかりにて竹葉《たかば》付かず。如何《いかが》つかうまつるべからん」とある。

◇月　可隔七句物、〈三裏10〉より七句隔たる。◇すさまじ　ここは冷えびえとしたさまに、恐ろしいさまが加わっている中世に入ってからの用法。

今しも引いて来た望月《もちづき》の駒の姿が、きわだってはっきりと見える。この霧の立ちこめている夕暮の暗い光の中に。〔前句の関を逢坂《おうさか》の関とし、貫之の歌によって駒引きを付けた。時刻を夕方とする。関と引く駒の取り合せだけだといっているが、風情のある景〕

3　とやだしのたかばかりしき一夜ねん　伊

竹の葉を刈り敷いて、そこを臥処《ふしど》に一夜寝ることとしよう。折しも引いて来た駒の姿が霧の中にもまだはっきりと見える夕暮の頃に。〔駒引きに鳥屋《とや》出しの鷹と秋の景物を並べた。しかも一句は鳥屋出しの鷹を序に用い、万葉集の歌をふまえて句作りするなど、かなり重い句〕

4　月にとまるも山はすさまじ　祇

月の美しい夜、木にとまっている鷹の姿もその光に照らし出され、山はまことにすさまじいばかりに静まりかえっている。〔前句の鷹だけをとり出しての付合で、もう一つの付けどころである竹の葉は捨てたのである〕

5　雑　述懐。衣裳。人倫。「山」と「岩」が寄合。付け様は注に「山はすさまじきによく付き侍るか」とある。◇身を捨衣　「身を捨て」と「捨衣」の掛詞より成る連歌的表現。「捨衣」は着る人もなく捨てられている衣。用例に「鈴鹿山伊勢をの海士《あま》のすて衣潮馴《しほな》れたりと人やみるらむ」（『後撰集』恋三、藤原伊尹《これただ》）。

6　雑　述懐。人倫。「岩」と「苔」、「衣」と「苔」（僧衣を「苔の衣」ということから）が寄合。◇苔の下　苔に埋もれた下。草葉のかげ。「句作りによりて大方述懐也。塚《つか》などの事也」（『産衣』）。用例に「たのみこしわが古寺の苔の下にいつしか朽ちむ名こそをしけれ」（『新古今集』雑下、慈円）など。◇誰をちぎらん　「を」は間投助詞。「と」を略した形。

7　雑　述懐。水辺。注に「心・詞《ことば》もともにあひて、付け所又比類無く候哉」と評する。◇この世　「世」は一座五句物。現世の意で、〈初裏

5
岩の上に身を捨衣《すてごろも》重ねわび　伊

俗世間を捨て、この岩屋にこもってきびしい仏道修行をしている身ではあっても、捨衣ともいうべき粗末な衣を重ねることはつらいことだ。このおそろしい山の中では。〔月の美しさは目にとまっても耐えきれない思いがすると前句をとって、山のすさまじいさまを具象化して付けた。四句続いた秋を去って、述懐の句とする〕

6
苔《こけ》の下とも誰《たれ》をちぎらん　祇

草葉の陰で逢《あ》おうなどとは言っても、誰と約束することができようか、この岩の上から身を投げてしまったら。〔前句の岩の上に身を捨てとあるのを文字通りに解しての付け。同じく述懐の句であるが変化が見られる〕

7
この世だにあふせもしらず渡川《わたりがは》　伊

この世に生きていたところでいつ逢えるかもわからないのに、ま

5〉と同じくただの世で細則は守られていない。◇あふせ　恋人どうしの会う機会。「瀬」は「川」と縁語。◇渡川　死後、冥途《めいど》へ行く途中にある川。三途の川。用例に「泣く涙雨と降らなむわたりがは水増《まさ》りなば帰りくるがに」(『古今集』哀傷、小野篁《たかむら》)。

8　**雑**　恋。水辺。「川」と「涙」が寄合。注に「更に付き侍らず。せめて水はとあらば少し付くべく候哉。其《それ》又同じ事なるべし」とある。「水は」とすれば、前句「渡川」の重い句に対応できると考えたか。◇涙の水　涙がこぼれて生じた水。和歌には見られない連歌的表現。

9　**雑**　恋。水辺。注に「涙の水か様《やう》に取りなさる一興也」とある。◇江口の舟　「江口」は淀川の川口、神崎《かんざき》川との分岐《ぶんき》点に当り、平安時代から舟運《しゅううん》の要所として栄えたところ。遊女が多くいて、特に西行と問答した話は著名。ここは、遊女を乗せた舟。「舟」は可隔七句物。名所は可隔三句物。◇ながれきて　「ながれ」は遊女を「流れの君」ともいうことにより「江口」の縁語。

して三途《さんず》の川を渡ってしまった後で逢おうなどと約束できようか。〔前句の契りを受けて、恋の意をふまえつつ述懐の句とする。述懐が三句まで続いてしまったが、これは注にもいう通り、いかにも巧みな付け〕

8　涙の水のなほまされとや　祇

私の悲しみの涙をもっともっとふやせとおっしゃるのですか。あなたは、三途の川をお渡りになるなんて。〔一句は思う人のつれなさをなじる恋の句。前句に付くとあの世で逢おうと言い残して死んでいく人へ呼びかけた言葉となる〕

9　引きとめぬ江口の舟のながれきて　伊

誰も引きとめて招こうともしない江口の遊女を乗せた舟が流れ流れて。〔涙がいっそうあふれるようにとでもいうのかと、前句を遊女のこととして付ける。前句の涙の水から船逍遥《ふなじょうよう》の遊君《ゆうくん》を持ち出してきた奇抜さが一興《いっきょう》と宗祇は評している〕

10　**雑**　夜分。聳物《そびきもの》。「江口」に「伊駒」と付く。注に「前、大事に侍れば、すやりて遣るばかり候」とある。ただ遣句《やりく》で付けたというのである。◇伊駒　生駒《いこま》山。大阪府と奈良県の境にある山。『万葉集』以来の歌枕。「江口」からは東南に見える。名所は可隔三句物。

11　**春季**(花)　木。「雲」と「林」が寄合。注に「伊駒と花の林と付くべきを、少し中に詞《ことば》を入れて沙汰《さた》ある事、作者の本意候也」とあるように、「伊駒の雲」から「花の林」と付く。『伊勢物語』六十七段の、「昔、男逍遥《せうえう》しに、思ふどちかいつらねて和泉《いづみ》の国へ二月許《きさらぎばかり》にいきけり。河内《かはち》の国生駒の山を見れば曇りみ晴れみたちゐる雲やまず。……きのふけふ雲のたちまひ隠ろふは花の林をうしとなりけり」を本説とする。

12　**春季**　鳥。「林」と「鳥」が寄合。注には何とも言っていないが、「三月《やよひ》の二十日あまりの頃ほひ、春の御前《まへ》の有様、つねより殊につくしてにほふ花の色・鳥の声、ほかのさとには、まだ古りぬにやと

10

見れば伊駒《いこま》の雲ぞ明け行く　祇

遠くを眺めると、はや生駒《いこま》の山にかかっている雲も夜明けのあかね色に染まってゆく。〔江口からの遠望で、時刻を明け方のこととする。述懐、恋と続いているので、江口の舟から遊女のことを深くあしらうことを避け、ただ地名だけをつないで、叙景の句とした。展開を考えたすぐれた遣句《やりく》〕

11

花やまづいとも林ににほふらん　伊

生駒の山を立ち隠していた雲が晴れた。花は先ずその林の中で美しく咲きにおっていることであろう。〔伊勢物語を本説として、「伊駒の雲」から、「花の林」と付けた。注によれば、「花の林」の間に「まづいとも」という言葉をはさんで用いたところが、作者のねらいどころだというのである〕

12

春に声する鳥の色々　祇

春が訪れて、花咲く林の中では、いろいろな鳥がさかんにさえず

珍らしう、見え聞ゆ」（冒頭の、六条院紫の上方の春の庭の景）とある『源氏物語』の胡蝶の巻を下地においている。
◇鳥　一座四句物。〈初裏1〉の「鳥」は狩場《かりば》の鳥。ここは春の鳥。

13　**春季**（てふ）　衣裳。虫。人倫。付け様は注に「鳥のいろいろはあまたの鳥なるを、蝶《てふ》を入れ色々と取り付く也。春に声する糸竹《いとたけ》の心なるべし」とある。糸竹は管絃で、胡蝶の楽《がく》をいう。
◇袖かへす　舞の袖を返す。舞の手ぶり。「袖」は可隔五句物。◇てふの舞人　胡蝶の舞を舞う舞人。「鳥・蝶に装束《しやうぞ》きわけたる童《わらは》べ八人、かたちなど殊に調へさせ給ひて」（『源氏物語』胡蝶）。

14　**雑**　「蝶」と「夢」が寄合。『荘子』に見える「胡蝶の夢」（荘周が夢で胡蝶となり、さめて後、自分が夢で胡蝶になったのか、胡蝶が今夢の中で自分になっているのかを疑ったという故事）による。注に「胡蝶の巻の心などは三句にやわたるべからんとか様《やう》に作《さく》す。あまりにややすく侍る也」とあり、巻を変えてならともかく、同じ本説によって三句続けることはできないと、ここではじめて打越《うちこし》にも胡蝶の巻をふまえていたことを明かしている。
◇はかな　「はかなし」の語幹。ここで切れる句法。
◇夢　可隔七句物。

っている。〔ごく軽く付け流したようであるが、源氏物語「胡蝶《こちよう》」をそれとなくにおわせた句作り」

13
袖かへすてふの舞人《まひびと》折《をり》をえて　　伊

胡蝶の装束を着けた舞人は、いかにも春という季節にふさわしく、管絃《かんげん》の音にあわせて袖を振り美しく舞って。鳥の装束を着けた舞人も加わってさまざまに舞が繰りひろげられる。〔前句にすでに源氏物語「胡蝶」が下地におかれていたのを、知ってか知らずしてか、とにかくあらわにこの巻を本説にしての付け。こういった本説は見のがさないのが宗伊の特色であった」

14
あそぶもはかなたはぶれも夢　　祇

遊びたわむれるのも、所詮《しよせん》はかないしばしの夢。この世はあの胡蝶の夢のようなものなのだ。〔荘子《そうじ》の胡蝶の夢の故事によって、蝶から夢をもってきただけの句。源氏物語「胡蝶」は三句にわたっては付けられないからやむを得なかったのだと宗祇はいっている」

（名残裏）

1　いくほどと命のうちをおもふらん　同

これから先、どれほど長生きができると思っているのだろうか。命などはかないものなのに、あのように遊びたわむれてばかりいて。〔荘子の故事などの寄合を捨てて、ただ心付けだけによった遣句《やりく》。また、句順をいれかえる〕

2　あすをまたんもしらぬ恋しさ　伊

明日をもわからぬ命と思えばこそ、明日の逢瀬《おうせ》を約束して帰って行った人が無性《むしょう》に恋しくて。〔前句を肯定して、そうだからこそ恋しいとたたみかけた。ここで恋の句となる〕

3　いたづらにたのめし月を独《ひとり》みて　祇

明日また訪ねようといって帰っていったあの人、その言葉を信じて月の出るころを頼りにしていたのに、それも空しくなって今はひとりその月を眺めている。〔同じく待つ女の恋。月を出して、季は秋となる〕

1　**雑**　注に「捨がたき所に（京大本は「所に」が「心ニ」）侍ればかなはずして心をたのむ計《ばかり》也」（大東急本）とあり、ただ心付けだという。◇命　一座二句物。

2　**雑**　恋。「命」に「あすしらぬ」と付く。「明日しらぬ命をぞ思ふ自《おのづか》らあらばあふよを待つにつけても」（『新古今集』恋二、殷富門院大輔《いんぷもんいんのたいふ》）などによる。注に「やすらかにしかも前に付き侍るにや」とある。◇恋しさ　「恋しく」「恋しき」と言いかえて一座二句物。ただし、〈初裏4〉も「恋しさ」とあった。

3　**秋季**(月)　恋。光物。夜分。人倫。注に「前には付く様に侍れど、一句あまりにやすくて、思ふ所も侍らず」（大東急本）とある。◇いたづらに　空しく。◇たのめし月　頼みにさせていた月。「たのめ」は「頼む」（下二段、他動詞形）の連用形。月が出るころともなれば、恋人が訪ねてくると頼みにしていたのである。◇独　一座三句物、〈初裏12〉に既出。ここは恋の場合。

4
秋風つらくねやぞあれ行く　伊

つれない秋風が吹きこみ、明るい月の光がさしこんで、荒れはてた閨《ねや》をまざまざとうつし出す。〔いたずらに夜だけが更けてゆく、これも来ぬ男を待つ女の風情を、風や月によってとらえた。以上恋三句となる〕

5
虫の音《ね》や軒のしのぶにみだるらん　祇

軒に生える忍草、その忍ぶという名のように、虫が声をひそめて乱れ鳴いているようだ。〔秋の軒近くしきりに鳴いている虫の音を配し、秋も深まってゆく季節感をとらえた〕

6
はのぼる露のたかき荻《をぎ》はら　伊

丈の高い荻が生えている野原、そこには葉を登っていったのかと思われるような露が置いていて。〔前句を秋の虫が軒の忍草の中で鳴き乱れているととりなしての付け。「虫」に「露」、「軒」に「荻」と寄合も細かく取っている〕

4　**秋季（秋風）**　恋。注に「かくれたる所なし」（大東急本。京大本は評語欠文）。◇秋風　一座二句物。一つは「秋の風」と用いると限定されていたが、肖柏の『追加』では言いかえるに及ばないとする。ここもすでに〈二表6〉に「秋かぜ」として既出。◇ねや　寝室。一座一句物。

5　**秋季（虫）**　居所。草。虫。「虫」は可隔五句物、〈名表13〉の「てふ」より五句隔たる。◇虫の音　ただの「虫」は一座一句物。◇軒のしのぶに　「軒の」は「しのぶ」をいうための序。「忍ぶのように」という意で、「乱る」に続ける。用例に「みちのくのしのぶもぢずり誰故に乱れむと思ふ我ならなくに」（『古今集』恋四、源融《とおる》。『伊勢物語』初段）。注に「しのぶとは、しのぶやうにといふ心也。但、きこえがたくや」とある。

6　**秋季（露）**　降物。草。「虫」と「露」、「軒」と「荻」が寄合。付け様は注に「是はしのぶに虫の鳴きたる様に取り成さるる也」とある。◇はのぼる露　葉を登っていったかと思われるように高いところに置いている露。連歌的表現であるが、用例に「はやいでて門田《かどた》にやどれ秋の月葉のぼる露の数やみゆると」（『夫木抄』一三、源俊頼）の歌も見られる。「葉」は一座四句物。◇荻はら　荻の生えている原。「荻」は一座三句物。

7　**秋季（霧）**　聳物《そびきもの》。水辺。「荻」と「浜」が寄合。注に「よくも侍らず」とある。
◇浜路　浜辺の道。◇しらす　白洲。海や川などで白砂がもりあがってできた中洲。用例に「難波潟《なにはがた》潮干《ひ》ば群れて出でたたむしらすの崎の小貝拾ひに」（『山家集』下）。

8　**雑**　水辺。「浜路のしらす」に「島」と付く。注に「祝言の心ばかり也」とある。
◇なびく君が代　心から従い服している御治世。「代」は一つは「神代」、一つは「君が代」と用いて一座二句物。

7
閑《しづか》なる浜路《はまぢ》のしらす霧晴れて　祇

丈の高い浜荻《はまおぎ》が生えている静かな浜辺の道、立ちこめていた霧も晴れて、白砂の洲《す》がくっきりと浮んで見える。〔前句の荻を浜荻として、海辺の景を付ける。秋がついに五句となる。秋ではあるが、霧晴れてと結んで、挙句《あげく》の祝言《しゅうげん》につないでゆく〕

8
島のほかまでなびく君《きみ》が代《よ》　伊

大八《おおや》洲《しま》とよばれるわが国はもちろんのこと、その他の国々までも、心からなびきふしているありがたい御治世である。〔定石《じょうせき》通り祝言でおさめる〕

水無瀬三吟

◇底本　名古屋市鶴舞図書館蔵本。一巻。室町末期写。

◇校合本　柿衛《かきもり》文庫蔵本（宗長筆。『日本古典会』複製。岡田本と略称）。九州大学支子《くちなし》文庫蔵本（室町末期写。九大本と略称）。小西甚一氏蔵本（室町末期写。日本詩人選『宗祇』の底本。小西本と略称）。天理図書館綿屋文庫蔵本（伝宗鑑筆。天理本と略称）。および注釈の項の古注の本文。

◇注釈

小西甚一氏蔵「宗祇集」（中世文芸叢書『宗祇連歌古注』に翻刻。日本古典文学大系『連歌集』の底本。古注と略称）。唯一の古注であるが、自注ではない。

福井久蔵氏『連歌文学の研究』所収。

金子金治郎氏『宗祇作品集』（頭注）、「水無瀬三吟百韻評釈」（『国文学』昭和四十年〜四十一年）。

伊地知鐵男氏『連歌集』（日本古典文学大系）。

小西甚一氏『宗祇』（日本詩人選）。

山崎敏夫氏「私の『水無瀬三吟』」（『周辺』昭和四十四年七月。『東明微范』所収）。

◇成立　長享二年（一四八八）正月二十二日（静嘉堂文庫蔵「連歌集書」所収本等の端作《はしづく》りによる。二十二日は後鳥羽院の月忌。沖森直三郎氏蔵室町期写本は二十三日）の張行《ちょうぎょう》。後鳥羽院の水無瀬の廟《びょう》に奉納。場所は山崎（京都府大山崎町）とする小西説に従う。

◇連衆　宗祇とその高弟肖柏《しょうはく》・宗長《そうちょう》による三吟。

宗祇　三四句。既出。時に六十八歳。

肖柏　三三句。時に四十六歳。中院通淳《なかのいんみちあつ》の子。夢庵《むあん》。牡丹花《ぼたんか》。大永七年（一五二七）没、八十五歳。

宗長　三三句。時に四十一歳。初め宗観《そうかん》。柴屋軒《さいおくけん》。駿河《するが》島田の人。今川氏に仕える。享禄五年（一五三二）没、八十五歳。

賦《ふす》何《なに》人《ひと》連《れん》歌《が》

長享二年正月二十二日

（初表）

1 雪ながら山もとかすむ夕《ゆふべ》かな　　宗祇

はるかに見渡すと水《み》無《な》瀬《せ》山の麓《ふもと》のあたりは残雪のあるままに、春霞《がすみ》にかすんで見え、いかにも後《ご》鳥《と》羽《ば》院の名歌が彷彿《ほうふつ》とする美しい夕景色。〔水無瀬法楽《ほうらく》にふさわしく後鳥羽院の歌を本歌としながら、さらに残雪という現実の景を添えている〕

2 行く水とほく梅にほふ里　　肖柏

雪消《ゆきげ》の水が遠くから流れ来て、あたりには梅の咲き匂っている里。〔里は山の麓の里、前を流れ行く水は峰よりの雪消の水であるとし、前句が遠望の景となる。やはり水無瀬川を詠んだ古歌の語をふまえて、発句《ほつく》に応じている〕

◇賦何人　発句《ほつく》に「山」があり、「山人《やまびと》」の熟語をつくる。『連歌初学抄』賦物篇《ふしものへん》に「山人」が見える。張《ちよう》行《ぎよう》年次は静嘉堂文庫本により補う。

1 **春季**（かすむ）　降物《ふりもの》。山類《さんるい》。切字《きれじ》「かな」。本歌「見渡せば山もと霞む水無瀬川夕べは秋となにおもひけむ」（『新古今集』春上、後鳥羽院）。この歌は『元久詩歌合《げんきゆうしいかあわせ》』における「水郷春望」の題詠であるが、水無瀬離宮における眼前の眺望を思いうかべての詠《えい》。◇雪ながら　残雪の景。古注に「ただ山本霞む夕べさへ面白きに、雪ながらの景気《けいき》珍重とぞ」とある。「雪」は一座四句物。

2 **春季**（梅）　水辺《すいへん》。居所《きよしよ》。木。「雪」と「梅」が寄《より》合《あい》。『八《や》雲《くも》御抄《みしよう》』に「万（万葉集）に、空より雪のながれくる、梅の事也」とあり、「わが園に梅の花散るひさかたの天より雪の流れ来るかも」（『万葉集』八二二、大伴旅人《たびと》）の歌に基づく。「山もと」に「里」と付く。古注にも「里は山本の里なるべし」と指摘。◇行く水　古注に「嶺《みね》には雪ながら、麓には雪消の水ゆうゆうとながるる躰《てい》也」とあるように、ここでは流れゆく雪消の水。「水無瀬川ありてゆく水なくばこそつひにわが身をたえぬと思はめ」（『古今集』恋五、読人しらず）の歌をふまえて、水無瀬川の流れをさすこととなる。「水」は可隔五句物。◇梅　一座五句物。

3 川かぜに一むら柳春みえて　宗長

川辺にあるひとむらの柳が風になびいてその緑が際立ち、一段と春めいて見え。〔川辺の梅匂う里。川風によって春景色に動きを与える〕

4 舟さすおとはしるき明《あけ》がた　祇

川舟の棹《さお》さす水の音だけははっきりと聞えてくる明け方。〔わずかに風があって、柳の緑が際立つ景。音を点出《てんしゅつ》し、聴覚に訴える〕

5 月は猶《なほ》霧わたる夜《よ》にのこるらん　柏

たちこめている夜霧に隠れているが、月はまだ残っているであろう。〔水音だけが聞えてくるのは、霧のためだとする。夜霧を通しての秋の月は聴覚だけの世界に視覚を添える〕

6 霜おく野はら秋はくれけり　長

白々と霜の置いている野原、秋はもう暮れてしまった。〔前句の

3 **春季**　水辺。木。「梅」と「柳」が寄合。「行く水」に「川」と付く。◇かぜ　可隔五句物。◇一むら柳　ひとかたまりの柳。連歌的表現。◇春みえて　古注に「柳は風なき時は緑見えぬものなり」とある。

4 **雑《ぞう》**　夜分《やぶん》。水辺。「川」と「舟」が寄合。◇舟さすおとは　「音も」とする諸本が多く、九大本は「も」を消して「の」とする。表現のゆれていたところ。「舟」は可隔七句物。◇しるき　それとはっきり聞える。◇明がた　古注に「明けがたにて春見えてと云ふ所おもしろきとぞ」とある。

5 **秋季**(月・霧)　光物《ひかりもの》。夜分。聳物《そびきもの》。「おとはしるき」に「霧わたる」と付く。◇月は　諸本多く「月や」とする。◇霧わたる　和歌には少なく連歌的表現。◇のこるらん　古注に「夜は明けぬれど、霧にてくらきにより、夜のやうに月の残りたると也」とある。まだ夜が明けきっていない頃のさま。

6 **秋季**　降物。降物は可隔三句物、発句の「雪」より四句隔たる。「月」と「霜」が寄合。◇霜　ここは秋の霜。古注に「月は霧わたる夜に残り

て、霜おく野は秋暮れたると也。霧と霜とたいしたる也」とある。◇野はら　「野」は可隔五句物。

7　**秋季（虫）**　草。虫。「霜」と「草かれ」が寄合。◇虫　一座一句物。◇心ともなく　容赦《ようしや》することなく。用例に「詠《なが》めわび月の誘ふに任《まか》すればいづくにとまる心ともなし」（『玉葉集』秋下、藤原頼氏《よりうじ》）など。古注に「草のかれ、霜おくを虫のきらふことなれば、さて心ともなくと也」とある。

8　**雑**　居所。「草かれて」に「あらはなる道」と付く。◇垣ね　「垣」は一座二句物。◇あらはなる道　「あらは」は内部に隠れているものがむき出しに見えるさま。垣根の草が枯れて、垣根に沿った道が、土までもまる見えであることをいう。「道」は可隔五句物。

1　**雑**　山類。居所。「あらはなる」に「あらし」と付く。◇あらしに送る　「送る」は諸本仮名書き。従って、「遅る」ととる説もあるが、「深山の栖《すみか》などは常に嵐吹きて、かきねなどあらはなると也」（古注）によれば、「日々を嵐の吹き荒れる中に送っている」ととるべきであろう。底本ははっきりと「送る」の字を書いている。「嵐」は一座一句物。

残月を暮秋の残月と見て、打越《うちこし》を離れる。空の霧に野の霜を対置する〕

7　なく虫の心ともなく草かれて　　祇

草はどんどんと枯れてゆく。その陰で、心細く鳴いている虫の心などはかまわずに。〔秋が急速に去ってゆこうとするわびしさ。虫や草に心があるごとく、擬人法でとらえたところが眼目〕

8　垣ねをとへばあらはなる道　　柏

垣根沿いの道を訪ねてゆくと、草も枯れ、土の地肌もあらわに見えている。〔叙景の句ながら垣根を訪ねゆく人をそれとなく点出する〕

（初裏）

1　山ふかき里やあらしに送るらん　　長

山深い里では、日々を嵐《あらし》の吹き荒れる中に送っているのであろう。〔前句の垣根を、山深い里のこととし、その草もまばらで道もあらわなのは、嵐に吹き荒されたためとする〕

2 なれぬ住居《すまゐ》ぞさびしさもうき　祇

嵐が毎日のように吹きすさぶ山深い里でどうお過しかと尋ねてくれる人もあるが、まだ住みなれていないからこそ、そのさびしさがつらいのだ。〔言葉とは逆に、馴《な》れてさえしまえばつらいとも思わないと山深い里に住みついた人の心境をいう〕

3 今更にひとりある身を思ふなよ　柏

人はもともと孤独なもの、いまさらこと新しくくよくよと思わぬがよい。〔前句を文字通りに、馴れぬ住居のさびしさを嘆いているものととり、それを慰めている〕

4 うつろはむとはかねてしらずや　長

栄枯盛衰《えいこせいすい》、有為転変《ういてんぺん》、この世は移り変ってゆくものだということぐらい前々から覚悟していた筈ではないか。〔いまさら孤独をくやまぬがよいという人に、さらに別の人が強く重ねて言ったもの。どちらも忠告の言葉ととる〕

2 **雑**　前句とは問答をしている形で付く。◇住居　住むこと。居所と打越《うちこし》を嫌うべき物とされているが、居所とはしない。◇さびしさもうき　古注に「山ふかき里に生《うま》れ付きて有るほどに、うきもなき」とあるように、「なれぬ住居」を主体に逆の表現をとった形。「うき」は普通は述懐にするが、ここは、ただ心情を表出しただけなので、述懐とはとらないとする説に従う。

3 **雑**　述懐《しゅつかい》。人倫《じんりん》。◇今更に　今になって。こと新しく。「思ふなよ」に掛る。◇ひとりある身　古注に「惣別《そうべつ》、ひとり住むと也」とあるように、ここは孤独である身の上の意。「夕されば人待つ虫の鳴くなべにひとりある身ぞおき所なき」(『玉葉集』恋四、紀貫之《きのつらゆき》)は恋の場合である。◇思ふなよ　呼びかけの表現。連歌に多い。

4 **雑**　述懐。◇うつろはむ　「うつろふ」は、移り変る。栄枯盛衰の移りゆく。用例に「色見えでうつろふものは世の中の人の心の花にぞありける」(『古今集』恋五、小野小町)など。◇しらずや　「ずや」は反語。古注に「うつろはんとは、前より覚悟にてあるほどに、今更にひとり有ること思はぬと。ずや・めやのてにはの使い方)是にて心得べし」とある。

5　**春季**(花)　述懐（ここは無常）。降物。木。「うつろふ」と「花」が寄合。「うつろふ」を花の散ることとする。

◇置きわぶる　花が散ってしまったため露を結ぼうとして結び得ないさま。前句の「知らずや」の反語を、ただ「知らぬ」の意にとって、露を擬人化していう。◇花に　「花に置きわぶる露こそ哀れなれ」と続く倒置の語法。「花」は一座四句物。

6　**春季**(かすむ)　光物。「露」と「のこる」が寄合。「置きわぶる露」に「のこる日」と付く。

古注に「残る日に露置きては、消え消えとしたるなり」とあるように、置きわぶる原因を残る日のためとする。

◇まだのこる日　暮れてゆく夕陽がまだわずかに残っている状態。残照《ざんしょう》。「空はまだ残る日影の薄霧に露見えそめて庭ぞ暮れゆく」(『風雅集』雑上、明通《みょうつう》)など、『玉葉集』『風雅集』に多く見られる感覚的とらえ方。◇かげ　光。ここは夕陽の光。

7　**春季**(鳥のかへる)　鳥。「のこる日」に「鳥のかへる」と付く。

◇暮れぬとや　古注に「霞みたるにより暮れたると思ひて、鳥の帰るかとなり」とある。◇鳥のかへる　鳥がねぐらに帰る。『産衣《うぶぎぬ》』に「鳥の帰る　春也。但し句に依るべし」とある。ねぐらに帰る鳥では必ずしも春とはならないが、春北方へ帰ってゆく鳥ととるのは句意が不自然となる。「鳥」は一座四句物。

5
置きわぶる露こそ花に哀れなれ　祇

花の上に結びかねている露はいかにも哀れである。花はすぐに散るものだということも知らずに。〔無常を説くのに、花と露に託して美しく詠嘆的にうたいあげている。述懐の続いたあとを、鮮やかに展開をはかった宗祇の独擅《どくせん》場〕

6
まだのこる日のうちかすむかげ　柏

まだかすかに残っている夕陽《ひ》、春霞にかすむその光に、露も消え消えとして、結びかねている。〔前句の露を夕露とし、露が置きわびているのは、夕陽のためだとする。繊細な美意識で捉《とら》えた句〕

7
暮れぬとや鳴《な》きつつ鳥のかへるらむ　長

もう日が暮れたと思ったのだろうか、鳥は鳴きかわしながらねぐらに帰ってゆくようだ。〔夕日がかすんで暗くなったという前句を、鳥はそれを日が暮れたと思って……と付けた。枕草子の「秋は夕暮」の光景を思い出させるようなおもむき〕

8 み山をゆけばわく空もなし　祇

昼なお暗い深山をふみ分けて行くと、どこをどう歩いているのか方角さえわからない。〔その暗さのために鳥も日が暮れたと思って帰ってゆくのかと見る。深山の中を行きなやむ旅人の心境を、前句の鳥が帰ってゆく哀れさに通うものとして付けた〕

9 はるるまも袖《そで》はしぐれの旅衣　柏

時雨《しぐれ》の晴れ間にも、袖は旅の悲しさにこぼす時雨のような涙に濡れ、旅衣は乾く時もない。〔前句の「わく空もなし」を、時雨と涙で弁別しがたいことにする。助詞を巧みに用いた気のきいた句〕

10 わが草まくら月ややつさむ　長

旅寝のわびしさに落ちる涙のために、美しい月もくもってみすぼらしいものにすることであろう。〔月は時雨などによって、その美しさがおおわれることが多いが、今は、涙でくもらせてしまうとする。前句の時雨を秋の時雨としての冬から秋への季移り〕

8　**雑**　旅。山類。「鳥」と「み山」「空」が寄合。◇み山　奥深い山。端山《はやま》に対していう。古注に「深山《みやま》は昼も暗き物也。鳥も暮れたると思ひて帰るかとなり」とある。◇わく空もなし　分け行く方角もわからない。類似の用例に「波の上に見えし小島の島がくれ行く空もなし君に別れて」（『拾遺集』別、笠金岡《かさのかなおか》）など。「空」は一座四句物。「もなし」は一座二句物。

9　**冬季**（しぐれ）　旅。降物。衣裳《いしょう》。降物は可隔三句物、〈初裏5〉の「露」より三句隔たる。◇はるるま　時雨の晴れ間《ま》。◇袖　旅衣の袖。「袖」は可隔五句物。◇しぐれ　一座二句物（秋・冬各一）。ここは冬の時雨。古注に「空の時雨は晴れぬれど、深山を行くかなしさに、袖には時雨はれぬと也」とあるように、涙の比喩《ひゆ》としている。◇旅衣　「旅」の字は一座二句物。

10　**秋季**（月）　旅。光物。夜分。光物は可隔三句物、〈初裏6〉の「日」より三句隔たる。「旅」と「草枕」が寄合。「しぐれ」に「月ややつさむ」と付く。◇わが草まくら　古注に「わが草枕のふしぎの旅ね」とあり、「ふしぎ」は粗末なの意。「わが」は自分を卑《ひ》下《げ》する意に用いている。◇月ややつさむ　〝月をや〟の〝を〟を省略。「くまもなき折しも人を思ひ出でて心と月をやつしつるかな」（『新古今集』恋四、西行）は、恋のために自分の心によって月を見すぼらしいものにするの意だが、この句では、心ならずも、わびしい旅寝の涙で月を見すぼらしいものにする、の意。

11
いたづらにあかすよおほく秋更《ふ》けて　祇

恋しい女と逢《あ》うこともできず、ひとり寝の夜を重ねているうちに秋も更けてしまった。〔そういう恋の思いのために月を賞《め》でることもなくと前句に続く。旅が三句続いたので恋としたが、前句の草枕の響きが強く、旅を離れるのに苦慮したことが窺《うかが》われる〕

12
夢にうらむるをぎの上《うは》かぜ　柏

夢であったかと思うと恨めしい……恋しい人の訪れと思わせた荻《おぎ》の上を吹きわたる風の音は。〔前句の、いたずらにひとり寝ばかりしているのは女の側とする〕

13
みしはみなふる郷《さと》人の跡もうし　長

故郷を訪れて見ると、目に映るものはみな今はなき人々の旧跡ばかりで、まことに悲しい。故郷の人を見た夢までも恨めしく思われて。〔一句は眼前の景。前句には、故郷の人を見ていた夢が、荻の上風にさまされたあとは、その夢までも恨めしいと付く〕

11　**秋季**　恋。夜分。「草まくら」に「あかすよ」と付く。
◇いたづらにあかす　共寝をせずに夜を明かす。古注の「歌などよみてこそ月は見るべけれ。いたづらに明かすをやつすと付け給ふ也」に従えば、恋とはならないが、恋と見る方が展開に富む。

12　**秋季**(をぎ)　恋。夜分。草。「よ」(夜)に「夢」と付く。
◇夢にうらむる　夢であったために、荻の上風を恨めしく思う。「夢」は可隔七句物。◇をぎの上かぜ　荻の上を吹く風。古注は「荻の声におどろきて、夢をも見ず、いたづらにあかすと也」とあり、必ずしも恋とは見ていないが、「我が恋はいまを限りと夕ま暮荻吹く風の音づれてゆく」(『新古今集』恋四、俊恵《しゅんえ》)など、恋人が来たのかと胸を騒がせる場合に用いることが多い。

13　**雑**　人倫。「をぎ」と「ふる郷」が寄合。謡曲「放下僧《ほうかそう》」にも「荻の葉そよぐ古里の」とあり、古歌にもとづくと思われるが未詳。「夢」に「みし」と付く。
◇ふる郷人　故郷にいる人。昔馴染《なじみ》の人。用例に「珍しと故郷人も待ちぞ見む花の錦《にしき》を着て帰る君」(『源氏物語』梅枝《うめがえ》)など。「故郷」は一座二句物。◇うし「みしはみなふる郷人の跡」を受ける。岡田本・九大本・小西本等「なし」とする本文もある。

14　老のゆくへよなににかからむ　祇

老後のこれから先というもの、何を頼りとして生きていくことであろうか。〔昔馴染の人もすでになく、その旧跡だけが残る故郷を眼前にしての述懐。平明であって、感情が深くこもっている〕

（二表）

1　色もなきことの葉をだに哀《あはれ》しれ　柏

何の風情《ふぜい》とてないつまらぬ歌であっても、せめて歌を詠むことによってもののあわれも知り、老後の慰めとするがよい。〔これも真実味があっておもしろい述懐の句〕

2　それも友なるゆふぐれの空　祇

ものがなしい思いに誘う夕暮の空、それもわがためには友であることだ。〔つまらぬ歌、それも友だが、この夕暮の空の風情もと視点を景物に移す。宗長の番なのに宗祇が付けたのは、景の句へと転換をはかりたかったことによろう〕

14　**雑**　述懐。

◇老のゆくへ　老後のこれからのこと。和歌にはあまり見られないが、無理のない表現。◇よ　呼びかけ。連歌に多い。◇かからむ　「かかる」は、よりかかる、頼りとするの意。古注に「旧友などはみななくなりて、何にかからんと也」とある。

1　**雑**　述懐。

◇色もなきことの葉　何の風情とてないつまらない歌。「言の葉に色は無けれど思ひやる心を添へて哀れとや見る」（『風雅集』雑下、花園院）と同じ用い方。「ことの葉」は一座二句物。古注に「歌など下手にても、老の友これよりほかになきと也」とあり、ここは歌の意。◇だに　九大本は「さへ」。◇哀しれものの あわれを知って慰めとせよ。命令形で止めるのは、下知《げじ》といって連歌に多い表現。

2　**雑**　「色もなき」に「ゆふぐれ」と付く。「見渡せば花も紅葉もなかりけり浦の苫屋《とまや》の秋の夕暮」（『新古今集』秋上、藤原定家）を暗にふまえるか。◇それ　古注に「言の葉の道よくあらでも、それも友と也。一句は、夕べも友と也」とあるように、前句との関係では「言の葉」、一句としては「夕暮の空」を指す。◇友　伴侶《はんりょ》。ここは人倫とは見ない。◇ゆふぐれの空　「身にとまる思ひを荻のうは葉にて此の比《ごろ》かなし夕暮の空」（『新古今集』秋上、慈円《じえん》）など、夕暮の空はものがなしい思いを誘うものとされた。「夕」の字、「空」、ともに一座四句物。

3 雲にけふ花散りはつる嶺《みね》こえて　長

友であった花の名残《なごり》をとどめる雲、花を偲《しの》ばせていた雲も、今日は花の散り果てた嶺を越えてしまって。〔花を詠みこんで春の句とはしたが、もっぱらその名残の雲を詠むにとどまっている〕

4 きけばいまはの春のかりがね　柏

じっと聞き耳を立てていると、今は花も散り果てた春の暮とて、北国へ帰ろうとする雁《かり》の声がする。〔前句の「嶺こえて」の主体を雁とする。「いまは」の語に新古今集の歌をひびかせ、帰雁《きがん》を点出して、春の風情をもりあげる〕

5 おぼろけの月かは人もまてしばし　祇

なみたいていの月であろうか。いや、格別美しい春のおぼろ月だ。雁も人もしばし待ってくれ。〔宗祇が「それも友なる……」で用意した春景色は、やはりこの宗祇の句に至って絶頂となる。「おぼろけ」の掛詞には、源氏物語のおもかげもただよう〕

3 **春季(花)** 聳物《そびきもの》。山類。木。「空」と「雲」が寄合。

◇雲に 「雲」は花の名残の雲。「散る花の忘れがたみの峰の雲そをだに残せ春の山風」(『新古今集』春下、藤原良平《よしひら》)と同じ用い方。九大本の「雲も」をとれば雲が嶺を越えてという意がはっきりする。人が嶺を越えて、とすると旅の句となり、すぐあとの〈二表6〉に旅があるので、旅は可隔五句物の式目《しきもく》に反する。

4 **春季(春のかりがね)** 鳥。「雲」に「かりがね」と付く。

◇きけば 雁の声を聞くのであるが、直接に受ける語はない。◇いまはの 「今は花散りはてたる暮」(古注)と「今は帰らん」を掛ける。「帰る雁いまはの心ありあけに月と花との名こそ惜しけれ」(『新古今集』春上、藤原良経)を暗にふまえて、散ったあとならば花の名誉を傷つけることもあるまいから、今は心残りなく帰ろうと、雁を擬人化している。◇春のかりがね 春、北方に帰ってゆく雁。「かりがね」で雁の意。「雁」は一座二句物(春・秋各一)。

5 **春季(朧月)** 光物。夜分。人倫。

◇おぼろけ 「月のおぼろ」と「おぼろけ」を掛ける。「深き夜のあはれを知るも入る月のおぼろけならぬ契りとぞ思ふ」(『源氏物語』花宴《はなのえん》)と同じ用法。「おぼろけ」は、なみたいてい、ありきたりの意。◇まてしばし 和歌にはあまり詠まれない連歌好みの会話的表現。

6　**秋季**　旅。夜分。降物。「おぼろけの月」に「あけぼの」と付く。「今はとてたのむの雁もうちわびぬ朧月夜《おぼろづくよ》の曙の空」（『新古今集』春上、寂《じゃく》蓮《れん》）による。一句の情景、語句はもっぱら「忘れめやあふひを草にひき結びかりねの野辺の露のあけぼの」（『新古今集』夏、式子《しょくし》内親王）の下句による。◇かりね　旅寝。◇あけぼの　九大本は「明闇《あけぐれ》」。

7　**秋季**（霧）　聳物《そびきもの》。居所。◇するゑ野　眺めやる前方にひろがる野原。用例に「跡もなき末野《すゑの》の竹の雪折れに霞むやけぶり人は住みけり」（『玉葉集』冬、藤原定家）。「野」は可隔五句物。◇里はるかに　「はるかに」で中止法。里は遙《はる》かに見え。「夜は明けて、末野なる里見出《いだ》したる也。宵には知らで、此の草の中にわびしく寝たるよと也」（古注）とあるように、昨夕は里が見えなかったので野宿したとする。

8　**秋季**（衣うつ）　衣裳。「里」に「衣うつ」と付く。「里ははるかに」から「吹き来る風にて衣うつ声は聞ゆる」（古注）と付く。古注は藤原定家の「秋風にさそはれ消えてうつ衣およばぬ里のほどぞ聞ゆる」（『拾遺愚草』中）を本歌とする。◇衣うつこゑ　衣を打つ砧の音。

9　**秋季**（さゆる日）　衣裳。人倫。「人は衣を打てども、我は衣をも打ち重ねぬ」（古注）の意で付く。

6
かりねの露の秋のあけぼの　　長

しとどに置いた露に濡れそぼちつつ、旅の仮寝の床に目覚めた秋の明け方の美しさ。〔前句の「おぼろけの月」を、秋の有明月とし、この月を軸に、春より秋への季移りも鮮やかに、旅の句とした。助詞「の」をたたみこんでゆく連歌的表現も冴《さ》えている〕

7
するゑ野なる里ははるかに霧たちて　　柏

目覚めて眺めやると、野末はるかに里が見え、遠くそのあたりには霧が立ちこめている。〔前句の旅寝の秋の曙《あけぼの》の景。かなたの人里が見えなかったばかりに、昨夜は野宿したことだとする。近景に遠景を配し、興が乗って展開しているさまがうかがわれる〕

8
ふきくる風は衣うつこゑ　　祇

吹いてくる風が、衣を打つ砧《きぬた》の音を運んでくる。はるかかなたの里から。〔秋も三句目、砧を打つ女の気配をしのばせ、恋への展開を期待しているようである〕

9 さゆる日も身は袖うすき暮ごとに　長

寒く冴えかえった日にも、わが身は衣を重ねることもできず、夕暮ごとに身にこたえることだ。吹きくる風は、衣をうつ音を運んでくるというのに。〔わびしさの中にも艶《えん》なる前句の風情《ふぜい》を、貧ゆえのわびしさとする〕

10 たのむもはかなつま木とる山　柏

頼りにするといっても心細いことだ。わずかにつま木をとることだけをたのみとする山住みの生活で。〔前句の「袖うすき」から心細い生活を付け、自然に述懐にすすむ〕

11 さりともの此世《このよ》のみちは尽《つ》きはてて　祇

それにしても何とかなるだろうと思っていた世渡りの道は、すっかり尽きはててしまって。〔貧者の生活を、具象的な前句に対して抽象的に付け、次句の変化を期待した。しかも、表面には何の風情も感じられない句の底に、業平《なりひら》の古歌をしのばせている〕

◇さゆる日　寒くひえびえとした日。前句の「衣うつ」と重ねて秋季とするが、一句としては冬季と見ることもできる。九大本は「さゆる」の右に「さむき」とある。用例に「さゆる日の時雨《しぐれ》の後の夕山にうす雪ふりて空ぞ晴れゆく」（『玉葉集』冬、京極為兼《きょうごくためかね》）。◇袖うすき　「うすき」で中止法。古注に「寒けれども重ねぬ袖うすきと也」とある。「袖」は可隔五句物。

10　**雑**　述懐。山類。◇たのむもはかな　「はかな」は「はかなし」の語幹。ここで切れる。「さりともと頼むもかなしうば玉のやみの現《うつつ》の契りばかりを」（『新勅撰集』恋三、藤原永光《ながみつ》）のように「頼むもかなし」は和歌に見られるが、「たのむもはかな」は連歌的表現。◇つま木　折り取った薪《たきぎ》。つま木を取るのは山人の生活。古注に「爪木《つまぎ》を拾ひきて、たきて、寒さを防ぐははかなきたのみと也」とある。

11　**雑**　述懐。「つま木」に「尽きはて」と付く。『法華経』序品《じょほん》で釈迦《しゃか》の入滅《にゅうめつ》を形容した「薪尽きて火の滅するがごとし」による。古注は、「住みわびぬ今はかぎりの山里に爪木こるべきやど求めてむ」（『後撰集』雑一、在原業平《ありわらのなりひら》）の歌の余情《よせい》とする。◇さりともの　「さりとも」のあとに省略した文を、「の」で受ける連歌的表現。◇此世のみち　此の世を渡る道。世渡りの道。「世」は一座五句物（ただの世一、浮世・世の中として一、恋の世一、前世一、後世《ごせ》一）。ここはただの世。「道」は可隔五句物。

12　**雑**　「此世のみちは尽きはて」に「いづちゆかまし」と付く。古注に「無力《むりよく》しはてて（貧乏をして）、しんだい（財産）をも破り、いづち行かましとなり」とある。一句は財尽き生計の力を見失ったものが、途方にくれている感懐。

13　**雑**　恋。夜分。「いづちゆかまし」に、「死するを待つより外のことなき」「一夜を限る契《ちぎり》」（古注）の意で付く。◇命のみ待つことにする　「のみ」は強意。「命待つ」は、命の終りを待つ、死を待つ。用例に「ありはてぬ命待つまのほどばかりうき事しげく思はずもがな」（『古今集』雑下、平貞文《さだふん》）。「待つことにする」は「待つ」よりは微妙な意思の入った中世的な表現。用例に「思ひきやうかりし夜半《よは》の鳥の音《ね》を待つことにして明かすべしとは」（『千載集』恋四、俊恵《しゆんえ》）。◇きぬぎぬ　男女が共寝した翌朝の別れ。女のもとに通って来た男は夜の明けないうちに帰るのを常とする。

14　**雑**　恋。人倫。古注に「とても（所詮《しよせん》）死なん命の、何とて人の恋しきと也」と付き方を説く。◇なになれや　どういうことであろうか。「程もなく恋ふる心は何なれや知らでだにこそ年はへにしか」（『後拾遺集』恋二、祭主輔親《すけちか》）、「照る月は我が思ふ人の何なれや影をし見れば物の恋しき」（『玉葉集』恋四、花園院）など、「……は」「……の」を受ける例は和歌にも見られるが、いきなり用いるところが連歌特有の表現。

12
こころぼそしやいづちゆかまし　　長

心細いことだ。どこへ行ったものであろうか。すっかり行きづまって行くあてとてない。〔前句の用意を生かし切れなくて、遣句《やりく》すなわち軽く展開をはかるだけの句で逃げた形〕

13
命《いのち》のみ待つことにするきぬぎぬに　　柏

ようやくかなえられたこの一夜の逢瀬《おうせ》も、別れては再び逢《あ》うあてもなく、あとは命の終りを待つばかり。〔後朝《きぬぎぬ》の別れは常に悲しいものだが、ここは再会の希望も持てない絶望的な恋。貧困ゆえの心細さを巧みに恋の句に転じた〕

14
猶《なほ》なになれや人の恋しき　　祇

いったいどうしたことなのだろうか。あきらめたはずなのに、やはりその人が恋しいのは。〔前句をあきらめの境地ととり、それでもなおゆれ動く恋心に自分ながらあきれている体《てい》〕

1　**雑**　恋。人倫。
◇君を置きて　あなたをさしおいて。用例に「君をおきてあだし心をわが持たば末の松山浪も越えなむ」(『古今集』東歌《あずまうた》)。◇あかずも　あなたに満足しないでの意で、「あかず」は中止形、それに「も」を添えた形ととり、疑問に解して揺れ動く恋心を示すとする説と、飽くことなくの意で、「あかずも」を下に続けて連用修飾し、反語と解してひたむきな慕情を示すとする説がある。古注の「一人ははや契る人を持ちながら何とて余の人の恋しきと也」に従って前者をとっておく。

2　**雑**　恋。
◇そのおもかげ　その人の面影。用例に「身にそへる其の面影も消えななむ夢なりけりと忘るばかりに」(『新古今集』恋二、藤原良経)。「面影」は顔つきの意。一座二句物。◇に　九大本・小西本等は、「は」とある。

3　**雑**　述懐。植物《うえもの》。述懐は可隔五句物、〈二表11〉より五句隔たる。
◇草木さへ　庭などの植込みの草木までも。「さへ」は添加の意。◇ふるきみやこ　昔、都であったところ。「都」は一座三句物。◇恨み　「うらみ」「うらむ」と言いかえて、一座二句物。〈初裏12〉は「うらむる」と動詞の形。

（二裏）

1　君を置きてあかずもたれを思ふらむ　長

あなたという人をさしおいて、それに満足もしないで、他に誰を恋しく思うというのだろうか。〔またしても他の人が恋しくなるのは……と、自分で自分をいぶかしがっている男の恋心〕

2　そのおもかげに似たるだになし　柏

あなたのおもざしに似た人などいないのだ。〔いったんは迷ってみたが結局最上の人であったとする。容貌《ようぼう》をもち出して来て具象化しているが、恋も四句目、もう一つ展開のほしいところ〕

3　草木さへふるきみやこの恨《うら》みにて　祇

庭の植込みの草木でさえも、今は荒廃した都の昔を思い出させる恨みの種であって。〔前句を、かつての都城《とじょう》のおもかげはどこにもなく、庭の草木までも昔の生気を失っていると解しての付け。恋から述懐へ。それも荒廃した古都の恨みで場面は大きく展開する。膠着《こうちゃく》した状態を切り開くところが宗匠の腕の見せどころ〕

4 身のうきやども名残《なごり》こそあれ　　長

わが身の憂さを知り、住みづらくなった家ではあるが、それでも昔を思い出させるよすががあって。〔家は旧都の家、そのよすがは庭の草木で、今ではそれがかえって恨めしいとする〕

5 たらちねの遠からぬ跡《あと》になぐさめよ　　柏

親が亡くなっていくばくも経たない間のことと、さまざまの思い出のよすがが残っている。せめてそれを慰めとするがよい。〔前句の名残は亡き親の思い出に、憂き宿は、親の亡くなった憂き思い出の宿と変る〕

6 月日のすゑやゆめにめぐらん　　祇

月日の経つのは早いもの、たちまち夢のうちに長い年月もめぐりめぐってくることであろう。〔まだ思い出のこまごまとあるうちに、あれこれ思い起しては慰めとするがよいとする。軽い句だが、「夢」で次句への展開を期待して、動きを準備する〕

4 **雑**　述懐。居所。人倫。「恨み」と「身」が寄合。◇身のうきやど　身の苦しさに住みづらくなった家。「身のうき」と「うき宿」が合成された連歌的表現。「身のうき」は、「身のうさを思ひしらずばいかがせむいとひながらも猶すぐすかな」(『新古今集』雑下、寂蓮)などと通う、世を厭《いと》う気持。「宿」は一座二句物。◇名残　一座二句物。ここは草木の名残。古注に「草木に名残有りて、思ひ捨てられぬ住まひなれば、草木もうらみと也」とある。

5 **雑**　述懐。人倫。◇たらちね　親。古注は「父」ととる。◇遠からぬ跡　死後いくばくも経たない間。古注は「父の跡三年の内なれば」と三年忌として解する。◇なぐさめよ　九大本は「なぐさめて」とあり、「て」の右に「よ」と訂正する。て止めは〈二裏3〉にあり誤。

6 **雑**　◇月日のすゑ　月日のめぐる末。長い年月の末。一句としてはそれだけの意であるが、前句に付くと年忌となる。古注には「三十三年忌なども夢のやうにめぐらんと也」とある。◇ゆめ　可隔七句物。

7 **雑**　旅。水辺。「ゆめ」に「もろこし」と付く。「もろこしも夢に見しかば近かりき思はぬなかぞはるけかりける」(『古今集』恋五、兼芸《けんげい》)による。◇もろこし舟　唐土への舟。中国へ渡る舟。◇かぎり　限りの地。唐土舟は日本の港を次々に寄港してゆくが、その日本を離れる最後の港。

8　**雑**　釈教《しやつきよう》。「舟」と「法」が寄合。前句の「この岸」を仏語の此岸（彼岸に対して人間の世をいう）と解して、「法」（仏法）を付ける。古注は長々と唐の禅僧船子《せんし》が夾山《きようざん》に法を伝えた説話（『景徳伝灯録』など）を本説《ほんぜつ》として引くが、これに拠《よ》ったとは思われない。特に誰と指すまでもなく渡唐求法の僧のおもかげを思いうかべての句作り。◇又むまれこぬ　ここで切れる。「又此の世へ生まれこぬ身にてあれば、法をききたしと也」（古注）により、「又むまれこぬ法」と続ける解はとらない。「人身《にんじん》得難シ、優曇花《うどんげ》ノ如シ」（『涅槃経《ねはんぎよう》』）などによる。この思想は、「人身は受けがたく、仏教にはあひがたし」（『平家物語』祇王《ぎおう》）などの他、謡曲では常用文句。次句の前句としては、続けて、二度とこの世に生れないという法の意になる。◇法　仏法。「法」は一座二句物。

9　**秋季（露）**　恋。降物。「法」に「逢ふ」と付く。「紫の雲の林を見渡せば法にあふち（「逢ふ」に「樗《あふち》」を掛ける）の花咲きにけり」（『新古今集』釈教、肥後《ひご》）による。◇逢ふまでと思ひの露　「逢ふまでと思ひ」を助詞「の」で受け、「露」に続ける連歌的表現。「露」は思いの比喩《ひゆ》で、ここでは季語を入れる働きを持つ。◇きえかへり　古注に「きえ帰りは、きえては又生まれするを云ふ也」とあるが、すっかり消えてしまうの意。用例に「消えかへりあるかなきかのわが身かな恨みて帰る道芝の露」（『新古今集』恋三、藤原朝光《あさみつ》）など。

7　この岸をもろこし舟のかぎりにて　長

この岸は唐土《もろこし》へ渡る舟が立ち寄る最後の港、出航すればいよいよ日本を離れてゆく。〔別れの悲しみのうちに、帰朝の日もたちまちめぐって来ようと、慰めの言葉をかわしている体《てい》。前句の夢から旅へとみちびく〕

8　又むまれこぬ法《のり》をきかばや　柏

再び人間に生れることはないのだから、人間として生をうけた機会に、ありがたい仏法を聴聞し、此岸《しがん》を離れて彼岸《ひがん》に成仏したいものだ。〔「この岸」をすかさず仏語の此岸にとって釈教の句とした。「唐土舟」から渡唐求法《ととうぐほう》の僧をおもかげともしている〕

9　逢《あ》ふまでと思ひの露のきえかへり　祇

恋しい人に何とかして逢うまではと思う心も、露のように消え入りそうだ。〔いっそのこと二度とこの世に生れないという仏法でも聴聞し超脱したいと付く。釈教から一転して恋の句へ〕

10
身をあきかぜも人だのめなり　長

どうにもならない恋のこと、われとわが身に飽きが来たと言ったところで、本心ではないのだから裏切ることになってしまう。〔「きえかへり」を、せめて逢《あ》うまではという期待と不安に揺れる心とし、自分で自分に決着をつけようとしても不可能だとする〕

11
松虫のなく音《ね》かひなきよもぎふに　柏

松虫の鳴く声がしきりに聞えてくる。待つ甲斐もなく訪れる人とてない蓬《よもぎ》の生い茂った庭に。〔それでもなお相手にたのみをかけている、と付く。源氏物語「蓬生《よもぎう》」をおもかげにした句作り〕

12
しめゆふ山は月のみぞすむ　祇

終《つい》の栖《すみか》と思い定めていた山に住んでいるのは月ばかり。まだ住んでいない私をあてもなく待っているかのように松虫がしきりに鳴いている。〔源氏物語による前句に呼応して、今度は新古今集の本歌を、ひとひねりして付けた。曲折に富んだ一つの山場〕

10　秋季(あきかぜ)　恋。人倫。「露」に「あきかぜ」と付く。◇身をあきかぜ　「身を飽き」と「秋風」の掛詞。「ほには出でぬいかにかせまし花薄《はなすすき》身をあき風に捨てやはててむ」(『後撰集』秋上、小野道風《みちかぜ》)とも詠まれている。「身を秋風といへば恋也」(古注)。「風」は可隔五句物。◇人だのめ　人に期待を抱かせておいて裏切ること。「人だのめは人たらし也。わが身を見限りたると云ふも、真実にてはなきほどに、人だのめのごとくと也」(古注)。◇なり　九大本「なる」。従って上の「も」も右に「ぞ」と訂正。

11　秋季(松虫)　恋。草。虫。「あきかぜ」と「松虫」とが寄合。◇松虫　いまの鈴虫。「松虫に待つの字の心有り」(古注)。従って恋となる。一座一句物。◇よもぎふ　蓬の生い茂ったところ。通《かよ》ってくる人もない荒れはてた庭の形容にいう。『源氏物語』に「蓬生」の巻があり、この句も、その巻に見える末摘花《すえつむはな》の宿のおもかげをふまえている。

12　秋季(月)　光物。夜分。山類。「松虫のなく」に「しめゆふ山」と付く。本歌「しめおきて今やと思ふ秋山のよもぎがもとに松虫のなく」(『新古今集』雑上、藤原俊成)。◇しめゆふ山　わがものと領する山。ここはわが最後の隠栖地《いんせいち》と思いきめている山の意。◇すむ　「住む」に「澄む」を響かせる。

13　雑　述懐。夜分。「山」と「あらまし」が寄合。前句の「月」を「真如の月」（一切の迷いから解放された悟りの心を明月にたとえたもの）とし、無明の闇に沈むわが身を対比した。◇鐘　ここは山寺の梵鐘《ぼんしょう》で寝覚めに聞く晨朝《じんちょう》の鐘。「鐘」は一座四句物。古注に「しめゆふ山の鐘なるべし」とある。九大本は「鐘にだにわがあらまし」とある。◇あらまし　計画。予定。鐘によって思いおこす「あらまし」で、世を捨てること。「うき世とは思ひながらに捨てやらであらましにのみ過しつるかな」（『風雅集』雑下、藤原秀能《ひでよし》）も同じ。

14　冬季（霜）　述懐。夜分。降物。「鐘」と「霜」が寄合。『八雲御抄』に「鐘の声　鐘は霜にひびく也」とある。◇いただきけりな　「霜をいただく」で、白髪となるの意。用例に「今朝見ればさながら霜をいただきて翁さびゆく白菊の花」（『千載集』秋下、藤原基俊《もととし》）。「けり」も「な」もともに詠嘆。

1　冬季（冬がれ）　水辺。鳥。「霜」に「あしたづ」と付く。「さ夜ふけて声さへ寒きあしたづはいくへの霜かおきまさるらむ」（『新古今集』冬、藤原道信）による。◇あしたづ　鶴の別称。蘆辺にいるのでいう。『万葉集』以来の歌語。「冬がれのあし」と「あしたづ」の掛詞。古注に「夜な夜なの霜をあしたづのいただき給ふ也」とある。

13　鐘にわれただあらましのね覚めして　長

山寺の鐘の音を聞くたびに、思うのは出家《しゅっけ》のこと、それもただ計画だけに終って、またしても寝覚めをすることだ。出家隠棲《いんせい》の地と決めている山には月ばかりが住んでいて。〔真如《しんにょ》の月と無明《むみょう》の我との対比も鮮やかに、述懐とはいえ、これは情景豊かな佳句〕

14　いただきけりなよなよなの霜　柏

夜ごと夜ごとに霜が降り、わが身も齢《よわい》を重ねて頭に白髪をいただくまでになってしまった。その霜の暁に寝覚めして鐘を聞いては山居したいと思いながら、それが実現しないうちに。〔平明で明快な句。霜を詠みこんで冬とする〕

(三表)

1　冬がれのあしたづわびてたてる江に　祇

冬枯れの蘆《あし》が生えている入江には、鶴《つる》がわびしそうに立っていて。〔前句の霜をいただく主体は、冬の蘆辺にたたずむ鶴とし、まさに一幅の絵を思わせる冬のきびしい光景。前句からの変化も鮮明〕

2 **雑**　水辺。人倫。「冬がれ」に「しほかぜ」と付く。古注に「しほにて一切の物枯るる物なれば、冬枯れを付けんとて、しほ風と也」とある。◇夕しほかぜ　「夕潮」「潮風」は和歌にも詠まれるが、「夕しほ風」と続く連語は連歌的表現。◇とほつふな人　小西本・古注の本文は「おきつ舟人」。「おきつ」の場合は、潮風の「起き」と「沖」が掛詞となる。

3 **春季**(霞)　聳物《そびきもの》。「しほかぜ」に「霞」が付く。古注に「しほ風にはくもり霞む物也」とある。また、「ふな人」に「ゆくへなき」と付く。「由良のとをわたる舟人かぢを絶えゆくへもしらぬ恋の道かも」(『新古今集』恋一、曾根好忠《そねのよしただ》)による。◇ゆくへなき　進み行く方向がわからないさま。◇いづく　九大本は「いくへ」を「いつく」と訂正する。◇はてならむ　「はて」は最後のところ。限界をいう。「わが恋はゆくへもしらずはてもなし逢《あ》ふを限りと思ふばかりぞ」(『古今集』恋二、凡河内躬恒《おおしこうちのみつね》)は恋の心を「ゆくへもしらずはてもなし」というが、ここでは、霞の状態に転用。

4 **春季**　山類。居所。「ゆく」に「くる」と付く。◇くるかた　やって来る方角。「たれかは秋のくるかた」(『古今集』雑体)は西の方をさす。春は東の方から来るとされているが、「春の来る道のしるべはみ吉野の山にたなびく霞なりけり」(『後拾遺集』春上、大中臣能宣《おおなかとみのよしのぶ》)のように、その道しるべをするのは霞なので、「見えぬ」とした。◇見えぬ　天理本など

2 夕しほかぜのとほつふな人　　柏

潮風が吹き通う夕暮時、遠く舟人の姿が見える。〔冬枯れの入江に立つ蘆鶴《あしたず》を遠景に移して、潮風に吹かれている舟人の姿を配したこれも印象鮮明な句。ここでまた句順が変る。前句の冬枯れの美を生かすには、叙景句を得意とする肖柏がふさわしい〕

3 ゆくへなき霞《かすみ》やいづくはてならむ　　長

茫漠《ぼうばく》として、どちらへ進むのかもわからないこの霞は、どこが果てなのだろうか。〔舟人の進むべき方向もわからないまでに海上をおおう夕霞のたちこめているさま。景物は霞ひとつにしぼって、主観を加える。季は春となる〕

4 くるかた見えぬ山ざとのはる　　祇

どちらからやって来たのか、遅いとされる山里にもいつしか春がおとずれて来たことだ。〔春は東からと言われるが、霞が道しるべとあっては、その方角も見えないとする。所は山里となる〕

「も見ぬ」とする本文もある。

5　春季（花）　木。付き方は古注に「茂みより落つる花は、来るかた見えぬと也」とある。◇しげみ　木の茂っているところ。「茂みと云ふにて山里の心有り」（古注）。◇たえだえのこる　わずかに残っている。「此のたえだえ、やうやう也」（古注）。「吉野山花はなかばに散りにけりたえだえ残る峰の白雲」（『千載集』春下、藤原季通《すえみち》）は白雲のさま。ここは残花のさまの形容。◇花おちて　『宗祇初学抄』に「散る花はざざめきて華奢《くわしや》なる風情《ふぜい》なり。花の落つるは寂《さび》しく閑《しつ》かなる姿なり」とある。

6　秋季（露けさ）　木。「しげみ」に「木のした」と付く。◇木のした　岡田本・九大本等諸本多く「木のもと」。◇わくる　野山を分けて行く。◇みち　可隔五句物。◇露けさ　前句についた場合は「たえだえのこる」を受けて「露けさと云ふは深くおきたる露にはあらず。ただぬるるかぬれぬほどの露」（古注）となる。

7　秋季　「露けさ」に「もらぬいはや」と付く。「草の庵《いほ》をなに露けしと思ひけむもらぬ岩屋も袖はぬれけり」（『金葉集』雑上、行尊）による。◇もらぬいはや　岩屋は修行者の住む岩窟《がんくつ》。「岩屋などは一切《いっさい》降物なども漏らぬ物也」（古注）。◇も　底本脱。岡田本等諸本により補う。◇時雨る　「時雨」は一座二句物（秋・冬各一）、〈初裏9〉は冬の時雨、ここは「しぐるる」の形であるが秋の時雨。

5

しげみよりたえだえのこる花おちて　柏

木立《こだち》の茂みから、わずかに残っている桜の花が、ぱらぱらと落ちて来て。〔その花はどこから落ちてくるのかもわからないという静寂そのものの山里の晩春の景。少し理《ことわり》のかった春のならびが、ここに来て、文句のない景観となる〕

6

木《こ》のしたわくるみちの露けさ　長

木立の下を分けてゆく道は、露がいっぱいに降りている。〔一句としては秋の句。前句に続けると、残花を求めての道となり、その露もぬれるかぬれないか程度の露ということになる〕

7

秋はなどもらぬいはやも時《し》雨《ぐ》るらん　祇

秋には、漏るはずもない岩屋もどうしてしぐれるのであろうか。〔ましてや木の下露にぬれるのは当然だと前句に続く。秋はものがなしい季節、とめどもなく流れる涙に袖がしぐれるのである。大峰の岩屋で詠まれた修行者行尊《ぎょうそん》の歌を思いうかべての付け〕

8　秋季（月）　釈教。光物。夜分。衣裳。「いはや」と「苔のたもと」が寄合。◇苔のたもと　僧や隠者《いんじや》の衣服。「苔の袂　岩屋に住む人の躰《てい》也」（古注）。◇なれけり　九大本「晴けり」として、右に「馴」と訂正。

9　雑　釈教。人倫。「苔のたもと」と「世捨人」が寄合。付き方は、古注に「これは、世を捨ても月を見給ふは、心有る世捨人と也」とある。◇しるき　明瞭《めいりよう》でまぎれもないさま。

10　雑　旅。水辺。古注は本説として、後漢初期の逸民厳子陵《げんしりよう》の故事（『後漢書』）を長々と引くが、それよりも、『史記』などにもとづく、呉越の争いに功のあった范蠡が、世が太平となったのち、一切の栄誉を辞退し「功成り名遂《と》げて身退《しりぞ》くは天の道なり」といって、舟に乗って去ったという故事をふまえたと見る方がふさわしい。この故事は、『太平記』などに引かれて著名であり、謡曲「舟弁慶《ふなべんけい》」のクセにも用いられ、連歌師にはよく知られた話であった。◇をさまる浪　おだやかになった波。太平の世のしるし。「浪」は可隔五句物。◇舟　可隔七句物。

11　雑　聳物《そびきもの》。「舟」に「朝なぎ」と付く。◇朝なぎ　朝、一時風や波がおさまること。『万葉集』に例の多い語。「朝」の字は一座四句物。

8
苔《こけ》のたもとに月はなれけり　　柏

この世への愛着をすべて絶ち切ったはずの修行の身なのに、その墨染の袂《たもと》には月がいつも宿っているよ。涙の時雨《しぐれ》に濡れた袖に。〔苔の袂に月が馴《な》れ親しんでいると、ひとごとのように言って、その実、世俗の情を捨て切れない心〕

9
心あるかぎりぞしるき世《よ》捨《すて》人《びと》　　長

世の俗事から離れたとはいえ、月を愛する風雅の心は、この上なく深い隠者。〔従って、月もその苔の袂に馴れ親しんでいるのだと付く。前句の苔の袂を修行者から風雅の心ある隠者に移す〕

10
をさまる浪《なみ》に舟いづるみゆ　　祇

静かにないだ波の上を、舟が出ていくのが見える。〔一句はそれだけの意であるが、前句には越《えつ》王勾践《こうせん》のために尽した功臣范蠡《はんれい》の故事をふまえて付ける。釈教の句の続きを、本説をさりげなく用いることによって前句を生かし、一句は景の句に転じる〕

11 朝なぎの空にあとなき夜の雲　柏

朝なぎの空には、昨夜はげしい風雨をもたらした雲の姿は跡形もなく、静かな海に舟が出航してゆく。〔美しい叙景の句をつらね、時刻を朝に定めるとともに、夜来の風雨によって、ありきたりの景に動きを与えている〕

12 雪にさやけきよものとほ山　長

今朝はすっかり雪におおわれて、その白さに朝日が映えている四《よ》方《も》の遠山の眺望の美しさ。〔雪の朝の遠景。前句の夜の雲は雪雲であったと解しての付け〕

13 嶺《みね》のいほ木《こ》のはののちも住みあかで　祇

嶺の庵《いおり》では秋の木の葉が散ってしまった後までも、住み飽きることはなくて。〔木の葉の散ったあとには美しい雪景色が待っているから、とする。「さびしさにたへたる人の又もあれな庵ならべむ冬の山里」と歌った西行のおもかげも偲《しの》ばれる〕

◇空にあとなき　「空」は一座四句物。古注に「夜、雨風すさまじくて、朝はしづかなる躰《てい》也」とある。「あとなき」を満誓《まんぜい》の「こぎにし舟のあとなきごとし」（『万葉集』三五一）によると考えることは、この歌の当時の訓《よ》みは「こぎゆく舟のあとの白浪」（『拾遺集』哀傷にもこの形で所収）であるから考えられない。

12　冬季（雪）　降物。山類。「あと」と「雪」が寄合。古注に「雪の降らぬ前はすさまじくて、雪降りては静かなると也。雪の朝の景気《けいき》也」とある。◇雪　一座四句物。

13　冬季（木のはののち）　山類。居所。木。「山」と「嶺」が寄合。古注に「遠山に嶺はきらひ物なれどもこれはよきと也」とある。また、結局のところ、「雪のめづらしき」から付けたとあり、従って、前句の景に「住みあかで」と付く。◇嶺のいほ　「我が嶺の庵にゐて、よそを見やりたる躰《てい》なり」（古注）とあるように、自分の住んでいる嶺の庵をいう。九大本は「嶺の庵に」とある。◇木のはののち　「やよ時雨物思ふ袖のなかりせば木の葉ののちに何を染めまし」（『新古今集』冬、慈円）は、時雨が木の葉を染めた後であるが、ここは、木の葉の散ってしまった後。古注には「さびしさは猶《なほ》残りけり跡絶ゆる落葉が上の今朝の初霜」（『三体和歌《さんたいわか》』鴨長明《かものちょうめい》）の心とし、「此の歌のさびしきは、おもしろきと云ふ心也」とあり、きびしい冬もまた風情深いというのである。

14 さびしさならふまつかぜのこゑ　　柏

さびしさにもすっかり馴れてしまったことだ。常磐《ときわ》の松に吹く風の音ばかりを聞いていて。〔庵住みの人の心境を付けたもの〕

（三　裏）

1 たれかこの暁《あかつき》おきをかさねまし　　長

いったい誰がこの暁起きの難行《なんぎよう》を重ねることができようか。〔前句には、それでもいつしかさびしい松風の音にも馴れてくるものだと付く。世間ではたえられないとする難行も、馴れれば馴れることのできるものだと自分ながら感心している体《てい》〕

2 月はしるやの旅ぞかなしき　　祇

月だけは知ってくれるであろうかと思う、この旅のかなしさ。誰がこんなにつらい暁起きばかり重ねることができようか。〔前句の暁起きを定石《じようせき》通り、釈教から旅へと転じ、かなしきものという旅の本意に従ったままの句に、屈折の多い連歌的表現を駆使して一句に深みを与えている〕

14 **雑**　木。「冬の来て山もあらはに木《こ》の葉ふり残る松さへ嶺にさびしき」（『新古今集』冬、祝部《はふりべ》成茂《なりしげ》）の歌を拠《よ》りどころにして前句に付く。◇さびしさならふ　さびしさが身についてしまう。「ならふ」は「馴る」に継続の「ふ」の添った形。◇まつかぜ　一座二句物。「松」は可隔七句物。「風」は可隔五句物。

1 **雑**　釈教。夜分。人倫。釈教は可隔五句物、〈三表9〉より五句隔たる。付け様は古注に「かさぬると云ふにて、さびしさならふと云ふ所、付け給ふ也」とする。◇暁おき　早朝の勤行《ごんぎよう》。「暁起　釈教也。但し句体に依るべし」（『産衣』）。用例に「樒《しきみ》つむ山路の露にぬれにけり暁おきの墨染《すみぞめ》の袖」（『新古今集』雑中、小侍従《こじじゆう》）。

2 **秋季**（月）　旅。光物。夜分。旅は可隔五句物、〈三表10〉より五句隔たる。「暁」と「月」が寄合。「旅人はあかつきおきをする物也」（古注）とあるように、「暁おき」を旅のものとして付ける。◇月はしるやの旅　「や」は疑問の助詞。「月は知るや」までの文を「の」で受けて「旅」につなぐ連歌的表現。月が旅の心を知るというのは「袖の上にぬるる顔《がほ》なる光かな月こそ旅の心しりけれ」（『続古今集』旅、俊成女）にも見られる。九大本は「旅のかなしさ」とし、「の」の右に「そ」と訂正。

3 **秋季**（露）　降物。衣裳。「月」と「霜」が寄合。◇露ふかみ霜さへしほる　対句《ついく》的表現。「み」

は接尾語。「さへ」は添加の意。秋のふかまりを示し、前句に付くと旅の哀愁の深まりを示す。「しほる」は「湿る」で、しっとりと濡らすの意。古注に「露より霜にしほりもてこし旅の袖の憂き詮《せん》なり」とある。「萎れる」の意の「しをる」も本来は同語で「ホ」が「オ」と発音されて「を」の表記も生じたか。◇秋の袖「松島や潮くむあまの秋の袖月は物思ふならひのみかは」(『新古今集』秋上、鴨長明)は潮水に濡れた袖。ここは涙で濡れた袖。「袖」は可隔五句物。

4　秋季(すすき)　草。「袖」と「すすき」が寄合。「秋の野の草の袂《たもと》か花すすき穂に出でて招く袖と見ゆらむ」(『古今集』秋上、在原棟梁《ありわらのむねやな》)による。◇うす花すすき　穂の色の白くなった薄。「花すすき」は和歌に見えるが、「うす花すすき」は連歌の造語。「薄」は一座三句物。◇ちらまく　散ってゆくこと。万葉語。

5　秋季(鶉)　山類。鳥。「すすき」と「鶉」が寄合。「鶉《うづら》なく真野《まの》の入江の浜風に尾花なみよる秋の夕暮」(『金葉集』秋、源俊頼)による。この句、宗祇の句集『下草《したくさ》』に所収。◇鶉なく　「夕されば野べの秋風身にしみて鶉なくなり深草の里」(『千載集』秋上、藤原俊成)など秋のさびしさをそそる風情。◇かた山くれて　「かた山」は一方が崖《がけ》になっている山。夕陽《ゆうひ》がその山の向うに沈んで、こちらがわが暗くなる。ここで切れる二段構成の句法。「片鶉」の歌語があり、「鶉」と「片」が縁語。

3
露ふかみ霜さへしほる秋の袖　柏

秋がふけて露が深くおり、霜までも涙で濡れた袖をしっとりと濡らすようになって、その濡れた袖には月が宿っている。〔前句からだんだん秋が深まってゆく経緯を示し、旅の悲しみがいっそう増してゆくことを具象化する〕

4
うす花すすきちらまくもをし　長

白い薄《すすき》の穂が秋風に吹き散らされてゆくのも惜しまれる。〔前句の秋の袖を薄に見立てての付け。秋の深まりとともに薄の穂も白くなり、やがて散ってゆくさまと、それを惜しむ気持〕

5
鶉《うづら》なくかた山くれてさむき日に　祇

鶉がさびしく鳴いている。片山に日が暮れて、秋の風がさむざむ身にしみてくる日に。〔その風に吹き散らされる薄を眺めて去りゆく秋を惜しんでいる。和歌の風情《ふぜい》を重ねながら表現は連歌的ともいうべく、秋のならびの頂点に位置する〕

6 野となる里もわびつつぞすむ　柏

人の訪れもなく荒れはてて野原となってしまった里に、さびしく思いながら住んでいることだ。〔前句の高まりを本歌によって受け、軽く流している〕

7 帰りこばまちしおもひを人やみん　長

あの人が帰って来たならば、ひたすら待っていた私の気持をわかってくれることだろう。〔前句を旅に出たまま久しく帰って来ない夫を待つ女の心と見て付ける。謡曲の「砧《きぬた》」を思わせるような物語的な付合《つけあい》で、述懐から恋へと転じた〕

8 うときもたれがこころなるべき　祇

旅に出たまま帰って来ない人をよそよそしく感じる心、それはいったい誰の心というべきなのか。よもや私の本心ではあるまいに。〔本心は真に恋しいと思っていることを、あの人も帰って来たらくみとってくれるであろうと待つ女の複雑な心理のゆれ〕

6 **雑**　述懐。居所。「鶉」に「野となる里」と付く。「野とならばうづらとなきて年は経《へ》むかりにだにやは君は来ざらむ」（『古今集』雑下、読人しらず。『伊勢物語』百二十三段）を本歌とする。◇野となる里　住む人がなく野原となった里。荒廃した村里。◇わびつつぞすむ　世俗を遠ざかってひっそりと住む。

7 **雑**　恋。人倫。句意は古注に「たとへば、我がをとこなど旅立ちて久しくなり給ふに、すまゐも野となるとも待ち給はん。帰り来て見給はば、よく堪忍したると云はんほどにと也」とある。◇帰りこば　帰って来るならば。主語は久しく旅に出ている男。◇人　ここは妻から夫をさして言ったもの。

8 **雑**　恋。人倫。この句、古注の本文は「うときはなにのゆかしげかある」で、その本文に従って注解を施している。この古注の本文が初案か。◇うとき　そっけない。冷淡だ。連歌では恋の詞《ことば》として扱われる。◇たれがこころなるべき　「たれか」と清《す》んで読むと、「こころなるべき」と呼応して反語となり、帰って来ない男の心となるが、「たれが」と濁《にご》って読むと、「たれがこころ」と続いて、待つ女の心になる。後者をとる説に従った。

9　むかしよりただあやにくの恋の道　　柏

昔からただもう思うにまかせぬものは恋の道。〔前句を、私のことを冷淡だというけれど誰ゆえそうなったのかと相手をなじる言葉ととって、とかく恋の道とは古来ままならぬものだという一般論にする〕

10　わすられがたき世さへうらめし　　長

忘れ去ることができないのは男女の仲ということまでも、思えば恨めしいことだ。〔とかく恋の道とはままならぬという前句をもう少し具体的にあらわしただけの句〕

11　山がつになど春《はる》秋《あき》のしらるらん　　祇

いやしい山がつにどうして春秋の風情《ふぜい》などわかるものか。〔そのような山がつにまじって住む隠者が、山居の生活の中にも、花よ月よと風流を求めてたのしんだ昔の心が忘れられないというのである。とにかく、恋だけは去って、次句の展開にまつ〕

9　雑　恋。

◇あやにく　思うままにならないさま。「あやにく　人にくき也。思ふ人はつれなく、思はぬ人は我にしたがふなるべし」（『流木集《ながれぎしゆう》』）。「思ふと云ひよればつらくし給ふ。うとくてゐ給ひては何のかひもなし。ただあやにくの恋の道と也」（古注）。◇恋の道　恋路。恋のなりゆきを道に喩《たと》えた語。用例に「恋の道知らずといひし人やさは逢坂《あふさか》までも尋ね入りけむ」（『狭衣《さごろも》物語』巻二）。

10　雑　恋。

◇世　男女の間がら。「世」は一座五句物。ここは恋の世。古注に「一句は隠遁《いんとん》し給ふ心也」とあり、それによれば、述懐の句となるが、述懐は可隔五句物で、〈三裏6〉より三句しか隔たっていないので、述懐ととることはよくない。

11　雑　人倫。

◇山がつ　木樵《きこり》、柴刈りなど、山中に住む身分の低いもの。「なさけしらぬ山がつ」（『源氏物語』夕顔）とも言われ、風流を解さないものとされた。◇など春秋のしらるらん　「など」は「らん」と呼応して反語。「らる」は可能をあらわす。「春秋」は春・秋の自然の趣で、「春」と「秋」を重ねて用いると雑となる。

12 うゑぬ草葉のしげき柴の戸　柏

植えたわけでもない草の葉が、自然のままに生い茂っている。粗末な柴の戸の山家に。〔前句をどうして山がつにも春秋の移り変りがわかるのだろうという疑問にとり、植えもしない草葉が茂ってくるからだと、その理由を付けた。一句としては山家の叙景〕

13 かたはらに垣ほのあら田返しすて　長

すぐ傍に垣根のあるあら田を春になってほんの少しすき返したままで。〔植えもしない草葉が茂っている草庵で気ままに暮している人の生活ぶりを思わせる句。季は春となる〕

14 ゆく人かすむ雨のくれかた　祇

途中で耕すのをやめて帰ってゆく人の後ろ姿もかすんで見える。春雨の降る夕暮の中を。〔前句の返し捨てたのは、雨が降って来たからだとする。墨絵のような春の農村の風景。近景を遠景に変化させ鮮やかな付け味を見せる〕

12　**雑**　居所。草。居所は可隔五句物、〈三裏6〉より五句隔たる。前句の「など」を疑問にとりなし、「年月の行方《ゆくへ》も知らぬ山がつは滝の音にや春を知るらむ」(『拾遺集』雑春《ぞうのはる》、右近《うこん》)など、年月の移ることを知らないとされる「山がつ」にも、「植ゑぬ草の生えて、春秋を山がつの知るなるべし」(古注)とその理由を付ける。
◇草葉　九大本「草木」。◇柴の戸　柴で葺《ふ》いた粗末な小家。

13　**春季**(あら田返す)　居所。
◇かたはら　すぐそばのあたり。「かたはらはあたり也」(古注)。◇垣ほ　垣根。「ほ」は接尾語。「垣尾」(『運歩色葉集《うんぽいろはしゅう》』)ともあり、カキオと発音した。「垣」は一座二句物。◇あら田　春になって耕す田で、昨秋から放置されていたもの。用例に「あづさ弓春のあらたを打返し思ひやみにし人ぞ恋しき」(『拾遺集』恋三、読人しらず)。「田」は可隔七句物。◇返しすて　鋤《す》き返して途中からやめたままにする。二つの動詞をつないで意味の屈折をもたせる連歌的表現。

14　**春季**(かすむ)　降物。人倫。付き方は古注に「雨に暮れて、田を返しすて、帰りたる也」とある。
◇ゆく人　帰りゆく人。ここは農事をやめて家路に帰ってゆく人。◇雨　一座一句物。

(名残表)

1　やどりせむ野を鶯《うぐひす》やいとふらむ　　長

せっかくこの野を宿としようと思ったのに、鶯はなぜきらって貸してくれないのだろうか。〔前句を仕方なく帰ってゆく風流人の姿ととり、趣向にとんだ句を作る。ここでまた句順がかわる〕

2　さよもしづかにさくらさくかげ　　柏

春の夜はまことに静寂そのもの、この野辺の美しく咲いている桜の木陰では。〔野辺の鶯が宿をことわったのは、この静寂を守るためだとした、気転のきいた付合《つけあい》。しかも、一句は桜咲く春の野、その夜の静けさをさりげなく描いている肖柏会心の作〕

3　灯《とぼしび》をそむくる花に明けそめて　　祇

燭台《しょくだい》の光をことさらにあたらないように背けて、桜の花を存分に賞美しようとしているうちに、はや夜が白々と明けそめて来た。〔和漢朗詠集の詩句を用い、詩境をゆたかに作りあげている。あえて春を五句まで続けて、前句とともに大きな山場を作る〕

1　**春季**(鶯)　鳥。本歌「思ふどちそことも知らず行き暮れぬ花の宿かせ野べの鶯」(『新古今集』春上、藤原家隆)および「梅の花見にこそ来つれ鶯の人来《ひとく》人来といとひしもをる」(『古今集』誹諧《はいかい》歌、読人しらず)。◇やどりせむ　「む」は連体形。「野」に続く。野宿しようとするのである。「やどり」は一座二句物。九大本は「やどりかる」。◇野を鶯やいとふらむ　本歌による表現。春の野の主《あるじ》と考えられている鶯が来て鳴いてくれないことをいう。「野」は可隔五句物。「鶯」は一座一句物。「や」は疑問の係助詞。九大本は「うらむらむ」。

2　**春季**(さくら)　夜分。木。「やどりせむ」に「さくらさくかげ」と付く。古注には「桜のかげにやどらんと思へど、鶯のいとはんと也。我がやどり給はば、桜のかげ静かにあるまじければ。野べの桜なるべし」とある。◇さよ　夜。「さ」は接頭語。◇さくら　一座三句物。

3　**春季**(花)　夜分。木。「桜」と「花」が寄合。◇灯をそむくる　「燭《ともしび》を背けては共に憐れむ深夜の月、花を踏んでは同じく惜しむ少年の春」(『和漢朗詠集』春夜、白楽天)の詩句による。詩句は月光を賞するためであったが、ここは古注に「とぼし火をそむけて、桜にむかひて明かしたるなるべし」とあるように、桜花を賞するためとする。

4　**雑**　恋。人倫。「花」と「ゆめ」が寄合。前句を夢の中の景ととりなして付ける。
◇手枕　腕を枕として寝ること。共寝の場合と、ひとり寝の場合があり、ここは前者。用例に「春の夜の夢ばかりなる手枕にかひなく立たむ名こそ惜しけれ」(『千載集』雑上、周防内侍《すおうのないし》)。◇ゆめ　可隔七句物。夢に相手が見えるのは、相手が自分のことを思っているからだとされ、次句の前句としてはその意を持つ。◇みえけん　九大本「見ゆらん」。

5　**雑**　恋。「手枕」に「契り」と付く。
◇契り　男女の交わり。恋の詞《ことば》。◇はや　もはや。「おもひたえつつ」に掛る。◇おもひたえつつ　「おもひたゆ」は、自分からあきらめていること。用例に「来ぬ人を思ひたえたる庭のおもの蓬《よもぎ》が末ぞ待つにまされる」(『新古今集』恋四、寂蓮)。「つつ」は反復を示す助詞であるが、ここは「……なのに」の意をともなう。自分では思い絶えたと思いながら、意識の底では未練を絶ちきれていないのである。

6　**雑**　述懐。山類。古注に「山と我とのちぎりなるべし」とあり、前句の「契り」を、山寺に籠ろうという約束にとりなして付ける。
◇いまはのよはひ　死期の近づいた年齢。◇山　俗世間を離れて、仏道修行に専心するために籠ろうとした山寺。

4
たが手《た》枕《まくら》にゆめはみえけん　　長

誰との共寝に、あんな美しい夢——燭火《ともしび》をそむけて花を賞翫《しょうがん》するという甘い夢——は見えたのだろうか。〔五句続いた春の句を、「花」から「夢」への連想によって恋に転じた〕

5
契りはやおもひたえつつ年もへぬ　　柏

あの人とは契りを結んだものの、今ではすっかりあきらめて久しい時が経ってしまった。〔そんな私の夢にあの人が見えるのは、私のことを思い返したからではあるまい、他の女性との手枕の噂《うわさ》にゆさぶられたからか。一転して女の立場からの悲しき恋〕

6
いまはのよはひ山もたづねじ　　祇

余命いくばくもないこの齢《とし》になっても、山に籠《こも》って仏道修行に専心する気にもなれない。〔俗世間から離れるつもりで山とは早くから約束しておいたが、うやむやに年月が経って結局は実行できない俗人の心境。「契り」を恋から述懐へと詠みかえての付け〕

7 かくす身を人はなきにもなしつらん　長

俗世間を離れ、深山に籠ってしまったこの身を、人はもう死んでしまったと思っているだろう。〔臨終も近い今、よもや人も訪ねてはくれまいと、前句を山住みの人の立場におきかえた。述懐を重ねてはいるが、働きがあり、宗長の特色がよく出ている好句〕

8 さても憂《う》き世《よ》にかかる玉のを　柏

それにしても、この無常の世の中にいつまでも命をつないでいることだ。〔もう人はとっくに死んだものと思っているらしいのにと、自分ながらあきれている境地。軽く遣句《やりく》でつけ流した形〕

9 松の葉をただ朝ゆふのけぶりにて　祇

松の落葉を掻《か》き集めて、わずかに朝夕の炊事の煙を立てている。〔そんな心細い生活であっても、命ばかりは生きながらえていると世捨人の生活の具体相にせまる。この具体相から次句への展開のいとぐちを作っている〕

7　**雑**　述懐。人倫。古注に「一句は、山に居ての心也。久しく山に住み給へば、はや死にたると思ひてやらん、人もたづねぬとなり」とあるように、「たづねじ」を、自分が山に訪ね入らないの意から、他の人が自分の住む山に訪ねて来ないの意に転じて付ける。◇かくす身　俗世を離れて住んでいる境遇。「いづくにか身を隠さましいとひ出でてうき世に深き山なかりせば」(『千載集』雑中、西行)などと同じく、奥深い山に籠るのである。

8　**雑**　述懐。◇さても　それにしても。「さありても」の略。「さ」は、一句としては「憂き世」をさし、前句については、死んだと人に思われているような境遇をさす。◇憂き世　無常でつらい現世。「世」は一座五句物。ここは浮世として用いた。◇かかる　よりかかる。頼る。◇玉のを　命。「命」と懐紙を替えて用いて一座二句物。「命」は〈二表13〉に既出。

9　**雑**　聳物《そびきもの》。木。◇松の葉　ここでは松の落葉をさす。古注には「松の落葉などたきてゐ給ふこと、捨身《しやしん》(世捨人)の業《わざ》なり」とある。「松」は可隔七句物。◇朝ゆふのけぶり　朝夕に炊《かし》ぐ煙。用例に「朝夕の煙ばかりをあるじにて人は音せぬ大原の里」(『新続古今集』雑中、小侍従)。「朝」「夕」、ともに一座二句物。「煙」は可隔五句物。

10
浦わのさとはいかにすむ覧《らん》　長

海辺の里に住む漁夫たちはどんな生活をしているのだろうか。〔前句の炊煙を塩を焼く煙にとり、所を海辺に移しているが、また述懐がかってくるところが難〕

11
秋風のあら磯《いそ》まくら臥《ふ》しわびぬ　柏

秋風の吹き荒れているこの荒磯のあたりの旅寝、あまりのわびしさに一夜を明かしかねたことだ。〔かりそめの旅寝でさえこんなありさま、いつもここで暮している漁夫たちはさぞと、その生活を思いやる。述懐めいた前句をとにかく旅に転じ、季は秋となる〕

12
雁《かり》なく山の月ふくる空　祇

雁が鳴きながら渡ってゆく山にかかっている月、その月も傾きはじめた有明の空。〔仮寝の枕《まくら》にふしわびている旅人にとっては、雁の鳴く音もわびしげに聞えてくると、月と雁という景物をあしらうことによって、一句は純然たる景の句にする〕

10　**雑**　水辺。居所。「松」と「浦」が寄合。古注に「松の葉をたきて、朝夕塩をやきて住むなるべし。さびしき躰《てい》也」とあるように、前句の景を「浦わのさと」の漁夫の営みと転じて付ける。◇浦わのさとは　「浦わ」は入江のような海べ。「浦」は可隔五句物。九大本「さとに」とあり、「に」の右に「よ」と訂正。古注の本文など、「よ」とするものも二、三見られる。◇いかに　九大本「いかが」。

11　**秋季**(秋風)　旅。夜分。水辺。「浦わのさと」に「あら磯まくら」と付く。古注には「かりそめと思ふ旅寝さへうきに、常にいかに住むらんとなり」とある。◇秋風　一座二句物。「風」は可隔五句物。◇あら磯まくら　秋風の「荒い」と、「荒磯」の掛詞。この語は「荒磯」と「磯枕」の合成で、荒磯に旅寝すること。「己夫《おのづま》にともしき児《こ》らは泊《は》てむ津のありそまきて寝《ね》む君待ちかてに」(『万葉集』二〇〇四)の下句は、旧訓「あらいそまきてねまくまちかね」であるから、この語の構成には、この『万葉集』の歌も影響しているかと思われる。連歌的表現の一つ。

12　**秋季**(雁・月)　光物。夜分。山類。鳥。句意は、古注に「かりも臥しわびたる躰也」とある。◇雁　一座二句物(春・秋各一)。春の雁は〈二表4〉に既出。ここは秋の雁。◇空　一座四句物。

13　**秋季**(萩・露)　降物。草。「雁なく」に「萩の露」と付く。「鳴きわたる雁の涙や落ちつらむ物思ふ宿の萩の上の露」(『古今集』秋上、読人しらず)による。古注は「こよひは夜更けて、萩見残してあるほどに、明日来て見んと也」とする。◇小萩原　萩の生えている原。「小」は美称。用例に「小萩原匂ふさかりは白露のいろいろにこそ見えわたりけれ」(『金葉集』秋、行尊)。◇うつろふ露　散ってゆく露。

14　**雑**　恋。人倫。「萩」に「あだのおほ野」と付く。「阿太《あだ》の大野」は「真葛原《まくずはら》なびく秋風吹くごとに阿太の大野の萩の花散る」(『万葉集』二〇九六)と詠まれた萩の名所であることによる。◇あだのおほ野　「阿太の大野」は現在の奈良県五条市東部と推定されている。古注は「あだの大野はあだ野まで也。名所にあらず。大野とは広き野と云ふ心也」とするが、付合《つけあい》は名所で受け、一句は恋の句と見るべきか。「あだ」は実のないこと。

1　**雑**　恋。◇忘るなよ　呼びかけ。連歌に多い表現。◇限やかはる　底本「よはる」。字体の類似による誤写と見て岡田本・九大本等により訂正。「限」は「死する限りまで変り給ふなと也。かぎりやはなり」(古注)とあるように、死の最後の時。「や」は反語。◇夢うつつ　夢とも現《うつつ》とも判別できない状態。恋に迷う心情をいう。「夢」は可隔七句物、〈名表4〉より十句隔たる。

13　小《こ》萩《はぎ》原《はら》うつろふ露もあすやみむ　長

萩が咲き乱れる美しい野のさまは、いつまでも見飽きない風情《ふぜい》だが、今宵はいったん帰るとして、朝露が散り乱れる光景を明日また見ることにしよう。〔雁の涙も落ちて萩の上の露になっていようからと、前句に付く。古歌をもとに、雁から萩原の露を配した〕

14　あだのおほ野をこころなる人　柏

萩の名所の阿太の大野、そのあだという名のように、心に実《まこと》のない人だ。〔萩の露が散るようにうつろいやすい人、明日はどう変るかも知れないと、萩を名所で付けて、一句は恋とする〕

(名残裏)

1　忘るなよ限《かぎり》やかはる夢うつつ　祇

決して忘れないでほしい。あなたとの逢瀬《おうせ》が夢なのか現実なのかもわからない程、恋に分別を失っている私であっても、今は限りという時まで私の心は変ることがないということを。〔あだなる人と言われたのに対する弁明〕

2　**雑**　述懐。「限」に「いにしへ」と付く。古注には「本来より契りきたる中のやうなれば、変り給ふなと也。契りそめたる始めもなきやうなると也」とある。◇いにしへ　昔。一座一句物。

3　**雑**　釈教。◇仏たち　三世三千仏といわれるように、過去世・現在世・未来世にわたって出現するもろもろの仏たち。「阿耨多羅三藐三菩提《あのくたらさんみやくさんぼだい》の仏たちわが立つ杣《そま》に冥加《みやうが》あらせたまへ」（『新古今集』釈教、伝教大師）とも詠まれている。◇かくれては又いづる　古注に「仏の上は、始めも終りもなき物也」とあるように、たとえば釈迦入滅後、五十六億七千万年を隔てて弥勒が出現するなど。◇世　一座五句物。ここは〈二表11〉と同じくただの世で、細則は守られていない。

4　**春季**（はる風）　釈教。木。◇かれしはやし　冬枯れの林。前句に付く時は、釈迦入滅の折、沙羅双樹が白変して枯れたことをいう。古注には「釈尊入滅の時、林も枯れて、又生ひ出で給ふ心也。仏も隠れては出で、林も枯れては生ひ出で給ふ也」とある。◇はる風　一座二句物。

2　おもへばいつをいにしへにせむ　　長

思えば、いつから前を昔と限ってよいのやら。〔そもそものはじめさえわからぬほどの昔馴染《なじみ》なのだから、いかに夢うつつの変りやすい世の中であっても、最後まで忘れないでほしいと、述懐の句とする〕

3　仏たちかくれては又いづる世に　　柏

釈迦《しゃか》が入滅《にゅうめつ》すると、またはるかの後に弥勒《みろく》が出現するように、仏たちは隠れては、また現れるというこの世であってみれば、いつを昔ということもできないであろう。〔述懐から釈教へ〕

4　かれしはやしもはる風ぞふく　　祇

冬枯れの林にも、春ともなればやわらかな風が吹いて、木々も生気をとりもどしてくる。〔釈迦入滅の折には枯れた沙羅《さら》双樹《そうじゅ》の林も、また後の仏が出現してくる時にはよみがえってくるようにと、「枯れし林」で釈教を受けながら、一句としては春の句に仕立て

5　**春季**(かすむ)　降物。山類。付け様は古注に「此の程までは、霜に林も枯れて、今朝はそと霞みたるなり」とある。◇けさ　「朝」「今朝」と言いかえて一座二句物。◇いく霜夜にか　「いくたびの霜夜を経てか」を圧縮した連歌的表現。

6　**春季**(のどか)　聳物《そびきもの》。居所。古注に「けぶりを霞にしてなり」とあるように、「かすむ」に「けぶり」と付く。◇けぶり　可隔五句物。◇かり庵　仮に作った庵。粗末な草庵。「庵」は「いほ」「いほり」と言いかえて一座二句物、〈三表13〉に「嶺のいほ」既出。ここも「いほ」の形であるが許容したか。

7　**雑**　人倫。前句の「のどか」を心の修養のゆきとどいているさまにとりなして付ける。◇身ををさむる　身を正しくする。『大学』に「身修《みをさま》りて而《しかう》して后《のち》に家斉《ととの》ふ」と見える語。

あげている。名残の裏でもあり、さすがに宗祇らしいさばき」

5
山はけさいく霜夜にかかすむらん　長

春が訪れた今朝、山には霞がかかっている。いったい幾度冬の霜夜を重ねた末に、このようにかすんでいるのだろうか。〔折しも冬枯れていた林には春のそよ風が吹いていると、軽く受け流す〕

6
けぶりのどかに見ゆるかり庵《いほ》　柏

今は立つ煙ものどかになびいているこの草庵である。〔きびしい冬の夜をたえてきた山かげの草庵の、うってかわったのどかな景。これも軽く付けているが、名残の裏としては適切な付け方〕

7
いやしきも身をさむるは有りつべし　祇

身分はいやしくても立派にその身を正しく処している人はあるにちがいない。〔煙がいかにものどかに仮屋から立ちのぼっているのを見ると、その仮屋に住む人が、まさにそういう人なのであろうとする〕

8　人をおしなべ　みちぞただしき　　長

高きもいやしきもすべての人にあまねく正しい政道が行われている。〔定石《じょうせき》通りのめでたい祝言《しゅうげん》の句。最後も後鳥羽院の歌を本歌として、発句と相応じ、水無瀬《みなせ》法楽《ほうらく》のこの百韻にふさわしい挙句《あげく》となっている〕

8　**雑**　人倫。付け様は古注に「なべてをさめたるなれば、ことごとくいやしき上まで身を修めたる也」とある。本歌「おく山のおどろが下もふみ分けて道ある世ぞと人に知らせむ」(『新古今集』雑中、後鳥羽院)。
◇人をおしなべ　岡田本・九大本等「人にをしなべ」。
◇みちぞただしき　この「道」は、本歌に詠まれた「道」と同じく治国の政道。『大学』では、修身・斉家から治国・平天下に至る道を説く。「道」は可隔五句物。

湯山三吟

◇底本　大東急記念文庫蔵、賦何人連歌。色替り懐紙。室町中期写。
◇校合本　柿衛《かきもり》文庫蔵本（宗長筆。古典文学館複製、岡田本と略称）。太宰府天満宮本（伝宗長筆。表八句は補写。太宰府本と略称）。天理図書館綿屋文庫蔵本（天文十九年写、天理本と略称）。および注釈の項の古注の本文。
◇注釈　古注第一種～第五種は金子金治郎氏の説による。
第一種　宗牧注。宗長よりの聞書《ききがき》にもとづく。大阪天満宮文庫蔵本（元亀四年写、注一と略称）。
第二種　注者未詳。注一と同じころの成立。伊地知鐵男氏蔵本（室町末期写、注二と略称）。
第三種　注者未詳。室町末期成立。太田武夫氏蔵本（注三と略称）。
（以上、『宗祇連歌古注』に翻刻。第四種は一と二、第五種は一と三の集合本）。
第六種　注者未詳。注一以後の成立。神宮文庫蔵『百韻連歌集』所収本（室町末期写。複製あり。注六と略称）。
福井久蔵氏『連歌文学の研究』所収。
金子金治郎氏　日本古典文学全集『連歌俳諧集』所収。
◇成立　底本の端作りによれば、延徳三年（一四九一）十月二十日、岡田本によれば摂津湯山《ゆのやま》（有馬温泉）にての張行《ちようぎよう》。
◇連衆　宗祇とその高弟肖柏・宗長による三吟。
肖柏　三四句。時に四十九歳。既出。　宗長　三三句。時に四十四歳。既出。
宗祇　三三句。時に七十一歳。既出。

賦《ふす》何《なに》人《ひと》連《れん》歌《が》

延徳三年神無月廿日　於湯山《ゆのやま》

（初表）

1 薄雪《うすゆき》に木《こ》の葉色こき山路《やまぢ》かな　　肖柏

落葉の上にうっすらと積った雪、その雪の白さにきわだって、紅葉《もみじ》の色はいっそう深みを帯びて美しい、この山路を踏み分けて来ると。〔冬とはいえ、なお秋の名残《なごり》をとどめる頃の美しく趣の深いさま。和歌的な光景をふまえながら、それを現実に山路をたどる作者の眼で眺めている〕

2 岩もとすすき冬やなほみん　　宗長

落葉が散りしく岩の根もとには冬枯れの薄《すすき》が雪の重みに伏している。薄は秋の風物だが冬もなお見どころがあるものだ。〔前句の薄雪・落葉に薄を配し、初冬の山路の景に風情《ふぜい》を添える〕

◇賦何人　発句《ほっく》に「山」があり、「山人《やまびと》」の熟語を作る。『連歌初学抄』賦物篇《ふしものへん》に「山人」が見える。「於湯山」は岡田本により補う。

1　冬季(薄雪)降物《ふりもの》。山類《さんるい》。木。切字《きれじ》「かな」。「奥山のいはがき紅葉散りはてて朽葉《くちば》が上に雪ぞ積れる」(『詞花集』冬、大江匡房《まさふさ》)の風情をふまえる。◇薄雪　『玉葉集』や『風雅集』に顕著に見られるような繊細な感覚でとらえられた語。「雪」は一座四句物。◇木の葉　「雪」と結んでいるので冬の落葉。◇色こき　この雪のためにひとしお興を添えて、の意（古注一）。◇山路　ここは湯山へ訪ねて来たその山路の景。

2　冬季　草。◇岩もとすすき　万葉語「磐本菅《いはもとすげ》」になぞらえて造った語。宗砌《そうぜい》が連歌に好むべき詞《ことば》と禁ずべき詞を分けて掲出した『禁好《きんこう》』に好詞《このむことば》としてあげる。「すすき」は一座三句物。ここは「今よりはつぎて降らなむわが宿の薄おしなみ降れる白雪」(『古今集』冬、読人しらず）と同じく冬の枯れ薄。

3　秋季（松むし）　居所《きょしょ》。虫。
◇松むし　一座一句物。今のスズムシ。「松虫の声、りんりんりん」（謡曲「松虫」）。「岩もと」という詞に、ただの虫でなく松虫が相応する（古注一）。◇さそはれそめし　「し」は過去。「さそはれ初《そ》めしより毎夕すすみ出でたる事也」（古注一）。「秋の野に人松虫の声すなり我かとゆきていざとぶらはむ」（『古今集』秋上、読人しらず）など、松虫は人の訪れを待つものとされた。◇宿出でて　これは現在（晩秋）のこと。一句の中に初秋から晩秋への推移を示す。

4　秋季（あき風）　夜分《やぶん》。衣裳《いしょう》。「松むし」と「あき風」が寄合《よりあい》。「一句の心は、夜更けぬれば風立つなり。誘《さそ》はれそめしとある所を夕になして付くる也。暮より虫鳴くものなり」（古注二）。
◇袖　可隔五句物。◇あき風　一座二句物。

5　秋季（露・月）　光物《ひかりもの》。夜分。降物。降物は可隔三句物、〈初表1〉の「雪」から三句隔たる。「袖」と「露」が寄合。
◇露さむし　秋の夜ふけの露を寒いと感じる。「雁《かり》がねは雲居がくれに鳴きて来ぬ萩《はぎ》の下葉の露寒き頃」（『新拾遺集』秋下、伏見院）の歌もあるが連歌に多い表現。◇月もひかりや……　「月も光のあざやかになる物也。……このかはるは、あざやかになる心也」（古注二）。

3
松むしにさそはれそめし宿出《い》でて　宗祇
松虫の音《ね》に誘われて毎夕のように涼みに出ていたが、それは初秋のこと、冬近くなった今もなお松虫の音を求め、宿を出て。〔岩もと薄《すすき》のもとにかすかに鳴いている松虫の音を、冬もこのまま聞きたいという秋の名残《なごり》を惜しむ心とする。冬から秋への季移り〕

4
さ夜ふけけりな袖《そで》のあき風　柏
夜もすっかり更けてしまったことだ。袖を吹く秋風に、それと知らされて。〔夜が更けると風が立つ。前句の松虫の音に誘われて出たのを夕暮のこととして付けた〕

5
露さむし月もひかりやかはるらん　長
袖に置く露もそぞろ寒く、露にうつる月の光もいっそう冴《さ》えかえっている。〔「露さむし」と切り、「月も」とたたみこんだ句法に秋の夜の更けゆくさまが主体的にとらえられている。以上秋三句〕

6　雑《ぞう》　旅。「露」と「野」が寄合。古注三に「一句旅行の躰《てい》なり。思ひもなれぬ野べを行けば、とある所にあたりて、月の光のかはりて見しにもあらぬ心なり。旅行のかなしき心からかはるといふ心か」とある。◇野辺　一座二句物。「野」は可隔五句物。◇行く末　「はるばると雲井をさして行く舟の行末遠く思ほゆるかな」（『拾遺集』雑賀、伊勢）は舟路、ここは野路の行く末。

7　雑　旅。人倫《じんりん》。◇はかなの友　「あからさまなる友のはかなき（古注一）、「旅の友は所々にて変る」（古注二）などとある。「かたらふもはかな」を「の」で受けて「友」へ続ける連歌的表現。◇たびの空　「旅」の字は一座二句物。「空」は一座四句物。

8　雑　旅。聳物《そびきもの》。山類。◇雲をしるべの　用例に「こ紫たなひく雲をしるべにて位の山の峰をたづねむ」（『拾遺集』雑賀、清原元輔《もとすけ》）がある。「雲」は可隔五句物。「雲をしるべ」を「の」で受けて「みね」へ続ける。これも連歌的表現。古注一に「雲を友とする也」とある。

6　おもひもなれぬ野辺の行く末　祇

慣れないはるかな旅路にあって、不安な思いにかられて目をやる野辺のかなた――心なしか故郷で見る月の光とは変っているようだ。〔前句の月の光も変るの意を変化させての付け。旅の句とする〕

7　かたらふもはかなの友やたびの空　柏

語りあうのもほんのしばしの間のこと、はかない旅路の友よ、せっかく道づれとなったばかりなのに。〔「おもひもなれぬ」を友と馴《な》れ親しむことができない、として変化をはかっている。ここで友を出して、初めて人を点出《てんしゅつ》してくる〕

8　雲をしるべのみねのはるけさ　長

雲のかかったあたりを目標としてゆくほかはない、遥《はる》かな山また山の旅。〔「かたらふもはかなの友」、それは雲だったと解しての付け。以上旅三句〕

（初裏）

1 憂きはただ鳥をうらやむ花なれや　祇

憂きことといっては、ただわが身が鳥のように飛んで行って、その遠くの花を存分に嘆賞できないことだ。〔遥《はる》かなる峰の雲を花と見て、遠く眺めやり、自由にその花に遊ぶことのできる鳥が羨《うらや》ましいとする。花を出して春の句とする〕

2 身をなさばやのあさゆふの春　柏

わが身を変えて、朝となく夕となく興深い春というものにしてみたい。〔前句には、鳥に身を変えたいがそうもできないもどかしさを付ける。身をなすの対象を変化させての技巧的な句法〕

3 故郷《ふるさと》ものこらずきゆる雪をみて　長

都に対して山里などでは、春の訪れも遅いものだが、今住んでいるこの古めかしい里でもようやくにして雪がすっかり消えてゆくのを見ていると。〔わが身も春にかえて、その春を心から楽しみたいという複雑な心理をねらった作者の自信作だが、付け味をつ

1　**春季**（花）　木。鳥。「雲」に「鳥」と付く。◇鳥をうらやむ花　古注一に「目路《めぢ》遠き梢《こずゑ》なるべし」とする。「かくてぞ花をめで鳥をうらやみ霞をあはれび露をかなしぶ心・詞」（『古今集』序）をふまえる。「鳥」は一座四句物。「花」は『新式今案《しんしききんあん》』では一座四句物。

2　**春季**　人倫。人倫は可嫌打越物、〈初表7〉の「友」から二句隔たる。「憂き」に「身」と付く。◇身をなさばやの　「身をなす」は、そのものに身を変える。変身する。「の」は文をつなぐ連歌的表現。「一句は春はおもしろき物なれば春に身をなしたき心なり。付くる心は鳥に身をなしたきと云ふ義也」（古注二）。◇あさゆふの春　朝となく夕となく興深い春。「朝」「夕」ともに一座二句物。

3　**春季**（きゆる雪）　降物。前句との付合《つけあい》は古注六に「古郷に籠居したる身上《みのうへ》なれども雪の消ゆるを見て春に身をなさばやと興じたる心也」とあり、古注一は「消えやすき雪に身をなさばや」ととる説（古注二・古注三）を「作者の本意はさにはあらず」として否定する。◇故郷　一座二句物（名所・ただの故郷引合せて一、旅に一）。ここはただの故郷で、「今すむ里のふりた

かむことはむずかしい。以上春三句〕

4 世にこそみちはあらまほしけれ　祇

この世の中にこそ正道が現れてほしいものだ。〔この古びた里でもすっかり雪が消えて道が見え始めたのを見ると、と籠居《ろうきょ》している人の心を付け、世に隠れた賢人の述懐とする〕

5 なにをかは苔《こけ》のたもとに恨みまし　柏

世を捨てて、粗末な着物をまとっているこの身であれば、何を恨み何を不満に思うことがあろうか。〔世の中一般にとっては正道が望ましいけれど、世捨人である自分は今更世の乱れを特に恨むにはおよばない、の意〕

6 すめばやまがつ人もたづぬな　長

こうして山に籠《こも》って住むようになれば、もう山がつというべき身。誰も訪ねて来てくれるな。訪ねてくれなくても、恨みがましく思うようなことはない。〔世捨人の境地に徹した力強い心とする〕

る」（『連珠合璧集《れんじゅがっぺきしゅう》』）をいう。

4 **雑**　述懐《しゅっかい》。「きゆる雪」に「みち」と付く。古注一に「春いたりて、雪中の道あらはれたる様に世をもなさまほしき也。下の心は時にあはずして古郷に籠居したる人の思ふ心にや」とある。◇世　一座五句物（ただ一、浮世・世の中として一、恋の世一、前世一、後世《ごせ》一）。ここはただの世。◇みち　可隔五句物。

5 **雑**　述懐。衣裳。前句の述懐の心に「苔のたもと」と付く。◇苔のたもと　苔の衣の袂《たもと》。僧や隠者の衣をいう。用例に「みな人は花の衣になりぬなり苔の袂よかわきだにせよ」（『古今集』哀傷、遍昭《へんじょう》）。「苔の袂は世を捨てたる人也。此身体にて、世のよしあしは沙汰《さた》に及ばず。惣別《そうべつ》のためあらまほしき道とぞ」（古注二）。◇恨みまし　「恨み」は、「恨み」「恨む」と言いかえて一座二句物。「まし」は「かは」と呼応して反語。

6 **雑**　述懐。人倫。◇すめばやまがつ　「やまがつ」は、木樵《きこり》などの山中に生活する人で、人倫。「山類《さんるい》に非《あら》ず」（『連歌新式』可分別物）。「山に住めば、おのづから山がつといふ心なり」（古注六）、「すめば山がつといふより、初めて住む人なり」（古注三）。

7　雑　植物《うえもの》。古注一に「前に寄る所は名も知らぬ山がつのごとくになりたる身を昔は何がし殿にてましますらんなど尋ねられ（む）事をいとふよし也。さて名も知らぬ草木に身を寄せたるなるべし」とあり、述懐の句は三句までしか続けられないので述懐めいた点が気になるが、この解の方が「何の草木とも人たづぬな」（古注二）とする通説より味わいが深い。◇草木　岡田本・太宰府本は「木草」。◇跡しめて「跡」はこの世でのあり場所。用例に「石上《いそのかみ》ふる野の沢の跡しめて春やむかしと若菜つみつつ」（『続拾遺集』春上、藤原基家《もといえ》）がある。

8　秋季(月)　光物。夜分。◇あはれ「この哀《あはれ》は面白き也」（古注三）。「山里のあはれをそふる夕霧に立ち出でむ空もなき心ちして」（『源氏物語』夕霧）と同じ。古注一・古注二は哀感にとる。

9　秋季　恋。夜分。◇秋の夜も「秋の夜の千《ち》夜を一夜《ひとよ》になせりともことば残りて鳥や鳴きなむ」（『伊勢物語』二十三段）など秋の夜は長いとされた。◇かたるまくら　むつごとを語りあう枕《まくら》べ。勅撰集には見出だせない連歌的表現。古注一に「たまさかにあふ夜のむつごと、哀に明けぬべし。名残《なごり》を思ふよし也」とある。

7
名もしらぬ草木のもとに跡しめて　祇

名さえ知らない草や木のもとに居を定めて。〔山がつとなった自分を、昔の誰それ殿だといって訪ねてこないでくれと付く〕

8
あはれは月になほぞそひゆく　柏

何となくしみじみとした感懐は月の光によっていよいよ増してくる。〔名も知らない草や木に月光がさすことによっていっそうの思いが添うと付く。述懐がかった句の続いたところを、月の句としながら軽く流して展開をはかる〕

9
秋の夜もかたるまくらに明《あ》けやせん　長

むつごとを語っているうちに長い秋の夜もあっけなく明けてしまうことであろう。〔月は後朝《きぬぎぬ》の別れにあわれを添えるとする〕

10
おもひの露をかけしくやしさ　祇

後朝の別れには、想いを寄せたことさえ悔まれる。こんな短い逢《おう》

10　**秋季**（露）　恋。降物。◇おもひの露　「思ひの露もれたる草がくれもあるべからず」（『新古今集』序）は、思いを述べたすぐれた歌を露にたとえたものであるが、ここは、恋の思いをかけることを袂《たもと》にかかる露にたとえる。「思ひをかけそめて逢《あ》ふ夜の明けがた今更くやしとなり」（古注二）。古注二の「月を見てかたる様なるべし」は打越《うちこし》にかえるから不可。

11　**雑**　恋。人倫。「露」と「命」が寄合。◇たがならぬ　誰のせいでもない。「たがならぬは、人のたのめぬ契りをわが心にさりともさりともとかかりきて悔《くや》しきよし也」（古注一）。◇あだのたのみ　「あだ」は誠意のない、かりそめの意。太宰府本など「たのみ」を「契り」とする本文もある。

12　**雑**　述懐。人倫。述懐は可隔五句物、〈初裏6〉より五句隔たる。本歌「わびぬれば身をうき草の根を絶えて誘ふ水あらばいなむとぞ思ふ」（『古今集』雑下、小野小町）による句作り。◇つて　言い伝える言葉。伝言。◇わび人　世に容れられない失意の人。

13　**雑**　述懐。◇すみはなれ　「都を住み離れたる義也」（古注一）。◇程さへ雲井路　「程さへ雲井」（遠く離れたところ）と「雲井路」（宮中への道。都路）を掛ける。

瀬《せ》かと恨めしく思われて。〔言葉とはうらはらに男を慕っているのである。平明に軽く付けながら恋の情緒は深まってゆく〕

11
たがならぬあだのたのみを命《いのち》にて　柏

悔まれはするけれど誰を恨むこともできない。ほかならぬ自分がそんな男のかりそめの約束事をわが命としているのだから。〔あきらめきれない女の恋心のゆれ〕

12
さそふつてまつわび人ぞうき　長

誰か誘ってくれないかと頼りにもならない言葉を待っている落ちぶれたわが身がつらい。〔本歌によっただけの付け方。恋から述懐へ〕

13
すみはなれいまは程さへ雲《くも》井《ゐ》路《ぢ》に　祇

都から遠く離れた田舎に住みついてしまった今は、都へ誘ってくれる人とていない。〔都へ帰りたいと望みながら田舎に沈淪《ちんりん》している人の心境。「さそふつて」を都へ誘う言葉と変化させる〕

14 いりにしやまよなにかさびしき　柏

浮き世を捨てて自ら入った山ではないか、何のさびしいことがあろう。〔前句はなお都への誘いを待つ心境、この句では山居の生活に徹しようとする気持。以上また述懐三句〕

(二表)

1 わきてその色やはみゆる松の風　長

とりわけてこれという色が見えるわけではない松風――その松風がなんとなくさびしく感じられる。〔前句では反語であった「なにかさびしき」を感嘆にとりなす。本歌は秋のさまであるが、この句の表面には秋を出さないで松風だけを配した〕

2 いづみをきけばただ秋のこゑ　祇

泉の音を聞くと、まるで秋の声を耳にしたようで涼しく感じられる。〔秋ではなく夏の句とするところに苦心がある〕

3 ほたるとぶ空に夜ぶかく端居《はしゐ》して　柏

14 **雑** 述懐。山類。「雲」と「やま」が寄合。一句は山居《さんきょ》の心。古注六に「雲井路とあるに山居の心おもひよれる所おもしろし」とある。◇いりにしやま 「いとはしき所」(古注一) あるいは「都」(古注二) を離れて自ら入った山。

1 **雑** 木。「なにかさびしき」に「その色やはみゆる」と付く。本歌「さびしさはその色としもなかりけりまき立つ山の秋の夕暮」(『新古今集』秋上、寂蓮《じゃくれん》)。秋は可隔七句物で、〈初裏10〉より四句しか隔たっていないので、下句は捨てて松風とする。◇その色 表面にあらわれるそれらしい風情。◇やは 反語。◇松の風 一座二句物 (松風一、松の風一)。「松」は可隔七句物、「風」は可隔五句物。

2 **夏季**(いづみ) 水辺《すいへん》。◇ただ秋のこゑ 「ただ」は、まるで……のように思われるの意で、「秋」の字が使われているが秋季ではない。〈初裏10〉が秋季で、まだ秋季は不可。前句の本歌から秋季が出やすいところを言葉だけにして、夏の句とする。「人住まぬ不破《ふは》の関屋の板廂《びさし》荒れにし後はただ秋の風」(『新古今集』雑中、藤原良経《よしつね》) の結句の語調と通う。古注一に「泉声、松風の色はなくて、さながら秋ぞと也。涼しき心なり」とある。

3 **夏季**(ほたる) 夜分。虫。◇ほたる 一座一句物。◇端居 家の端近くに居ること。「家のあたり、縁などに居る事也」(『匠材《しょうざい》集《しゅう》』)。古注一に「源氏中川の宿の様にや」とし、「螢火乱れ飛んで秋已《すで》に近し」（『和漢朗詠集』上、元稹《げんしん》）を思いうかべるべきかとする。古注一は連衆の一人である宗長の聞書《ききがき》にもとづくので、この三吟の作られた一座においてこの典拠のことが話題となったものと見られる。「中川の宿」は光源氏が方違《かたたがえ》のために立ち寄った紀伊守《きのかみ》の宿。

4　雑　恋。夜分。恋は可隔五句物、〈初裏11〉から六句隔たる。「ほたる」に「ものおもふたま」と付く。本歌「ものおもへば沢の螢も我が身よりあくがれいづる玉かとぞ見る」（『後拾遺集』神祇、和泉式部）。古注一に「もの思ふ比《ころ》、よぶかく端居《はしゐ》して思へる心也。螢を我が魂《たま》に比《ひ》したる也」とある。

5　雑　恋。夜分。人倫。

◇枕さへしるとはしるな　古注一に「枕が思ひを知る」は和歌に多く詠まれ、「枕が知ると思はば物思ふ魂《たま》の寝所《ねどころ》はあるまじければ、知るといふことを我が心知るなとなり」とする。用例に「知るといへば枕だにせで寝し物を塵《ちり》ならぬ名の空に立つらむ」（『古今集』恋三、伊勢）など。「な」は禁止で、ここで切れる。「知るとは知るな」の同語の繰り返しや、句中に禁止で句切れのあるのも連歌的表現で、和歌的慣用の発想を更にひとひねりしたもの。

6　雑　恋。付け心は古注一に「まくらが涙を知ると思はば、おもふままにこぼしかぬべきのよし也」とある。

◇なみだ　可隔七句物。

螢の飛びかう空を眺めながら、夜が更けるまで縁先に出ていると、秋を思わせる泉の音が聞えてくる。〔源氏物語「帚木《ははきぎ》」の中川の宿のおもかげ。端居の人物を点出して、恋への橋渡しをする〕

4
ものおもふたまやねんかたもなき　長

恋のもの思いのために寝ようとしても寝られずただ茫然《ぼうぜん》としている。飛びかう螢を、わが身からさまよい出た魂かと眺めながら。〔今度ははっきり和泉式部《いずみしきぶ》の歌を本歌としての付け〕

5
枕《まくら》さへしるとはしるなわがこころ　祇

わが心よ。枕までが自分の恋を知っているというようなことは、知らずにいるがよい。〔寝ることもできなくなるから、とわれとわが心に言いかけた句〕

6
なみだをだにもなぐさめにせん　柏

流れ落ちる涙、せめてそれを心の慰めにしよう。〔だから……と前句に付く。重い句作りが続いたので軽く流した。以上恋三句〕

7 藤ごろもなごりおほくもけふぬぎて　長

亡き人をしのぶ喪服を、服喪《ふくも》の期間が過ぎた今日、たいそう名残《なごり》は惜しいのだけれどもぬぎ捨てて——あとは涙だけを慰めにしていよう。〔古歌や物語のおもかげ。恋の涙を哀傷の涙へ転じた〕

8 いでんもかなしあきのやまでら　祇

去って行くことも悲しい。この秋の山寺を。〔前句との続きは服喪のために籠《こも》っていた山寺だが、一句は山寺の秋の興に重点を移し、景の句へと展開の素地を作る〕

9 鹿のねを跡なるみねのゆふま暮　柏

ものがなしくも風情《ふぜい》のある鹿の声が後ろの峰から遠く聞えてくる秋の夕暮。〔前句に続けると山寺からの帰路となる。時刻を夕暮とし、「かなし」の意を変化させて純粋な秋の叙景句とする〕

10 野《の》分《わき》せし日のきりのあはれさ　長

7 **雑**　述懐（ここは哀傷）。衣裳。◇藤ごろも　喪服。「藤衣とは色の衣也。忌事《いみごと》過ぎぬればぬぎ捨つる也」（古注三）。「限りあれば今日ぬぎ捨てつ藤衣はてなき物は涙なりけり」（『拾遺集』哀傷、藤原道信《みちのぶ》）など用例は多い。◇なごり　一座二句物。

8 **秋季**　釈教《しやつきよう》。喪に服して山寺に籠ることとは、「年ごろ住み侍《はべ》りける女の身まかりにける四十九日果てて、なほ山里に籠りゐてよみ侍りける　誰もみな花の都に散りはててひとり時雨《しぐ》るる秋の山里」（『新古今集』哀傷、藤原顕輔《あきすけ》）など、勅撰集の詞書《ことばがき》に多い。古注一に「一句は、山寺に心をとめたるなるべし。又、一夏籠《いちげごもり》（一夏九十日間を寺にこもって修行すること）の名残の心も有るべし」とある。◇やまでら　「寺」は一座二句物。

9 **秋季**(鹿)　山類。獣。古注一に「山寺の帰路に鹿の音を感じたる義也。かなしきは、露をかなしぶの類にや」とあり、前句の「かなし」を嘆賞するの意にとる。◇鹿　一座三句物。「鹿のねを跡なるみね」は鹿の音を背後の嶺に聞く、の意。それを「の」で受けて「ゆふま暮」につなぐ連歌的表現。◇ゆふま暮　夕方のほのぐらい頃。「夕」の字は一座四句物。

10　**秋季**（野分・きり）　聳物《そびきもの》。「鹿」と「きり」が寄合。古注二に「一句は源氏に野分の後の朝《あした》の心也。跡なるみねとは、野分の跡に付けなしたる也」とある。◇野分　秋に吹く暴風。◇きりのあはれさ　「花をめで鳥をうらやみ霞をあはれび露をかなしぶ心・詞多く」（『古今集』序）の「霞」を「霧」におきかえる。

11　**秋季**（月）　光物。夜分。居所。夜分は可隔五句物、〈二表5〉より五句隔たる。◇鐘に月まつ里　「晴れぬ夜の月待つ里を思ひやれ同じ心にながめせずとも」（『源氏物語』末摘花）の例もあるが、どちらかといえば連歌的表現。特に「鐘に月待つ」から「月待つ里」と続けるのは連歌に多い句法。「鐘」は一座四句物。「鐘に月待つとは、其の時分、月待つ里見えたる心也」（古注二）。

12　**雑**　恋。恋は可隔五句物、〈二表6〉より五句隔たる。古注二に「一句は恋也。月待つ里へ行きては騒がしからんと也」とある。

13　**雑**　恋。人倫。古注一に「我がとふ人に、又忍ぶ人あるべし。行きて見あらはさんこそ本意なからめと、好色の人は用捨ある物也。物語などに此の心多し。一句は誰もさこそと云へり」とある。古注六に「源内侍《げんのないし》などのさまにや」とするのは、源内侍をめぐる源氏と頭中将の話（『源氏物語』紅葉賀《もみじのが》）のおもかげと見る。

野分の吹いた日の霧の立ちのぼるさまも興深い。〔前句の「跡」を、野分の「跡」ととりなした。源氏物語「野分」の朝のおもかげ〕

11　しづかなる鐘に月まつ里みえて　祇

静かになりひびく入相《いりあい》の鐘の音が聞え、月の出を待つ里が見えてくる。〔野分の跡の静かさの中に月を待つ里の景。特に本歌などをふまえることもなく風情《ふぜい》のある月の句〕

12　ゆきてこころをみださんもうし　柏

訪ねてゆきたいけれども、あの人の心を乱すかと思えばそれもつらいことだ。〔前句に付くと、相手は閑居の風流人。景の句が続いたところへ遣句《やりく》として理《ことわり》のかった句をつけただけ〕

13　われならでかよふや人も忍ぶらん　長

自分以外の男が、その女《ひと》のもとへ忍んで通っていることもあろう。〔訪ねて行ってそれを見あらわすのも不本意なのでためらっているとする。物語的な恋の場面を想定しての巧みな句〕

14　**雑**　述懐（ここは懐旧）。「忍ぶ」に「ふるき」と付く。「ももしきや古き軒端のしのぶにもなほ余りある昔なりけり」（『続後撰集』雑下、順徳院）などによる。◇みやこ　一座三句物。◇みち　岡田本は「跡」。同字は可隔五句物で、「跡」ならば〈二表9〉と四句しか隔たらない。式目《しきもく》にかかわる訂正があったか。

1　**春季**(花)　木。◇さく花も　岡田本は「花さへも」とする。「花」は一座四句物。◇春の夢　古注三に「春の夢と惜しむ故に、早く過ぐるを春の夢とよみなせり」とある。肖柏の好んだ言葉で、その家集を『春夢草《しゅんむそう》』とよぶ。「夢」は可隔七句物。

2　**春季**(桜)　木。付け方は、古注三に「桜とだにいへば、風の吹きやすきなり。わが惜しむから、かやうに云ひなせり」とある。◇桜　一座三句物。◇やま風　山の方から吹いて来る風。烈しいものとされた。「風」は可隔五句物。

3　**春季**(かすむ)　降物。古注三に「朝露のうち霞む、のどやかなる折ふし、桜には風吹きやすげなる躰《てい》なり。ただ桜とだにいへば散らしやすきなり」とある。◇あさ露　消えやすいものとされた。「朝」の字は一座四句物。◇野　可隔五句物。

4　**雑**　述懐。古注一に「はかなき世にくらべば朝露も長閑《のどか》なるべし。観念の様也。是又地連歌《ちれんが》

14　ふるきみやこのいにしへのみち　　祇

〔前句では人のもとへ「かよふ」であったのを、古都への道を通うとし、「忍ぶ」も昔を偲《しの》ぶ懐旧の情に変化させた展開の妙〕

（二裏）

1　さく花もおもはざらめや春の夢　　柏

咲いている花よ、お前も春は夢のようにはかなく過ぎてゆくと思わないだろうか。〔一句は花を擬人化した華麗な句。前句に付くと、旧都の栄華の夢となる〕

2　桜といへばやま風ぞふく　　長

桜が咲いたと言えば、きまって意地わるく山風が吹くことだ。〔花でさえも恨めしいと思うことであろうと付ける。宗長好みの理《ことわり》の句で軽く付け流しているが、さらりとして味がある〕

3　あさ露も猶《なほ》のどかにてかすむ野に　　祇

消えやすい朝露さえも残り、のどかに霞んでいる野の光景なのに、

桜は風に散らされてはかないことだ。〔これも軽く付けた句〕

4 うちながむるもあぢきなの世や　柏

しみじみと物思いにふけるにつけても、何ともはかない世の中だなあ。〔朝露でさえのどかであるのに人の世は、と付く。春三句でとめて雑の述懐へ。これも地連歌《じれんが》〕

5 深《ふ》くるまで身のうき月をいみかねて　長

夜が更《ふ》けるまで、わが身の悲しさのあまりに、忌むこともできないで月を眺めていることだ。〔「ながむる」対象を月とし、人の世の味気なさを観じてと付く。俗信を逆手にとり、本歌をふまえた宗長自讃の句。表現・句法にも張りが見られる〕

6 今よりいとふながき夜《よ》の闇《やみ》　祇

月はいとわずにむしろ、死後行くであろうあの長夜《じょうや》の闇《やみ》を今からいとうことだ。〔真如《しんにょ》の月と長夜の闇を対応させて、釈教にことよせつつ、重い前句を巧みにさばいた。さすがに宗祇である〕

（秀逸をこらすことなく目立たぬ句）也」とある。古注六は「朝露は消え残りても有りぬべし誰か此の世をたのみはつべき」（『続後拾遺集』哀傷、読人しらず）を本歌としてあげる。

◇うちながむる　物思いにふけって眺める。前句にはただ眺めるの意で付く。◇あぢきなの世　あじきない世。『匠材集』には「あぢきなし」を「かなしくはかなき事也」とも「物おもふ心也」ともする。「世」は一座五句物。これも〈初裏4〉と同じくただの世とすれば細則は守られていない。

5　秋季（月）　光物。夜分。人倫。秋は可隔七句物、〈二表11〉から七句隔たる。本歌「月をあはれといふはいむなりといふ人のありければ　ひとり寝のわびしきままに起きゐつつ月をあはれといみぞかねつる」（『後撰集』恋二、読人しらず）。◇深くるまで身のうき月　「深くるまで見る」に「身」と掛け、「身のうき」に「うき月」と掛ける。◇いみかねて　月を熟視するのは古くは忌むこととされた。『竹取物語』や『源氏物語』宿木《やどりぎ》に見える俗信。

6　秋季（ながき夜）　釈教。夜分。古注一に「身のうき月ながら長夜闇《ちやうやのやみ》をいとふ故にいみかぬる也」とする。

◇ながき夜の闇　「長夜の闇」の訓読。死後いつまでも成仏《じょうぶつ》できないで迷うこと。「真如の月」（衆生《しゅじょう》の迷いを照らす仏法の真理を月にたとえたもの）に対していう。

7 いさり火《び》をみるもすさまじおきつ舟　柏

沖に出た漁船がたく漁火《いさりび》を見るにつけても恐ろしい気がする。殺《せつ》生《しょう》の罪で長夜《じょうや》の闇《やみ》に迷うことがいとわしく思われて。〔叙景の句に展開しながら漁猟の所業で前句の釈教を受けた巧みな句作り〕

8 ゆふべのなみのあら磯《いそ》のこゑ　長

すさまじく聞えてくるのは、荒磯に打ち寄せる荒々しい夕波の音。〔「すさまじ」は前句では漁火、ここでは荒磯の景。沖に磯を配し、視覚から聴覚に移し、秋は三句で捨てて、完全な叙景の句を作りあげている。このあたり宗長の句が冴《さ》えている〕

9 ほととぎすなのりそれとも誰《たれ》わかん　祇

荒磯の音にまぎれて、郭公《ほととぎす》が一声鳴いたのを、誰がそれと聞き知ろうか。〔磯に莫告藻《なのりそ》の寄合《よりあい》を隠題《かくしだい》にしたこれも巧みな句作り〕

10 かへらんたびを人よわするな　柏

7　**秋季**（すさまじ）　夜分。水辺。「闇」と「いさる」が寄合。古注一に「漁火を見て、来生《らいしやう》の闇を思ふ由也」とある。◇いさり火　漁をする時、魚を誘い寄せるためにたく火。「射去火の光に」（『万葉集』三六九）。夜分の語。◇すさまじ　冷気をおぼえるの意で秋。一句の意味としてはものすごいの意。◇おきつ舟　沖を行く舟。「舟」は可隔七句物。

8　**雑**　水辺。古注一に「荒磯のみならず、沖のいさり火も冷《すさ》まじきよし也」とある。◇ゆふべ　一座二句物、〈初裏2〉にあり、懐紙を替えて用いている。◇なみのあら磯　「波の荒し」と「荒磯」を掛ける。「波」は可隔五句物。

9　**夏季**（ほととぎす）　鳥。「磯」に「なのりそ」が付く。◇ほととぎす　一座一句物。◇なのりそれとも　底本は「名残それとも」。岡田本等により訂。「莫告藻」を隠題として詠みこむ。「莫告藻」は神馬藻《じんめそう》。ほんだわら。用例に「奥つ玉藻の名乗曾《なのりそ》の花」（『万葉集』三九〇）、「あまのかるいらこが崎のなのりそのなのりもはてぬ子規《ほととぎす》哉」（『続後拾遺集』夏、大江匡房《まさふさ》）など。底本の形はあるいは初案か。◇わかん　聞きわけようか。岡田本は「しらむ」とする。

10　**雑**　旅。人倫。「ほととぎす」に「かへらんたび」と付く。「ほととぎす」のことを「不如帰」と書く故事による。蜀《しよく》の望帝の魂が化してこの鳥となり不如帰《ふじょき》と鳴いたという（『連集良材《れんじゅうりょうざい》』）。◇たび　一座二句物（「旅」と用いて一、「旅衣」などとして一）。〈初表7〉にも「旅の空」とあり、細則の方は守られていない。◇人よ　故郷人に呼びかけたとる説（古注一・古注三）と旅人に呼びかけたとする説（古注二・古注六）がある。

11　**雑**　旅。居所。◇ありぬやと　ずっとそのままいられるかと。「ありぬやと心みがてら逢ひみねばたはぶれにくきまでぞこひしき」（『古今集』雑体、読人しらず）をふまえる。古注六に「心は山里へゆく人を見て言ひたる心なり。先づ心みの山居《さんきょ》なれども其のまま有りもやつかむ帰らん事を忘るなとなり。有りぬやと……の言葉をとれり」とある。「あかぬやと」とする本文もある。

12　**雑**　◇ならはばしほれ　「しほる」は強く吹く。「山里に住みなれたらんときは嵐もふけ、またならはぬ時は吹くなと付くる也」（古注二）。◇あらし　古くは一座一句物であったが、この頃は二句物となる。

13　**冬季**（霜がれ）　恋。草。◇野　可隔五句物。◇霜がれ　霜のために枯れること。岡田本は「冬かれ」とする。◇思草　「思ひ草、我が思ひ也。尾花がもとの思ひ草とよめるはさる草有るにや」（『流木集《ながれぎしゅう》』）。「おもひくさ　りんだう也」（『匠材集』）。ただし、竹、露草など異説は多い。

11
ありぬやとこころみにすむ山里に　長

旅にあってもやがては帰る私であることを、故郷の人よ、決して忘れてくれるな。〔「不如帰《ふじょき》」の本説《ほんぜつ》をふまえた、これも意欲的な作であるが、少しわかりにくい難があろう〕

そのまま住みついてしまうということはないだろうか、ためしに住んだだけのその山里に。〔帰ることを忘れないでほしいと旅人に言いかけた。軽く付けているが味わいは深い〕

12
ならはばしほれあらしもぞうき　祇

山里に住み慣れた頃には、嵐も強く吹け。今はまだつらく思われるだろうから。〔住んで間もない人だからと風に注意する〕

13
つれなしや野は霜がれの思草《おもひぐさ》　柏

よそよそしいとでもいおうか。野辺の思い草は霜に枯れてゆくのに、胸の思い草だけが枯れないとは……。吹き枯らせるのが習いの嵐にわが思いを枯れさせたいのだが。〔恋の出し方が巧み〕

14　**雑**　恋。木。「思草」の思いを「待つ思ひ」であったとして、「松」にとりなす（古注一）。◇こころの松　「心の松は心にて待つ方に多く詠めり」（『流木集』）。「杉立てる宿をぞ人は尋ねける心のまつはかひなかりけり」（『拾遺集』恋四、読人しらず）など和歌にも多く詠まれる。「松」は可隔七句物。

1　**雑**　述懐。水辺。人倫。「松」に「和歌の浦」と付く。「和歌の浦を松の葉越しにながむれば梢に寄するあまの釣舟」（『新古今集』雑中、寂蓮）などによる。◇和歌の浦　水辺の名所。紀伊。和歌の意を掛ける。名所は可隔三句物。◇いそがくれ　磯のかげに人目につかずにいる。用例に「磯がくれける海士《あま》の心よ」（『源氏物語』行幸《みゆき》）など。古注一に「磯がくれつつは卑下《ひげ》也」とある。

2　**雑**　水辺。人倫。「和歌の浦」に「みちくるしほ」と付く。「和歌の浦に潮満ち来れば潟をなみ葦辺をさして鶴《たづ》鳴き渡る」（『万葉集』九一九）による。古注一に「行路《かうろ》の様也。みちくるしほに磯がくる心も知らず慕ひがほなる由也」とし、藤原定家の「飛鳥川《あすかがは》淵瀬も知らぬ秋の霧何にふかめて人慕ふらむ」（『拾遺愚草』中）をあげこの歌の類であろうという。

3　**雑**　水辺。以上水辺三句。古注一に「かたわれ小船のただよひて捨てられし人を慕ふ様なる

14　いつかこころの松もしられし　長

ひそかに恋人の訪れを待つ私の心はいつのまに人の知るところとなったのであろうか。〔つらいことだ、胸の思い草が枯れずに残っていたために、とする〕

（三表）

1　和歌の浦やいそがくれつつまよふ身に　祇

和歌の浦の松が人目につかないように、和歌の道に迷っている身は、いつ人に知られることがあろうか。〔松から和歌の浦を引き出し、前句を反語にとって和歌の道に心を寄せる宗祇みずからの述懐とした〕

2　みちくるしほや人したふらむ　柏

満ちてくる潮は磯辺に迷う旅人を慕っているのであろうか。〔表面は、和歌の浦の潮が満ちてくれば磯が隠れるという旅の様、裏には、和歌の道にたずさわるその人を、人々は勿論潮までが慕い寄るという意を込める。前句の宗祇の述懐に対する挨拶《あいさつ》〕

は、満ち来る潮が慕はせたる義也」とある。◇かたわれ小舟　破損して役に立たなくなった小さい舟。用例に「渚《なぎさ》なるかたわれ舟の埋もれて曳《ひ》く人もなき嘆きすと」(『千載集』雑下、源俊頼《としより》)など。

4　秋季(もみぢ)　木。「かたわれ小舟」に「木のしたもみぢ」と付く。「舟」と「一葉」が寄合で、「一葉の舟」という語によって、かたわれ小舟を水辺の落葉に見立てた。「水辺の落葉をかたわれ小舟にとりなせり。ちりぢりに朽ちかかる紅葉、かたわれ小舟とも云ひつべし」(古注一)。◇木のしたもみぢ　落葉は冬季であるが、ここは晩秋のものと見るべきか。同季は可隔七句物、冬とすれば〈二裏13〉から四句しか隔たっていない。「もみぢ」は一座三句物。◇もなし　底本「もうし」。岡田本等により訂。結句に「もなし」と用いるのは一座二句物。

5　秋季(露)　降物。居所。「もみぢ」に「露」と付く。古注三に「前句木の葉を尋ぬを、今度は露が染めつくして暮秋の庭には染めむ葉もなき程にたづぬるもなきと付けなせり」とある。◇庭　一座二句物。

6　秋季(むし)　降物。虫。◇むし　一座一句物。和歌では「虫の音弱る」とするところを「虫の音細し」とするのが連歌的表現。虫の音を細しと聞く人の感覚が加わる。◇霜をまつころ　冬のものである霜を待つ頃。晩秋。「霜を待つとは猶《なほ》其の時分也」(古注二)。

3　すてらるるかたわれ小舟《をぶね》くちやらで　長

こわれて捨てられたままの小舟が朽ちはてもしないで満ちてきた潮に揺れている。いつまでもその持主を慕っているかのように。〔打越《うちこし》の重みから抜けきれていないきらいが残る〕

4　木《こ》のしたもみぢたづぬるもなし　祇

木の下に乱れ散っている紅葉を訪ねる人とてない。〔前句のかたわれ小舟を水辺の落葉と見立てての付け。水辺が三句続いて、どうしても他に転じなければならないところ。窮余の一策〕

5　露もはやおき侘《わ》ぶる庭のあきの暮　柏

訪ねる人もいない落葉の散りしく庭、木の葉を染めつくした露が、晩秋の今は結びかねている。〔暮秋のわびしい庭の光景〕

6　むしの音ほそし霜をまつころ　長

〔これも暮秋の景、虫の音を添えていっそうあわれは深まる〕

7 ねぬ夜半《よは》のこころもしらず月すみて　祇

秋はもの思いに沈む季節、夜半を寝られずにいる人の心も知らず、月は耿々《こうこう》と冴《さ》えわたっていて。〔秋四句目。月にかこつ心で恋への誘い〕

8 あやにくなれやおもひたえばや　柏

恋というものは思うにまかせぬもの、いっそのことこの思いを断ちきりたいと思うのだが。〔前句の寝られぬ夜半をひとり寝の意にとっている〕

9 たのむ事あれば猶《なほ》うき世間《よのなか》に　長

なまじ男の言葉が頼りになりそうだとかえってつらいのが恋のあやにくさだ。〔理《ことわり》のかった句だが恋心をうまくとらえる〕

10 老いてや人は身をやすくせん　祇

身をたのむということも若い時のこと、老いの身となった今は何

7 **秋季(月)**　光物。夜分。「霜」と「月」が寄合。古注一に「是又、虫の音の霜を待つ時分の月、物がなしくて、寝《い》ねがてを添へたる恨みをいへり」とある。

8 **雑**　恋。◇あやにく　思うようにならないこと。「秋とだに忘れむと思ふ月影をさもあやにくに擣《う》つ衣哉《かな》」(『新古今集』秋下、藤原定家)と同じ用い方。「思ひはあやにくなるもの也。恋路《こひぢ》のならひなり」(古注三)。

9 **雑**　恋。付け様は古注一に「たのむことあらばうかるべきにあらず。されども猶うきは世のならひ也。それをあやにくにたのむがはかなき也」と説く。◇世間　男女の仲。「世」は一座五句物。ここは「世の中」と用いた例であるが恋の世の意。

10 **雑**　述懐。人倫。古注一に「老いの来ぬ間はたのむ事もありし世を、今は何の望みも休《きう》しはて て、なかなか心やすき義也」とし、頓阿《とんあ》の「限りあれば身のうきことも嘆かれず老いをぞ人は待つべかりける」(『草庵集』九)をあげ、「本歌にあらず。心同じ作也」とする。本歌には『新古今集』までをとるのがきまり。

11　雑　「老」に「不ㇾ踰エㇾ矩ヲ」を付ける。『論語』の「七十にして心の欲する所に従ひても矩《のり》を踰《こ》えず」による。付け様は、古注一に「老後には安閑を心とすべきに又法度《はつと》をばそむくべきならねばやすからぬ由也」と説く。◇法　一座二句物。仏法の「法」と、法令の「法」があるが、ここは後者。◇道　可隔五句物。

12　冬季(雪)　旅。降物。山類。獣。「法」を「乗り」ととって「駒」を付け、「くるしき道」を越えがたい雪の山道ととりなしての付け。この句、『新撰菟玖波集《つくばしゅう》』旅下に入集。◇雪　一座四句物。◇駒　一座一句物。◇あし引の山に掛る枕詞《まくらことば》。「駒の足引く」と掛ける。この自在な掛詞の用法も連歌的表現。

13　冬季(しぐれ)　旅。降物。衣裳。「雪」「駒」に「袖」と付く。「駒とめて袖うちはらふかげもなしさののわたりの雪の夕暮」(『新古今集』冬、藤原定家)による。◇袖さえて　袖が冷えきって。「袖」は可隔五句物。◇よるはしぐれの　「夜」の言葉があるが一句としては朝のこと。夜分にしない。夜分は可隔五句物、〈三裏1〉に月が出る。「時雨」は一座二句物。◇朝戸出　朝、外出すること。「安《あ》佐《さ》刀《と》遅《で》のかなしきわが子」(『万葉集』四四〇八)などと見える万葉語。「朝」の字を用いるのは一座四句物。

の望みもなくせめて安らかでありたいと願うことだ。〔恋から述懐へ。軽く付けているが、さすがに味わいは深い〕

11　こえじとの法《のり》もくるしき道にして　柏

そうは言うものの、心の欲するままに振舞っても矩《のり》をこえないという聖賢の道を守るのは苦しいことで。〔論語の至りついた境地を逆手にとった、いかにも気転のきいた付けぶり〕

12　雪ふむ駒《こま》のあし引のやま　長

雪を踏みわけて登る馬も疲れ、足をひきずりながら越えてゆく冬の山道。〔前句の倫理的な理知の句を一転して鮮やかな冬の景に変えた見事な展開の妙〕

13　袖さえてよるはしぐれの朝《あさ》戸《と》出《で》に　祇

袖は寒く冷えきって、昨夜の時雨《しぐれ》が雪となった今朝の旅立ち。〔雪の山道で難渋《なんじゅう》する体《てい》の前句に、その朝の旅立ちの光景を配する。技巧のかった句を受け、清新な旅の句に仕立てる〕

14 うらみがたしよ松かぜのこゑ　柏

昨夜時雨と思っていたのは、松風の音だったのか。袖が冷えるのも松風とあれば恨みきれないことだ。〔宋詩のおもかげを持つ句〕

（三裏）

1 花をのみおもへばかすむ月の本《もと》　長

春は花、その花のことばかり思っているといつしか月が上ってうちかすんでいる。〔前句とのかかわりは、松風が霞をはらって月を見せてくれるという意で、花のためには恨みの松風、月のためには恨みがたしと、その二重性をとらえて月と花とを同時に出した巧みな付け〕

2 藤さくころのたそがれの空　祇

藤の花ぶさが、ほの暗く影を落している晩春の夕暮の空。〔前句の花を藤の花とし、重い前句をさらりと受け流している〕

3 春ぞゆく心もえやはとめざらん　柏

14　**雑**　木。「しぐれ」と「松かぜ」が寄合。「今は又散らでもまがふ時雨かなひとり古《ふ》りゆく庭の松風」（『新古今集』冬、源具親《ともちか》）による。古注一は『黄《こう》山谷《さんこく》詩集』の詩句「被《ふすま》を擁《よう》して松風を聴く」をあげる。◇うらみがたし　「うらみ」は一座二句物、「うらみ」「うらむ」と形をかえるとあるが、〈初裏5〉も「恨みまし」でこの細則は守られていない。◇松かぜ　一つは「松の風」と言いかえて一座二句物。〈二表1〉に「松の風」として既出。

1　**春季**（花・かすむ）　光物。夜分。木。古注一に「一句は花のみならず、月の面白き由也。前による所、花にうき松風が、月の霞をはらへば恨みがたしよ也。一句のしたて、寄所《よりどころ》のことわり、別々にて奇《き》特《どく》なる者也」とある。◇花　一座四句物。◇かすむ月　春の月。「春月」は一座二句物。

2　**春季**（藤）　草。古注一に「植物《うゑもの》三句つづき侍《はべ》り。直《なほ》しあらたむべきにあらず。力及ばず、執《しゅ》筆《ひつ》のあやまりになしておかれたりと也」と注する。◇藤　一座三句物。『新式』の「可分別物」に「草也」とある。落葉低木であるが、『綺語抄《きごしょう》』以下の歌学書でも草に分類する。晩春の景物。

3　**春季**　付け様は「藤咲く時分の面白きに、つれなく帰るをいへり」（古注一）、「行く春も心をば藤咲くたそがれの時には留《と》むらんと也」（古注二）などとある。

◇春ぞゆく　「一句は春殿《はるどの》の心也」（古注一）。「春殿」は行く春に心があるかのように春を擬人化した語。宗《そう》牧《ぼく》の注には「春殿」「露殿」など自然現象に「殿」を付けて擬人化した説明が多い。◇えやは　「ざらん」と呼応し反語。

4　**春季**（うぐひす）　山類。鳥。古注に四様の解がある。「山路の春に行く人、残鶯《ざんあう》にこころをとめよと也」（古注一）、「み山に帰る鶯も行く春には心とむらんとなり」（古注二）、「前は春が心をとむる也。今度は春の行くに鶯太山《みやま》に心をとむるかとなり」（古注三）、「鶯の残りたる深山《みやま》には春も心をとめむと也」（古注六）。古注二が比較的わかりやすい。

◇うぐひす　一座一句物。

5　**秋季**　聳物《そびきもの》。古注二は「霧に咽《むせ》ぶ山鶯啼《な》くこと尚《なほ》少し」（『和漢朗詠集』上、元稹《げんしん》）を引く。

◇うちつけの　忽ちの。「うちつけ　やがてといふ心」（『匠材集』）。

6　**秋季**（身にしむ・あまの河）　人倫。「霧立ちて」に「あまの河」と付く。「七夕はいまやわかる る天の川かは霧立ちて千鳥鳴くなり」（『新古今集』秋上、紀貫之《きのつらゆき》）による。

◇けさ　「朝」は一座二句物。ただ「朝」とするのが一、「今朝」が一。〈初裏2〉に「朝」がある。ここは「七夕《たなばた》の八日」（古注二）、「七夕の後朝」（古注六）のこと。◇あまの河かぜ　天の川を吹く風。「風」は可隔五句物、〈三表14〉の「松風」から五句隔たる。

藤の咲く時分のこの面白さを見捨てて、春は去ってゆく。春どのにもこの美しい景色を心に留《と》めないということはないだろうに。〔行く春の擬人化にはたらきがある〕

4　深山《みやま》にのこるうぐひすのこゑ　長

深山には晩春まで残っている鶯の声が聞える。〔前句との続き方はその主体と対象にさまざまの取りようがあり、明解さを欠く〕

5　うちつけの秋にさびしく霧立ちて　祇

秋になれば、たちまちさびしく霧が立ちこめて。〔鶯が深山では秋まで鳴くことをとらえての春から秋への季移り。和漢朗詠集の詩句を響かせて無理を感じさせない〕

6　けさや身にしむあまの河かぜ　柏

七夕《たなばた》の明けた今朝は、天の川を吹いた風がひときわ身にしみる。霧がさびしく立ちこめて二星《じせい》の別れの悲しみをいっそうかきたてる。〔七夕の後朝《きぬぎぬ》の哀感を霧と風で想像させている味のある句〕

7　**秋季**(衣うつ)　旅。衣裳。「あまの河」に「やどをかる」と付く。前句の「あまの河」を河内の歌枕(大阪府枚方《ひらかた》市禁野《きんや》のあたりを流れる川)にとりなし、『伊勢物語』八十二段の「狩り暮らしたなばたつめに宿からむ天の河原に我は来にけり」により付ける。
◇衣うつ　砧で衣を打ってつやを出す。その音は秋のものがなしさをかきたてるものとされた。擣衣《とうい》。◇やど　一座二句物。ここは旅の宿。◇かりふし　旅寝をする。宿を「借り」と、「仮」に臥すを掛ける。これも自由な連歌的表現の掛詞。

8　**秋季**(露)　旅。夜分。降物。一句は擣衣の音に夢が覚めて、旅宿を出立したさま(古注一)。
◇夢　可隔七句物。◇野辺　一座二句物、〈初表6〉に既出。「野」は可隔五句物。

9　**秋季**(月・薄)　旅。光物。夜分。草。「夢」に「まくら」が寄合。古注一は一句の意を「夢覚めて月のみ残れる枕也」と説明し「花麗《くわれい》の金玉《きんぎよく》也」と評する。
◇影しろき月　光の白々とさしている月。「月」は可隔七句物、〈三裏1〉より七句隔たり、ここは秋季の五句目で、この秋の並びの中に月を出すとすれば、この句しかないというぎりぎりのところ。◇むら薄　群がって生えている薄。「薄」は一座三句物。

7
衣うつやどをかりふしおき別れ　　長

衣を打つ砧《きぬた》の音がする家、そこに宿を借りて仮寝の一夜を明かし、翌朝起きて名残《なごり》を惜しみながら別れてゆく。〔前句の「あまの河」を河内《かわち》の歌枕の「天の川」にとりなして、伊勢物語を本説《ほんぜつ》としての付け。掛詞《かけことば》の技巧をも駆使した宗長苦心の作〕

8
夢はあとなき野辺《のべ》の露けさ　　祇

衣を打つ音に旅寝の夢はすっかり覚めて、宿を出立すると野辺には朝露がいっぱいに置いている。〔旅のあわれを秋の自然に融合させ、何気ない句でありながら情趣は深い〕

9
影しろき月をまくらのむら薄《すすき》　　柏

白々と冴《さ》えかえる月の光を枕《まくら》に、群薄《むらすすき》のもとでの野宿《のじゆく》。旅寝の夢も覚め野辺にはただ露がきらきら光っている。〔いかにも肖柏らしい華麗きわまりない光景、前句の宗祇の句のしぶさと対照的〕

10 いつしか人になれつつもみん　長

いつになったらその人と契りをかわして、親しく相見ることができようか。〔秋五句、旅三句ともに限界まで詠まれ、その転換を迫られたむつかしい付けどころ。旅枕を恋の枕に、枕から本歌で「いつしか」と続けて逃げる〕

11 遠《をち》近《こち》になりてあさまの夕けぶり　祇

あるいは遠くあるいは近く浅間の山に夕煙が立つ。その煙のように絶えることのないわが思いだが、いつ想う人の目にとまり、馴れ親しむことができようか。〔浅間山の煙に託しての恋心の表白〕

12 きゆとも雲をそれとしらめや　柏

煙が消えて雲となるとしても、その雲に私の思いが託されているなどとどうして知ることができようか。〔前句の末から付句の頭にそのまま続ける句法。本歌によって、恋の気分を残しながら、一句としては雑とする〕

10　**雑**　恋。人倫。前句の「まくら」「薄《すすき》」に「いつしか」と付く。本歌「さをしかのいる野の薄初尾花《はつをばな》いつしか妹《いも》が手枕《たまくら》にせむ」（『新古今集』秋上、柿本人麿《ひとまろ》）。古注一は「本歌まで也。地連歌《ぢれんが》なるべし」とする。◇いつしか　早く……したいと待ち望む気持をあらわす。

11　**雑**　恋。聳物《そびきもの》。一句は「信濃《しなの》なる浅間の嶽《たけ》に立つ煙をちこち人の見やはとがめぬ」（『伊勢物語』八段）による。古注一には「付け所、我が思ひの煙残る方なきやうなれど、思ふ人には、見も咎《とが》められぬ様に言へるにや。さていつか人に馴れつつも見んと也」とあり、当座の意図を伝えている。◇あさま　浅間山。信濃の名所。活火山。その煙を胸の思いの煙にたとえて恋の山とする。◇夕けぶり「夕」の字は一座四句物。

12　**雑**　聳物。「雲晴れぬ浅間の山のあさましや人の心を見てこそやまめ」（『古今集』雑体、平中《なか》興《き》）の歌により「あさま」から「雲」、「下もえに思ひ消えなむ煙だに跡なき雲のはてぞかなしき」（『新古今集』恋二、俊成女）の歌により「けぶり」から「雲」と付く。古注一に「夕煙消ゆともと、うけたる詞《ことば》也。思ひきえし煙の末を、いづれの雲とも知られじと也」とある。

13　雑　述懐。古注一には、一句は「西を心とする身のはかなさ」で、「臨終《りんじゆう》の当意《たうい》（死に直面した時の心）はそれといふ分別もおぼつかなかるべし」という「西方行者《さいはうぎやうじや》（西方極楽往生を願う念仏者）の用心」とする。◇にしをこころの……　「西を心とは、一三昧《いちざんまい》（心を一つに集中して動かさない状態）の迎への雲（紫雲《しうん》ともいう）を待ちたる心」（古注二）。◇柴の庵　柴で葺《ふ》いた草庵《さうあん》。「庵」は一座二句物。

14　雑　述懐。人倫。古注一に前句との付き方は「壮年の程は思ひもかけぬ物を、老後に驚きて思ふをはかな（し）やといへり」とし、一句は「昔を今に比したる心也」とする。◇ふりぬま　年をとらない間。

1　雑　述懐。◇すさび　なぐさみわざ。古注はそれぞれ「老後のすさび」（古注一）、「月花にも遠ざかりたると述懐したる心」（古注二）、「老しては六根《ろくこん》（眼・耳・鼻・舌・身・意の六つで、人間の迷いを生ずる五つの感覚器官と心）ともにかなはねば、何のすさびもおもはじとなり」（古注六）と解している。

2　冬季（こほる）　水辺。木。「見るめ」に「冬のはやし」、「耳」に「水こほるこゑ」と付く。古注六に「是又前句大事なるをやすやすと付けて奇特《きどく》と

13
はかなしやにしをこころの柴の庵《いほ》　長

おぼつかないことだ、西方《さいほう》極楽往生を願っての草庵の生活。はたして来迎《らいごう》の雲の到来を期することができるだろうか。〔「雲」を来迎の雲と取りながら、それを「はかなし」と危ぶむ常人の心をとらえた。宗長の人間味がほのかに出ている〕

14
身のふりぬまはなにおもひけん　祇

若い時は何を考えていたのだろう、ひたすら西方極楽往生をのみ願う老年の身になった今、しきりに怠惰だったあの頃が反省される。〔さらりと付けているが、「はかなしや」を受けて、壮年と老年の願いを比較し、老の述懐をしみじみ語っている〕

（名残表）
1
見るめにも耳にもすさび遠ざかり　柏

年をとった今は、目に見、耳に聞く慰みごとからも遠ざかってしまった。若い頃はどうしてそんなことにうつつをぬかしていたのだろうか。〔また述懐の句が三句まで続く〕

ぞ」と評し、「林とあるうちに年中の花紅葉の心も有るにや」と説く。
◇冬のはやし　冬になって木々の葉の落ちた林。用例に「み雪降り冬の林に」（『万葉集』一九九）。◇水こほるこゑ　水の凍る音。氷を聴覚でとらえたところが連歌の新しさ。

3　**冬季**（雪）　降物。山類。鳥。「秋は夕暮、夕日のさして山の端《は》いと近うなりたるに鳥の寝所《ねどころ》へ行くとて三つ四つ二つ三つなど飛び急ぐさへあはれなり」（『枕草子』一段）の光景に通う。
◇ゆふがらす　夕方になってねぐらに帰ってゆく鳥。「夕」字は一座四句物。「ゆふま暮」〈二表9〉、「夕けぶり」〈三裏11〉について三句目。◇雪晴れて　勅撰集に見えない連歌表現の新しさ。「雪」は一座四句物。

4　**冬季**（さむけさ）　光物。夜分。居所。
◇甍　瓦ぶきの屋根。古注三に「いらかとは瓦などの事也。山寺などの躰《てい》也」とあるが、古注一は必ずしも寺とはせず「山舎《さんしゃ》」（山中の家）とする。「甍破れては霧不断の香をたき」（『平家物語』灌頂《かんじょう》・大原御幸）、「棟を並べいらかを争へる」（『方丈記』）などと見えるが和歌にはあまり見ない。「わたつみの殿の盖に」（『万葉集』三七二）は旧訓では「みかさ」と訓《よ》んでいたので用例にならない。◇月のさむけさ　冬の月。「冬月」は一座二句物。

2　冬のはやしに水こほるこゑ　　長

木々の葉の落ちつくした冬の林に水の凍る音がする。〔前句を花や紅葉《もみじ》、鳥の声などの楽しさから遠ざかってゆく冬の述懐とし、静寂な冬景色に枯淡の美を造型、述懐の続いた運びを一転する〕

3　ゆふがらすねに行くやまは雪晴れて　　祇

夕暮となって鳥がねぐらを求めて帰ってゆく山、その山は雪をいただいて白々と輝いていて。〔前句を近景として遠景を配した。遠景と明暗を一羽の鳥でまとめあげた一幅《いっぷく》の水墨画を思わせる叙景の句〕

4　甍《いらか》のうへの月のさむけさ　　柏

鳥が帰っていった山、その山にある大きな瓦《かわら》屋根の上には冬の月が寒々と冴《さ》えかえっている。〔夕暮から夜への時刻の推移。あえて三句続けた冬の叙景句。山寺とも思われる大きな屋根の下には人の気配がする〕

5　たれとなく鐘におとして深《ふ》くる夜に　長

誰ともわからないが起き出して来たのだろう、人音がする。山寺の後夜《ごや》の鐘の聞えるまだ夜深い頃に。〔その人は甍《いらか》の上に寒々と照っている月を眺めでもしているのだろうと前句に付く〕

6　ふる人めきてうちぞしはぶく　祇

その人はいかにも老人らしく咳《せき》払いをしている。〔鐘の音に寝覚めをした老人を思いやっただけの軽い句だが、すっきりした印象を与える〕

7　蓬生《よもぎふ》やとふもたよりにかこつらん　柏

荒れて蓬《よもぎ》の茂っている宿に、たまたま訪ねてくれた人をつかまえて、その老人はさっそく恨みごとをいうのであろう。〔ここはいうまでもなく源氏物語「蓬生」のおもかげ。前句にすでに用意されており、それをおしすすめた形〕

5　**雑**　釈教。夜分。人倫。「甍」を山寺の体《てい》として「鐘」が付く。
◇たれとなく　「誰となくとは月にうかれたる人也。鐘の時分、人音の聞えたる也」（古注二）、「暁の鐘に誰となく起き出でて月を見る景なるべし」（古注六）。◇鐘　一座四句物。ここは、夜が更けて鳴る後夜（ほぼ四時位）の鐘。◇深くる夜　あけるまでまだ時間のある時分。

6　**雑**　人倫。「おとして」に「しはぶく」と付く。古注二に「蓬生《よもぎふ》の宿へ光源氏惟光《これみつ》を召しつれて御出でありしことなり」とするが、一句としては特にその光景のみをさしたものではない。これは次句との付合《つけあい》で本説《ほんぜつ》となる。
◇ふる人　年老いた人。用例に「ふる人は涙もとどめあへず」（『源氏物語』明石）。◇うちぞしはぶく　「うち」は接頭語。咳払いをする。「ぞ」は強意の助詞。

7　**雑**　草。『源氏物語』蓬生による付合。古注六に「源氏君末摘花《すゑつむはな》をかれがれにし給ひて後、彼の宮をとひ給ふとて、惟光を御使にて案内ありければ、侍従といふ老女火《ひ》桶《をけ》を袖くくみにして先づしはぶきを先に立てて出で合ひ、惟光をかこち出でたることあり」とその梗概《こうがい》を示し、その時源氏の詠んだ「尋ねても我こそとはめ道もなく深き蓬がもとの心を」の歌を心をこめて味わえば「付けやう明らかなるべし」とする。
◇たよりに　よい機会とばかりに。

8 夏季（しげさ）　草。古注二・古注三は、ここも「蓬生の宿」ととるが、古注一に「此比《このころ》のおこたりに、道芝しげくなりたる様にかこつ心にや」とあるのがよい。◇みち芝　道ばたに生えている芝草。用例に「とふ人も嵐吹きそふ秋は来て木の葉に埋む宿の道芝」（『新古今集』秋下、俊成女）。

9 秋季（あき風）　光物。降物。「みち芝」に「露」と付く（古注二）。「たれゆきて君につげまし道芝の露もろともに消えなましかば」（『新古今集』恋三、賀茂成助《かものなりすけ》）などの歌による。「しげさまさる」に「露」とも付く（古注一）。◇影よわる　日ざしが弱まる。「影よわき木のまの夕日うつろひて秋すさまじき日ぐらしの声」（『風雅集』秋上、藤原俊実《としざね》）など、『風雅集』に好んで詠まれた美しさ。◇あき風　一つは「秋の風」として一座二句物。〈初表4〉も「あき風」で細則は守られていない。

10 秋季（ひぐらし）　衣裳。虫。「あき風」と「ひぐらし」が寄合。古注六は、前句との付き方を「残暑の秋風に涼しくなりたるに、日ぐらしの鳴き出でたるさま」と説き、古注一は「さる時節の様、比類無き者也」と評する。◇衣手　袖。◇ひぐらし　蜩蟬。初秋の夕暮に鳴く。一座一句物。

8
此のごろしげさまさるみち芝　長

このごろは通うこともまれになっていっそう道芝の茂るにまかせていることだ。〔その道を通りながら、たまに訪ねてゆく自分に、定めし恨みごとを並べたてることだろうと思いやっての付け〕

9
あつき日は影よわる露のあき風に　祇

夏の暑い日ざしもようやく弱まって秋風が吹くようになったこのごろでは、道芝には露がしげく置いている。〔「しげさまさる」を前句では道芝の茂りであったのを露がしげく置くととって変化させ、夏から秋への自然の移り変りをとらえている〕

10
衣手《ころもで》うすしひぐらしの声　柏

まだ残暑の頃とて、衣の袖も薄いが、折しも秋の蜩《ひぐらし》の声が聞えて来る。〔時刻を夕暮のこととし、前句の「影よわる」を夕日影と解しての付け〕

11　**秋季**（色かはる）　聳物《そびきもの》。山類。「衣」に「雲」と付く。「衣でに雲と付けなしたる也」（古注二）。「雲の衣」は雲を衣に見立てた語。「天の川霧立ち上るたなばたの雲の衣のかへる袖かも」（『万葉集』二〇六三）、「山のはに雲の衣をぬぎすててひとりも月の立ち昇るかな」（『金葉集』秋、源俊頼）などの例がある。◇色かはる　「梢の色づく心也」（古注六）。

12　**雑**　山類。木。◇をのへの松　尾上の松。山の頂にある松。◇こころみせけり　この心は「眺望の心」（古注一）で、松の操《みさお》の意（古注二）とはとらない。一句としては、「待つ心を見せたると云ふ恋の心」（古注六）の意も含まれているが、それは次句への展開を用意しただけで、表面は眺望の意。

13　**雑**　恋。居所。人倫。前句との付合《つけあい》は、古注一に「草庵の尾上の松も我が心を見する由也。然《しか》らば、待つといふ事を契りし人も見るらん也。松を待つに取りなせり」とある。◇草の庵　粗末な住みか。「庵《いおり》」は「いほ、いほり」と替えて一座二句物、〈三裏13〉も「いほ」で、この細則は守られていない。

11　色かはるやまのしら雲うちなびき　長

蜩《ひぐらし》が鳴き、秋の紅葉の色に変ってゆく山に、白雲がたなびいている。その軽やかなさまは、いかにも雲の衣の薄いということを感じさせる。〔紅白の対照も美しい句〕

12　をのへの松もこころみせけり　祇

白雲がたなびく紅葉した山、その頂《いただき》にある松も緑の色濃く風情《ふぜい》を見せている。〔叙景の句が続いたので、恋への橋渡しを用意〕

13　たのめなほ契りし人を草の庵《いほ》　柏

尾上の松が待つ心を見せているように、約束をしたあの人を、やはりこの草庵でたのみにして待っているのがよい。というのも、やがては訪れてくることもあろうから……。〔「松」を「待つ」にとりなして、前句に用意されていた恋の心をあらわにし、山家《やまが》の恋とする〕

14　**雑**　恋。前句との付き方は古注一に「うとき人は草庵を訪《と》ふべきにあらず。契りし人をたのめと也」とある。この句、「水無瀬《みなせ》三吟」〈三裏8〉の小西氏蔵古注本にのみある「うときはなにのゆかしげかある」に酷似《こくじ》する。その折、初案で捨てた句がここにふさわしいという話になって宗長の句として用いられたものと考えられよう。◇床しげ　親しさをおぼえるさま。

1　**雑**　恋。◇わりなしや　筋道が立たない。どうしようもない。◇名こその関　陸奥《みちのく》の名所。「な来そ」（来るな）の意を掛けて用いられることが多い。名所は可隔三句物。「関」は一座四句物。◇まへわたり　恋の詞。「とふ人のあたりを行き帰るなり」（『匠材集』）。『源氏物語』夕顔に「今日もこの蔀《しとみ》の前渡《まへわたり》し給ふ」などと見える。

2　**春季**（よぶ子鳥）　鳥。「名こその関」に「よぶ子鳥」と付く。本歌「東路《あづまぢ》のなこその関の呼子鳥何につくべきわが身なるらむ」（『堀河百首』源俊頼）。◇たれよぶ子鳥　「誰呼ぶ」と「呼子鳥」の掛詞。「呼子鳥」は一座一句物。『万葉集』以下多く詠まれるが何鳥をさすかは諸説あって一定しない。

14　うときはなにの床《ゆか》しげもある　長

あのようなよそよそしい人には何の心をひかれるところがあろうか。〔「うとき人はもとより草庵を訪ねてくるはずもないのだから、むしろ先に約束した人をこそ待つべきであろう、とする」

（名残裏）

1　わりなしや名こその関のまへわたり　祇

どうしようもないことだ、来るなという人の前を行ったり来たりするのは。冷淡な人には何の心ひかれることもないはずなのに。〔「な来そ」の名で歌枕の勿来関《なこそのせき》を詠みこんだだけ。関に意味はない」

2　たれよぶ子鳥なきてすぐらん　柏

呼子鳥は誰を呼びながら飛んで行くのだろうか。来るなという名の関の前を来いと呼びかけて通り過ぎていくのは筋の通らないことだなあ。（勿来関から呼子鳥を本歌によって出したまでの句。ここで春の句となる」

3 おもひたつ雲路にかすむ天津《あまつ》雁《かり》　長

今はと思い立って春霞にかすむ空を北をさして帰ってゆく雁、誰を呼んでいるのだろうか、自分の名をかりかりと呼びながら。〔古注がなければ解釈しにくい、いささか理《ことわり》のかった句〕

4 さこそは花をあとのやまごえ　祇

花を跡にして山を越えて行くのは、どんなにか心残りなことであろう。〔前句に付いては雁のこととなり、一句としては旅人のこととなる〕

5 心をもそめにしものを桑門《よすてびと》　柏

あれほどこの世の楽しみに心ひかれ執着していたのに、今ではすっかり世捨人となってしまって。〔わが宿の花などをとりわけ愛していた風流人の、それをも捨てての山住みはさこそと思いやった句。しみじみとした感懐がさりげなく詠まれている〕

3 **春季**(かすむ)　鳥。
◇おもひたつ　心に決して飛び立つ。前頁頭注の「東路の……」と同じく『堀河百首』の俊頼の歌に「春来ればたのむの雁も今はとて帰る雲路に思ひ立つなり」(『千載集』春上にも所収)があり、本歌とは言えないまでも宗長の意中にあったか。◇天津雁　空を飛ぶ雁。ここは春の雁。古注一に「雁（は）我が名をよぶ鳥也。さて呼子鳥を雁に取りなせる句也。鳴きて過ぐらんも雁の事也」とある。『万葉集』二一三九に「己が名を告《よ》ぶ」と詠まれ、『後撰集』秋下に「かりかりと鳴く」と詠まれていることによる。

4 **春季**(花)　旅。山類。木。前句との付き方は古注一に「花を跡になして帰るは雁もさこそは残り多からめと云ふ心を云ひ残したる付け様也」とあり、一句は、古注六に「花山越え行く人をさこそと思ひやりたる義」とする。
◇さこそは　下に「心残りならめ」といった内容が省略されている。◇花　一座四句物。四句目。

5 **雑**　述懐。人倫。前句との付き方は「色にそみ香にめづる人の世をも春をもふり捨つる名残《なごり》はさこそとおしはかる也」(古注一)、「心はわが宿の花などに数年心を染めたる人の山居するを見てこの花を置きての世捨人はさこそと哀れをかけたる心也。よく心を付けて見侍るべし」(古注六)などとある。
◇桑門　世の中を見捨てて草庵に入った隠者。桑門《そうもん》は僧のことであるが、「よすてびと」に宛てて用いることが多い。

6　**雑**　述懐。古注一は『源氏物語』松風の大井の邸に明石上《あかしのうえ》を住まわせ、庭を手入れした折の言葉を引く。宗長の意識の中にはそのおもかげがあったかと思われる。宗長が庭に執着を持っていたことは『宗長手記』からも知られる。◇いでば　出で立つとなると。底本「いくは」。岡田本等により訂。◇やどりともなし　「やどり」は一座二句物、〈三裏7〉に「やど」があり、「やどり」と言いかえて二句目。結句の「もなし」は一座二句物。

7　**秋季**(露)　述懐。降物。「露のやどり」という語もあり、「やどり」に「露」と付く。◇露のま　「露のまとはただすこしの間なり」(古注三)。◇ふる里　しばし縁があって住んだ地。一座二句物、〈初裏3〉に続いて二句目。◇おもふ　岡田本「うらむ」とあるが、「うらみ」は一座二句物で、すでに〈初裏5〉、〈三表14〉に出尽しており、式目《しきもく》に反する。

8　**秋季**(月)　光物。夜分。降物。古注一に「月にうき村雨は露の間《あひだ》なるべし。さのみは恨みまじき雨ぞと也。古郷《ふるさと》のうきは月にかかる村雨のほどぞと観念したる義也」とある。◇一むらさめ　ひとしきりさっと降った雨。「村雨」は一座一句物。◇月　「春月」「冬月」を入れると九句目と多く、名残裏に花とともに月をも詠み入れていて、これも異例。

6　いでばかりなるやどりともなし　　長

この世は所詮《しょせん》仮の宿りとは言っても、いざ捨てて出るとなると執着が残ってそうもいかないものだ。〔心をこめて作った家を捨てて出家しようとする人の気持。源氏物語「松風」が句作りの契機となったと思われ、庭好きの宗長らしく軽いようで趣は深い〕

7　露のまをうきふる里《さと》とおもふなよ　　祇

人生ははかなくほんのわずかの間のこと、この故郷を憂きつらきところだと思わぬがよい。〔この故郷も仮の宿りで、ここを出て常住の世に至ればつらいこともないのだからと前句に付く〕

8　一むらさめに月ぞいさよふ　　柏

ひとしきり降った村雨のために、月は出るのをためらっている。けれどもそれはほんのわずかの間のことで、やがて皓々《こうこう》と照りわたることであろう。〔祝言《しゅうげん》の気分で一座を詠み終るのが常であるのに、この挙句《あげく》は少し異例か〕

新撰莵玖波祈念百韻

◇底本　神宮文庫蔵『百韻連歌集』所収本。室町末期写（古典研究会より影印）。

◇校合本　京都大学蔵平松本（江戸初期写。平松本と略称）。神宮文庫蔵「談の聞書」所収本（室町末期写）。西高辻信貞氏蔵本（「百番連歌」所収、江戸中期写。西高辻本と略称）。大阪天満宮文庫蔵本（江戸末期写）。以上四本は底本と同系統。書陵部蔵板本「独吟百句」所収本（板本と略称）。国会図書館蔵「連歌叢書古代連歌集三」所収本（江戸末期写。国会本と略称）。続群書類従所収本。ほかに抜粋本として京都大学頴原《えばら》文庫蔵「連歌抜萃」（室町末期写。頴原本と略称）がある。陽明文庫蔵「大手鑑」に伝宗長筆の一葉がある（岩下紀之氏紹介。『淑徳国文』二六参照）。陽古筆と略称。

◇成立　明応《めいおう》四年（一四九五）正月六日、新撰菟玖波《つくば》集の成就祈念のために、宗祇《そうぎ》の種玉《しゅぎょく》庵にて張行《ちょうぎょう》。その事情は、『実隆《さねたか》公記』により知られる。

◇連衆

宗祇　一四句。既出。時に七十五歳。

西　一句。三条西実隆。一座せず。脇句を送る。

兼載《けんざい》　一三句。当時北野社連歌会所奉行。永正七年没。時に四十四歳。

玄宣　六句。土佐兵庫頭明《あけ》智《ち》入道。

玄清《げんせい》　八句。河田兵庫助。

友興　一一句。赤松家人、葦田木工助《もくのすけ》。

長泰　八句。近衛殿内、近藤筑後守。

宗長《そうちょう》　一二句。既出。時に四十八歳。

恵俊《えしゅん》　一〇句。信濃国、桂井坊。

宗仲　三句。伝未詳。

宗忍　四句。大内家人、門司与三興俊。

慶卜　五句。南部の人。津軽の人とも。

正佐　一句。伝未詳。

宗坡《そうは》　二句。宗祇門。

盛郷　一句。波々伯部《ははかべ》氏。

宗宣　一句。伝未詳。句《く》上《あげ》に見えず、初裏7の作者名は平松本等は玄宣とあり、その誤写とも考えられる。

◇賦何人　発句《ほつく》に「山」があり、「山人」の熟語をつくる。『連歌初学抄』賦物篇《ふしものへん》の「何人」に、「山人」が見える。

1　春季（霞）　聳物《そびきもの》。山類《さんるい》。切字《きれじ》「や」。本歌「つくばねのこのもかのもに影はあれど君がみかげにます影はなし」（『古今集』東歌、常陸歌《ひたち》）。『実隆公記』明応四年正月六日の条に、旧臘《きゆうろう》よりこの百韻の脇《わき》を所望され、四日に宗祇が来て話しあい二句を作って渡したことが見える。従って、この発句はあらかじめ作って、実隆に示されていたものである。◇あさ霞　「朝」の字は一座四句物。◇菟玖波山　常陸（茨城県）にある山。日本武尊《やまとたけるのみこと》が東征の折、甲斐《かい》の酒折宮《さかおり》で秉燭人《ひともしびと》とかわした「にひばりつくばを過ぎて幾夜か寝つる／かがなべて夜にはここのよ日には十日を」（『日本書紀』景行四十年）という唱和の歌謡を連歌の起源とする説により、連歌を「筑波の道」という。

2　春季（青柳）　木。「筑波嶺のにひくはまゆのきぬはあれど君がみけしはあやにきほしも」（『万葉集』三三五〇、訓《よみ》は三条西実隆の『一葉抄《いちようしよう》』による）を本歌として、「菟玖波」に「新桑まゆ」と付く。◇新桑まゆ　「蚕《かひこ》に初めて桑をかふ事也」（『産衣《うぶぎぬ》』）。「繭《まゆ》」に「眉《まゆ》」を掛ける。「柳眉《りゆうび》」は柳の葉に似た美しい眉で美人の形容。「眉」と「開く」は縁語。◇青柳「柳」は一座三句物（ただ一、青柳一、秋・冬の間に一）。

賦《ふす》何《なに》人《ひと》連《れん》歌《が》

明応四年正月六日

（初表）

1　あさ霞《がすみ》おほふやめぐみ菟《つ》玖《く》波《ば》山《やま》　宗祇

ここ筑波《つくば》の山に立ちこめている朝霞は、大君《おおきみ》の恵みがあまねく覆っているありがたい御代《みよ》のしるしといえよう。〔新しい連歌撰集の成就を祈念して、大君の限りない恵みが連歌界にまで及んだことを頌賀《しようが》した句〕

2　新《にひ》桑《くは》まゆをひらく青《あを》柳《やぎ》　西

その御代をことほぐかのように、青柳も美人の眉を思わせる美しい新芽を出している。〔万葉集「東歌」による本歌取りの付けで応じ、脇の句としては重い句作り。実隆は「春に道ある雪の木のした」と二句送ったが、祈念百韻ということで、格調のある句をとる〕

3
春の雨のどけき空に糸はへて　兼載

やわらかい春雨がしとしとと降るのどかな空の下、柳は緑の芽がすくすく伸びて。〔春が進みゆく景を付ける。この百韻は、当座としては兼載の第三から始まる〕

4
しろきは露の夕《ゆふ》暮《ぐれ》の庭　玄宣

のどかな空に糸を引くように降る雨、その糸を貫く玉とも見えて、夕暮となった庭には白く秋の露が置いている。〔春三句で捨てて秋への季移り。一転して秋の夕暮の庭の景となる〕

5
たち出でて月まつ秋の槙《まき》の戸に　玄清

庭の真木《まき》の戸のあたりに出て、今日は立待《たちまち》の月の出を待っている。〔前句を風雅に遊ぶ人の閑居の庭ととって、月待つ人を点出《てんしゅつ》する〕

6
さ夜《よ》ふけぬとやちかきむしの音《ね》　友興

もう夜も更《ふ》けたというのであろうか。戸の近くではしきりに虫の

3　春季（春の雨）　降物《ふりもの》。「柳」に「糸」が寄合《よりあい》。◇春の雨　「雨」は一座一句物。◇空　一座四句物。◇糸はへて　糸を延ばして。青柳の芽が延びてゆく形容。用例に「青柳の糸うちはへてのどかなる春日しもこそ思ひ出でけれ」（『大和物語』三段）。

4　秋季（露）　降物。居所《きよしよ》。「雨」と「露」「夕暮」が寄合。「糸」に「しろき露」と付く。◇しろきは露の　「しろきは」は「露の」以下の句に応じ、「の」は「露の置く」の省略をもって続ける連歌的句法。白露は糸を貫く玉と見立てられる。「白露に風の吹きしく秋の野は貫きとめぬ玉ぞ散りける」（『後撰集』秋中、文屋朝康《ふんやのあさやす》）など。◇夕暮　一座一句物。◇庭　一座二句物。

5　秋季　光物《ひかりもの》。夜分《やぶん》。居所。「夕暮」に「月まつ」と付く。◇たち出でて月まつ　「立待月《たちまちづき》」を詠みこむ。立待月は十七日の夜の月の異名。◇槙の戸　真木の戸。檜《ひのき》などで造った戸。用例に「君待つとね屋へもいらぬまきの戸にいたくなふけそ山のはの月」（『新古今集』恋三、式子《しよくし》内親王）。

6　秋季（むし）　夜分。虫。「槙の戸」に「ちかき」と付く。

◇むし　一座一句物。鈴虫、きりぎりすなどは別に出してもよい。

7　雑《ぞう》　旅。夜分。人倫《じんりん》。前句の夜分に「枕」、「むし」に「野」と付く。

◇しらぬ野　知らない野原。旅の心。「けふは又しらぬ野はらに行き暮れぬいづくの山か月は出づらむ」(『新古今集』羇旅《きりよ》、源家長) などと詠まれているのと同じ用法。

8　雑　旅。人倫。「枕」に「やどり」と付く。

◇やどり　「宿」は一座二句物。「ただ一、旅に一。やどり此の外にあり」(肖柏の『追加』)。ここは旅のやどり。旅宿。

1　雑　旅。水辺《すいへん》。草。「わかる」に「こなたかなた」と付く。

◇むらあし　群がって生えている蘆。『連珠合璧集《れんじゅがっぺきしゅう》』に「蘆とあらば、みだれ蘆・しほれあし・ながれ蘆・村蘆」とある。用例に「うちそよぐ水のむら蘆下折れて浦寂《さび》しくぞ雪ふりにける」(『忠度集《ただのりしゅう》』) など。◇こなたかなた　あちらこちら。用例に「白雲のこなたかなたにたちわかれ心をぬさとくだく旅かな」(『古今集』離別、良岑秀崇《よしみねのひでおか》) など。

鳴く声が聞える。〔月の出を待つ人に、夜も更けたと言わんばかりに鳴く虫の声。いっそう月待つ心をかき立てるとして前句《まえく》に付く〕

7　しらぬ野の枕《まくら》をたれに憑《たの》むらん　　長泰

旅にあってどことも知らぬ野原にひとり寝をしている私、その私を誰と侍《たの》んで枕辺近く虫が盛んに鳴き立てるのだろうか。〔前句の「ちかき」を、枕に近きととりなして、旅の句とする〕

8　やどりもみえず人ぞわかるる　　宗長

旅宿も見えず、たまたま知りあった人とも別れてしまった。〔知らぬ野原で、誰を侍むともなく、途方にくれて野宿をしている旅人のさびしい気持〕

(初　裏)

1　むらあしのこなたかなたに舟さして　　恵俊

あちらこちらに群蘆《むらあし》が生えている川に棹《さお》さして、舟がこぎ下ってゆく。〔前句の旅の別れを舟路のこととしての付け。以上旅三句〕

2

風わたる江の水のさむけさ　　宗仲

遠くから吹いて来る風に入江は白波が立って、見るからに寒々とした冬景色。〔前句を入江の点景とし、水辺の冬景色を付ける〕

3

山かげや氷もはやくむすぶらん　　宗忍

こんな山陰では、きっと氷もよそより早く結ぶことであろう。〔前句の入江を山陰にあると見て、「水のさむけさ」から、山陰には冬も早く来ることを付けた〕

4

雪をもよほすをちかたの雲　　慶卜

遠くの空には、雪を降らせそうな雲が重くただよっている。〔その山陰の里では氷も早く結ぶことであろうと想像した形。山陰の里が近景から遠景となる。冬も三句まで続けた〕

5

そことなく末野《すゑの》のあした鳥鳴きて　　正佐

野末に宿った朝、どこからともなく鳥の鳴く声が聞えて来て。

2　冬季（さむけさ）　水辺。「蘆」と「江」が寄合。◇風わたる江　風が吹き越えて来る入江。「風渡る山田の庵をもる月やほなみに結ぶ氷なるらむ」（『新古今集』秋上、藤原頼実《よりざね》）など、「風わたる」は『新古今集』に多く見られる歌語。それを「江」に続け、助詞「の」を用いて更に「水」に続けて、「風わたる江の水」とするところが連歌特有の表現。「風」は可隔五句物。◇水　可隔五句物。

3　冬季（氷）　山類。水辺。「水」と「結ぶ」が寄合。◇山かげ　山の陰になるところ。用例に「風だにも軒端の松に声やみて夕べのどけき山かげの宿」（『玉葉集』雑三、京極為子《ためこ》）など。◇氷　一座四句物。

4　冬季（雪）　降物。聳物《そびきもの》。「山」と「雲」が寄合。◇雪　一座四句物。◇もよほす　催す。そうならざるを得ないようにしむける。用例に「春の色を催す雨の降るなべに枯野の草も下めぐむなり」（『風雅集』春中、京極為兼《きょうごくためかね》）など。◇をちかた　遠くの方。

5　雑　鳥。「雲」に「鳥」と付く。◇そことなく　どこということもなく。用例に「風になびく柳の影もそことなく霞更け行く春の夜の月」（『風雅集』春中、実明《さねあきら》女）など。◇末野　野のはて。野末。「野」は可隔五句物、〈初表7〉より五句隔たる。◇鳥　一座四句物。

6　**雑**　居所。「野」に「里」、「鳥」に「かよひ路」と付く。

◇ゆくゆく　行き来するさま。平松本ほか諸本「行人」。底本の誤写とも考えられるが、このままでも解釈できるので、それに従った。「行人」であれば人倫となるが、式目《しきもく》の上からの不都合はない。◇しるき　きわだっている。はっきりしている。◇里のかよひ路　「かよひ路」は行き来する道。ここは里人の通り道。

7　**秋季**(月)　光物。夜分。人倫。「しるき」に「月の下」と付く。

◇ながめつつ　月を眺めて。もの思いにふけっていることを掛ける。◇誰もねぬ夜や　「や」は疑問に感嘆の気持が添う用い方。板本・国会本は「夜の」。

8　**秋季**(をぎ)　恋。草。「ながめ」に「うらみむ」と付く。

◇をぎふく風　荻の葉を吹きそよがせる風。「我が恋は今を限りと夕ま暮荻吹く風の音づれてゆく」(『新古今集』恋四、俊恵《しゅんえ》)など、恋歌に多く詠まれる。「荻」は一座三句物。「風」は可隔五句物、〈初裏2〉より五句隔たる。◇うらみむ　「うらみ」は一座二句物。

〔時刻を朝とし、鳥の声を配して、視覚に聴覚を添える〕

6　ゆくゆくしるき里のかよひ路《ぢ》　宗坡

ゆききする里人の姿もはっきりそれと見える道があって。〔朝の野末の里の光景。里人の動きをとらえることによって、景の句から情の句への転換を用意する〕

7　ながめつつ誰もねぬ夜や月の下《もと》　宗宣

耿々《こうこう》と照る美しい月のもと、今宵《こよい》は誰もこの月を眺めて寝ないでいることだろう。〔前句には月光で道もはっきり見えると付く。朝の景を夜の景に転じ、「ながめつつ」にもの思いにふける人を暗示して、恋への誘いとする〕

8　をぎふく風をいかにうらみむ　宗祇

待つ人の訪れかと喜んだけれど、実は荻《おぎ》を吹く風の音であった。でもその風をどうして恨むことなどできようか。〔恨むことのできないのは風が月を隠す雲をはらってくれるからと付く〕

9
こころより袖《そで》にくだくる秋の露　友興

袖の上に置く露も、われとわが心から砕けて。〔袖の露に涙を暗示し、恋に心を砕く身のあらわれと見る。従って前句に続けては、荻を吹く風のせいでもないから恨むこともないと付く〕

10
いつはりになすおもひもぞうき　兼載

自分であの人の言葉は偽りだと決めてしまって、いたずらに心を砕いている私の何とつらい思いよ。〔訪れようといったまま、いっこうに通ってこない男を待っている女の悲しい気持。観念的な句作りであるが、三句続いた恋の句の展開を用意している〕

11
ありふればすてがたき世のやすらひに　宗長

生き永らえるにつれ、このうき世がますます捨てがたいものとなり、出家もためらわれて。〔うき世を捨てようといった言葉を、偽りにすることがつらいと前句に付き、恋から述懐《しゅつかい》に転じる〕

9 **秋季**(秋の露)　恋。降物。衣裳《いしょう》。「をぎ」に「露」と付く。
◇こころより　われとわが心から。「秋はただ心よりおく夕露を袖のほかとも思ひけるかな」(『新古今集』秋上、越前《えちぜん》)の用例もあるが、和歌では、「……の心より」と続く用法が多く、ただ「心より」と用いるのは少なく、連歌に好んで用いられた表現。◇袖にくだくる　涙を暗示。「荻のはの露の外なるなみださへ袖にくだけて秋風ぞふく」(『続拾遺集』雑秋、静仁法親王)などの用例がある。「袖」は可隔五句物。

10 **雑**　恋。「風をいたみ岩うつ波のおのれのみくだけてものを思ふ頃かな」(『詞花集』恋上、源重之《しげゆき》)などにより、「くだく」に「おもひ」と付く。
◇なす　底本「なに」。「に」は「須」の草体からの誤写と見て、平松本等諸本にて訂。「なす」は「なる」でなく行為的。前句の「こころより」を受ける。自分から偽りだと思いきめてしまう。

11 **雑**　述懐《しゅつかい》。「うき」に「世」と付く。
◇ありふれば　年月を過すと。生き永らえていると。用例に「あり経れば嬉しき瀬にも逢《あ》ひけるを身を宇治川に投げてましかば」(『源氏物語』早蕨《さわらび》)など。◇世　一座五句物(ただ一、浮世・世の中などとして一、恋の世一、前世一、後世《ごせ》一)。ここはただの世。◇やすらひ　ためらうこと。躊躇《ちゅうちょ》。用例に「君や来む我やゆかむのやすらひにまきの板戸をささでねにけり」（『古今六帖』二）など。

12　雑　述懐。人倫。「世」と「はかなき」が寄合。◇はかなき年　上に「生きて」が省略された表現。「年」は年齢。

13　春季（花）　木。「身」と「花」が寄合。「秋の菊にほふかぎりはかざしてむ花より先と知らぬわが身を」（『古今集』秋下、紀貫之）などによる。◇もろくちる　桜の花が風に吹かれて散りやすいさま。「もろく散る花をばかろく吹きなして柳におもきれ春の夕風」（『玉葉集』春下、大江貞広）などとも詠まれている。

14　春季　「花」に「かげ」、「ちる」に「風」と付く。◇たたずむ　立ちどまって身を寄せる。◇春の山風『古今集』以下に多く詠まれる歌語。「散る花の忘れがたみの嶺《みね》の雲そをだにのこせ春の山風」（『新古今集』春下、藤原良平）など。「風」は可隔五句物、〈初裏8〉より五句隔たる。

12
はかなき年《とし》を身にやかさねん　　玄清

生きていたとて何にもならない齢《よわい》を、この後もただわが身の上に重ねてゆくことだろうか。〔述懐に述懐を付けただけの句であるが、老人の心境は素直によく出ている〕

13
もろくちる花と見ながら待ちなれて　　長泰

どうせ咲いても、すぐに散ってしまう花だとは思いながら、春ともなればその花の咲くのがやはり待たれて。〔前句の「はかなき」を花のこととして、春の句に変化させている〕

14
たたずむかげは春の山風　　恵俊

せっかく咲いた桜の木陰《こかげ》に立ちどまって眺めていると、またもや春の山風が吹いて来て、もろくも花は散ってしまうことだ。〔前句からの変化には乏しいが、永く続いていた主観句から離れて景の句となる〕

(二表)

1 晴れやらで霞をのこせ空の月　宗仲

空にかかっている月よ。山風に吹かれて澄みわたってしまわずに、霞を残しておけ。そのほうがおぼろにかすんで美しいから。〔月に言いかけた形。春景に春景を配し、時分を夜とする〕

2 ぬるとも雨としのぶ夜の道　宗祇

やわらかい春の雨のこと、濡れるのもかまわず耐え忍んで歩いてゆく、夜の道を。〔前句と続けては春だが、一句としては雑《ぞう》。三句続いた春を去り、景に人を点じて変化をもたそうとした〕

3 あとつくる雪には人をとひ侘《わ》びて　玄宣

雨ならまだしもだが、夜の雪道に跡をつけながら行くのはつらく、人を訪ねることもなかなかできなくて。〔雪道に難渋《なんじゅう》している体《てい》。恋の句に誘い水を向ける〕

4 おもふのみをやこころともせん　宗長

1 **春季(霞)** 光物。夜分。聳物《そびきもの》。◇霞をのこせ 「残せ」は命令形。「下知《げじ》」の詞《ことば》といわれ連歌に多い表現。板本・国会本は「残す」とある。◇空の月 空にある月。天空高くかかっている月。用例に「はらひかね曇るもかなし空の月つもれば老のあきの涙に」(『新勅撰集』雑一、俊成女)。「空」は一座四句物。「月」は可隔七句物、〈初裏7〉より七句隔たる。ここは春の月で、「春の月」は一座二句物。

2 **雑** 夜分。降物。「晴れやらで」に「雨」と付く。◇雨 一座一句物。肖柏の『追加』に「但、近年二句物とする」とある。この百韻でも〈初表3〉に、春の雨が見えている。◇しのぶ 我慢する。耐える。◇夜の道 国会本は「夜の友」とある。「道」は可隔五句物。

3 **冬季(雪)** 降物。人倫。「雨」と「跡」が寄合。◇つくる 底本「とつる」。平松本等により訂。「あとつくる」は、雪道に足跡をつける。◇雪には 板本・国会本は「雪まは」。◇とひ侘びて たやすく訪れることができなくて。用例に「いづれぞと草の縁《ゆかり》もとひ侘びぬ霜がれ果つる武蔵野の原」(『続古今集』冬、土御門院)。

所詮《しよせん》雪踏み分けてまでは訪ねてくれないあなたのこと、私を思っていてくださるということだけでもありがたい御好意として慰めておりましょう。〔来てはくれないと思いつつ待っている女の恋として付ける〕

5　やる文《ふみ》の数をつくしてよむ歌に　兼載

そういえば、あの人がよこしてくる数限りない手紙の中に、「おもふのみをやこころともせん」という歌があったことを思い出す。〔女の恋人を、その女に深く心を寄せてはいるが容易に逢《あ》いにゆくことのできない高貴な男とする。どうともとれる前句を男の歌の下句《しものく》と見た奇抜な手法〕

6　いつひとことのなさけをか見し　宗祇

いくら恋文に恋歌を添えてことしげく送っても、いつ一言でも情《なさけ》のある返事を見せてくれたことがあっただろうか。〔今度はつれない女に心を砕く恋。気負った前句にすかさず軽く流して付けた。しかも味のある付けぶり。この百韻もようやく佳境に入ってくる〕

4　**雑**　恋。◇おもふ　男が女を恋しく思う。◇こころともせん　「こころ」は好意を寄せる心。省略の多い連歌的表現。

5　**雑**　恋。「おもふのみをや……」を「訪ねて行きたいのはやまやまだが、それもかなわないこと故、あなたを恋しく思っているということを、私の張りあいともしていよう」といった意の和歌の下句と解して付ける。◇文　一座三句物（恋一、旅に一、文学一）。ここは恋の文。◇数をつくして　ある限り。残らず。「いとどしき御祈りの、数をつくしてせさせ給へれど、例の執念《しふね》き御物《もの》の怪《け》一つ、さらに動かず」（『源氏物語』葵《あおい》）などとあるが、和歌にはあまり見られない表現。

6　**雑**　恋。「文」「歌」に「なさけ」と付く。◇なさけ　男女の恋情。情愛のこもったこころ。

7　**雑**　居所。人倫。「なさけをか見し」に「山がつ」と付く。板本・国会本の類は、この句のかわりに「むねのうちくるしき斗《ばかり》はや成りて」の句があり、作者も長泰とする。それによれば、前句の恋ばなれの意図を無視して、また恋の句をつらねたことになる。おそらくは初案の形が残ったものであろう。◇山がつ　山中で木樵《きこり》、炭焼きなどをして生活する人。風情を解さないものとされた。◇柴の庵　柴を結んで作った粗末ないおり。「まばらなる柴の庵《いほり》に旅ねして時雨《しぐれ》にぬるるさ夜衣かな」(『新古今集』冬、後白河院)など、『新古今集』前後より和歌に詠まれることが多い。「庵」は一座二句物（「いほ」「いほり」と言いかえて各一）。

8　**雑**　聳物《そびきもの》。「柴」と「煙」で寄合。◇すめば「すめばすみぬる」(住もうと思えば住んでいられる)の気持もあるか。「白雲のたえずたなびく峰にだに住めば住みぬる世にこそありけれ」(『古今集』雑下、惟喬《これたか》親王)など。ここは「山がつ」の生業《なりわい》を思いやっている。◇けぶり　可隔五句物。ここは炭焼きの煙。

9　**秋季**(秋の水)　水辺。「木陰」に「落葉」と付く。
◇風の間　風が吹いて、次に吹くまでのほんのしばらくのあいま。用例に「風のまにたれ結びけむ花すすき

7
山がつをとなりに憑《たの》む柴《しば》の庵《いほ》　玄清

風情《ふぜい》などまったく解しようともしない山がつを隣人として、柴の庵に毎日を送っている。〔前句の「なさけ」を風流ととりなして山家《やまが》に庵住みの人を点出。いったん付きかけた長泰の句を返して採られた句で、恋離れを期待して軽く流した宗祇の意図を生かしている〕

8
すめばけぶりも木《こ》陰《かげ》にぞ立つ　友興

山がつを隣人と恃《たの》むこの柴の庵だが、住んでみると、あちこちの木陰で炭焼きの煙が立ち昇っているのが見える。〔住めば住めるものだと山家の静かな景に眺め入っている人の体《てい》〕

9
風の間《ま》も落葉《おちば》ながるる秋の水　恵俊

ひとしきり吹く風に散らされた木の葉、その風がしばしおさまった間にも、その落葉は休まずに流れてゆく、水かさの多い秋の川を。〔人事の句が長く続いていたのを転じて秋の清新な叙景の句

うは葉の露も心おくらし」(『新勅撰集』雑一、藤原実方)。「風」は可隔五句物。◇落葉　一座三句物。普通は冬季であるが、「秋の水」とあるので、ここは紅葉。◇秋の水　漢語「秋水《しゅうすい》」の訓読による語。秋は川の水かさが多い。「水」は可隔五句物。

10　秋季(鹿)　降物。山類。獣。「川音」と「時雨」が寄合。従って「秋の水」に「時雨」と付く。
◇鹿　一座三句物。◇たかね　高い峰。◇時雨　一座二句物(秋・冬各一)。ここは秋の時雨。時雨が紅葉を促進すると考えられた。「神なびの三室の梢いかならむなべての山も時雨するころ」(『新古今集』秋下、八条院高倉)など。

11　秋季(露)　降物。「時雨」と「露」が寄合。
◇朝な朝な　朝ごとに。用例に「あさなあさな立つ川霧の空にのみうきて思ひのある世なりけり」(『古今集』恋一、読人しらず)。「朝」の字は一座四句物。◇野　可隔五句物。

12　秋季(月)　光物。夜分。「朝な朝な」に「なれこし」と付く。
◇あり明　月の出が遅く、夜が明けかけても、まだ空にある月。「廿日《はつか》より後は皆有明也」(『連珠合璧集』)。一座四句物(四季各一)。

とした〕

10
鹿《しか》鳴くたかね時雨《しぐれ》ふるらし　兼載

川に流れるおびただしい紅葉《もみじ》を見ると、鹿の鳴く高嶺《たかね》ではさぞ時雨が降っていることだろうと思いやられる。〔前句を紅葉した木々の落葉が流れてくるという眼前の景とし、その原因である時雨を想像しての付け。景に景を配し、水辺を山類で応じた〕

11
朝な朝なおく露さむく野はなりて　宗忍

毎朝毎朝野に置く露が次第に寒く感じられるようになって。〔山には時雨が降っているらしいと思いやった前句に対し、野では実際に朝ごとに置く露も寒く感じると現実を配した〕

12
なれこし月もあり明《あけ》のころ　宗長

なれ親しんで来た月も、今では夜明けの空に残る晩秋の有明月の頃となった。〔前句の朝な朝な置く露の寒く感じられるのを秋も末、二十日より後のこととする〕

13　**雑**　恋。衣裳。恋は可隔五句物、〈二表6〉より六句隔たる。「あり明」に「名残」と付く。◇涙　可隔七句物。◇袖の名残　涙に濡れた袖のなごり。用例に「ならはねば逢ふ夜もおつる涙かなうきになれにし袖の名残に」（『続古今集』恋三、平政村）など。「袖」は可隔五句物。「名残」は一座二句物。

14　**雑**　恋。
◇心あさき　なさけ心が浅い。用例に「名残なくはいかがは。心浅くもとりなし給ふかな」（『源氏物語』葵）などがあるが、和歌にはあまり見えない。◇見えん　「見ゆ」は「見られる」の意。「ん」は婉曲《えんきょく》表現。

1　**春季**（花）　木。人倫。「心」に「花」と付く。
◇身こそあれ　「身を捨つることこそあれ」の省略。「身こそあらめ心を塵《ちり》の外になして浮世の色にそまじとぞ思ふ」（『風雅集』雑下、徽安門院《きあんもんいん》）の例も見られるが、連歌に多い省略の表現。◇思ひすつ　心の中で見捨てる。用例に「悲しきもうきもしりにしひとつ名をたれをわくとか思ひすつべき」（『後撰集』雑三、読人しらず）など。

13
涙さへ袖の名残《なごり》やしたふらん　　長泰

あの逢《あ》うことのできた夜のうれし泣きに濡らした袖の名残を、涙までもが慕わしく思ってとめどもなく袖を濡らすのであろうか。〔後朝《きぬぎぬ》の空に残っていた有明の月を思いうかべ、今では涙にくれながら月を眺めてばかりいる女の心。涙が袖を濡らし懐旧の思いにふけらせると涙を擬人化しての句作り〕

14
心あさきを見えんかなしさ　　慶卜

すっかりあきらめてしまった今では涙さえかれはてて出ないのに、結局は思う心が浅いなどと見られるのは悲しい。〔涙さえ泣き濡れた昔を慕っていると、あきらめきれない心を涙に託していう〕

（二裏）
1
身こそあれ思ひすつべき花ならで　　兼載

この身を捨てることはともかくとして、とても思い捨てられるような花ではなくて。〔花に心浅きと見られることが悲しくて、と前句をとりなし、花への執着心とする。思いきった変化をはかっ

た技巧的な付けぶり〕

2　たれにとはれん春のふる里　玄宣

誰に訪ねられているのだろう。花が咲き乱れる春のあの美しい古都は。〔前句を花に未練を持ちつつ世を捨てた遁世《とんぜ》人《びと》ととり、その山家の住居《すまい》から古都の花を思いやっての付け。一句は本歌の言葉をとっての句作りであるが、春の古里の意を変えている〕

3　つれてこし友にはおくれかへる雁《かり》　宗長

一緒に連れ立ってやって来た友には遅れ、鳴きながら北の国へ帰ってゆく雁よ。〔前句の「ふる里」を雁の帰ってゆく故郷として鮮やかに変化させ、やはり古歌をふまえての苦心の作〕

4　あはれにくるる雲の行く末　恵俊

ゆく春の名残が惜しまれる夕暮時、しみじみと思いにふけって流れてゆく雲のはてに目をやると、雁が北へ向って帰ってゆく。〔雁の帰ってゆく空の景。一句としては春を去って雑《ぞう》となる〕

2　**春季**　人倫。「花」から「春のふる里」と付く。本歌「あすよりは志賀の花園まれにだに誰かは訪はむ春の故郷」(『新古今集』春下、藤原良経)。◇春のふる里　本歌では、志賀の京であるが、この句ではどこと定めては用いていない。またその意も春の立ち去ったあとの古京でなく、春たけなわの古都の意。「ふる里」は一座二句物。板本・国会本は「ふるさとの春」。

3　**春季**(かへる雁)　鳥。「ふる里」と「かへる雁」が寄合。「故郷に帰る雁がねさ夜ふけて雲路にまよふ声聞ゆ也」(『新古今集』春上、読人しらず)などの歌による。一句は「北へゆくかりぞなくなるつれてこし数は足らでぞ帰るべらなる」(『古今集』羇旅《きりょ》、読人しらず)を本歌とする。◇友には遅れ　「友」はこの句では雁の友。従って人倫とはしない。国会本「友に後れて」。◇かへる雁　春、北の国へ帰ってゆく雁。「雁」は一座二句物(春一、秋一)。ここは春の雁。

4　**雑**　聳物《そびきもの》。「帰る」と「雲」が寄合。◇雲の行く末　雲の流れゆく彼方。「神無月《かみなづき》くもの行くての村時雨《むらしぐれ》はれも曇りも風のまにまに」(『風雅集』冬、藤原公蔭《きんかげ》)など「雲のゆくて」は見えるが、「雲の行く末」とは和歌にはあまり詠まれない表現。

5 山ふかくすむ人しるき鐘なりて　友興

こんなに山深いところにも住む人がいるということが明らかだよ。たしかに鐘をつく人がいると見えて、入相《いりあい》の鐘の音が聞えてくる。〔前句を山深いところのさまと見ての付け〕

6 世をおどろけと月ぞかたぶく　盛郷

この世は無常だということに驚けとばかりに、月ははや西の山に傾いている。〔鐘ばかりか月までも無常を知らせてくれるとする〕

7 心なき秋のね覚《ざめ》のいかなれや　玄清

秋の寝覚に見る月が西の空に傾く頃、それは心ある人にとってはものさびしい気持にさせる風情《ふぜい》ある景だが、心なき身にはどのように映《うつ》ることであろうか。〔讃岐《さぬき》や西行の歌をふまえての句作り〕

8 たれにしほれと衣うつらん　宗祇

寝覚の床に衣を打つ砧《きぬた》の音が聞えて、秋のものがなしい気持をか

5　**雑**　山類。人倫。「くるる」に「鐘」と付く。◇しるき　著き。はっきりとしている。◇鐘一座四句物。

6　**秋季**(月)　述懐（無常）。光物。夜分。「すむ」（住む）と「世」、「すむ」（澄む）と「月」が寄合。◇世をおどろけと　「おどろけ」は命令形で「と」は「世をおどろけ」を受ける。この世はいかにも無常だということにおどろけとばかりにの意。板本・国会本は「世をおとろけば」。「世」は一座五句物。ここもただの世。

7　**秋季**　夜分。有明の月の状態である「月ぞかたぶく」に「秋のね覚」と付く。「おほかたに秋のねざめの露けくば又たが袖に有明の月」（『新古今集』秋上、二条院讃岐）による。◇心なき　風情を解することもない。「心なき身にもあはれはしられけり鴫《しぎ》立つ沢の秋の夕暮」（『新古今集』秋上、西行）と同じ用法。

8　**秋季**(衣うつ)　恋。衣裳。人倫。◇たれにしほれと　底本「たれてしほれと」。平松本等により訂。板本・国会本は「誰にしほれて」。「しほる」は草や木が生気を失うように、気が沈む。ここでは砧の音にものがなしさをかき立てられることをいう。誰にしおれた気持となれとばかりに。感情の

起伏をとらえた屈折の多い連歌的表現。「しほる」の表記については二三五頁参照。

9　**秋季**(露)　恋。降物。人倫。「衣」と「恨み」が寄合。

◇我が身にやうらみもかぎる　平松本等「恨こそわが身にかぎる」とある。「うらみ」は一座二句物。「や」は詠嘆の意を添える。◇露のくれ　露の降りている夕暮。省略の多い連歌的表現。「露」で涙を暗示。

10　**雑**　恋。「露」と「いのち」が寄合。「うらみ」に「あふ事」と付く。本歌「あふ事のたえてしなくは中々に人をも身をもうらみざらまし」(『拾遺集』恋一、藤原朝忠)。板本・国会本は「なさけのなきをさらばたのまじ」とあり、作者も宗忍とする。これも初案か。

◇いのち　一座二句物。「待つ」の主語となる。

11　**雑**　釈教《しやつきよう》。

◇おろかにもいそがざらめや　愚かなことに急がないということがあろうか。「や」は反語。「我等が生死の到来、ただ今にもやあらん。それを忘れて、物見て日を暮す、愚かなる事はなほまさりたるものを」(『徒然草』四十一段)などと共通する中世人の無常観。◇法の道　仏道修行の道。「法」は一座二句物。「道」は可隔五句物。

き立てる。誰の気を沈ませようとばかりに打っているのだろうか。〔その音に風情を感ずる心のない身でも悲しみに耐えられないとする。一句は秋の悲しみであるが、恋への展開をはかる〕

9
我が身にやうらみもかぎる露のくれ　　玄宣

こんなつらい思いはわが身ばかりかと涙にくれる、この露に濡れた夕暮。〔夫《つま》待ち顔に心しおれて砧の音を聞いている女心〕

10
いのちもいつのあふ事かまつ　　長泰

このように生き永らえているのは、またいつの日か逢《あ》えることを命も待ち望んでいるというのだろうか。〔本歌の寄合によっての付け。恋三句目で述懐への展開を含める〕

11
おろかにもいそがざらめや法《のり》の道　　恵俊

いつの日かまた逢ってからなどとは愚かなこと、今にも死が到来するやも知れないのだから、仏の道に入ることを急がないでおれようか。〔前句を反語にとって、恋から釈教《しやつきよう》へ転じた〕

12　**雑**　◇いさご　底本「いさめ」。平松本等により訂。「たかきいさご」は高砂のこと。砂の高くなって丘のようになったところ。「塵《ちり》もつもれば山となる」と同じ意の諺《ことわざ》で『毛吹草《けぶきぐさ》』に「いさご重《ちよう》じていはとなる」が見える。

13　**雑**　山類。木。「たかきいさご」を名所の「高砂」ととり、「ひとつ松」と付く。◇をのへのひとつ松　兵庫県高砂市の高砂神社にある尾上の松。「かくしつつ世をや尽くさむ高砂の尾の上にたてる松ならなくに」(『古今集』雑上、読人しらず）などと詠まれる名高い松。「松」は可隔七句物。「尾上」は名所で、名所は可隔三句物。

14　**雑**　居所。「尾上」と「里」が寄合。◇爪木　折り取った薪《たきぎ》。用例に「立ちいでてつまぎ折りこしかたをかの深き山路となりにけるかな」(『新古今集』雑中、寂蓮《じやくれん》）など。

1　**冬季**(つらら)　水辺。居所。◇つららゐる　薄氷が張っている。用例に「山里の思ひかけぢにつららゐてとくる心のかたげなるか

12　あつめてたかきいさごとぞなる　兼載

砂のようなものでも集めて積みあげれば高砂《たかさご》となる。同様に愚かな者も思い立ちさえすれば仏の道に入ることができるのだ。〔その仏道に入る悟りの公案とも見るべき句。これも大胆な付け方〕

13　かげとほき山のをのへのひとつ松　宗祇

砂を集めて山となった、その高砂の尾上《おのえ》に立つ一つ松、その陰が遠く引いている。〔主観句ばかり続いたところを、雑の句ながら鮮やかに叙景の句としている〕

14　爪木《つまぎ》もとむる里のさびしさ　宗長

爪木を求めて、しばしば出かけてゆく山の麓《ふもと》のさびしい里。〔またしても、「さびしき」と主観を出してしまう宗長のくせが出て、宗祇の意図を生かしきることができなかった〕

(三表)

1　つららゐる垣ねの清水《しみづ》くみ捨てて　玄宣

な」(『金葉集』恋下、藤原経忠)。「氷」が一座四句物で、そのうち「つらら」が一。◇垣ね　垣根のもと。「垣」は一座二句物。

2　冬季(霜)　降物。植物《うえもの》。「清水」と「むすぶ」(手ですくう)が寄合。◇下葉　下の方の葉。板本・国会本は「草葉」◇呉竹　淡竹《はちく》の一種。葉が細かくて節が多い。「竹」は、『連珠合璧集』には草の類に入れるが、「草」「木」と打越《うちこし》を嫌う。「竹」は可隔七句物。

3　秋季(月)　光物。夜分。「霜」と「月」が寄合。◇風すぐる　風が吹き過ぎる。「雨そそぐ花たちばなに風過ぎて山ほととぎす雲に鳴くなり」(『新古今集』夏、藤原俊成)など、『新古今集』以後に多い感覚的なとらえ方。「風」は可隔五句物。

4　秋季(はつ雁)　鳥。「風」に「はつ雁」と付く。「秋風にはつかりがねぞ聞ゆなる誰《た》が玉章《たまづさ》をかけて来《き》つらむ」(『古今集』秋上、紀友則)による。◇はつ雁　秋にはじめて飛来する雁。「雁」は一座二句物(春一、秋一)。〈二裏3〉は春の雁。ここは秋の雁。◇いづら　どこにいるのだろうか。◇さきだつ　先に立つ。先ずあらわれる。板本・国会本は「まづたつ」。

薄氷の張るきびしい寒さの中で、垣根の下の清水を汲んではまた捨てて。〔その山里の生活の具体相を付ける〕

2
霜は下葉にむすぶ呉竹《くれたけ》　宗祇

垣根の清水のあるあたり、そこには呉竹が生えていて、白い霜がその下葉に結んでいる。〔ここでまた宗祇は純然たる叙景の句とする〕

3
風すぐる跡にさやけき夜半《よは》の月　兼載

風がさっと雲を吹き払ったあとには、夜半の月が冴《さ》えている。〔月を挟《はさ》んでの冬から秋への季移りも鮮やかに、今度は兼載がいかにも清新な叙景の句で応じる〕

4
はつ雁《かり》いづら声ぞさきだつ　友興

どこにいるのだろう、初雁の姿は見えないで、声だけが聞えてくる。〔本歌により、秋風に初雁の声を配した。風が雲を吹き払って月夜となったが、雁の姿はまだ見えないとする〕

5　**秋季**（秋の暮）「雁」に「空」と付く。◇空　一座四句物。◇秋の暮　暮秋。用例に「さりともと思ふ心も虫の音も弱り果てぬる秋の暮かな」（『千載集』秋下、藤原俊成）など。

6　**秋季**（霧）　聳物《そびきもの》。山類。◇色付きぬらし「色付く」は紅葉する。

7　**雑**　旅。木。「色付く」に「梢」と付く。「秋風の吹きにし日より音羽山峰のこずゑも色づきにけり」（『古今集』秋下、紀貫之）による。◇梢　一座二句物。◇旅のやどり　旅宿。用例に「草枕旅のやどりにたがつまか国忘れたる家待たなくに」（『万葉集』四二六）。「旅」の字は一座二句物。「やどり」は〈初表8〉に既出。ここも旅の「やどり」。「宿」は一座二句物であるが、「やどり」はまだ特に句数を定めていなかったか。◇野　可隔五句物。

8　**雑**　旅。居所。「梢」「やどり」に「ゆくゆく」と付く。「君が住む宿の梢のゆくゆくと隠るる

5
見ぬ空も思ひやらるる秋の暮　　慶卜

姿は見ないものの、雁の声を聞いているだけで空の風情《ふぜい》が思いやられる秋の暮。〔声も先立つというところから、見ぬ空も思いやられると軽く付けて、暮秋のこととする〕

6
色付きぬらし霧ふかき山　　玄清

木々の葉は美しく色づいていることであろう。霧の深く立ちこめているあの山では。〔都にいてはるかに山の紅葉を思いやっている体《てい》〕

7
梢《こずゑ》のみ旅のやどりを分《わ》くる野に　　長泰

霧が深くて梢だけしか見えないが、もう色付いているようだ。旅の宿を求めようと野を踏み分けてゆくと。〔秋を去って旅の句とする〕

8
ゆくゆくかはるをち近《こち》の里　　宗祇

までにかへりみしはや」（『拾遺集』別、菅原道真）による。◇ゆくゆくかはる　旅の実感から生れた連歌的表現。◇をち近の里　ここかしこの村里。用例に「音もなく夜は更けすぎて遠近《をちこち》の里の犬こそ声あはすなれ」（『玉葉集』雑二、京極為子）。「里」は可隔五句物、〈二裏14〉より七句隔たる。

9　**雑**　恋。人倫。「かはる」に「あだ人」と付く。◇あだ人　あだなる人。移り気な人。「秋といへばよそにぞ聞きしあだ人の我をふるせる名にこそありけれ」（『古今集』恋五、読人しらず）など、普通は女の側から男についていうことが多いが、ここは、移り気な女。◇道　可隔五句物。◇それならで　「それ」は以前に教えてくれた道をさす。

10　**雑**　恋。人倫。「あだ人」に「うかれ」と付く。◇おもかげ　一座二句物（ただ一、花・月などに一）。◇うかれ　ふらふらと浮かれて来る。「月を見て心うかれし古《いにしへ》の秋にもさらにめぐりあひぬる」（『新古今集』雑上）、「数ならぬ身をも心のもち顔にうかれては又かへりきにけり」（同、雑下）など西行の歌に特徴的に見られる。『万葉集』二六九六の「得干蚊将去（うかれか行かむ）」は、当時は「うかびかゆかむ」と詠まれていて用例にならない。

旅の宿をさがし求めながら、あちらこちらの里を通り過ぎて行く。そのさきざきで人情や習慣なども変っていることだ。〔付合《つけあい》は本歌の言葉を用いて「ゆくゆく」と受け、一句はいかにも無造作な句作りに見えながら、旅の経験がよくにじみ出ている佳句〕

9　あだ人のをしへし道はそれならで　恵俊

あの移り気な女が教えてくれた道を、その言葉通りに行っても訪ねあてることはできなくて。あちらこちらの里を移り歩いているのだろうか。〔かつて旅宿でちぎった遊女を訪ねようとでもいうのだろう。旅から恋へ〕

10　たがおもかげにうかれきつらん　宗長

誰の面影にひかれてうきうきとしてやって来たのだろうか。〔恋しい時には訪ねても下さい、と教えてくれた道は、あられもない偽りであってと前句に付く。後悔の気持と恋しさの交錯する複雑な心がよく出ている〕

11

風かすむ春の河辺《かはべ》のすて小舟《をぶね》　友興

風も霞んでいるかのようにのどかな春の河辺には乗り捨てられた小舟が浮んでいる。〔一句としては春の水辺の叙景。前句を狂女のうかれ行くさまと見て、それを捨小舟の境涯に喩《たと》えて付ける〕

12

たまれる水にかはづ鳴くこゑ　兼載

川のほとりのたまり水から、蛙《かへる》の鳴く声がしきりに聞えてくる。〔前句の春景に聴覚を添え、兼載得意の印象鮮明な叙景の句〕

13

山田さへかへすばかりに雪とけて　宗祇

里の田ばかりでなく山田までが、もう耕すことのできる程に雪が解けて。〔これも春の景。山田の蛙にとりなして変化をはかる〕

14

雨夜《あまよ》のあさ日めぐるさとざと　玄宣

夜来の雨もあがり、朝日の光が山から麓へ、そして里へと次々にさしてくる。〔山田、山里、山陰の里と、朝日が順次めぐってく

11　**春季**　水辺。「うかれ」に「舟」と付く。◇風かすむ　連歌特有の新鮮な感覚表現。「風」は可隔五句物。◇すて小舟　乗り捨てられたままに朽ちてゆく舟。多くはたよりのないあわれな身の上にたとえる。和歌にはあまり用例を見ないが「松のひま行く捨小舟」（「岩船」）と謡曲に見える。

12　**春季**（かはづ）　水辺。虫。「河」に「水」「かはづ」と付く。◇たまれる水　たまり水。『万葉集』三八三七に「久かたの雨もふらぬか蓮葉《はちすば》にたまれる水の玉に似む見む」の例がある。

13　**春季**（雪とけ）　降物。「かはづ」と「田」が寄合。◇かへす　田をかえす。耕作する。「あらを田をあらすきかへしかへしても人の心を見てこそやまめ」（『古今集』恋五、読人しらず）など。◇雪　一座四句物。ここは春の雪。肖柏の『追加』に「近年、新式の如く春の雪を加へて四句と為す也」とある。

14　**雑**　光物。夜分。居所。◇雨夜　雨の降る夜。『万葉集』三八八九に「人魂《ひとだま》のさをなる君《きみ》がただひとりあへりし雨夜《あまよ》はひさしとぞ思《おも》ふ」の例があり、『源氏物語』夕顔に「雨夜の品定め」の語が見えるが、勅撰集では特に『玉葉集』『風

雅集』などに「雨夜」の用例が見られる。◇あさ口「朝」の字は一座四句物。◇さとざと　「里」は可隔五句物、〈三表8〉から五句隔たる。

1　**秋季(秋の葉)**　植物《うえもの》。「日」と「紅」が寄合。◇秋の葉に　板本・国会本は「萩の露」とあるが、すぐあとの〈三裏4〉にまた露があり、やはり初案の形の残ったものか。「秋の葉」は秋の紅葉した木の葉。『万葉集』三九六五に「あきのはのにほへる時に」と見える。

2　**秋季(菊)**　草。「紅」と「塵《ちり》」が寄合。「紅塵《こうじん》」という漢語による。もともとの意味は、日光に照らされて赤く見える土ぼこりであるが、『流木集《ながれぎしゅう》』には、「くれなゐの塵　紅塵紫陌《こうぢんしはく》とて都の事也。讃《ほ》めて云へる詞也。都は塵も紅に、ちまたの道も紫也と云へり」とある。「紅塵」という名香もあった(『名香目録』)。◇ちり　一座二句物。

3　**秋季(長月)**　「ちり」に「世」、「菊」に「長月」と付く。◇世　一座五句物。〈初裏11〉〈二裏6〉とともにただの世で、細則は守られていない。ここは浮世。◇長月　九月の異称。「世は長く」と「長月」を掛ける。

るという動きのある表現に作者の技巧が見られる〕

(三裏)

1 昨日《きのふ》より紅《くれなゐ》ふかき秋の葉に　友興

雨に濡れ、朝日に照り映えて、秋の木々の葉は、昨日よりもひときわ紅の色が濃くなってゆく。〔昨夜の雨によって急に木々の紅葉が深くなったことへの驚き〕

2 菊さくかげはちりもかうばし　長泰

「紅塵《こうじん》」という言葉もあることだが、菊の咲き匂っている陰では塵さえも香ばしい。〔もっぱら「紅塵」の語によった知的趣向の句〕

3 かずかずの世は長《なが》月《づき》を猶《なほ》やへん　宗長

とこしなえに数しれぬほどの世を経ても、毎年長月ともなればなおもまたかぐわしい菊の季節を迎えることであろう。〔その菊のもとでは、俗塵の世も香ばしく感じられると、「塵」と「世」、「菊」と「長月」と付合《つけあい》を取って理《ことわり》のかった前句を巧みにさばいた〕

4　秋季（露）　述懐。降物。人倫。「世」「長月」に「露」と付く。◇露をみるにも　「露」ははかないものの象徴。「露」と「身」は縁語。「ながらへむとしもおもはぬ露の身のさすがにきえむ事をこそ思へ」（『新古今集』雑下、読人しらず）など、「露の身」の歌語があり、露のようにはかない身の意に用いられる。◇老　一座二句物。

5　雑　述懐。「露」に「風」、「老が身」に「待つ暮」と付く。◇風　可隔五句物。◇待つ暮に　「見るも憂しさすがさこそと待つ暮にあす必ずの人の玉章《たまづさ》」（『風雅集』恋二、進子内親王）の歌がある。ここは命終（定命が尽きて死ぬこと）を待つ夕暮。国会本は「行暮に」。

6　雑　「風」と「うはの空」が寄合。「きくやいかにうはの空なる風だにも松に音する習ひありとは」（『新古今集』恋三、宮内卿《くないきよう》）による。◇うはの空　上空を吹く風。一方に浮かれて他の物ごとに気のとまらぬことに掛けていう。「空」は一座四句物。

7　夏季（ほととぎす）　鳥。◇をちかへり　用例に「郭公《ほととぎす》をちかへりなけうなゐごがうちたれがみのさみだれの空」（『拾遺集』

4
露をみるにも老が身ぞうき　宗祇

また九月ともなって、あちこちに降《お》りてはすぐに消えてゆく露を見るにつけても、世のはかなさも思い知られ、老の身のうきもしみじみと感じられることだ。〔以上秋四句。述懐の句として、秋を離れやすくする〕

5
風にだにさそはるるやと待つ暮に　宗忍

秋の露が風に散らされるように、わが身もその風にさえ誘われて消えてしまうのかと思う。今はもう命終《みようじゆう》を待つばかりの夕暮に。〔風にも露にもはかなさを身にしみて感じるこれも老の述懐の句〕

6
うはの空にはなどかすぐらん　恵俊

せめて風情のある風の音でも聞かせてほしいと待っているのに、どうして風は気にもとめずに上空を吹き過ぎて行くのだろうか。〔本歌による付合《つけあい》であるが、本歌のもつ恋の意もにおって来て恋の句と紙一重のところまで来ている〕

7　をちかへりなかば都ぞほととぎす　　玄清

郭公《ほととぎす》よ、どうして気にもとめずに上空を通り過ぎてゆくのか、しきりに鳴けばこそ都の夏ともいえようものを。〔前句の恋への誘いに乗らないで、夏の景物の郭公を出し、恋への展開をひとまず断ち切ってしまった形となる〕

8　みすはみどりの軒のたち花　　兼載

ここ都では、緑の御簾《みす》も掛けられ、軒の橘《たちばな》も花を開いていますぞ。〔夏が来たことを、郭公に呼び掛けている体《てい》。呼び掛けながら対《つい》句《く》仕立ての連歌の手法を駆使してのいかにも気のきいた句〕

9　袖ふるる扇に月もほのめきて　　宗祇

袖ふれあう若い男女の手に持つ扇、橘の香も漂う軒のあたりには月の光もほんのりさして来て。〔本歌による付合を取りながら、いかにも連歌的で清新な付け味に仕立てている。兼載、宗祇の持ち味を生かしたせり合いが見られる。ここでようやく恋となる〕

夏、凡河内躬恒《おおしこうちのみつね》）、「我が宿の松のけしきはしるからむ山ほととぎすをち返りなけ」（『堀河百首』藤原仲実）など。『堀河百首聞書』には「をちかへりは百千廻なり。ただしげくなけといへる心なるべし」とあり、こもその意で用いたか。『万葉集』一〇四六の「いはつなの又変若反」は「又わかえつつ」（『袖中抄《しゅうちゅうしょう》』）などと訓《よ》まれていて用例とはならない。陽古筆は「立かへり」。◇ほととぎす　一座一句物。

8　**夏季**（たち花）　居所。木。「ほととぎす」と「たち花」が寄合。◇みすはみどりの　「みす」は御簾。すだれ。緑の御簾は青葉のすだれのこと。『梵灯庵袖下集《ぼんとうあんそでしたしゅう》』に「青葉のすだれとは、大内にかけ給ふ簾也。卯月一日に掛けらるるすだれ也。此のすだれは夏のあをき色を総じて掛け給ふ也」とある。陽古筆は「みすの」。◇軒のたち花　軒の近くに咲く橘の花。用例に「五月雨《さみだれ》の雲吹きすさぶ夕風に露さへかかる軒のたちばな」（『玉葉集』夏、藤原為道）。「軒」は一座二句物。「橘」は一座一句物。

9　**夏季**（扇）　恋。光物。夜分。衣裳。「たち花」に「袖」と付く。「さつき待つ花たちばなの香をかげば昔の人の袖のかぞする」（『古今集』夏、読人しらず）による。◇袖　可隔五句物。◇ふるる　底本「ぬるる」。陽古筆「ふるる」。◇月　ここは夏の月。「夏の月」は一座二句物。

10
まねくは見ずやくるる河つら　恵俊

扇で入日をさし招いたのを見なかったのだろうか。川の面はいたずらに暗くなってゆく。〔川に舟を並べての舟遊びの景。あわい恋の心持を含んでいる〕

11
いそがぬをくゆるばかりの山越《やまごえ》に　慶卜

急がなかったことがしきりに悔まれることだ。やっと山を越えて川岸へたどり着いたのに、手招きしたのが見えなかったのか、舟は遠くに漕《こ》ぎ去ってゆく。〔山越の後《のち》の渡船《とせん》ととりなしての付け〕

12
けふをはてなるあらましの道　宗長

今日は目的の地へ着こうと計画していた最後の旅路だったのに。〔急がなかったばかりに予定通りに着かなかったことが悔まれるというのである。宗長の旅の経験がきいている〕

13
涙などよわき心に残るらむ　宗仲

10　**雑**　恋。水辺。「袖」と「まねく」が寄合。「扇」に「まねく」とも付く。◇まねくは見ずや　「茜《あかね》さす紫野《むらさきの》ゆき標野《しめの》ゆき野守《のもり》は見《み》ずや君《きみ》が袖振《そでふ》る」（『万葉集』二〇、額田王《ぬかたのおおきみ》）の口調をふまえるか。板本・国会本は「しらず」。『源氏物語』橋姫に「扇ならでこれしても月は招きつべかりけり」「入る日を返す撥《ばち》こそありけれ。さま異《こと》にも思ひおよび給ふ御心かな」という中君・大君の問答などからの類推で、ここは扇で入日を招くとした。◇河つら　川面。『源氏物語』薄雲《うすぐも》の「冬になりゆくままにかはつらの住まひいとど心細さまさりて」は、川のほとりの意。平松本・陽古筆等「川舟」とある。

11　**雑**　旅。◇山越　山を越えてゆくこと。「しがの山ごえ」は多いが、普通名詞としてはあまり和歌には詠まれていない。

12　**雑**　旅。「山越」に「道」と付く。◇けふ　一座二句物。◇あらまし　予期。予定。用例に「おもひつつへにける年のかひやなきただあらましの夕暮の空」（『新古今集』恋一、後鳥羽院）など。◇道　可隔五句物。

13　**雑**　述懐。『伊勢物語』百二十五段の「つひに行く道とはかねて聞きしかど昨日今日とは思はざりしを」をふまえて付く。
◇よわき心　思いきりの悪い心。きっぱりとあきらめきれぬ気の弱さ。

14　**秋季**（薄）　一句は「今よりは植ゑてだに見じ花すすきほにいづる秋はわびしかりけり」（『古今集』秋上、平貞文）を本歌としての句作り。
◇穂に出づる　晩秋となって薄の穂が出て目立つようになる。

1　**秋季**（露）　降物。「薄」に「かたよる」と付く。「まねくとて立ちもとまらぬ秋ゆゑにあはれかたよる花すすき哉」（『拾遺集』秋、曾根好忠）による。一句は「あさ露のおくての山田かりそめにうき世の中をおもひぬるかな」（『古今集』哀傷、紀貫之）を本歌とする。
◇おくて　晩稲。おそく成熟する稲。早稲《わせ》の対。露の「置く」に「おくて」を掛ける。◇門田　門前の田。家の近くにある田。

2　**秋季**（鴫）　鳥。「門田」と「鴫」が寄合。本歌「我が門の苅田《かりた》のねやにふす鴫の床あらはなる冬の夜の月」（『新古今集』冬、殷富門院大輔《いんぷもんいんのたいふ》）。
◇とこあらはなり　鴫の寝ているところをまる見えにしている。「床」は一座一句物。肖柏の『追加』に「鳥獣の床は又あるべし」とあり、ここは鳥の床。

今日が私のこの世にある最後の日となるだろう。いずれはその時が来るものとあきらめていたのに、どうしてこうも涙がとめどなく流れるのだろう。〔一句は全くの常套《じょうとう》表現であるが、伊勢物語をふまえて前句に付き、旅から述懐へと変化させている〕

14　われも薄《すすき》の穂《ほ》に出づるころ　　兼載

どうして涙が出るのだろう。それは、自分も薄でいえば穂が出る頃、人生も暮れがたとなったからだ。〔前句を問いと見て、答えを用意する。兼載の気負いがひしひしと感じられる句〕

（名残表）

1　朝露のおくての門田《かどた》かたよりて　　友興

穂薄の出る晩秋、朝露の置く晩稲《おくて》の門田もみのって、穂が片方に垂れ。〔付合《つけあい》にも一句にも本歌をふまえ、これも手のこんだ句〕

2　とこあらはなり鴫《しぎ》のなく声　　玄清

稲の穂が一方に傾き、その寝床をあらわにされて、鴫の鳴く声がする。〔付合も一句立てもまた本歌によっての句作り〕

3
かすかなる水をも月や尋《たづ》ぬらん　恵俊

耿々《こうこう》たる秋の月はわずかな水をもさがし求めて宿るのだろうか。鴫《しぎ》が寝床にしている水も照らし出してしまって。〔前句と同じ本歌によって月を出す。本歌による句が続き過ぎたきらいがある〕

4
すむをたよりと思ふ山かげ　長泰

住むことができるという、ただそのことを唯一のよりどころとしているさびしい山陰のすみかで。〔そこにも月の光は変ることなくさしていると前句に付く。言葉の寄合によりかかっての付け〕

5
松風にいまは心のならひきて　宗長

さびしい松風の音にも今は心も慣れ親しむことができるようになって。〔わびしい山家の生活にも慣れてきた心境〕

6
うつろふ花の残るあはれさ　宗祇

散りがたの花が少し残っていて、いっそうあわれを添えている。

3　**秋季**(月)　光物。夜分。水辺。「とこあらはなり」に「月」と付く。前句の本歌による。◇月や　「月」は可隔七句物、〈三裏9〉より七句隔たる。「や」は疑問の意。月が水に影を映すのを、月が水を探し求め宿ると擬人化しての手法。

4　**雑**　山類。「水」と「すむ」(澄む)が寄合。一句では住むの意。◇すむをたよりと思ふ　住むことができる最低の条件と思う。かすかな水のあることも、その条件の一つである。

5　**雑**　「山」と「松風」が寄合。◇松風　一座二句物。山の松風はさびしさをかき立てるものとされた。◇いまは心のならひきて　自分の心を特に主体としてとり出して言った表現。

6　**春季**(花)　木。◇うつろふ花　散る花。用例に「鶯の鳴く野べごとに来て見ればうつろふ花に風ぞ吹きける」(『古今集』春下、読人しらず)、「はつせ山うつろふ花に春暮れてまがひし雲ぞ嶺に残れる」(『新古今集』春下、藤原良経)など。

7　春季(かすむ)　旅。「花」と「都」が寄合。本歌「いそのかみ古き都をきてみれば昔かざしし花咲きにけり」(『新古今集』春上、読人しらず)。◇はるばると　本歌をふまえて句末に略された「来て見れば」に掛る。◇ふるき宮こ　古都。かつて都のあったところ。「都」は一座三句物。

8　春季　人倫。◇すさめし　「すさむ」は心をよせるの意。用例に「山たかみ人もすさめぬさくら花いたくなわびそ我見はやさむ」(『古今集』春上、読人しらず)。

9　冬季(年くれ)　述懐。人倫。「たれ」に「人」と付く。◇ほどもなく　それほど時が経過したとも思わないうちに。◇人　ここは世を去った人。故人。春を好んだ風流人たちの誰彼を思いうかべている。◇年こえ年くれて　「年こえ」の年は年齢、「年くれて」の年は一年。頭韻《とういん》をふむ。

わびしいものとされる松風にも今は慣れて。〔松風や散りがたの花にも風情《ふぜい》を見出だそうとする中世人の美意識〕

7　はるばるとふるき宮このかすむ野に　　兼載

今はすっかりさびれてしまった古《いにしえ》の都をはるばる訪れてみると、春霞がかかっている野に、散りぎわの花がわずかに残っておりいっそうさびしく感じられる。〔巧みな本歌取りをきかせて、古都の感懐とし、前句の花を生かしている。この並びも一つの山場〕

8　すさめしたれを春もこふらん　　友興

その古都に心を寄せた誰彼を春も恋しく思っていることであろう。〔春を擬人化して、この山場を受け流している〕

9　ほどもなく人に年こえ年くれて　　宗祇

いつとはなしに亡くなった人よりも齢《よわい》を重ね、この一年もまた暮れて。〔言葉は平易で、和歌とは一味違った、連歌のぎりぎりの俗の世界をとらえ、鮮やかに春から冬への季移りを試みる〕

10 ただ一夜《ひとよ》のみかぎりとぞなる　宗忍

残すところあと一夜だけ、今年もとうとう終りとなってしまった。〔これは前句を軽く受け流しただけの遺句《やりく》〕

11 おもはずもほのかたらひし旅まくら　兼載

今日を限りの旅宿の一夜で、思わずほんのわずかうちかわした恋ごころ。〔本歌は郭公《ほととぎす》のことであったのを、言葉だけは大きく取りながら、一句はすっかり旅宿の遊女との恋句に仕立てあげている。これも気のきいた巧みな句〕

12 夢をはかなみえやはわすれん　恵俊

思わずかわした旅寝の夢のはかない契り、あの女のことをどうして忘れることなどできよう。〔前句をごく自然に受けただけの句〕

13 露分《わ》くる秋は末野《すゑの》の草の原　宗長

晩秋の野末の草に置く露を踏み分けながら訪ねた、夢のようなあ

10 冬季（一夜のみ）　述懐。「年のくれ」と「一夜ばかり」が寄合で、従って「年くれて」に「ただ一夜のみ」と付く。◇一夜　底本「ひとり」。平松本も「ひとり」とあるが、西高辻本により訂。頴原本の抄出も「一夜」とあり、「よ」と「り」の誤写と見る。◇かぎり　ぎりぎりのところ。最後。

11 **雑**　旅。恋。「一夜のみ」に「ほのかたらひし」と付く。一句は「郭公そのかみ山のたび枕ほのかたらひし空ぞ忘れぬ」（『新古今集』雑上、式子《しょくし》内親王）を本歌とする。◇ほのかたらひし　「ほの」は接頭語で、わずかにの意を添える。「かたらふ」は男女の契りをかわすこと。◇旅まくら　旅寝。「旅」の字は一座二句物（ただ一、旅衣などとして一）。〈三表7〉に「旅のやどり」があり、ここは「旅枕」という形。

12 **雑**　恋。「旅」に「夢」と付く。◇夢をはかなみ　夢がはかなく思われて。「夢」は可隔七句物。◇えやは　底本「えやぞ」。平松本・西高辻本等により訂。「は」と「そ」の仮名の草体による誤写。「や」は反語、「は」は強意の助詞。

13 秋季（露）　降物。◇秋は末野の　「秋は末」と「末野」を掛ける。

の夜のことはとうてい忘れられないであろう。〔恋の気分を残しつつ、一句は秋の叙景の句とする〕

14　雪に見よとぞ松は紅葉《もみぢ》ぬ　　友興

草も木も紅葉している秋の暮に、松だけは、やがて白く雪をかぶる崇高な冬の姿を見るがよいとばかりに緑の色を変えようとしない。〔本歌にすっかりよりすがっての句作り〕

（名残裏）
1　すさまじき日《ひ》数《かず》をはやくつくさばや　　慶卜

秋とはいえ、うすら寒く心のはずまない日々を早くやり過してしまいたいものだ。〔いっそのこと冬を迎えて雪に松の景を見たいと前句に付く〕

2　ながらへはてむわが身ともなし　　宗坡

いつまでも生き永らえることのできるわが身でもない。こんな心すすまぬ日を送るぐらいなら、早く死んでしまいたい。〔秋は三句で捨て、述懐の句にとりなす〕

◇露分くる　露の置いた草原などをかき分けてゆく。用例に「秋の野の露わけ来たるかり衣葎《むぐら》しげれる宿にかこつな」（『源氏物語』手習）。

14　秋季（紅葉）　降物。木。「露」と「紅葉」が寄合。一句は「雪ふりてとしのくれぬる時にこそつひにもみぢぬ松もみえけれ」（『古今集』冬、読人しらず）を本歌とする。◇雪　一座四句物、〈初裏4〉〈二表3〉〈三表13（春雪）〉とあり四句目。◇松　可隔七句物。

1　秋季（すさまじ）　◇すさまじき　『連歌新式』には「可分別物」として秋の季語。『僻連抄《へきれんしょう》』には「すさまじき風」を秋とする。野分の現象と重なる、寒いさま、恐ろしいさま、心すすまぬさまの三方面の意味をもち、交錯して用いられる。ここは心すすまぬさまが主で、秋のうすら寒いさまが加わる。

2　雑　述懐。人倫。◇ながらへはてむ　「ながらへはつ」は、生き永らえおおせる。「はつ」は、終りまで……するの意。「む」は婉曲《えんきょく》表現。◇もなし　一座二句物。

3 君いのる人はとほくとたのむ世に　長泰

主君の長寿を祈る人は、君の齢《よわい》がいつまでも永遠にと頼みをかけている世の中にあっても。〔とても自分は生き永らえることなどできそうにないと前句にかえる付け〕

4 しまのほかまで浪《なみ》よをさまれ　宗祇

波風の荒い遠い島のはてまでも、波よ静まってくれ。〔四海平穏《へいおん》を祈る。名残《なごり》の裏は祝言《しゅうげん》でめでたくおさめるのが例で、その配慮を見せたもの〕

5 行く舟にあかでぞむかふ明石《あかし》方《がた》　兼載

島がくれゆく舟を眺めて見飽きることもなく明石潟の景に対している。〔和歌の神柿本人麿の神詠を意識において、新撰菟玖波集の成就を祈念する気持をこめる〕

6 夜ふくるままにきよき灯《ともしび》　宗長

3　**雑**　人倫。◇とほく　時間的に用いる。久遠《くおん》。◇世　一座五句物。すでに〈初裏11〉〈二裏6〉〈三裏3〉にあり、四句目。ここもただの世。

4　**雑**　水辺。「とほく」に「しま」と付く。◇浪よをさまれ　一句としては波が静まる意。前句に付くと世の中が平穏に治まる意。「我こそは新《にひ》島《じま》もりよ隠岐《おき》の海の荒き浪風心して吹け」（『増鏡』新島守、後鳥羽院）とも通う。波に呼びかけた下知の表現。

5　**雑**　水辺。「しま」に「舟」「明石」と付く。柿本人麿の詠と伝える「ほのぼのと明石の浦の朝霧に島がくれ行く船をしぞ思ふ」（『古今集』羇旅）による。◇明石方　兵庫県明石市と淡路島との間の海峡。名所。名所は可隔三句物。明石には柿本人麿を祀《まつ》る人丸神社が鎮座。「あか」「明石」と頭韻をふむ。

6　**雑**　夜分。「明石」に「灯」と付く。「あかし」を、灯《あかし》の意にとって言葉の縁での付合《つけあい》。

◇灯　一座三句物。

7　春季（梅）　光物。夜分。居所。木。「灯」と「窓」が寄合。

◇天津星　空の星。前句の「きよき灯」（漁火）を「天つ星」と見る。「はるる夜の星かかはべの螢《ほたる》かもわがすむかたのあまのたく火か」（『伊勢物語』八十七段）も同想。◇梅　一座五句物。連歌の神、北野天神（菅原道真を祀る）の神木。

8　春季（鶯）　鳥。「梅」と「鶯」、「星」と「暁」が寄合。

◇鶯　一座一句物。◇あかつき　一座二句物。◇宿　一座二句物。

夜が更《ふ》けてゆくにつれ、沖の漁火《いさりび》が澄んで見える。〔同じく海浜の景であるが、前句の行く舟を漁船と見て、時刻を夜更けのこととする〕

7　天津《あまつ》星《ほし》梅咲く窓に匂ひ来て　友興

清らかな灯と見えたのは天つ星であった。馥郁《ふくいく》とかおりをただよわせて梅の咲いている窓のあたりに輝いて。〔清澄な里の光景。梅に連歌の神北野天神をことよせている〕

8　鶯《うぐひす》なきぬあかつきの宿　玄清

ほら、鶯が鳴いた。まだ暁の頃、梅の咲き匂っている宿で。〔鶯の初音《はつね》に、新しい撰集のできる喜びを聞く意をこめて挙句《あげく》とする〕

天正十年愛宕百韻

◇底本　静嘉堂《せいかどう》文庫蔵「連歌集書一七」所収本。

◇校合本　京都大学蔵平松本（平松本と略称）。大阪市立大学森文庫蔵本（森本と略称）。大阪天満宮文庫蔵本（れ5/37）。同蔵本（れ5/4）。『続群書類従』所収本。

◇成立　天正十年（一五八二）五月二十四日（底本以下の端作りによる）の張行《ちょうぎょう》。類従本は二十七日、『信長公記《しんちょうこうき》』は二十八日とする。場所は山城国愛宕山西之《あたごさんにしの》坊《ぼう》威徳院《いとくいん》。表向きは毛利《もうり》征伐の戦勝祈願、実は信長を本能寺で破るための明智《あけち》光秀《みつひで》の祈願をひそかにこめたものと伝える。

◇連衆

光秀　一五句。明智日向守《ひゅうがのかみ》。惟任《これとう》。天正十年六月二日、本能寺に主君織田信長を襲って殺し、十三日、羽柴秀吉と戦って破れ、敗走の途中に没。

行祐《ぎょうゆう》　一一句。愛宕西之坊威徳院住職。

紹巴《じょうは》　一八句。当代第一の連歌師。慶長七年（一六〇二）没。

宥源《ゆうげん》　一一句。愛宕上之坊大善院住。

昌叱《しょうしつ》　一六句。紹巴門の連歌師。慶長八年没。

心前《しんぜん》　一五句。紹巴門の連歌師。天正十六年没。

兼如《けんにょ》　一二句。猪名代《いなわしろ》家の連歌師。紹巴門。

行澄《ゆきずみ》　一句。東六郎兵衛。光秀家臣。

光慶《みつよし》　一句。明智十兵衛。光秀の子。

賦《ふす》何《なに》人《ひと》連歌《れんが》

天正十年五月廿四日　於愛宕山威徳院

（初表）

1 ときは今天《あま》が下しる五月《さつき》哉《かな》　光秀

時は今、土岐《とき》の一族である自分が天下を治めるべき季節の五月となった。〔本能寺の変を前にしての光秀の決意が「時は今」という初五の表現にもにじみ出ている〕

2 水《みな》上《かみ》まさる庭の夏山　行祐

折しも五月雨《さみだれ》が降りしきり、川上から流れてくる水音が高く聞える夏の築山《つきやま》。〔眼前の愛宕山西之坊威徳院の庭の光景で応じる〕

3 花落つる池の流れをせきとめて　紹巴

花が散っている池の流れをせきとめて。〔花による季移り。前句《まえく》の庭の泉水は、水上の池の流れをせきとめて作ったものととる〕

◇賦何人　発句《ほっく》に「天」があり、「天人《あまびと》」の熟語をつくる。『連歌初学抄』賦物《ふしもの》篇の「何人」に「天」が見える。底本以下諸本多く賦物を記さず、森本による。

1　**夏季**（五月）　切字《きれじ》「哉《かな》」。
◇とき　土岐を掛ける。光秀は土岐氏の一族であった。◇天が下しる　天下を治める。光秀の決意を示す。平松本では「天が下なる」。その場合は、「雨が下である五月」の意で、五月雨の光景となる。光秀失脚後、本能寺の変を事前に承知していたということで責められた紹巴が、もとは「天が下なる」であったのを光秀があとで「しる」に書き変えたと申しひらきをしたなど、『三暁庵随筆《さんぎょうあんずいひつ》』ほかの諸書にさまざまの伝説が見える。

2　**夏季**（夏山）　山類《さんるい》。水辺《すいへん》。居所《きょしょ》。脇句《わきく》に多い体言止め。「五月」に「夏山」と付く。
◇夏山　夏の草木の茂った山。用例に「夏山に鳴くほととぎす心あらば物思ふわれに声な聞かせそ」（『古今集』夏、読人しらず）など。ここは庭の築山の夏のさま。◇行祐　底本「行福」。平松本等により訂。この作者については以下同じ。

3　**春季**（花）　水辺。木。第三に多いて止め。「水上」に「流れ」と付く。
◇花　一座四句物。◇池の流れ　この池は築庭《ちくてい》の池ではなく、水上にある大きな池で、それを水源とする流れと考える。

4 風に霞《かすみ》を吹き送るくれ　宥源

春風が霞を吹き送ってくる夕暮。〔前句を、落花しげく池よりの流れをせきとめている春景色と見て、それに応じたもの〕

5 春も猶《なほ》鐘のひびきや冴《さ》えぬらん　昌叱

ものみなうららかな春となっても、やはり入相《いりあい》の鐘のひびきだけはさえざえと聞えることであろう。〔春景色に鐘の音を添える〕

6 かたしく袖《そで》は有明《ありあけ》の霜　心前

ひとり寝の袖には、有明がたの霜がふりかかっている。〔前句を初春とはいえ、まだ寒い頃の景ととって、春から冬への季移り〕

7 うらがれになりぬる草の枕《まくら》して　兼如

秋も深まり、草木がうらがれになった野山で旅寝をして。〔前句を晩秋の霜と見て、旅寝の有明の情景とした。冬は一句で去り、今度は秋への季移り。旅の句とする〕

4　**春季(霞)**　聳物《そびきもの》。「花落つる」に「風」と付く。◇風　可隔五句物。◇吹き送る　風が吹いて、ものを送りやる。「吹きおくる嵐を花のにほひにて霞にかをる山桜かな」(『続拾遺集』雑春、如円)など花や雲を送る例は和歌にも多いが、霞を吹き送るとする点が連歌の新しいとらえ方。

5　**春季**　「くれ」に「鐘」と付く。◇鐘　この鐘は入相の鐘。「鐘」は一座四句物。◇冴えぬらん　「冴ゆ」は音が澄んで聞える。寒《さ》えるの意も含んでいて、「春も猶」に応じる。森本は「寒《さえ》ぬらん」と表記。

6　**冬季(霜)**　夜分《やぶん》。降物《ふりもの》。衣裳《いしょう》。恵俊《えしゅん》の『連歌寄合』に「霜夜には一段ひびきあるべし」とあり、「鐘」と「霜」が寄合《よりあい》。「鐘」に「有明」と付く。「有明の月のゆくへをながめてぞ野寺の鐘は聞くべかりける」(『新古今集』雑上、慈円《じえん》)による。◇かたしく袖　ひとり寝の袖。男女が共寝する時は互いに袖を敷き交わして寝る。「袖」は可隔五句物。◇有明　一座四句物(四季各一)。ここは有明の月の出る時分の意。

7　**秋季(うらがれ)**　旅。「袖」と「枕」が寄合。◇うらがれ　底本「上枯れ」。諸本により訂。「うら」は「末」で、晩秋に草木が枝先や葉先から枯れてゆくこと。「末の秋、一、裏枯の野山」(『至宝抄《しほうしょう》』)とある。◇草の枕　「うらがれになりぬる草」と「草の枕して」と草を上下に二重にはたらかせた句法。

8　秋季(松虫)　旅。虫。「草」と「野辺」が寄合。◇聞き　底本「鳴」。「聞」と「鳴」の草書体の類似による誤写と見て、諸本により訂。◇松虫　今の鈴虫のこと。一座一句物。

1　秋季　「松虫」に「秋」と付く。本歌「夏と秋と行きかふ空の通ひ路はかたへすずしき風や吹くらむ」(『古今集』夏、凡河内躬恒《おおしこうちのみつね》)。この歌により、秋の往き来する側は、涼しいとし、一句を知的に作りあげている。

2　雑《ぞう》　山類。◇朝け　朝明け。夜の明けるころ。用例に「うたたねの朝けの袖にかはるなりならす扇の秋の初風」(『新古今集』秋上、式子《しよくし》内親王)など。「朝」の字は一座四句物。◇夕ぐれ　一座一句物。◇空　一座四句物。

3　雑　木。「尾上」と「松」が寄合。◇松　可隔七句物。◇梢　一座二句物。

8　聞きなれにたる野辺《のべ》の松虫　行澄

幾夜もの旅寝を重ねた枕もとに、すっかりなじんだ野辺の松虫の声がしきりに聞えてくる。〔同じく秋の野辺での旅寝のさま〕

(初裏)

1　秋は只《ただ》涼しき方に行きかへり　祐

夏と秋との行きちがう道では、秋はいつも涼しい方へ往き来して。その秋の野辺では松虫が聞きなれるほど鳴いていて。〔一句は本歌による句作りで、秋を擬人化している〕

2　尾上《をのへ》の朝け夕ぐれの空　秀

山の頂《いただき》での夜明け、そして夕暮の空。〔秋の行きつ帰りつするところとしてふさわしいものを並べた〕

3　立ちつづく松の梢《こずゑ》やふかからん　源

立ち並んでいる松の梢はどこまでも続いて、奥深いことであろう。〔「尾上」に「松」を配し、遠く眺めている体《てい》〕

4　雑　水辺。居所。
◇波のまがひ　「まがひ」は入りまじって見わけのつかないこと。用例に「この里に旅寝しぬべし桜花ちりのまがひに家路忘れて」（『古今集』春下、読人しらず）など。「波のまがひ」と続けた例は和歌にあまり見出だせない。「波」は可隔五句物。◇入海　海の陸に入りこんだところ。入江。用例に「松かげの入海かけてしらすげのみなと吹きこす秋の塩風」（『続古今集』雑上、藤原基家《もといえ》）など。

5　雑　水辺。「入海」に「蜑の小舟」と付く。◇蜑の小舟　漁夫の釣する小さな舟。「海人《あま》の小舟《をぶね》は入江漕ぐ」（『万葉集』四〇〇六）と見える歌語。「舟」は可隔七句物。◇跡　舟の通り過ぎたあとに立つ波。「世中を何にたとへむ朝ぼらけ漕ぎゆく舟のあとの白浪」（『拾遺集』哀傷、満誓《まんぜい》）。

6　冬季（千鳥）　水辺。鳥。「跡」と「千鳥」が寄合。
◇友千鳥　群れをなしている千鳥。「ともちどりもろ声になくあかつきはひとりねざめのとこもたのもし」（『源氏物語』須磨）とも見え、中世の和歌に多く詠まれている。

7　雑　「友千鳥啼く」に「嵐の音もしづまりて」と付く。嵐が静まって千鳥が飛び立ってゆくと

4　波のまがひの入海《いりうみ》の里　巴

白く立つ波に入りまじってよく見えない入海のほとりの里。〔松の梢が深く続いていることであろうと想像する。松林を尾上から海浜へ転じ、海上から見た景の句とする〕

5　漕《こ》ぎかへる蜑《あま》の小舟《をぶね》の跡遠み　前

湊《みなと》をめざして漕ぎ帰ってゆく海士《あま》の小舟の立ててゆく白波の跡は、まだ湊から遠く離れているので。〔波のまがいに入海の里はよく見えないだろうと思いやった。手なれた表現による句〕

6　隔《へだ》たりぬるも友千鳥啼《な》く　叱

海士の小舟の漕ぎ帰ろうとしている浜辺から、遠く隔たってはいるが、友千鳥の鳴く声がかすかに聞える。〔視覚から聴覚へ〕

7　しばし只嵐《ただあらし》の音もしづまりて　如

しばらくははげしく吹いていた嵐の音もすっかり静まって、遠く

する。◇嵐　一座一句物。

8　雑　聳物《そびきもの》。◇ただよふ雲　浮んでゆれ動いている雲。「うちしぐれただよふ雲の山めぐりはやくも冬のけしきなるかな」（『玉葉集』冬、西園寺《さいおんじ》実兼《さねかね》）など中世の和歌に多く詠まれる。「雲」は可隔五句物。◇いづち　諸本「いづく」とある。

9　秋季（月）　光物《ひかりもの》。夜分。◇月は秋秋はもなかの　漸層的に畳みかけてゆく句法。「もなか」は最中、「もなかの月」は八月十五夜の月。「水の面にてる月なみを数ふれば今宵ぞ秋のも中なりける」（『拾遺集』秋、源　順《みなもとのしたごう》）と詠まれている。

10　秋季（かり）　鳥。◇それとばかりの　秋を一句で去ることはできないので、「雁」はこの句では季語として必要で「それとばかりの」に「雁」を掛けたと見なければならない。

を行く友千鳥の鳴く音《ね》が聞える。〔前句は人事への気配を見せていたが、また景の句を付けてしまう〕

8　ただよふ雲はいづちなるらん　祐

嵐も静まって、しばし雲がただよっている。この雲はどちらへ動こうとするのだろうか。〔軽く付け流した形〕

9　月は秋秋はもなかの夜《よ》はの月　秀

月の中の月といわれる秋の最中の十五夜の月、その月の照る夜半の空にただよう雲は、どちらへ行こうとするのか。〔句調のよさにも、作者光秀の心境の張りが感じられる〕

10　それとばかりの声ほのかなり　源

それ、北の国へ帰ろうとばかりに鳴く雁《かり》の声がほのかに聞える。〔一句としての意味も、付合《つけあい》も不分明。前句に何か光秀の心境をよみとって、暗に応じたといった裏の意があるか〕

11 たたく戸の答へ程ふる袖の露　巴

誰それと名のって戸をたたいても、内からはすぐに答えが返ってこない。その間に戸口に立ったまま袖は露にぬれてしまった。〔名のりの声がかすかなのでと前句に付く。この付け方はさすがに巧みといえる〕

12 我よりさきにたれちぎるらん　前

私より先に誰か男が訪れたのだろうか。こんなに返事が遅いのは。〔物語のある場面を思いうかばせるような、これも巧みな付け。ようやく恋が出る〕

13 いとけなきけはひならぬは妬《ねた》まれて　叱

相手の女が初々《ういうい》しいそぶりでないのは、すでに誰かと契ったことがあるのかと妬ましく思われて。〔これも少し俗だが巧みである〕

14 といひかくいひそむくくるしさ　如

11 **秋季（露）**　降物。居所。衣裳。「声」に「答へ」と付く。
◇程ふる　時間が経過する。◇袖　可隔五句物。

12 **雑**　恋。人倫《じんりん》。◇我よりさきに　「雪深き道にぞしるき山ざとは我よりさきに人来ざりけり」（『後拾遺集』冬、藤原経衡《つねひら》）など、ごく普通の表現であるが、恋の場面にとりあげたところに新鮮味がある。◇ちぎる　男女の約束に関していう。恋の言葉。

13 **雑**　恋。◇いとけなき　幼い。用例に「いとけなき衣の袖は狭くともごふの石をばなでつくしてむ」（『後拾遺集』賀、藤原公任《きんとう》）など。ここはういういしいぐらいの意。◇けはひ　様子。そぶり。◇妬まれて　『源氏物語』などにはしばしば見えるが、和歌にはあまり用例を見ない。

14 **雑**　恋。◇といひかくいひ　とかく言って。和歌にはあまり見えない表現。

何とかかとか言いまぎらわして相手は背いてしまう、その苦しさはどうしようもない。〔相手の男が恋の手練手管《てれんてくだ》にたけているのが妬ましいと、今度は女の側から見る〕

（二表）

1 度々《たびたび》の化《あだ》の情《なさけ》はなにかせん　祐

度々のこと、その場限りの情けをかけられても何になろう。〔とかく言っては背いてしまうのだからその苦しさはと前句に付く〕

2 たのみがたきは猶《なほ》後《のち》の親　巴

頼みに出来ないのは、やはり後の親だからで。〔前句の意を、恋から後の親の頼みがたいことに変えた。四句続いた恋を去る宗匠《そうしょう》のさばきの見せどころ〕

3 泊《はつ》瀬《せ》路《ぢ》やおもはぬ方にいざなはれ　前

初瀬詣《はつせもうで》の道であろうか。どうも思いがけない遠いところへ連れて行かれたようで。〔後の親に初瀬へと言って、あらぬ所へ誘い出されたとする。何か物語にありそうな風情《ふぜい》〕

1 **雑**　恋。
◇化の情　浮気によるなさけ。その場かぎりのはかない恋情。「女郎花《をみなへし》多かる野辺に宿りせばあやなくあだの名をや立ちなむ」（『古今集』秋上、小野美《よし》材《き》）のように、「あだの名」などとは詠まれるが、「あだのなさけ」と続けるのは和歌にはあまり例を見ない。

2 **雑**　人倫。「化の情」に「たのみがたき」と付く。
◇後の親　実の親の死後、親と頼む人。ままおや。「あはれのことや。この姉君や、まうとののちのおや」（『源氏物語』帚木《ははきぎ》）などと見えるが、和歌にはあまり詠まれない。

3 **雑**　旅。「たのみがたき」に「おもはぬ方にいざなはれ」と付く。
◇泊瀬路　長谷《はせ》観音（奈良県桜井市初瀬《はせ》にある寺）に詣でる道。『源氏物語』玉鬘《たまかずら》の巻に見える玉鬘と右《う》近《こん》との再会など、逢いたい人にめぐりあえるという信仰があり、多くの物語に初瀬詣が描かれた。「泊瀬」は名所。

4 深く尋ぬる山ほととぎす　秀

時鳥《ほととぎす》の鳴く声を求めて、山深くまで尋ね入って。〔初瀬路や思いもしないところに誘われてゆくのは山時鳥を求めてだとする〕

5 谷の戸に草の庵《いほり》をしめ置きて　源

谷の入口にわが居所《いどころ》としてまずは草葺《ぶ》きの粗末な庵を結んで。〔そこを根拠に奥深く山時鳥を訪ねる風流隠士のこととする〕

6 薪《たきぎ》も水も絶えやらぬ陰《かげ》　叱

拾う薪も、汲《く》む水も尽きない山陰を特に選んで。〔草庵のあり場所の条件を示す〕

7 松が枝《え》の朽ちそひにたる岩伝ひ　如

朽ちた松の枝が落ちている岩を伝ってゆく、そこは薪も水も絶えることのない山陰で。〔人里遠く離れた山住みの体《てい》であるが、少し展開にとぼしい〕

4 **夏季**（ほととぎす）　鳥。「泊瀬《はつせ》」に「山」と付く。◇山ほととぎす　山の中にすむほととぎす。「あしひきの山霍公《やまほととぎす》」（『万葉集』一九四〇）などと見える歌語。「たづぬる山」に「山ほととぎす」と言いかける。「ほととぎす」は一座一句物。

5 **雑**　山類。居所。「山」と「谷」が寄合。◇谷の戸　谷の入口。用例に「谷の戸をとぢや果てつる鶯の待つに音せで春も過ぎぬる」（『拾遺集』雑春《ぞうのはる》、藤原道長）など。「戸」は一座四句物。枢《とぼそ》・関《せき》戸《のと》・谷戸《たにのと》など折《おり》を替えて用いる。◇草の庵　草庵《そうあん》。「庵」は一座二句物。◇しめ置きて　自分の居所と定めて。「しめ」は「占め」で、占有するの意。

6 **雑**　水辺。◇薪も水も　「薪水《しんすい》」を分けて対句《ついく》にした表現。薪水は生活にもっとも必要なもの。

7 **雑**　山類。木。◇松が枝　松の枝。「松之《まつが》枝《え》を結ぶ心は」（『万葉集』一〇四三）以来の歌語。「松」は可隔七句物。◇岩伝ひ　岩から岩へつたってゆくこと。和歌にはあまり見られない語。

8 **雑** 釈教《しやつきよう》。◇奥 平松本・森本等「垣」とある。垣ならば居所で、〈二表5〉の「戸」から二句しか隔たらないから、居所は可隔五句物とする式目《しきもく》に触れる。

9 **雑** ◇春日野や 「春日野」は奈良春日山《かすがやま》の西麓の野で名所。名所は可隔三句物、〈二表3〉の「泊瀬《はつせ》」から五句隔たる。「や」は固有名詞を受けて「の」の意で下に続く。「あふさかや梢《こずゑ》の花を吹くからに嵐ぞ霞む関の杉むら」(『新古今集』春下、宮内卿《くないきよう》)など『新古今集』に多く見られる句法。◇道 可隔五句物、これも〈二表3〉の「泊瀬路」から五句隔たる。

10 **秋季(月)** 光物。夜分。衣裳。本歌「わがせこが衣のすそを吹き返しうらめづらしき秋のはつ風」(『古今集』秋上、読人しらず)。◇うらめづらしき 何となくよいと感ずる。「うら」(裏)と「衣」が縁語。◇衣手の月 「衣手」は袖。「の」は「うらめづらしき衣手」と「月」の間に「にかかる」などの語を省いてつないだ連歌的表現。

11 **秋季(露)** 降物。草。「うら」に「葛のは」、「衣手」に「露」と付く。◇葛のは 風にひるがえりやすく裏が白くて印象的で、「秋風の吹きうらがへす葛の葉のうらみてもなほうらめしきかな」(『古今集』恋五、平貞文《たいらのさだふん》)などと詠まれる。◇玉ならん 「玉」は一座四句物。平松本・森本等は「玉かづら」とある。

8

あらたむかこふ奥の古寺　前

岩づたいに訪ねてゆくと、山奥深く、あらためて垣で囲いをした由緒ありげな古寺があって。〔古い由緒ある山寺を点出《てんしゆつ》する〕

9

春日野《かすがの》やあたりも広き道にして　巴

所は春日野。辺《あた》りも広く開けた道に面して新しく垣を囲った古寺がある。〔前句は打越《うちこし》との間では山寺であったのを、古都奈良の寺とする。紹巴は奈良で生れていることも連想の軸にあったか〕

10

うらめづらしき衣手《ころもで》の月　祐

何となくさわやかに感じられる袖。空には秋の月がさえて。〔古都春日野の月夜の風情《ふぜい》。一句は本歌をふまえて秋風をしのばせる〕

11

葛《くず》のはのみだるる露や玉ならん　秀

葛の葉がうらがえり、乱れ落ちる露は玉なのであろうか。〔「うら」に「葛の葉」、「衣手」に「露」と、四手《よつで》にびっしり付いている〕

12 たわわになびくいと萩《はぎ》の色　巴

葛の葉が乱れ、糸萩がたわむばかりになびいている。その糸萩の色も美しい。〔秋の草花の景を続けた〕

13 秋風もしらぬ夕《ゆふべ》やぬる胡《こ》蝶《てふ》　叱

秋風が吹くのも知らないで、胡蝶《こちよう》はただ深い眠りについたまま。萩がなびくこの夕べに。〔荘子《そうじ》の胡蝶の夢をふまえて、春への転換をはかる。〕

14 みぎりも深く霧をこめたる　如

庭のあたりにも深く霧がたちこめている。〔胡蝶で季の転換を用意したのを生かせず、結局秋を五句まで付けてしまう〕

（二裏）

1 呉《くれ》竹《たけ》の泡《あわ》雪《ゆき》ながら片よりて　巴

庭の片隅の呉竹は、あわ雪ではあるがその重さに撓《しな》い、一方に片寄って。〔初冬の竹に積る雪の景にして秋を去る〕

12　秋季（いと萩）　草。「みだるる」に「いと」と付く。◇いと萩　枝細く糸のような萩。用例に「いとはぎの葉《は》分《わけ》の露の数々によるとも見えずてらす月影」（『永久《えいきゆう》百首』大進《だいじん》）など。

13　秋季（秋風）　虫。「萩」に「秋風」と付く。◇秋風　一座二句物。◇ぬる胡蝶　寝る胡蝶。「胡蝶の夢」（二〇七頁参照）をふまえるか。胡蝶といえば春のものであるから、秋は眠ったままとしたか。

14　秋季（霧）　聳物《そびきもの》。◇みぎり　砌《みぎり》。庭や殿舎《でんしや》の境界。庭のあたり。一座一句物で、居所とはしない。用例に「百敷《ももしき》やみぎりの竹の臥《ふ》して思ひ起きて祈るも我が君の為」（『風雅集』雑下、尊円《そんえん》）など。

1　冬季（泡雪）　降物。草。降物は可隔三句物、〈二表11〉の露より三句隔たる。「みぎり」に「呉竹」と付く。◇呉竹　竹の一種。『匠材集《しようざいしゆう》』に「呉国《くれのくに》より来る竹なる故に呉竹と云ふ也」とし、『産衣《うぶぎぬ》』に「禁中の御庭に植られし台《うてな》也」とする。「竹」は草の部に入る。可隔七句物。平松本・森本等は「村竹」とある。◇泡雪　とけやすい雪。「十二月《しはす》には泡雪《あわゆき》降ると」（一六四八）など『万葉集』以下に見える。「雪」は一座四句物。

2　冬季（薄氷）　水辺。
◇薄氷　うすくはった氷。「佐保川に凍り渡れる宇須良婢《うすらひ》の」（『万葉集』四七八）などと見える歌語。「氷」は一座四句物。

3　冬季（鴛・鴨）　水辺。鳥。
◇下りゐて　下りてじっとしている。用例に「蘆鴨のおりゐる池の水波の立つことやすき我が名なりけり」（『新拾遺集』恋一、藤原実雄《さねお》）。

4　夏季（菖蒲）　水辺。草。
◇菅原　「すげ」の生えている原。「真珠《またま》つく越《こし》の菅原《すがはら》われ刈らで人の刈らまく惜しき菅原」（『万葉集』一三四一）と見えるが、勅撰集では、地名以外にはあまり用いられていない。

5　雑　「みだれふす」に「山風」と付く。
◇山風　山から吹く風。また、山中で吹く風。「山風に桜吹きまき乱れなむ花のまぎれに君とまるべく」（『古今集』離別、遍昭《へんじよう》）など、和歌に詠まれることが多い。「風」は可隔五句物、〈二表13〉の「秋風」から五句隔たる。

2　岩ねをひたす波の薄氷《うすらひ》　叱

水際の岩をぬらす波にうっすらと氷が張っている。岩のほとりの呉竹にはあわ雪が積っていて。〔初冬の景を重ねたが、前句を水辺の景とする〕

3　鴛《をし》鴨《かも》や下りゐて羽《はね》をかはすらん　前

寒いので、池に下りている鴛鴦《おしどり》や鴨は、互いに羽をかわしあっていることであろう。〔今度は水辺に水鳥を配した。冬の三句目〕

4　みだれふしたる菖蒲《あやめ》菅原《すがはら》　秀

水鳥のすむ池の近くに菖蒲や菅《すげ》の乱れ靡《なび》いている原がある。〔季移りをはたしているが、変化にとぼしく打越《うちこし》との離れも不十分〕

5　山風の吹きそふ音はたえやらで　巴

山風の吹きまさる音は絶えることもなく、菖蒲も菅も乱れふしている。〔前句を山辺の原とし、人事の句への誘いをかける〕

6 とぢはてにたる住《すま》ゐ寂しも　源

山風が吹き荒れ、戸なども閉じてしまっている住居のさまがさびしい。〔住居を点出し、そこに住む人を暗示する〕

7 とふ人もくれぬるままに立ちかへり　如

珍しく訪ねて来た人も、夕暮となって帰ってゆき。〔あとはまた戸を閉じたままのさびしい生活。人事の句となる〕

8 心のうちに合ふやうらなひ　巴

心のうちに思っていたことと、占いの結果が合ったのだろうか。街角で道行く人々に言葉をかけて占いをしていた人も日暮とともに姿が見えなくなって。〔前句を夕占と見て、恋への誘いとする〕

9 はかなきも頼みかけたる夢語り　叱

所詮《しょせん》はかないこととはわかっていても、頼りにしたい夢語りであって。〔前句を夢占《ゆめうら》とし、思っていたことと合ったからだろうか

6　雑　「山風の吹きそふ」に「とぢはてにたる住ゐ」と付く。◇住ゐ　住んでいるところ。用例に「雲井とぶ雁《かり》のねちかき住居《すまゐ》にも猶《なほ》玉づさはかけずやありけむ」(『新古今集』雑下、徽子《きし》女王)。「住居」は居所とはしないが、居所と打越《うちこし》を嫌《きら》う。◇寂しも　「も」は感嘆の意をこめる助詞。

7　雑　人倫。「住ゐ」に「とふ」と付く。

8　雑　「とふ」を「問ふ」の意にとりなした。「とふ」と「うらなひ」が寄合。◇合ふや　「や」は疑問の助詞。◇うらなひ　物の象《かたち》により吉凶を考えること。歌語としては「うら」が普通。『産衣』に「神祇《じんぎ》に非ず。大方恋に用ふる詞也。但し句体に依るべし」とある。ここは夕占で、夕方、街の辻に立って、通る人の話を聞き、それによって吉凶・禍福を占ったこと。

9　雑　恋。「うらなひ」に「夢」と付く。◇夢語り　未来を暗示するものとして、自分が見た夢について、人に語ってきかせること。『伊勢物語』や『源氏物語』などに見える語。『源氏物語』手《て》習《ならい》の「ゆめがたりもし出でて」とあるのは、横川《よかわ》の僧都の妹尼が初瀬の寺で見た夢を浮舟に語るところである。ここは夢の占い。「夢」は可隔七句物。

10　秋季（永き夜）　恋。夜分。水辺。『源氏物語』明石の巻に見える、故桐壺《きりつぼ》帝の告《つげ》によって光源氏が須磨から明石におもむいたことにより、「夢語り」に「明石がた」と付く。◇明石がた　明石潟。兵庫県明石市の海岸。水辺の名所。「夜を明かしがたし」と「明石潟」を掛ける。

11　秋季（月）　光物。夜分。水辺。「明石がた」に「舟」「波」が付く。
◇舟　可隔七句物。◇月にぞ浮かぶ　月の光の明るい波の上に舟が浮んでいるさま。思いきった比喩《ひゆ》的表現。連歌的表現の新しさと言える。◇波　可隔五句物。

12　秋季（ちる柳）　木。
◇ちる柳陰　『無言抄』に「柳ちる　初秋也。先づ柳・桐などより散りはじむるものなり」とある。秋風が吹き始めると、柳は他の木にさきがけて散ってゆく。「柳陰」は柳の木陰。用例に「道のべに清水《しみづ》流るる柳かげしばしとてこそ立ちどまりつれ」（『新古今集』夏、西行）など。「柳」は一座三句物（ただ一、青柳一、秋・冬の間に一）。ここは秋の柳。

とする〕

10
おもひに永き夜は明石《あかし》がた　秀

恋の思いに秋の夜長も明かしがたい。ここ明石潟での一夜は。〔句としては恋の思い、しかも源氏物語を寄合《よりあい》に用いているが、光秀の胸中永く秘めた思いをいよいよ決行に移そうという気分がうかがわれる〕

11
舟は只《ただ》月にぞ浮かぶ波の上　源

舟はまるで月に浮んでいるようだ。ここ明石潟の波の上は明るい月に照らされて。〔光秀の心中を知ってか知らずしてか、さらりと月明の明石潟の光景で付け流している〕

12
所々にちる柳陰《やなぎかげ》　前

川岸に沿ってところどころ生えている柳の葉が風に散っている。その木陰を見え隠れに舟が漕《こ》いでゆく。〔前句を川を漕ぎゆく舟とする。軽く付けているが印象鮮明な句〕

13 秋の色を花の春迄《まで》移しきて　秀

秋の風情《ふぜい》をそのまま桜咲く春まで移してきて、青々とした春の柳にまじって、ところどころ葉の落ちた枯れ柳が残っている。〔「所所」に重点をおいた秋から春への大胆な季移り〕

14 山は水無瀬《みなせ》の霞たつくれ　叱

水無瀬の山には夕霞が立ちこめている春の暮。〔秋と春を一句の中に詠みこんだ前句を、春秋優劣を詠んだ後鳥羽《ごとば》院の歌を本歌として巧みに受けなしている〕

(三表)

1 下解《したと》くる雪の雫《しづく》の音《おと》すなり　前

春になって下の方から解けてくる雪、その雪どけの水の音がするようだ。山には霞の立つ夕暮に。〔遠景から近景、視覚から聴覚へ〕

2 猶《なほ》も折りたく柴《しば》の屋《や》の内　如

13　**春季**(花の春)　木。◇秋の色　「消えわびぬうつろふ人の秋の色に身をこがらしのもりの下露」(『新古今集』恋四、藤原定家)など、『新古今集』以後の和歌に多い表現。◇花の春　花の咲く春。「いさやまた月日のゆくもしらぬ身は花の春ともけふこそはみれ」(『新古今集』雑上、源師光《もろみつ》)などと見える。「花」は一座四句物。

14　**春季**(霞)　聳物《そびきもの》。山類。本歌「見渡せば山もと霞むみなせ川夕べは秋と何思ひけむ」(『新古今集』春上、後鳥羽院)。◇水無瀬　大阪府三島郡島本町。後鳥羽院の離宮のあった所で名所。名所は可隔三句物、〈二裏10〉の「明石潟」から三句隔たる。

1　**春季**(解くる雪)　降物。「水無瀬」から「下」と付く。「事にいでていはぬばかりぞみなせ川したにかよひて恋しき物を」(『古今集』恋二、紀友則《きのとものり》)による。◇下解くる　下から解けてゆく。「あだなりな鳥の氷におりゐるは下よりとくる事はしらぬか」(『拾遺集』物名《もののな》、源重之《しげゆき》)などと詠まれているように雪や氷は表面よりはかえって下から解けてゆくと考えられていた。「雪の下水」という語もある。◇雪の雫　雪どけの水の滴《したた》り。和歌にはあまり見られない語。「雪」は一座四句物。

雪どけの春が近いとはいえ、なお寒く柴を焚《た》いているこの粗末な家の中で。〔静かに雪どけの雫の音を聞いている閑居の体《てい》〕

3　しほれしを重ね侘《わ》びたる小夜衣《さよごろも》　巴

折りたく柴の屋の中で、恋人の訪れもなくひとり涙にしおれた夜着を重ねわびている。〔本歌をふまえての付合《つけあい》で、しかも、本歌の冬を恋としての付け〕

4　おもひなれたる妻もへだつる　秀

なれ親しんできた妻とも隔たって夜を明かし、涙にしおれた夜着を重ねることができないで。〔前句を旅宿で妻を思う男にとっての展開をはかる。付合は本歌の詞《ことば》による〕

5　浅からぬ文《ふみ》の数々よみぬらし　祐

妻から送られて来た恋慕の情あふれる数々の手紙を、何度もひろげては読みかえしていることであろう。〔相愛の妻と隔たって住んでいる人の心を思いやっての付け〕

2　**雑**　居所。◇折りたく柴　折りとって焚く雑木。用例に「思ひ出づるをりたく柴の夕煙《ゆふけぶり》むせぶもうれし忘れがたみに」（『新古今集』哀傷、後鳥羽院）。◇柴の屋　柴ぶきの粗末な家。「折りたく柴」と「柴の屋」を言いかける。和歌に柴屋は見えるが、柴の屋はあまり見られない。

3　**雑**　恋。衣裳。「柴の屋」に「小夜衣」と付く。本歌「まばらなる柴の庵に旅ねして時雨《しぐれ》にぬるるさ夜衣かな」（『新古今集』冬、後白河院）。◇しほれし　諸本「しほれし」と表記（二三五頁参照）。『産衣』に「しほるゝ　一也。塩にも潮にも五句也」とあり、塩との連想が持たれていた。本来は植物が雪や風におされてぐったりとする意。ここは涙でぬれしおれた衣。◇小夜衣　夜着。

4　**雑**　恋。人倫。「さらぬだにおもきがうへのさよ衣わがつまならぬつまなかさねそ」（『新古今集』釈教、寂然《じゃくぜん》）により「小夜衣」に「妻」と付く。◇おもひなれたる……　平松本・森本等「おもひなれぬるつまぞへだたる」。意は同じ。

5　**雑**　恋。◇文　一座三句物。◇よみぬらし　森本「よみぬらん」、平松本「つもるらん」。

6
とける も 法《のり》は 聞きうるにこそ　　叱

深奥な仏書の数々を読んだらしい。仏法は説経を聞くということもできるのだが。〔前句の「浅からぬ文」を仏法を説いた文ととり、三句続いた恋を去って、釈教《しやつきよう》へ展開〕

7
賢《かしこ》きは時を待ちつつ出づる世に　　如

賢人は時節の到来を待って世にあらわれるものであるのに。〔前句をいくら法を説いても、聞き入れられるべき時が至らなければ駄目だの意に解しての付け〕

8
心ありけり釣《つり》のいとなみ　　秀

いかにも意味ありげな釣のいとなみであったことだ。〔前句の「賢き」を太公望《たいこうぼう》ととり、史記による本説《ほんぜつ》をふまえての付け〕

9
行く行くも浜辺《はまべ》づたひの霧晴れて　　源

浜辺づたいの道をずっとたどって行くうちに、次第に霧も晴れて

6　**雑**　釈教。「文」を経文にとって「法」と付く。◇法　仏法。一座二句物（仏法一、法令一）。ここは仏法。「法を聞く」というのは、説経師が人々に対して経文の意義などを説き聞かせるのを、その場におもむいて聴聞すること。

7　**雑**　人倫。◇賢き　賢き人。賢人。聖人に次いで徳のある人をいう。「彼の潁川《えいせん》の水に耳を洗ひ、首陽山《しゆやうざん》に蕨《わらび》を折っし賢人」（『平家物語』二、教訓状）に見られるように、許由《きよゆう》や伯夷《はくい》・叔斉《しゆくせい》といった中国の賢人が先ず思い出される。◇世　一座五句物。

8　**雑**　◇釣のいとなみ　太公望が渭水《いすい》のほとりで釣をしていたのを周の文王に見出だされ重用された故事（『史記《しき》』斉太公世家《せいたいこうせいか》）。

9　**秋季**（霧）　聳物《そびきもの》。水辺。「釣」に「浜辺」と付く。◇行く行くも　行きながら。和歌には「君が住む宿の梢のゆくゆくと隠るるまでに帰りみしはや」（『拾遺

釣人の姿も見える。〔重い人事の句が続いたのを、秋の浜辺の景に展開〕

10　一筋白し月の川《かは》水《みづ》　巴

浜辺づたいに歩いて行くと霧が晴れて、一筋白く川の水が月に照らされて見える。〔印象鮮明な句で、月を出す〕

11　紅葉《もみぢ》ばを分くる龍《たつ》田《た》の峰颪《おろし》　叱

龍田山の峰から吹きおろしてくる風に、折しも紅葉が舞い散り、その紅葉ばがかき分けられ白い川水が流れてゆくのが見える。〔前句の月光に白く光る川を龍田川とする〕

12　夕《ゆふべ》さびしき小《さ》雄《を》鹿《じか》の声　前

妻を求めて鳴く雄鹿のものがなしい声が聞えてくる、さびしい晩秋の夕暮。〔本歌をふまえて「紅葉ばを分くる」を鹿がふみ分けるととりなした。ありきたりの光景であるが、しらべがよい。このあたり、一つの山場〕

集』別、菅原道真《みちざね》など「ゆくゆくと」と詠まれることが多い。◇浜辺づたひ　和歌にはあまり用例を見ない表現。

10　秋季（月）　光物。夜分。水辺。◇川水　底本「川上」。平松本・森本等により訂。「川上」をとれば、川のほとりの意であろうが、「月の川上」という表現は少し無理か。

11　秋季（紅葉）　木。「川」に「龍田」と付く。◇龍田　紅葉の名所。奈良県生《い》駒《こま》郡。「立田山。川、里。奈良より西なり。立田《たつた》越《ごえ》と申すは河内《かはち》へ行く山道也」（『名所方角抄』）。◇峰颪　峰から吹きおろしてくる風。「山颪」は和歌に多く詠まれているが、峰颪はあまり例を見ない。

12　秋季（小雄鹿）　獣。「紅葉ばを分くる」に「鹿の声」と付く。本歌「奥山に紅葉ふみわけ鳴く鹿のこゑきく時ぞ秋はかなしき」（『古今集』秋上、読人しらず）。◇夕　一座二句物。◇小雄鹿　「小」は接頭語。雄鹿。「さ牡《を》鹿《じか》の来立ち鳴く野の」（『万葉集』一五八〇）以来の歌語。「鹿」は一座三句物。

13　雑　居所。「小雄鹿」に「里遠き庵」と付く。◇里遠き庵　人里遠く離れたところにある庵。「庵」は一座二句物（「いほ」「いほり」として各一）。〈二表5〉に「いほり」とあった。

14　雑　述懐《しゅっかい》。人倫。「哀」に「ほだし」と付く。「あはれてふことこそうたて世の中を思ひはなれぬほだしなりけれ」（『古今集』雑下、小野小町《おののこまち》）による。◇ほだし　自由を束縛するもの。係累。妻子などをいう。西行が妻子を捨てて出家の道に入ったことは、『西行物語絵巻』などを通して中世ひろく信じられていた。平松本・森本等は「たのみ」。

1　雑　述懐。人倫。「ほだし」に「みどり子の生ひ立つ末」と付く。◇みどり子　嬰児《みどりご》。『産衣』に「七歳迄を云ふ。緑《みどり》に非《あら》ず」とある。『万葉集』に「みどり児の乳《ち》乞ふがごとく」（四二三）と見える。

2　雑　述懐。◇猶永かれの命　「猶永かれ」の文を助詞「の」で受けて「命」に続ける連歌的表現。「命」は一座二句物。◇や　詠嘆の助詞。

13　里遠き庵《いほ》も哀《あはれ》に住み馴《な》れて　巴

鹿の声が聞えるさびしい夕べには、人里遠く離れたこの庵によくも住み馴れたことだと思われて。〔庵住みの隠者の感懐〕

14　捨てしうき身もほだしこそあれ　祐

世を捨てた憂き身にとっても、捨てきれない思いの係累があるのだが。〔今はそれをも捨てて庵住みにも馴れたとする。西行などのおもかげ〕

（三　裏）

1　みどり子の生ひ立つ末を思ひやり　前

気がかりなまだ幼い児の将来をあれこれ思いやって。〔今はそれが世を捨て出家した憂き身にとってのほだしだと具体的にいう。現実感をもった句〕

2　猶《なほ》永《なが》かれの命ならずや　叱

やはり永くあってほしいと願わずにはおれないわが命というべき

3　**雑**
◇契り　恋の「ちぎり」にいうことが多いが、ここは長寿の約束。◇只　いちずに。ひたすら。

4　**雑**　山類。
◇わかれてこそはあふ　「あふは別れのはじめ」という諺《ことわざ》もあり、ここはその逆からいったもの。「あふ」を「あふ坂」に掛ける。◇あふ坂の関　山城《やましろ》と近江《おうみ》との境にあった関。京都から東海・東山・北陸等の諸国への往還の通路として重要視され、「是やこの行くもかへるもわかれつつ知るも知らぬもあふ坂の関」(『後撰集』雑一、蟬丸《せみまる》)などと詠まれて著名な名所。「関」は一座四句物。名所は可隔三句物。

5　**雑**　旅。神祇《じんぎ》。「あふ坂の関」に「旅」と付く。◇旅　旅の字は一座二句物。◇けふ　一座二句物。「今日は明日は」と重ね、「あすはの神」に言いかける。◇あすはの神　『古事記』にも見える神名。『万葉集』四三五〇の防人歌《さきもりのうた》に「庭中《にはなか》の足羽《あすは》の神に小柴《こしば》さし吾《あれ》はいははむ帰り来《く》までに」とあり、旅の道中を守る神として詠まれている。「神」は一座三句物(ただ一、神代一、名所の神一)。ここは名所の神。

だなあ。〔病気にでもかかっているのであろう、みどり児の行く末が気にかかって死ぬに死ねない境地〕

3　契り只《ただ》かけつつ酌《く》める盃《さかづき》に　源

お互いになおいつまでも元気でいようと、くみかわしている盃に誓いを立てて。〔長寿を祈りあって盃事《さかずきごと》をしている老人の体《てい》。三句続いた述懐をかろうじて去ったというところ〕

4　わかれてこそはあふ坂の関　巴

別れがあってこそ逢《あ》うということもあるのだ。「逢ふ」という名の「逢坂《あふさか》」の関のように。〔再会を約して逢坂の関で別れの盃をくみかわしている情景とする〕

5　旅なるをけふはあすはの神もしれ　秀

旅のこととて今日明日のこともおぼつかないわが身。どうか「あすはの神」よ、御照覧下さい。〔表面は遠い旅立ちの別れに際しての思いであるが、これも光秀の心境が窺《うかが》われる句〕

6 ひとりながむる浅茅生《あさぢふ》の月　　如

浅茅が原に照る月をひとりながめては思いにふけっている。心もとない旅路にあって。〔旅の寂寥感《せきりようかん》。月を配して秋とする〕

7 爰《ここ》かしこ流るる水の冷《ひや》やかに　　祐

月に照らされて、あちらこちらに流れる水がいかにも冷たそうに感じられる。〔閑居の初秋の光景〕

8 秋の螢《ほたる》やくれいそぐらん　　前

流れる水も冷やかに感じられる頃となった、この夕暮の川辺を、秋の螢は何を急いで飛んでいるのであろうか。〔秋の螢にひとときわ哀れをそそられる季節感〕

9 急雨《むらさめ》の跡よりも猶《なほ》霧降《ふ》りて　　巴

村雨が降りやんだと思ったらそのすぐあとに、なおも霧が一面に立ちこめて来て。〔秋の夕暮の景。もっぱら本歌による句作り〕

6　**秋季**(月)　光物。夜分。
◇浅茅生　ちがやがまばらに生えているところ。「あさぢふの小野の篠原《しのはら》忍ぶれどあまりてなどか人の恋しき」(『後撰集』恋一、源等《ひとし》)など和歌に多くの用例が見られる歌語。

7　**秋季**(冷やか)　水辺。
◇冷やか　『至宝抄』は初秋の項に掲出。

8　**秋季**(秋の螢)　虫。「流るる水」に「螢」と付く。
◇秋の螢　秋まで生き残っている螢。用例に「おく霜に朽ち行く野辺の草の葉や秋の螢となりわたるらむ」(『是貞《これさだ》親王家歌合』壬生忠岑《みぶのただみね》)。「螢」は一座一句物。

9　**秋季**(霧)　降物。聳物《そびきもの》。「くれ」に「急雨《むらさめ》」と付く。本歌「村雨の露もまだひぬまきの葉に霧立ちのぼる秋の夕暮」(『新古今集』秋下、寂蓮《じやくれん》)。
◇急雨　にわかに激しく降ってくる雨。一座一句物。
◇霧降りて　「霧」は立つと詠まれることが多いが、「急雨」の縁で「降る」とした。

10 露はらひつつ人のかへるさ　　源

折からの村雨にぬれた袖の露を払いながら、人が帰ってゆく。〔村雨に降られて帰る人を点出したのみの軽い句〕

11 宿とする木《こ》陰《かげ》も花の散り尽くし　　叱

やどりを求めた木陰も花はすっかり散ってしまっていて、人は袖の露を払いながら帰ってゆく。〔花による秋から春への季移り。平忠度《たいらのただのり》のおもかげ〕

12 山より山にうつる鶯《うぐひす》　　巴

宿とした桜も散りはてて、鶯は山から山へとまだ散らぬ花を求めて移ってゆく。〔晩春の花を惜しんで鳴く老鶯《ろうおう》〕

13 朝霞薄きがうへに重なりて　　秀

朝霞がうすくかかっている山が立ち重なっている。その山から山へ鶯が鳴きわたってゆく。〔時刻を朝のこととする〕

10　**秋季**（露）　降物。人倫。「急雨」と「露」が寄合。

◇露はらひつつ　袖の露をはらい落しながら。「露はらふねざめは秋の昔にて見はてぬ夢に残る面影」（『新古今集』恋四、俊成女）など、涙を意味することが多いが、ここは叙景のみ。◇かへるさ　帰りがけ。帰り道。

11　**春季**（花）　木。

◇宿とする……　本歌とはできないが、忠度が摂津《せっつ》一の谷で戦死の折、箙《えびら》につけていた、「旅宿花《りょしゅくのはな》」という題の「行きくれて木の下かげをやどとせば花やこよひのあるじならまし」（『平家物語』巻九、忠度《ただのり》最期《さいご》）が、作者の意識にあったかと思われる。この歌は謡曲「箙」にもとられて著名。「宿」は一座二句物。

◇花　一座四句物。

12　**春季**（鶯）　山類。鳥。「花の散り尽くし」から「山より山にうつる」と付く。「鶯のなく野べごとに来て見ればうつろふ花に風ぞ吹きける」（『古今集』春下、読人しらず）など、鶯は花の散るのを惜しんで鳴くとされた。

◇鶯　一座一句物。

13　**春季**（霞）　聳物。聳物は可隔三句物、〈三裏9〉の「霧」から三句隔たる。

◇朝霞　朝立つ霞。「朝」の字は一座四句物。

14 引きすてられし横雲の空　前

霞がさっとかかってそのまま置きざりにされたように、横雲がたなびいている空。〔本歌をふまえ、霞のたなびく春の空を付ける。「引きすてられし」に新味がある〕

（名残表）

1 出でぬれど波風かはるとまり船　如

出帆《しゅっぱん》はしたものの、穏やかだった海には忽《たちま》ち波風が立ち、船はまた港に戻って停泊している。〔前句を空には横雲が風に引きちぎられて動いているとしての付け。変化もあり、印象も鮮明な佳句〕

2 めぐる時雨《しぐれ》の遠き浦々　叱

遠い浦々への船路の旅、時雨もめぐりめぐって、跡を追うように降って来る。〔季を冬とし、波風が立ったのは時雨の前兆とする〕

3 むら蘆《あし》の葉隠れ寒き入日《いりひ》影《かげ》　前

遠くの浦々では時雨が降っているようだが、この浦辺では群蘆の

14 **雑**　聳物《そびきもの》。「霞」に「引く」と付く。また本歌「霞立つ末の松山ほのぼのと浪《なみ》にはなるる横雲の空」（『新古今集』春上、藤原家隆）により「横雲の空」とも付く。◇引きすてられし　平松本・森本等に「引きすてけらし」とある。◇横雲の空　横に長く雲がたなびいている空。「雲」は可隔五句物。「空」は一座四句物。

1 **雑**　旅。水辺。◇波風かはる　おだやかな海が一転して風が強くなり、波が高く立つ。動的な表現。「波」「風」ともに可隔五句物。◇とまり船　停泊している船。用例に「尋ねみむおなじうきねの泊舟《とまりぶね》わが思ふ方に便りありやと」（『玉葉集』旅、藤原為家）。「船」は可隔七句物。

2 **冬季**（時雨）　旅。降物。水辺。「とまり船」に「浦々」と付く。◇時雨　一座二句物（秋・冬各一）。◇浦　可隔五句物。

3 **冬季**（寒き）　光物。水辺。草。「浦」に「むら蘆」と付く。◇むら蘆　群がって生《は》えている蘆。◇葉隠れ　葉のかげに隠れているところ。用例に「はがくれにちり

とどまれる花のみぞ忍びし人にあふ心ちする」(『山家集』)。◇入日影　入日の影。夕陽の光。連歌的表現。

4　秋季(鴫)　鳥。「蘆」に「鴫」と付く。◇鴫の羽がき　鴫が羽虫《はむし》をとるためにくちばしで羽をしごく動作。あるいは鴫が羽ばたくこととも。数の多いことのたとえにいうが、ここは原義。「暁のしぎのはねがきももはがき君が来ぬ夜は我ぞ数かく」(『古今集』恋五、読人しらず)の歌にもとづく歌語。

5　秋季　人倫。「鴫」に「田」と付く。◇行く人　底本「交加」。平松本・森本等により訂。◇田の面　田のおもて。「阿倍《あべ》の田面《たのも》に居《ゐ》る鶴《たづ》の」(三五二三)など『万葉集』以来の歌語。「田」は可隔七句物。

6　秋季(露)　降物。「田」に「笘」と付く。本歌「秋の田のかりほのいほのとまを荒みわが衣手は露にぬれつつ」(『後撰集』秋中、天智《てんじ》天皇)。◇笘茨　「笘」はもともと字を書くための竹札をいうが、「苫」に通用して用いられることが多い。苫で屋根を葺《ふ》くこと。ここは、田の番をするために作った仮小屋の屋根。「あまを舟とま吹きかへす浦風にひとりあかしの月をこそみれ」(『新古今集』雑中、源俊頼《としより》)など、「とま吹(葺)く」の形は和歌にも見える。

葉隠れの何となく寒く感じられるあたりに、夕陽の淡い光がさしている。〔初冬の水辺の景。連歌表現の限界の中での新鮮な叙景句〕

4　たちさわぎては鴫《しぎ》の羽《はね》がき　　秀

沢辺の群蘆のもとで、がさがさと音を立てて、鴫が羽がきをしている。〔鴫を出して、秋のこととする〕

5　行く人もあらぬ田の面《も》の秋過ぎて　　巴

晩秋の、とり入れも終って行く人とてもないひっそりとした田の面に、ただ鴫の立ちさわぐ音だけがする。〔鴫の羽がきの音によってかえって晩秋のさびしさが印象深く感じられる山田の景〕

6　かたぶくままの笘《とま》茨《ぶき》の露　　源

とり入れが終って人もいない秋の田の仮小屋は、荒れるにまかせた苫葺《とまぶ》きで、露がしとどに降りているばかり。〔本歌をさりげなく使って叙景句に仕立てている〕

7 秋季(月) 光物。夜分。衣裳。光物は可隔三句物、〈名表3〉の「入日影」から三句隔たる。「かたぶく」と「月」が寄合。◇うちもやあかす 「うち」は接頭語。「も」「や」はいずれも係助詞。感動をこめた表現。◇麻衣 麻で作った粗末な衣。「麻衣《あさころも》着ればなつかし」(二九五)など『万葉集』に見える歌語。

8 **雑** 恋。夜分。衣裳。「月」に「よはの休らひ」と付く。「いりやらでよを惜しむ月のやすらひにほのぼの明くる山のはぞうき」(『新古今集』雑上、藤原保季《やすすえ》)による。◇袖 可隔五句物。◇よはの休らひ 「よは」は夜半。「休らひ」は、ためらっているさま。

9 **雑** 恋。夜分。「よは」に「更けて」と付く。◇しづまらば 寝静まったならば。用例に「夏の夜は静まる宿の稀《まれ》にしてささぬ戸口に月ぞくまなき」(『玉葉集』夏、源親子《ちかこ》)。

10 **雑** 恋。居所。◇あまたの門 多くの家々の門。「すずみつる数多《あまた》の宿も静まりて夜更けて白き道のべの月」(『風雅集』夏、伏見《ふしみ》院)など「あまたの宿」と詠んだ歌もある。ここは通ってゆく女たちの家々。◇中の通ひ路 二人の間の通い路。男が女のもとへ通ってくる道。用例に「忘草生ふと聞くより住吉の岸はよそなる中の通ひ路」(『新後拾遺集』恋五、源義将《よしまさ》)。

7 月みつつうちもやあかす麻衣《あさごろも》　叱

月を眺めながら、苫葺《とまぶ》きの庵の中で、麻衣を着て夜を明かしている。〔一句はわび住いの趣であるが、恋への誘いを含んでいる〕

8 寝もせぬ袖《そで》のよはの休《やす》らひ　祐

夜はすっかり更けたのに麻衣の袖を敷くのもためらわれ、恋の思いに寝ることもできない。西の山に入ろうとして入り得ず夜を惜しむかのごとき月をながめて。〔本歌によりつつ、滑らかに恋へ〕

9 しづまらば更《ふ》けてこんとの契りにて　秀

夜が更けて人々が寝静まったならば行こうとの約束で。〔前句をその言葉を信じて寝もしないで待っている女とする〕

10 あまたの門《かど》を中の通ひ路　如

私のもとへ通ってくる路には、多くの恋人の家々の門があるものを。〔夜更けには訪れると約束したあの人だけれど、あるいは他

の女の家へ……と案じている、これも待つ女の思い〕

11 埋《うづ》みつる竹はかけ樋《ひ》の水の音　巴

埋めてある竹、それは懸樋《かけひ》であって、水の音が聞えてくる。〔ある邸宅への通い路の景。恋を去って、景の句に転じた〕

12 石《いは》間《ま》の苔《こけ》はいづくなるらん　前

春になると雪解けの水がその下を流れるという、岩間の苔はどのあたりなのだろうか。〔もっぱら西行の歌を本歌としての作〕

13 みづ垣は千代も経《へ》ぬべきとばかりに　祐

瑞籬《みずがき》は朽ちることなく、いつまでもこのままでと思われるほど荘厳なさまで。〔岩間に近い神社を配して神祇《じんぎ》の句とする〕

14 翁《おきな》さびたる袖の白木綿《しらゆふ》　叱

瑞籬が朽ちることのないようにとことほぎをして、翁舞を舞う人の白木綿の袖の神々しさよ。〔同じく神祇だが動きを示す〕

11　**雑**　水辺。草。◇竹　可隔七句物。草の部に入れる。◇かけ樋　庭などに水をひくためにかけ渡した樋《とい》。ここは竹を用いた埋み樋。

12　**雑**　草。本歌「岩まとぢし氷もけさはとけそめて苔《こけ》の下水道もとむらむ」（『新古今集』春上、西行）により、「水の音」から「石間の苔」と付く。◇苔　底本「苺」。平松本・森本等により訂。

13　**雑**　神祇。「苔」に「千代も経ぬべき」と付く。◇みづ垣　神社の周囲に設けた垣。◇千代も経ぬべき　千年もこのままで年を経ることであろう。用例に「いつまでか野辺に心のあくがれむ花し散らずは千世《ちよ》もへぬべし」（『古今集』春下、素性《そせい》）など。平松本「八千世《やちよ》へぬべき」、森本「八千世経べきと」。

14　**雑**　神祇。衣裳。「千代も経ぬべき」に「翁さびたる」、「みづ垣」に「白木綿」と付く。◇翁さびたる　翁らしくふるまう。翁は老人であるが、神舞の翁の意をもたせる。用例に「翁さび人なとがめそ狩衣《かりごろも》けふばかりとぞ鶴《たづ》も鳴くなる」（『伊勢物語』百十四段）など。◇袖　可隔五句物、〈名表8〉より五句隔たる。◇白木綿　白色の木綿。木綿は楮《こうぞ》の繊維で製した布。神事に用いる。

(名残裏)

1 明くる迄《まで》霜よの神楽《かぐら》さやかにて　如

明けるまで夜を徹して舞われる霜夜の神楽はさえわたっていて。〔神楽の翁舞のさまとする〕

2 とりどりにしもうたふ声添ふ　巴

思い思いにうたっている声が音頭の声にぴったりとついて聞える。〔神祇が三句続いたので、一句としては神祇を去る〕

3 はるばると里の前田を植ゑわたし　源

めいめい田植歌をうたいながら、遠い山田からだんだんと里近く、すぐ前の田までもひろく植えて来て。〔前句の歌声を田植歌とする〕

4 縄《なは》手《て》の行衛《ゆくゑ》ただちとはしれ　秀

田のあぜ道を通ってゆくことが廻り道でないと知れ。〔はるばると上の田から植えながらやって来た植女《うゑめ》たちへ、帰路を告げてや

1　冬季(霜よの神楽)　神祇。夜分。「白木綿」に「神楽」と付く。◇霜よの神楽　霜の降る寒い夜に、夜を徹して行われる神楽。

2　雑　「神楽」に「うたふ」と付く。◇とりどりに　思い思いに。めいめい。用例に「暮れぬとて千《ち》町《まち》の早苗《さなへ》とりどりに急ぐもしるき田子《たご》の諸声《もろごゑ》」(『玉葉集』夏、嘉陽門院越前《かようもんいんのえちぜん》)など。◇しも「し」は強意。

3　夏季(田を植う)　居所。「うたふ」に「田を植う」と付く。◇前田　前にある田。あまり和歌に見えない語。「田」は可隔七句物。

4　雑　「前田」に「縄手」と付く。◇縄手　畷《なわて》。田の間の道。あぜ道。田の道はまっすぐについているので、まっすぐな道の意にも言う。「玉ぼこの道のなはてのさし柳はや森になれ立ちも宿らむ」(『夫木抄《ふぼくしょう》』三、藤原光俊《みつとし》)の用例があり、『黒本本《くろもとほん》節用集』に「縄手　田之直路」とある。◇ただち　底本欠脱。平松本・森本等により補訂。まわり道

をしない道。用例に「月夜《つきよ》良《よ》み妹《いも》に逢《あ》はむと直道《ただち》から我は来れども夜ぞふけにける」(『万葉集』二六一八)など。『易《い》林本《りんぽん》節用集』にも「径路《タダチ》」とあり、この頃もまだタダチと発音したか。

5 雑 獣。◇いさむれば 「諌む」とも「勇む」ともとれる。「諌む」とすれば、『平家物語』巻九、木曾最期の場面を思いうかべることができる。◇馬 一座一句物。

6 雑 人倫。◇つるる 連れ立っている。◇伴ひ 友。友だち。「この同じ所の御ともなひを」(『源氏物語』横笛)などと見えるが、和歌にはあまり用いられない語。

7 春季(花) 木。本歌「花のもと露のなさけは程もあらじゑひなすすめそ春の山かぜ」(『新古今集』釈教、寂然)。◇花の本 「花」は一座四句物、〈初表3〉〈二裏13〉〈三裏11〉についで四句目。

る〕

5 いさむればいさむるままの馬の上 叱

諌《いさ》めると、その言葉に従って馬上の人となり、馬にむちうって畷《なわて》の道をさして行く。〔戦場のこととする。木曾義仲が今井三郎兼平の忠告を入れて、自害するため戦場を立ち去ろうとする粟津《あわづ》が原での最期《さいご》のおもかげなどを思いうかべての句か〕

6 うちみえつつもつるる伴《ともな》ひ 祐

馬にむちうって、その駆けるにまかせて出で立とうと見えながらも、やはり行動をともにしようとしている二人の武者。〔軽く付けなしただけの句〕

7 色も香《か》も酔《ゑひ》をすすむる花の本《もと》 前

色も香も美しく、いかにも酔いをすすめる花のもとで、お互いに挨拶をかわしつつ酒宴に興じている。〔本歌の釈教の意をとらず、言葉だけを用いて、花のもとの宴席のこととする〕

8 春季（のどか）「花」に「のどか」と付く。

8 国々は猶《なほ》のどかなるころ　光慶

桜の花が爛漫《らんまん》と咲くのどかな春、国々ものどかに治まる太平の世で。〔型どおり祝言《しゅうげん》でこの一巻をめでたくおさめている〕

解説

島津忠夫

一、連歌を読み味わい理解する上に最も大切なことは何でしょうか。また、連歌という文芸のおもしろさはどういうところにあるのでしょうか。

連歌という文芸形態は、現在ふつうには行われていないものだけに、その作品を読んだり鑑賞したりすることは、なかなかむずかしいようです。石田吉貞氏が、「少数ながら、連歌専門の学者はいる。しかしそのうちのごく少数を除いては、ほとんど詩としての連歌をもっていない。連歌集と、連歌論と、式目《しきもく》と、伝記と、それだけを駱駝《らくだ》の背にのせて、いかにもさびしそうに沙漠《さばく》をゆく」（『隠者の文学』）と言われたように、専門家の間でも、必ずしもその作品が味読されているとは言えないようです。私自身、かつて京都大学で、ある千句を書写していた際、『万葉集』を専攻している友人から、連歌のどこがおもしろいのだと問われて返答に窮したものでした。ところが、江戸時代末期の神主で滋岡長松《しげおかながまつ》という人が書写した連歌資料が、大阪天満宮から出現し、その整理をしていた時のことです。長松は、大変な連歌好きで、手当り次第に連歌を書写しているのですが、その書写のついでに記している覚書の中に、次のような一文がありました。兼如《けんにょ》の千句を写し終えたあとの覚書なのですが、

此《この》ごろ宗祇《そうぎ》時代の連歌を写し侍《はべ》りて、此の独吟（兼如の千句）を筆の次《ついで》に写しけるに、させるふしなくただ穏《おだやか》なるのみなり。かかるやすらかなる千句見るに退屈のこころ出来《いでき》侍れども、独吟な

どして句つまり出来がたき折には、此の千句を見てこころを安々《やすやす》ととりなほし侍らば、これまた一助なるべし……

などとあって、長松は、宗祇の時代の作風と、兼如、この人は紹巴《じょうは》時代の人ですが、その頃の作風との間に、はっきりと相違のあることを見てとっているのです。しかも、それを自分たちの連歌を作ってゆく上での注意にまでおよぼしているのです。実際、この天満宮には長松たちの試みた連歌の草稿類が数多く残っています。昔の作品を書写するばかりではなく、みずからも連歌をたのしんでいることから、このような作風の微妙な相違にも気がつくのだということを知ったのでした。

連歌を読む時には、実際に作ってゆく人の立場に身を置くことが大切だと言えましょう。また、そうすることによって連歌のおもしろさもわかるのではないでしょうか。

宗長《そうちょう》の『連歌《れんが》比況集《ひきょうしゅう》』は、連歌をさまざまなものにたとえて、その作り方を指南しようとしている連歌論書ですが、その中に、百韻の連歌を掛絵《かけえ》にたとえて説明している箇所があります。

問云、百韻連歌は如何《いか》様《やう》のなりに続け侍るべきや。

答、例へば絵を掛け並べたるが如くにあるべし。絵を掛くるには次々に縁ある様に掛けねば見苦しき物也。いはば仏に菩《ぼ》薩《さつ》の像を並べ、聖人に賢人を番《つが》はせ、山などに枯木並べ立て、名所書きたるには滝水など落したる絵を掛け添へて山より水落ちたる心を持たすべし。其《そ》の如く連歌も前《まへ》句《く》に寄合《よりあひ》を離たずして、而《しか》も後に付けむ句にも縁語広き様に思ひ合はせてしつらふべし。百韻別別の事ながら、詠みつづくれば心詞《こころことば》離れずして似付きたらむこと然《しか》るべく、縁にして前句に付くる心も是に同じ。

つまり、絵を並べて掛ける時の配慮のように、前句との寄合をよく考えて離れ離れにならないように付けること、またその句に次の句が付けやすいように、寄合となるべき言葉を十分に用意しておくことが肝要だというのです。百韻の連歌とはいっても、前句に付句《つけく》を付けるという試み、この二句一連の世界が重要で、その連続が百韻になるわけです。従って、連歌を読む時にも、その前句と付句との関係を、一つ一つおさえて、あたかも作者のような気持で読んでゆかなければなりません。それぞれの句は、それぞれの作者が、前句をその人なりに鑑賞し、前句との微妙なかかわりを持たせて創作しているのです。すなわち、前句と付句の間には、作者の鑑賞と創作という二つの働きが行われているわけで、句の上に表れていない、作者の心の中に秘められた付け様ともいうべきものが存在しているのです。この隠れた付け様を、作者の気持になって読みとってゆく時に、連歌ははじめて、その作られた場に近い感動をもって読み進めてゆくことができるといえましょう。

『連歌比況集』には、またこんなことも述べられています。

連歌と歌の難易を申さば、歌は題を取りて起き臥《ふ》し案じ、又抄物《せうもつ》（詠歌などの実践のための手引）をも見合はせてよむ物也。連歌は列座して人の句に我つけ、我が句に人の付くるものなれば、物を見るにも及ばず、油断しては叶《かな》ふべからざる物也。例へば、歌は城責めをせんが如し。城の切《きり》岸《ぎし》へ付きてかへり、壁尺木などを結びて物の具ぬぎ置きて、折を待ちて責むるが如し。連歌は打ち出でて合戦するがごとし。難易此の中にあり。能々《よくよく》工夫すべし。

和歌と連歌との違いを、いかにもこの書の書かれた戦国の世にふさわしく、城攻めと合戦との相違にたとえています。和歌は、ひとり静かに想を練って作るものであるのに対し、連歌は、その場にあって、人の句に臨機応変に付けてゆかねばなりません。そこが連歌のむずかしさだというのです。古歌や物語を踏まえての句作りとはいっても、その場で一々書物を繰っていてははじまらないわけで、すべて付句を試みた作者が即座に思い浮べることのできた著名な古歌や物語に拠《よ》っているはずです。私たちが連歌を読む場合にも、そのことは知っておく必要がありましょう。「物を見るにも及ばず、油断しては叶ふべからざる物也」という緊張の連続、連歌とはその緊張した雰囲気をつかんで読み味わってゆくべきものなのです。

もう一つ、『連歌比況集』から引きましょう。

> 問云、上手は下手の思ひ寄らぬ事を付くるによりて金言出来《しゅつたい》し、下手は世の常にある事ばかりをする故に珍しからずして而《しか》も詞《ことば》聞きにくく侍るにや。
>
> 答、しかはあらず、夫《そ》れ人の顔よきも悪しきも、貴きも賤しきも、七穴そなはり二眉ならび候事変るべからず。されば、美目《みめ》よきと悪しきとは、顔の形、大小長短と、色の白と黒と、目口のあきやう、耳鼻の着きやうによるものなり。連歌又是にことならず。十七、十四の文字数も変らず。寄合、縁語とても同じ物なれども作者の仕立て付け様によりて、上手と下手との句の分《ぶん》は見ゆる物也。上古より申しふるしたる事は珍しからずとて、寄合を押しのけ、本拠なき事を申し出したらんは、横にあるべき目を竪様《たてざま》になし、縦《たて》に有るべき鼻を横になしたるが如くにして、見苦しき事如何《いか》ばかりにや。

連歌に重要な本意《ほんい》ということ、たとえば、春雨はしとしと降り、時雨《しぐれ》はさっと降るかと思えばまた晴れるといった、そのもののもっともそれらしいあり方をはずれてはならないとすることを、きわめて卑近な人の顔にたとえて述べています。連歌は、素材からも表現からも、いわゆる珍しさということとは程遠いのです。中世という時代をなまなましく、その素材や表現の上に見せているといった文学形態ではありません。現実を直視してはいないのです。そこにくりひろげられているのは、まさしく古典の世界であり、それを表現する言葉も、和歌や物語の言葉と大きくへだたってはいません。それでいて、前句に付句を付けるという行為そのものに、それぞれの作者が、さまざまの試みをしている点を見るべきなのです。一句の作り方、付け方に、まさしく上手・下手の差があり、個性さえもうかがわれますし、上手な人々が集まった一座の作品からは、虚々実々のかけひきが見られるのです。連歌のおもしろさは、実にその点にあるのです。

　最後に百韻全体の構成について触れておきましょう。百韻の構成といっても、いわゆる構成といったものがないのが連歌です。ただ、二句一連の連続が、次々に変化していって、もとにもどらないという配慮が必要だというに過ぎません。煩瑣《はんさ》とも思われる式目がだんだん作られてくるのも、もとはと言えば、輪廻《りんね》といって、連想が循環し、いっこうに前へ進まなくなることを避けるためだったのです。二条良基《にじょうよしもと》は『筑波問答』で、

　二の懐紙よりざざめき句（浮き浮きしたにぎやかな句）をして、三・四の懐紙を殊に逸興あるやうにし侍る事也。楽《がく》にも序破《じょは》急《きふ》のあるにや。連歌も一の懐紙は序、二の懐紙は破、三・四の懐紙は急にてあるべし。

と、百韻の連歌を雅楽の序破急にたとえているのですが、百韻全体のあり方を説いたものとしては、のちのちまで、多少のずれはあるものの、この雅楽の序破急を応用した考え方が踏襲されています。連歌を読んでいく場合には、そのことを心得ておくこともまた大切なことと思われます。

一、それでは次に連歌の歴史についてお尋ねいたします。連歌の起源として、『古事記』や『万葉集』の例は有名ですが、唱和体の和歌を連歌の原初的な形と考えてよいのでしょうか。

『古事記』の例というのは、倭建尊《やまとたけるのみこと》（日本武尊）が東征の途次、甲斐《かい》の酒折《さかおり》の宮で、

新治《にひばり》　筑波《つくば》を過ぎて　幾夜か寝つる

と言いかけたのに対して、御《み》火《ひ》焼《たき》の老人が、

かがなべて　夜《よ》には九夜《ここのよ》　日には十日《とをか》を

と答えたという唱和のことです。これは『日本書紀』にも見えていて、実は、この書紀の方が昔は多く読まれていましたので、書紀の記述をもとに、この唱和が連歌の起源と考えられ、連歌のことを「筑波の道」と呼ぶようになったのでした。しかし、これは、歌体の上からも、唱和体の和歌の形ではなく、片歌《かたうた》（五七七）形式の問答で、正確には連歌の起源と見るべきではありません。それに対して、『万葉集』の例は、巻八（一六三五）に、

尼、頭句《とうく》を作り、幷《あは》せて大伴宿禰家持《おほとものすくねやかもち》、尼に誂《あとら》へらえて
末句を続《つ》ぎ、等しく和《こた》ふる歌一首

佐保川の　水を堰《せ》き上げて　植ゑし田を　尼作る
刈れる初飯《はついひ》は　ひとりなるべし　家持続ぐ

と見える、尼と大伴家持との唱和で、これは五七五と七七の唱和体の和歌の形になっています。順徳院の歌学書『八雲御抄《やくもみしょう》』に、この唱和を「連歌根源也」としているように、少なくとも、その歌体を重視する限り、文献上ではもっとも古い例であるといえましょう。ただ、この歌の解釈には定説がなく、連歌であるということも疑問視される向きもあったのですが、私は、従来の解釈の諸説を吟味し、詞書の「末句を続ぎ」という表現に注意した上で、この唱和が、尼と家持の合作による一首の和歌で

はなく、和歌の上句と下句の形での、連歌の問答であると考えています（『連歌史の研究』第一章「連歌源流の考」参照）。

二条良基は、『菟玖波集《つくば》』の序に、「日本武尊は夷《えびす》のみだれをやはらげて、つくばねのことしげきわざをあらはし」と述べ、巻十九の雑体連歌の中に、雑句として、『日本書紀』から、この唱和を抄出し、「此両句連歌のはじめにて侍るよし、日本紀註せり。今の平野《ひらの》のおほむ神の御連歌にて侍るなり」という左注を加えています。従って、良基は、この句が歌体の上からは連歌になっていないことを知りながら、あえて、連歌の起源をこの筑波の問答に求め、最初の記念すべき撰集に『菟玖波集』と命名しているのです。そこには、和歌がその起源を、素戔嗚尊《すさのおのみこと》の「八雲《やくも》立つ出雲八重垣《いづもやへがき》妻ごめに八重垣作るその八重垣を」の神詠に求め、八雲の道と称されるのに相応して、連歌の起源もより古くに求めて権威づけようとする意図がありありと見られます。さらに、『筑波問答』という連歌論書において良基は、伊弉諾尊《いざなぎのみこと》・伊弉冉尊《いざなみのみこと》の唱和をあげて、「歌を二人していふを連歌とは申す也。二はしらの神の発句《ほっく》・脇句《わきく》にあらずや。此の句、三十一字にもあらず短く侍るは、疑ひなき連歌と翁《おきな》心得て侍るなり」と、起源を古く神詠にまでさかのぼらせています。これは、連歌の本質が二句の唱和にあると考えたからです。

連歌という一つの文芸様式の起源を一作品に求めること自体無理なことですが、現存の文献に残されたもので考える限り、唱和的特質ということを重視すれば、日本武尊の筑波の問答や、さらにさかのぼって諾冉二尊の唱和に求めることも可能であり、五七五と七七との歌体による唱和という点から見れば、大伴家持と尼との間にかわされた『万葉集』の作品を連歌の起源と考えることができると言えましょう。

一、五七五と七七の歌体による唱和は平安時代にも行われていたのでしょうか。また、いわゆる上句に下句を付け、それを繰り返し続けてゆくという連歌の形式が整ってくるプロセスについても御説明下さい。

平安時代の中期から後期にかけて、二句の唱和は実に盛んに詠まれ、その作品の一部は『後撰集』『拾遺集』にも見え、私家集の類には、数多く見出だされます。勅撰集でも特に『金葉集』には、はじめて「連歌」という部立《ぶだて》が雑部《ぞうのぶ》の中に設けられています。そこに収められている作品はもっぱら機智を競った問答で、たとえば、和泉式部《いずみしきぶ》が賀茂の社に参詣した折のこと、わらじずれで、足に紙を巻いていたのを目ざとく見とがめた神主の忠親《ただちか》が、

ちはやぶるかみをばあしに巻くものか

と言いかけ、それに対して式部がすかさず、

これをぞしものやしろとはいふ

と切り返したといったふうのものです。これは、「神」と「紙」の掛詞を用いて言いかけた句に対して、ここは上賀茂《かみがも》ではなく下鴨《しもがも》の社ではないかと答えた言葉のしゃれなのです。

こういった二句の唱和――のちの五十韻・百韻といった形式の連歌に対して、短連歌と今日では呼んでいるのですが――ばかりでなく、さらに第三・第四と句をつらねてゆく鎖《くさり》連歌というものも、平安末期には行われるようになって来ます。この鎖連歌という名称は、平安時代末期の歌学者藤原清輔《きよすけ》の『袋草紙《ふくろぞうし》』という書にはじめて使われており、

連歌は本《もと》末《すゑ》只《ただ》意に任せて之《これ》を詠む。然《しか》りといへども、鎖《くさり》連歌に至りては、発句は専ら末句を詠むべからず。然るごときの時、口に任せて早速に発すべからず。当座の主君、若《も》しは女房の事を暫《しばら》く相待つべき也。遅《ち》有るの時、之《これ》を詠出す、尤《もっと》も宜《よろ》しきか。我等の時は、沙汰の限りに非ず。

と記されています。短連歌では五七五の本《もと》の句、七七の末句、そのどちらの形から言いかけてもよかったのですが、鎖連歌では発句は必ず本の句ではじめなければならないこと、また、発句を詠む際は、主君とか女房とかその座の然るべき人の句を待つべきだというしきたりのあったことが、この記述からわかります。

　さらに鎌倉時代になりますと、順徳院の『八雲御抄』に、

むかしは五十韻・百韻とつづくる事はなし。ただ上句にても、下句にても、いひかけつれば、今なから（後の半分）をつけける也。今の様にくさる事は、中比《なかごろ》よりの事也。

と述べられています。「くさり」という言葉は、今日では、犬の鎖など、名詞の形でしか用いられませんが、もともとは「くさる」という動詞で、部分部分がつながり合って一続きのものとなることを言う言葉だったのです。『八雲御抄』の「今の様にくさる」とは、その意味で、鎖連歌とは、まさしく、そういった形で句と句とをつらねてゆく連歌なのです。はじめは、何句までというきまりもなかったのが、次第に五十韻・百韻という形にととのって来るのです。余談ですが、百韻というのは、漢詩を続けてゆく聯句《れんく》の形を元来は言うのです。聯句も当時さかんに行われており、そちらの方が先に形ができていたので、韻を踏まない連歌の場合も、百句続ける形を百韻と呼ぶようになったまでのことです。

　ところで、この「くさる」ということが、実は、連歌の性格を端的に表現しているといえましょう。

五七五の上句と七七の下句を交互に重ねて百句続けるという形も、その肝要は、句に句を「くさる」ように付けるということの連続なのです。今日では、短連歌に対して五十韻・百韻のような連歌を長連歌と呼んでいますが、その短連歌から長連歌への展開の契機は、まさに「くさる」ということの連続にあったのです。今日、鎖連歌という言葉は、短連歌から長連歌への過渡期の形態をさして用いるのがふつうですが、のちのちまで、連歌が二句の付合《つけあひ》を重視することの根源はここにあったわけです。百韻という形に定着するようになって、はじめて一巻の変化が問題にされ、さまざまの式目がきめられてゆくのですが、もとは、前句とからみあうように、句を付けてゆくことが連歌のおもしろさであったことを理解しておくことは大切だといえましょう。

一、では、その時代の連歌はどういう場所でどのように行われたのでしょうか。和歌の詠まれ方と比較して御説明下さい。

具体的にまず一つの例をあげて説明しましょう。西行の『聞書集《ききがきしゆう》』から引用します。

上西門院《じやうさいもんゐん》にてわかき殿上《てんじやう》の人々、兵衛のつぼねにあひ申して、武者のことにまぎれて、うたおもひいづる人なしとて、月のころ、うたよみ連歌つづけなむどせられけるに、武者のことい できたりけるつづきの連歌に

いくさをてらすゆみはりの月

伊せに人のまうできて、かかる連歌こそ兵衛殿のつぼねせられたり

しが、いひずさみて、つくる人なかりきとかたりけるをききて

心きるてなるこほりのかげのみか

申すべくもなきことなれども、いくさのをりのつづきなればとて、

かく申すほどに、兵衛のつぼね、武者のをりふしうせられにけり。

ちぎりたまひしことありしものをとあはれにおぼえて

さきだたばしるべせよとぞちぎりしにおくれておもふあとのあはれさ

かいつまんで内容を説明します。ある時、上西門院で、若い殿上人たちが、歌人として有名な上西門院兵衛をまじえて、和歌を詠んだり、連歌を続けたりしていたところ、折しもの戦乱の世を反映して、武者のことを詠んだ句が作られ、それに対して兵衛が「いくさをてらすゆみはりの月」と付けたのです。ところがこの句があまりにすぐれていたために、後が続かなくなってしまいました。その後、伊勢にいた西行がその話を聞いて付句を試みたのですが、まもなく兵衛が亡くなったということを知って追悼の歌を書きつけたというのです。

この西行の句は、上西門院における連歌の場から兵衛の一句だけを取り出して、その句につけているのです。つまり、

いくさをてらすゆみはりの月

心きるてなるこほりのかげのみか

という付合だけが成立しているに過ぎません。西行の句は、『和漢朗詠集』に見える「三尺ノ剣ノ光ハ氷在リレ手ニ、一張ノ弓ノ勢ハ月当レリレ心《むね》ニ」をふまえて「弓張の月」に「手なる氷」と付けているのですが、戦場《いくさ》を照らしている弓張月の光のすさまじさに対して、手に持つ氷のように鋭い刃のかげばかりか、戦というもの

は人間の心をも切りつけ、すさんだものにしてしまうという意でしょうか。伊勢にいる西行のもとへ、この連歌の模様を伝えた人が、兵衛の句に至る何句かを正確に語り、西行がそれをも意識してこの一句を付けたとしても、すでに、それは次へ連続してゆく場をもっていません。西行の一句は、兵衛追悼の和歌とともに、回想のひとこまの記述であって、連歌の詠まれた場は、この『聞書集』には記載されなかった、兵衛の句に至るまでの、談笑のうちにかわされていた営みにあったと言えましょう。

その上西門院のもとでの連歌がどの位の人数で何句続けられたのか、これだけの記述では不明ですが、少なくとも三人以上の集まりであったことと思われます。「うたよみ連歌つづけ」とあるので、連歌だけでなく和歌も詠みあったのですが、その和歌は、当座の、しかも、歌合とか歌会といった晴《はれ》の会ではない、いわば褻《け》の会とも言えるもので、連歌の詠まれた場は、その褻の歌の会に連接していたのです。しかし、その会においても、和歌は、それぞれ各人が詠んだ段階で完結し、他の人はそれを鑑賞し批評するというにとどまるのですが、連歌は、その場に居合せた人が、付句を試みなくてはなりません。同じ場に集まって「うたよみ連歌つづけ」とは言っても、連歌の場合は和歌と異なって、同座しているだけではなく、その座の中で句を続けてゆくという一つの共同の営為が行われているのです。

一、後鳥羽院が連歌を好んだことはよく知られていますし、引用された『聞書集』からも、新古今の歌人たちが連歌に興じていたことがわかります。彼等は和歌による表現に限界を感じて連歌を作るようになったのでしょうか。

そうではなかったと私は思います。というよりも『新古今集』の歌風そのものの中に、連歌に移って行きやすい傾向があったことを指摘しておくことが重要でしょう。風巻景次郎氏が『新古今時代』で触れられ、頴原退蔵氏が連歌史の講義（『頴原退蔵著作集』第二巻所収）で、とりわけ力説されたことですが、新古今歌風の特色とされる本歌取や、三句切、特に上句と下句がそれぞれ付かず離れずの気韻でつながり、余情をただよわせているといった作風は、もう一歩つき破れば、それぞれの句を別人が詠む連歌につながってゆくと考えることができるのです。従って、新古今の歌人たちが、連歌という形態にとりくむことは実は容易なことだったのです。

しかし、彼らにとって連歌は、あくまでも余興の域を出るものではありませんでした。藤原定家の『明月記《めいげつき》』などに見られる後鳥羽院好みの有心《うしん》・無心の一座などは、賦物《ふしもの》を詠みこむというルールをもとに、新古今歌人たちのグループつまり有心衆と、狂態の句を付けようとする無心衆の、どちらが多く句を続けるかということに興味の中心があり、その詠んだ句の数によって賭物《かけもの》をとるといったありさまでした。承久の乱後の有心衆だけの静かな一座にしたところで、すさまじいばかりの集中力と気迫をこめる和歌の創作とはちがって、気安さが喜ばれたのです。新古今の歌人たちが、連歌に興じたのは、あのすぐれた和歌が次々と生み出されていった『新古今集』撰進前後の、和歌の創作に骨身を削って精進した疲れを癒《い》やすためのものだったのです。連歌は、前句に重ねて、いわば二人で和歌を詠んでゆくような気安さがあったものと思われます。当時の作品が残っていないのでよくわからないのですが、『菟玖波集』にとられた二句続きの断章から見ると、当時の連歌は、連歌としての特色よりも、和歌の上句・下句とあまり変らないような作品が多かったようです。

一例として、定家の著名な歌、

見渡せば花も紅葉《もみぢ》もなかりけり浦の苫屋《とまや》の秋の夕ぐれ

をとりあげて連歌と比較して見ましょう。この歌ははっきり三句で切れていますから、二つに分けて、

見渡せば花も紅葉もなかりけり

浦の苫屋の秋の夕ぐれ

という形にすれば、連歌になるともいえましょう。しかし、この歌の上句と下句は、二つに分れるとは言いながら、両句を結びつけている、こうとしか表現しようのない強い統一性が見られます。それに対して、『菟玖波集』にとられた定家の独吟の一部、

むすぶちぎりのさきの世もうし

夕顔の花なきやどの露の間に

の場合は、前後を逆にして書き改めると、

夕顔の花なきやどの露の間にむすぶちぎりのさきの世もうし

と一首の歌のようになってしまいます。けれどもこの三十一文字には、当然のこととしてさきの「見渡せば……」の歌に見るような緊密な統一性はありません。形の上からは、「見渡せば……」の歌よりもかえって上句から下句へなだらかに連続していながら、それぞれが分裂しているのです。それが連歌の特色だともいえるのですが、実は安易に投げ出して、次の句によって適当に補完されることを期待しているともいえましょう。

和歌のように後世に残すといった意気込みを持たない、その場限りで消えてゆく連歌は、歌人として、その作品が注目されねばならない立場にあった晩年の定家などにとって、恰好《かっこう》の遊びであったと思われます。『八雲御抄』に見える連歌についての記事は、順徳院が恐らく承久の乱で佐渡に配流さ

れる以前の連歌の故実を書きとめたものであり、その考え方の背景に、定家の意向が見えるように思われますが、

大かた連歌は、いたく風情《ふぜい》をつくし、歌などのやうになけれ共、よき程にすこし人に案ぜさせて付くればよき也。秘蔵《ひさう》の詞《ことば》などは付くべからず。

とある点は注意すべきでしょう。『新古今集』の大きな特色の一つに、表現の彫琢《ちょうたく》をこらした独自性があって、それを尊ぶあまり、やがて、「ぬしある詞」として、同じ表現を避けようとまでするわけですが、連歌には、そういった「秘蔵の詞」をもって付けてはならないというのです。ここに和歌を詠む場合と連歌の座につらなる場合との詩人としての心がまえの差がはっきり示されているというべきでしょう。新古今の歌人たちにとって、連歌は、その程度のものと考えられていたのです。

一、それでは、連歌が和歌とは異なるジャンルとして、表現上でもその独自性を確立するのはいつ頃からなのでしょうか。

新古今時代の連歌を和歌の形に書き改めると、形の上では和歌とあまり変らないようになるということは先に説明した通りです。連歌が和歌とははっきり異なって、独自のものとなってくるのは、鎌倉時代末期の地下《じげ》連歌からと考えられます。地下連歌というのは、宮廷や貴族の間で行われていた堂上連歌に対して、毘沙門《びしゃもん》堂や法勝寺《ほっしょうじ》、のちには清水《きよみず》の地主権現《じしゅごんげん》や鷲尾《わしのお》など寺社のしだれ桜（神が降臨すると信じられていた）の咲くもとで毎春興行された連歌のことで、花の下《もと》連歌とも言われます。その地下連歌の流れで、二条良基に協力して連歌を独立した文芸として確立させた一人救済《きゅうぜい》と、新古今時

代に続く後嵯峨院時代の堂上連歌を代表する歌人藤原為家の発句を『菟玖波集』からとりあげてみましょう。

春やときふるとしかけて立ちにけり　　為家
なけばこそ名はのこりけれほととぎす　　救済

並べてみればはっきりするように、為家の句は、「春やとき」で切れてはいるものの一つのイメージでとらえることができるのに対し、救済の句は、「なけばこそ名はのこりけれ」と「ほととぎす」との間に一種の微妙な付合の気味を蔵しているとも言える構成を持っています。為家の句はなお和歌の上句の気分を残していますが、救済の句は、決して和歌の上句ではあり得ません。これは救済の付句を見ても同様です。

おちばは水の上にこそあれ
夏川の入江のす鳥立ちかねて

とか、

浅茅《あさぢ》といふは花さかぬ草
ふるさとは憂き事ばかり秋に似て

など、前後を逆にして和歌の形にしても、一首の和歌としては不自然で、上句・下句いずれも独立した意味と形をそなえているものが多くなってきます。今川了俊《りょうしゅん》の『落書露顕《らくしょろけん》』（一四一二年頃の成立）に、

歌よむ人の連歌をば、連歌道の輩《ともがら》は歌連歌とて大に嫌ひき。連歌師の歌をば、歌よむ方《かた》よりは連

歌歌とてわらひしなり。

と述べられているように、和歌と連歌との相違が顕著になってくるのです。

一、では、その救済や二条良基を経て、宗砌《そうぜい》・心敬《しんけい》・宗祇《そうぎ》・宗長など著名な連歌師が輩出する最盛期に至るまでの連歌史の展開についてお話し下さい。

連歌の歴史については、早く山田孝雄《よしお》氏の『連歌及び連歌史』や、福井久蔵氏の『連歌の史的研究』『連歌の道』があり、ほぼ同じころの潁原退蔵氏の連歌史の講義も公刊され、伊地知鐵男氏の『連歌の世界』、木藤才蔵氏の『連歌史論考』などの好著もありますので、ここでは、かいつまんで申しあげたいと思います。

二条良基という人は、元応二年（一三二〇）五摂家の一に生れ、北朝の歴代に仕え、何度も摂政や関白をつとめた最高位の公卿なのですが、連歌に異常なまでの熱情を持ち、連歌を和歌と並ぶ文芸とするのに尽力した人物です。それまでの連歌は、地下連歌（花の下《もと》連歌）と堂上連歌の二つの流れがあって、良基は、その身分からして当然堂上連歌の系列に属するわけですが、地下連歌の人々、当時頭角をあらわしていた善阿《ぜんあ》の門弟、順覚・信昭・救済らの連歌師たちを早くから自邸に呼び寄せては連歌に興じていたのです。その善阿門の連歌師たちの中で、救済は、いわゆる花の下連歌にあきたらず、北野天神に宿願の千句などを催したり、何か心に期するところがあったらしく、また、順覚や信昭ら同門の連歌師の下風に立つのをいさぎよしとしないといったふうも見えて、良基のもとへ、しげしげと通って来たようです。救済はその力量もすぐれており、その作風も、隠者の生活に徹したさびの美をそなえていたので、良基の詩心に強い共鳴を与えたらしく、良基はやがて救済の連歌を理想の風体とすることによって、地下連歌と堂上連歌との統一をもたらすことになるのです。『菟玖波集』という文和五年（一三五六）に成立した連歌の撰集は、そうした救済の句を中心に据えて、良基の連歌に対しての考えを端的に示そうとしたものでした。『菟玖波集』は、準勅撰という綸旨《りんじ》を得るために、あえて和歌の勅撰集の形式にととのえられ、百韻の中から二句一連の形で付句を抜き出して部類し、最後に発句を置いて、二十巻とし、仮名《かな》・真名《まな》の序まで揃えられています。この撰集によって、連歌ははじめて和歌と並ぶ文芸としての地位を得たわけです。良基は、また救済の協力のもとに乱れていた連歌の式目を整備して、「応安新式」を制定しました。これはその後、追加や、改訂が加えられてゆきますが、永く連歌の根本原則として守られることになります。それに、『筑波問答』『十問最《じゅうもんさい》秘抄《ひしょう》』など連歌についての多くの論書を書きあらわしていますが、今日、連歌の作品以上に中世文学として高い評価を受けている連歌論も、良基にはじまるといってよく、良基が連歌史の上に残した業績はきわめて大きいといわねばなりません。

しかし、連歌は、良基ひとりの力ではどうしようもないほど広く人々の心をとらえ、流行していました。例の有名な『建武年間記』に見える「二条河原落書」に、

京鎌倉をこきまぜて　一座そろはぬ似非《えせ》連歌　在々所々の歌連歌　点者にならぬ人ぞなき

とうたわれるまでの有様だったのです。良基が、救済の作風を中心に据えて、地下連歌と堂上連歌との統一を作りあげたとはいっても、その作風に連歌の流行がすべてなびくわけでもなかったのです。それればかりか、晩年の良基は、さすがにその貴族としての教養もあり、義堂周信《ぎどうしゅうしん》ら禅僧とのまじわりを通じて、『詩人玉屑《しじんぎょくせつ》』など新しい宋代の詩論を知ることによって、高次の文芸性を求めるようにな

ってゆき、地下の連歌の風潮と離れてしまうのです。一方では、救済の弟子の周阿が地下連歌の趨勢《すうせい》を察知し、前句とは寄合を取ること、つまり表面上の言葉で付くことに留意するだけで、一句に技巧をこらして人の目を引きやすい作風を示すと、たちまち、その亜流が広まってゆく有様でした。

連歌が、良基や救済以後も広く貴賤都鄙《きせんとひ》にあまねく盛んに行われているにかかわらず、心敬や宗祇の連歌論書に、この頃のことを連歌のなり下れる時代だというのは、そのためです。心敬の『ささめごと』は、連歌論の極致を示すすぐれた論著ですが、その中で、心敬は、連歌の歴史を次のように記しています。

此の道は、およそ応長（一三一一～一二）の比《ころ》より世にさかりに翫《もてあそ》ぶと見えたり。其の比の先達《せんだつ》は善阿法師なり。彼が門弟、順覚・信照（昭）・救済・良阿などなり。其の後、貞治（一三六二～六八）・応安（一三六八～七五）の比よりは、ひとへに救済法師この道の聖《ひじり》なり。彼が門弟、周阿法師・素眼《そげん》などとて、やむごとなきもの侍り。彼等が身まかりて後、応永（一三九四～一四二八）の比よりは、梵灯庵主《ぼんとうあんじゅ》この道のともし火と見え侍り。その末つかたは、真下満広《ましもみつひろ》・四条道場相阿などぞ、心も細く言葉もやさしく侍りけるとなむ。其の後、永享（一四二九～四一）の比より世に知られぬるは、宗砌《そうぜい》法師・智蘊《ちうん》などなるべし。彼等は清岩和尚の下に久しく候ひ侍りて、歌の道をも知れるにや。其の比より、連歌の道も漸く絶えたるを起こすと見え侍り。

ここには、心敬の鮮やかな連歌史観がうち出されています。宗砌・智蘊といった先達を、冷泉《れいぜい》派の歌人清岩和尚正徹《しょうてつ》のもとへ通って、歌の道を知り、それを連歌の上におしおよぼして来たことで評価し、「連歌の道も漸く絶えたるを起こすと見え侍り」とまで言っているのです。しかし、当時連歌界最高の栄誉であった北野の奉行という地位にもあった宗砌の作風は、ここで心敬が指摘するような面からではなく、連歌師の伝統の上に詠み続けられ、支持されて来た連歌本来の技巧的な作風で、多くの人人を引きつけていたのです。応仁の乱直前の京都の連歌界は、この宗砌を中心に、専順・行助・能阿・心敬といったすぐれた連歌師がひしめいていたのですが、その中でどちらかといえば、正徹に学んで和歌とりわけ『新古今集』の神髄を連歌に持ちこもうとする心敬の立場は傍流に過ぎない存在でした。連歌で身を立てようと志した宗祇が師事したのは専順であり、理想と仰いだのも宗砌でした。

　ところが、応仁の大乱は、この京都の連歌界の盛況を忽ちに一変してしまったのです。宗砌はすでに亡くなっていましたが、行助や能阿もまもなく没し、専順は美濃に、心敬は関東に乱を避けて下向したままになってしまいました。宗祇が、この乱のさ中を、精力的に関東と京都の間を往復し、やがて、京都に種玉庵という草庵を結んだ文明五（一四七三）～六年の頃には、連歌の先達としては、幕府の被官層のひとり杉原賢盛《かたもり》（のち出家して宗伊）しか残っていない状態でした。宗祇は、宗砌・智蘊・心敬・専順・行助・能阿に賢盛を加えて七人の先達の句を集め、『竹林抄《ちくりんしょう》』を撰集したのですが、ここに賢盛をあえて加えたことは、賢盛を通じて、幕府の連歌会に刺を通じようとするとともに、六人の古人に賢盛を加えることにより、さらにその賢盛のあとは自分だという系譜が、宗祇の意中に明らかに描かれていたと言えましょう。この『竹林抄』は、宗砌よりも専順よりも心敬の句を多くとっています。宗祇は関東に流浪中の心敬に接し、そこで心敬の理念と作風に強くひかれたのです。宗砌と心敬という異なった二つの作風を統一止揚しようとした宗祇が、この後その思わく通りに連歌界の第一人者として斯界《しかい》に君臨することによって、心敬の理念と作風が連歌界の主流にはじめて位置づけられることになったのでした。

　宗祇は、その草庵で、弟子たちのために『源氏物語』や『伊勢物語』などの古典講釈を始めるのですが、その講釈は大変すぐれていて、やがては三条西実隆《さんじょうにしさねたか》らも聴聞するまでに至り、その連歌師としての力量・名声も、かつての宗砌をしのぎ、折しも応仁の乱によって領国にそれぞれ引きあげ、領国文化を形成しようとする戦国大名にも迎えられて東に西に寧日のないありさまとなります。宗祇の旅というのは、諸大名に招かれてのもので、周防《すおう》山口から太宰府詣《もうで》を志した『筑紫道記《つくしみちのき》』の旅も、そのすみずみまで大内氏の配慮が行き届いていたのでした。実質的には漂泊の詩人といったイメージにはほど遠いのですが、能因や西行を慕う気持や歌枕探訪の風雅の心を強くもっていたことも事実には違いありません。連歌の一座に招かれて宗匠をつとめ、古典を講釈し、あるいは句集や連歌論書、発句を揮毫《きごう》した短冊を書き与え、その礼物を得て生活の資とするといった連歌師とよぶにふさわしい生活の一道が宗祇によって作りあげられてゆくのです。

『新撰菟玖波集』が企画編集されたのも以上のような連歌がひろく中央・地方に浸透流行していた背景の上にあり、宗祇・兼載《けんざい》という二人の連歌師が中心となって撰んだ連歌の撰集が、準勅撰の集となるのです。その撰集に入集を希望して、諸国から寄せられる反響は、とうてい『菟玖波集』の折の比ではなく、それぞれの後援者との関係もあって、編集途次、宗祇と兼載との間に意見の衝突まで起るありさまでした。宗祇は、この撰集の中核に、さきに撰んだ『竹林抄』の作者の作品を据え、宗祇・兼載ばかりでなく、肖柏《しょうはく》・宗長ら宗祇門の高弟の作をも撰入して、連歌史の上に明確に自らの位置を示したのでした。

兼載はもともと心敬の弟子で、その没後宗祇を慕って京都へ出て来たのですが、『新撰菟玖波集』を撰進して後、再び関東に隠栖《いんせい》してしまいます。従って、連歌界は、もっぱら宗祇門の肖柏・宗長、さらに宗碩《そうせき》・宗牧《そうぼく》が連歌師として重んぜられてゆくことになるのです。

一、そうした連歌の隆盛が、やがて俳諧《はいかい》に移行してゆく過程についても御説明下さい。

誹諧（俳諧）とは元来滑稽を意味する言葉で、もとは中国の漢詩の一体の名称だったのですが、『古今集』の「雑体」の中に「誹諧歌」という部立が設けられました。この中には、なぜここに入れられたのかわからないような歌もあって、「誹諧歌」の実態については諸説があるのですが、それはともかく、『菟玖波集』巻十九「雑体」に「誹諧」の小部立があるのも、『古今集』にならっているのです。短連歌は機智滑稽の問答だったのですから、連歌は本来俳諧であったわけですが、長連歌となって次第に和歌的な風情を主とする文学となっていったために、『菟玖波集』では、わずかに「雑体」の一部に「誹諧」の部立を置き、平安時代の短連歌や、新古今時代の無心連歌、当代の作品でも多少俗語めいた表現をもつものなどを収めているだけという状況になったのです。それが『新撰菟玖波集』ともなると、「誹諧」の部立はなく、俳諧の作品は全く見られなくなってしまいます。では『新撰菟玖波集』撰進の頃には、俳諧は詠まれることがなかったのかというと、事実はその逆なのです。宗祇には「畳字《じようじ》連歌」といって、毎句にふつうの連歌では用いない漢語を詠みこんだ百韻が残っていますし、兼載には、まさしく俳諧の独吟百韻があって、その中には、

　銭《ぜに》をば持たぬ道の悲しさ
傾城《けいせい》はあれども宿に独り寝て

といった句も含まれています。一句や二句の言い捨ての俳諧は、当時の記録の類にいくつも書きとめられていて、連歌を詠み終えたあとでは、その余興として、俳諧が口ずさまれるのが常だったのです。

宗祇や兼載が『新撰菟玖波集』の中に、俳諧を入れなかったのは、俳諧の作品がなかったからではありません。むしろ『菟玖波集』に見られる程度の作品を集めることは、きわめて容易だったでしょう。それにもかかわらず、全くとりあげていないのは、俳諧はすでに連歌とは別のものだという意識があったからです。『新撰菟玖波集』が撰進された明応四年（一四九五）よりわずか四年後には、『竹馬狂《ちくばきょう》吟集《ぎんしゅう》』という俳諧ばかりを集めた撰集が作られますが、これはまさしくのちの『犬筑波集《いぬつくば》』の先蹤《せんしょう》です。当時、これらの作品は「俳諧の連歌」と呼ばれていました。俳諧の祖といわれる宗鑑《そうかん》の『犬筑波集』も、宗鑑自筆自撰のものは「俳諧連歌抄」などと呼ばれていて、純正連歌に対して「犬筑波」と卑下する気持など宗鑑にはなかったのです。『犬筑波集』という名は、江戸時代になって古活字本として刊行される時に付けられたに過ぎないのです。ところで、いわゆる『犬筑波集』の中には、宗鑑その人の作品が多く含まれているだろうと想像されるだけで、それぞれの句の作者はわかりません。けれども宗鑑撰と考えられるものよりはるかに句数の多い「俳諧連歌抄」の諸本の中には、まま作者の知られるものがあって、その多くが著名な連歌師であることから、俳諧の作者にはやはり連歌師が多かったものと思われます。特に宗長は俳諧を好んだらしく、その著『宗長手記』の中に、大永三年（一五二三）冬から山城薪《たきぎ》の酬恩庵《しゅうおんあん》で越年して俳諧にうち興じた折の句を書きとめているのですが、実はその集まりの中に宗鑑もいたのです。さきの兼載の俳諧百韻もそうですが、『宗長手記』に書きとめられたものも、『犬筑波集』の作品と同じく、およそ連歌の世界とはうらはらな俗な表現に満ち満ちています。その途方もない明るさは、稚拙ではあっても、江戸時代の俳諧より溌剌《はつらつ》としています。室町時代には、ある意味では近代の夜明けとも言えるような明るさが一方で見えていたのです。能に対する狂言の世界、『義経記《ぎけいき》』に見られる弁慶の人物像や『お伽草子《とぎぞうし》』など、岡見正雄氏が「室町ごころ」と呼ばれた時代精神を、この俳諧連歌は共有していると言えます。連歌師たちは、一方では古典の世界を連歌の中で追究し、一方では俳諧連歌を楽しんでいたのです。連歌から俳諧へという展開を考えるだけでなく、室町末期には、連歌と俳諧が同時に行われていたことを知っておく必要があろうかと思います。

　宗鑑とともに俳諧の祖と並び称されるのは、伊勢の神官荒木田守武《あらきだもりたけ》です。その苦心の独吟「守武千句」は有名で、この守武や宗鑑の出た天文（一五三二〜五五）の頃が俳諧発生の時代と考えられていたのですが、実は連歌と俳諧は室町時代末期から同時に行われていたことを考えなければ、天正（一五七三〜九二）から慶長（一五九六〜一六一五）にかけて、少なくとも現象的にはもっとも盛んな連歌の時代が訪れることを説明できないでしょう。その頃宗匠と仰がれていた紹巴《じょうは》は、毎日のように催される会に、とても十分沈思して句を案ずることなどできないと言っているほどです。式目なども細かく整備されて、かえってそれが連歌の文学としての生命を枯渇させることになってしまうのですが、慶長以後の連歌はもっぱらこの紹巴によって整備された式目や作風を典型として詠み続けられてゆきます。松永貞徳《まつながていとく》による貞門《ていもん》の俳諧、西山宗因《にしやまそういん》を盟主とする談林《だんりん》の俳諧を経て、やがて松尾芭蕉の蕉風俳諧によって、俳諧が高次の文芸性を達成することは周知の文学史的事実ですが、江戸時代初期の俳諧が、あまねく地方に浸透していったのは、連歌という地盤があったからなのです。連歌と俳諧は同時に、そしてひろく行われていたことを知っておかなければなりません。

　連歌が完全に俳諧に文学形態としての位置を譲り、北野神社や各地の天満宮などの法楽行事としてのみ興行されるようになったのは、芭蕉の没後、美濃《みの》派などの蕉風俳諧が全国を風靡《ふうび》するようになった享保《きょうほう》（一七一六〜三六）頃以降のことなのです。

一、古代から近世に至る連歌の歴史をうかがいましたので、次に文芸としての連歌の特質や表現について具体的にお尋ねいたします。連歌は座の文学と言われているようですが、それはどういうことでしょうか。

先に『聞書集』を引用して「場」というものについて概略の説明をしましたので、今度はこの『連歌集』に収めた作品に即してお話ししてゆきましょう。本書にとりあげた百韻は、いずれもその百韻が行われた折に、執筆《しゅひつ》（宗匠《そうしょう》の手助けをしたり、進行係をつとめた書記役）が公式的に懐紙に書きとめたものや、あるいはその連歌に参加した連衆の手控えなどをもとに転写されたものによっているのです。「応永三十年熱田法楽百韻」のようにほとんど原本といってよいものから、「寛正七年心敬等何人百韻」のように実際に行われた時点を遠く隔たった江戸末期に書写されたものまで、さまざまですが、原本と見てもよい執筆の書きとめた懐紙にしたところで、それが連歌という文芸形態をそのまま示しているわけではありません。連歌の本質は、十数人の連衆が一座に会して句を詠みついでゆく、その座そのものにあるのです。連衆のだれかが句を出すと、それを執筆がとりあげて吟じ、式目にも叶っていて宗匠がよしとすると、懐紙に執筆がその句を書きつけます。それと同時に、連衆はその句を前句として次の句を考えるということが繰り返されてゆくのです。従って、採用されるのは連衆の中のひとりの句であっても、その時点で連衆はそれぞれ何がしかの句案を持っているのです。たとえば五七五の上句を付ける場合、五七だけは浮んだのに最後の五がどうしても出来なかった人もいるでしょう。あるいは助詞一つをあれこれ考えて置きあぐねていた人もいたかもしれません。けれども、誰かの句が採用されたならば、せっかくのそれらの腹案はたちまち消えてしまうのです。今度はまた、その採用された句を前句として新しい次の句を考えなければなりません。連歌の一座では、一巡とか再篇とかいってはじめの一廻りまたは二廻りまでは連衆が順次付けてゆくのですが、そのあとは、はやくできた句から採用されます。ですから、百韻の中で十数句も詠んでいる人もあれば、ほんの一句か二句しか詠んでいない人もありますが、その一句か二句の作者も、前句がきまった時点で、常に次に付けるべき句を考えているわけです。前句を鑑賞し、それに付けるべき句を創作すること、それを連衆の誰もが繰り返すことによってかもし出される雰囲気こそ連歌にとって最も大切なものなのです。

二条良基が『十問最秘抄』で次のように述べています。

諸人面白がらねば、いかなる正道も曲なし。たとへば田楽《でんがく》・猿楽《さるがく》のごとし。連歌も一座の興たるあひだ、只当座の面白きを上手とは申すべし。

連歌はある意味では、田楽や猿楽と同じく一種の芸能と見ることもできるわけで、連衆一同、その座に会した者が興を催すためのものだったのです。中世において連歌が都鄙貴賤を問わずひろく人々に喜ばれたのも、そのためなのです。宗祇は、『淀渡《よどのわたり》』という百韻一巻の付け様を具体的に説いた書のあとに、

はじめて見る人なれども、連歌の座にて寄り合ひぬれば、互に親しみたる心地して侍るにや。老いたるは若きにまじはりたるも苦しからず。高きは卑しきをも嫌はぬはただこの道ならし。

と書きつけていますが、これはいかにもいつわりのない宗祇の心情を吐露した言葉です。なぜ連歌が中世に盛んに行われたのか、その原因を解く鍵はまさにこの宗祇の言葉の中にあると思われます。

一座に会して、一つの目的のために心を合わせる、いわゆる一味同心ということが、中世に尊ばれ

たことは、連歌ばかりでなく茶道などにも見られますが、特に戦乱に明けくれた戦国の武将たちにとって、ひとときの平安がどれほど心をなぐさめたことでしょう。一座に会するというそのことに、連歌の意義があるとも言えるのです。とはいっても、少しでもよい句を作ろうとする気持をもつのは、これまた真情でしょう。連歌師を手あつく招いて、その指導を仰ぐのも、そのためでした。一座の文芸ですから、その連衆の中に、すぐれた人が加われば、自然その座は活気を帯びて来ます。特にすぐれた人たちばかりの一座では、お互いに付けるということだけでなく、しみじみとその句を味わうといった余裕が見られます。一座そのものが高次の文芸の雰囲気に包まれてゆくのです。心敬という人はとりわけ連衆を重視し、『ささめごと』でも、「田舎ほとりの一座」について、いろいろな角度から批難したりもしているのですが、晩年、関東流寓《りゅうぐう》の後、太田道真《どうしん》に頼まれ、式目や執筆のことなどを書き与えた『私用抄』の中で、上臈《じょうろう》（身分の高い人）その他との晴れの一座に関する注意をこまごまと書き記した後に、「かたつかげなどにて数奇《すき》の好士ばかりにての座は、はるかに大事にはれがましく哉《や》」と述べているのは、こういったすぐれた人たちだけの一座を大切に考えていたためなのです。

一、古来もっとも著名な連歌作品とされている「水無瀬《みなせ》三吟」や「湯山《ゆのやま》三吟」がすぐれているのは、宗祇とその高弟肖柏・宗長の三人による一座だから、当然のことだといえますね。

この二つの三吟はたしかにすぐれた文芸性をたたえています。宗匠としての宗祇の配慮がすみずみまでゆきとどいている上に、肖柏や宗長がそれぞれの個性を発揮した、よみごたえのある作品といえましょう。早くから注釈が試みられていることからも、連歌の模範とされていたことが知られます。

しかし、連歌のおもしろさは、数人ないし十数人のすぐれた連衆を揃えた一座で、もっとも発揮されるものなのです。三吟では、ほぼ句順がきまってしまい、意表をついた付句など出にくいのです。それに、この二つの三吟は、宗祇の指導のもとに展開していて、あるいははじめから模範的な百韻を残そうとする意図があったようにも思われます。当座のおもしろさよりは、当座を離れた読者を意識しているとも見られるのです。それに対して、同じく宗祇が宗匠としてのさばきを見せている百韻でも、「新撰菟玖波祈念百韻」は、すっかり趣を異にしています。これは『新撰菟玖波集』の撰進に当って、その成就を祈念するために興行した百韻で、明応三年の旧臘《きゅうろう》に宗祇の発句が三条西実隆に示され、翌四年正月四日に、宗祇が実隆邸に出向き、実隆の脇句をもらいうけて来てそれに兼載が第三を付けるところから一座となるのですが、宗祇・兼載以下、玄宣・玄清《げんせい》・友興・長泰・宗長・恵俊《えしゅん》・宗仲・宗忍・慶卜・正佐・宗坡《そうは》・盛郷・宗宣といった面々が参加しての晴れの興行といえましょう。特に宗祇のあとをついで北野連歌会所の奉行となり、その関係もあって、宗祇とともに『新撰菟玖波集』の撰者にえらばれた若い兼載が、宗祇を向うに廻して、堂々と切りこんでいる姿が目立ちます。それを受けて立つ老巧な宗祇の句さばき、特に両者が付け合っているところには、緊張感がみなぎっています。

おもふのみをやこころともせん

やる文の数をつくしてよむ歌に　〈二表5〉

兼載は、どうともとれる前句を、男の歌の下句ととったのです。まことに奇抜な手法で、そこには兼載の気負いが感じられます。ところが、その句にすかさず、

いつひとことのなさけをか見し

と宗祇が付け、気負った前句を軽く流して、今度は物語の場面でも思いうかべるような、つれない女

に心を砕いている男の気持に展開しています。

おろかにもいそがざらめや法《のり》の道

あつめてたかきいさごとぞなる　〈二裏12〉

ここでも兼載は、前句を愚かな人でも思い立ちさえすれば仏道に入ることができるのだととり、一つの諺《ことわざ》でもって、その仏道に入る悟りの公案を示しているといった大胆な付けぶりです。と、すぐに宗祇が、

かげとほき山のをのへのひとつ松

と鮮やかな叙景句に展開していきます。そのあとを宗長が、

爪木《つまぎ》もとむる里のさびしさ

とまた主観句にもどし、叙景句に展開しようという宗祇の意図は十分に生かされなかったので、一句おいて改めて宗祇は、

霜は下葉にむすぶ呉竹

と再び叙景の句を詠むのですが、今度は兼載が、

風すぐる跡にさやけき夜半の月

と、清新な叙景句でみごとに応じているのです。京都大学潁原文庫蔵の『連歌抜萃』という本は、室町末期の写本ですが、この百韻の中から、宗祇・兼載の詠んでいる一連の句をのみ抜き出しているのを見ても、両者の緊張した雰囲気が語り草となっていたのかも知れません。

「寛正七年心敬等何人百韻」では、心敬・行助《ぎょうじょ》・専順《せんじゅん》が顔を揃え、当時まだ中堅作者の宗祇も加わった、これも十八人の連衆を揃えての大一座です。心敬が発句を詠んで十一句、行助・専順がそれぞれ

十句で、あとは量阿《りょうあ》・宗怡《そうい》の七句以下ですから、心敬・行助・専順の三人が中心となっていることは事実です。脇句を行助が詠んでいますので、あるいは行助のもとで、心敬・専順以下の連歌師を招いての興行であったかも知れません。それぞれの作者についての伝記がはっきりしないのですが、おそらく宗祇はその師専順に伴われて参加し、士沅《しげん》などは心敬に伴われて加わっていると見られ、それぞれ一門をひきいてのまさに他流仕合といった様相だったと思われます。一応心敬が宗匠をつとめたのでしょうが、それは「湯山三吟」や「水無瀬三吟」における宗祇の立場とは大きな違いがあったというべきでしょう。初裏の十句目で一巡が終り、

御法《みのり》の跡を残す古寺
聞くのみを鹿のその世の行衛《ゆくへ》にて　心
月かたぶきて夢ぞ驚く　行
仮庵《かりいほ》や枕の草の露おもみ　順

と、三人が拮抗《きっこう》して、句を続けているあたり、まさに、つばぜりあいのような緊張感がただよっています。心敬が、前句の「御法」を「鹿のその」と、鹿野苑《ろくやおん》の故事で受け、「鹿のその」と「その世」を掛詞にして仕立て、手のこんだ得意の句作りを早くも披露すると、行助は、その重い前句を、『後拾遺集』の本歌で受けて、一転して釈教から秋の句へという展開をはかり、専順は、古歌の風情を下におきながら、軽く仮庵の夜明け方の光景に転じてゆくといった具合に、三人ともにその特徴を発揮し、十分相手を意識して付け合っているのです。この百韻こそ、心敬のいう数奇の好士ばかりが集まった大事な一座だったといえましょう。

一、多人数の人間によって創られてゆくところに連歌の大きな特色があるということはよくわかりました。けれども、用いられている言葉や美意識は和歌とあまり変らないように見うけられます。連歌と和歌は表現面でどのような違いがあるのでしょうか。

連歌は、五七五七七の三十一文字である和歌に対し、五七五の上句ないし七七の下句で一つのまとまった世界を表現しようとしているわけですから、当然和歌とは異なる独自の表現方法を開拓しています。ここでは、「湯山三吟」に例をとって具体的に検討してみましょう。

まず第一に考えられる連歌表現の特徴は、圧縮するということです。たとえば、七文字の中に、名詞・動詞・名詞と、それぞれに意味を持つ概念語をもりこみ、直接には結びつかない連結の仕方で結びます。

雪ふむ駒のあし引のやま　〈三表12〉

がその一例で、和歌に多い「雪ふみわけて」という表現を「雪ふむ」と圧縮し、更にすぐ「駒」と続けています。

圧縮のための表現としては、また、助詞「の」の自在な使われ方にも注目すべきでしょう。

ゆふべのなみのあら磯のこゑ　〈二裏8〉
袖さえてよるはしぐれの朝戸出に　〈三表13〉
影しろき月をまくらのむら薄　〈三裏9〉
はかなしやにしをこころの柴の庵　〈三裏13〉
さこそは花をあとのやまごえ　〈名裏4〉

以上あげた「の」は、「あら磯によせる波の音」「夜は時雨の降る中の朝戸出に」といった具合に、それぞれ省略をともなって次の語に続け、その省略のうちに多くのニュアンスを含ませようとしています。また、

身をなさばやのあさゆふの春　〈初裏2〉

のように、「身をなさばや」といった一つのまとまった文《センテンス》を「の」によって大きく包んで、次の語に続けてゆく用法も見られます。あるいは、

おもひの露をかけしくやしさ　〈初裏10〉

のように、比喩的な関係にある語を結ぶ「の」もしばしば用いられ、一句の内容を豊富にするのに役立っています。

さらに、掛詞も、

すみはなれいまは程さへ雲井路に　〈初裏13〉

ほととぎすなのりそれとも誰わかん　〈二裏9〉

雪ふむ駒のあし引のやま　〈三表12〉

のように盛んに用いられています。特に、後の二例は、和歌の掛詞が往々にして類型的な表現をとるのに対して、より奇抜で自由な掛け方をしており、これなどは、短い言葉に多くの意味をもたせようとするところから必然的に生じた圧縮表現の一つです。圧縮することによって、緊迫した張りのある新鮮な連歌の表現が生み出されているのです。

第二の特色として、下知《げじ》すなわち命令形や呼びかけの表現があげられます。これは作法書の類にも

しばしば注意されている重要な連歌表現の一つです。

たのめなほ契りし人を草の庵　〈名表13〉

は、「なほたのめ」を倒置した命令形であり、

かへらんたびを人よわするな　〈二裏10〉

露のまをうきふる里とおもふなよ　〈名裏7〉

などは呼びかけの表現ですが、これらは、多人数の一座で前句に付けてゆく応答変化の妙をねらった、連歌に特有のいきいきとした表現と言えましょう。

第三番目の特色は、語《ご》彙《い》の上においても、連歌はやはり和歌より新しいものを用いようとしていること、これも忘れることはできません。

袖さえてよるはしぐれの朝戸出に　〈三表13〉

冬のはやしに水こほるこゑ　〈名表2〉

の「朝戸出」「冬の林」は『万葉集』に見える言葉です。連歌人の目には万葉詞が目新しくうつったと見えて、しばしば用いられています。また、

ふる人めきてうちぞしはぶく　〈名表6〉

すみはなれいまは程さへ雲井路に　〈初裏13〉

わりなしや名こその関のまへわたり　〈名裏1〉

の「ふる人めく」「すみはなれ」「まへわたり」など、和歌にはあまり見られず、物語によく用いられている言葉が、連歌では自由に使われています。さらに、たとえば、

木のしたもみぢたづぬるもなし　〈三表4〉

の「木のしたもみぢ」という言葉、これは、「木の下かげ」「木の下かぜ」「木の下つゆ」「木の下やみ」など和歌に用いられる語から類推して続けたものです。その他、

岩もとすすき冬やなほみん　〈脇句〉

の「岩もとすすき」は、「岩本かづら」「岩本すげ」「岩もとこすげ」などが和歌に見出されるのに対して、複合の仕方が連歌的であり、「一むらさめ」〈挙句〉「ゆふがらす」〈名表3〉も同様です。連歌特有の言葉は、こういった新しい組み合せによる熟語が大部分を占めているようです。

この『連歌集』の頭注に、多少執拗《しつよう》と思われるほど和歌の用例を指摘したのは、連歌の表現がどこまで和歌の表現と一致するかを示そうという意図によるものです。逆に、容易に和歌の用例を見出だすことのできなかった語句は、連歌特有の表現であると考えることができるでしょう。

実は、ここに述べたような和歌と連歌の表現の相違については、以前にも考えたことがあったのです。その論考は「宗祇連歌の表現」（『語文』昭和三十年五月号に「和歌の表現と連歌の表現――湯山三吟を中心として」として発表したもの）として、『連歌史の研究』（昭和四十三年角川書店刊）に収めたのですが、その章の終りに、連歌の表現は和歌の表現から遠く離れようとはしなかったこと、俗語を中心としておかしさをねらった俳諧連歌とは大きく一線を画すること、そして、俗語を大切にしつつ文芸的に表現するには、やはり蕉風の俳諧を待たねばならなかったことを述べたのでした。ただ、その時点では、そうした連歌表現の限界も、良基、宗砌、心敬、宗祇、紹巴といったそれぞれの時代によってずれがあり、その差違については個々に考究しなければならないとして、和歌と連歌の表現に関する以上のような見解を宗祇の時代に限定しておいたのです。けれども、右にあげた各時代の連歌をとりあげて注釈してみた結果、限界のずれはきわめて小さいことがわかりました。勿論、それぞれの時代の特徴というものはあって、たとえば、「文和千句第一百韻」の、

旅なれば帰るも待つもいそがれて　〈二表11〉

の「帰るも待つも」といった対句《ついく》表現が特に好まれたのは南北朝時代の地下連歌においてですし、「応永三十年熱田法楽百韻」の、

とほきながれの水のうき橋　〈初表6〉

における「ながれの水」のように、「水のながれ」という語順を無理に逆にしたような表現は、応永の頃の連歌に多く見られる、といった具合です。

ところで、連歌の表現に関連して少し注意しておきたいことがあります。これも「熱田法楽百韻」の句ですが、

いざとひてみむ捨人《すてびと》の山　〈三裏4〉

における「捨人」という、無理に省略した語、これは宗祇が『吾《あ》妻《ずま》問答』において、「水音」「田守」「花守」などとともに「以《もっ》ての外宜《ほかよろ》しからず」とする言葉なのですが、実は謡曲「西行桜」の中でも用いられているのです。能と連歌は中世という時代を共有する芸能であり文芸でありまして、世阿弥《ぜあみ》がまだ藤若《ふじわか》といっていた幼少の頃に、二条良基邸の連歌に参加して佳句を詠んだという記録もあれば、観阿弥《かんあみ》や世阿弥の作とされている能にも、連歌師の助力があったかと思われるふしがあるなど、両者の関係は決して疎遠とは言えないのです。この「捨人」という語の一致などは、連歌と能の台本である謡曲が、ともに和歌や物語に見える古典的な雅語を基調としながら、一方は和歌より短い詩型であるために、一方は音曲としての節章の制約から、それぞれ必然的に作り出されたということに過ぎないのかも知れません。しかし、雅語の世界での共通の方向性と同時代性、さらには直接の関係の有無などをも考えると、単なる偶然とばかり見なすこともできないでしょう。連歌と謡曲における表現の

共通性については、これから検討すべき大きな課題だと思います。

一、連歌には式目《しきもく》と呼ばれるさまざまな規則があって、句を作ってゆく上にも読んでゆく場合にも煩雑であるように思われます。連歌にはどうして式目が必要なのでしょうか。また式目のために自由な表現が制限されるというようなことはなかったのでしょうか。

連歌が多人数で行われる文芸である以上、何らかのルールが必要であることは当然でしょうし、式目にもそれなりの意味があるのです。簡単に歴史を追って説明しますと、まず鎌倉初期の連歌では、各人が付けた句の数によって賭物を競ったので、果してその句が前句にたしかに付いているかどうかを決める規準が必要だったわけです。その頃の規準は賦物《ふしもの》で、それもはじめは、鳥魚とか源氏国名とかいった形のものでした。交互に鳥や魚の名前をそのまま詠んだり、隠題《かくしだい》にして詠み込んだりしたのです。源氏国名というのも、五七五の上句には『源氏物語』の巻名を、七七の下句には、近江《おうみ》や大和《やまと》といった日本の国名を詠みこんでゆくことを言います。この当時の連歌では、賦物の条件を満たすということが何よりも重要だったのです。そのうち、賦物を云々《うんぬん》するより句を付けること自体に興味が移ってくるにつれ、同じ言葉や情景が繰り返して出てくるのを防ぐための、いわゆる去嫌《さりきらい》の法則が作られるようになってきます。最初の連歌法則が書かれている『八雲御抄』には、賦物に関する規定の多いことが目立つとともに、すでにいくつかの去嫌などの禁制に関することが記されています。

その後、これに類した式目は、あちこちで、その折々に作られていったようですが、のちに二条良基が『筑波問答』の中で、中古までは、一、二句をつらね、或は独吟連歌、有心無心の句などにてありしほどに、まことに式目を作りたる事もなし。しかるに文永・弘安の頃より、本式・新式などいふ物いでき侍り。

と言っているように、建治の新式が規準になるのです。良基が救済の協力を得て作りあげた「応安新式」も、建治の新式に準拠して作られたものでした。

なぜ式目が必要なのかという問題ですが、百韻というものの面白さは展開してゆくところにあり、変化が尊ばれたのです。最も避けるべきことは、同想の句の繰り返し、つまり輪廻《りんね》だったのです。式目の本来の意味は実はこの点にあって、一座何句物とか可隔何句物とかいった細かい規定も、輪廻を避けて、百韻一巻の中に、変化と調和をもたらすための最低の原則として定められたものと言っていいでしょう。ですから、式目はあくまでも原則であり、具体的にはその座の宗匠のさばきにまかせられることが多かったと考えられます。

規則である以上当然例外が生じてくるわけですが、その例外が慣用化されてくると、今度はそれが新たに規則として組み入れられてゆくことになります。つまり、「応安新式」に良基自身の「追加」、さらに一条兼良《かねら》と宗砌による「新式今案」が加わってゆくといった具合です。それを肖柏が自らの「追加」を加えて編み直したものが『連歌新式追加並新式今案等』で、これによって式目は完成されたと言えましょう。ところで、実際の作品を見てゆくと必ずしも式目通りには行われていないこともあり、さきに作品の上で慣例が作られ、その慣例にのっとって式目があとから規定されるというケースも珍しいことではありません。一例をあげてみます。「雨」は「応安新式」では一座一句物と規定されているのですが、文明十四年（一四八二）の「宗伊宗祇湯山両吟」では、

鷺《さぎ》のとぶ入江をさむみ雨はれて　〈二表3〉

ひぢかさの雨うちかすむかへるさに　〈三表13〉

と「雨」が二度用いられています。式目に従えば、〈三表13〉の句は、違反しているとして差し返されねばならないところです。ところが文亀元年（一五〇一）の肖柏の「追加」を見ると、「雨」はやはり一座一句物の中にあげられてはいるものの、「但《シ》近年為《リ》二二句之物一」と注が加えられています。いつのころからか「雨」は二句詠んでもよいということになっていたのです。

ただし、こうした例外が作られてゆくのは、よほど自信のある宗匠のさばきや、式目を破ってでも百韻の作品としての価値を高めようという、すぐれた連衆による一座でのことだったと思われます。貴賤都鄙《きせんとひ》をとわず、ひろく連歌が盛況を呈していた当時にあって地方の法楽の連歌などでは、式目が金科玉条《きんかぎょくじょう》として遵法《じゅんぽう》されたであろうことは想像にかたくありません。たとえば、長谷寺《はせでら》に四幅の掛軸からなる経覚筆応仁二年（一四六八）五月書写の『連歌新式』が現存するのですが、これはおそらく、長谷寺の地主《じしゅ》である与喜《よき》天神で連歌が興行される際、連衆の前に掲げられたものと思われます。連衆は式目を眺めながら、あれこれ付句を考えたのでしょう。なお、この長谷寺蔵『連歌新式』は、「応安新式」のあとに「追加」が、さらに「新式今案」が書き継がれており、「応安新式」の原型を知る上で大変貴重な文献であることを付け加えておきます。

次に、式目が連歌を作ってゆく際にどのような働きをしたのか考えてみましょう。すぐれた連衆は、百韻の眼目が展開の妙にあることを承知しているわけですから、式目にとらわれて句を作ってゆくことはまずあり得ないでしょう。むしろ、結果的に式目からそれほど逸脱しないものが出来あがると言ってもよいくらいではないでしょうか。けれども、素人の連衆による百韻においては、式目は句を詠みすすめてゆく上にもっと大きな意味を持っているようです。「応永三十年熱田法楽百韻」は、熱田神宮の社官、寺僧を中心とする一座で、神宮の西、神戸《ごうど》町にあった時衆《じしゅう》の亀井山円福寺の聖《ひじり》、其阿《ごあ》を宗匠として興行された百韻で、連衆はいわば素人です。この百韻を見てゆきますと、式目に正しく準拠しているばかりでなく、逆に式目が展開の動機になっているように思われます。たとえば、

　月までも三《みつ》の宝の光にて　〈初裏3〉

の「月」は、第三の「待つ春の花を御山の月出でて」から七句隔たっているのですが、「月」が可隔七句物という式目をもとに、ここでは「月」を出せばよいということが、先ずこの句の作者の念頭にあったでしょう。同じように、

　まがきにのこる草のあさ霜　〈初裏6〉

の「霜」は降物《ふりもの》で、降物は可隔三句物ですから、〈初裏2〉に「御つぎぞ露の玉金《こがね》なる」とある「露」から三句隔たっていて、今度は降物は出してもよいということから、「霜」が出てくるのです。さらに、前句の「冬さきてひさしき菊の花盛」の「菊」から、寄合で「霜」「まがき」が考え出されてくるといった具合に、連衆は、式目を眺め、寄合を集めた集をくりながら付けていったのでしょう。おそらく多くの素人を連衆とした連歌の一座の進行は、こういったものであったかと思われます。それは、ちょうど俳句を作りはじめた人が、歳時記と首っぴきで句をひねっている光景に酷似しているといえましょう。

一、日本の詩文に欠かすことのできない景物として、月や花があげられます。連歌においても数多く詠まれているようですが、式目の上で特別の規定はあるのでしょうか。

江戸時代の式目では、月は懐紙の表・裏一つずつで八つ、花はそれぞれの折（懐紙）に一つずつで四つ、従って四花八月、あるいは名残の裏の月は省略してもよいので四花七月というふうに決められています。けれども、この『連歌集』に収めた百韻は、その通りにはなっておりませんし、月の場合など式目の上でもはっきりとした規定はありません。時代が下るにつれて、前述のように決められていったもののようです。

ただ、連歌人が、月や花を特別の景物として早くから重要視していたことは事実です。特に花の句は、鎌倉時代の花の下《もと》連歌が、神の降臨する依代《よりしろ》と考えられていた寺社のしだれ桜のもとで毎春開かれたこともあって、大切にとりあつかわれたことと思われます。『菟玖波集』に見える花の下連歌師たちの発句は、いずれも花の句ですし、二条良基は『連理秘抄』の中で、

抑《そもそも》花月の句をさのみ取り洩らさじと、あながちに求むる人あり。愚意には返々《かへすがへす》詮《せん》なし。只《ただ》、詞《ことば》たくみに心ゆたかなれば、景物ならねども秀逸をばする也。詞の足らぬ故に、景物にて飾りたてんと奔波《ほんば》する程に、あながちに好み付くる事、見苦しく侍《はべ》り。或人の云はく、「花の句は最も大事の物也。一座になほ一句を得がたし」。此の事まことによく〳〵思慮すべし。幽玄の景物を荒蕪《くわうぶ》の詞にてけがす事、尤《もつと》もいたましき事なり。

と、誰もが花や月の句を詠みたがることをいましめています。このことは逆に地下《じげ》の連歌で、どれほど花や月の句をわれがちに付けようとしたかを示すものでしょう。良基の見解にしても、要点は、月や花の句は大切なものだから、それ相応のすぐれた句をつけるのでなければ無意味だというところにあり、「幽玄の景物を荒蕪の詞にてけがす事、尤もいたましき事なり」という言葉に、月や花の句をいかに大切に考えていたかがわかります。応永時代の連歌論書『連通抄』にも、「連歌をば長高《たけ》く詞《こと》

葉《ば》幽玄に仕り侍るべし。殊に雪・月・花・恋・述懐の趣なり」として、それぞれの例句をあげていますが、月や花の句は、百韻の中で、とりわけ引き立つかんどころになっていたものと思われます。

ところで、花は「応安新式」では一座三句物で、「懐紙を替ふべし。似物《にせもの》の花此の外一」と規定されています。それが「新式今案」になると、同じく一座三句物の中には見えますが、「近代四句之物と為《な》す。然らば余花此の内に在るべし」という注記が加えられています。それが、江戸時代の『産《うぶ》衣《ぎぬ》』では、「花　四つ也。花は発句、脇、第三の外は折の面《おもて》にせず。裏よりはいづくにても苦しからず」となっているのです。もともと一座何句物というきまりは限度を示すもので、必ず何句詠まなければならないということではありません。「寛正七年心敬等何人百韻」で、花は二句しかなく、余花（ここでは梅の花）を入れても三句であるというのも、式目にてらしていえば決して異例ではなかったのです。ところが、花は一座三句物とする「応安新式」によっていたはずの「文和千句第一百韻」「至徳二年石山百韻」「応永三十年熱田法楽百韻」では、余花を数えずに、四句詠まれています。花が一座三句物から、近年は四句物とただし書きが付けられる気運ははやくからあったわけです。付け加えて言えば、「享徳二年宗砌等何路百韻」「新撰菟玖波祈念百韻」が花三句、余花を入れて四句、「宗伊宗祇湯山両吟」「水無瀬三吟」「湯山三吟」「天正十年愛宕百韻」はいずれも花四句となっています。

月の場合は、「応安新式」以来可隔七句物という規定に属しています。ただ、春・夏・冬の月はそれぞれ一座二句物となっていますが、月といえば秋の月をさす、その秋の月は、一座に何句というきまりはありません。たとえば「文和千句第一百韻」をとってみますと、秋の月が六句、春の月が二句見られます。春の月は一座二句物とする式目通りですし、さらに、〈二表5〉はただの春の月、〈名表14〉は春の有明月であって、春・夏・冬の月はそれぞれ「只一、有明一」とする細則にもかなっています。そして、当然のことながら、月と月の句はいずれも七句以上離れており、月についてはそれ以上の規定はなかったわけです。さらにいえば、「応永三十年熱田法楽百韻」は、第三に、

　待つ春の花を御山の月出でて

と、冬の月を詠みこんでいます。これは、『連通抄』に「第三は幾度も月成るべし」とあるのに従っており、第三に月を詠みこむのが当時のしきたりであったようです。当時の他の作品を見ても、そのことは例証できるのですが、このしきたりは、まもなく行われなくなってしまいます。

ここで、月・花がどのように詠まれているかを具体的に見てみましょう。「水無瀬三吟」「湯山三吟」「天正十年愛宕百韻」について整理すると別掲の表のようになります。花はいずれも四本であり、「水無瀬三吟」は表三つに裏が一つ、「湯山三吟」はすべて裏、「天正十年愛宕百韻」は初折が第三で、あとはすべて裏にあります。月は、「水無瀬三吟」が六句、春月を入れると七句、「湯山三吟」は七句、春月・冬月を入れると九句、「愛宕百韻」は六句、冬の有明を入れると七句になります。花に対して月の方がまだ不安定ですが、「愛宕百韻」では名残裏に花があって、月がないところなど、初めに述べた四花八

		初表	初裏	二表	二裏	三表	三裏	名表	名裏
水無瀬	花		5花	3花		5花		3花	
	月	5月	10月	5（春月）	12月	8月	2月	12月	
湯山	花		1花		1花		1花		4花
	月	5月	8月	11月	5月	7月	1（春月） 9月	4（冬月）	8月
愛宕	花	3花			13花		11花		7花
	月	6（冬有明）	9月	10月	11月	10月	6月	7月	

月ないしは四花七月に近づいてゆく傾向を察することができましょう。

一、連歌が、一方で高い文芸性を持つに至り、一方ではあまねく人々に浸透していったこと、また式目の意味についても御説明いただきました。では、なぜ連歌は廃《すた》れてしまったのでしょうか。

この問題にお答えするためには、二つの段階に分けて考えなければならないと思います。先ず第一に、連歌がどうして俳諧にとってかわられたのかということ、次に、俳諧のいわゆる連句をも含めて、連歌形態の文学がどうして行われなくなったのかということです。前者の問題をまず検討してゆきましょう。

連歌が宗祇らによって最も高い文芸的なみのりを示した室町後期に、俳諧の連歌が盛んに行われていたこと、宗鑑の『犬筑波集』や荒木田守武の『守武千句』が作られた天文年間より後に、紹巴時代という連歌の隆盛期があったことは、さきに触れた通りです。ところが、連歌が文学としての生気を失ってゆく要因は、皮肉なことに、この連歌隆盛の現象の中に求められるのです。この時代も、連歌の式目は、良基の「応安新式」に追加を加えていった『連歌新式追加並新式今案等』が根幹であったことに変りはありません。ただ、これは大綱を示したもので、実際にはなお細々《こまごま》とした規定がさまざまな説をともなって一定しないままに伝えられていたのです。心敬の『私用抄』などもその一端を示したものですが、宗匠として一座に臨む連歌師の間では、そうした規定が口伝《くでん》の形で積み重ねられていたようです。それが徐々に形をなしてきて、紹巴の時代には、ほぼ整理のつく段階に至ったのでした。ただ、細かい点については諸説入りみだれていたようで、紹与《じょうよ》が紹巴の見解を聞き書きした『巴《は》聞《ぶん》』という書物には、これは紹巴の説で、心前や昌叱《しょうしつ》（ともに同時代の連歌師）は別の見解であったことなどがあちこちに書きとめられています。その内容はまことに具体的で煩雑をきわめ、たとえば、「家づと」は居所から二句隔てるべきだとか、「岩屋」は山類ではないとか、いちいち例をあげて規定しているのです。こうなると、宗匠の自在なさばきや適宜に判断する余地はなくなってしまいます。そうした傾向はさらに進んで、やがては『無言抄《むごんしょう》』のように、いろは引きの、つまり辞書のような式目書が作られるに至ります。式目が煩雑化し、かつ強制力を持つようになると、自由な表現は期待できません。俳諧もこの連歌の式目を踏襲はするのですが、はるかに規定はゆるやかにしています。

江戸時代になると、さらに連歌師のあり方そのものも変ってきます。すなわち、幕府にかかえられて毎年嘉例の柳営《りゅうえい》連歌の宗匠をつとめることになり、その職も、紹巴の子孫が代々世襲で任じられてゆくという状態になるのです。これは現象的には、能楽や茶道など中世の芸能がたどった道と同じですが、能楽などは、江戸時代になってその型をみがきあげ、芸術性を高めていったわけで、その点、自由に新しい曲を作って演じていた中世とは別種の意義が認められ、伝統芸術としての洗練された形が作りあげられたのは、まさに江戸時代になってからとも言えましょう。ところが、連歌の場合は、その興行のありかたがどれほど整えられても、連衆の付合《つけあい》における発想や展開が固定化していったのでは、文学としての生命は枯渇してしまいます。

それでも、江戸時代の初期には、連歌はなお盛んに行われていました。松永貞徳《まつながていとく》を中心に、その門下たちによって形成された貞門《ていもん》の俳諧が急速に全国に普及していったのも、各地に連歌をたしなんでいた人々がいたからなのです。ところで、連歌と俳諧は、形態は同じですが、古典的な世界を指向し、雅語の枠《わく》組みの中で表現する連歌に対し、俳諧は連歌に用いることのなかった漢語や俗語をも自由に駆使して表現します。貞徳は、俳諧は俳言《はいごん》（俗語や漢語）を詠みこんだ連歌だと規定しているのです。ただ、貞徳のこの定義づけは、和歌や連歌を高い教養として、それにあこがれを抱きながらも容易に入ってゆくことのできない人々に対し、その入門段階として俳諧を普及させようという意図によるものだったと考えられます。また、当時の多くの人々が、連歌も俳諧も両方詠んでいたために、あえてその相違を俳言の有無に求めて、はっきりさせる必要があったことも確かです。

　縁語や掛詞を縦横に用いた、言語遊戯的な貞門の俳諧とはいえ、さすがに貞徳などは言葉の感覚の鋭い人でしたから、すぐれた句も見られます。けれどもそうした感覚を持たない人々の俳諧は、ある意味では、連歌が達成した高度の付合の気味に及ばなかったのは当然でしょう。そうした貞門の作風にあきたらない人々の間から、新しい談林《だんりん》風の俳諧が起ってきたわけですが、貞門から離れていった松江《まつえ》重頼《しげより》や、談林俳諧の総帥とされた西山宗因《にしやまそういん》が、いずれも当時の連歌界の重鎮であった里村昌琢《しょうたく》（昌叱の子）門で連歌に親しんでいたという事実を想起しておく必要があるでしょう。

　ここで、宗因について少し詳しく考えてみたいと思います。肥後八代《やつしろ》の城主加藤正方の側近であった宗因は、連歌好きの主君の感化で早くから連歌に親しみ、京阪にも遊学し、昌琢の指導を受けたりしたのでした。ところが、主家改易という悲運にあい、連歌師として立つことを決意、大阪天満宮の宗匠として迎えられたのです。その天満宮の月次《つきなみ》連歌に通う連衆とともに、俳諧を全くの余技として時々たのしんでいたのです。ところが、貞門風の言語遊戯とは異なった、連歌の手法を生かしたその句風が喜ばれて、自由奔放な俳諧をたのしむ若い連中から、旗頭として仰がれるようになります。これがやがて一世を風靡《ふうび》するいわゆる談林俳諧ですが、宗因自身は連歌を表芸とする気持に変りはなかったのです。そして彼の俳諧そのものも、いかにも詩人肌らしい感覚と、洗練された適確な表現がひときわ目立ち、井原西鶴《さいかく》ら新風俳人と目される奔放一途の若い人々の作風とは異なっています。延宝末年、その新風の俳諧があまりにも放埒《ほうらつ》に流れたのを見た宗因は、ひとり静かに連歌の世界にもどってゆくのでした。

「連歌おもしろく成申候」と、ある人への手紙に記している宗因の連歌は、決して従来の連歌の域にとどまっていたわけではありません。『宗因発句帳』の中に見える、

　遠山やはるる夕日の片時雨《かたしぐれ》

　　西行谷にて

　さびしさにたへて跡ふむ落葉哉

　霜の松に鐘ひびかせて風もなし

　　妻に後《おく》れし人に

　たれと共にとおもひねいかに霜の床

　朝な〳〵みなぎはかはる氷哉

などの句は、雅語の世界の中で、新しい詩を見出だしています。発句ばかりではなく、百韻や千句を見ても同様のことが言えるようです。たとえば、ここに延宝二年七月十一日、宗因が七十歳の折に詠んで、明石人丸社の法楽として奉納した独吟の百韻があります。この百韻は、宗因自身も気に入っていたと見えまして、自筆で書き写したものが、二、三残っています。その中から、いくつか抜いてみましょう。

　　袖にもはらふ草むらの露

　ませの内にさく朝顔の花を折りて　〈初裏5〉

秋の句です。「ませ」は竹や木で作った背の低いませ垣のことで、袖にふりかかる草むらの露を払ったのは、そのませ垣の内に咲いている朝顔の花を折ったためだというのです。「ませの内にさく朝顔」という表現が、いかにも自然の光景を適確にあらわし、その花を折る人を彷彿《ほうふつ》とうかびあがらせています。

　　古き枕《まくら》のさびしかたはら
　床の上に塵《ちり》もいく夜かつもるらん　〈二裏9〉

前句は「おもかげは夢となりにし空の月」に続く恋の句です。しかも三句恋が続いているところです。それを誰かが亡くなったままに、その枕もとでさびしい思いにふけっているととりなして、床の上には塵が幾夜も幾夜も積ったことでしょうと付けたのです。床の上に積った塵、そこに亡き人をしのぶさびしさをよく出しています。こういった味は紹巴以前の連歌にはあまり見出だすことができません。

　　夕ぐれかけて送る江の舟
　水広きながれの北にとぶ鴉《からす》　〈三表5〉

日が暮れる頃、入江から沖へ漕ぎ出してゆく舟を見送っているという前句に、広々とした入江の流れの向うに、北の方へ飛んでゆく鳥が見えるという情景を付けています。河口が広くなっている入江を「水広きながれ」というのも雅語を用いながら新鮮な表現です。写実的ともいえるほどの印象鮮明な叙景句です。

　　わらはやみ今日や心ちもまぎるらし
　乱れし筋をけづる朝髪　〈三裏6〉

おこりをわずらっている女、今朝は心持もいくぶんまぎれるのでしょう、乱れた髪をくしけずっていることだというのです。いかにも病める美女のしぐさを思いおこさせる、しっとりとした艶《えん》の感じられる句です。これらの句は、みずみずしい感覚に満ちていて、紹巴以前の連歌には見出だせなかった新しいさまざまな姿が、古典的な表現の枠の中で詠まれています。もう一歩つき破れば、蕉風の俳諧に近づく新鮮さをひそかにたたえていたのです。「連歌おもしろく成申候」……宗因には、そう言えるだけの連歌文芸の冴《さ》えがあったと見られます。宗因というすぐれた個性を得て、連歌はここに最後の華が開いたと言えましょう。

宗因が連歌に回帰した延宝末年頃の俳諧は、新しい俳風を模索してさまざまな試みが行われていました。天和の漢詩文調などもその一つでしたが、遂に貞享《じょうきょう》・元禄に至って、貞門・談林の俳諧を身をもってくぐり抜けてきた芭蕉が蕉風の俳諧を達成することになります。そして、その芭蕉の俳諧は、連歌と紙一重のところにうち立てられたとも言えるようです。『笈《おい》の小文《こぶみ》』の冒頭の一節において、

西行の和歌における、宗祇の連歌における、雪舟の絵における、利休が茶における、其《その》貫道する物は一なり。

と芭蕉は述べています。俳諧をこれら中世芸道と同じく風雅の道と規定する芭蕉には、俗語を用い、その俗語を文学の表現にまで高めることによって、連歌を新しく甦《よみがえ》らせたという自覚があったと思われます。しかし、その芭蕉に、どれだけ連歌の知識があったのか、宗祇の作品をどれだけ読んでいたかという点については甚だ疑問です。おそらく芭蕉は、連歌の一座に実際に連なった経験などはなく、宗祇についても、わずかに「世にふるもさらに時雨《しぐれ》の宿りかな」といった世に喧伝《けんでん》されているいくつかの発句を知っていた程度、旅の詩人としてのイメージを持っていただけではないかと思われるのです。芭蕉が談林俳諧の混迷の中から抜け出そうとした時、宗因のようにかえることのできるものを持

っていなかっただけに、かえって俳諧そのものの中から、独自の世界を創り出すことができたのではないかと考えられるのです。貞門・談林の俳諧では、宗因のように、連歌と俳諧を詠み分けることができたのですが、蕉風の俳諧になると、もはや連歌と俳諧を詠みわけることはできなくなってしまいます。蕉風の俳諧が広く全国に浸透してゆくにつれ、かつて連歌を詠んでいた人々も俳諧一色になってゆくのです。式目のわずらわしさと、雅語の枠をくずせなかった連歌表現の限界を、蕉風の俳諧がつき破ったことを考えれば、それも至極当然の成り行きであったと言えましょう。

一、では、俳諧をも含めて、なぜ連歌形態の文芸は行われなくなったのでしょうか。

最近、改めて文学としての連歌に対して興味と関心が寄せられつつあるような気運が感じられ、実際に連歌を行ったという話も耳にします。ところが、それは必ずしも連歌そのものというより、短歌・俳句・詩といった個人の創作に対して、連歌・俳諧の区別を問わない、衆による座の文学としての形態を指して言っていることが多いようです。そうした現象を踏まえて、この問題を考えてみたいと思います。

連歌は江戸時代の中頃、すでに文学としての生命を失い、かわって俳諧が広く人々の心をとらえたのですが、その後も寺社の年中行事として行われていました。大阪天満宮には、幕末の神官たちの作品がいくつも現存していますし、太宰府天満宮では連綿と昭和初頭まで月次連歌が興行され、私自身、高齢の権宮司小鳥居寛二郎氏から、その折の話を伺ったこともあります。福岡県行橋市の今井祇《ぎ》園《おん》社では、奉納連歌を神事として今に伝え、毎年、神前奉納連歌と車上奉納連歌が新しく作られています。

ただ、大阪天満宮や太宰府天満宮に残っている作品はまさしく連歌そのものですが、今井祇園社で昨今詠みつがれている連歌は、従来の連歌の枠をこえ、かなり俳諧に近くなっています。もとより奉納連歌のことですから、俳諧という語のもつ卑俗さは避けられるわけですが、用語の上からも、発想の上からも、現代を反映していて、現代の連歌を志向しているとも見られるのです。

国文学史の上で連歌といえば、この『連歌集』におさめたような作品をさし、形態は同じでも俳諧とははっきり区別されています。俳諧の場合、発句に対して、連歌と同じ形態の百韻や歌仙（三十六句で、俳諧ではこの形が普通）を特に指していうときは連句と称しています。ただ、連句という語は近世においては一般的ではなく、言うなれば明治以降の文学史用語に過ぎません。俳諧というのも、もとはといえば「俳諧の連歌」の略称であって、俳諧は形態をあらわす語ではないのです。従って、短歌・俳句・詩などに対して、百韻なり、歌仙なりを連歌とよぶのも、あながち連歌と俳諧を混同しているといって、とがめることができない点はあるのです。

ところで、百韻は、一つのまとまりとしては長大すぎることもあって、俳諧では歌仙がもっぱら行われるようになったものと思われます。『冬の日』や『猿蓑《さるみの》』などにおさめられた芭蕉一座の歌仙は、座の文学として作られた作品に、さらに手を入れ、一座にいなかった人にも十分鑑賞できるように、いわば読ませる文学としての彫琢《ちょうたく》が加えられています。芭蕉は、発句よりも連句に自信を持ち、連句にこそ俳諧の本質があるとする立場をとったのですが、俳諧は漸次発句中心になってゆきます。正岡子規が連句を捨て、発句を俳句として独立させたことによって近代俳句が誕生するのですが、その下地はすでに早くからできていたのです。

自我の意識を重んじ、個の表現を重視した近代文学思潮の流れの中で、連歌や連句のような形態の文学が顧みられなくなるのは、至極当然の現象であったでしょう。芭蕉や蕪村《ぶそん》の撰集に見られる限られたいくつかのすぐれた歌仙は別として、連句が、故人の追悼などのために行われ、その座に居合せた人々でなければ理解できないような句や、ありきたりの連想で続けてゆくものが多かったのでは、近代の文学としてそぐわないものとされたのも無理からぬことと言えます。

　ところが、ごく最近になって、再び座の文学ということが見直されて来ています。個性を超越した衆による意想外の展開を含んだ表現とでもいうのでしょうか、かつて見捨てられていた合作《がつさく》とか共同制作とかいったことが顧みられようとしているようです。近代俳句誕生ののちも、時として試みられていた松根《まつね》東洋城《とうようじよう》・寺田寅彦《とらひこ》らの作品や柳田国男・釈迢空《しやくちようくう》らの近代連句がとりあげられて評釈や輪読が行われたり、現代の文人・作家たちがあえて歌仙を試みたりもしているのです。さらには現代の連歌として、近代文学の中に蘇生《そせい》させることができないかという声さえ聞かれます。しかし、このような試みは、共同制作という点に限っていえば、現代の文学に多くの示唆を与えるでしょうが、連歌（ないしは連句）という形式そのままでは、やはり構成の弱さが問題になるように私は思います。

　この点で注目したいのは、子規が連句を捨て俳句を誕生させた頃に行われた、与謝野《よさの》鉄幹《てつかん》らによる「ひと夜語《よがたり》」という共同連作の試みです（『明星』第十五号 明治三十四年九月）。この連作は、大河の渡しを中心とする前半と、宿の女を中心に旅人との一夜の物語をうたった後半の部分に分れ、鉄幹・晶子《あきこ》・平塚紫袖《ししゆう》の三人が、それぞれ、絵師・若き僧・若き尼・少女・詩人・女・うらぶれ男・渡守《わたしもり》・宿のあるじ・宿の女・夜の御神といった登場人物になり変って歌を詠み続けます。おそらくは、はじめに大体の構想が鉄幹あたりから示され、三人である程度話しあい、その上で、とりどりに登場人物の応答の形で詠み進められたのでしょう。晶子や紫袖に自由奔放に詠ませて、鉄幹が一つの構想に向って展開をはかりつつ要所をおさえて詠んでいったように思われますが、連句の手法を生かしつつ、共同連作ともいうべき形の作品を作りあげています。また、昭和三十八・九年に当時前衛と言われた歌人たちが共同で連作を試み、その是非が一時歌壇をにぎわしたことがありました。この大胆な新しい企てに対してさまざまの批判が寄せられていたようですが、その成否はともかくとして、こうした試みは貴重だったと私は思います。

　現代において連歌を詠むということ、それはそれなりの意味があろうかとは思いますが、従来の形式のままでの発展よりも、むしろ座の文学という視点を生かした試みの方が、大切ではないでしょうか。連歌の持つ衆による表現や発想方法ということを、他のさまざまなジャンルの中に生かしてゆくところに、私は多くの実りを期待したいと思うのです。

新潮日本古典集成〈新装版〉

連《れん》歌《が》集《しゅう》

令和 二 年三月二十五日 発行

校注者 島《しま》津《づ》忠《ただ》夫《お》

発行者 佐藤隆信

発行所 株式会社 新潮社

〒一六二―八七一一 東京都新宿区矢来町七一

電話 〇三―三二六六―五四一一(編集部)

〇三―三二六六―五一一一(読者係)

https://www.shinchosha.co.jp

印刷所 大日本印刷株式会社

製本所 加藤製本株式会社

装画 佐多芳郎/装幀 新潮社装幀室

組版 株式会社DNPメディア・アート

乱丁・落丁本は、ご面倒ですが小社読者係宛お送り下さい。
送料小社負担にてお取替えいたします。
価格はカバーに表示してあります。

ISBN978-4-10-620862-1 C0392

新潮日本古典集成

古事記　西宮一民
萬葉集　一〜五　青木生子　井手至　伊藤博　清水克彦　橋本四郎
日本霊異記　小泉道
竹取物語　野口元大
伊勢物語　渡辺実
古今和歌集　奥村恆哉
土佐日記　貫之集　木村正中
蜻蛉日記　犬養廉
落窪物語　稲賀敬二
枕草子　上・下　萩谷朴
和泉式部日記　和泉式部集　野村精一
紫式部日記　紫式部集　山本利達
源氏物語　一〜八　石田穣二　清水好子
和漢朗詠集　大曽根章介　堀内秀晃
更級日記　秋山虔
狭衣物語　上・下　鈴木一雄
堤中納言物語　塚原鉄雄
大鏡　石川徹
今昔物語集　本朝世俗部　一〜四　阪倉篤義　本田義憲　川端善明
梁塵秘抄　榎克朗
山家集　後藤重郎
無名草子　桑原博史
宇治拾遺物語　大島建彦
新古今和歌集　上・下　久保田淳
方丈記　発心集　三木紀人
平家物語　上・中・下　水原一
金槐和歌集　樋口芳麻呂
建礼門院右京大夫集　糸賀きみ江
古今著聞集　上・下　西尾光一　小林保治
歎異抄　三帖和讃　伊藤博之
とはずがたり　福田秀一
徒然草　木藤才蔵
太平記　一〜五　山下宏明
謡曲集　上・中・下　伊藤正義
世阿弥芸術論集　田中裕
連歌集　島津忠夫
竹馬狂吟集　新撰犬筑波集　木村三四吾　井口壽
閑吟集　宗安小歌集　北川忠彦
御伽草子集　松本隆信
説経集　室木弥太郎
好色一代男　松田修
好色一代女　村田穆
日本永代蔵　村田穆
世間胸算用　金井寅之助　松原秀江
芭蕉句集　今栄蔵
芭蕉文集　富山奏
近松門左衛門集　信多純一
浄瑠璃集　土田衞
雨月物語　癇癖談　浅野三平
春雨物語　書初機嫌海　美山靖
與謝蕪村集　清水孝之
本居宣長集　日野龍夫
誹風柳多留　宮田正信
浮世床　四十八癖　本田康雄
東海道四谷怪談　郡司正勝
三人吉三廓初買　今尾哲也